W0407090

Schleichendes Gift

Val McDERMID

Schleichendes Gift

Thriller

Aus dem Englischen
von Doris Styron

Weltbild

Die englische Originalausgabe erschien 2007 unter dem Titel *Beneath the Bleeding* bei HarperCollins, London.

Besuchen Sie uns im Internet:
www.weltbild.de

Genehmigte Lizenzausgabe für Verlagsgruppe Weltbild GmbH,
Steinerne Furt, 86167 Augsburg
Copyright der Originalausgabe © 2007 by Val McDermid
Copyright der deutschsprachigen Ausgabe © 2008 by Knaur Taschenbuch.
Ein Unternehmen der Droemerschen Verlagsanstalt
Th. Knaur Nachf. GmbH & Co. KG, München
Übersetzung: Doris Styron
Umschlaggestaltung: ZERO Werbeagentur, München
Umschlagmotiv: Agentur Bilderberg, Hamburg (© Wolfgang Fuchs);
Trevillion Images, Brighton (© Dave Wheeler; © Nik Skerten)
Gesamtherstellung: CPI Moravia Books s.r.o., Pohorelice
Printed in the EU

ISBN 978-3-8289-9374-7

2012 2011 2010 2009
Die letzte Jahreszahl gibt die aktuelle Lizenzausgabe an.

Für alle, die auf der Hochzeit waren
und halfen, sie zu einer der
wunderbarsten Erinnerungen zu machen.

Wir fühlen, wie unter der blutenden Hand
Der Heilkunst scharfes Mitleid bannt,
Des Fiebers Rätsel lösend, alle Qual.

T. S. Eliot, »East Coker«
aus: *Vier Quartette*

Freitag

Die Mondphasen haben eine unerklärliche, aber unbestreitbare Wirkung auf Geisteskranke. Alle Pfleger psychiatrischer Anstalten bestätigen das. Es gilt unter ihnen als allgemein anerkannte Wahrheit. Bei Vollmond macht keiner freiwillig Überstunden. Es sei denn, er wäre in einer absolut verzweifelten Lage. Auch Verhaltensforschern verursacht diese Wahrheit Unbehagen, denn es geht hier nicht um etwas, das sich einer unglücklichen Kindheit oder der Unfähigkeit zu sozialem Verhalten zuschreiben ließe. Es ist ein von außen einwirkender Rhythmus, der sich durch keinerlei Behandlung überwinden lässt. Diese Kraft lässt die Fluten steigen und reißt die Irren aus ihren gestörten Bahnen.

Die innere Dynamik des Bradfield Moor Secure Hospital unterlag dem Sog des Vollmonds genauso, wie sein Name vermuten ließ. Manche der dort Beschäftigten waren der Meinung, dass Bradfield Moor ein Aufbewahrungsort für jene Geisteskranken sei, die zu gefährlich waren, um frei herumzulaufen. Andere sahen darin einen Zufluchtsort für Wesen, die für das erbarmungslose Chaos des Lebens draußen zu zerbrechlich sind. Und für den Rest war es ein vorübergehender Unterschlupf, der die Hoffnung bot, in eine nicht allzu streng definierte Normalität zurückkehren zu können.

Die dritte Gruppe war, was kaum überraschen wird, in der Minderzahl und wurde von den beiden anderen zutiefst verachtet.

In jener Nacht war nicht nur Vollmond, sondern auch eine partielle Mondfinsternis. Als die Erde zwischen ihrem Satelliten und der Sonne vorbeizog, nahmen die fahlen Schatten der Mondoberfläche nach einem kränklichen Gelb- allmählich einen dunklen Orangeton an. Für die meisten Beobachter besaß die Mondfinsternis eine geheimnisvolle Schönheit und rief Staunen und Bewunderung hervor. Lloyd Allen hingegen, einer der Patienten des Bradfield Moor Hospital, die sich relativ frei bewegen konnten, sah darin den schlüssigen Beweis für seine Überzeugung, dass die letzten Tage der Menschheit bevorstanden und es seine Pflicht sei, so viele Menschen wie möglich vor ihren Schöpfer treten zu lassen. Man hatte ihn in die Anstalt gesperrt, bevor er sein Ziel erreichen konnte, möglichst viel Blut zu vergießen, damit bei der unmittelbar bevorstehenden Wiederkunft Christi die Seelen leichter gen Himmel aufsteigen konnten. Da er an der Ausführung seiner Mission gehindert worden war, brannte diese nun umso stärker in ihm.

Lloyd Allen war nicht dumm, was die Arbeit seiner Bewacher umso schwieriger machte. Die Pfleger in der Psychiatrie waren mit unbedarften Täuschungsmanövern vertraut und konnten sie relativ leicht durchkreuzen. Viel schwieriger war es, die Pläne derer vorauszusehen, die verrückt, aber intelligent agierten. In letzter Zeit hatte Allen eine Methode entwickelt, die ihm erlaubte, seine Medikamente nicht mehr einnehmen zu müssen. Die erfahrenen Pfleger kannten solche Tricks und wussten, wie man sie abwenden konnte, aber Neulingen wie Khalid Khan fehlte noch die nötige Gewieftheit.

Allen hatte es am Abend vor der Vollmondnacht geschafft, zweimal der Chemiekeule zu entgehen, die Khan ihm verabreicht zu haben glaubte. Als die Verfinsterung sichtbar wurde, tönte in Allens Kopf ein leise trommelnder, ständig wiederkehrender Satz. »Bring sie zu mir, bring sie zu mir, bring sie zu mir«, dröhnte es ohne Unterlass in seinem Inneren. Von seinem Zimmer aus konnte er ein Stück des Mondes sehen, auf dessen Gesicht sich die prophezeite blutige Flut ausbreitete. Die Zeit war gekommen. Die Zeit war tatsächlich gekommen. Aufgeregt ballte er die Fäuste, stieß wie ein verrückter Boxer vor einem Angriff die Unterarme alle zwei Sekunden ruckartig nach oben und ging dann wieder in Deckung.

Er drehte sich um und stolperte ungeschickt auf die Tür zu. Er musste hinaus, um seine Mission zu erfüllen. Der Pfleger würde bald mit den Medikamenten für die Nacht da sein. Dann würde ihm Gott die Kraft geben, die er brauchte. Gott würde ihn hinausführen, Gott würde ihm den Weg zeigen. Gott wusste, was er tun musste. Er würde sie zu Ihm bringen. Die Zeit war reif, der Mond verströmte Blut. Die Zeichen mehrten sich, und er musste seine Aufgabe vollenden. Er war erwählt, er war der Weg zur Rettung der Sünder. Er würde sie zu Gott bringen.

Der Lichtkegel erhellte ein kleines Stück der Schreibfläche auf einem schäbigen Kliniktisch. Eine Akte lag offen da, und eine Hand mit einem Kugelschreiber schwebte über dem Rand der Seite. Im Hintergrund erklang klagend Mobys Song »Spiders«. Die CD war Dr. Tony Hill geschenkt worden, er hätte sie sich niemals selbst gekauft. Aber irgendwie war sie zum festen Bestandteil seines Arbeitsrituals am späten Abend geworden.

Tony rieb sich die brennenden Augen und vergaß dabei, an seine neue Lesebrille zu denken. »Autsch«, jammerte er, als das Gestell sich in seinen Nasenrücken drückte. Mit dem kleinen Finger erwischte er das Glas der randlosen Brille, und sie flog aus seinem Gesicht direkt auf die Akte, die er gerade las. Er konnte sich den nachsichtig amüsierten Blick von Detective Chief Inspector Carol Jordan vorstellen, die ihm die Moby-CD geschenkt hatte. Seine Zerstreutheit und Ungeschicklichkeit waren schon lange Gegenstand ständiger Witze zwischen ihnen.

Aber über eine Tatsache konnte sie sich weder lustig noch ihm daraus einen Vorwurf machen: dass er freitagabends noch um halb neun an seinem Schreibtisch saß. Ihr Widerstreben, das Büro zu verlassen, bevor auch wirklich alles erledigt war, war mindestens genauso stark wie seines. Wäre sie hier gewesen, hätte sie verstanden, wieso er geblieben war und noch einmal den Bericht durchging, den er so akribisch für die Haftentlassungskommission vorbereitet hatte. Einen Bericht, den man dort munter ignoriert hatte, als man die Entscheidung traf, Bernard Sharples der Bewährungshilfe zu übergeben. Sein Anwalt hatte die Kommission überzeugt, dass er keine Gefahr mehr für die Öffentlichkeit darstelle. Ein vorbildlicher Häftling, der mit den Behörden bei allem, was von ihm verlangt wurde, zusammengearbeitet und geradezu ein Musterbeispiel für Reue geboten hatte.

Na ja, dachte Tony bitter, natürlich war Sharples ein vorbildlicher Gefangener gewesen. Es war leicht, gutes Benehmen zu zeigen, wenn die Objekte der Begierde so unerreichbar waren, dass sich selbst der besessenste Phantast nur schwer etwas ausdenken konnte, was auch nur im Entferntesten einer Versuchung glich. Sharples würde rückfällig werden, er spürte es in seinen Knochen. Und teilweise würde es seine

Schuld sein, weil er seine Sicht der Dinge nicht überzeugend genug hatte darlegen können.
Er setzte die Brille wieder auf und markierte zwei Absätze mit seinem Stift. Er hätte seine Argumente entschiedener vertreten können und sollen, ohne Lücken, die der Verteidigung Angriffspunkte liefern konnten. Er hätte als Tatsache geltend machen müssen, was nach seiner jahrelangen Erfahrung mit Serientätern doch nur auf Mutmaßungen gründete; dazu kam dann noch sein Instinkt, der sich bei den Gesprächen mit Sharples auf das stützte, was sich zwischen den Zeilen lesen ließ. Doch in der schwarzweißen Welt des Bewährungsausschusses gab es keine Grautöne. Tony schien immer noch nicht gelernt zu haben, dass Aufrichtigkeit selten die beste Vorgehensweise war, wenn man es mit der Strafjustiz zu tun hatte.
Er zog ein Blöckchen mit Klebezetteln heran, aber bevor er etwas daraufkritzeln konnte, drang von draußen Lärm in sein Büro.
Normalerweise ließ er sich von den verschiedenen Hintergrundgeräuschen nicht stören, die zum Leben im Bradfield Moor Hospital dazugehörten. Der Lärmschutz war erstaunlich wirksam, und außerdem spielten sich die schlimmsten Szenen von Qual und Pein meistens weit entfernt von den Büros ab, wo Akademiker mit einem gewissen Ansehen arbeiteten.
Mehr Lärm. Es klang wie ein Fußballspiel oder eine gewalttätige Demonstration und war jedenfalls so geräuschvoll, dass es unvernünftig gewesen wäre, es zu ignorieren. Seufzend stand Tony auf, ließ die Brille auf den Schreibtisch fallen und ging zur Tür.
Alles andere war besser als das hier.

Nicht viele Menschen hätten eine Stelle am Bradfield Moor Hospital wohl als die Erfüllung eines Traums betrachtet. Aber für Jerzy Golabeck war sie mehr, als er sich nach seiner Kindheit und Jugend in Plotzk jemals erträumt hätte. Seit die polnischen Könige sich 1138 aus dem Staub gemacht hatten, war in Plotzk nicht mehr viel passiert. Arbeitsplätze waren heutzutage nur in den Erdölraffinerien zu haben, wo die Löhne erbärmlich und Berufskrankheiten alltäglich waren. Jerzys enger Horizont hatte sich durch Polens Beitritt zur Europäischen Gemeinschaft mit einem Schlag überwältigend erweitert. Er hatte als einer der ersten mit einem Billigflug von Krakau nach Leeds/Bradford Airport auch die Aussicht auf ein neues Leben gebucht. Aus seiner Perspektive kam sein Mindestlohn einer Riesensumme gleich. Und mit den Insassen des Bradfield Moor Hospital zu arbeiten war nicht so viel anders, als sich mit einem senilen Großvater abzugeben, der Lech Walesa immer noch für den Mann der Zukunft hielt.

So hatte Jerzy also der Wahrheit ein wenig nachgeholfen und sich etwas Erfahrung im Umgang mit psychisch Kranken zusammengebastelt, die wenig Ähnlichkeit mit seiner tatsächlichen Vergangenheit am Fließband einer Essiggurkenfabrik hatte.

Bis jetzt war das kein Problem gewesen. Die Pfleger und Helfer waren mehr damit beschäftigt, die Patienten in Schach zu halten als sie zu therapieren. Sie verabreichten Medikamente und beseitigten Schmutz und Unordnung. Alle Versuche einer Heilung oder Linderung blieben den Ärzten, Psychiatern, Therapeuten verschiedener Schulen und klinischen Psychologen überlassen. Es schien, dass niemand viel mehr von Jerzy erwartete, als dass er pünktlich zur Arbeit erschien und sich nicht vor körperlich unangenehmen Anstrengungen drückte, die in jeder Schicht vorkamen. Das alles konnte er mühelos bewältigen.

Nebenbei hatte er einen genauen Blick für das entwickelt, was sich um ihn herum abspielte, und niemanden überraschte das mehr als ihn selbst. Aber es war unbestreitbar, dass Jerzy instinktiv erkannte, wenn Patienten die Ausgeglichenheit abhanden kam, die das Funktionieren des Bradfield Moor Hospital überhaupt möglich machte. Er war einer der wenigen Angestellten der Anstalt, die jemals bemerkt hatten, dass etwas mit Lloyd Allen nicht stimmte. Das Problem war nur, dass er sich inzwischen schon zutraute, selbst mit der Sache fertig zu werden. Er war nicht der erste Vierundzwanzigjährige, der eine übertriebene Vorstellung von seinen Fähigkeiten hatte. Allerdings einer der wenigen, die wegen dieses Irrtums zu Tode kamen.

Sobald er Lloyd Allens Zimmer betreten hatte, sträubten sich die Haare auf seinen Armen. Allen stand, die breiten Schultern verkrampft, mitten in dem engen Raum. Die schnellen Bewegungen seiner Augen verrieten Jerzy, dass die Medikamente entweder auf spektakuläre Weise plötzlich ihre Wirkung verloren hatten oder dass es Allen irgendwie gelungen war, sie gar nicht einzunehmen. Jedenfalls schien er sich nur auf die Stimmen in seinem Kopf zu konzentrieren. »Zeit für deine Pillen, Lloyd«, sagte Jerzy betont beiläufig.

»Kann ich nicht.« Allens Stimme klang wie ein angespanntes Ächzen.

Er wippte leicht auf den Fußballen und rieb sich die Hände wie beim Waschen. Die Muskeln seiner Unterarme zitterten und zuckten.

»Du weißt doch, dass du sie brauchst.«

Allen schüttelte den Kopf.

Jerzy tat dasselbe. »Wenn du deine Pillen nicht nimmst, muss ich es melden. Dann wird es schwierig für dich, Lloyd. Das wollen wir doch nicht, oder?«

Allen stürzte sich auf Jerzy und erwischte ihn mit dem rechten Ellbogen unterhalb des Brustbeins, so dass dem Pfleger die Luft wegblieb. Als Jerzy sich vorwärtsbeugte, würgte und nach Luft schnappte, stürmte Allen an ihm vorbei und stieß ihn auf dem Weg zur Tür zu Boden. An der Tür blieb Allen plötzlich stehen und drehte sich um.

Jerzy bemühte sich, klein und ungefährlich auszusehen, aber Allen kam trotzdem zurück zu ihn. Er hob den Fuß und trat Jerzy so fest in den Magen, dass die Luft aus dessen Lunge entwich und ihm vor tobendem Schmerz schwindlig wurde. Während Jerzy sich den Leib hielt, griff Allen ruhig nach unten und riss die Schlüsselkarte von seinem Gürtel. »Ich muss sie zu Ihm bringen«, knurrte er und ging wieder auf die Tür zu.

Jerzy konnte ein schreckliches, krampfhaftes Ächzen nicht unterdrücken, als sein Körper nach Sauerstoff rang. Aber sein Gehirn funktionierte einwandfrei. Er wusste, dass er es zum Alarmknopf im Flur schaffen musste. Allen konnte sich mit Jerzys Schlüssel fast überall im Haus Zutritt verschaffen. Er konnte die Zimmer der anderen Insassen öffnen. Es würde nicht lange dauern, so viele seiner Genossen zu befreien, bis sie dem Personal zu dieser Zeit des Abenddienstes zahlenmäßig deutlich überlegen sein würden.

Hustend, keuchend und mit Spucke am Kinn zwang sich Jerzy auf die Knie und rutschte näher zum Bett. Er klammerte sich am Rahmen fest, und es gelang ihm, sich auf die Füße hochzuziehen. Die Hände auf den Bauch gepresst, stolperte er in den Flur hinaus. Weiter vorn sah er Allen, der die Schlüsselkarte durch das Lesegerät an der Tür zu führen versuchte, von wo er in den Hauptteil des Gebäudes gelangen

würde. Man musste die Karte mit der genau richtigen Geschwindigkeit durchziehen. Jerzy wusste das, Allen aber Gott sei Dank nicht. Er schlug auf das Lesegerät ein und versuchte es noch einmal. Schwankend versuchte Jerzy, so leise wie möglich an den Alarmknopf heranzukommen.
Aber er war nicht leise genug. Irgendetwas machte Allen aufmerksam, und er fuhr herum. »Bring sie zu Ihm«, brüllte er und rannte los. Sein Gewicht allein genügte, um Jerzys geschwächten Körper wieder auf den Boden zu werfen. Jerzy bedeckte den Kopf mit den Armen, aber das half nichts. Das Letzte, was er spürte, war ein furchtbarer Druck hinter den Augen, als Allen ihm mit voller Wucht auf den Kopf trat.

Als Tony die Tür öffnete, brandete ihm das Getöse in voller Lautstärke entgegen. Rufe, Flüche und Schreie drangen durchs Treppenhaus herauf. Das Erschreckendste daran war, dass niemand den Notalarm ausgelöst hatte. Das hieß, etwas war so plötzlich und auf so brutale Weise passiert, dass niemand die Chance gehabt hatte, die Vorschriften zu befolgen, die ihnen vermutlich vom ersten Tag ihrer Ausbildung an eingetrichtert worden waren. Das Pflegepersonal musste vollauf damit beschäftigt sein, das, was da geschah, irgendwie unter Kontrolle zu bekommen. Tony lief eilig den Flur entlang auf die Treppe zu und drückte im Vorbeigehen den Alarmknopf. Eine laute Sirene heulte sofort los. *Mein Gott, wenn man sowieso schon verrückt war, wie musste sich das auf einen auswirken?* Er erreichte die Treppe, verlangsamte aber sein Tempo, damit er einen Blick ins Treppenhaus werfen konnte, ob dort unten etwas zu sehen war.
Die Antwort war einfach: nichts. Die lauten Stimmen schienen von rechts aus dem Flur zu kommen, wurden aber durch Akustik und Entfernung verzerrt. Plötzlich das helle Klirren

und Scheppern von splitterndem Glas. Dann eine schockierende, kurze Stille.
»Oh, verflucht«, sagte jemand offenbar angewidert. Dann ging das Rufen weiter, die Panik war unverkennbar. Ein Schrei, dann das Geräusch eines Handgemenges. Ohne nachzudenken, begann Tony, die Treppe hinunterzulaufen, um zu sehen, was sich da tat.
Nach der letzten Treppenbiegung stürzten ihm aus dem Flur, aus dem die Geräusche gekommen waren, mehrere Körper entgegen. Zwei Pfleger näherten sich ihm rückwärts und hielten einen dritten Mann. Es war ein Helfer, wie aus den wenigen noch nicht blutigen Stellen seiner hellgrünen Schutzbekleidung zu schließen war. Sie hinterließen eine rote Blutspur, als sie ihn so schnell wie möglich zurückschleppten.
Ein Blutbad, dachte Tony, als eine stämmige Gestalt aus dem Flur auftauchte, die eine Feuerwehraxt schwang wie der grimmige Schnitter seine Sense. Seine Jeans und sein Polohemd waren blutbespritzt, und kleine Tropfen fielen bei jedem Schwung von der Klinge der Axt. Voll konzentriert verfolgte der kräftige Mann seine Beute auf ihrer Flucht. »Bring sie zu Ihm. Ihr könnt euch nicht verstecken«, murmelte er monoton mit leiser Stimme. »Bring sie zu Ihm. Ihr könnt euch nicht verstecken.« Er holte auf, noch zwei Schritte, und die Axt würde wieder Haut und Gewebe durchtrennen.
Obwohl der Mann mit der Axt nicht zu seinen Patienten gehörte, wusste Tony, wer es war. Er hatte sich extra Zeit genommen, um sich mit den Akten der Patienten vertraut zu machen, die als potenziell gewalttätig galten. Einerseits weil er sich dafür interessierte, andererseits aber auch, weil er das Gefühl hatte, sich dadurch eine Art Versicherung zu schaffen. Es sah aber so aus, als würde er heute Abend seinen Schadenfreiheitsrabatt verlieren.

Tony blieb ein paar Stufen vor dem Ende der Treppe stehen. »Lloyd«, rief er leise.

Allen hielt nicht inne, sondern schwang die Axt im Takt seines Mantras. »Bring sie zu Ihm. Ihr könnt euch nicht verstecken«, wiederholte er und fuhr mit der Schneide nur wenige Zentimeter von den Pflegern entfernt durch die Luft.

Tony holte tief Luft und nahm die Schultern zurück. »So bringen Sie sie nicht zu Ihm«, sagte er laut mit der ganzen Autorität, die er aufbieten konnte. »Das verlangt Er nicht von Ihnen, Lloyd. Das haben Sie falsch verstanden.«

Allen blieb stehen und drehte Tony das Gesicht zu. Er runzelte die Stirn wie ein Hund, der verwirrt eine Wespe betrachtet. »Es ist Zeit«, stieß er wütend hervor.

»Da haben Sie recht«, stimmte Tony zu und kam eine Stufe weiter herunter. »Es ist Zeit. Aber Sie gehen die Sache falsch an. Legen Sie Ihre Axt hin, und dann überlegen wir uns etwas Besseres.« Er bemühte sich, streng auszusehen und sich die Angst nicht anmerken zu lassen, die seinen Magen verkrampfte. Wo zum Teufel war nur das Bereitschaftsteam? Er machte sich keine Illusionen darüber, was er hier ausrichten konnte. Vielleicht würde es ihm gelingen, Allen so lange aufzuhalten, bis die Pfleger und der verwundete Helfer sich entfernt hatten. Aber so gut er auch mit Gestörten und Geisteskranken umgehen konnte, wusste er doch, dass es nicht ausreichen würde, um bei Lloyd Allen wieder so etwas wie ein seelisches Gleichgewicht herzustellen. Er hatte sogar Zweifel, ob er ihn auch nur dazu bringen konnte, seine Waffe niederzulegen. Aber er musste es versuchen, das war ihm klar. *Verdammt* – wo blieb bloß die Nottruppe?

Allen schwang die Axt jetzt nicht mehr in weiten Bögen, sondern hob sie schräg nach oben wie ein Baseballspieler, der zum Schlag ausholt. »Es ist Zeit«, sagte er wieder. »Und du

bist nicht Er.« Und er überwand den Abstand zwischen ihnen beiden mit einem Sprung.
Er war so schnell, dass Tony nur einen roten Spalt und glattes Metall aufglänzen sah. Dann loderte der Schmerz in der Mitte seines Beins auf. Tony fiel um wie ein gefällter Baum, viel zu überrascht, um auch nur zu schreien. In seinem Kopf explodierte ein helles Licht. Dann war da nur noch Dunkelheit.

Liste 2

Belladonna
Rizin
Oleander
Strychnin
Kokain
Eibe

Sonntag

Thomas Denby studierte noch einmal das Krankenblatt. Er war ratlos. Bei Robbie Bishops erster Untersuchung hatte er eine schwere Infektion des Brustraums festgestellt und keinen Grund gehabt, diese Diagnose anzuzweifeln. In den zwanzig Jahren seit seiner Ausbildung und der Entscheidung, sich auf Krankheiten der Atemwege zu spezialisieren, hatte er genug Brustkorbinfektionen gesehen. In den zwölf Stunden seit der Einlieferung des Fußballspielers hatte Denbys Team seinen Anweisungen entsprechend Antibiotika und Steroide verabreicht. Aber Bishops Zustand hatte sich nicht gebessert, sondern sogar so sehr verschlechtert, dass die diensthabende Assistenzärztin das Risiko eingegangen war, sich Denbys Zorn zuzuziehen, indem sie seine Nachtruhe störte. Einfache Assistenzärzte machten so etwas nicht mit den Chefärzten, außer wenn sie sehr, sehr nervös waren.

Denby legte das Krankenblatt wieder beiseite und warf dem jungen Mann auf dem Bett nebenbei ein strahlendes, oberflächliches Lächeln zu. Seine Augen aber lächelten nicht, sondern unterzogen Bishops Gesicht und Oberkörper einer genauen Prüfung. Unter dem vom Fieberschweiß verklebten Klinikhemd zeichneten sich die Umrisse seiner starken Muskeln ab, die jetzt angestrengt arbeiteten, um Luft in seine

Lungen zu pumpen. Als Denby ihn bei der Einlieferung untersucht hatte, klagte Bishop neben offensichtlichen Schwierigkeiten beim Atmen über Schwächegefühl, Übelkeit und Gelenkschmerzen. Er krümmte sich bei den Hustenanfällen zusammen, die so heftig waren, dass sein blasses Gesicht wieder Farbe annahm. Die Röntgenaufnahmen zeigten Flüssigkeit in der Lunge, und Denby hatte daraus die naheliegenden Schlüsse gezogen.

Aber jetzt begann das, was Robbie Bishop plagte, nicht mehr wie eine normale Infektion des Brustraums auszusehen. Seine Herzfrequenz war sehr ungleichmäßig, die Temperatur noch um anderthalb Grad gestiegen. Seine Lunge schaffte es nicht mehr, die Sauerstoffversorgung des Blutes stabil zu halten, nicht einmal mit Hilfe einer Sauerstoffmaske. Als Denby ihn jetzt betrachtete, flatterten die Augenlider und blieben dann geschlossen. Denby runzelte die Stirn. »Hat er vorher schon einmal das Bewusstsein verloren?«, fragte er die Assistenzärztin.

Sie schüttelte den Kopf. »Er hat wegen des Fiebers etwas phantasiert – ich bin mir nicht sicher, ob ihm klar ist, wo er sich befindet. Aber bis jetzt hat er auf Ansprache reagiert.«

Ein hartnäckiges Piepsen war zu hören, und auf dem Bildschirm zeigte sich ein neuer Tiefstand des Sauerstoffgehalts in Bishops Blut. »Wir müssen intubieren«, sagte Denby und klang zerstreut. »Und mehr Flüssigkeit. Ich glaube, er ist etwas dehydriert.« *Allerdings würde das weder das Fieber noch den Husten erklären.* Aktiviert von dieser Anweisung, eilte die Assistenzärztin sofort aus dem kleinen Zimmer, das das beste war, was das Bradfield Cross Hospital für diese Fälle zu bieten hatte, die auch in der äußersten Notsituation ihre Privatsphäre brauchten. Denby rieb sich grübelnd das Kinn. Robbie Bishop hatte über eine Spitzenkondition verfügt, fit und stark, und laut seinem Mannschaftsarzt war sein Befinden nach dem Training am Freitag einwandfrei gewesen. Am Samstag hatte er nicht mitgespielt, weil der gleiche Arzt nach einer Untersuchung zuerst eine Art Grippevirus vermutete. Jetzt, achtzehn Stunden später, lag er hier, und sein Zustand verschlechterte sich zusehends. Und Thomas Denby hatte weder eine Ahnung, warum, noch, wie er dies aufhalten könnte.

An eine solche Situation war er nicht gewöhnt. Er wusste, dass er ein verdammt guter Arzt war. Als geschickter Diagnostiker sowie kluger und oft einfallsreicher Kliniker hatte er auch genug diplomatisches Talent, um dafür sorgen zu können, dass die Bürokraten die Bedürfnisse seiner Station nicht oft übergingen. So segelte er erfolgreich durch sein Berufsleben, und es geschah nur selten, dass die Gebrechen seiner Patienten ihm zu denken gaben. Robbie Bishop kam ihm angesichts seiner Fähigkeiten wie ein Affront vor.

Als die Assistenzärztin mit dem Intubationsbesteck und zwei Schwestern zurückkam, seufzte Denby. Er warf einen Blick auf die Tür. Auf der anderen Seite wartete, wie er wusste, Robbie Bishops Teammanager. Martin Flanagan hatte die Nacht auf einem Stuhl zusammengesunken neben seinem Starspieler verbracht. Sein teurer Anzug war jetzt zerknittert, der Anflug von Bartstoppeln ließ sein knorriges Gesicht finster erscheinen. Sie waren sich schon in die Haare geraten, als Denby darauf bestanden hatte, dass der kampflustige Nordire den Raum verlassen solle, während sich die Ärzte besprachen. »Haben Sie eine Ahnung, wie viel der Junge Bradfield Victoria wert ist?«, hatte Flanagan gefragt.

Denby hatte ihn mit kaltem Blick gemustert. »Er ist mir genau das Gleiche wert wie jeder andere Patient, den ich behandle«, hatte er entgegnet. »Und ich sitze ja auch nicht an

der Seitenlinie und gebe Ihnen Ratschläge, welche Taktik Sie anwenden sollen. Lassen Sie mich also meine Arbeit machen, ohne sich einzumischen. Ich verlange, dass Sie meinem Patienten seine Intimsphäre lassen, wenn ich ihn untersuche.«
Der Manager war schimpfend gegangen, aber Denby wusste genau, dass er trotzdem mit sorgenvollem und angsterfülltem Gesicht warten würde, weil er unbedingt etwas hören wollte, das im Gegensatz zu der Verschlimmerung stand, von der er schon etwas mitbekommen hatte.
»Wenn Sie damit fertig sind, geben wir ihm Azidothymidin«, sagte er zu seiner Assistenzärztin. Ihm blieb nichts mehr außer diesem starken retroviralen Medikament, das ihnen vielleicht genug Zeit verschaffen würde, herauszubekommen, was Robbie Bishop fehlte.

Montag

Sag mir noch mal, wieso ich dir erlaubt habe, diese dritte Flasche zu öffnen«, seufzte Chief Inspector Carol Jordan, legte den Gang ein und fuhr langsam ein paar Meter weiter.

»Weil es seit deinem Umzug in die Yorkshire Dales das erste Mal war, dass du uns mit einem Besuch beehrt hast, und weil ich heute früh in Bradfield sein muss und du kein richtiges Gästezimmer hast. Deshalb brachte es nichts, gestern Nacht noch zurückzufahren.« Ihr Bruder Michael beugte sich vor und drehte an den Radioknöpfen. Carol schlug ihm auf die Hand.

»Lass das«, sagte sie.

Michael stöhnte. »Bradfield Sound. Wer hätte gedacht, dass ich so etwas je erleben würde? Lokalradio aus der tiefsten Provinz.«

»Ich muss hören, was sich in meinem Bezirk tut.«

Michael war skeptisch. »Du leitest die Sondereinsatzzentrale. Du bist der britischen Version des FBI angeschlossen. Du musst doch nicht wissen, ob ein Wasserrohrbruch den Verkehr auf dem Methley Way aufhält. Oder dass irgendein Fußballer mit Atemwegsproblemen ins Krankenhaus eingeliefert wurde.«

»Hey, Mr. IT. Du warst das doch, der mir den Spruch ›Mikro

wird zu Makro‹ beigebracht hat, oder? Ich weiß gern Bescheid über das, was sich ganz unten tut, weil es manchmal unerwartete Ereignisse am anderen Ende auslöst. Und er ist nicht ›irgendein Fußballer‹, sondern Robbie Bishop, der Stratege des Mittelfelds von Bradfield Victoria. Noch dazu ein Junge von hier. Seine weiblichen Fans belagern schon das Bradfield-Cross-Krankenhaus. Möglicherweise Verstöße gegen die öffentliche Ordnung.«

Schmollend gab Michael auf. »Was auch immer. Mach doch, was du willst, Schwesterchen. Gott sei Dank, dass man den Sender nicht weit außerhalb der Stadt empfangen kann. Ich wäre verrückt geworden, wenn du mich gezwungen hättest, mir das auf dem ganzen Weg hierher anzuhören.« Er machte kreisende Bewegungen mit seinem Kopf und zuckte, wenn es krachte. »Hast du nicht so 'n Blaulicht, das du aufs Dach setzen kannst?«

»Doch«, gab Carol zurück, kam im Verkehr etwas weiter voran und betete, dass er diesmal in Bewegung bleiben würde. Sie fühlte sich trotz der Dusche, die sie vor weniger als einer halben Stunde genommen hatte, verschwitzt, und ihr war leicht übel. »Aber ich soll es nur im Notfall benutzen. Und denk erst gar nicht dran: Nein, dies hier ist kein Notfall. Es ist nur der Berufsverkehr.«

Während sie noch sprach, löste sich plötzlich der Stau auf, und der Verkehr begann zu fließen. Nach den nächsten zweihundert Metern war es schon nicht mehr ersichtlich, warum es eigentlich zwanzig Minuten gedauert hatte, um achthundert Meter zurückzulegen, da doch jetzt alles relativ glattlief.

Michael runzelte leicht die Stirn, betrachtete seine Schwester und sagte dann: »Also, Schwesterchen, wie läuft's denn mit Tony?«

Carol bemühte sich, ihre Gereiztheit zu verbergen. Sie hatte gedacht, sie wäre noch mal davongekommen. Ein ganzes Wochenende mit ihren Eltern, ihrem Bruder und seiner Partnerin, ohne dass einer von ihnen den Namen erwähnt hatte.
»Eigentlich ganz gut. Ich mag die Wohnung. Er ist ein sehr guter Vermieter.«
Michael schüttelte den Kopf. »Du weißt doch, dass ich das nicht gemeint habe.«
Carol seufzte und schob sich vor einen Mercedes, der sie jetzt anhupte. »Wir haben uns wahrscheinlich öfter gesehen, als wir noch in entgegengesetzten Stadtteilen wohnten«, erzählte sie.
»Ich dachte …«
Ihre Hände hielten das Steuerrad fest umfasst. »Da hast du falsch gedacht, Michael, wir sind beide Workaholics. Er liebt seine Verrückten, und ich hatte ein neues Team auf Trab zu bringen. Ganz zu schweigen davon, dass ich versuchen musste, Paula wieder auf die Beine zu helfen«, fügte sie hinzu, und ihr Gesichtsausdruck wirkte beim Gedanken daran angespannt.
»Das ist schade.« Der Blick, den er ihr zuwarf, war kritisch. »Wenn ich vom Zusammensein mit Lucy etwas gelernt habe, dann ist es, dass das Leben um einiges leichter ist, wenn man den Alltag mit jemandem auf der gleichen Wellenlänge teilt. Und ich glaube, du und Tony Hill – ihr seid das.«
Carol riskierte einen kurzen Blick, ob er sich über sie lustig machte.
»Der Mann, der einmal sozusagen fast glaubte, du könntest ein Serienmörder sein? Du meinst, der Mann sei auf einer Wellenlänge mit mir?«
Michael rollte mit den Augen. »Hör auf, dich hinter der Vergangenheit zu verstecken.«

»Es geht nicht ums Verstecken. Bei einer Vergangenheit wie der unsrigen, da braucht man Steigeisen und Sauerstoff, um sie zu überwinden.« Carol fand eine Lücke im Verkehrsfluss und fuhr mit blinkender Warnleuchte an den Gehweg heran. »Und hier ist die Stelle, wo du losrennen musst«, erklärte sie in einer nicht besonders guten Shrek-Imitation.

»Hier willst du mich absetzen?« Michael klang ziemlich empört.

»Um zur Vorderseite des Instituts zu kommen, brauche ich zehn Minuten«, sagte Carol und zeigte an ihm vorbei aus dem Beifahrerfenster. »Wenn du einfach durch die neue Einkaufspassage gehst, bist du in drei Minuten bei deinem Kunden.«

»Ach Gott, du hast ja recht. Jetzt sind wir gerade mal drei Monate von der Stadt weg, und schon habe ich das alles nicht mehr im Kopf.« Er legte ihr einen Arm um die Schultern, gab ihr einen kleinen Kuss und stieg dann aus. »Wir sprechen uns in 'ner Woche.«

Zehn Minuten später betrat Carol das Polizeipräsidium von Bradfield. In der kurzen Zeit, die zwischen dem Absetzen von Michael und dem Betreten des dritten Stocks lag – hier hatte das Team seinen Sitz, das sie für eine Ansammlung chaotischer Originale hielt –, hatte sie die Verwandlung von der Schwester zur Polizeibeamtin vollzogen. Das einzige Element, das die beiden Figuren gemeinsam hatten, war der leichte Kater.

Sie ging den Korridor entlang, dessen lavendelfarben und weißgetönte Wände von Türen aus Stahl und Glas unterbrochen wurden. Der mittlere Teil der Scheiben war so mattiert, dass nur schwer Einzelheiten des Geschehens dahinter zu erkennen waren, es sei denn, es spielte sich am Boden ab oder irgendetwas hing von der Decke herunter. Die aufgebretzelten Räume erinnerten sie an eine Werbeagentur. Aber andererseits schien die moderne Polizeiarbeit oft genau so viel mit Imagepflege zu tun zu haben wie mit der Jagd auf Schurken. Gott sei Dank hatte sie in ihrem Berufsalltag so nah an der konkreten Wirklichkeit bleiben können, wie es bei einer Beamtin ihres Ranges möglich war.

Sie stieß die Tür zu Zimmer dreihundertsechzehn auf und betrat das Land der Toten und Geschädigten. So früh am Montagmorgen waren die Lebenden dünn gesät. Detective Constable Stacey Chen, die IT-Alleskönnerin des Teams, sah kaum von ihren zwei Bildschirmen auf ihrem Schreibtisch auf und brummte etwas, das Carol als Morgengruß interpretierte. »Morgen, Stacey«, erwiderte Carol. Als sie durch das Büro ging, trat Detective Sergeant Chris Devine hinter einer der langen weißen Tafeln hervor, die wie Planwagen um ihre Tische herumstanden, um Deckung vor dem Feind zu bieten. Verblüfft blieb Carol stehen. Chris hielt beschwichtigend die Hand hoch.

»'tschuldigung, Chefin, wollte Sie nicht erschrecken.«

»Nicht weiter schlimm.« Carol seufzte leise auf. »Wir sollten wirklich diese durchsichtigen Tafeln kriegen.«

»Was? Solche wie im Fernsehen?« Chris schnaubte leicht. »Darin seh ich keinen Sinn. Ich finde immer, dass man das Geschriebene darauf sauschlecht lesen kann. Alles im Hintergrund stört.« Sie ging neben Carol auf den Glaskubus zu, der ihr als Büro diente. »Was gibt's Neues von Tony? Wie geht's ihm?«

Das war ja eine merkwürdige Ausdrucksweise, dachte Carol. Sie zuckte leicht mit den Schultern und sagte: »Soweit ich weiß, geht's ihm gut.« Ihr Tonfall zeigte an, dass sie das Thema nicht weiter verfolgen wollte.

Chris drehte sich schnell um, stand nun Carol gegenüber und prüfte den Gesichtsausdruck ihrer Chefin. »Oh mein Gott, Sie wissen es noch gar nicht, oder?«
»Was weiß ich nicht?« Carol spürte, wie ihr Magen sich panisch zusammenzog.
Chris legte Carol eine Hand auf den Arm, deutete mit einer Kopfbewegung auf ihr Büro und sagte: »Ich glaube, wir sollten uns setzen.«
»Mein Gott«, entfuhr es Carol, und sie ließ sich hineinführen. Während Chris die Tür schloss, trat sie auf ihren Stuhl zu. »Ich war doch nur in den Yorkshire Dales, nicht am Nordpol. Was war denn hier los? Was ist mit Tony passiert?«
Chris ging auf ihre erschrockene Frage ein. »Er ist angegriffen worden. Von einem der Insassen in Bradfield Moor.«
Carol hob die Hände vors Gesicht und formte ihren Mund zu einem O. Sie atmete tief ein. »Was ist passiert?«, fragte sie mit erhobener Stimme, fast schreiend.
Chris fuhr sich durch ihr kurzes, graugesprenkeltes Haar. »Man kann es nicht schonender sagen, Chefin. Er kam einem Verrückten mit einer Feuerwehraxt in die Quere.«
Chris' Stimme klang, als käme sie von weit her. Zwar hatte sich Carol an den Anblick von Szenen gewöhnt, die bei den meisten Menschen Heulen und Zähneklappern auslösen würden. Aber wenn es um Tony Hill ging, nützte ihr diese Erfahrung nichts, er war ihr wunder Punkt. Sie mochte dies zwar abstreiten, aber in Augenblicken wie diesen war alles anders. »Was …?« Ihre Stimme versagte. Sie räusperte sich. »Wie schlimm ist es?«
»Nach dem, was ich gehört habe, ist sein Bein ziemlich lädiert. Er hat eins aufs Knie bekommen. Hat 'ne Menge Blut verloren. Es hat eine Weile gedauert, bis die Sanitäter an ihn

rankamen, weil der Irre mit der Axt noch unterwegs war«, berichtete Chris.
So schlimm dies auch sein mochte, war es doch weniger schrecklich als das, was ihre Phantasie in Sekundenschnelle bereits heraufbeschworen hatte. Blutverlust und ein zerschmettertes Knie, das ließ sich bewältigen. Eigentlich nicht so schlimm, wenn man es im größeren Zusammenhang betrachtete. »Herrgott«, sagte Carol erleichtert aufatmend. »Was ist denn passiert?«
»Ich habe gehört, dass einer der Insassen einen Helfer überwältigt hat, er nahm ihm den Schlüssel ab und ist auf seinem Kopf herumgetrampelt, dann ist er ins Hauptgebäude des Krankenhauses eingedrungen, wo er eine Scheibe einschlug und sich die Axt griff.«
Carol schüttelte den Kopf. »Sie haben dort Feuerwehräxte in Bradfield Moor? In einem speziell gesicherten Krankenhaus für psychiatrische Fälle?«
»Anscheinend genau deshalb. Weil es sicher ist. Viele verschlossene Türen und Sicherheitsglas mit Drahtverstärkung. Die Vorschriften besagen, dass man im Fall eines Brandes oder eines Versagens der elektronischen Schließanlage in der Lage sein muss, die Patienten herauszuholen.« Chris schüttelte den Kopf. »Blödsinn, wenn Sie mich fragen.« Bei Carols mahnendem Gesichtsausdruck breitete sie resigniert die Hände aus. »Ja, na ja. Besser, so ein paar verrückte Mistkerle verbrennen als so 'n Desaster. Ein Helfer tot, ein weiterer auf der Liste mit kritischen inneren Verletzungen, die nie wieder ganz ausheilen werden, und Tony zusammengeschlagen. Ich würde lieber ein paar mordlustige Spinner loswerden, um so etwas zu vermeiden.« Dieser Gefühlsausbruch wurde durch Chris' starken Cockney-Akzent noch verstärkt.
»Es gibt hier kein Entweder-oder, das wissen Sie doch,

Chris«, erinnerte sie Carol. Obwohl ihre eigene spontane Reaktion ähnlich war wie die ihres Sergeants, wusste Carol, dass hier mehr die Emotionen sprachen als der gesunde Menschenverstand. Aber heutzutage sagten nur Leichtsinnige und Unbedachte ihre Meinung so offen am Arbeitsplatz. Carol mochte ihre Außenseiter. Sie wollte keinen dadurch verlieren, dass falsche Ohren es mitbekamen, wenn sie sich Luft machten. Deshalb bemühte sie sich, ihre schlimmsten Ausraster zu mäßigen. »Wie wurde Tony da hineingezogen?«, erkundigte sie sich. »War es einer seiner Patienten?«

Chris zuckte mit den Schultern. »Weiß nicht. Anscheinend war er aber der Held der Stunde. Hat den übergeschnappten Kerl abgelenkt, damit zwei Pfleger den verwundeten Helfer in sichere Entfernung ziehen konnten.«

Aber nicht weit genug, um sich selbst zu retten. »Warum hat mich niemand benachrichtigt? Wer hatte dieses Wochenende Dienst? Sam, oder?«

Chris schüttelte den Kopf. »Sam sollte Dienst haben, aber er hat mit Paula getauscht.«

Carol sprang auf und öffnete die Tür. Als sie sich im Raum umschaute, sah sie Detective Constable Paula McIntyre, die gerade ihren Mantel aufhängte. »Paula? Bitte kommen Sie mal einen Moment rein«, rief sie. Als die junge Beamtin durch den Raum schritt, spürte Carol das wohlbekannte Schuldgefühl in sich aufkommen.

Vor nicht allzu langer Zeit hatte sie Paula in eine gefährliche Situation gebracht, und diese war dabei zu Schaden gekommen. Zwar war es eine offiziell abgesegnete Aktion gewesen, aber Carol war diejenige gewesen, die versprochen hatte, Paula zu schützen, und sie hatte versagt. Der doppelt schwere Schlag dieser misslungenen Aktion und des Verlusts der Kollegin, mit der sie am engsten zusammengearbeitet hatte, brachte Paula fast dazu, ihre Karriere bei der Polizei aufzugeben. Carol kannte diese Situation. Auch sie hatte das erlebt und unheimlicherweise aus ganz ähnlichen Gründen. Sie hatte Paula jede nur mögliche Unterstützung angeboten, aber schließlich war es Tony gewesen, der sie vom Abgrund wieder zurückholte. Carol hatte keine Ahnung, was zwischen ihnen geschehen war. Aber für Paula war es dadurch möglich geworden, ihren Beruf als Polizistin wiederaufzunehmen. Und dafür war Carol dankbar, selbst wenn das bedeutete, dass sie auf diese Weise ständig an ihr eigenes Versagen erinnert wurde.

Carol trat zur Seite, um Paula Platz zu machen, und ging dann wieder zu ihrem Stuhl zurück. Paula lehnte sich an die Glaswand, die Arme verschränkt, als könne sie so verbergen, wie viel sie abgenommen hatte. Ihr dunkelblondes Haar sah aus, als hätte sie vergessen, sich nach dem Trockenrubbeln zu kämmen, und ihre dunkelgraue Hose und der Pullover hingen beide zu weit an ihr herunter. »Wie geht es Tony?«, fragte sie.

»Ich weiß es nicht, weil ich gerade erst von dem Angriff auf ihn gehört habe«, entgegnete Carol vorsichtig, um es nicht anklagend klingen zu lassen.

Paula war niedergeschmettert. »So ein Mist«, stöhnte sie. »Ich kam gar nicht drauf, dass Sie es nicht wissen könnten.« Sie schüttelte frustriert den Kopf. »Man hat mich nicht mal von dort angerufen. Ich hab es erst gehört, als ich am Samstagvormittag die Fernsehnachrichten angeschaltet habe. Ich habe einfach angenommen, dass irgendjemand Sie anrufen wird …« Sie verstummte bestürzt.

»Niemand hat mich angerufen. Ich war zu einem Familienwochenende mit meinem Bruder und meinen Eltern in den Dales. Deshalb hatten wir weder den Fernseher noch ein Radio eingeschaltet. Wissen Sie, in welcher Klinik er liegt?«

»Im Bradfield Cross«, antwortete Paula. »Am Samstag wurde sein Knie operiert. Ich hab nachgefragt. Man sagte mir, er hätte die Operation gut überstanden und sei ohne Beschwerden.«

Carol stand auf und packte ihre Tasche. »Gut. Wenn ihr mich braucht, bin ich dort. Ich nehme an, es ist über Nacht nichts Neues hereingekommen, um das wir uns kümmern müssten?«

Chris schüttelte den Kopf. »Nichts Neues.«

»Umso besser. Wir haben sowieso genügend andere Fälle.« Sie klopfte Paula im Vorbeigehen auf die Schulter. »Ich wäre von der gleichen Annahme ausgegangen«, beruhigte sie sie und ging hinaus. *Aber ich hätte trotzdem nachgefragt.*

Trockener Mund. Zu trocken, um zu schlucken. Das war ungefähr der komplizierteste Gedanke, der seinen mit Watte angefüllten Kopf durchdringen konnte. Seine Augendeckel zuckten.

Er hatte eine dunkle Ahnung, dass es keine gute Idee wäre, sie zu öffnen, und dass es einen Grund dafür gab, aber er konnte sich nicht an ihn erinnern. Er war nicht einmal sicher, ob er sich auf diese unklare Warnung aus seinem Gehirn verlassen konnte. Was konnte so schlimm daran sein, die Augen aufzumachen? Die Leute taten es doch ständig, und es passierte ihnen nichts Schlimmes.

Die Antwort kam mit schwindelerregender Schnelligkeit. »Wurde ja auch Zeit«, versetzte die schnippische Stimme von irgendwo hinter seinem linken Ohr. Ihr scharfer, kritischer Ton war ihm vertraut, aber nur aus der Vergangenheit. Sie schien zu dem zusammenhanglosen Eindruck, der ihm von seinem jetzigen Leben geblieben war, nicht so recht zu passen.

Tony rollte den Kopf zur Seite. Diese Bewegung ließ einen Schmerz wiederaufflammen, den er nicht genau orten konnte. Es kam ihm wie ein allgemeines Schmerzgefühl im ganzen Körper vor. Er stöhnte und öffnete die Augen. Und erinnerte sich daran, warum es besser gewesen wäre, sie geschlossen zu lassen.

»Wenn ich schon hier sein muss, könntest du dich wenigstens mit mir unterhalten.« Ihr Mund presste sich zu dem missbilligenden Strich zusammen, den er so gut kannte. Sie klappte ihren Laptop zu, stellte ihn neben sich auf den Tisch und schlug die mit einer Hose bekleideten Beine übereinander. Ihre Beine hatte sie nie gemocht, dachte Tony dabei völlig sinnlos.

»Tut mir leid«, krächzte er. »Ich glaube, es kommt von den Medikamenten.« Er streckte die Hand nach dem Glas Wasser auf seinem Tablett aus, konnte es aber nicht erreichen. Sie machte keine Bewegung. Er versuchte, sich hochzuziehen und aufzusetzen, und vergaß dabei dummerweise, weshalb er in einem Krankenhausbett lag. Sein linkes Bein bewegte sich, durch eine dicke Gipsschiene beschwert, nur ein winziges bisschen, dies tat aber so unverhältnismäßig weh, dass er aufstöhnte. Mit dem Schmerz kam die Erinnerung. Lloyd Allen, der sich auf ihn stürzte und etwas schrie, das er nicht verstand. Das Aufblitzen von Licht auf blauem Stahl. Ein Moment lähmender Schmerzempfindung, dann nichts mehr. Danach Bewusstseinsfetzen, Ärzte, die über ihn sprachen, Schwestern, die sich über ihn beugten und redeten, ein Fernseher, der auf ihn einquatschte. Und sie, die Gereiztheit und Ungeduld ausstrahlte. »Wasser?«, schaffte er hervorzustoßen und war nicht sicher, ob sie ihm den Gefallen tun würde.

Sie seufzte, gereizt wie eine Frau, die weidlich ausgenutzt wird, hob dann das Glas Wasser und richtete den Halm auf seine trockenen Lippen, damit er trinken konnte, ohne sich aufsetzen zu müssen. Er sog das Wasser in kleinen Schlucken auf und genoss es, dass sich wieder Feuchtigkeit in seinem Mund ausbreitete. Einsaugen, auskosten und schlucken. Er wiederholte das, bis er das Glas halbleer getrunken hatte, dann ließ er den Kopf aufs Kissen zurückfallen. »Du brauchst nicht hier zu sitzen«, sagte er. »Mir geht's gut.«

Sie schnaubte. »Du glaubst doch nicht etwa, dass ich aus freien Stücken hier bin. Das Bradfield Cross ist einer meiner Kunden.«

Dass sie ihn immer noch so brutal enttäuschen konnte, war keine Überraschung, aber trotzdem tat es weh. »Um den Schein zu wahren, was?«, meinte er und konnte einen bitteren Tonfall nicht unterdrücken.

»Wenn mein Einkommen und mein Ruf auf dem Spiel stehen? Darauf kannst du wetten.« Sie sah ihn mürrisch an, und die Augen, die seinen so ähnlich waren, wurden schmal, als sie ihn einschätzend taxierte. »Tu nicht so, als seist du dagegen, Tony. Wenn es darum geht, den Schein zu wahren, könntest du England bei den Olympischen Spielen vertreten. Ich wette, keiner deiner Kollegen hat einen blassen Schimmer, was in deinem schmuddeligen Köpfchen vorgeht.«

»Ich hatte eine gute Lehrmeisterin.« Er wandte den Blick ab und gab vor, das Morgenmagazin im Fernsehen anzusehen.

»Also gut, wir brauchen ja nicht zu reden. Ich habe Arbeit und bin mir sicher, wir können dir etwas zu lesen bringen lassen. Ich bleibe einen oder zwei Tage, nur so lange, bis du wieder auf den Beinen bist. Dann werd ich dir nicht mehr im Weg sein.« Er hörte, wie sie sich zurechtsetzte und dann etwas auf den Tasten tippte.

»Wie hast du es erfahren?«, fragte er.
»Anscheinend bin ich in deiner Personalakte als nächste Verwandte eingetragen. Entweder hast du sie in den letzten zwanzig Jahren nie aufs Laufende gebracht, oder du bist immer noch der Einzelgänger, der du schon immer warst. Und so eine gewiefte Oberschwester hat mich erkannt, als ich reinkam. Jetzt sitze ich also hier fest, solange der Anstand es verlangt.«
»Ich hatte keine Ahnung, dass du irgendeine Verbindung zu Bradfield hast.«
»Hast gedacht, hier wärst du sicher, was? Aber anders als du, Tony, bin ich erfolgreich. Ich habe überall im Land Verbindungen. Das Geschäft läuft auf Hochtouren.« Wenn sie angab, wurde ihr Gesichtsausdruck milder.
»Du brauchst wirklich nicht hierzubleiben. Ich sage ihnen, ich hätte dich weggeschickt.« Er sprach schnell, die Worte überschlugen sich bei dem Versuch, sich so wenig wie möglich beim Sprechen anzustrengen.
»Und warum sollte ich glauben, dass du die Wahrheit über mich sagen wirst? Nein, danke. Ich werde meine Pflicht tun.«
Tony starrte die Wand an. Gab es in der englischen Sprache einen deprimierenderen Satz?

Elinor Blessing rührte die Schlagsahne mit einem Holzstab in ihren Mokka. Starbucks war vom Hintereingang des Bradfield Cross Hospital zwei Minuten zu Fuß entfernt, und sie meinte, auf dem Gehweg müssten die vielen Schuhe junger Ärzte, die mit Koffein den Schlaf abwehrten, eine Furche hinterlassen haben. Aber heute Vormittag bemühte sie sich nicht, wach zu bleiben, sondern wollte nur nicht im Weg sein.
Eine senkrechte Falte erschien zwischen ihren Brauen, und

ihre grauen Augen starrten in die Ferne. Ihre Gedanken überschlugen sich, während sie überlegte, was sie tun sollte. Sie war schon so lange Thomas Denbys Assistenzärztin, dass sie inzwischen eine ziemlich klare Meinung von ihm hatte. Er war wahrscheinlich der beste Diagnostiker, mit dem sie je zusammengearbeitet hatte, und ergänzte dies durch gründliche klinische Behandlung. Anders als viele andere Chefärzte, die sie gekannt hatte, schien er es nicht nötig zu haben, sein Ego zu pflegen, indem er untergeordnete Ärzte und Studenten zur Schnecke machte. Er ermutigte sie, bei der Visite eine aktive Rolle zu spielen. Wenn seine Studenten seine Fragen beantworten konnten, schien er sich zu freuen, und war enttäuscht, wenn die Antwort falsch war. Die Enttäuschung war ein besserer Ansporn zum Lernen als Sarkasmus und Demütigung, die viele seiner Kollegen austeilten.

Aber Denby stellte im Allgemeinen – wie ein guter Anwalt – immer Fragen, auf die er die Antworten bereits wusste. Würde er genauso großzügig sein, wenn einer seiner Untergebenen die Antwort auf ein Problem hatte, das er nicht hatte lösen können? Würde er der Person danken, die den glatten Ablauf seiner Visite mit einem Vorschlag unterbrach, den er noch nicht in Betracht gezogen hatte? Besonders wenn sich herausstellen sollte, dass sie recht hatte?

Man konnte argumentieren, dass er erfreut sein sollte, egal wer die Theorie vertrat. Die Diagnose war der erste Schritt auf dem Weg, dem Patienten zu helfen. Außer wenn es eine ausweglose Diagnose war. Unheilbar, heikel, unmöglich zu behandeln. Niemand wünschte sich diese Art von Diagnose. Besonders wenn der Patient Robbie Bishop war.

Es hatte für Carol etwas Entmutigendes, sich in einem Krankenhaus so gut auszukennen. Aus dem einen oder anderen

Grund war sie durch ihre berufliche Tätigkeit mit allen wichtigen Abteilungen des Bradfield Cross vertraut. Der einzige Vorteil daran war, zu wissen, welchen der überfüllten Parkplätze sie am besten ansteuern sollte.

Die Frau, die im Schwesternzimmer der chirurgischen Männerabteilung Dienst hatte, erkannte sie. Ihre Pfade hatten sich schon mehrfach während der Operation und Wiederherstellung eines Vergewaltigers gekreuzt, dessen Opfer es unfassbarerweise geschafft hatte, sein Messer gegen ihn zu erheben. Seine Schmerzen hatten ihnen beiden ein gewisses Vergnügen bereitet. »Sie sind Inspector Jordan, nicht wahr?«, sagte sie.

Carol bemühte sich nicht, sie zu verbessern. »Stimmt. Ich suche einen Patienten, der Hill heißt. Tony Hill.«

Die Schwester schien überrascht. »Sie sind doch etwas zu weit oben in der Hackordnung, um Aussagen aufzunehmen.«

Carol überlegte kurz, wie sie ihre Beziehung zu Tony beschreiben sollte. »Kollege« genügte nicht, »Vermieter« war irgendwie irreführend, und »Freund« war zugleich zu viel und zu wenig, um wahr zu sein. Sie zuckte mit den Schultern. »Er füttert meinen Kater.«

Die Schwester kicherte. »So einen brauchen wir alle.« Sie zeigte rechts den Korridor entlang. »An den Vierbettzimmern vorbei, da ist eine Tür auf der linken Seite. Dort liegt er.«

Während Angst an Carol wie eine Ratte an einem Knochen nagte, folgte sie der Wegbeschreibung. Vor der Tür blieb sie stehen. Was würde geschehen? Was würde sie vorfinden? Sie hatte wenig Erfahrung im Umgang mit körperlichen Gebrechen anderer Menschen. Aus eigener Erfahrung wusste sie, dass sie bei Schmerzen auf keinen Fall Leute, die ihr wichtig waren, um sich haben wollte. Deren offensichtlicher Kummer verursachte ihr Schuldgefühle, und sie mochte es nicht, die eigene Verletzlichkeit so offen zeigen zu müssen. Sie hätte wetten können, dass Tony ähnlich fühlte, und rief sich eine frühere Gelegenheit ins Gedächtnis zurück, bei der sie ihn im Krankenhaus besucht hatte. Damals hatten sie sich noch nicht gut gekannt, aber sie erinnerte sich, dass es nicht gerade ein gemütliches Treffen gewesen war. Nun ja, wenn sich herausstellte, dass er allein sein wollte, würde sie nicht bleiben. Nur kurz reinschauen, damit er wusste, dass sie Anteil nahm, und sich dann freundlich verabschieden, nicht ohne dafür zu sorgen, dass er wusste, sie würde auf seinen Wunsch hin wiederkommen.

Tief einatmen, dann klopfen. Danach die vertraute Stimme, etwas undeutlich. »Kommen Sie, wenn Sie den Stoff haben.« Carol grinste. Also nicht so schlimm. Sie stieß die Tür auf und ging rein.

Sofort war sie sich darüber im Klaren, dass noch jemand anderes im Zimmer war, aber zunächst hatte sie nur Augen für Tony. Der Dreitagebart betonte das Grau seiner Haut. Er sah aus, als hätte er abgenommen, was er sich nicht leisten konnte. Aber die Augen waren hell, und sein Lächeln schien echt. Eine merkwürdige Konstruktion aus Streckapparaten und Seilen hielt sein Knie in der Gipsschiene in einem Winkel fixiert, der nicht gerade bequem aussah. »Carol«, setzte er an, wurde aber unterbrochen.

»Sie müssen die Freundin sein«, sagte die Frau, die in der Ecke saß, mit schwachem, aber erkennbar hiesigem Dialekt. »Wieso hat das so lang gedauert?« Carol sah sie überrascht an. Sie schien Anfang sechzig, gut erhalten, da es ihr recht geschickt gelungen war, sich die Jahre vom Leib zu halten. Das Haar war sorgfältig goldbraun gefärbt, das Make-up untadelig, aber dezent. Ihre blauen Augen blickten berechnend, und die sichtbaren Fältchen wiesen nicht auf einen gütigen und großzügigen Charakter hin. Sie war eher dünn als schlank und trug ein Business-Kostüm mit einem Schnitt von überdurchschnittlicher Klasse. Jedenfalls deutlich aufwendiger als das, was Carol sich für ein Kostüm zu zahlen leisten konnte.

»Wie bitte?«, fragte Carol zurück. Es kam nicht oft vor, dass man sie auf dem falschen Fuß erwischte, denn selbst Schurken waren selten so ungehobelt.

»Sie ist nicht meine Freundin«, warf Tony ein, und seine Gereiztheit war ihm anzumerken. »Das ist Detective Chief Inspector Carol Jordan.«

Die Frau hob die Augenbrauen. »Da wär ich nie draufgekommen.« Ihrem dünnen Lächeln fehlte jeder Humor. »Was die Rolle als Freundin betrifft, meine ich, nicht, dass Sie bei der Polente sind. Denn was hat schließlich eine hochrangige Polizistin mit diesem unbrauchbaren Subjekt hier zu schaffen, außer um ihn festzunehmen.«

»Mutter«, stieß Tony wütend zwischen zusammengebissenen Zähnen hervor. An Carol gewandt zog er ein Gesicht, das eine Mischung aus Frust und der Bitte um Verzeihung war. »Carol, das ist meine Mutter. Carol Jordan, Vanessa Hill.«

Keine der beiden Frauen schickte sich an, der anderen die Hand zu reichen. Carol unterdrückte ihre Überraschung. Sie hatten zwar nie viel über ihre Familien gesprochen, aber sie hatte eindeutig den Eindruck gehabt, dass Tonys Mutter nicht mehr lebte. »Freut mich, Sie kennenzulernen«, sagte Carol. Sie wandte sich wieder an Tony: »Wie geht's dir?«

»Bis oben vollgepumpt mit Medikamenten. Aber heute kann ich wenigstens länger als fünf Minuten wach bleiben.«

»Und das Bein? Was sagen sie dazu?« Während sie sprach,

bemerkte sie, dass Vanessa Hill ihren Laptop in eine bunte Neoprentasche packte.

»Es ist anscheinend ein einfacher, gerader Bruch. Die Ärzte haben ihr Bestes getan, den Knochen wieder zusammenzufügen …« Er verstummte. »Mutter, gehst du?«, fragte er, als Vanessa mit dem Mantel über dem Arm und der Handtasche sowie dem Laptop über der Schulter am Fußende des Bettes vorbeikam.

»Ganz recht, ich gehe. Du musst dich ja jetzt um dein Mädchen kümmern. Da bin ich fein raus.« Sie ging auf die Tür zu.

»Sie ist nicht meine Freundin«, rief Tony. »Sie ist meine Mieterin, meine Kollegin und mit mir befreundet. Und sie ist eine Frau, kein Mädchen.«

»Was auch immer«, entgegnete Vanessa. »Jetzt lasse ich dich ja nicht mehr im Stich. Du bist in guten Händen. Der Unterschied wird für die Schwestern offenkundig sein.« Sie deutete ein Winken an und verschwand.

Carol starrte der Frau mit offenem Mund nach. »Verdammt noch mal«, meinte sie und wandte sich wieder Tony zu. »Ist sie immer so?«

Er ließ den Kopf aufs Kissen zurückfallen und wich ihrem Blick aus. »Bei anderen Leuten wahrscheinlich nicht«, antwortete er matt. »Sie hat eine sehr erfolgreiche Personalagentur. Man kann es kaum glauben, aber sie wirkt bei Personalentscheidungen mit und organisiert die Ausbildung in einigen Spitzenunternehmen des Landes. Ich glaube, ich bewirke, dass sie ihre schlechteste Seite zeigt.«

»Ich fange an zu verstehen, warum du nie über sie gesprochen hast.« Carol zog den Stuhl aus der Ecke und setzte sich neben das Bett.

»Ich sehe sie fast nie. Nicht mal zu Weihnachten oder an Ge-

burtstagen.« Er seufzte. »Ich hatte auch nicht viel von ihr, als ich aufwuchs.«
»Und dein Vater? War sie auch zu ihm so unfreundlich?«
»Gute Frage. Ich habe keine Ahnung, wer mein Vater ist. Sie hat sich immer geweigert, mir irgendetwas über ihn zu erzählen. Ich weiß nur, dass sie nicht verheiratet waren. Kannst du mir mal die Fernbedienung fürs Bett geben?« Er brachte ein richtiges Lächeln zustande. »Du hast mich vor einem weiteren Tag mit meiner Mutter gerettet. Das Mindeste, was ich dafür tun kann, ist, mich für dich aufzusetzen.«
»Ich bin gekommen, sobald ich davon erfuhr. Es tut mir leid. Niemand hat mich angerufen.« Sie gab ihm die Fernbedienung, und er drückte auf die Knöpfe, bis er halb aufrecht saß und leicht zusammenzuckte, als er sich zurechtrückte. »Alle dachten, jemand anders hätte mir Bescheid gesagt. Ich wünschte, du hättest es mich wissen lassen.«
»Ich wusste doch, wie sehr du ein freies Wochenende brauchtest«, erwiderte er. »Außerdem kann ich ja nicht endlos Gefälligkeiten von dir verlangen und dachte, ich würde mir das lieber für eine Gelegenheit aufsparen, wenn ich sie wirklich brauche.« Plötzlich blieb ihm der Mund offen stehen, und seine Augen weiteten sich. »Ach Mist«, rief er aus. »Bist du schon zu Hause gewesen oder direkt ins Büro gekommen?«
Das schien eine merkwürdige Frage, aber sie war ihm wohl sehr wichtig. »Ich bin direkt ins Büro gefahren. Warum?«
Er schlug die Hände vors Gesicht. »Es tut mir furchtbar leid. Ich habe Nelson ganz vergessen.«
Carol brach in Lachen aus. »Ein Verrückter schlägt dir das Bein mit einer Feuerwehraxt kaputt, du wirst am Wochenende operiert, und da machst du dir Sorgen, dass du meinen Kater nicht gefüttert hast? Er hat eine Katzentür, er kann rausgehen und kleine Tiere fangen, wenn's eng wird.« Sie

nahm seine Hand und tätschelte sie. »Vergiss den Kater. Sag mir, wie es um dein Knie steht.«

»Es ist verdrahtet, aber wegen der Wunde können sie noch keinen richtigen Gipsverband machen. Die Chirurgin sagt, sie müssen sichergehen, dass es richtig heilt und sich nicht entzündet. Dann können sie einen Gips anlegen, und vielleicht kann ich's bis Ende der Woche mit einem Gehbock versuchen. Wenn ich brav bin«, fügte er spöttisch hinzu.

»Wie lang wirst du also im Krankenhaus bleiben müssen?«

»Mindestens eine Woche. Es kommt darauf an, wie gut ich mit dem Gehen klarkomme. Sie werden mich erst entlassen, wenn ich mich fortbewegen kann.« Er schwenkte seinen Arm. »Und wahrscheinlich auch, wenn ich ohne Morphiuminfusion auskomme.«

Carol grinste verständnisvoll. »Das hast du jetzt davon, dass du den Helden gespielt hast.«

»Da war nichts Heldenhaftes dran«, entgegnete Tony. »Die Typen, die versuchten, ihren Kollegen da rauszuschleppen, das waren die Helden. Ich hab ihn nur abgelenkt.« Seine Augenlider flatterten. »Aber das war das letzte Mal, dass ich noch so spät arbeite.«

»Brauchst du etwas von zu Hause?«

»Vielleicht T-Shirts. Das muss bequemer sein als diese Krankenhauskittel. Und ein paar Boxershorts. Es wird interessant sein zu sehen, ob wir sie über die Schiene kriegen.«

»Wie wär's mit etwas zum Lesen?«

»Gute Idee. Ich soll zwei Bücher besprechen, sie liegen auf dem Nachttisch. Du kannst an den Klebezetteln auf dem Umschlag sehen, welche es sind. Oh, und meinen Laptop, bitte.«

Carol schüttelte belustigt den Kopf. »Meinst du nicht, dies könnte eine gute Gelegenheit zum Ausspannen sein? Vielleicht mal was Leichtes zu lesen?«

Er schaute sie an, als spräche sie Isländisch. »Warum?«
»Ich glaube nicht, dass irgendjemand von dir erwartet, dass du arbeitest, Tony. Und ich vermute, es wird nicht so leicht sein, sich zu konzentrieren, wie du es dir vorstellst.«
Er runzelte die Stirn. »Du glaubst, ich weiß nicht, wie man sich entspannt.« Das war nur zum Teil scherzhaft gemeint.
»Das glaube ich nicht, sondern ich weiß es. Und ich kann es verstehen, weil ich ähnlich gestrickt bin.«
»Ich kann mich sehr wohl entspannen. Ich sehe mir Fußballspiele an. Ich spiele Computerspiele.«
Carol lachte. »Ich hab gesehen, wie du Fußball schaust und wie du Computerspiele spielst. Die Bedeutung des Wortes ›entspannend‹ lässt sich auf solche Aktivitäten nicht anwenden, wenn du dich damit beschäftigst.«
»Ich werde das nicht mal einer Antwort würdigen. Aber wenn du mir den Laptop bringst, kannst du mir auch Lara ...« Er zwinkerte ihr zu.
»Du armer Kerl. Wo finde ich sie?«
»In meinem Arbeitszimmer. Auf dem Regal, das du vom Stuhl aus mit der linken ausgestreckten Hand erreichst.« Er unterdrückte ein Gähnen. »Und jetzt ist es an der Zeit zu gehen. Ich muss schlafen, und du hast ein Sondereinsatzteam zu leiten.«
Carol stand auf. »Ein Sondereinsatzteam ohne besondere Einsätze. Aber ich beklage mich nicht«, fügte sie hastig hinzu. »Ich habe kein Problem mit einem beschaulichen Tag im Büro.« Sie tätschelte noch einmal seine Hand. »Ich komm heute Abend noch mal vorbei. Wenn du noch etwas brauchst, ruf mich an.«
Sie ging den Korridor entlang und zog schon ihr Mobiltelefon heraus, damit sie es beim Verlassen des Krankenhauses anschalten konnte. Als sie am Schwesternzimmer vorbeikam,

zwinkerte ihr die Frau zu, mit der sie vorhin gesprochen hatte. »So ist das also mit dem Katzefüttern.«
»Was meinen Sie?«, fragte Carol und blieb stehen.
»Seine Mutter sagte, er tut ein bisschen mehr als das für Sie.« Sie lächelte verschmitzt und warf ihr einen wissenden Blick zu.
»Sie sollten nicht alles glauben, was Sie hören. Weiß Ihre Mutter alles über Sie?«
Die Schwester zuckte mit den Schultern. »Aha, kapiert.«
Carol hantierte zugleich mit Tasche und Handy und zog schließlich eine Karte heraus. »Ich komme später noch mal vorbei. Das ist meine Karte. Wenn er etwas braucht, sagen Sie mir Bescheid, und ich seh zu, was ich tun kann.«
»Alles klar. Gute Katzensitter sind schließlich nicht so leicht zu finden.«

Yousef Aziz sah auf die Uhr am Armaturenbrett. Es lief gut. Niemand erwartete, dass er von einer Besprechung um neun Uhr viel früher als zur Mittagszeit zurück in Blackburn sein würde. Alle kannten den Verkehr über die Pennines am Montagmorgen. Was sie aber nicht wussten, war, dass er die Besprechung auf acht Uhr vorverlegt hatte. Sicher, das hieß, dass er in Bradfield etwas früher losfahren musste, aber nicht eine ganze Stunde früher, weil er den schlimmsten Berufsverkehr vermeiden würde. Um sich abzusichern, hatte er seiner Mutter nur sagen müssen, er wolle sicher sein, sich bei diesem wichtigen neuen Kunden nicht zu verspäten. Er wusste, dass er sich hätte schlecht fühlen sollen, als sie seine angebliche Pünktlichkeit lobend als Tadel gegenüber seinem kleinen Bruder nutzte. Aber an Raj prallte das sowieso ab. Ihre Mutter hatte ihn als jüngsten Sohn verwöhnt und erntete jetzt, was sie gesät hatte.

Das Wichtigste war, dass Yousef sich selbst einen kleinen Zeitgewinn hatte schaffen können. In den letzten Monaten hatte er sich daran gewöhnt, das zu tun, und war zum Experten darin geworden, aus dem Arbeitstag einige Stunden für sich herauszuquetschen, ohne Verdacht zu erregen. Seit ... Er schüttelte den Kopf, wie um den Gedanken zu verscheuchen. Er beunruhigte ihn zu sehr. Er musste versuchen, die widersprüchlichen Elemente seines Lebens voneinander getrennt zu halten, sonst würde er sich verraten.

Yousef hatte die Besprechung in Blackburn so kurz wie möglich gehalten, ohne zu dem neuen Kunden unhöflich zu sein, und hatte jetzt anderthalb Stunden für sich. Er folgte den Anweisungen des Navigationssystems auf der Autobahn und mitten nach Cheetham Hill hinein. Er kannte den nördlichen Teil Manchesters ziemlich gut, aber genau dieses Viertel verwirrend angelegter Straßen mit roten Backsteinhäuschen war ihm nicht vertraut. Er bog in eine schmale Straße ein, in der eine heruntergekommene Serie langweiliger Reihenhäuser einem kleinen Gewerbegebiet gegenüberlag. In der Mitte der Reihe entdeckte er das Schild, das er suchte. PRO-TECH-SUPPLIES stand in Rot auf weißem Hintergrund mit einer Umrandung aus schwarzen Ausrufezeichen.

Er blieb mit dem Lieferwagen draußen stehen, stellte den Motor ab und lehnte sich tief atmend über das Steuerrad, denn er spürte, wie sich sein Magen verkrampfte. Am Morgen hatte er fast nichts gegessen und seine Eile als Grund vorgeschoben, um die bedrückende Sorge seiner Mutter wegen seines in letzter Zeit so schlechten Appetits zu zerstreuen. Natürlich hatte er keinen Appetit mehr, genauso wie er auch nicht mehr als zwei Stunden schlafen konnte. Was konnte er anderes erwarten? So war es eben, wenn man so etwas in Angriff nahm. Aber es war wichtig, keinen Verdacht zu erregen,

deshalb versuchte er wenn möglich an den gemeinsamen Mahlzeiten nicht teilzunehmen.
Er konnte kaum glauben, wie energiegeladen er war, obwohl er so wenig aß und schlief. Manchmal war ihm ein bisschen schwindlig, aber er dachte, das hatte mehr damit zu tun, dass er sich über die Auswirkungen ihres Plans Gedanken machte, als mit dem Mangel an Essen und Entspannung. Jetzt richtete er sich hinter dem Steuerrad auf, stieg aus und ging durch die Tür, an der VERKAUF stand. Sie führte in einen Raum mit zehn Meter langen Wänden, der von dem dahinterliegenden Lager abgetrennt war. Hinter einer mit Zinkblech beschlagenen, den Raum unterteilenden Theke saß ein dünner Mann mit hochgezogenen Schultern an einem Computer. Alles an ihm war grau, sein Haar, seine Haut und sein Arbeitsanzug. Als Yousef eintrat, sah er vom Bildschirm auf. Auch seine Augen waren grau.
Er stand auf und stützte sich auf den Monitor. Diese Bewegung ließ einen bitteren Geruch von billigem Tabak zu Yousef herüberdriften. »Alles klar?«, fragte Yousef.
»Alles klar. Was kann ich für Sie tun?«
Yousef zog eine Liste heraus. »Ich brauche strapazierfähige Schutzhandschuhe, eine Gesichtsmaske und Ohrenschutz.«
Der Mann seufzte und zog einen Katalog mit Eselsohren heran. »Am besten schauen Sie mal hier rein. Da sind unsere Produkte drin.« Er schlug ihn auf, blätterte in den zerknitterten Seiten, bis er zu den Handschuhen kam, und zeigte auf irgendeine Abbildung. »Sehen Sie, da ist eine Beschreibung. Nach der können Sie sich eine Vorstellung machen, wie dick und dehnbar sie sind. Kommt darauf an, wofür Sie sie brauchen, verstehen Sie?« Er schob Yousef den Katalog hin. »Suchen Sie sich aus, was Sie haben wollen.«
Yousef nickte. Er begann, den Katalog zu studieren, und war

einigermaßen verblüfft von der großen Auswahl, die sich ihm bot. Während er die Beschreibungen der Artikel las, konnte er sich ein Lächeln nicht verkneifen. Aus irgendeinem Grund führte Pro-Tech sein eigenes Projekt nicht in der Liste der Verwendungszwecke für ihre Schutzausrüstung an. Mr. Grey hinter dem Ladentisch würde sich in die Hose machen, wenn er die Wahrheit erführe. Aber er würde sie nie erfahren. Yousef war vorsichtig gewesen. Hatte keine Spuren hinterlassen. Ein Hersteller für Spezialfarben in Oldham. Ein Laden für Motorradzubehör in Leeds. Ein Zulieferer für Laborbedarf in Cleckheaton. Aber kein einziger in Bradfield, da dort das Risiko bestand, von jemandem gesehen zu werden, der ihn kannte. Jedes Mal hatte er sich seiner Rolle entsprechend angezogen. Ein Maleranzug, eine Motorrad-Lederkluft, ein ordentlich gebügeltes Hemd und Chinos, ein Etui mit einigen Stiften in der Hemdtasche. Barzahlung. Der Unsichtbare.

Jetzt traf er seine Entscheidung, zeigte auf die Sachen, die er brauchte, und fügte obendrein noch einen Brustschutz hinzu. Der Lagerist gab die Einzelheiten in den Computer ein und sagte Yousef, seine Ware würde gleich da sein. Er schien verlegen, als Yousef Barzahlung anbot. »Haben Sie keine Kreditkarte?«, fragte er ungläubig.

»Nicht von der Firma, nein«, log Yousef. »Tut mir leid. Ich hab nur Bargeld.« Er zählte die Banknoten auf den Tisch.

Der Lagerist schüttelte den Kopf. »Das muss es dann eben tun. Ihr mögt wohl alle nur Bargeld, was?«

Yousef runzelte die Stirn. »Ihr alle? Was meinen Sie damit?« Er spürte, wie sich seine Hände in den Taschen zu Fäusten ballten.

»Ihr Moslems. Ich hab's irgendwo gelesen. Es ist gegen eure Religion. Zinsen zahlen und so.« Der Mann schob sein Kinn trotzig vor. »Ich bin kein Rassist, wissen Sie. Ich stelle einfach nur eine Tatsache fest.«

Yousef atmete schwer. Was das betraf, war die Einstellung des Mannes ja noch ziemlich mild. Er hatte viel, viel Schlimmeres erlebt. Aber er war dieser Tage hochsensibel gegenüber allem, was auch nur einer Spur von Vorurteil gleichkam. All dies trug dazu bei, dass er auf diesem Weg blieb und seine Pläne bis zum Ende durchzog. »Wenn Sie meinen«, entgegnete er, da er keinen Streit wollte, durch den man sich an ihn erinnern könnte, aber andererseits wollte er auch nicht einfach dazu schweigen.

Das Eintreffen seiner Ware ersparte ihm jede weitere Unterhaltung. Er nahm alles und ging hinaus, ohne das »Wiedersehn« des Lageristen zu erwidern.

Der Verkehr auf der Autobahn war lebhaft, und er brauchte fast eine Stunde bis nach Bradfield. Eigentlich hatte er nicht mehr genug Zeit, seine Ausrüstung in die Einzimmerwohnung zu bringen, aber im Lieferwagen konnte er sie nicht herumliegen lassen. Wenn Raj, Sanjar oder sein Vater sie sähe, würde das alle möglichen Fragen aufwerfen, die er auf keinen Fall beantworten wollte.

Die Wohnung lag im ersten Stock eines ehemaligen Stadthauses, das einem Eisenbahnmagnaten gehört hatte. Ein weitläufiger Komplex im neugotischen Stil, dessen fleckiger Stuck an Giebeln und Erkern rissig war und abbröckelte, dessen Fensterrahmen halb verrottet waren und in dessen Regenrinnen eine Menge Unkraut wuchs. Man hatte früher einmal von hier aus eine schöne Aussicht gehabt. Aber jetzt sah man aus den vorderen Fenstern nur die freitragende, nach unten abfallende Westtribüne von Bradfield Victorias großem Stadion in einer halben Meile Entfernung. Ein Viertel, in dem früher einmal eine gewisse Vornehmheit geherrscht hatte, war nun zu einem Ghetto heruntergekommen, dessen Einwohner nur durch ihre Armut vereint waren. Die Schattierungen der Hautfarbe reichten vom Blauschwarz südlich der Sahara bis zum blassen Milchweiß Osteuropas. Einer Umfrage des Stadtrats von Bradfield zufolge wurden in der Quadratmeile westlich des Fußballfeldes dreizehn Religionen ausgeübt und zweiundzwanzig Sprachen gesprochen. Hier bewegte sich Yousef unbemerkt von seiner eigenen Immigrantengemeinschaft der dritten Generation. Hier fiel er niemandem auf, und es interessierte keinen, wer in seinem Versteck im ersten Stock ein und aus ging. Hier war Yousef unsichtbar.

Die Empfangsdame versuchte, ihren Schock zu verbergen, was ihr aber nicht gelang. »Guten Morgen, Mrs. Hill«, plapperte sie automatisch. Sie warf einen Blick auf den Kalender auf ihrem Schreibtisch, als könne sie nicht glauben, dass sie sich so geirrt hatte. »Ich dachte ..., Sie wären nicht ...«

»Gut, das hält Sie in Bewegung, Bethany«, versetzte Vanessa, als sie an ihr vorbei in ihr Büro rauschte. Die Gesichter, an denen sie auf ihrem Weg vorbeikam, blickten bestürzt und schuldbewusst, während sie ihren Gruß stammelten. Sie glaubte keineswegs, dass sie etwas getan hatten, was ihnen Schuldgefühle verursachen müsste. Ihr Personal wusste ganz genau, dass es nicht versuchen sollte, sie zu hintergehen. Aber sie mochte es, wenn bei ihrer Ankunft eine Welle der Angst durch das Büro schwappte. Es war ein Zeichen, dass sie den Gegenwert für ihr Geld bekam. Vanessa Hill war keine gefühlsduselige Chefin. Sie hatte bereits einen Freundeskreis und brauchte ihre Angestellten nicht zu ihren Vertrauten zu machen. Sie war streng, glaubte aber fair zu sein. Dies war etwas, was sie ihren Kunden einzuhämmern versuchte.

Distanz halten, ihren Respekt gewinnen, und so würde es kaum Probleme mit dem Personal geben.

Schade, dass es mit Kindern nicht so einfach war, dachte sie, als sie ihren Laptop auf den Schreibtisch stellte und ihre Jacke aufhängte. Wenn jemand vom Personal nicht spurte, konnte sie ihn feuern und einen anderen einstellen, der für die Arbeit geeignet war. Kinder wurde man nie wieder los. Und von Anfang an hatte Tony ihre Erwartungen nicht erfüllt. Als sie von einem Mann schwanger wurde, der bei dieser Nachricht verschwunden war wie Schnee bei Tauwetter, hatte ihre Mutter ihr geraten, das Baby zur Adoption freizugeben. Vanessa hatte rundweg abgelehnt. Jetzt sah sie mit Bestürzung darauf zurück und fragte sich, warum sie so unnachgiebig gewesen war.

Sie hatte es nicht aus sentimentalen Gründen getan, denn sie hatte keinen einzigen rührseligen Knochen im Leib. Auch das war eine Empfehlung an ihre Kunden. Hatte sie sich wirklich in diese prekäre Lage begeben, nur um ihre fordernde, dominante Mutter zu ärgern? Es musste mehr dahinterstecken als das, aber um alles in der Welt konnte sie sich nicht erinnern, was es war. Es mussten die Hormone gewesen sein, die ihren Verstand verwirrt hatten. Aber was auch immer, sie hatte den Klatsch und die Bosheit der Nachbarn ertragen, die ein uneheliches Kind damals bedeutete. Sie hatte sich eine andere Stelle gesucht, war ans andere Ende der Stadt gezogen, wo niemand sie kannte, hatte ihre Vergangenheit geschönt und einen toten Ehemann erfunden, um dem Stigma zu entgehen. Und sie hatte sich sowieso nie der Illusion hingegeben, sich im sanften Glanz der Mutterrolle sonnen zu können. Da ihr Vater tot war und sie jetzt keine Aussicht mehr auf einen Mann hatte, musste sie für ihren Unterhalt sorgen. Sie hatte schon immer gewusst, dass sie so bald wie nur irgend möglich wieder zur Arbeit gehen würde wie eine verflixte chinesische Bäuerin, die ein Kind im Graben absetzt und dann zurück ins Reisfeld geht. Und wofür?

Ihre Mutter hatte sich wohl oder übel um den Jungen gekümmert. Sie hatte kaum eine andere Wahl gehabt, da das Einkommen ihrer Tochter sie alle erhielt. Vanessa erinnerte sich ausreichend genug an ihre eigene Kindheit, um zu wissen, zu was für einem Leben sie ihren Sohn verdammte. Sie versuchte, nicht darüber nachzudenken, wie Tonys Tage wohl gewesen waren, und sie ermutigte ihn nicht, darüber zu sprechen. Bei der Leitung einer gutgehenden Personalagentur und später bei der Gründung ihres eigenen Unternehmens hatte sie genug zu kämpfen. Sie liebte die Herausforderungen ihrer Arbeit, hatte aber für ein weinerliches Kind keine Energie übrig.

Man musste ihm lassen, dass er das ziemlich früh kapiert hatte. Er lernte, sich damit abzufinden, die Klappe zu halten und zu tun, was man ihm sagte. Wenn er sich vergaß und um sie herumhüpfte wie ein Welpe, genügten ein paar scharfe Worte, um ihn in seine Schranken zu weisen.

Trotzdem hatte er sie am Fortkommen behindert. Daran bestand kein Zweifel. Damals vor so vielen Jahren wollte niemand mit dem Kind eines anderen Mannes eine Familie gründen. Und auch im Beruf war er ein Hindernis. Als sie sich selbständig machte, musste sie die Reisen auf ein Minimum beschränken, denn ihre Mutter machte Ärger, wenn sie den Jungen zu oft über Nacht bei ihr ließ. Vanessa hatte Chancen verpasst, hatte ihre Kontakte nicht schnell genug nutzen können und war wegen Tony verdammt oft damit beschäftigt gewesen, andere einzuholen.

Und es hatte sich nicht ausgezahlt. Die Kinder anderer Frauen heirateten und sorgten für Enkel. Fotos auf dem Schreibtisch, Geschichten, die man sich in den Pausen der Meetings erzählen konnte, Familienferien in der Sonne. All das waren Eisbrecher, die Vertrauen schufen, als Kitt für Geschäftsbeziehungen wirkten und bei Abschlüssen und daher beim Geldverdienen halfen. Tonys fortwährendes Versagen bedeutete, dass Vanessa umso härter arbeiten musste.

Jetzt war es an der Zeit, etwas zurückzugeben, das stand fest. Die Dinge hätten sich nicht besser fügen können, wenn sie sie geplant hätte. Er saß im Krankenhaus fest, benommen von Medikamenten und Müdigkeit. Er konnte sich nicht verstecken. Sie hatte jederzeit Zutritt zu ihm und konnte immer den rechten Moment wählen. Sie musste nur sicherstellen, dass sie die Freundin möglichst mied.

Ihre Sekretärin schlüpfte herein und servierte ihr wortlos den Kaffee, der ihr immer innerhalb von Minuten nach ihrer Ankunft an den Schreibtisch gebracht wurde. Vanessa fuhr ihren Computer hoch und erlaubte sich ein kurzes grimmiges Lächeln. Sich vorzustellen, dass sich Tony eine Frau von gutem Aussehen und mit einem klugen Köpfchen angeln könnte! Vanessa hatte ihrem Sohn einen Fang wie Carol Jordan nicht zugetraut. Wenn sie sich für ihn überhaupt irgendeine Frau vorgestellt hätte, wäre es eine unscheinbare graue Maus von einem Mädchen gewesen, das den Boden anbetete, auf dem er ging. Na ja, Freundin oder nicht, sie würde jedenfalls ihren Willen durchsetzen.

Elinor hob die Hand, um anzuklopfen, hielt dann aber inne. War sie etwa gerade dabei, ihre Karriere zu ruinieren? Man konnte argumentieren, dass es keine Rolle spielte, ob sie etwas sagte oder nicht. Denn wenn sie recht hatte, würde Robbie Bishop auf jeden Fall sterben. Nichts konnte daran etwas ändern. Aber wenn sie recht hatte und nichts sagte, konnte

auch noch jemand anders sterben. Ob nun ein Unfall oder Absicht hinter dem steckte, was mit ihm geschehen war, es könnte auch jemand anderem passieren.
Der Gedanke, einen weiteren Tod auf dem Gewissen haben zu können, war für Elinor entscheidend. Besser, sich für einen guten Zweck zu blamieren, als sich damit auseinandersetzen zu müssen.
Sie klopfte an die Tür und wartete auf Denbys zerstreute Antwort: »Ja, ja, kommen Sie rein.« Er sah ungeduldig von einem Stapel Fallnotizen auf. »Dr. Blessing«, sagte er. »Gibt es eine Veränderung?«
»Mit Robbie Bishop?«
Denby verzog das Gesicht zu einem schwachen Lächeln. »Bei wem sonst? Wir behaupten, alle unsere Patienten gleich zu behandeln, aber das ist nicht gerade leicht, wenn wir jedes Mal beim Betreten oder Verlassen des Krankenhauses den Spießrutenlauf an den Fußballfans vorbei durchstehen müssen.« Er drehte sich auf seinem Stuhl herum und sah durch das Fenster auf den Parkplatz. »Jetzt sind es noch mehr als vorhin, als ich vom Mittagessen zurückkam.« Er drehte sich wieder zu Elinor herum, bevor sie ansetzen konnte zu sprechen. »Vermuten Sie, dass die meinen, sie könnten durch ihre Anwesenheit den Ausgang beeinflussen?« Er klang eher nachdenklich als zynisch.
»Ich schätze, es kommt darauf an, ob sie an die Macht des Gebets glauben. Ich habe zwei gesehen, die in einem Eingang zusammenkauerten und den Rosenkranz beteten.« Sie zuckte mit den Schultern. »Es hilft Mr. Bishop wohl nicht, sein Zustand scheint sich ständig zu verschlechtern. Er hat immer mehr Flüssigkeit in der Lunge. Ich würde sagen, seine Atemnot wird schlimmer. Es kommt nicht in Frage, ihn vom Beatmungsgerät zu nehmen.«

Denby biss sich auf die Lippe. »Er spricht also nicht auf das Azidothymidin an?«
Elinor schüttelte den Kopf. »Bis jetzt ist nichts zu erkennen.«
Denby seufzte und nickte. »Ich habe keinen blassen Schimmer, was da los ist. Na ja. So läuft es eben manchmal. Danke, dass Sie mich auf dem Laufenden halten, Dr. Blessing.« Sein Blick kehrte zu den Akten auf seinem Schreibtisch zurück, und damit entließ er sie.
»Da wäre aber noch eine Sache.«
Er sah mit hochgezogenen Augenbrauen auf und schien echtes Interesse für das zu haben, was sie sagen wollte. »Hat es mit Mr. Bishop zu tun?«
Sie nickte. »Ich weiß, es klingt verrückt, aber haben Sie an eine Rizinvergiftung gedacht?«
»Rizin?« Denby schien fast beleidigt. »Wie in aller Welt sollte ein Spieler der Premier League mit Rizin in Berührung kommen?«
Elinor kämpfte weiter. »Ich habe keine Ahnung. Aber Sie sind ein fabelhafter Diagnostiker, und als Sie keine Ursache feststellen konnten, dachte ich, es müsste etwas Ausgefallenes sein. Ich vermutete eine Vergiftung. Also habe ich es in der Online-Datenbank überprüft, und alle seine Symptome weisen auf eine Rizinvergiftung hin – Schwäche, Fieber, Übelkeit, Atemnot, Husten, Lungenödem und Gelenkschmerz. Wenn man die Tatsache hinzunimmt, dass er auf keines der Medikamente, die wir bei ihm versucht haben, anspricht ... Ich weiß nicht, es scheint eher dafür zu sprechen als alles andere.«
Denby sah verwirrt aus. »Ich glaube, Sie haben zu viele Krimis über den MI5 gesehen, Dr. Blessing. Robbie Bishop ist ein Fußballspieler, kein Überläufer vom KGB.«

Elinor starrte zu Boden. Genau das hatte sie befürchtet. Aber der Grund, aus dem sie gekommen war, bestand noch immer. »Ich weiß, es klingt lächerlich«, gab sie zu. »Aber niemand hier war in der Lage, eine alternative Diagnose anzubieten, um die Symptome und die Tatsache zu erklären, dass keines unserer Medikamente anschlägt.« Sie sah auf. Er hatte den Kopf zur Seite geneigt, und obwohl sein Mund streng zusammengepresst war, drückten seine Augen Interesse für das aus, was sie zu sagen hatte. »Und Folgendes sage ich nicht, um Ihnen zu schmeicheln, damit Sie mich ernst nehmen. Wenn selbst Sie nicht verstehen, was klinisch mit Robbie Bishop los ist, glaube ich nicht, dass es eine einfache Erklärung durch eine virale oder bakterielle Ursache geben kann. Dann bleibt nur noch Gift. Und das einzige Gift, das einleuchtet, ist Rizin.«

Denby sprang auf. »Das ist doch verrückt. Terroristen verwenden Rizin, Spione verwenden Rizin. Wie zum Teufel gelangt Rizin in den Körper eines Fußballers der Premier League?«

»Mit Verlaub, ich denke, das ist ein Problem, das andere angeht«, antwortete Elinor.

Denby fuhr sich mit den Handflächen übers Gesicht. Sie hatte ihn noch nie so verwirrt, schon gar nicht so aufgeregt gesehen. »Eins nach dem anderen. Wir müssen überprüfen, ob Sie recht haben oder nicht.« Er sah sie erwartungsvoll an.

»Sie können einen ELISA-Test auf Rizin machen. Aber selbst wenn die das richtige Antigen dahaben und den Test beschleunigen, werden wir die Ergebnisse eines Sandwich-ELISA nicht vor morgen erhalten.«

Er holte tief Luft und riss sich offenkundig zusammen. »Setzen Sie alles in Bewegung. Bringen Sie die Blutprobe selbst hin, direkt ins Labor. Ich rufe vorher an, um sicherzugehen,

dass sie dort wissen, was auf sie zukommt. Wir können mit der Behandlung anfangen …« Er hielt plötzlich mit offenem Mund inne. »Oh, Mist.« Einen Augenblick wurden seine Augen schmal. »Es gibt keine Therapie, oder?«
Elinor schüttelte den Kopf. »Nein. Wenn ich mich nicht irre, ist Robbie Bishop verloren.«
Denby ließ sich auf seinen Stuhl zurückfallen. »Ja. Also, ich meine, wir brauchen diese Möglichkeit jetzt noch niemandem mitzuteilen. Nicht, bis wir es mit Sicherheit wissen. Sagen Sie niemandem, was Sie vermuten.«
»Aber …« Elinor runzelte die Stirn.
»Aber was?«
»Sollten wir nicht die Polizei benachrichtigen?«
»Die Polizei? Sie sagten doch, dass es nicht unser Problem sei herauszufinden, auf welche Weise er Rizin aufgenommen hat. Wir können die Polizei nicht auf einen reinen Verdacht hin einschalten.«
»Aber er hat noch lichte Augenblicke. Er kann sich noch verständlich machen. Wenn wir bis morgen warten, könnte er in ein Koma gefallen sein und wird niemandem mehr sagen können, wie es passiert ist. Wenn es passiert ist«, fügte sie hinzu, als sie Denbys drohenden Gesichtsausdruck sah.
»Und wenn Sie unrecht haben? Wenn sich herausstellt, dass es etwas ganz anderes ist? Diese Abteilung hätte innerhalb des Hauses und der Fachwelt alle Glaubwürdigkeit verloren. Machen wir uns doch nichts vor, Dr. Blessing, zwei Minuten nachdem wir die Polizei einschalten, werden die Medien es hinausposaunen. Ich bin nicht bereit, meinen Ruf und den meines Teams auf diese Weise aufs Spiel zu setzen. Es tut mir leid. Wir sagen es niemandem, keiner Menschenseele, bis wir die ELISA-Ergebnisse haben und es sicher wissen. Ist das klar?«

Elinor seufzte. »Es ist klar.« Dann hellte sich ihr Gesicht auf. »Und wenn ich ihn fragen würde? Unter vier Augen?«

Denby schüttelte den Kopf. »Auf keinen Fall«, erklärte er bestimmt. »Ich werde nicht zulassen, dass Sie einen Patienten so verhören.«

»Es ist etwa so wie bei einer Anamnese.«

»Es ist gar nicht wie eine Anamnese. Es ist ein verdammtes Miss-Marple-Spiel. Also bitte, lassen Sie uns nicht weiter unsere Zeit verschwenden. Bringen Sie die ELISA-Untersuchung in Gang.« Es gelang ihm, ein schwaches, mattes Lächeln aufzusetzen. »Guter Einfall, Dr. Blessing. Wollen wir dieses eine Mal hoffen, dass Sie unrecht haben. Von allem anderen abgesehen, hat Bradfield Victoria keine Chance, es ohne Robbie Bishop in der nächsten Saison in die Europameisterschaft zu schaffen.« Der Schock war Elinors Gesicht wohl anzusehen, denn er rollte die Augen und sagte: »Ich mein's doch nicht ernst, um Gottes willen. Ich mache mir wegen der Sache genauso große Sorgen wie Sie.«

Aber irgendwie hatte Elinor ihre Zweifel daran.

Tony schreckte mit aufgerissenen Augen aus dem Schlaf hoch, den Mund zu einem lautlosen Schrei geöffnet. Die Fähigkeit der Morphiumträume, den Glanz der Axt, den Schlachtruf des Angreifers, den Schweißgeruch und den Blutgeschmack von neuem zu erschaffen, war erschreckend. Sein Atem ging schnell und flach, und er spürte den Schweiß auf der Oberlippe. *Es war nur ein Traum.* Vorsichtig brachte er seinen Atem unter Kontrolle, und allmählich legte sich die Panik.

Als er sich beruhigt hatte, versuchte er, sein verwundetes Bein von der Hüfte her zu heben. Er ballte die Hände zu Fäusten, bis die Nägel in die Handflächen schnitten. Die Venen an seinem Hals schwollen an, als er mit großer Anstrengung ein Glied rühren wollte, das sich in Blei verwandelt zu haben schien. Sinnlose Sekunden verstrichen, dann gab er mit einem frustrierten Seufzer auf. Er fühlte sich, als werde er sein linkes Bein nie mehr bewegen können.

Tony fuhr mit der Fernbedienung des Bettes das Kopfteil hoch und setzte sich langsam auf. Er sah auf seine Uhr. Noch eine halbe Stunde bis zum Abendessen. Nach Essen war ihm zwar nicht zumute, aber der Tag ließ sich auf diese Weise einteilen. Er wünschte fast, seine Mutter wäre geblieben. Sie gab ihm wenigstens das Gefühl, gegen etwas angehen zu können. Tony schüttelte bei dem Gedanken entsetzt den Kopf. Wenn die Gegenwart seiner Mutter die Antwort war, dann stellte er sich die falsche Frage. Es gab durchaus in der Geschichte ihrer Beziehung Aspekte, mit denen er sich hätte befassen und auseinandersetzen sollen. Aber dies war weder der rechte Ort noch die rechte Zeit. Er war nicht sicher, wo oder wann möglicherweise der passende Moment für eine so schmerzliche Beschäftigung sein würde, wusste aber, dass es nicht hier und jetzt war.

Trotzdem konnte er nicht ewig warten. Carol hatte sie jetzt kennengelernt und würde Fragen stellen. Er konnte Carol nicht einfach übergehen. Sie hatte Besseres von ihm verdient. Das Problem war, womit er anfangen sollte. Seine Kindheitserinnerungen ließen sich nicht fortlaufend erzählen. Sie waren eine unzusammenhängende Serie von Vorfällen, lose aneinandergereiht wie dunkle Perlen auf einer abgenutzten Kette. Er hatte nicht nur schlechte Erinnerungen. Aber in den guten kam seine Mutter nicht vor. Er wusste, dass er nicht der einzige Mensch mit solchen Erfahrungen war. Schließlich hatte er viele solcher Patienten behandelt. Es war nur ein weiterer Aspekt seiner Geschichte, den er mit den Verrückten gemeinsam hatte.

Er fuhr mit der Hand durch die Luft, als schlüge er nach einer Fliege, nahm die Fernbedienung des Fernsehers und begann, die wenigen Kanäle durchzugehen. Aber er fand nichts, was ihn interessierte, und ein Klopfen an der Tür ersparte ihm die Entscheidung.

Die Person vor der Tür wartete nicht, bis er sie hereinbat. Die Frau, die hereinmarschiert kam, sah aus wie ein in die Breite gegangener Raubvogel. Ihr glänzendes, welliges braunes Haar war kurz geschnitten und aus der Stirn zurückgekämmt, es reichte nicht ganz bis auf die Schultern. Ihre tiefliegenden dunkelbraunen Augen glänzten unter den perfekt geformten Augenbrauen, und ihre Hakennase ragte zwischen den dicklichen Wangen hervor. Der Anblick von Dr. Chakrabarti belebte Tonys Stimmung mehr, als irgendein Fernsehkanal es hätte tun können. Hier gab es interessantere Neuigkeiten als bei BBC 24.

Hinter ihr scharte sich ein halbes Dutzend Gefolgsleute in weißen Kitteln, die so jung aussahen, als seien sie Praktikanten aus einer Abiturklasse. Während sie sein Krankenblatt ergriff, lächelte sie Tony rasch und routiniert zu. »Also«, begann sie, und ihre Augen unter den geschwungenen Brauen warfen ihm einen Blick zu. »Wie fühlt es sich an?« Ihre Aussprache erinnerte eher an die königliche Familie als an den Akzent der Einwanderer von Bradfield. Tony hatte das Gefühl, seine Mütze ziehen oder einen Diener machen zu müssen.

»Als hätten Sie mein Bein mit einem Bleirohr vertauscht«, antwortete er.

»Kein Schmerz?«

Er schüttelte den Kopf. »Nichts, mit dem das Morphium nicht fertig werden könnte.«

»Sie spüren keinen Schmerz, bevor das Morphium zu wirken beginnt?«

»Nein. Sollte ich?«

Dr. Chakrabarti lächelte. »Es ist nicht gerade das, was wir anstreben. Ich werde morgen früh das Morphium absetzen, um zu sehen, ob wir die Schmerztherapie mit anderen Mitteln weiterführen können.«

Tony spürte ein Angstgefühl in sich aufsteigen. »Sind Sie sicher, dass das eine gute Idee ist?«

Dieses Lächeln erinnerte jetzt eindeutig an einen Raubvogel.

»Genauso sicher, wie Sie bei Ihren Ratschlägen an Ihre Patienten sind.«

Tony grinste. »Wenn das so ist, bleiben wir wohl doch lieber bei Morphium.«

»Es wird Ihnen gutgehen, Dr. Hill.« Sie hängte das Krankenblatt wieder an seinen Platz und betrachtete Tonys Bein schräg von der Seite, um die beiden Schläuche in den Blick nehmen zu können, durch die eine blutige Flüssigkeit aus der Wunde am Knie abfloss. Sie wandte sich an die Studenten. »Sie sehen, dass nicht mehr viel aus der Wunde herauskommt«, erklärte sie und drehte sich jetzt wieder zu Tony um. »Ich glaube, wir können morgen die Drainage heraus- und diese Schiene abnehmen, damit wir uns ein Bild davon machen können, was Sie brauchen. Wahrscheinlich ein schönes Gipsbein.«

»Wann kann ich nach Hause?«

Dr. Chakrabarti drehte sich mit der üblichen herablassenden Haltung des Chirurgen zu ihren Studenten um. »Wann kann Dr. Hill nach Hause?«

»Wenn er das Bein belasten kann.« Der Sprecher sah aus, als solle er eher Zeitungen austragen als medizinische Dinge beurteilen.

»Wie viel Gewicht? Sein ganzes Körpergewicht?«

Die Studenten warfen sich verstohlene Blicke zu. »Sobald er mit einem Gehbock gehen kann«, äußerte ein anderer.
»Wenn er mit einem Gehbock gehen, das Bein anheben und Treppen steigen kann«, meldete sich ein dritter.
Tony spürte, dass sein Kopf bis an die Grenze der Belastbarkeit strapaziert wurde. »Frau Doktor«, ging er energisch dazwischen. Als er ihre Aufmerksamkeit hatte, sprach er klar und deutlich. »Das war keine überflüssige Frage. Ich muss hier raus. Alle wichtigen Dinge in meinem Leben können nicht von einem Krankenhausbett aus erledigt werden.«
Jetzt lächelte Dr. Chakrabarti nicht mehr. Tony dachte, so müsse sich wohl eine Maus fühlen, wenn sie sich Auge in Auge mit einem Raubvogel wiederfindet. Das einzig Gute daran war, dass einem klar war, es würde nicht lang dauern.
»Das haben Sie mit der großen Mehrzahl meiner Patienten gemeinsam, Dr. Hill«, sagte sie.
Seine blauen Augen funkelten, weil er sich sehr anstrengte, sich seine Frustration nicht anmerken zu lassen. »Das weiß ich sehr wohl. Aber anders als bei den meisten übrigen Patienten kann meine Arbeit niemand anders machen. Und das ist keine Arroganz. Es ist einfach so. Und um die meisten Dinge zu tun, die wichtig sind, brauche ich nicht unbedingt zwei funktionierende Beine. Was wirklich funktionieren muss, ist mein Kopf, und der funktioniert hier drin nicht gut.«
Sie starrten einander an. Keiner der Studenten rührte sich. Sie wagten kaum zu atmen. »Ich habe Verständnis für Ihre Lage, Dr. Hill. Und ich verstehe, dass Sie ein Gefühl des Scheiterns verspüren.«
»Ein Gefühl des Scheiterns?« Tony war wirklich verblüfft.
»Es war doch schließlich einer Ihrer Patienten, der Sie hierhergebracht hat.«

Er brach in schallendes Gelächter aus. »Ach du lieber Gott, nein. Es war keiner meiner Patienten. Ich habe Lloyd Allen nicht behandelt. Es geht nicht um Schuldgefühle, sondern mir liegt daran, meinen Patienten das zu geben, was sie brauchen. Genau wie Sie, Dr. Chakrabarti.« Ein Lächeln erschien auf seinem Gesicht, unwiderstehlich und ansteckend.

Ihre Mundwinkel zuckten. »In diesem Fall würde ich sagen, es ist Ihre Entscheidung, Dr. Hill. Wir könnten es vielleicht mit einer Stützschiene statt eines Gipses versuchen.« Sie sah kritisch auf seine Schultern hinab. »Schade, dass Sie nicht mehr Kraft im Oberkörper haben, aber wir können es mit Krücken probieren. Unterm Strich heißt das, Sie müssen gehen können, müssen Ihre Physiotherapie machen und ohne die Morphiuminfusion auskommen. Haben Sie zu Hause jemanden, der sich um Sie kümmert?«

Er sah zur Seite. »Eine Freundin wohnt im Haus. Sie wird mir helfen.«

Die Chirurgin nickte. »Ich werde Ihnen nichts vormachen, die Reha wird nicht leicht sein. Harte Arbeit und viele Schmerzen. Aber wenn Sie entschlossen sind, hier rauszukommen, könnten wir Ihr Bett Anfang bis Mitte nächster Woche freimachen.«

»Anfang bis Mitte nächster Woche?« Er konnte seine Bestürzung nicht verbergen.

Dr. Chakrabarti schüttelte den Kopf und lachte leise vor sich hin. »Jemand hat Ihre Kniescheibe mit einer Feuerwehraxt zerhackt, Dr. Hill. Seien Sie doch einfach dankbar, dass Sie in einer Stadt wohnen, die ein Krankenhaus mit einem orthopädischen Spitzenzentrum hat. An manchen anderen Orten würden Sie daliegen und sich fragen, ob Sie jemals wieder richtig auf die Beine kommen werden.« Sie verabschiedete sich mit einem Nicken. »Einer von denen hier wird morgen dabei sein, wenn die Drainage rauskommt und die Schiene abgenommen wird. Dann werden wir sehen, wie wir weitermachen.«

Sie trat von seinem Bett zurück, und ihr Gefolge drängte sich dicht hinter ihr her. Einer flitzte vor ihr zur Tür, öffnete sie, und Carol Jordans erhobene Faust hätte fast die Chirurgin getroffen. Erschrocken wich Dr. Chakrabarti leicht zurück.

»Entschuldigung«, sagte Carol, sah auf ihre Hand hinunter und lächelte verlegen. »Ich wollte gerade anklopfen.« Sie trat zur Seite, um die Mediziner vorbeizulassen, und zog mit Blick auf Tony die Augenbrauen hoch, während sie vollbepackt eintrat. »Das nahm sich ja aus wie eine mittelalterliche königliche Rundreise mit Gefolge.«

»So ähnlich. Das war Dr. Chakrabarti mit ihren Sklaven. Sie ist für mein Knie verantwortlich.«

»Was gibt's Neues?«, fragte Carol, stellte verschiedene Plastiktüten ab und ließ Tonys Laptop vorsichtig auf den Tisch an seinem Bett gleiten.

»Ich werde wahrscheinlich noch eine Woche hier festsitzen«, berichtete er mürrisch.

»Nur noch eine Woche? Mein Gott, sie muss sehr gut sein. Ich dachte, es würde viel länger dauern.« Sie begann die Plastiktüten zu leeren. »Ingwerlimonade, *Dandelion and Burdock*, richtige Limonade. Eins a geröstete Nüsse. Die gewünschten Bücher. Alle Tomb-Raider-Spiele, in denen Lara Croft je vorkam. Geleebohnen. Mein iPod. Dein Laptop. Und …«, sie zog schwungvoll ein Blatt Papier hervor, »… der Zugangscode für das W-LAN des Krankenhauses.«

Tony heuchelte Erstaunen. »Ich bin beeindruckt. Wie hast du das hingekriegt?«

»Ich kenne die Oberschwester von früher. Ich habe ihr ausgemalt, wie viel leichter ihr Leben sein könnte, wenn du online wärst. Offenbar fand sie, dass ein Verstoß gegen die Vorschriften des Krankenhauses ein kleiner Preis dafür sei. Du hast offensichtlich schon großen Eindruck gemacht.« Carol zog ihren Mantel aus und nahm auf dem Stuhl Platz. »Wenn auch keinen guten.«

»Danke für all die Sachen. Ich weiß das wirklich zu schätzen. Du bist viel früher da, als ich erwartet habe.«

»Aufgrund meines Dienstrangs. Aber ich vermute, wenn ich nächstes Mal hier reinmöchte, werde ich meinen Dienstausweis vorzeigen müssen.«

»Warum denn das?« Tony reichte ihr das Kabel seines Laptops. »Hinter dir ist, glaube ich, eine Steckdose.«

Carol stand auf und reckte sich, um den Stecker hinter dem Stuhl einzustöpseln. »Der Fanclub von Robbie Bishop.«

»Wovon redest du?«

»Hast du keine Nachrichten gesehen? Robbie Bishop ist hier, im Bradfield Cross.«

Tony runzelte die Stirn. »Hat er sich also im Spiel am Samstag eine Verletzung zugezogen? Ich bekomme hier ja nichts mit, ich weiß nicht mal, ob wir gewonnen haben.«

»Eins zu null für die Vics. Aber Robbie hat nicht gespielt. Er hatte wohl Grippe, aber es – was immer es ist – hat sich verschlimmert, und er wurde am Samstag hier eingeliefert. Ich habe gerade im Radio gehört, dass er auf die Intensivstation verlegt wurde.«

Tony stieß einen leisen Pfiff aus. »Na, dann ist es offensichtlich keine Grippe. Wurde gesagt, was das Problem ist?«

»Nein. Es war von einer Infektion im Brustraum die Rede. Aber die Fans sind in Massen unterwegs. Man kann vor lauter Kanariengelb den Haupteingang nicht mehr sehen. Anscheinend mussten sie zusätzliche Sicherheitsleute einsetzen, um die Unternehmungslustigsten in Schach zu halten. Eine

Frau hat sich sogar als Krankenschwester verkleidet und so versucht, in sein Zimmer vorzudringen. Und ich bin mir sicher, sie wird nicht die letzte sein, die so etwas probiert. Es ist ein großes Problem, weil man das Krankenhaus nicht einfach schließen kann. Die Patienten und ihre Familien würden sich das nicht gefallen lassen.«
»Ich bin überrascht, dass er nicht in einem der privaten Krankenhäuser liegt.« Tony öffnete die Packung mit den Geleebohnen und fuhr mit dem Finger darin herum, bis er seinen Lieblingsgeschmack Popcorn mit Butter gefunden hatte.
»Laut deiner netten Oberschwester hat keines der privaten Krankenhäuser in Bradfield eine Spezialausstattung zur Behandlung akuter Atemwegsprobleme. Sie sind gut, wenn man ein neues Hüftgelenk oder eine Mandeloperation braucht, aber wenn man ernsthaft krank ist, sollte man ins Bradfield Cross gehen.«
»Das brauchst du mir nicht zu sagen«, versetzte Tony sarkastisch.
»Du bist nicht krank«, erwiderte Carol munter. »Du bist nur ein bisschen mehr angeschlagen als sonst.«
Er verzog das Gesicht zu einem halben Lächeln. »Wie auch immer. Ich würde trotzdem wetten, dass Robbie Bishop früher aus dem Laden hier entlassen wird als ich.«

Dienstag

Manchmal macht es wirklich keinen Spaß, recht zu haben, dachte Elinor, als sie auf den Laborbericht starrte. Und hier war dies definitiv der Fall. An den Testergebnissen konnte kein Zweifel bestehen. Robbie Bishop hatte so viel Rizin im Körper, dass es ihn gleich mehrmals hätte umbringen können.

Elinor piepste Denby an und bat ihn, sie auf der Intensivstation zu treffen. Als sie den überdachten Gang durchschritt, der die Labore mit dem Hauptbau des Krankenhauses verband, konnte sie dem Anblick von Robbie Bishops Fans nicht ausweichen. Das Blatt Papier in ihren Händen machte deren geduldiges Wachehalten sinnlos. Eine der Frauen aus der Verwaltung hatte sich am Morgen in der Kantine darüber ausgelassen, dass man förmlich überrannt worden sei mit Angeboten von Blut-, Nieren- und allen anderen Spenden, um Robbie zu helfen. Aber jetzt konnte niemand mehr etwas für Robbie tun, was sein vor ihm liegendes Schicksal ändern würde.

Als sie sich der Intensivstation näherte, faltete sie den Bericht zusammen und schob ihn in ihre Tasche. Sie wollte nicht, dass die Sicherheitsleute, die ihren Ausweis überprüfen würden, um sie hineinlassen zu können, die Ergebnisse sahen.

Die Boulevardblätter hatten überall ihre Spione; sie konnte zumindest dazu beitragen, dass die letzten Stunden von Robbies Leben so würdevoll wie möglich verliefen. Sie brachte die Sicherheitskontrolle hinter sich, kam an der Anmeldung vorbei und sah Martin Flanagan, der zusammengesunken in einer Sofaecke saß. Als er sie bemerkte, sprang er auf, und Ungeduld und Angst ließen die Erschöpfung in seinem Gesicht vorübergehend verschwinden. »Gibt es etwas Neues?«, fragte er, und sein breiter nordirischer Akzent verlieh der einfachen Frage eine Spur von Aggression. »Dr. Denby ist gerade reingegangen. Hat er Sie rufen lassen?«
»Es tut mir leid, Mr. Flanagan«, antwortete Elinor automatisch. »Im Moment kann ich Ihnen wirklich nichts sagen.«
Bei ihren Worten verschwand der hoffnungsvolle Ausdruck aus seinem Gesicht, das nun wieder genauso bedrückt wirkte wie vorher. Er fuhr sich langsam mit den Fingern durch sein von Silbersträhnen durchzogenes Haar und sah sie flehend an. »Sie erlauben mir nicht, bei ihm zu sitzen, wissen Sie. Seine Mutter und sein Vater sind hier, sie dürfen bei ihm bleiben. Aber ich nicht. Jetzt nicht mehr, seit er da drin ist. Ich habe Robbie mit vierzehn unter Vertrag genommen. Ich habe ihn in die Mannschaft gebracht. Er ist der beste Spieler, mit dem ich je gearbeitet habe, und er hat ein Herz so stark wie ein Löwe.« Er schüttelte den Kopf. »Ich kann's einfach nicht glauben, wissen Sie. Mit ansehen zu müssen, dass es ihm so schlechtgeht. Er ist immer wie ein Sohn für mich gewesen.« Er wandte sein Gesicht von ihr ab.
»Wir tun alles, was wir können«, versicherte Elinor. Er nickte und ließ sich wie einen Kartoffelsack wieder auf das Sofa fallen. Sie wusste, es brachte nichts, sich gefühlsmäßig darauf einzulassen. Aber es war schwierig, Flanagans Leid mit ansehen zu müssen und ganz unberührt davon zu bleiben.

Auf der Intensivstation zu liegen ist eines der Dinge im Leben, das alle gleich macht, dachte sie, als sie in den matt erleuchteten Raum mit den abgeteilten Kabinen voller Apparate trat. Hier spielte es keine Rolle, ob einen jeder kannte oder ob man ein Niemand war. Das Personal widmete sich jedem mit dem gleichen vollkommenen Engagement, und man hatte den gleichen Anspruch auf alles, was nötig war, um am Leben erhalten zu werden. Und die Beschränkungen waren für alle Besucher ebenfalls die gleichen. Nur den engsten Familienmitgliedern war der Besuch erlaubt, und auch sie wurden ungeniert zur Seite geschoben, wenn es notwendig war. Hier waren die Bedürfnisse des Patienten ausschlaggebend, und hier standen Ärzte und Pflegepersonal unangefochten an der ersten Stelle, wenn auch nur deshalb, weil die Patienten nicht in der Lage waren, dies in Frage zu stellen.

Elinor ging direkt zu Robbie Bishops Kabine. Als sie näher kam, sah sie das Paar links vom Bett sitzen. Ein Mann und eine Frau in mittleren Jahren, beide offensichtlich sehr angespannt, denn sie waren von höchster Angst ergriffen. Ihre volle Konzentration galt einzig der Gestalt, die an den Apparaten hing. Thomas Denby, der am Kopfende des Bettes stand, beachteten sie so wenig, als sei er gar nicht da. Elinor fragte sich, ob sie so daran gewöhnt waren, ihren Sohn aus der Entfernung zu sehen, dass sie durch seine Nähe genauso wie durch seine Krankheit nahezu gelähmt schienen.

Sie blieb am Rande der Gruppe stehen. Das matte Licht schuf ein Halbdunkel, das ihr ein Gefühl gab, als betrachte sie ein Diorama in einer Ausstellung. Im Mittelpunkt Robbie Bishop, nur noch ein blasses Abbild seines früheren strahlenden Selbst. Man konnte sich jetzt nur noch schwer sein meisterhaft schönes Spiel vorstellen, diese eleganten seitlichen Durchbrüche und die Bananenflanken, die so viele Torchancen für die Stürmer von Bradfield Victoria geschaffen hatten. Es war unmöglich, in den geschwollenen, wächsernen Zügen das blendend aussehende Gesicht wiederzuerkennen, das mit Werbung für alles von Bioobst und -gemüse bis zu Deostiften Millionen verdient hatte. Sein vertrauter Schopf hellbrauner Haare mit den gekonnt eingefärbten Strähnen wie bei einem Surfer war jetzt glatt und dunkel, weil Schönheitspflege im Krankenhaus nicht sehr weit oben auf der Prioritätenliste stand. Und ausgerechnet Elinor würde diesem lebenden Bild gleich den letzten Funken Hoffnung rauben.

Sie machte einen Schritt nach vorn und räusperte sich taktvoll. Nur Denby bemerkte, dass sie gekommen war, drehte sich um, nickte ihr kurz zu und führte sie vom Bett weg auf den Raum zu, wo die Schwestern ihr Büro hatten. Denby lächelte den beiden Schwestern vor den Monitoren zu und sagte: »Könnten Sie uns einen Moment allein lassen?«

Beide sahen nicht gerade erfreut aus, von ihrem angestammten Platz verdrängt zu werden, aber sie waren daran gewöhnt, Anordnungen von Oberärzten zu befolgen. Als die Tür sich hinter ihnen geschlossen hatte, zog Elinor die Testergebnisse aus der Tasche und reichte sie ihm. »Nichts Gutes«, sagte sie.

Denby las den Bericht mit unbewegtem Gesicht. »Da kann es keinen Zweifel geben«, murmelte er.

»Was machen wir jetzt?«

»Ich sage es den Eltern, Sie sagen es Mr. Flanagan. Und wir tun alles, was wir können, um dafür zu sorgen, dass Mr. Bishop in seinen letzten Stunden so wenig wie möglich leiden muss.« Denby war schon im Begriff, sich abzuwenden und zur Tür zu gehen.

»Und die Polizei?«, fragte Elinor. »Jetzt müssen wir es ihnen doch auf jeden Fall sagen, oder?«

Denby sah bestürzt aus. »Ich nehme an, ja. Tun Sie das doch, während ich mit Mr. und Mrs. Bishop spreche.« Und schon war er weg.
Elinor saß am Schreibtisch und starrte auf das Telefon. Schließlich nahm sie den Hörer ab und bat die Zentrale, sie mit der Polizei Bradfield zu verbinden. Die Stimme, die sich meldete, klang sachlich und energisch. »Mein Name ist Elinor Blessing, und ich bin Assistenzärztin am Bradfield Cross Hospital«, begann sie und verlor fast den Mut, als sie daran dachte, wie unwahrscheinlich ihre Nachricht klingen würde.
»Kann ich Ihnen helfen?«
»Ich glaube, ich müsste mit jemandem von der Kripo sprechen. Ich muss eine ungeklärte Todesursache melden. Also, wenn ich von einem Todesfall rede … eigentlich lebt er noch. Aber er wird bald sterben.« Elinor wand sich vor Verlegenheit. Sie konnte sich doch wohl besser ausdrücken.
»Wie bitte? Ist etwas passiert? Ein Überfall?«
»Nein, so etwas nicht. Na ja, rein technisch betrachtet doch, aber nicht derart, wie Sie denken. Hören Sie, ich will keine Zeit damit verschwenden, die Sache mehrmals zu erklären. Könnten Sie mich einfach zur Kriminalpolizei durchstellen? Zu jemandem, der sich um Mordfälle kümmert.«

Dienstags legte Yousef Aziz immer Wert darauf, bei seinem wichtigsten Zwischenhändler vorbeizuschauen. Da er wusste, was er wusste, war es schwierig, sich zu motivieren, aber seinen Eltern und seinen Brüdern zuliebe zwang er sich, mehr zu tun, als den Schein zu wahren. Das zumindest schuldete er ihnen. Die Textilfirma seiner Familie hatte angesichts heftiger Konkurrenz überlebt, weil sein Vater verstand, von welch großem Wert persönliche Beziehungen im Geschäfts-

leben sind. Das hatte er seinen zwei ältesten Söhnen als Allererstes beigebracht, als er sie in seine Firma First Fabrics einführte. »Kümmert euch immer gut um eure Kunden und Zulieferer«, hatte er erklärt. »Wenn man sie zu Freunden macht, ist es schwer für sie, einen in schlechten Zeiten fallenzulassen. Und als erste Regel im Geschäftsleben gilt, dass früher oder später und immer mal wieder schlechte Zeiten kommen werden.«
Er hatte recht gehabt. Denn er hatte den Zusammenbruch des Textilgeschäfts im Norden überstanden, als die Billigimporte aus Fernost die britische Textilproduktion praktisch ausgelöscht hatten. Mit knapper Not hatte er an seiner Firma festgehalten, war immer einen Schritt voraus gewesen, und als er seine Kosten nicht weiter reduzieren konnte, hatte er die Qualität seiner Waren erhöht und sich neue Marktsegmente weiter oben erobert. Und jetzt passierte dies alles erneut. Diesmal sorgten die Kunden für Veränderungen. Kleider waren spottbillig, kurzlebige Modelle gab es in den Filialen der großen Ketten für ein paar Groschen. Billig kaufen, einmal tragen und weg damit. Die neue Denkweise hatte ohne Rücksicht auf Klassenunterschiede eine ganze Generation erfasst. Mädchen, deren Mütter lieber Gift genommen hätten, als einen Modeladen voller Schnäppchen zu betreten, trafen im Matalan und TK Maxx auf Mütter, die selbst noch Teenager waren und von Sozialhilfe lebten. Also hielten sich Yousef und Sanjar an das erprobte Überlebensrezept.
Und er hasste es. Damals, als sein Vater die Firma gegründet hatte, waren seine Kontakte meistens Leute aus anderen asiatischen Ländern gewesen. Aber als First Fabrics sich stabilisiert und einen festen Platz erobert hatte, mussten sie sich mit allen möglichen Zeitgenossen befassen. Juden, Zyprioten, Chinesen, Briten. Und die hatten eines gemeinsam: Sie taten,

als gäben ihnen der 11. September und der 7. Juli das Recht, jeden Moslem mit Misstrauen und Verachtung zu behandeln. Alle Missverständnisse und geradezu mutwillige Missdeutungen des Islam dienten als perfekter Vorwand für Rassismus. Sie wussten, dass es nicht mehr akzeptabel war, sich offen fremdenfeindlich zu geben, und so suchten sie andere Möglichkeiten, ihre Vorurteile zum Ausdruck zu bringen. All das Zeug über Frauen mit Kopftuch. Die Beschwerden darüber, dass sie dauernd Arabisch oder Urdu sprächen statt Englisch. Verdammt noch mal, waren die noch nie in Wales gewesen? Geh dort mal in eine Kaffeebar, da kommt es einem vor, als hätte niemand jemals Englisch gelernt.

Was Yousef fast mehr als alles andere ärgerte, war die Art und Weise, wie er von Menschen behandelt wurde, die er schon jahrelang kannte. Ging er zum Beispiel in eine Fabrik oder ein Lager, wo er schon die ganzen sieben Jahre ein- oder verkaufte, seit er für seinen Vater arbeitete, dann glitten – statt dass man ihn beim Namen rief, begrüßte und lachend über Fußball, Kricket oder was auch immer sprach – die Blicke seiner Bekannten jetzt von ihm ab, als sei er eingeölt. Oder sie waren so scheißfreundlich, dass er sich herablassend behandelt vorkam, so als seien sie nur nett, damit sie ihre Kommentare im Pub einleiten konnten mit: »Also, natürlich sind einige von meinen besten Freunden Moslems ...«

Aber heute verdrängte er seinen Zorn. Es würde ja schließlich nicht immer so bleiben. Wie um seinen Gedanken zu bestätigen, klingelte sein Handy gerade, als er in den Parkplatz hinter Howard Edelsteins Fabrik einbog. Er erkannte den Klingelton, lächelte und hielt das Telefon ans Ohr. »Wie geht's denn?«, sagte die Stimme am anderen Ende.

»Alles läuft nach Plan. Es ist super, von dir zu hören, ich hatte heute Vormittag keinen Anruf erwartet.«

»Ein Meeting wurde gestrichen. Ich dachte, ich melde mich mal kurz, nur um sicherzugehen, dass alles im Lot ist.«

»Du weißt ja, dass du dich auf mich verlassen kannst«, versicherte Yousef. »Wenn ich sage, dass ich etwas tun werde, dann ist es so gut wie erledigt. Mach dir keine Sorgen darüber, dass ich mich drücken könnte.«

»Das ist das Einzige, weswegen ich mich wirklich nicht sorge. Du weißt, dass wir das Richtige tun.«

»Ja. Und ich sage dir, an Tagen wie heute bin ich froh, dass wir uns entschlossen haben, es so zu machen.«

»Schlechter Tag für dich?« Die Stimme klang mitfühlend und warm.

»Diese Arschkriecherei, ich hasse sie. Aber ich werde das ja nicht viel länger machen.«

Ein glucksendes Lachen am anderen Ende. »Das steht fest. Nächste Woche um diese Zeit sieht die Welt ganz anders aus.«

Bevor Yousef antworten konnte, erschien die vertraute große Gestalt Howard Edelsteins selbst neben seiner Wagentür, er winkte kurz und wies mit dem Daumen auf das Gebäude.

»Ich muss gehen«, erklärte Yousef. »Wir sehen uns.«

»Du kannst dich darauf verlassen.«

Yousef schob das Handy mit dem Daumen zu und sprang mit einem Lächeln im Gesicht aus dem Wagen. Edelstein nickte ihm ohne Freundlichkeit zu. »Also, erledigen wir das dann doch«, sagte er und ging ins Gebäude voraus, ohne zu warten oder nachzusehen, ob Yousef ihm folgte.

Nächste Woche um diese Zeit, dachte Yousef. *Nächste Woche um diese Zeit, du Dreckskerl.*

Carol starrte Thomas Denby an und nahm sein Bild in sich auf. Früh ergrautes silbriges Haar, aus der Stirn gekämmt, eine einzelne Locke lose über eine Augenbraue fallend. Grünblaue Augen, rosige Haut. Ein wunderbar geschnittener dunkelgrauer Nadelstreifenanzug, die offene Jacke ließ ein extravagantes rotes Futter erkennen. Er hätte für ein Porträt vom Archetyp des erfolgreichen jungen Facharztes Modell sitzen können. Aber wie einer, der es für spaßig halten würde, eine leitende Polizeibeamtin zu veräppeln, sah er absolut nicht aus. »Also, lassen Sie mich das klären. Sie melden einen Mord, der noch nicht passiert ist?« Sie hatte keine Lust, sich an der Nase herumführen zu lassen. Und dass man sie fast fünfzehn Minuten hatte warten lassen, war nicht die beste Art und Weise, die Sache in Gang zu bringen.

Denby schüttelte den Kopf. »Mord ist Ihr Terminus, nicht meiner. Was ich sagen will, ist, dass Robbie Bishop wahrscheinlich innerhalb der nächsten vierundzwanzig Stunden sterben wird. Der Grund dafür ist, dass er Rizin im Blut hat. Es gibt kein Gegenmittel. Wir können nichts für ihn tun, außer seine Schmerzen so gut wie möglich zu lindern.«

»Sie sind da sicher?«

»Ich weiß, es klingt bizarr. Wie in einem James-Bond-Film. Aber wir sind sicher. Wir haben alle notwendigen Tests gemacht. Er stirbt an Rizinvergiftung.«

»Könnte es Selbstmord sein?«

Denby sah verwirrt aus. »Das hätte ich niemals angenommen.«

»Aber könnte es sein? Theoretisch?«

Er schien leicht verärgert. Carol vermutete, dass er es wahrscheinlich nicht gewöhnt sei, dass seine Ansicht in Frage gestellt wurde. Er legte seinen Kuli so hin, dass er genau die Kante der Akte vor ihm traf. »Ich habe mich in der Literatur über Rizin kundig gemacht, seit meine Assistenzärztin vermutete, es könnte möglicherweise die Ursache für Robbie

Bishops Symptome sein. Rizin wirkt so, dass es in die Zellen eines Menschen eindringt und sie daran hindert, die Proteine zu bilden, die sie brauchen. Ohne die Proteine sterben die Zellen ab. Das Atemwegssystem versagt, das Herz bleibt stehen. Ich habe in der Literatur keine Angaben gefunden, dass es jemals mit der Absicht sich umzubringen genommen wurde. Dagegen wäre auch zu sagen, dass es nicht leicht verfügbar ist. Man müsste einige Kenntnisse als Chemiker haben, um es herstellen zu können, selbst wenn man die Rohstoffe in die Hände bekäme. Entweder das, oder man müsste Verbindungen zu einer terroristischen Organisation haben, angeblich wurden Vorräte in den Höhlen der Al Kaida in Afghanistan gefunden. Dass der Tod erst nach langer Zeit und starken Schmerzen eintritt, ist der andere Aspekt, der dagegen spricht. Ich kann mir nicht vorstellen, dass irgendjemand es als Mittel zum Selbstmord wählen würde.« Er breitete die Hände aus und zog die Schultern hoch, um sein Argument zu bekräftigen.

Carol hielt etwas auf ihrem Notizblock fest. »Und wir können einen Unfall ausschließen, so wie es sich anhört?«

»Außer wenn Mr. Bishop die Angewohnheit hätte, sich in Rizinusölfirmen herumzutreiben, würde ich sagen, ja«, versetzte Denby schroff.

»Wie hat er es also aufgenommen?«

»Er hat es wahrscheinlich eingeatmet. Wir haben ihn gründlich untersucht und können keine Einstichwunden finden.« Denby beugte sich vor. »Ich weiß nicht, ob Sie sich an den Fall des bulgarischen Überläufers Georgi Markow in den späten siebziger Jahren erinnern. Er wurde mit einem Rizinkügelchen ermordet, das man ihm mit einem präparierten Schirm verpasst hatte. Als wir wussten, dass hier Rizin im Spiel ist, ordnete ich an, dass das Team unserer Intensivstation eine gründliche Untersuchung von Mr. Bishops Haut durchführen sollte. Es gibt keine Anzeichen, dass ein Fremdkörper eingespritzt wurde.«

Carol war verwirrt. »Es ist kaum zu glauben«, sagte sie. »So etwas kommt doch eigentlich in Bradfield nicht vor.«

»Nein«, pflichtete Denby bei. »Deshalb hat es zwei Tage gedauert, bis wir es herausbekamen. Ich nehme an, es war bei den Ärzten am University College Hospital genauso, wo Alexander Litwinenko behandelt wurde. Das Allerletzte, was sie erwarteten, war eine Vergiftung durch radioaktive Strahlung. Aber trotzdem ist es passiert.«

»Wie konnte er vergiftet werden, ohne es zu merken?«

»Ganz leicht«, erklärte Denby. »Unsere Informationen über Rizin besagen, dass schon fünfhundert injizierte Mikrogramm genügen, um einen Erwachsenen zu töten. Versuche mit Tieren deuten darauf hin, dass das Einatmen oder Schlucken einer ähnlichen Menge lebensgefährlich sein könnte. Eine Dosis von fünfhundert Mikrogramm Rizin wäre ungefähr so groß wie ein Stecknadelkopf. Es wäre also nicht schwer, es in einen Drink oder unters Essen zu mischen. In dieser Menge wäre es ohne Geschmack.«

»Wir suchen also jemanden, der Zugriff auf sein Essen oder die Getränke hatte?«

Denby nickte. »Das ist die wahrscheinlichste Möglichkeit.« Er spielte mit seinem Kuli. »Es könnte auch in eine Freizeitdroge wie Kokain oder Amphetamine gemischt worden sein – etwas, was geschnupft wird. Auch da würde man keinen Geschmack oder Geruch bemerken.«

»Haben Sie Blut- und Urinproben, die Sie auf Drogen untersuchen können?«

Denby nickte. »Ich werde mich darum kümmern, dass das gemacht wird.«

»Wie haben Sie es herausgefunden?«
»Meine Assistenzärztin, Dr. Blessing. Ich glaube, Sie oder einer Ihrer Kollegen haben gleich zu Anfang mit ihr gesprochen.«
»Ja, ich weiß, dass Dr. Blessing uns angerufen hat. Aber wie kam sie darauf?«
Denby setzte ein Grinsen auf. Carol mochte ihn noch weniger als zuvor. »Ich will nicht eitel klingen, aber Dr. Blessing meinte, wenn ich nicht feststellen könnte, was mit Mr. Bishop los ist, dann müsste es etwas ganz Außergewöhnliches sein. Sie gab die Symptome in unsere Online-Datenbank ein, und eine Rizinvergiftung war das Einzige, was passte. Sie teilte mir ihre Schlussfolgerung mit, und ich ordnete den Standardtest an. Das Ergebnis war eindeutig positiv. Es kann wirklich kein Zweifel bestehen, Chief Inspector.«
Carol schloss ihr Notizbuch. »Danke, dass Sie das so gut erklärt haben. Sie sagten, Sie hätten sich über Rizin informiert. Wäre es möglich, für mich und meine Mitarbeiter eine Art Kurzbericht zusammenzustellen?«
»Ich werde Dr. Blessing gleich damit beauftragen.« Er stand auf und deutete damit an, dass die Befragung aus seiner Sicht zu Ende sei.
»Kann ich ihn sehen?«, fragte Carol.
Denby fuhr sich mit dem Daumen übers Kinn. »Es gibt nicht viel zu sehen«, meinte er. »Aber natürlich, ich bringe Sie hin. Seine Eltern sind vielleicht wieder zurückgekommen, sie waren im Aufenthaltsraum für Angehörige. Ich musste ihnen die Nachricht mitteilen, und sie waren verständlicherweise schockiert und erschüttert. Ich bat sie dort zu bleiben, bis sie sich ein wenig beruhigt hätten. Es hilft dem Team auf der Intensivstation nicht gerade, wenn Leute in der Nähe der Patienten in einem aufgewühlten Gemütszustand sind.« Er

klang herablassend, als sei der reibungslose Betrieb auf einer Krankenstation unendlich viel wichtiger als die Angst von Eltern, die dabei sind, einen Sohn zu verlieren.

Carol folgte ihm zu Robbie Bishops Bett. Die beiden Stühle der Eltern waren leer. Carol stand am Fußende des Betts und betrachtete die verschiedenen Monitore, Schläuche und Apparate, die Robbie Bishop auf seiner kurzen Reise in den Tod so gut wie möglich stabilisieren würden. Seine Haut war wächsern, auf Wangen und Stirn ein leichter Glanz von Schweiß. Sie wollte sich sein Bild einprägen. Dies würde aus verschiedenen Gründen ein Alptraum einer Ermittlung werden, und sie wollte sicher sein, dass sie den Menschen, der im Mittelpunkt stand, nicht aus den Augen verlieren würde. Die Medien würden Antworten auf ihre Fragen verlangen, die Fans würden einen Kopf fordern, und Carols Vorgesetzte würden eifrig versuchen, sich mit dem Ruhm zu schmücken, den sie der Lage womöglich abgewinnen konnten.

Carol war entschlossen herauszufinden, wer Robbie Bishop zugrunde gerichtet hatte und warum. Aber um ihrer selbst willen musste sie darüber im Klaren sein, dass sie den Mörder aus den richtigen Gründen verfolgte. Jetzt, da sie Robbie gesehen hatte, konnte sie sich dessen viel sicherer sein.

Detective Constable Paula McIntyre kannte sich mit Schock und Kummer aus. Sie hatte zahllose Beispiele dafür gesehen und war selbst noch dabei, sich von einer extremen Erfahrung mit beidem zu erholen. So las sie aus Martin Flanagans Verhalten nichts anderes heraus, als dass er offensichtlich bis ins Mark erschüttert war von der Nachricht, die Dr. Blessing ihm überbracht hatte.

Seine Reaktion war Betätigungsdrang und Erregung. Er konnte nicht stillhalten. Das überraschte Paula nicht. Sie hatte das schon öfter erlebt, besonders bei Männern, deren Beruf mit körperlichen Tätigkeiten zu tun hatte, ob das nun auf einer Baustelle oder einem Sportplatz war. Flanagan schritt ruhelos auf und ab, warf sich dann in einen Sessel, wo er nervös mit Fingern und Füßen herumzappelte, bis er die Beengtheit nicht mehr ertragen konnte. Dann stand er wieder auf und ging im Zimmer hin und her. Paula saß einfach da, der ruhende Pol seiner rastlosen Welt.

»Ich kann es nicht fassen«, wiederholte Flanagan. Seit Paula gekommen war, hatte er das dauernd gesagt, der kurze Satz hing wie ein wiederkehrendes Trennungszeichen zwischen all den anderen Dingen, die er berichtete. »Er ist immer wie ein Sohn für mich gewesen, wissen Sie. Ich kann es nicht glauben. So etwas passiert doch keinem Fußballspieler. Sie brechen sich etwas, haben Muskelzerrungen, Bänderrisse, wissen Sie. Sie werden doch nicht vergiftet. Ich kann's nicht fassen.«

Paula hielt ihn nicht davon ab, sich aufzuregen, und wartete, bis er begann, ruhiger zu werden, bevor sie ihre Fragen stellte. Sie hatte sich daran gewöhnt zu warten und war zur Expertin geworden. Niemand war besser in der Kunst des Befragens als Paula, und das war hauptsächlich dem Trick geschuldet, dass sie wusste, wann sie loslegen und wann sie sich zurückhalten sollte. Also wartete sie, bis Martin Flanagans Energie verbraucht war, er den Kopf an die kühle Fensterscheibe lehnte und schweigend dastand, die Hände zu beiden Seiten am Rahmen. Sie sah das Spiegelbild seines vom Schmerz ausgezehrten Gesichts.

»Wann traten bei Robbie die ersten Anzeichen von Krankheit auf?«, erkundigte sie sich.

»Am Samstag beim Frühstück. Wenn wir Heimspiele haben, verbringen wir immer die Nacht vorher im Victoria Grand

Hotel.« Flanagan zog die Schultern hoch. »So kann man sie besser kontrollieren, wissen Sie. Die meisten sind ja jung und einfältig. Sie würden sich bis früh morgens in der Stadt herumtreiben, wenn wir sie nicht im Zaum halten würden. Ich denke manchmal, wir sollten sie mit einem Chip wie Katzen, Hunde und Pädophile ausstatten.«

»Und Robbie sagte, dass er sich nicht wohl fühlte?«

Flanagan schniefte. »Er kam an meinen Tisch. Ich saß mit Jason Graham, meinem Assistenten, und Dave Kermode, dem Physiotherapeuten, zusammen, und Robbie meinte, er sei nicht ganz auf der Höhe. Eng um die Brust, Schwitzen, Fieber. Und seine Gelenke täten weh, so als würde er eine Grippe kriegen, wissen Sie. Ich sagte ihm, er solle fertig frühstücken und auf sein Zimmer gehen, und ich würde den Mannschaftsarzt raufschicken, damit der ihn sich ansah. Er erklärte, er hätte keinen Hunger, er würde also einfach raufgehen und sich etwas hinlegen.« Flanagan schüttelte den Kopf. »Ich kann's nicht glauben, ich kann's einfach nicht.«

»Also, am Freitagabend war er jedenfalls bestimmt nicht in der Stadt?«

»Auf keinen Fall. Er teilt sich ein Zimmer mit Pavel Aljinovic.« Er drehte sich zu Paula um und rutschte an der Wand bis in die Hocke hinunter. »Der Torhüter, wissen Sie? Sie haben immer zusammen ein Zimmer, seit Pavel vor zwei Spielzeiten nach Bradfield kam. Robbie sagt immer, Pavel ist ein Langweiler, er sorgt dafür, dass er ehrenhaft bleibt.« Ein trauriges Lächeln ließ seine Mundwinkel leise zucken. »Es gibt welche, denen würde ich nicht über den Weg trauen, wissen Sie, aber Pavel ist nicht so einer. Robbie hat recht, Pavel ist ein langweiliger Kerl. Er würde nie versuchen, sich rauszuschleichen, um eine Nacht auf Sauftour zu gehen. Und er hätte auch nie zugelassen, dass Robbie das tut.«

»Ich bin da ein bisschen ratlos«, gab Paula zu. »Ich weiß nicht genau, was Robbie routinemäßig machte. Vielleicht könnten Sie mich aufs Laufende bringen? Sagen wir, von Donnerstagvormittag an?« Paula war nicht sicher, wie lange es dauerte, bis die Symptome einer Rizinvergiftung auftraten. Aber sie schätzte, wenn man bis Donnerstag zurückging, würde man auf jeden Fall den Zeitpunkt mit abdecken, zu dem es verabreicht wurde.

»Am Mittwochabend hatten wir ein UEFA-Pokal-Spiel, sie hatten also Donnerstagvormittag frei. Robbie kam zum Physiotherapeuten, er hatte einen Stoß am Fußgelenk abbekommen, und es war ein bisschen geschwollen. Nichts Ernstes, aber sie achten alle sehr auf ihre Kondition. Ihr Auskommen hängt ja davon ab. Jedenfalls war er um halb elf fertig. Ich nehme an, dass er nach Hause ging. Er hat eine Wohnung unten im Millennium Quarter, in der Nähe des Bellwether Square. Am Donnerstagnachmittag erschien er zum Training. Wir hatten nur eine leichte Trainingseinheit, es ging mehr um Geschicklichkeit als um taktische Spielzüge. Um halb fünf waren wir fertig. Und ich weiß nicht, was er danach gemacht hat.«

»Sie haben keine Ahnung, wie er seine Freizeit verbrachte?« *Genau wie ein Sohn für dich*, dachte Paula sarkastisch. Robbie Bishop mochte wohl sechsundzwanzig Jahre alt sein, aber wenn er den meisten Fußballern glich, über die sie in den Sensationsblättern gelesen hatte, war er mit seiner psychischen Entwicklung wahrscheinlich zurückgeblieben, und sein Lebensstil glich dem eines Sechzehnjährigen, der unbegrenzt viel Taschengeld erhielt und jederzeit schöne Frauen kriegen konnte. Die letzte Person, die wüsste, was er trieb, wäre jemand in einer Elternrolle.

Flanagan zuckte mit den Schultern. »Sie sind ja keine Kinder mehr, wissen Sie. Und ich bin nicht wie manche andere Manager. Ich stürze nicht in ihre Wohnungen, schalte ihre Stereoanlagen ab und schmeiße ihre Freundinnen raus. Es gibt Regeln, dass man in der Nacht vor einem Spiel nicht ausgehen soll. Aber davon abgesehen können sie ihr Ding machen.« Er schüttelte wieder den Kopf. »Ich kann's nicht glauben.«

»Und was war Robbies Ding?«

»Wo er wohnt, gibt es ein Fitnesscenter. Sie haben einen großen Pool im Keller. Er schwimmt gern, relaxt in der Sauna, so was macht er. Er ist ein guter Freund von Phil Campsie, der hat oben am Rand vom Moor etwas Land. Sie gehen fischen und jagen zusammen.« Flanagan richtete sich auf und begann wieder, rastlos auf und ab zu wandern. »Das ist so ungefähr alles, was ich Ihnen sagen kann.«

»Was ist mit Freundinnen? Ging Robbie öfter mit jemandem aus?«

Flanagan schüttelte den Kopf. »Nicht, dass ich wüsste. Er war eine Weile verlobt. Mit Bindie Blyth, DJane bei Radio One. Aber sie haben vor drei Monaten Schluss gemacht.«

Paulas Interesse erwachte. »Wer hat Schluss gemacht? Robbie oder Bindie?«

»Darüber weiß ich nichts. Aber es schien ihm nicht so viel auszumachen.« Er legte wieder die Stirn an die Fensterscheibe. »Was hat denn das alles damit zu tun, dass jemand Robbie vergiftet hat? Seine Teamkameraden oder seine Ex würden so etwas doch nie tun.«

»Wir müssen alle Möglichkeiten in Betracht ziehen, Mr. Flanagan. Also – seit Bindie, da hat er … das ganze Spielfeld beackert?« Paula war das unbeabsichtigte Wortspiel peinlich. *Bitte, lass ihn nicht denken, ich mache mich über ihn lustig.*

»Das nehme ich an.« Er drehte sich um und rieb sich die Schläfen mit den Fingern. »Da müssten Sie die Jungs fragen.

Phil und Pavel, die wüssten es wahrscheinlich.« Er sah sehnsüchtig zur Tür, die zur Intensivstation führte. »Ich wünschte, sie würden mir erlauben, ihn zu sehen, wissen Sie. Damit ich mich verabschieden kann. Ich kann's nicht glauben.«
»Und am Freitag? Wissen Sie, was er da gemacht hat?«
»Am Freitag waren wir zum Training auf dem Platz.« Flanagan hielt einen Moment inne. »Jetzt fällt mir ein, dass er ein bisschen matt war. Ließ den Kopf hängen, ein bisschen langsam am Ball. Als wäre er irgendwie schläfrig. Ich hab mir nichts dabei gedacht, wissen Sie. Sie haben alle mal einen schlechten Tag und, ehrlich gesagt, es ist einem lieber, wenn es an einem Trainingstag statt an einem Spieltag ist. Er war aber nicht so schlecht drauf, dass ich etwas unternehmen musste. Und dann, als er am Samstag sagte, er hätte die Grippe, hab ich es diesem Umstand zugeschrieben.«
Paula nickte. »Das hätte jeder getan. Jetzt muss ich Ihnen diese Fragen stellen. Gibt es irgendjemanden, der einen Groll gegen Robbie hegt? Hat er Drohbriefe bekommen? Gab es Probleme mit Stalkern?«
Flanagan zuckte zusammen und schüttelte den Kopf. »Man schafft es nicht dorthin, wo er ist, ohne sich irgendwann mal bei dem einen oder anderen unbeliebt zu machen, wissen Sie? Zum Beispiel gab es immer mal Ärger zwischen ihm und Nils Petersen, dem Innenverteidiger von Manchester United. Aber so ist Fußball eben. Es ist ja nicht wie im richtigen Leben. Ich meine, wenn er Petersen in einer Bar träfe, würden sie sich wahrscheinlich auf eine kleine Streiterei einlassen, aber das wäre alles. Es würde nicht zu einer Schlägerei kommen, ganz zu schweigen von Vergiftung.« Er hob die Hände. »Es ist verrückt, wie etwas aus einem schlechten Film. Mehr kann ich Ihnen nicht sagen, weil das alles einfach unsinnig ist.« Er wies mit dem Daumen auf die Tür. »Der Junge dort

liegt im Sterben, und das ist eine Tragödie. Das ist alles, was ich weiß.«

Paula spürte, dass sie den Punkt erreicht hatte, an dem von Flanagan keine weiteren Antworten zu erwarten waren. Sie würde wohl noch einmal mit ihm sprechen müssen, hielt es aber für unwahrscheinlich, dass er ihr jetzt viel mehr zu sagen hatte. Sie stand auf. »Ich hoffe, Sie können sich von ihm verabschieden, Mr. Flanagan. Danke für das Gespräch.«

Er nickte, schon so zerstreut, dass es ihn nicht interessierte, was sie zu sagen hatte. Paula ging und dachte dabei an den Tod und neue Chancen. Ihr war das Leben inklusive der Schuldgefühle zurückgegeben worden, die sie als Überlebende belasteten. Aber mit der Hilfe von Tony Hill begann sie zu verstehen, dass sie diesem Geschenk einen Sinn geben musste. Und damit bei Robbie Bishop anzufangen war genauso gut wie irgendwo anders.

Nicht alle Fans von Robbie Bishop waren draußen vor dem Bradfield Cross Hospital versammelt. Die, die in Ratcliffe wohnten, hatten auf die Fahrt quer durch die Stadt verzichtet und brachten dafür ihre Blumensträuße vom Supermarkt und die selbstgemalten Bilder ihrer Kinder zum Trainingsplatz von Bradfield Victoria. Sie hatten sie gegen den Maschendrahtzaun gelehnt, der die Zuschauer von den Stars trennte. Detective Sergeant Kevin Matthews konnte einen leichten Schauder von Abscheu nicht unterdrücken, als er am Tor warten musste, bis der Sicherheitsmann ihn anrufen und bestätigen würde, dass sie das Gelände betreten durften. Er konnte diese öffentlichen Ergüsse künstlicher Gefühle nicht ausstehen. Denn er hätte wetten können, dass die meisten, die ihre Pilgerfahrt zum Platz in Ratcliffe unternommen hatten, niemals mehr als die wenigen Worte mit Robbie Bishop gewechselt hatten, wenn sie auf die Frage »Und für wen soll ich es signieren?« antworteten. Es war noch nicht lange her, dass Kevin echte Trauer hatte erleben müssen, und er ärgerte sich über ihre schäbigen Gesten. Aus seiner Sicht würden wir Menschen in einer besseren Welt leben, wenn diese Pilger ihre Gefühle an die Lebenden verschwendet hätten, an ihre Kinder, Partner und Eltern.

»Geschmacklos«, sagte Chris Devine vom Beifahrersitz, als könne sie seine Gedanken lesen.

»Das ist noch gar nichts gegen das, was wir in zwei Tagen erleben werden, wenn er tatsächlich gestorben ist«, knurrte Kevin, während ihn der Wächter durchwinkte und auf den nächsten Parkplatz an dem langen niedrigen Gebäude zeigte, durch das die Sicht auf das Spielfeld von der Straße aus versperrt wurde. Er fuhr langsam an den Ferraris und Porsches der Spieler vorbei. »Schöne Autos«, meinte er anerkennend.

»Du hast doch einen Ferrari, oder?«, fragte Chris, die sich erinnerte, dass Paula das einmal erwähnt hatte.

Er seufzte. »Einen roten Mondial QV Cabriolet. Eines der einzigen vierundzwanzig Cabriolets mit Rechtslenker, die jemals gebaut wurden. Ein Traumwagen, den ich bald aufgeben muss.«

»Oh nein. Armer Kevin. Warum stößt du ihn ab?«

»Es ist eigentlich nur ein Zweisitzer, und die Kinder werden zu groß, um sich da noch reinzuquetschen. Es ist ein Wagen für einen Single, Chris. Ich nehme an, du hast kein Interesse?«

»Bisschen zu luxuriös meiner Ansicht nach. Sinead würde mir ewig Vorwürfe machen und sagen, es sei mein Wagen für die Midlife Crisis.«

»Schade. Ich wäre gern sicher, dass er ein gutes Zuhause bekommt. Wenigstens habe ich es geschafft, noch eine Gnadenfrist rauszuschlagen.«

»Wie das?«
»Es gibt da einen Journalisten, Justin Adams. Er schreibt für Autozeitschriften und will einen Artikel über normale Leute schreiben, die außergewöhnliche Autos fahren. Offenbar ist ein Polizist mit einem Ferrari genau das, was er sucht. Also habe ich Stella überredet, dass ich den Wagen behalten darf, bis der Artikel herauskommt, damit sich nicht alle über mich lustig machen, wenn mein Name und Foto in der Zeitschrift erscheinen und ich den Wagen gar nicht mehr habe.«
Chris grinste. »Scheint mir ’ne gute Abmachung zu sein.«
»Ja, der Countdown beginnt nächste Woche, wenn wir das Interview machen.« Kevin schnupperte, als er ausstieg. »Vollkorntag«, stellte er fest.
»Was?«
Er zeigte nach Westen, wo ein zweistöckiger langgestreckter Backsteinbau am Rand der Sportplätze stand. »Die Keksfabrik. Als Kind habe ich eine Spielzeit mit der Nachwuchsmannschaft der Vics trainiert. Wenn der Wind richtig steht, riecht man, welche Sorte Kekse sie backen. Ich fand immer, dass es eine Form der Folter für Jungs im Teenageralter ist, die versuchen, fit zu bleiben.«
»Was ist passiert?«, fragte Chris und folgte ihm um das Ende des Umkleideraums herum.
Kevin ging voraus, so konnte sie das Bedauern auf seinem Gesicht nicht sehen. »Ich war nicht gut genug«, sagte er. »Viele werden gerufen, aber nur wenige sind auserwählt.«
»Das muss ganz schön hart gewesen sein.«
Kevin stieß ein kurzes Lachen aus. »Damals meinte ich, es sei das Ende der Welt.«
»Und jetzt?«
»Ich hätte besser verdient, das steht fest. Und ich hätte eine ganze Flotte von Ferraris.«

»Stimmt«, pflichtete Chris bei, die aufholte, als er stehen blieb und auf den Rasen hinausblickte, wo ein Dutzend junger Männer Bälle um Verkehrskegel herumdribbelte. »Aber für die meisten Fußballer gilt, dass man in deinem Alter schon ausrangiert ist. Und was gibt es dann noch? Sicher, ein paar schaffen es ins Management, aber viele stehen schließlich in einem beschissenen Pub hinter der Theke, ziehen aus ihren Tagen des Ruhms Nutzen und schimpfen über ihre Exfrau, die ihnen die Taschen geleert hat.«

Kevin lächelte ihr zu. »Und du meinst, das wäre schlechter als unser Job?«

»Du weißt doch, dass es das wäre.«

Als sie das Gebäude umrundeten, kam ihnen ein Mann in Shorts und einem Sweatshirt mit Bradfield-Victoria-Aufdruck entgegen. Es schien, als sei er Mitte vierzig, wirkte aber so fit, dass sich das nicht mit Sicherheit sagen ließ. Hätte er sein dunkles Haar noch in der alten Fußballerfrisur getragen, hätten ihn Fußballfans und auch solche, denen Fußball egal war, sofort erkannt. Aber jetzt war es kurz und am Kopf anliegend geschnitten, und Kevin brauchte einen Moment, bis er erkannte, dass er hier einem der Helden seiner Jugend gegenüberstand.

»Sie sind doch Terry Malcolm«, entfuhr es ihm, und er war wieder zwölf und berauscht von dem Fußballkönnen des Mittelfeldspielers in der englischen und der Bradfielder Mannschaft.

Terry Malcolm wandte sich lächelnd an Chris und sagte: »Es wird mir nichts ausmachen, wenn ich Alzheimer bekomme. Sie würden staunen, wie oft die Leute meinen, mir sagen zu müssen, wer ich bin. Und Sie müssen wohl Sergeant Devine sein. Ich rate allerdings nur, weil ich es hoffe, denn er ist nicht mein Typ, und ich glaube, ich könnte ihn nicht ›divine‹

– göttlich – nennen.« An seinem Gesichtsausdruck ließ sich ablesen, dass er gewöhnt war, als lustig und charmant zu gelten. Kevin, der seinen früheren Helden mit wachsender Ernüchterung betrachtete, war erfreut, dass Chris Devine nicht weiter beeindruckt schien.

»Mr. Flanagan hat Ihnen gesagt, warum wir hier sind?«, fragte Kevin mit leicht zweifelndem Tonfall, als könne er nicht fassen, dass jemand, der für Bradfield Victoria arbeitete, sich so schnoddrig geben konnte, während ihr bester Spieler im Sterben lag.

Malcolm sah entsprechend zerknirscht aus. »Ja, das hat er. Und glauben Sie mir, ich bin untröstlich wegen Robbie. Aber ich kann es mir nicht leisten, meine Gefühle zu zeigen. Schließlich sind noch einundzwanzig weitere Spieler in der Riege, die motiviert bleiben müssen. Am Samstag spielen wir gegen die Spurs in der Premier League, und zu diesem Zeitpunkt der Saison können wir es uns nicht leisten, Punkte zu verlieren.« Er schenkte Chris noch einmal ein Lächeln. »Ich hoffe, das klingt nicht abgebrüht. Wie gesagt, ich bin am Boden zerstört. Aber unsere Jungs müssen auf Zack bleiben. Am Samstag werden wir für Robbie gewinnen. Umso mehr Grund, unser Training nicht aufzugeben.«

»Durchaus«, stimmte Chris zu. »Und wir müssen herausfinden, wo Robbie sich in den achtundvierzig Stunden aufhielt, bevor er sich am Samstag schlecht zu fühlen begann. Wir möchten mit seinen Kameraden sprechen. Mit denen, die ihm nah genug sind, dass sie wissen, was er zwischen dem Ende des Trainings am Donnerstag und dem Frühstück am Samstag tat.«

Malcolm nickte. »Da sollten Sie mit Pavel Aljinovic und Phil Campsie reden. Robbie teilt sich mit Pavel ein Zimmer, wenn wir im Hotel übernachten. Und Phil ist sein bester Kumpel.«

Malcolm rührte sich nicht, um die Spieler zu holen.
»Jetzt, Mr. Malcolm«, drängte Chris.
Wieder das billige und abgeschmackte Lächeln. »Sagen Sie doch Terry, Schätzchen.«
Jetzt war Chris an der Reihe zu lächeln. »Ich bin nicht Ihr Schätzchen, Mr. Malcolm. Ich bin eine Polizeibeamtin, die einen sehr schwerwiegenden Angriff auf einen Ihrer Kollegen untersucht. Und ich möchte jetzt gleich entweder mit Pavel Aljinovic oder Phil Campsie sprechen.«
Malcolm schüttelte den Kopf. »Sie trainieren. Da kann ich nicht unterbrechen.«
Eine unvorteilhafte Röte überzog Kevins Gesicht, und die Sommersprossen auf seinen Wangen wurden dunkler. »Möchten Sie, dass ich Sie wegen Behinderung der Polizei verhafte? Dann machen Sie nur so weiter.«
Malcolms Lippen verzogen sich zu einem höhnischen Lächeln. »Ich glaube kaum, dass Sie mich verhaften werden. Dafür schätzt Ihr Chef seinen Platz in der Ehrenloge viel zu sehr.«
»Das funktioniert auch andersherum«, sagte Chris freundlich. »Das heißt, dass wir auch einen direkten Draht zu Ihrem Chef haben. Und ich glaube nicht, dass er sehr beeindruckt wäre zu hören, dass Sie unsere Ermittlungen im Fall des versuchten Mordes an seinem Spitzenspieler erschwert haben.«
Obwohl Chris gesprochen hatte, war Kevin derjenige, dem ein Blick tiefer Abneigung zuteil wurde. Malcolm war offensichtlich einer jener Männer, die mit Frauen nur flirten und ausschließlich mit Männern sprechen konnten. »Ich hole Pavel.« Er wies mit dem Daumen auf den Umkleideraum. »Warten Sie da drin, ich suche Ihnen sofort einen Raum.«
Fünf Minuten später betraten sie einen Trainingsraum mit

Gewichten, in dem es nach altem Schweiß und Muskeltonikum roch. Der Torhüter aus Kroatien folgte ihnen auf dem Fuß. Als er hereinkam, zuckte seine Nase, und ein Ausdruck von Ekel huschte über sein kantiges Gesicht. »Stinkt hier drin, tut mir leid«, erklärte er, nahm einen Plastikstuhl von einem niedrigen Stapel an der Wand und setzte sich den beiden Kripobeamten gegenüber. »Ich bin Pavel Aljinovic.« Er nickte ihnen höflich zu.

Kevin fiel das Wort »würdevoll« ein. Aljinovic hatte schulterlanges dunkles Haar, das an Spieltagen normalerweise zu einem Pferdeschwanz zusammengebunden war, aber an diesem Nachmittag offen herunterhing. Seine Augen hatten die Farbe von Kastanien, die man im Ofen gebacken und dann am Ärmel glänzend gerieben hat. Seine Wangenknochen über hohlen Wangen, volle Lippen und eine schmale gerade Nase ließen ihn fast aristokratisch aussehen. »Der Trainer sagt, jemand hat versucht, Robbie zu vergiften«, begann er mit einem nur leichten, aber unverkennbaren slawischen Akzent. »Wie kann das sein?«

»Das versuchen wir herauszufinden«, antwortete Chris, während sie sich vorbeugte, die Ellbogen auf die Knie gestützt und die Hände gefaltet.

»Und Robbie? Wie geht es ihm?«

»Nicht sehr gut«, meinte Kevin.

»Aber es wird wieder gut?«

»Wir sind keine Ärzte. Wir können nichts dazu sagen.« Chris wollte die Aussage vermeiden, dass Robbies Tod unvermeidlich sei. Ihrer Erfahrung nach bremste es die Leute erheblich in ihren Aussagen, wenn die Sache auf Mord hochgestuft wurde. »Es würde uns helfen, wenn wir wüssten, wo Robbie am Donnerstag und Freitag war.«

»Er war natürlich beim Training. Ich weiß nicht, was er am

Donnerstagabend gemacht hat.« Aljinovic breitete seine großen Torhüterhände aus. »Ich bin Torhüter, nicht Robbies Hüter. Aber Freitagnacht hatten wir zusammen ein Hotelzimmer. Wir haben wie gewöhnlich alle gemeinsam gegessen. Steak, Kartoffeln, Salat und ein Glas Rotwein. Obstsalat und Eis. Wir essen immer das Gleiche, Robbie und ich. Die meisten Jungs eigentlich. Wir sind gegen neun Uhr nach oben gegangen. Robbie nahm ein Bad, und ich rief meine Frau an. Wir haben zusammen bis zehn auf dem Sky Channel Fußball gesehen, dann sind wir zu Bett gegangen.«

»Hat Robbie etwas aus der Minibar getrunken?«, fragte Kevin.

Aljinovic lachte leise. »Sie wissen wohl nicht viel über Fußball, was? Man gibt uns keinen Schlüssel für die Minibar. Wir sollen nüchtern bleiben. Deshalb sind wir in einem Hotel und nicht zu Hause. Sie können kontrollieren, was wir essen und trinken, und uns von Frauen fernhalten.«

Chris erwiderte sein Lächeln. »Ich dachte, das wäre nur eine erfundene Geschichte, dass man vor einem Spiel seine Kraft erhält, indem man keinen Sex hat.«

»Es geht nicht um Sex, sondern um Schlaf«, erklärte Aljinovic. »Sie wollen, dass wir vor einem Spiel gut und lang genug schlafen.«

»Hatte Robbie etwas zu essen oder zu trinken bei sich? Eine Flasche Wasser, was immer?«

»Nein. Im Zimmer steht immer genug Wasser.« Er runzelte die Stirn. »Sie haben mich da an etwas erinnert. Am Freitagabend sagte Robbie, er sei so durstig. Er sagte, er fühlte sich, als würde er eine Erkältung oder so etwas bekommen. Er hat keine große Sache daraus gemacht, aber er fühlte sich nicht sehr gut. Und natürlich meinte er dann am Morgen, er hätte eine Grippe. Ich machte mir Gedanken, dass er mich anstecken könnte. Dieses Gefühl wie Grippe, kommt das vom Gift? Oder ist er auch erkältet?«

»Es kommt vom Gift.« Kevin sah im direkt in die Augen. »Hat Robbie am Freitagabend Kokain genommen?«

Aljinovic wich zurück und war offensichtlich beleidigt. »Natürlich nicht. Nein. Wer hat Ihnen das gesagt? Robbie nahm keine Drogen. Warum fragen Sie?«

»Es ist möglich, dass er das Gift eingeatmet hat. Wenn es mit Kokain oder Amphetaminen vermischt war, hätte Robbie es vielleicht nicht bemerkt«, erläuterte Chris.

»Nein. Das ist nicht möglich. Auf keinen Fall. Ich glaube das nicht von ihm.«

»Sie sagten vorhin, dass Sie Torhüter, nicht Robbies Hüter seien. Wie können Sie so sicher sein, dass er nie Drogen nimmt?«, fragte Kevin mit milder Stimme, aber aufmerksamem Blick.

»Wir haben darüber gesprochen. Über Drogen im Sport. Und zum Spaß. Robbie und ich, wir haben da die gleiche Meinung. Es ist eine Dummheit. Man betrügt sich selbst, man betrügt die Fans und den Club. Wir kennen beide Leute, die Drogen nehmen, und wir verachten sie«, sagte er heftig. »Wer immer Robbie vergiftet hat, mit Drogen hat er es nicht gemacht.«

Als Carol in Robbie Bishops Wohnung ankam, hatte Detective Constable Sam Evans schon mit der Durchsuchung angefangen. Das Zuhause des Fußballers war eine Penthouse-Wohnung mit Dachterrasse mitten in der Stadt. Das Gebäude war früher ein Lagerhaus gewesen. Der Hauptwohnbereich war sehr hell vom Tageslicht, das durch Jugendstilfenster mit Eisenrahmen hereinfiel. Sam durchsuchte gerade die Schreibtischschubladen, und ein Sonnenstrahl ließ seine kaffeebraune

Haut glänzen. Er sah auf, als Carol hereinkam, schüttelte dann aber wehmütig den Kopf. »Nichts«, meinte er. »Bis jetzt jedenfalls.«
»Welche Art Nichts?« Sie zog ein Paar Latexhandschuhe an.
»Ordentlich abgeheftete Rechnungen, Bankauszüge, Kreditkartenabrechnungen. Er zahlt seine Rechnungen pünktlich und bringt jeden Monat sein Kreditkartenkonto in Ordnung. Er ist Kunde bei einem Wettbüro, setzt ein paar hundert im Monat auf Pferde. Nichts Auffälliges. Ich hab noch nicht in seinen Computer geguckt, hab gedacht, ich überlasse das Stacey.«
»Ich bin mir sicher, dass sie das freut. Meinen Sie, dass sie überhaupt weiß, was Fußball ist?«, fragte Carol und ging zum Fenster hinüber und schaute hinaus. Man sah aus der Vogelperspektive auf die Stadtmitte. Leute gingen ihren Geschäften nach, Straßenbahnen fuhren auf den sich kreuzenden Schienen, Brunnen spuckten Wasser, Verkäufer von Straßenzeitungen versuchten Käufer zu überreden, Schaufensterbummler standen vor vielversprechenden Auslagen. Niemand dort dachte daran, einen Spieler der Premier League mit Rizin zu vergiften, heute nicht. Morgen oder übermorgen, wenn Robbie Bishop schließlich starb, würde sich das ändern. Aber heute nicht. Noch nicht. Sie drehte sich um. »Was haben Sie bis jetzt schon gemacht?«
»Nur den Schreibtisch.«
Carol nickte. Sie sah sich um. Sams Entscheidung, mit dem Schreibtisch anzufangen, war die richtige gewesen. Es gab nicht viele andere Möglichkeiten. Im Essbereich war alles aus Glas und Stahl, dort konnte man nichts verstecken. Es gab zwei Garnituren aus roten Ledersofas, eine stand einem riesigen Flachbildschirm mit Heimkino und PlayStation gegenüber. Die andere Garnitur umlagerte einen niedrigen Couch-

tisch aus Glas, dessen Vorderkante wie eine sich brechende Woge geformt war. An einer Wand standen flächendeckend Regale mit einer umfangreichen Sammlung von DVDs und CDs. Jemand musste sie einzeln durchgehen, aber das würde sie dem Technikerteam überlassen. Sie ging zum Regal hinüber. Die CDs waren zum größten Teil von Leuten, die sie nicht kannte. Was sie den Namen nach zuordnen konnte, war Tanzmusik und Hip-Hop. Sie nahm an, dass auch der Rest diesem Geschmack entsprach.

Die DVDs waren ungefähr nach Genres geordnet, auf zwei Regalbrettern in der Mitte Fußball, populäre Action- und Comedyfilme dazwischen, Fernsehcomedys und -filme darüber. PlayStation- und Computerspiele füllten das unterste Regal. Bezeichnenderweise fanden sich die Pornos auf dem obersten. Carol überflog die Titel und fand, dass Robbies Geschmack bei Pornofilmen genau so wenig abenteuerlich war wie bei den anderen Filmen. Falls es nicht irgendwo noch einen geheimen Vorrat gab, schienen Robbies sexuelle Neigungen nicht so geartet zu sein, dass er ihretwegen umgebracht werden könnte.

Carol schlenderte ins Schlafzimmer und lächelte sarkastisch beim Anblick eines Bettes, das bestimmt über zwei Meter breit war. Auf den zerknitterten dunkelblauen Seidenbezügen lagen ein Haufen Kunstpelze und ein Dutzend Kissen. Die Wand gegenüber dem Bett wurde von einem weiteren Flachbildschirm beherrscht, und an den anderen Wänden hingen Akte, die der Händler bestimmt als »künstlerisch wertvoll« beschrieben hatte.

Ein begehbarer Schrank nahm eine komplette Wand ein. Ein Teil war leer. Carol fragte sich, ob die Sachen seiner Verlobten zuvor hier gehangen hatten oder ob er gerade gründlich aufgeräumt hatte. Am anderen Ende standen zwei viereckige

Körbe, der eine mit der Aufschrift »Wäsche«, auf dem anderen stand »Reinigung«. Beide waren fast voll. Wahrscheinlich wurden sie von jemand anderem geleert. Glücklicherweise war diese Person noch nicht hier gewesen, seit Robbie krank geworden war.

Im Wäschekorb lagen obenauf eine Armani-Jeans, eine Calvin-Klein-Badehose und ein extravagant gestreiftes Hemd von Paul Smith. Carol nahm die Jeans und ging die Taschen durch. Zuerst dachte sie, sie seien leer, doch als sie die Finger weiter hineinschob, stieß sie auf ein Stück Papier, das ganz tief in der rechten vorderen Tasche steckte. Sie zog es heraus und glättete vorsichtig die Falten und Knicke.

Es war die Ecke eines linierten Blatts Papier, offenbar aus einem Notizbuch herausgerissen. In schwarzer Tinte stand darauf »www.bestdays.co.uk«. Carol ging damit ins Wohnzimmer und bat Sam um eine der Beweismitteltüten. »Was haben Sie da, Chefin?«, fragte er und reichte ihr eine.

Carol ließ das Stückchen Papier in den Beutel fallen, verschloss ihn und schrieb das Datum darauf. »Eine Internetadresse. Wahrscheinlich nichts. Nehmen Sie es für Stacey mit, bitte. Haben Sie etwas gefunden?«

Sam schüttelte den Kopf. »Ich sag Ihnen, er scheint mir ein ziemlich langweiliger Zeitgenosse zu sein.«

Carol ging wieder ins Schlafzimmer. Die Nachttische boten nichts Überraschendes – Kondome, Pfefferminzbonbons, Papiertücher, eine Blisterpackung mit Ibuprofen, ein Butt Plug von der Größe eines kleinen Fingers und eine Tube Gleitmittel. Carol war sicher, dass dies heutzutage als einfache Grundausrüstung galt. Interessanterweise war das Buch, das in der linken Schublade lag, Michael Cricks kritische Biographie des Chefs von Manchester United, Alex Ferguson. Obwohl Carol weit davon entfernt war, sich mit Fußball auszukennen, wusste selbst sie, dass aus der Vielzahl der Biographien von Fußballheiligen dies eine interessante Wahl war.

Im Badezimmer war nichts, was Carols Aufmerksamkeit erregte. Seufzend kehrte sie zu Sam zurück. »Es ist fast unheimlich«, meinte sie. »Da ist so wenig Persönliches.«

Sam lachte abfällig. »Wahrscheinlich hat er keine Persönlichkeit. Diese Fußballstars, die sind doch alle in der Adoleszenz steckengeblieben. Sie werden vor dem ersten Kuss von den großen Clubs verpflichtet, und die Manager und Trainer übernehmen die Rolle ihrer Mütter. Wenn sie Erfolg haben, sind sie, kurz bevor sie zwanzig werden, reich im materiellen Sinn und arm an Vernunft. Sie werden in Watte gepackt und von Models verwöhnt. Viel mehr Geld als Verstand und Erfahrung. Ein Haufen Peter-Pan-Typen, Jüngelchen, die nicht erwachsen werden wollen, aber Testosteron haben sie.«

Carol grinste. »Sie klingen bitter. Haben Sie eine Freundin an einen von denen verloren?«

Sam erwiderte ihr Lächeln »Die Frauen, die ich mag, sind zu intelligent für Fußballer. Nein, es ärgert mich nur, dass ich keinen Bentley GTC Mulliner habe.« Sam hielt ihr eine Rechnung entgegen. »Sein neuer Wagen. Wird nächsten Monat geliefert.«

Carol pfiff anerkennend durch die Zähne. »Ich kenne Männer, die für so einen Wagen einen Mord begehen würden. Aber wahrscheinlich nicht mit Rizin.« Während sie noch sprach, klingelte ihr Telefon. »DCI Jordan«, meldete sie sich.

»Hier spricht Dr. Blessing. Dr. Denby bat mich, Sie anzurufen. Robbie Bishops Zustand hat sich verschlimmert. Wir glauben nicht, dass es noch lange gehen wird. Ich weiß nicht, ob Sie gern hier wären?«

»Bin schon unterwegs«, sagte Carol. Sie klappte ihr Handy

zu und seufzte. »Sieht aus, als entwickelte sich die Sache zur Ermittlung in einem Mordfall.«

Sie warteten auf Phil Campsie. Chris nahm eine Hantel und machte ein paar Unterarm-Curls. »Er ist der Hässliche, oder?«, fragte sie. »Der aussieht wie eine Kreuzung aus einem Affen und Mr. Potato Head?«
»Phil Campsie, meinst du? Ja, er ist hässlich.« Kevin streckte sich und gähnte. Seine vierjährige Tochter schlief in letzter Zeit leider nicht mehr durch. Seine Frau hatte betont, dass sie immer nachts hätte aufstehen müssen, als sie Ruby stillte. Jetzt sei Kevin an der Reihe, seine Tochter zu beruhigen, bis sie wieder einschlief. Das war nicht unlogisch. Trotzdem schien es ihm nicht fair, vor allem nicht, weil er zur Arbeit ging und Stella noch zu Hause war. Aber es war schwer dagegen anzukommen, wenn er nicht so dastehen wollte, als liebe er seine Tochter nicht. »Er ist sehr hässlich«, wiederholte er, während er noch zu Ende gähnte.
»Nicht nur junge Mädchen tun sich also entsprechend ihres Aussehens zusammen.«
»Was meinst du damit?«
»Eine Hübsche und eine Hässliche. Eine Symbiose. Die Hübsche darf neben der Hässlichen noch besser aussehen, und die Hässliche bekommt das, was die Hübsche abgelegt hat. Beide haben etwas davon.«
Kevin erwiderte: »Na, na – das ist ja keine sehr schwesterliche Haltung von dir.«
Chris lachte spöttisch. »Siehst du, Kevin, du vermengst immer lesbisch und feministisch. Versuch's nächstes Mal mit lesbisch und pragmatisch.«
Er grinste. »Ich werd versuchen, daran zu denken. Du meinst also, dass es mit Robbie und Phil genauso war?«

»Bis zu einem gewissen Grad. Phil ist natürlich auch reich und berühmt, was Hässlichkeit sowieso immer aussticht. Aber ich wette, es schadete nicht, mit einem der bekanntesten, bestaussehenden und begehrtesten Männer Europas auszugehen. Gar nicht zu reden von sexy.«
»Du findest Robbie sexy?«
»Sex-Appeal hat nichts mit dem Geschlecht zu tun, Kevin. Sag bloß, du findest Robbie nicht insgeheim sexy.«
Kevin wurde rot. »Ich hab nie darüber nachgedacht.«
»Aber sein Aussehen gefällt dir doch, wie er sich bewegt und wie er sich anzieht«, beharrte Chris.
»Ich nehme an, ja.«
»Ist ja schon in Ordnung, das heißt doch nicht, dass du 'ne Schwuchtel bist. Ich will ja damit nur sagen, Robbie hat Sex-Appeal, Charisma, nenn es, wie du willst. David Beckham hat es, aber Gary Neville hat es nicht. John Lennon hatte es, Paul McCartney dagegen nicht. Bill Clinton hat es, aber Bush auf keinen Fall. Und wenn man es nicht hat, sollte man sich möglichst mit jemandem zusammenzutun, der es hat.« Chris legte die Hantel beiseite, und die Tür ging auf. Sie setzte ihr nettestes Lächeln auf. »Mr. Campsie. Danke, dass Sie sich Zeit nehmen, mit uns zu sprechen.«
Phil Campsie angelte sich den Stuhl mit dem Fuß und zog ihn einen halben Meter weiter von ihnen weg, bevor er sich setzte. »Es geht um Robbie, was?« Sein Londoner Akzent war fast ebenso deutlich wie der von Chris. »Würd alles für ihn tun. Er ist mein Freund.«
Kevin übernahm die Vorstellung. Aus der Nähe war Phil Campsie noch weniger attraktiv. Seine blasse, fleckige Haut erinnerte an eine geschrubbte Kartoffel, seine flache Nase sah aus wie schon zweimal gebrochen. Seine kleinen grauen Augen lagen in dem ovalen Kopf weit auseinander. Sein rötliches

Haar war kurz, und am Haaransatz zeichnete sich schon leicht die beginnende Glatze ab. Aber wenn er lächelte, zeigte er neben seinen unregelmäßigen gelben Zähnen auch einen Anflug echter freimütiger Herzlichkeit.

Kevin legte los. »Wir haben gehört, dass Robbie nach der Arbeit wahrscheinlich mehr Zeit mit Ihnen als mit irgendeinem der anderen Teamkameraden verbringt.«

»Stimmt. Ich und Robbie sind sehr eng befreundet«, bestätigte Phil.

»Also, was stellt ihr denn so an?« Chris hob die Augenbrauen, als wolle sie andeuten, nichts, was er sagte, könne sie schockieren.

»Alles Mögliche. Ich hab 'n Haus auf dem Land. 'n Grundstück, zwei Meilen von 'nem Bach mit Forellen. Ich und Robbie, wir gehen manchmal auf die Jagd – Hasen, Tauben und so. Und wir gehen angeln.« Er grinste und sah aus wie der kleine Junge, der er vor nicht allzu langer Zeit noch gewesen sein musste. »Ich hab da 'ne Frau, die kommt vom Dorf, kocht und macht sauber. Sie kümmert sich um das Zeug, das wir erlegen. Bereitet alles zu und steckt's in die Kühltruhe. Es ist wirklich cool, etwas zu essen, das man selbst getötet hat, verstehen Sie, was ich meine?«

»Eindrucksvoll«, meinte Chris, bevor Kevin ins Fettnäpfchen treten konnte. »Und was ist mit Geselligkeit? Wie vergnügen Sie sich sonst, wenn Sie keine Tiere umbringen?«

»Wir gehen in der Stadt aus«, berichtete Phil. »Nettes Essen in 'nem schicken Lokal und weiter in 'nen Club.« Er zuckte leicht mit den Schultern, eine merkwürdig selbstironische Geste. »In den Clubs freut man sich, wenn wir kommen. Das macht sie bekannt. Wir werden dann in die VIP-Räume geführt, bekommen Sekt gratis und sehr appetitliche Mädchen.«

»Es interessiert uns, wo Robbie sich am Donnerstag und Freitag aufgehalten hat«, sagte Kevin.
Phil nickte und straffte seine breiten Schultern, als trete er zum Kampf an. »Am Donnerstag nach dem Training sind wir in Robbies Wohnung gegangen. Wir haben ein bisschen auf der PlayStation gespielt. Gran Turismo HD, wissen Sie? Das neue Spiel mit den Ferraris. Geil. Wir tranken zwei Bier und gingen dann zum Abendessen ins Las Bravas. Das ist spanisch«, fügte er hinzu, anscheinend um ihnen behilflich zu sein.
»Ich habe gehört, dass es dort sehr schön ist. Was haben Sie denn gegessen?«, fragte Chris lammfromm.
»Wir haben zusammen eine Ladung Tapas bestellt. Wir haben es dem Kellner überlassen, er brachte uns von allem etwas. Das meiste war lecker, aber ich konnte mit manchen der Meeresfrüchte nichts anfangen.« Er verzog das Gesicht. »Ich meine, wer will denn schon ein Tintenfischbaby essen? Pfui!«
»Habt ihr beide das Gleiche gegessen?«, erkundigte sich Kevin.
Phil dachte einen Moment nach und drehte die Augen erst nach oben und dann nach links. »So ziemlich«, antwortete er langsam. »Robbie hat keine Pilze mit Knoblauch genommen, er mag Pilze nicht. Aber abgesehen davon haben wir alles ausprobiert.«
»Und zu trinken?«
»Wir haben Rioja getrunken. Sind bis zur zweiten Flasche gekommen, haben sie aber nicht leer gemacht.«
»Und danach?«
»Sind wir ins Amatis gegangen. Kennen Sie es? Tanzclub am anderen Ende von Temple Fields.«
Kevin nickte. »Wir sind bei der Polizei, Phil. Wir kennen das Amatis.«

»Es ist ’n schönes Lokal«, verteidigte es Phil. »Nette Leute. Und tolle Musik.«
»Sie mögen also Musik? Sie und Robbie?«
Phil stieß pustend die Luft aus. »Mir ist es egal, sie muss nur ’n guten Beat haben. Aber Robbie interessiert sich dafür, ja. Er war mit Bindie Blyth verlobt.« Als er ihre verständnislosen Blicke sah, legte er noch etwas nach. »Die DJane der Late-Night-Show auf Radio One. Die Musik hat die beiden zusammengebracht.« Er rutschte auf seinem Stuhl hin und her, streckte die Beine aus und kreuzte sie an den Fußgelenken. »Aber das reichte nicht aus, um sie zusammenzuhalten. Vor zwei Monaten haben sie sich getrennt.«
Chris spürte, wie Kevin neben ihr aufmerksam wurde. Sie versuchte ungezwungen zu klingen. »Wieso?«, fragte sie. »Warum wollen Sie etwas über Bindie wissen?«
Chris breitete die Hände aus. »Mich interessiert einfach alles. Warum sind sie auseinandergegangen?«
Phil wandte den Blick ab. »Es wurde einfach nichts draus.«
»Hat sie sich hinter seinem Rücken mit anderen abgegeben?«, wollte Chris wissen.
Phil warf ihr einen argwöhnischen Blick zu. »Das bleibt unter uns, ja?«
»Klar. Bleibt unter uns«, versicherte Chris.
»Es hat mit der Welt zu tun, in der wir leben«, erklärte Phil. Einen verrückten Moment lang erwartete Chris von ihm eine philosophische Anmerkung über das menschliche Leben. »Jedes Mal, wenn wir aus dem Haus gehen, sind wir von Leuten umgeben, die Eindruck machen wollen. Frauen, die mit uns schlafen, Männer, die uns entweder einen Drink spendieren oder sich mit uns anlegen wollen. Und wenn die Freundin meistens zweihundert Meilen weit weg ist, müsste man ein Heiliger sein. Und Robbie ist kein Heiliger.«

»Bindie ist also eingeschnappt und hat ihn weggeschickt?«
»So in etwa. Aber sie wollten nicht, dass sich die Sensationsblätter darauf stürzten. Deshalb haben sie sich geeinigt, einfach zu sagen, sie hätten gemeinsam entschieden, dass sie ihre Beziehung nicht aufrechterhalten könnten, weil sie beide berufsmäßig zu sehr unter Druck stünden. Sie seien einander nicht böse, so etwa in der Art.«
»Und waren sie sich denn böse?«, mischte sich Kevin ein. Chris hätte ihn am liebsten dafür geohrfeigt, dass er ihre gut laufende Befragung unterbrach.
Phil legte den Kopf schief. »Nein.« Es war eine bestimmte und defensive Feststellung. Dann runzelte er langsam die Stirn. »Warten Sie. Sie glauben doch nicht etwa, dass Bindie etwas mit dieser Sache zu tun hatte?« Er brach in schallendes Gelächter aus. »Verdammt noch mal, offensichtlich haben Sie sich ihre Sendung nie angehört. Bindie hat Courage. Wenn sie so wütend gewesen wäre, hätte sie Robbie in die Eier getreten und ihn heimgeschickt. Bindie ist die Art Frau, die einem alles ins Gesicht sagt. Sie würde nie etwas so Heimtückisches wie Gift ins Spiel bringen.« Er schüttelte den Kopf. »Beknackt.«
»Niemand sagt, dass Bindie irgendetwas damit zu tun hatte, Phil. Wir versuchen nur, uns ein Bild von Robbies Leben zu machen. Also, am Donnerstag. Erzählen Sie uns vom Amatis.«
Phil rutschte auf seinem Stuhl herum wie jemand, der nicht ganz offen sprechen will. »Es gibt nicht viel zu erzählen. Wir waren hauptsächlich im VIP-Raum und tranken Sekt. Zwei Jungs vom Yorkshire Kricket Club waren da, der Moderator von dieser Fernsehshow, der zeigt, wie man mit altem Krempel vom Speicher ein Vermögen macht, und irgend so 'n Depp von der vorletzten *Big-Brother*-Staffel. Die anderen kannte

ich nicht. Und die üblichen Tussis. Appetitlich, Klassefrauen. Das ist die Art von Mädels, die man im Amatis trifft.«
»War Robbie mit einer bestimmten zusammen?«
Phil dachte einen Moment nach. »Eigentlich nicht. Wir haben beide getanzt, aber er hatte nie lange die gleiche. Hat sich's dauernd anders überlegt und gewechselt, als könnte er keine finden, die ihm wirklich gefiel.« Er grinste einfältig. »Nicht so wie ich. Ich hab praktisch sofort eine abgeschleppt. Jasmin hieß sie. Endlos lange Beine, Titten bis hier.« Er deutete beträchtliche Brüste an. »Deshalb hab ich nicht besonders auf Robbie geachtet, Sie verstehen schon. Nachdem ich mich mit Jasmin zusammentat, ging er eine Weile zur Wodkabar. Wir beschlossen, uns zu ihr zu verziehen, also hab ich Robbie gesucht und ihn getroffen, als er gerade von der Toilette kam. Ich sagte, ich würde mit Jasmin gehen, und er fand das in Ordnung. Er meinte, er hätte jemanden von früher von der Schule getroffen und sie würden zusammen einen trinken.« Phil zuckte mit den Schultern. »Als ich ihn das nächste Mal sah, das war beim Training am Freitag, da wirkte er so mitgenommen, als hätte er einen Riesenkater. Ich sagte zu ihm, er sähe aus, als hätte er die Nacht durchgemacht. Er war ganz verlegen und erzählte, eigentlich könnte er sich an nichts mehr erinnern. Na ja, so geht's eben manchmal, oder? Man ist so stockbesoffen, dass am nächsten Morgen alles nur noch ein schwarzes Loch ist.«
Chris merkte, wie sie die Luft anhielt, atmete durch und fragte: »Und hat dieser alte Schulfreund auch einen Namen?«
»Hat er nicht gesagt. Er hat nicht mal gesagt, ob es 'ne Frau oder 'n Mann war.« Phil schien besorgt. »Ich hätte ihn fragen sollen, oder? Ich hätte besser auf ihn aufpassen müssen.«
Chris verbarg ihre Enttäuschung hinter einem Lächeln.

»Niemand gibt Ihnen die Schuld, Phil. Wir wissen nicht, wann Robbie vergiftet wurde. Aber meiner Erfahrung nach ist es sehr schwierig, jemanden aufzuhalten, der es auf eine andere Person abgesehen hat.«

»Er erholt sich doch wieder, oder? Ich meine, die Ärzte leisten doch gute Arbeit, oder?« Er biss sich auf die Unterlippe. »Er ist stark wie ein Ochse, der Robbie. Und er gibt nicht auf.«

Kevin sah weg und überließ Chris die Entscheidung, wie sie sich verhalten sollten. »Sie tun ihr Bestes«, sagte sie. »Ihr beide werdet bald wieder zusammen die Stadt unsicher machen.«

Phil presste die Lippen zusammen und nickte. Er sah aus, als kämen ihm gleich die Tränen. »You'll never walk alone, so ist es doch.« Er stand auf. »Also gut. Ich sollte zum Training zurück.«

Chris erhob sich und legte ihm eine Hand auf den Oberarm. »Danke, Phil. Sie haben uns sehr geholfen.« Sie sah ihm nach, als er ging, die breiten Schultern gesenkt und ohne seinen früheren federnden Schritt. Die Tür schloss sich hinter ihm, und Kevin wandte sich ihr zu.

»Ich nehme an, du betrachtest ihn nicht als Verdächtigen Nummer eins?«

Chris schüttelte den Kopf. »Er denkt wahrscheinlich, Rizin ist etwas, das man Rennpferden und Windhunden gibt. Aber wenigstens hat er uns etwas Wichtiges gesagt.«

»Der alte Schulkamerad?«

»Genau. Da gibt es jede Menge Möglichkeiten für ein Motiv. War der Sonnyboy vielleicht einer, der andere tyrannisierte? Hat er die Freundin eines anderen verführt? Hat er etwa jemanden unfair angegriffen und damit dessen Chancen auf eine Starkarriere zerstört?«

Kevin ging auf die Tür zu. »Auf jeden Fall eine Nuss, die die Chefin knacken sollte.«
»Genau das Richtige, um sie davon abzulenken, dass ihr niemand gesagt hat, Tony sei im Krankenhaus.«
Kevin zuckte leicht zusammen. »Hör bloß auf. Ich sag dir, wenn irgendjemand anders als Paula am Wochenende Dienst gehabt hätte, hätte es aber mächtig Ärger gegeben.«
»Was ist das bloß mit Tony und der Chefin? Als ich sie zum ersten Mal sah, war ich mir sicher, dass sie zusammengehörten. Aber alle sagen nein, niemals. Ich versteh's nicht.«
»Niemand versteht es«, meinte Kevin. »Ich hab den Verdacht, sie selbst am allerwenigsten.«

Wenn Sam Evans einen Wahlspruch hatte, dann war es: Wissen ist Macht. Und wenn er diese Weisheit anwendete, machte er keinen Unterschied. Beim Sammeln von Informationen über seine Kollegen arbeitete er genauso gründlich, als wenn es um Kriminelle ging, und war dabei seinen Arbeitskollegen auch immer ein Stück voraus.
Nachdem Carol Robbie Bishops Wohnung verlassen hatte, beschloss er deshalb, sich vor Stacey schnell den Computer des Fußballers anzuschauen. Er wusste, es gab gute Gründe dafür, dass er ihn nicht anrühren sollte. Aber was er bislang über Robbie Bishop zusammengetragen hatte, ließ ihn nicht vermuten, dass dessen Computer einen Virus hatte, der alle Daten zerstören würde, wenn ein Fremder auf sie zuzugreifen versuchte.
Und er hatte recht. Er war nicht einmal mit einem Passwort geschützt. Es war verlockend, die Dateien zu öffnen, aber er war sicher, damit Spuren zu hinterlassen, die Stacey bestimmt auffallen würden. Doch er glaubte, kein großes Risiko einzugehen, wenn er die Dateien auf die CD-Rohlinge

kopierte, die er in einer der Schreibtischschubladen gefunden hatte.
Aber bald wurde ihm klar, dass es nicht viel gab, das zu kopieren sich lohnte, zumindest hinsichtlich des Informationswertes. Es gab Tausende von Musikdateien. Laut Robbies iTunes-Software würde es 7,3 Tage dauern, sie alle zu hören. Eine wirklich beträchtliche Menge Musik, die aber wahrscheinlich kein Licht auf Robbies Ermordung werfen würde. Auch ein paar Dutzend gespeicherte Spielstände, ein weiterer Beweis dafür, dass er sich in seiner Freizeit viel mit seinem Rechner beschäftigte, würden sich wohl kaum als nützlich erweisen. Stattdessen konzentrierte sich Sam auf E-Mails, Fotos und eine Handvoll Textdateien. Obwohl er rücksichtslos aussortierte, brauchte er immer noch drei CDs, um alle Dateien zu kopieren, die er für sich haben wollte.
Dann fuhr er den Rechner herunter und war sicher, dass die Sache für ihn bombensicher war. Sollte doch Stacey so viel damit spielen, wie sie wollte. Er hatte den notwendigen Vorsprung, um sicherzugehen, dass er dem Rest des Teams eindeutig voraus war.
Sam schaltete den Computer zufrieden ab und kehrte zum Schreibtisch zurück. Da er jetzt etwas Handfestes hatte, womit er arbeiten konnte, störte es ihn weniger, dass er hier festsaß, obwohl er lieber draußen in vorderster Linie die Schlüsselfiguren befragt hätte. Scheiß-Jordan. Es war egal, was er tat, sie war einfach nicht zu beeindrucken. Er würde eine Möglichkeit aushecken müssen, sich an ihr vorbei den Vorsprung zu verschaffen, den er sich so sehr wünschte. Immer noch leicht verärgert nahm er seine Zigaretten und zündete sich eine an. Robbie Bishop würde ja bestimmt nicht wiederkommen und sich beschweren.

Carol stand im Schatten und beobachtete den letzten Akt von Robbie Bishops Tragödie. Nicht einmal die Apparate konnten ihn jetzt noch am Leben erhalten. Dr. Denby hatte es ihr erklärt, als sie im Krankenhaus eintraf. »Ich sagte Ihnen ja schon, dass Rizin die Zellen daran hindert, die nötigen Proteine zu bilden, so dass sie beginnen abzusterben. Wir können das bis zu einem gewissen Grad mit Apparaten abfangen, aber es kommt der Punkt, an dem der Blutdruck so weit abfällt, dass einfach nicht mehr genug Sauerstoff ins Gehirn transportiert wird, und alles fängt an, sich abzuschalten. Dieses Stadium haben wir jetzt erreicht.«

Sie wusste, dass er keine Schmerzen hatte. Dafür gab es ja Morphium. Und Prophanol, damit er schlief. Obwohl er rein wissenschaftlich gesehen noch lebte, war nichts mehr von dem da, was Robbie Bishop einmal ausgemacht hatte. Es war schwer zu glauben, dass der Mann, den sie hier sterben sah, seine Teamkameraden noch vor einigen Tagen zu einem denkwürdigen Sieg angespornt hatte. Er sah nicht mehr wie ein Sportler aus. Sein Kopf war auf die doppelte Größe angeschwollen, sein Körper aufgeschwemmt und aufgebläht. Unter der dünnen Bettwäsche lagen seine ehemals schönen Beine wie zwei Säulen. Robbie Bishop, der sportliche Held, ein Idol für Millionen, sah einfach mitleiderregend aus.

Seine Mutter saß neben ihm und hielt mit beiden Händen seine schlaffen Finger umklammert. Sie waren dunkel geworden, weil aufgrund der Medikamente zur Hebung des Blutdrucks die Durchblutung der peripheren Gefäßsysteme nicht mehr funktionierte. Tränen liefen ihr lautlos über die Wangen. Sie war erst Ende vierzig, aber die letzten beiden Tage hatten aus ihr eine alte Frau gemacht, vornübergebeugt und verwirrt. Hinter ihr stand ihr Mann und hatte die Hände fest auf ihre Schultern gelegt. Die Ähnlichkeit zwischen ihm und seinem Sohn, als er noch gesund gewesen war, war frappierend. Brian Bishop war die lebende Erinnerung an das, was Robbie nie mehr sein würde. Martin Flanagan stand mit gesenktem Kopf und gefalteten Händen auf der anderen Seite des Bettes. Carol sah, wie er vor Anstrengung das Gesicht verzog, um nicht weinen zu müssen. Seit Englands letztem trostlosem Versagen bei der Weltmeisterschaft betrachtete Carol Tränen auch für veritable Männer als akzeptabel. Vielleicht nur nicht für die von Flanagans Generation, dachte sie.

Sie sah, dass Robbies Brust sich nicht mehr zu heben und sein Körper nicht mehr zu zucken schien. In Sekunden war alles vorbei. Als das Ende gekommen war, fielen die Zahlen auf dem Herzmonitor, der Blutdruck sank wie ein Stein, und die Anzeige des Sauerstoffgehalts im Blut stürzte ab. »Es tut mir sehr leid«, sagte Thomas Denby. »Wir müssen jetzt die Apparate abschalten.«

Mrs. Bishop stieß einen Klagelaut aus. Nach einem langen schluchzenden Schrei fiel ihr Kopf nach vorn neben ihren Jungen herab, ihre Hand umklammerte seine aufgeblähte Brust, als könne sie ihm irgendwie wieder Leben einflößen. Ihr Mann wandte sich ab, schlug die Hände vors Gesicht, und seine Schultern zuckten. Flanagan kauerte an der Wand, den Kopf auf den Knien.

Es war einfach zu schrecklich. Carol ging hinaus. Als sie in den Korridor trat, war Denby sofort bei ihr. »Wir werden eine Erklärung abgeben und eine Pressekonferenz abhalten müssen. Ich schlage vor, wir machen das gemeinsam.« Er sah auf seine Uhr. »Reicht Ihnen eine halbe Stunde zur Vorbereitung?«

»Ich bin mir nicht sicher, dass wir das tun sollten ...«

»Aber ich werde ihnen mitteilen müssen, was wir wissen, das

heißt, dass Robbie Bishop an einer Rizinvergiftung starb. Sie werden wissen wollen, was die Polizei tut. Ich versuche nur sicherzustellen, dass die ganze Geschichte auf einmal öffentlich wird und nach meiner Erklärung nicht eine Unmenge Spekulationen angestellt werden.« Denby klang gereizt wie ein Mann, der nicht gewohnt ist, dass man ihm widerspricht.

Carol hatte nie ein Problem damit gehabt, sich gegen Männer wie Denby zu behaupten, aber sie hatte gelernt, ihren Kriegsschauplatz selbst zu wählen. »Ich nehme an, ich habe mehr Erfahrung darin als Sie, meine Arbeit mitten in einer feindlichen Menge säbelrasselnder Medienleute zu tun«, erklärte sie freundlich. »Wenn meine Unterstützung bei der Pressekonferenz Ihnen hilft, bin ich mir sicher, dass sich das einrichten lässt. Wo werden wir die Presse treffen?«

Nach diesem gründlich misslungenen Start erklärte Denby knapp: »Der Sitzungssaal im zweiten Stock eignet sich dazu wahrscheinlich am besten. Ich sehe Sie dort in zwanzig Minuten.« Damit verschwand er; sein weißer Kittel war so gut gestärkt, dass er bei seinem Abgang kaum flatterte.

»Dreckskerl«, murmelte sie halblaut.

»Probleme, Chefin?« Paula stand an der Tür des Aufenthaltsraums, in dem sie zuvor Flanagan befragt hatte.

»Dr. Denby verschwendet keine Zeit. Kaum hat er den Tod festgestellt, setzt er in der nächsten Minute bereits eine Pressekonferenz an. Ich hätte lieber etwas mehr Zeit gehabt, um wirklich auf dem neuesten Stand zu sein, das ist alles.«

»Soll ich alle vom Team anrufen? Damit wir die bis jetzt gesammelten Details auflisten können?«

Carol hatte Mühe, Paulas Eifer für bare Münze zu nehmen. Als sie in einer ähnlichen beruflichen Situation gewesen war, hatte sie nur Wut, Groll und den brennenden Wunsch nach

Rache verspürt. Sie konnte sich unter keinen Umständen vorstellen, für jemanden arbeiten zu können, der sie im Stich gelassen und ihr Vertrauen missbraucht hatte. Aber Paula schien sie nicht zu hassen, sondern im Gegenteil noch motivierter zu sein, ihren Beifall zu finden. Carol hatte Tony gebeten, ihr das zu erklären, aber da er Paula therapeutisch unterstützte, waren ihm die Hände gebunden. Er hatte nur sagen können: »Sie gibt dir wirklich nicht die Schuld für das, was in jener Nacht in Temple Fields schiefgelaufen ist. Sie versteht, dass du ihr nicht in den Rücken gefallen bist. Dass du alles getan hast, was dir möglich war, um sie schützen. Sie hat keine Hintergedanken, Carol. Du kannst darauf vertrauen, dass sie auf deiner Seite steht.«

Deshalb versuchte sie es jetzt mit ihr. Sie lächelte und legte eine Hand auf Paulas Arm. »Es wäre mir eine große Hilfe. Ich werde unten im Café ein paar Notizen zusammenstellen, ich brauche das Koffein, wir sehen uns dort in einer Viertelstunde.«

Im Weggehen setzte sich Carol über das Mobilfunkverbot des Krankenhauses hinweg und rief ihren Chef an. John Brandon, Polizeipräsident der Bradfield Metropolitan Police, hatte sie zur Polizeiarbeit zurückgebracht, als sie diese voller Verzweiflung an den Nagel hatte hängen wollen. Er hatte das Sondereinsatzteam gegründet, das sie leitete, und war der einzige höhere Polizeibeamte, dem sie vorbehaltlos vertraute.

Sie informierte ihn über den Stand der Dinge im Fall Robbie Bishop und erklärte, dass sie eine gemeinsame Pressekonferenz abhalten müssten.

»Tun Sie das«, bekräftigte Brandon. »Sie sind vor Ort. Ich vertraue Ihrem Urteil.«

»Ich bin mir nur wegen einer Sache nicht sicher. Ich weiß

nicht, ob wir es öffentlich Mord nennen oder bei ungeklärter Todesursache bleiben sollten.«

»Meinen Sie, dass es um einen Mord geht?«

»Man kann es kaum anders sehen.«

»Dann entscheiden Sie sich für Mord. In einem Fall wie diesem, der großes Interesse erregen wird, werden sie uns fertigmachen, wenn sie meinen, wir sicherten uns nur ab. Nennen Sie es beim Namen, wenn Sie es so sehen.«

»Danke, Sir.«

»Und, Carol, halten Sie mich auf dem Laufenden.«

Carol legte gerade noch rechtzeitig auf. Als sie ihr Telefon in die Tasche zurücksteckte, stand ein Fernsehreporter, der sie erkannt hatte, am Rand der Gruppe von Presseleuten. Er löste sich aus dem Pulk, rief ihren Namen und lief auf sie zu. Carol lächelte und deutete mit den Fingern ein Winken an. Als er den Haupteingang erreichte, war sie schon weit ins Labyrinth der Krankenhauskorridore vorgedrungen. Es ging also los.

Yousef betrat gleich nach dem Beginn der abendlichen Lokalnachrichten das Wohnzimmer. Er setzte zum Sprechen an, aber Raj und Sanjar gaben ihm beide ein Zeichen, still zu sein.

»Warum?«, protestierte er und schubste Raj leicht, damit er Platz machte und Yousef sich auf das Couchende quetschen konnte.

»Robbie Bishop«, sagte Sanjar. »Er ist tot.«

»Das kann nicht sein«, widersprach Yousef.

»Psst!«, beharrte Raj. Er war der einzige wirkliche Fußballfan der drei Brüder. Sanjar mochte Kricket, aber Yousef hatte sich nie von der Sportbegeisterung anstecken lassen. Trotzdem war diese Nachricht für seine Wochenendpläne interessant.

Der Nachrichtensprecher auf dem Bildschirm blickte sehr ernst. »Und jetzt schalten wir live zur Pressekonferenz im Bradfield Cross Hospital, wo Robbie Bishops Arzt Dr. Thomas Denby eine Erklärung abgibt.«
Ein Typ in formellem Anzug und mit elegantem Haarschnitt saß an einem Tisch neben einer gutaussehenden Blondine und einer unscheinbaren Brünetten in einem weißen Kittel. »Es tut mir leid, Ihnen sagen zu müssen, dass Robbie Bishop vor einer halben Stunde hier auf der Intensivstation im Bradfield-Cross-Krankenhaus verschieden ist. Seine Eltern und Martin Flanagan, der Manager von Bradfield Victoria, waren bei ihm, als er starb.« Piekfeine Aussprache. Er räusperte sich und fuhr fort: »Wir wussten schon seit einigen Stunden, dass wir nichts mehr für Robbie tun konnten, als dafür zu sorgen, dass seine letzten Stunden für ihn so erträglich wie möglich waren.« Im Hintergrund war das Murmeln von Reportern zu hören, die weder die Geduld noch die Manieren hatten, um auf das zu warten, was Denby zu sagen hatte. Genau wie sein jüngster Bruder, der ständig wiederholte: »Woran ist er denn gestorben?«
Der vornehme alte Knacker hielt die Hand hoch und bat um Ruhe. Er wartete ein paar Sekunden und fing dann noch einmal an. »Heute früh bekamen wir die Laborergebnisse, die schlüssig bewiesen, dass Robbie Bishop keine Infektion hatte. Die Todesursache war eine beträchtliche Dosis des Giftes Rizin.« Im Raum entstand Unruhe.
»Verdammt«, flüsterte Sanjar. »Ist das nicht das Zeug, weswegen sie all die Jungs festgenommen haben, die es hergestellt haben sollten? Die sogenannten Terroristen?«
»Ja, aber die meisten haben sie wieder laufenlassen«, antwortete Yousef. »Ich glaube, nur einer von den Typen musste deshalb vor Gericht.«

»Dann werden sie uns die Schuld geben«, mutmaßte Raj mit ernstem Gesicht und glänzenden Augen. »Sie werden sagen, dass es islamische Fundamentalisten waren. Ich sag euch, ich bin Fan der Vics, seit ich klein war, aber das wird jetzt keinen Unterschied machen.«

Yousef klopfte ihm unbeholfen auf die Schulter. Raj tat ihm leid, aber er musste an den größeren Zusammenhang denken – für den es jetzt noch besser aussah. In letzter Zeit war er gedanklich in seiner eigenen Welt versunken, wenn er vor dem Fernseher saß, aber diese Nachricht beschäftigte ihn doch sehr. »Sehen wir mal, was sie zu sagen haben.«

Sie richteten ihre Aufmerksamkeit wieder auf den Fernseher, wo der Typ im Anzug das Wort an die Blondine weitergegeben hatte. »Mein Team hat schon mit der Untersuchung dieses tragischen Todes begonnen«, erklärte sie. »Wir sehen es als Ermittlung in einem Mordfall an.« Sie war also Polizistin. »Wir möchten mit allen sprechen, die Robbie am späten Donnerstagabend im Amatis gesehen oder sich mit ihm unterhalten haben. Es interessiert uns auch, wo er war, nachdem er den Nachtclub verlassen hatte. Wir müssen den Täter finden. Wenn Sie Informationen haben, rufen Sie bitte diese Nummer an.« Sie hielt ein Stück Papier mit einer gebührenfreien Telefonnummer hoch und las sie vor.

Sobald sie zu sprechen aufhörte, ging der wilde Ansturm der Journalisten wieder los. »Könnte es mit Terrorismus zu tun haben?«, war eine Frage, die lauter als alle anderen durch den Raum schallte.

Die Blondine presste die Lippen zu einer dünnen Linie zusammen. »Es gibt in diesem Fall keinen Grund für einen Verdacht auf Terrorismus«, antwortete sie. »Außerdem gibt es keinen Hinweis darauf, dass andere durch den für Robbie Bishop tödlichen Vorfall in Gefahr sind.«

»Wann haben Ihre Ermittlungen begonnen?«
»Das Krankenhaus hat uns heute früh in Kenntnis gesetzt«, berichtete die Polizistin.
»Wir haben die Polizei angerufen, sobald die Diagnose Rizin bestätigt war«, fiel der Typ im eleganten Anzug ein.
»Sichert sich bloß ab«, meinte Sanjar, als auf dem Bildschirm wieder das Nachrichtenstudio erschien, wo der Sprecher weitere Informationen versprach, sobald man sie bekäme. Es folgte eine schnell zusammengestellte Serie von Robbie Bishops glänzendsten Augenblicken auf dem Fußballplatz. Raj starrte gebannt auf die Bilder und nahm den Zauber in sich auf, der sich niemals wiederholen würde.
»Da war ich dabei«, sagte er, als sie Robbies spektakulären Treffer aus dreißig Metern Entfernung zeigten, das entscheidende Tor, das die Vics beim letzten UEFA-Pokal ins Halbfinale gebracht hatte. »Oh Mann, jetzt haben wir keine Chance auf die Premier League. Ohne Robbie niemals.«
Yousef schüttelte den Kopf. »Du solltest nicht zu den Spielen gehen, bis sie den erwischt haben, der das getan hat.«
»Ich hab 'ne Karte für Samstag«, protestierte Raj. »Und das nächste Europacupspiel.«
»Yousef hat recht«, fiel Sanjar ein. »Bis sie herausfinden, wer das getan hat, wird es Leute geben, die nach Sündenböcken suchen. Obwohl die Polizistin gesagt hat, es hätte nichts mit Terrorismus zu tun, wird es da draußen doch Wichser geben, die meinen, jetzt einen Grund zu haben, um Pakis zu jagen. Die Emotionen werden sich hochschaukeln, Raj. Da bleibst du besser weg.«
»Ich will aber nicht wegbleiben. Nicht von den Spielen und auch heute Abend nicht. Alle werden unten sein am Stadion und ihn ehren und so. Ich will dazugehören. Es ist auch mein Club.« Raj war den Tränen nah.

Seine älteren Brüder tauschten Blicke. »Sanjar hat wahrscheinlich recht mit den Spielen. Wenn es erst mal allen so richtig bewusst wird, werden feindselige Gefühle hochkochen, kein Zweifel. Aber ich komme heute Abend mit, wenn du unbedingt willst«, sagte Yousef, denn er verstand nur allzu gut, wie brüchig die Brücke zwischen den beiden Kulturen war, die von seiner Generation verlangt wurde. »Wir gehen zusammen.«

Tony schaltete den Fernseher aus und lehnte sich in die Kissen zurück. Das Morphium wirkte nicht mehr, und er begann einen dumpfen Schmerz im Knie zu spüren. Die Schwester hatte ihm die strenge Anweisung gegeben, dass er nicht leiden, sondern jemanden rufen und Schmerztabletten verlangen solle. Er versuchte, sein Bein zu bewegen und die Grenzen des Erträglichen zu testen, und schätzte dann, dass er noch etwas warten konnte. Von weiteren Medikamenten würde er nur einschlafen, und er wollte jetzt nicht schlafen. Nicht bei der Aussicht auf einen Besuch.

Carol war im Haus. Er hatte gerade im Fernsehen gesehen, wie sie im Augenblick eine Pressekonferenz abhielt. Sie arbeitete an einem Mordfall. Und was für einem. Der Tote war prominent, und dazu kam die unheimliche Art und Weise, wie die Mordtat verübt worden war. Sie würde sicher mit ihm darüber sprechen wollen. Aber er wusste nicht, wann sie von dort verschwinden konnte.

Er dachte an Robbie Bishop und die Abende, als er in der gemütlichen Höhle seines Arbeitszimmers Bradfield Victoria auf dem Satellitenkanal zugeschaut hatte. Er erinnerte sich an ihn als einen umsichtigen Spieler, der beim Zuspiel selten leichtsinnig war. Er hatte sich selbst genau so perfekt unter Kontrolle wie den Ball.

Tony konnte sich nicht erinnern, dass Robbie Bishop jemals die gelbe Karte bekommen hatte. Aber dass er alles bedachtsam tat, bedeutete nicht, dass ihm die Leidenschaft fehlte. Robbie rannte im Trikot mit der Nummer sieben bis zur Erschöpfung. Was aber Robbie zu etwas ganz Besonderem gemacht hatte, waren die großartigen Aktionen, die er aus dem Nichts schuf, Momente, in denen man den Skeptikern nicht erklären musste, warum Fußball ein herrlicher Sport war.

Und nun hatte jemand sein Können und seine Eleganz ausgelöscht. Er hatte es auf die grausamste Art und Weise getan und ihn als lebenden Toten zurückgelassen. Warum wählte jemand einen so schrecklichen Tod für Robbie Bishop? War es eine persönliche Fehde? Oder ging es um eine eher allgemeine Angelegenheit? Beides war möglich. Tony brauchte mehr Einzelheiten. Er brauchte Carol.

Er musste nicht lange warten. Nur zehn Minuten nach ihrer Pressekonferenz schloss Carol die Tür hinter sich und lehnte sich dagegen, als erwartete sie, verfolgt zu werden. »Er mag es wohl nicht, wenn irgendjemand anders als er im Mittelpunkt des Interesses steht, was?«, fragte Tony und winkte sie zu sich auf den Stuhl neben seinem Bett.

»Nach meiner Fasson oder gar nicht«, bestätigte Carol, gab die Verteidigung der Tür auf und warf sich auf den Stuhl. »So wie ungefähr jeder Chefarzt, mit dem ich je zu tun hatte.«

»Da solltest du Dr. Chakrabarti kennenlernen. Zumindest lässt sie einem den Irrglauben, sie nehme zur Kenntnis, was man sagt. Der Giftkelch ist also dir zugefallen?«

»Oh ja. Die Kripo bekam den Anruf, und sobald man dort merkte, womit man es zu tun hatte, konnte man die Sache nicht schnell genug loswerden. Ich sehe den nächsten paar

Tagen nicht gerade freudig entgegen. Aber genug von mir und meinen Schwierigkeiten.« Carol strengte sich sichtlich an, ihre Probleme hintanzustellen. »Wie geht es dir?«

Tony lächelte. »Hallo, ich bin's, Carol. Du musst nicht so tun, als hättest du in deinem Kopf noch Platz für irgendetwas anderes als Robbie Bishop. Und was mich betrifft, wenn du es wirklich wissen willst, ich würde mich viel besser fühlen, wenn du aufhörtest, mich wie einen Invaliden zu behandeln. Mein Knie ist kaputt, aber nicht mein Gehirn. Du kannst mir ruhig genauso davon erzählen wie von jedem anderen Mord, bei dem es kein offensichtliches Motiv gibt.«

»Bist du sicher? Du siehst nicht so aus, als wäre alles voll funktionsfähig, ehrlich gesagt.«

»Klar, das ist auch so. Ich kann mich nicht besonders gut konzentrieren und deshalb unmöglich etwas Schwieriges lesen.« Er machte eine wegwerfende Geste in Richtung der Bücher, die zu bringen er sie gebeten hatte. »Aber ich hänge nicht mehr am Morphiumtropf, und mein Gehirn kehrt zu dem als normal geltenden Zustand zurück. Wenn ich wach bin, würde ich lieber darüber nachdenken, als schon am Tag fernzusehen. Also, was kannst du mir sagen?«

»Deprimierend wenig.« Carol wiederholte, was sie und ihr Team bis jetzt herausgefunden hatten.

»Also, um es zusammenzufassen«, sagte Tony. »Wir kennen niemanden, der ihn so hasste, dass er ihn hätte umbringen wollen, er wurde wahrscheinlich in einem Nachtclub vergiftet, der voller Menschen war, und wir wissen nicht, woher das Rizin kam.«

»Ja, so ungefähr. Ich habe in der Tasche der letzten Jeans, die er getragen hat, ein zerknittertes Stück Papier gefunden. Darauf stand eine Internetadresse, doch bislang hatte ich keine Zeit, die zu überprüfen: www.bestdays.co.uk.«

»Wir könnten sie uns jetzt anschauen«, schlug Tony vor, drückte auf den Knopf, um das Kopfende des Bettes anzuheben, und zuckte zusammen, als ein neuer Schmerz sich meldete. Er öffnete den Laptop und wartete ungeduldig, bis der sich regte.

»Hast du Schmerzen?«, fragte Carol.

»'n bisschen«, gab er zu.

»Können sie dir nichts dagegen geben?«

»Ich versuche, die Schmerztabletten auf ein Minimum zu beschränken«, gestand Tony ein. »Ich mag es nicht, wie ich mich dabei fühle. Mir ist es lieber, wenn ich meine sieben Sinne beisammen habe.«

»Das ist doch einfach albern«, widersprach Carol energisch. »Schmerz hilft einem überhaupt nicht.« Ohne ihn um Erlaubnis zu bitten, drückte sie auf den Knopf und rief eine Schwester.

»Was machst du da?«

»Dir unter die Arme greifen.« Sie zog ihren Stuhl heran, damit sie den Bildschirm sehen konnte.

Tony tippte die Internetadresse ein, und eine Seite mit dem Werbebanner »The Best Days of Our Lives« erschien. Für einen Mitgliedsbeitrag von nur fünf Pfund im Jahr wurde der beste Service in Britannien versprochen, um alte Schulfreunde und Arbeitskollegen wieder zusammenzubringen. Eine kurze Nachforschung ergab, dass man nach der Registrierung alte Kontakte suchen und sich per E-Mail, die von der Website-Verwaltung weitergeleitet wurde, an sie wenden konnte.

»Warum sollte Robbie Bishop daran interessiert gewesen sein, mit ehemaligen Schulkameraden Kontakt aufzunehmen?«, fragte Tony. »Ich hätte eher gedacht, dass sie sich vor Eifer überschlagen würden, um mit ihm in Verbindung zu kommen.«

Carol zuckte mit den Schultern. »Vielleicht wollte er eine alte Flamme suchen, die ihn verlassen hatte? Er war nach der Auflösung seiner Verlobung frei und ungebunden.«
»Das glaube ich nicht. Er sah gut aus, war reich und hatte Talent. Überall, wo er hinkam, lagen ihm die Frauen zu Füßen. Und offenbar war er ganz zufrieden damit, einige von ihnen einzufangen. Er war mit 'ner sehr coolen Trophäenfrau verlobt. Wenn er heimlich noch eine andere verehrte, die ihn abgewiesen hatte, als er fünfzehn war, würde er sich nicht so benehmen. Und er hätte in der Sache früher etwas unternommen.« Er schüttelte den Kopf. »Nein, das passt in psychologischer Hinsicht überhaupt nicht. Wissen wir mit Sicherheit, dass es Robbies Schrift ist?«
»Nein. Der Zettel ist im Moment bei den Kriminaltechnikern. Meinst du, er wurde Robbie zugesteckt?«
»Er sagte Phil Campsie, er trinke gerade etwas mit jemandem von seiner Schule. Vielleicht hat ihm dieser, wer immer es auch war, vorgeschlagen, er solle doch auf der Seite nach Kameraden von früher suchen. Robbie hat zwar kein Interesse, will aber nicht unhöflich sein, steckt also den Zettel in die Tasche und vergisst ihn.«
»Könnte sein. Klingt plausibel.«
Tony öffnete ein Fenster und tippte hinein: »Harriestown High School, Bradfield.«
»Du weißt, wo er zur Schule ging?« Carol klang misstrauisch.
»Ich gucke doch Fußball, Carol. Ich weiß, wo er aufgewachsen ist. Seine Mutter und sein Vater wohnen noch im gleichen Haus in Harriestown. Er bot an, ihnen ein neues Haus zu kaufen, aber sie wollten da bleiben, wo sie hingehören.«
»Solche Sachen erfährt man aber nicht vom bloßen Zuschauen bei den Spielen.«

Tony hatte wenigstens den Anstand, beschämt zu wirken. »Na und? Ab und zu lese ich im Internet mal Klatsch und Tratsch. Deshalb bin ich noch kein schlechter Mensch. Sieh dir das an.« Er zeigte auf den Bildschirm, wo ein Foto der Harriestown High School zu sehen war, ein Kasten aus Beton und Glas aus den sechziger Jahren, der an den alten Kern eines viktorianischen Backsteingebäudes grenzte. Unter einer kurzen Geschichte der Schule stand ein Absatz mit der Überschrift »Berühmte Ehemalige«. Zwei Parlamentsabgeordnete, zwei Rockbands, die während der Britpop-Zeit einen nicht allzu tiefen Eindruck in den Charts hinterlassen hatten, eine mittelmäßig bekannte Krimischriftstellerin, ein wenig bekannter Seifenopern-Star, eine Modedesignerin und Robbie Bishop. Noch zwei Klicks, und Tony hatte die Namen der früheren Schüler der Harriestown High School, die sie zur gleichen Zeit wie Robbie Bishop besucht hatten. »Wahrscheinlich ist hier der Name der Person zu finden, die, wer immer es auch war, ihm die Adresse gegeben hat.«

Carol stöhnte. »Na ja, das verkürzt die Liste etwas. Statt jede einzelne Person überprüfen zu müssen, die mit Robbie zur Schule ging, müssen wir jetzt nur die durchsehen, die bei ›Best Days of Our Lives‹ registriert sind und ihren Beitrag bezahlt haben.«

»Wenigstens suchen wir jetzt eine Nadel in einem Nähkasten statt in einem Heuhaufen.«

»Du glaubst, das macht es leichter? Das ist eben das Problem, wenn man nicht von einem klaren Motiv ausgehen kann. Man weiß nicht, wo man anfangen soll.«

Tony sah leicht gequält aus. »Und dafür bin ich also gut, stimmt's? Derjenige, der die Möglichkeiten eingrenzt, wenn die Frage ›Wem bringt's was?‹ zu nichts führt.«

Carol grinste. »So etwa. Und in diesem munteren Sinne überlasse ich dir die Sache. Ich muss nach London, um mit Robbies Ex zu sprechen.«

»Das ist wohl die schöne Bindie Blyth?«

»Ich sehe, was du mit dem Surfen auf Klatschseiten meinst. Du hast absolut recht. Und bevor ich losfahren kann, muss ich noch ein paar Mann auftreiben, die so viel Material von der Videoüberwachung aus der Stadtmitte sammeln, wie sie in die Finger kriegen können. Und dann müssen die armen Kerle sich alles ansehen.«

»Lieber die als ich. Wie ist die Überwachung in der Umgebung des Amatis?«

Carol rollte mit den Augen. »Alles zwischen zu viel und gar nichts. Vorn wird der Club so gut erfasst wie die Wege zu den nächsten Parkhäusern. Aber es gibt einen Seiteneingang in der Nähe des VIP-Bereichs. Er geht auf eine Gasse neben dem Gebäude hinaus. Von dort aus kommt man in das Gewirr der kleinen Straßen von Temple Fields. Und trotz größter Anstrengungen konnten wir kaum etwas finden, denn dort werden noch viel zu viele Bereiche überhaupt nicht überwacht.« Ein kurzes Schweigen trat ein, während sich beide an frühere Fälle erinnerten, die sich in der Umgebung von Temple Fields zugetragen hatten. Temple Fields war eine Gegend, in der sich das Rotlichtviertel und das Schwulenquartier sowie schicke neue Appartements in umgebauten Lagerhäusern und eine Gruppe kleiner Firmen befanden. Temple Fields war der Punkt, wo Cooles auf Schrottiges und hip auf geschäftstüchtig traf für Bewohner, die aus dem breiten Spektrum von Kriminellen bis zu rechtschaffenen Bürgern stammten.

»Es ist trotzdem der einzige Stadtteil, in dem sich etwas tut«, meinte Tony mit fast träumerischer Stimme. »Gutes und Böses.«

Carol grinste höhnisch. »Das mit dem Guten muss ich dir wohl unbesehen glauben.«
»Wir sehen ja immer nur das Schlimmste. Ich habe den Verdacht, dass es dort auch gute Magie gibt.«
»Erzähl das mal Paula.« Carol klang bitter, denn sie dachte daran, wie Paula in einem schäbigen Zimmer in Temple Fields fast ums Leben gekommen wäre.
Tony lächelte. »Carol, Paula ist mit der Überschreitung von Regeln viel vertrauter als du. Sie kennt die dunkle Seite von Temple Fields. Lange war es der einzige Ort, an dem Leute wie sie in Sicherheit waren. In Temple Fields gab es Homosexuelle, lange bevor das Schwulenviertel schick wurde.«
Es war nur eine sanfte Rüge, aber sie erinnerte Carol daran, dass sie ihre eigenen Reaktionen nicht mit denen Paulas gleichsetzen und eine Übereinstimmung erwarten konnte.
»Du hast recht«, gab sie zu. Bevor sie mehr sagen konnte, klopfte eine Schwester an und kam herein.
»Was kann ich für Sie tun?«, fragte sie.
»Er braucht Schmerztabletten, gibt es aber nicht zu«, erklärte Carol, stand auf und nahm ihre Sachen.
»Stimmt das?«
Tony nickte. »Ich glaube schon.«
Die Schwester sah auf sein Krankenblatt und meinte: »Ich habe Ihnen doch gesagt, wir verteilen hier keine Orden für Märtyrer. Ich bringe Ihnen etwas.«
Carol folgte ihr zur Tür. »Ich weiß nicht genau, wann ich aus London zurück bin, werde aber morgen versuchen vorbeizukommen.«
»Viel Erfolg«, wünschte Tony. Er war nicht traurig, dass sie ging. Ihr Besuch hatte ihm vor Augen geführt, wie wenig Kraft er hatte, und er war erleichtert, dass er an diesem Abend keine weiteren Besucher mehr erwartete. Es hatte durchaus

seine Vorteile, wenn man sich die Welt vom Leib halten konnte.

Lange hatte er den Freundschaften misstraut, die ihm angeboten wurden. Er hatte geglaubt, sie beruhten auf dem Irrtum, dass die äußere Person, die er der Welt zeigte, etwas mit dem zu tun hätte, was in seinem Inneren vor sich ging. Er wusste, wie schmal der Grat zwischen beiden war, und dass er durch seine eigene Geschichte den Gejagten näher war als denen, für die er auf die Jagd ging. Er kannte das Ausmaß des Schadens, den er genommen hatte, und verstand, dass er für diese Einfühlungsgabe in gewisser Weise bezahlen musste. Bis er den Mut aufgebracht hatte, seiner Mutter die Schuld zu geben, hatte er schon genug Wissen erworben, um diesen Ausweg als zu billig zu begreifen. Er hatte sich jahrelang wie ein Kind gefühlt, das sich die Nase an der Fensterscheibe platt drückt, hinter der eine glückliche Familie das perfekte traditionelle Weihnachtsfest feiert. Er hatte lange gebraucht, zu verstehen, dass die meisten dieser anscheinend glücklichen Familien genauso viel Dunkles zu verbergen hatten wie seine eigene. Und dass er nicht der Einzige war, der »sich als normaler Mensch ausgab«, wie er es nannte. Aber zu der Zeit hatte er sich schon ein Leben aufgebaut, in dem freiwillige Einsamkeit und die Zuschauerperspektive vorherrschten.

Und dann war Carol Jordan gekommen. Weder eines seiner Lehrbücher für Psychologie noch Tausende Stunden praktischer Arbeit hatten ihn auf jemanden vorbereitet, der all seine Abwehrmechanismen einfach durchbrach, als existierten sie nicht. Es war zugleich zu einfach und zu kompliziert. Wäre sie oder er anders gewesen, hätten sie sich vielleicht ineinander verlieben und die Sache hinter sich bringen können. Aber am Anfang hatte es zu viele Haken und Hindernisse gegeben, und jetzt schien es, dass ihnen die Welt jedes Mal, wenn sie vorsichtig eine Hingabe in Betracht zogen, riesige Steine in den Weg legte.

Meistens wünschte er sich, es wäre anders. Aber manchmal, wie zum Beispiel jetzt, erkannte er, dass es vielleicht für sie beide genügte zu wissen, dass es wenigstens *eine* Beziehung in ihrem Leben gab, die niemals dadurch lahmgelegt wurde, dass sie ihre Bedürfnisse erfüllen mussten. Was immer sie für einander taten, hatte nur diese eine Bedeutung. Als sie ihm den drahtlosen Internetanschluss vom Krankenhausbett aus ermöglichte, hatte sie keine Hintergedanken gehabt. Und jetzt würde er die Welt der Informationen im Netz und in seinem Kopf durchforsten, einfach weil er das konnte.

Als die Schwester wiederkam, schluckte er brav sein Medikament, legte sich hin und ließ seine Gedanken schweifen. Wann immer es kein offensichtliches Motiv gab, hatte er das Talent, trotzdem eine Bedeutung zu finden. Was konnte Robbie Bishops Mörder von seiner Tat gehabt haben? Das zu erkennen wäre ein riesiger Schritt bei dem Versuch, diesem Fremden ein Gesicht und eine Gestalt zu geben. Und Gott sei Dank brauchte er für einen solchen riesigen Schritt nicht zwei gesunde Knie. Nur ein Gehirn, dem man vielleicht mit den wunderbaren chemischen Beruhigungsmitteln, die jetzt in seinen Blutkreislauf eindrangen, auf die Sprünge helfen konnte.

Ein Sender, der rund um die Uhr Nachrichten bringt, ist immer auf brandheiße Schlagzeilen aus. Nach Robbie Bishops Tod war der Medienzirkus vom Krankenhaus zum Bradfield-Victoria-Stadion gezogen. Die Neuigkeit hatte sich so schnell verbreitet, dass die meisten Medienvertreter vor den Fans dort ankamen, weil sie ihre Fahrzeuge schneller erreichten. Zunächst waren mehr Journalisten und Kamerateams da als Trauernde. Sie standen in der kalten Abendluft herum, rissen makabre Witze und warteten auf die Action, die ihres Wissens schon bald genug kommen würde.

In weniger als einer Stunde hatten sie das, was sie sich wünschten. Hunderte, deren Atem in Wölkchen um ihre Köpfe schwebte, liefen im Schatten der schräg ansteigenden Zuschauertribüne an der Grayson Street umher. Schon war das Eisengeländer, das die Grenze markierte, zum Stützwerk für Blumensträuße aus dem Supermarkt, bändergeschmückte Teddybären, Trauerbotschaften, Beileidskarten und Fotos von Robbie geworden. Unglückliche Frauen weinten, Männer in den kanariengelben Trikots des Vereins sahen so niedergeschlagen aus, als hätte der Verein gerade ein Heimspiel null zu fünf verloren. Kinder waren verwirrt, Jugendliche kamen sich betrogen vor. Reporter schoben sich dazwischen und hielten ihnen Mikrofone und Aufnahmegeräte hin, um banale, sentimentale Gefühle aufzunehmen. Als Vorsichtsmaßnahme gegen eventuelle Ausschreitungen beobachtete die Polizei die trauernde Menge diskret.

Yousef und Raj gehörten mit zu den Allerersten, die eintrafen. Yousef war misstrauisch und verlegen. Er hielt sich, abgesehen von den Polizisten und den Medien, für den wahrscheinlich Einzigen, der weder Hemd noch Schal in den Vereinsfarben trug. Als zwei Fernsehreporter ihn um seine Meinung baten, lehnte er höflich ab und schleppte den protestierenden Raj von den Mikros und Kameras weg. »Warum kann ich nix sagen?«, fragte Raj.

»Du bist doch hier, weil du trauerst, nicht um deine Fresse im Fernsehen zu zeigen«, entgegnete Yousef. »Hier geht es nicht um dich, kapierst du das nicht?«

»Das ist nicht fair. Ich hab Robbie wirklich gern gehabt. Ich

mag die Vics. Der Hälfte von den Leuten, die hier in die Glotze oder ins Radio kommen, geht das Team doch nächste Woche wieder am Arsch vorbei. Sie wollen nur mitmischen.«
Raj schlurfte hinter seinem Bruder her.
»Dann lass sie doch.«
Ein weiterer Reporter streckte ihnen ein Aufnahmegerät entgegen. »Von manchen Leuten wird Robbie Bishops Tod mit der Herstellung von Rizin durch islamische Terroristen in Verbindung gebracht«, laberte er. »Was halten Sie davon?«
»Es ist Quatsch«, antwortete Yousef, der sich jetzt doch zu einer Stellungnahme anstacheln ließ. »Haben Sie nicht gehört, was die Polizistin gesagt hat? Kein Grund, die Sache mit Terrorismus in Verbindung zu bringen. Sie versuchen nur, Unruhe zu stiften. Leute wie Sie sorgen dafür, dass es Rassenkrawalle gibt. Mein Bruder hier ist nur ein Fan der Bradfield Vics.« Er spuckte auf den Boden. »Sie haben keinen Respekt. Komm, Raj.« Er packte seinen Bruder am Ärmel und zog ihn weg.
»Na super«, maulte Raj. »Ich darf nicht über Robbie reden, aber du darfst die Klappe aufreißen, dass wir wie Scharfmacher aussehen.«
»Ja, ich weiß. Es ist nicht fair.« Yousef führte Raj von den Medienleuten weg zu den Trauergaben am Zaun. »Aber ich habe den Mist so satt. Warum sollten Terroristen Robbie Bishop umbringen, verdammt noch mal?«
»Weil er ein Symbol westlicher Dekadenz ist, Dummkopf«, gab Raj zurück und ahmte dabei die dummen Sprüche der Großmäuler nach, die er in den Kebabläden und auf dem Parkplatz der Moschee gehört hatte.
»Stimmt tatsächlich. Aber das ist noch kein Grund, ihn umzubringen. Durch Robbies Ermordung entsteht kein Terror, sondern nur Wut. Damit der Terrorismus wirkt, muss man

ganz gewöhnliche Leute treffen. Aber solche Argumente sind für Leute wie diesen Wichser mit dem Mikrofon zu hoch«, sagte Yousef verbittert.

Ohne es zu merken, hatten sie den Rand einer wachsenden Menschenmenge erreicht, die um eine große Zahl von Lichtern herumstand. Die Kerzen flackerten in der leichten Abendbrise und waren in gewisser Weise anrührender als all die anderen Zeichen des Respekts, die sich um sie herum auftürmten. Eine helle Tenorstimme begann, die Anfangszeilen von »You'll Never Walk Alone« zu singen. Andere fielen ein, und bevor sie sich versahen, waren Yousef und Raj vom Klang der wichtigsten Fan-Hymne umgeben.

Yousef musste lächeln, als seine Stimme sich mit dem Chor der anderen erhob. Er kannte das Gefühl, seinen Weg nicht allein zu gehen. Er verstand die Kraft, die einen Mann leitete. Seinen Weg nicht allein gehen zu müssen machte alles möglich. Einfach alles.

Stetig ließen sie die Meilen hinter sich. So spät nachts hatte der Verkehr abgenommen, der die Autobahn am Tage verstopfte. Auf den sechs Fahrbahnen war immer noch einiges los, aber jetzt flossen die Pkws und Laster mit rhythmischem Rumpeln an den Engpässen und Staustrecken der Midlands vorbei. Carol drehte an den Radioknöpfen und wechselte von der getragenen Musik auf Radio Four zu den manischen Rhythmen auf Radio One. Da sie zu einem Gespräch mit Bindie Blyth unterwegs waren, konnten sie sich ruhig mal ihre Sendung anhören.

Der Aufmacher der Zehn-Uhr-Nachrichten war Robbie Bishops Tod. Sam am Steuer schüttelte den Kopf, als der Sprecher die Meldung mit atemloser Erregung zu einem Drama hochstilisierte. »Sie kapieren es einfach nicht, oder? Bei so einer Riesenstory reicht es doch, die Fakten zu nennen. Wir können es nicht brauchen, dass die Medien sich so hysterisch geben und die Leute verrückt machen.«

»Das können sie eben am besten«, meinte Carol, die der Übertreibungen der Presse auch überdrüssig war. »Mit ein paar seltenen Ausnahmen. Und alle machen einfach mit. Sollen wir wetten, dass der Premierminister bis morgen früh auch noch seinen Senf dazugegeben hat?«

Sam grinste. »Robbie wird bis zum Frühstück der ›Spieler des Volkes‹ sein.«

»Nur läuft diesmal ein richtiger Mörder frei herum und nicht nur die von den Verschwörungstheoretikern heraufbeschworenen Phantome.« Sie seufzte. »Und es ist unsere Aufgabe, ihn zu finden.«

Nachdem die Meldung durchgegeben worden war, wurde direkt zu einer hektischen Tanznummer gewechselt, die einem so lang vorkam wie der erste Akt einer Oper. Endlich klang sie aus, und eine tiefe, warme Frauenstimme sagte: »Kateesha hat mit Junior Deff und ›Score Steady‹ heute Abend die Show eröffnet. Hier spricht Bindie Blyth, ich bin bis Mitternacht auf Sendung bei Radio One, dem Lieblingssender der Beatnation. Ihr habt bestimmt alle gehört, dass Robbie Bishop heute Abend gestorben ist. Bis vor zwei Monaten waren Robbie und ich ein Paar. Er fragte mich, ob ich ihn heiraten würde, und ich sagte ja. Wir haben es nicht bis zum Altar geschafft, aber er war immer noch mein bester Freund. Musik war einer der Gründe, dass wir uns so nah geblieben sind. Wir mochten die gleichen Titel, die ihr alle jeden Abend hier in der Sendung hört. Also – jeder hat ja seine eigenen Top Ten, und auch bei Robbie war das nicht anders. Robbie und ich lagen oft sonntagmorgens im Bett und hörten uns all unsere Lieblingssongs an und stellten uns unsere Playlist für den Aufenthalt auf einer einsamen Insel zusammen. ›Score Steady‹ fand sich immer auf Robbies Hitliste. Heute Abend bin ich traurig. Ich habe jemanden verloren, der mir sehr wichtig war. Die Sendung heute Abend soll deshalb eine Erinnerung an den Mann sein, den ich liebte. Ein Mann, der etwas ganz Besonderes war. Keine Bange, ich mach jetzt keinen auf Tragik. Keine Tränen, nicht in den nächsten zwei Stunden. Stattdessen spiele ich die Stücke, die Robbie mochte. Dance und Trance, Hip Hop, Trip Hop und vielleicht sogar ein bisschen Akustik zum Chillen. Also sperrt die Ohren auf und lasst eure Füße machen, was sie wollen, zu ›Stack My Beats‹ von den Rehab Boys.« Bei den letzten Worten setzte schon der rasende Rhythmus ein und steigerte sich zu einer Drum'n'Bass-Nummer, die den Brustkorb zum Vibrieren brachte.

Carol drehte die Lautstärke herunter, damit sie ihr eigenes Wort wieder verstehen konnten. »Hört sich an, als hätte sie die Sache besser im Griff als die Nachrichtenreporter. Was ist mit ihrem Namen? Bindie? Ist das ein Spitzname? Oder irgend 'ne Abkürzung?«

»Abkürzung für Belinda, nach ihrer Website.«

Carol lächelte. Natürlich hatte sich Sam im Netz kundig gemacht. Er wandte stets alle Tricks an, um an Informationen zu kommen. Wenn das in den richtigen Bahnen lief, konnte es ein Vorteil für das Team sein. Aber Sam neigte von Natur aus nicht zur Teamarbeit. Carol musste immer dafür sorgen, dass er die anderen teilhaben ließ. »Aha. Ich wette, ihre Mutter ruft sie immer noch ›Belinda‹ und treibt sie damit zum Wahnsinn. Woher kommt sie denn? Ihr Akzent klingt eigentlich nicht nach dem Südosten, aber ich komm nicht drauf.«

»Sie ist von irgendwo aus East Anglia«, antwortete Sam,

während er mit einem Finger auf das Steuerrad trommelte. »Aus der Gegend um Norwich, glaube ich. Sie ist gut.«
»Ich glaub, ich bin 'n bisschen zu alt für so etwas.«
»Weiß nich. Ich glaube, das hat mehr mit dem Geschmack als mit dem Alter zu tun. Ich meine, wenn es um Musik geht, teilen sich die Menschen in zwei Gruppen auf. Entweder hört man auf den Rhythmus, weil man es mag, wenn man die Bewegung im Inneren spürt. Oder man hört darauf, wie Text und Musik zusammenpassen. Eigentlich gibt es da nicht viele Überschneidungen. Ich würde Sie als jemanden einstufen, der Wert auf den Text legt.«
»Ich nehme an, das stimmt. Nicht dass ich dieser Tage viel Zeit für Musik hätte.« Sie schwiegen und ließen sich von der Musik berieseln.
Als das Stück vorbei war, nannte Bindie noch einmal den Titel. »Heute Abend haben wir alle gehört, dass Robbie vergiftet wurde. Ich begreife es einfach nicht. Man muss schon ein perverser Typ sein, um jemandem ein Gift zu verabreichen, bei dem es tagelang dauert, bis man stirbt. Zu so was gehört 'ne Menge Hass. Und ich verstehe nicht, wie irgendjemand Robbie so sehr gehasst haben kann, dass er ihn so quälen wollte. Wie kann man einen Mann hassen, der den nächsten Titel liebte?« Sie hatte recht. Die Musik hatte einen so ansteckenden Schwung, dass Carols Füße unwillkürlich im Takt wippten. Sie sah auf die Uhr. Sie würden ungefähr eine halbe Stunde vor dem Ende von Bindies Sendung in London sein. Hoffentlich war sie dann noch aufgedreht von ihrem Auftritt und in der Stimmung zu reden. Es war wichtig für Carol, dass Bindie offen mit ihr über Robbie sprach. Wenn das heute Abend möglich war, würde es ihr helfen, die Ermittlungen in Schwung zu halten. Das war viel wichtiger als Bindie Blyths Schönheitsschlaf. Oder übrigens auch ihr eigener.

Elf Uhr, und das Amatis belebte sich langsam. Die Beleuchtung war raffiniert, die Lautstärke umwerfend und die Luft drückend vom abgestandenen Geruch nach Alkohol, Zigaretten, Parfüm und warmen Körpern. Paula und Kevin hatten Chris im schmuddeligen kleinen Managerbüro zurückgelassen, wo sie die Befragung des Personals von der Bar und an der Tür fortsetzte. Sie hatte nicht viel Hoffnung, von ihnen irgendetwas Entscheidendes zu erfahren. »Zu dem Zeitpunkt, als Robbie mit seinem alten Kumpel zusammensaß, wäre Karno an der Reihe gewesen, hinter der Bar zu stehen«, hatte sie festgestellt. »Zu viele Gäste, die etwas von den Barmannschaft wollten. Ich bezweifle, dass sie auch nur bemerkten, neben wem er saß. Wenn irgendjemand gesehen hätte, dass an dem Drink etwas komisch war, wäre es reiner Zufall gewesen, und er hätte inzwischen längst uns oder die Sensationspresse angerufen. Nee, wenn heute Abend jemand Glück haben wird, dann seid ihr es.«

Doch irgendwie hatte Paula ihre Zweifel. Für die meisten Gäste des Amatis war ein amüsanter Abend mit dem Konsum von so viel Alkohol und Drogen verbunden, dass die Möglichkeit, dass sich jemand an Einzelheiten erinnerte, verschwindend gering war. Das traf für all diejenigen zu, die ganz verwirrt dreinblickten, wenn Paula fragte, ob sie am vorhergehenden Donnerstag da gewesen seien. Wenn es Paula mit Hilfe von Gesten, dem Vorzeigen ihres Dienstausweises und eines Fotos von Robbie gelungen war, klarzumachen, wer sie war und was sie wollte, machten die meisten ein Zeichen für ja oder nein, gefolgt von einem Schulterzucken, das hieß, sie wüssten es nicht oder es sei ihnen egal. Die einzige Variation dieses Ablaufs kam von denen, die eine andere Absicht hatten als sich zu besaufen und/oder Sex zu haben, nämlich jemanden zu entdecken, dessen Namen sie am nächs-

ten Tag bei der Arbeit wie nebenbei fallenlassen konnten. »Ach ja, wie ich gestern Abend zu Shelley sagte ... Du weißt schon: Shelley, Shelley Christie von den *Northerners* ... Na klar kenn ich sie, schau, hier ist ihr Foto auf meinem Handy.« Paulas schwache Hoffnung ruhte nur auf diesen.
Nach einer Stunde musste sie zugeben, dass das Glück ihr nicht wohlgesinnt war. Die Starjäger, mit denen sie gesprochen hatte, waren entweder ärgerlich, dass sie die letzte Chance für einen tollen Schnappschuss mit Robbie Bishop verpasst hatten, oder enttäuscht, dass sie ihn gesehen, aber nicht fotografiert hatten. Als ein Junge bestätigte, er habe Robbie an der Bar bemerkt, wo er mit jemandem etwas getrunken hatte, war das ihre größte Hoffnung, ein Gespräch mit einem Zeugen zu führen. »Die Person, mit der er etwas trank, war das ein Mann oder eine Frau?«, fragte sie gespannt.
»Irgendein Typ. Ich kannte ihn nicht, deshalb habe ich ihn nicht beachtet. Ich hätte ihn gebeten, von mir und Robbie ein Foto zu machen, aber ich hatte vergessen, meinen Akku aufzuladen, und mein Handy war aus, deshalb hab ich mir diese Mühe nicht gemacht.«
»Haben Sie diesen Typen vorher schon mal gesehen?« Paula war nicht bereit, so schnell aufzugeben.
»Ich sagte ja schon: Ich habe nicht auf ihn geachtet. Ich weiß nicht, ob ich ihn schon mal gesehen hab. Vielleicht, vielleicht auch nicht. Ich habe gar nichts an ihm bemerkt.«
»Groß? Klein? Helle Haare? Dunkle?« Paula bemühte sich, ihren Frust nicht zu zeigen.
Der Zeuge schüttelte den Kopf. »Ehrlich gesagt, ich hatte schon 'n paar getrunken. Ich hab ihn nicht mal angesehen. So ist das eben, wenn man jemanden wie Robbie trifft. Man hat so viel damit zu tun, sich den anzugucken, dass man gar nicht

wahrnimmt, wer bei ihm ist. Außer wenn der auch ein Promi ist. Oder ’ne tolle Frau. Man denkt nur: ›Mann, ich stehe neben Robbie Bishop.‹« Einen Moment sah er traurig aus. »Der arme Kerl.«

Niedergeschlagen bahnte sich Paula einen Weg zur Ecke der Bar und versuchte, sich bei einem der Barkeeper bemerkbar zu machen. Sie schwitzte abscheulich und brauchte dringend etwas Wasser. Endlich konnte sie bei einem der schwarzgekleideten Barmixer ihre Bestellung aufgeben. Während sie auf das Rückgeld wartete, blickte sie geistesabwesend an der Bar entlang.

Und hielt die Luft an, als sie die winzige Videokamera zwischen den Scheinwerfern entdeckte, die auf den klebrigen Granittresen herunterschaute. »Oh, du meine Güte«, sagte sie leise.

Als der Barkeeper mit einer Handvoll Münzen zurückkam, war er überrascht, dass seine Kundin verschwunden war.

Die schwere Tür, die das Studio vom Regieraum trennte, ging auf, und Bindie Blyth kam mit einer halbleeren Flasche Mineralwasser in der Hand heraus. Mit der anderen nahm sie ein Stirnband in den Farben des ANC ab und schüttelte dann ihre dunklen Korkenzieherlocken.

Sie mussten ein eindrucksvolles Paar gewesen sein, dachte Carol. Der gutaussehende Robbie mit seiner konventionell makellosen englischen Erscheinung und Bindie mit dem olivefarbenen Teint, das kleine Gesicht von einer wilden Lockenmähne eingerahmt, wie ein Kobold aus dem Märchenbuch. Der dichte Haarschopf, die schwarzen Jeans und ihr enganliegendes schwarzes Top betonten ihre zierliche Figur. Carol schätzte, dass sie wahrscheinlich Kinderkleidung tragen konnte.

»Alles klar, Dixie?«, fragte sie die untersetzte Frau am Mischpult.
»Genau richtig. Gute Sendung, Bindie. Du hast Besuch«, meinte Dixie und wies mit einer Kopfbewegung auf Carol und Sam, die auf den anderen beiden Stühlen saßen.
Bindie sah sie an und ließ die Schultern sinken. »Müssen wir das jetzt machen? Ich bin doch gerade mit der Arbeit fertig.«
»Und wir arbeiten noch«, erwiderte Carol, zeigte ihren Dienstausweis und stellte sich vor. »Es ist unsere Aufgabe herauszufinden, wer für Robbie Bishops Tod verantwortlich ist.«
»Ja, aber er ist doch tot, oder? Was spielt es für eine Rolle, wer es getan hat? Es ist doch nur wichtig, dass Robbie nicht mehr da ist. Sie können daran nichts ändern.« Dies war eine ganz andere Bindie als die, welche die letzten beiden Stunden Musik gespielt hatte, um ihren toten Freund zu feiern und zu ehren. Jetzt klang sie einfach nur bitter und wütend. Dixie, die Produzentin, erstarrte und sah zwischen Bindie und Carol hin und her.
»Es tut mir um Robbie leid«, versicherte Carol. »Aber nach meiner Erfahrung hören Leute, die kaltblütige Verbrechen wie dieses begehen, nicht nach einem Opfer auf. Ich will den, der Robbie umgebracht hat – wer immer es auch war – daran hindern, einem anderen das Leben zu nehmen.«
»Na schön! Weshalb sind Sie dann hier? Warum sind Sie nicht dort draußen und tun das, was immer Sie dort tun sollten?« Bindie ging zu den Kleiderhaken und nahm eine dunkelgrüne Fleecejacke herunter.
»Ich habe einen Kollegen, einen Psychologen. Eines der Dinge, die er mir beigebracht hat, ist, auf den Punkt zu achten, an dem sich die Wege eines Opfers und seines Mörders über-

schneiden. Je mehr ich über das Opfer herausfinde, desto größer ist meine Chance, näher an diesen Schnittpunkt heranzukommen. Und was die Vertrautheit mit Robbie angeht, sind Sie die Expertin. Deshalb muss ich mit Ihnen sprechen, und deshalb muss es jetzt sein.«

Bindie rollte mit den Augen. »Sie klingen wie dieser Kerl in *Criminal Intent – Verbrechen im Visier*. Also gut, Sie haben gewonnen. Aber lassen Sie uns woanders hingehen. Ich brauche 'ne Zigarette und etwas zu trinken.« Sie drehte sich um und sagte: »Bis morgen, Dixie.« Dixie sah verstimmt aus, als sie zum Abschied nickte.

Draußen im Korridor schlug Bindie vor: »Treffen wir uns bei mir zu Hause. Es ist nur zehn Minuten zu fahren.« Sie sah Sam zum ersten Mal an. »Haben Sie 'n Zettel und was zu schreiben?«

Sie kritzelte Adresse und Wegbeschreibung darauf. »Wenn Sie Milch im Tee möchten, müssen Sie bei der Tanke vorbeigehen.« Und weg war sie, auf ihren kurzen Beinen verschwand sie viel schneller, als man es für möglich gehalten hätte.

Fünfzehn Minuten später rollte Sam langsam eine der vornehmen, hufeisenförmigen Straßen von Notting Hill hinunter und suchte vergebens einen Platz zum Parken. »Mist!«, fluchte Carol. »Wir könnten die ganze Nacht weitersuchen. Parken Sie einfach in zweiter Reihe. Lassen Sie einen Zettel mit Ihrer Handynummer da, falls jemand nicht rauskann.«

Sam hielt vor der Hausnummer, die Bindie ihnen gegeben hatte. Ein Bewegungsmelder ließ eine Lampe aufleuchten, als sie die Stufen unter dem weißen, von Säulen getragenen Vordach hinaufstiegen, damit sie die Namen lesen konnten, die neben den vier Knöpfen der Sprechanlage standen. »Blyth«, war der dritte von oben. Sam drückte auf den Knopf und

wartete, während er mit der Milchpackung leise an seinen Oberschenkel klopfte. Carol starrte böse in eine Überwachungskamera.
Innerhalb von Sekunden sagte eine verzerrte Stimme: »Erster Stock«, und es summte an der Tür. Ihre Schritte klapperten auf den schwarzweißen Terrazzofliesen, mit denen der schmale Flur ausgelegt war, bevor das Geräusch vom dicken Teppich auf der Treppe geschluckt wurde. »Nicht schlecht, die Unterkunft«, murmelte Sam.
Bindie erwartete sie schon und stand im ersten Stock an der Tür, die Arme verschränkt und die Knöchel überkreuzt. Irgendwann in der letzten Viertelstunde hatte sie ein leichtes Make-up auflegen können, das eine gewisse Distanz zwischen sie und die Besucher brachte. Ohne etwas zu sagen, trat sie mit einer einladenden Geste zurück. Die Diele war groß genug für einen Billardtisch, auf dem Kugeln samt Dreieck bereitlagen, vier Billardqueues hingen dahinter an der Wand. Zwischen den Türen, die nach allen Seiten wegführten, wurden düstere Schwarzweißfotos von Billardsälen und Spielern durch Lampen angestrahlt, die an einer von der Decke hängenden Stange befestigt waren. »Geradeaus«, sagte Bindie und führte sie weiter.
Sie kamen in einen wunderbaren Raum, der die ganze Breite des Hauses einnahm. Weiche Ledersofas und Sitzsäcke waren anscheinend wahllos verteilt, dazwischen standen niedrige Holztischchen mit Zeitschriften, Zeitungen und leeren Aschenbechern. An drei Wänden standen Regale mit CDs und Schallplatten, die wenigen Lücken dazwischen waren mit einer eindrucksvollen Stereoanlage und einem Flachbildschirm ausgefüllt. Die vierte Wand wurde von den geschlossenen Holzjalousien vor den hohen Fenstern eingenommen. Dazwischen hingen Poster von Konzerten und neu heraus-

gekommenen CDs. Die meisten Poster waren signiert. Der Raum roch nach Zimt und Rauch. Carol bemerkte den süßlichen Marihuanaduft, vermischt mit dem eher bitteren Geruch von Marlboro Gold. Das Licht kam von einigen säulenförmigen Papierlampen, die geschickt im Raum verteilt waren. Das vermittelte ihm eine eigenartige Intimität.
»Machen Sie's sich bequem«, meinte Bindie. »Ich sehe, Sie haben Milch mitgebracht.« Sie nickte Sam zu. »Die Küche ist da draußen. Die Tür rechts von der Haustür. Tee und Kaffee im Schrank über dem Wasserkocher. Cola light, Saft und Wasser im Kühlschrank.«
Sam wirkte einen Moment verwirrt. »Ich nehme einen Kaffee, Sam. Mit Milch, ohne Zucker«, sagte Carol und tauschte einen schnellen Blick des Einverständnisses mit Bindie. *Na komm, Sam, kapier's schon.* Sam begriff, dass seine Chefin sich um der Befragung willen mit Bindie verschwor. Sie wollte ihn dadurch nicht herabsetzen.
»Kann ich Ihnen etwas bringen, Ms. Blyth?«
»Nein, danke, Süßer, ich hab schon.« Sie zeigte auf ein großes Glas, an dem sich schon Wasserperlchen gebildet hatten. Es hätte pure Cola light sein können, aber Carol bezweifelte das. Bindie kauerte sich neben dem Tisch mit ihrem Glas und Zigaretten auf einen Sitzsack.
»Schöne Wohnung«, bewunderte Carol.
»Nicht ganz der Rock-and-Roll-Stil, den Sie erwartet hatten, oder? Aber vom BBC-Gehalt kann ich die Hypothek nicht abzahlen«, erklärte Bindie. »Sondern von der Arbeit in Clubs. Ich bin keine alberne Tussi, DCI Jordan. Ich habe einen Universitätsabschluss in Volkswirtschaft, und auch den hab ich mit Plattenauflegen bezahlt. Ich weiß, ich werde wahrscheinlich nicht lange Spitzenverdienerin bleiben, deshalb mache ich das Beste draus, solange ich kann.«

»Leuchtet mir ein.«
»Ich war immer schon vernünftig.« Sie verzog das Gesicht. »Manche sagen vielleicht langweilig. Aber das war eines der Dinge, die Robbie an mir mochte. Er wusste, ich würde ihn nicht zu Dingen verleiten, die seine Karriere ruinieren könnten. Stimmt es also, was man sich in der Redaktion erzählt? Rizin? Er wurde mit Rizin vergiftet?«
»Im Krankenhaus hat man Untersuchungen gemacht, während er krank war. Die Bestätigung steht noch aus. Aber ja, es sieht so aus, als sei er mit Rizin vergiftet worden.«
Bindie schüttelte ungeduldig den Kopf. »Das ist doch verrückt. Es … es ergibt keinen Sinn. Robbie und Rizin. Wo ist da die Verbindung?«
Wenn ich das wüsste, könnten wir alle nach Haus gehen. »Bis jetzt weiß ich das auch noch nicht. Das ist eines der vielen Dinge, die ich herauszufinden versuche.«
»Na gut. Was wollen Sie mich also fragen?« Bindie nahm sich die Marlboropackung, schnippte sie mit dem Daumennagel auf und zog eine Zigarette heraus.
»Was für ein Mensch war er?«
Bindie zündete ihre Zigarette an und stieß den ersten Zug aus, während sie Carol mit zusammengekniffenen Augen ansah. »Sie haben keine Ahnung, wie viele Leute mir diese Frage schon gestellt haben. Aber die meisten waren dabei etwas aufgeregter.« Carol machte den Mund auf, um sich zu verteidigen, aber bevor sie etwas sagen konnte, machte Bindie eine beruhigende Handbewegung. »Ich will mich nicht lustig machen, ich weiß, dass Sie Fragen stellen müssen.« Sie seufzte und lächelte, ihr Gesicht entspannte sich. »Was für ein Mensch war Robbie? Ein netter Junge. Und ich wähle mit Bedacht das Wort ›Junge‹. Er hatte noch eine lange Entwicklung vor sich. Er hatte Talent und wusste das. Er war nicht

arrogant, aber sich seiner Begabung durchaus bewusst, wenn Sie wissen, was ich meine. Er kannte seinen Wert und war stolz auf das, was er erreicht hatte. Was noch?« Sie hielt inne und inhalierte. »Er liebte Musik und Fußball. Wenn er kein Fußballer gewesen wäre, wäre er, glaube ich, DJ geworden. Er kannte sich aus und fand Musik toll. Das war es, was uns zusammenhielt.« Sie atmete einen Mundvoll Rauch ein. »Das und der Sex, nehme ich an. Auch darin war er gut.« Jetzt war ihr Lächeln wehmütig. »Am Anfang war ich so in ihn verknallt. Aber die ganze Sache, das Verliebtsein, dauert ja nicht lange an.« Sie sah weg und studierte die glimmende Spitze ihrer Zigarette.

»Wenn man Glück hat, geht es doch etwas tiefer«, meinte Carol.

»Aber das funktioniert nur, wenn beide erwachsen sind. Das Problem mit Robbie war, dass er die emotionale Reife des Films *Ich glaub, mich tritt ein Pferd* hatte. Immer fasste er gute Vorsätze, aber sie waren nur allzu leicht vergessen, besonders wenn blonde Frauen und Champagner in seiner Nähe aufeinandertrafen.« Sie drückte die Zigarette aus und lehnte sich zurück. »Ich hatte die Fotos in *Heat* und die abfälligen Bemerkungen in den Klatschspalten einfach satt. Gab ihm seinen Ring zurück und sagte, wir könnten es vielleicht noch mal probieren, wenn er aufgehört hätte, wie ein Kind im Süßwarengeschäft herumzurennen.«

»Sie waren es also, die Schluss gemacht hat?«

Ein Klicken von Kugeln, gefolgt von dem leisen Aufprall einer, die eingelocht worden war, drang durch die angelehnte Tür. Bindie lächelte und wies mit dem Daumen auf die Diele. »Mr. Takt und Diplomatie, was? Ja, ich war es, die Schluss machte.«

»Wie hat Robbie das aufgenommen?«

Bindie nahm sich noch eine Zigarette. »Zuerst regte er sich auf. Verletzter Stolz vor allem. Das und die Sorge, dass er nicht mehr zu den coolsten Auftritten eingeladen würde. Dann beruhigte er sich, da ihm klarwurde, dass ich es ernst meinte, als ich sagte, wir sollten Freunde bleiben. Während der letzten Wochen waren wir sehr lieb zueinander. Haben fast jeden Tag telefoniert, Musik getauscht, sind zusammen essen gegangen, als die Jungs wegen des Spiels gegen Arsenal hier unten in London waren.«

»Sie würden also sagen, es ging friedlich zwischen Ihnen zu?«

Bindie runzelte die Stirn. »Moment mal, Sie glauben doch nicht etwa, dass das etwas mit mir zu tun hat?« Sie starrte Carol wütend und durchdringend an, und plötzlich glänzten Tränen an ihren Wimpern.

»Ich versuche nur, mir ein Bild von Robbies Leben zu machen, das ist alles«, erklärte Carol sanft.

»Ja, dann überprüfen Sie mal seine Telefonrechnung. Und meine. Sie werden sehen, wie oft und wie lang wir gesprochen haben.«

»Wann haben Sie zum letzten Mal miteinander telefoniert?«

»Ich hab ihn am Samstagvormittag angerufen«, berichtete sie, und ihre Stimme war jetzt etwas zittrig. »Wir haben immer vor einem Spiel miteinander geredet. Er sagte, er könne nicht sprechen, er meinte, er bekäme die Grippe und warte auf den Mannschaftsarzt.« Sie blinzelte heftig. »Da war er schon vergiftet, nicht wahr?«

Carol nickte. »Wir glauben ja. Vor Samstagvormittag, wann haben Sie da zuletzt miteinander gesprochen?

Bindie dachte einen Moment nach. »Am Donnerstag. Am frühen Abend. Er wollte mit Phil ausgehen.«

Mist! »Als Sie mit ihm am Samstag sprachen, erzählte er da etwas davon, dass er am Donnerstag im Amatis einen alten Schulfreund getroffen hätte?«

»Nein. Wie ich schon sagte, hatte er kaum Zeit für ein Gespräch. Ich habe ihm nur Glück gewünscht und ihm gesagt, er solle mich anrufen, wenn es ihm besserginge.« Als sie begriff, leuchteten ihre Augen auf. »Sie meinen, dass dieser alte Schulfreund derjenige war, der ihn vergiftet hat?«

»Wir sind unvoreingenommen. Aber er erwähnte Phil gegenüber, dass er jemanden getroffen hätte, mit dem er zur Schule gegangen war. Vielleicht kann diese Person uns zu einer klareren Vorstellung von Robbies Abend verhelfen. Das ist alles. Sagen Sie, Bindie, hat Robbie je Drogen genommen?«

»Sie machen wohl Witze? Er wollte nicht einmal im selben Raum mit jemandem sitzen, der einen Joint rauchte. Er trank gern einen, aber Drogen rührte er niemals an. Er sagte immer, dass man genau wüsste, welche Wirkung Alkohol auf einen hat. Aber bei Drogen ahnte man nie, was sie mit einem machten. Wenn Sie meinen, dass es jemand geschafft hat, ihm diesen Stoff dadurch zu verabreichen, dass er ihn als Koks oder was auch immer ausgab, dann sind Sie auf dem Holzweg.«

Vielleicht war es eine Ehrenrettung, vielleicht auch die Wahrheit. So oder so würde die Obduktion zeigen, ob Robbies Clique ihn zu Unrecht als schneeweißen Gipsheiligen darstellte. »Und bei Ihrem letzten Gespräch wies nichts auf eine Veränderung hin?«

»Absolut nichts. Wie gesagt, wir wechselten nur ein paar Sätze miteinander.«

»Wenigstens sind Sie im Guten voneinander geschieden«, sagte Carol.

»Das schon ...« Bindie versuchte ein tapferes leises Lachen. »Wissen Sie, wenn ich Robbie hätte umbringen wollen, hätte ich es offen getan, nicht hinter seinem Rücken. Er hätte keinen Zweifel daran haben können, was geschah und warum. Aber …« Ihr Gesicht verzog sich, und sie musste vom Rauch husten. »Ich wollte ihn nicht umbringen. Die Blondinen vielleicht. Aber Robbie? Niemals.«

»Wer hätte ihn dann umbringen wollen? Wer hasste ihn so sehr, dass er ihm dies hat antun wollen?«

Bindie fuhr sich mit der Hand durch die Locken. »Ich habe nicht die geringste Ahnung. Er war kein Mensch, der eine solche Reaktion herausgefordert hätte. Wie ich schon sagte, er war ein netter Junge. Manche Fußballspieler sind dauernd auf Schlägereien oder Streit aus. Sie haben das Bedürfnis, sich als harte Männer aufzuspielen. Robbie war nicht so. Er war höflich und gut erzogen. Eher wie David Beckham, nicht wie Roy Keane. Wenn sich Typen außerhalb des Spiels mit ihm anlegen wollten, ging er einfach weg. Das Einzige, das mir einfällt …« Sie verstummte und schüttelte den Kopf.

»Was?«

»Es ist zu dumm, vergessen Sie es.«

Carol beugte sich vor. »Mir ist jeder Strohhalm recht, Bindie. Ich bin offen für jeden Vorschlag, egal wie dumm er Ihnen vorkommen mag.«

Sie schüttelte noch einmal den Kopf und zog zornig an ihrer Zigarette. »Es ist nur … die Wetten. Ich weiß, dass es bei Sportwetten um Riesenmengen Geld geht. Man liest über diese Syndikate, Millionen von Pfund sind da zu haben. In Australien, Hongkong, Korea, den Philippinen. Viele Wetten werden auf Fußball abgeschlossen. Es gab eine Sendung darüber in Five Live, und es war auch in den Zeitungen. Ich hab mich nur gefragt … die Vics sind in dieser Saison erfolgreicher als erwartet. Man streitet sich ihretwegen. Die Bosse haben Kopfschmerzen. Was wäre, wenn …« Sie nahm ihr Glas und trank einen Schluck.

»Würde es einen so großen Unterschied machen, einen Spieler herauszunehmen?«, überlegte Carol laut.
Sams Stimme kam von der Tür her. »Wenn es um Robbie geht, dann schon. Denken Sie doch mal an all die Tore, die geschossen wurden, weil Robbie sie vorbereitet hat. Denken Sie an all die Tore, die nicht geschossen wurden, weil Robbie den entscheidenden Angriff landete. Manche Spieler können eine ganze Mannschaft mitreißen. Robbie war so einer.«
Während sie alle über Sams Worte nachdachten, trat ein langes Schweigen ein. Dann meinte Bindie: »Ich kann gar nicht sagen, wie wütend mich der Gedanke macht. Der Welt so viel Schönheit zu stehlen, nur dem Geld zuliebe.« Bindie machte ein Geräusch, als spucke sie aus. Als sie tief einatmete, schlug sie die Hand vor den Mund.
»Es ist eine interessante Anregung«, gab Carol zu.
Bindie sah sie mit Tränen in den Augen an. »Mein armer lieber Junge«, seufzte sie, schniefte heftig und stand unbeholfen von dem Sitzsack auf. »Ich glaube, Sie sollten jetzt gehen. Mir fällt nichts mehr ein, das Ihnen helfen könnte, und ich muss jetzt Musik hören. Wenn ich mich noch an etwas erinnere, rufe ich Sie an. Aber im Moment muss ich allein sein.«
Draußen auf der Straße lehnten sie sich gegen die Motorhaube und betrachteten den schmutzig orangefarbenen Widerschein auf den Wolken. »Interessante Idee, die Wettsyndikate«, sagte Sam.
»Es ist das Erste, was ich gehört habe, das einen Sinn ergibt«, gestand Carol ein. »Aber 'ne komische Art und Weise, es zu erledigen. Ich hätte eher gedacht, dass sie vor allem keinerlei Aufmerksamkeit auf sich ziehen wollen. Würden sie nicht eher versuchen, es wie einen Unfall aussehen zu lassen?«
Sam gähnte. »Vielleicht dachten sie ja, sie täten das.«

»Wie meinen Sie das?« Carol stützte sich ab, richtete sich auf und streckte ihm die Hand hin. »Ich fahr die erste Stunde.«

»Nach dem, was ich mitgekriegt habe, hätten die meisten Ärzte nicht gemerkt, dass es eine Rizinvergiftung war«, erklärte Sam und ging zur Beifahrerseite. »Wenn Elinor Blessing nicht diesen Geistesblitz gehabt hätte, hätten sie es wahrscheinlich irgendeinem Virus zugeschrieben. Bevor sie diesen Einfall hatte, wurde er entsprechend behandelt.«

Carol ließ den Wagen an und fuhr langsam los. »Gutes Argument, Sam. Vielleicht haben Sie recht. Vielleicht war geplant, dass wir nie rausfinden sollten, dass es Mord war.«

Mittwoch

4:27 laut der Uhr in der rechten unteren Ecke des Laptops. Guter Schlaf hatte nie zu Tonys Talenten gehört, aber das Schmerzmittel schien ihn vollends durcheinandergebracht zu haben. Er war gegen zehn Uhr relativ leicht eingeschlafen, aber das hatte nicht lange angehalten. Der Schlaf kam immer nur in Schüben von fünfzig Minuten, dazwischen gab es unterschiedlich lange Wachphasen. Während die Zeitspanne von fünfzig Minuten ja ironischerweise tatsächlich zu einem klinischen Psychologen passte, hätte er sich aber dennoch eine bessere therapeutische Wirkung gewünscht.

Zuletzt war er kurz nach vier Uhr wieder zu Bewusstsein gekommen. Diesmal wusste er instinktiv, dass er nicht gleich wieder einschlafen konnte. Zuerst lag er still, und obwohl er die besten Absichten gehabt hatte, an etwas anderes zu denken, drehten sich seine Gedanken um die Tatsache, dass seine Mutter wieder in seinem Leben aufgetaucht war. Es brachte ihm ja sowieso nur Frustration und Bedauern, und Schmerz und Bitterkeit zwangen ihn zu immer engeren Kreisen und hinderten ihn am Schlafen. Aber es schien unmöglich, einfach nicht daran zu denken.

Mit ganz bewusster Anstrengung konzentrierte er sich auf Robbie Bishops Tod. Von seinen Erinnerungen an Robbies glänzende Leistungen und seinen Ruhm wechselte er zu den Fragen über, die mehr mit seinem eigenen Fachwissen zu tun hatten.

»Du bist kein Neuling«, stellte Tony mit leiser, aber deutlicher Stimme fest.

»Selbst mit dem Glück des Anfängers hättest du das nie geschafft, wäre dies dein erstes Unternehmen gewesen. Nicht bei so einer Berühmtheit wie Robbie. Ob du persönliche Gründe hattest oder ob dich jemand bezahlt hat, auf jeden Fall hast du so etwas vorher schon einmal getan.«

Er rollte den Kopf auf dem Kissen hin und her, um seinen verkrampften Nacken zu lockern. »Nennen wir dich Stalky. Das passt so gut wie jeder andere Name, und du weißt ja, dass ich es immer gern ein bisschen persönlich habe. Die Frage ist, warst du wirklich der alte Schulfreund, Stalky? Vielleicht war das nur ein Vorwand. Vielleicht war Robbie zu höflich, um dir zu sagen, dass er sich nicht an dich erinnerte. Oder vielleicht war ihm die Tatsache bewusst, dass man ihn wegen seiner Bekanntheit besser in Erinnerung behielt als die anderen Kinder, die mit ihm zur Schule gegangen waren. Vielleicht wollte er nicht arrogant wirken, indem er so tat, als hätte er dich noch nie gesehen. Aber obwohl Robbie als netter Kerl bekannt war, wärst du damit doch ein verdammt großes Risiko eingegangen.

Aber wenn du tatsächlich ein alter Schulkamerad bist, dann bist du ein noch größeres Risiko eingegangen. Schließlich sind wir hier in Bradfield. Es ist gut möglich, dass manche von den Leuten, die an dem Abend im Amatis waren, auch die Harriestown High School besucht haben. Sie hätten Robbie bestimmt erkannt. Aber sie hätten auch dich erkennen können, es sei denn, du hättest dich seit der Schulzeit sehr verändert. Eine riskante Strategie.«

Er fand die Fernbedienung fürs Bett, stellte den Kopfteil hoch, bis er saß, und zuckte zusammen, als seine Gelenke sich bewegten. Dann zog er das Betttischchen heran, öffnete den Laptop und schaltete ihn an. »Du hast jedenfalls viel riskiert. Und warst dabei durchaus selbstbewusst. Du hast dich Robbie genähert, und niemand hat dich bemerkt. Das hast du zweifellos früher schon einmal gemacht. Lass uns also deine früheren Opfer finden, Stalky.«

Als Tony seine Suche begann, änderte sich das Licht auf dem Bildschirm in Farbe und Helligkeit und fiel auf sein Gesicht, wo es eine Bewegung vortäuschte, die es gar nicht gab. »Na, komm schon«, murmelte er. »Zeig dich. Du weißt doch, dass du das möchtest.«

Carol zog die Jalousien hoch, die sie vom Rest des Teams trennten. Sie hatte für neun Uhr eine Besprechung angesetzt, aber alle waren schon da, obwohl es erst zehn nach acht war. Selbst Sam, der sie erst um fünf vor vier abgesetzt hatte. Sie fragte sich, ob sein Schlaf wohl erfrischender gewesen war als ihrer. Sie hatte mitbekommen, dass er sie im Auge behalten und gewartet hatte, bis sie sicher in ihrer Souterrainwohnung angekommen war, die sie von Tony gemietet hatte. Dann war sie mit dem Beobachten und Abwarten an der Reihe gewesen. Während Carol Nelson fütterte, der sich schon beklagte, behielt sie Sam im Auge, bis die Scheinwerfer seines Autos über das Küchenfenster und die Hecke schwenkten, die die Nachbareinfahrt von ihrer trennte. Erst als sie sicher war, dass er wirklich weg war, goss sie sich einen extra großen Schuss Brandy ein und ging nach oben.

Die Post zu holen war nur vernünftig und gab ihr einen Vorwand, die Treppe zu Tonys Arbeitszimmer im ersten Stock hochzugehen. Sie legte die Briefe auf den Schreibtisch und ließ sich auf den Sessel fallen, der seinem gegenüberstand. Sie mochte diesen Sessel sehr, weil er so tief und breit war und sie mit seinen Polstern zu umfassen schien. Aufgrund seiner Größe fühlte er sich wie eine Höhle an, so wie Kindern ein großer Sessel für Erwachsene vorkommt. Auf diesem Möbelstück hatte sie ihre Fälle diskutiert, über ihre Gefühle gegenüber den Mitgliedern ihres Teams gesprochen und herausgestellt, wie wichtig trotz aller Gefahren und Enttäuschungen die Gerechtigkeit für sie war. Er hatte über seine Theorien zum Täterverhalten geredet, über Ärger mit dem Gesundheitswesen und seinen brennenden Wunsch, die Menschen zu verändern. Sie konnte nicht abschätzen, wie viele Stunden sie in entspannter Vertrautheit in diesem Zimmer verbracht hatten.

Carol kuschelte sich mit untergeschlagenen Beinen auf dem Sessel zusammen und goss, ohne mit der Wimper zu zucken, die Hälfte des Brandys hinunter. Noch fünf Minuten, dann würde sie wieder hinuntergehen. »Ich wollte, du wärst hier«, sagte sie leise. »Ich habe das Gefühl, wir kommen überhaupt nicht weiter. Normalerweise würde ja niemand in dieser Phase eines solchen Falls große Fortschritte erwarten. Aber es geht um Robbie Bishop, und die Öffentlichkeit sieht zu. Nicht voranzukommen ist also ausgeschlossen.« Sie gähnte und trank aus.

»Du hast mir Angst eingejagt, weißt du das«, erzählte sie und vergrub sich tiefer in die weichen Polster. »Als Chris mir sagte, du seist dem verrückten Kerl mit der Axt begegnet, da dachte ich, mein Herz bliebe stehen, und die Welt bewegte sich nur noch in Zeitlupe. Mach das ja nicht noch mal, du Mistkerl.« Sie drehte den Kopf, legte ein Kissen bequemer hin, schloss die Augen und spürte, wie sie sich unter der Wirkung des Alkohols entspannte. »Aber ich wünschte, du hättest mich vor deiner Mutter gewarnt. Das ist ja eine Nummer. Kein Wunder, dass du so merkwürdig bist, wie du bist.«

Als Nächstes nahm Carol das Piepsen des Radioweckers über den Flur hinweg wahr. Steif und verwirrt rappelte sie sich hoch und sah auf ihre Uhr. Sieben. Weniger als drei Stunden hatte sie geschlafen. Zeit, sich erneut aufzumachen.

Und jetzt stand sie da, geduscht, in frischen Kleidern und mit einem Koffeinlevel, der schon so hoch war, dass er ein Nervenbündel aus ihr machte. Carol fuhr sich mit den Fingern durch das blonde Haar und fing an, den Stapel Presseartikel über Robbie Bishop durchzugehen, die Paula für sie zusammengestellt hatte. Sie konzentrierte sich darauf, denn das Letzte, was sie tun wollte, war, sich damit zu befassen, wie sie die letzte Nacht verbracht hatte. Sie sah nur auf, als Chris Devine anklopfte und mit einer braunen Tüte in der Hand hereinkam. »Brötchen mit Schinken und Ei«, erklärte sie knapp und legte sie auf den Schreibtisch. »Wir sind jederzeit so weit.«

Carol lächelte hinter ihr her, als sie verschwand. Chris hatte eine Art, ihren Kollegen mit kleinen Gesten zu zeigen, dass sie zusammengehörten. Carol fragte sich, wie sie klargekommen waren, bevor sie zum Team gestoßen war. Der Plan war gewesen, dass Chris gleich von Anfang an dabei sein sollte, aber wegen der unheilbaren Krebserkrankung ihrer Mutter war sie länger auf ihrer alten Arbeitsstelle geblieben, als sie erwartet hatte. Carol seufzte. Hätte Chris gleich von Anfang an zum Team gehört, wäre jetzt vielleicht Detective Inspector Don Merrick noch unter ihnen.

»Lass das, es bringt nichts«, tadelte sie sich selbst, nahm die Tüte und fing an zu essen, ohne wirklich wahrzunehmen, was sie zu sich nahm. Es verging kaum ein Tag, ohne dass sie sich fragte, ob diese oder jene Sache für Don einen Unterschied gemacht hätte. Im Grunde wusste sie, dass sie nur nach einer Möglichkeit suchte, sich selbst statt ihm die Schuld zu geben. Tony hatte ihr mehr als einmal gesagt, es sei in Ordnung, auf Don wegen seines Verhaltens wütend zu sein. Aber es schien ihr immer noch nicht möglich und schon gar nicht richtig.

Während Carol aß, machte sie ein paar Notizen, eine vorläufige Liste für die Fallbesprechung. Um Viertel vor neun war sie so weit. Es gab keinen Grund, die vorher vereinbarte Zeit abzuwarten, sie kam also aus ihrem Büro und versammelte das Team um sich. Carol stand vor einem der Whiteboards mit der Liste aller Informationen, die sie bis jetzt über Robbie Bishop gesammelt hatten.

Auf ihre Aufforderung hin eröffnete Sam die Sitzung mit einer Zusammenfassung ihres Gesprächs mit Bindie Blyth. Er schloss mit Bindies vager Theorie über die Wettmafia. »Will jemand etwas dazu sagen?«, fragte Carol.

Stacey, ihre Spezialistin für Computer und Kommunikationstechnologie, streckte ihren Kuli hoch und meldete sich. »Sie hat recht, im Fernen Osten ist wirklich eine Menge Wettgeld unterwegs. Und vieles davon wird auf Fußball gesetzt. Vor allem die Australier haben sich damit befasst, wie Computernetzwerke eingesetzt werden, um Geld abzusahnen. Und ja, es gibt jede Menge Verbrechen und Korruption in Verbindung damit. Aber die Wettsyndikate brauchen nicht auf Mord zurückzugreifen, um ihre Chancen zu manipulieren. Sie können sich kaufen, was sie brauchen.«

»Du meinst also, dass unsere Fußballspieler selbst bei den hohen Summen, die wir ihnen zahlen, die Hand noch nach mehr ausstrecken?« Paula tat so, als sei sie schockiert.

»Es gibt verschiedene Möglichkeiten, den Ausgang eines

Spiels festzulegen«, erwiderte Stacey. »Das Schiedsrichtergespann hat wohl mehr Einfluss auf das Ergebnis. Und sie bekommen keine Riesengehälter.«
Sam schnaubte höhnisch. »Und sie sind so miserabel, dass es niemand bemerken würde, wenn sie es mit Absicht täten. Wenn ein Schiedsrichter einem Spieler dreimal die gelbe Karte im gleichen Spiel zeigen kann, obwohl er ihn schon nach der zweiten vom Platz schicken sollte, stellt euch vor, was er tun könnte, wenn er Schmiergeld annähme. Du willst damit also sagen, dass diese Wettsyndikate betrügen würden, um sicherzustellen, dass das Geld bei ihnen landet, dass sie aber nicht so weit gehen würden, jemanden zu ermorden?«
Stacey nickte. »Genau das meine ich. Es passt nicht zu ihrer Vorgehensweise.«
Kevin sah von dem Gewehr auf, das er auf seinen Notizblock kritzelte. »Ja, da geht es um sozusagen traditionelle betrügerische Wetten. Aber diese Sache mit dem Rizin klingt für mich mehr nach der russischen Mafia. Viele von den Typen sind Ex-KGBler und FSB-Leute. Der KGB hat den Bulgaren geholfen, Georgi Markow mit Rizin zu ermorden. Und wenn die Russen jetzt beschlossen hätten, dass sie eine Scheibe vom internationalen Wettgewinn abhaben wollen? Es würde ihnen ähnlich sehen, sich so verdammt plump anzustellen.«
Stacey zuckte mit den Schultern. »Einerseits klingt es logisch. Aber ich habe noch nie etwas davon gehört, dass Russen sich mit so etwas beschäftigen. Vielleicht sollten wir den Secret Service fragen?«
Carol schauderte. Das Letzte, was sie wollte, war die Geheimdienste auch nur in die Nähe ihrer Ermittlungen zu lassen. Ihr Ruf eilte ihnen voraus, vor allem ihr Widerwille, mit leeren Händen wieder abzuziehen, wenn man sie erst mal hinzugezogen hatte. Carol wollte nicht, dass ihre Ermitt-

lungen in eine düstere Verschwörung verwandelt wurden, bis sie sicher war, dass es kein einfacher Mord aus einem der üblichen Beweggründe war. »Bis wir konkretere Hinweise für eine Verwicklung der Russen in die Sache haben, halte ich mich von den Schlapphüten fern«, erklärte sie bestimmt. »Bis jetzt weist nichts, was uns vorliegt, darauf hin, dass Robbie Bishops Ermordung etwas mit Fußballwetten oder der russischen Mafia zu tun hätte. Warten wir lieber ab, bis wir Beweise haben, bevor wir uns über Theorien wie die von Bindie groß aufregen. Wir werden es im Hinterkopf behalten, aber ich glaube nicht, dass es sich lohnt, im Moment Mittel für entsprechende Ermittlungen auszugeben. Stacey, was haben Sie für uns?«

Stacey war nicht gerade in ihrem Element, wenn es um den Umgang mit Menschen ging, und vermied tunlichst jeden Blickkontakt. »Bis jetzt habe ich nichts von Interesse auf Bishops Computer gefunden. Keine E-Mails, die nach dem Clubbesuch am Donnerstagabend rausgingen, außer einer an seinen Agenten, in der er einem Interview mit einer spanischen Männerzeitschrift zustimmt. Außerdem hat er die Website www.bestdays.co.uk nie aufgerufen. Jedenfalls nicht von seinem Computer zu Hause aus. Seine Liste zuletzt besuchter Seiten setzt sich ausschließlich aus Websites über Fußball oder Musik zusammen. Er gab gerade letzte Woche eine Online-Bestellung für neue Lautsprecher auf. Was die Selbstmordidee eigentlich über den Haufen schmeißt, falls jemand daran gedacht hatte.«

»Ich weiß nicht. Wenn ich deprimiert wäre, würde ich vielleicht ein paar Kröten springen lassen, um mich aufzuheitern«, überlegte Sam. Aber als er sah, dass Carol die Augen verdrehte, fügte er hastig hinzu: »Wir denken allerdings nicht an Selbstmord.«

»Und schon gar nicht mit Rizin. Zu wenig bekannt, zu schmerzhaft, zu langsam«, sagte Carol und gab damit das wieder, was Dr. Denby ihr gesagt hatte. »Was die ›Best Days‹-Website betrifft, glaube ich, wir können annehmen, dass wer immer an dem Abend mit Robbie zusammensaß, mit der Seite vertraut war, da Robbie die Adresse bei sich trug. Stacey, meinen Sie, die Betreiber der Website können uns da weiterhelfen?«

»Kommt auf ihre Einstellung an«, begann sie.

»Und ob sie Fußballfans sind«, ergänzte Kevin.

Stacey schien skeptisch. »Vielleicht. Ich dachte, wir könnten sie zunächst einmal auffordern, eine E-Mail an alle ihre Abonnenten von der Harriestown High School zu schicken und sie darum bitten, ein neueres Foto und einen Bericht darüber zu schicken, wo sie sich am Donnerstagabend aufhielten. So können wir die Dinge in Gang bringen, ohne auf eine richterliche Anordnung warten zu müssen.«

»Aber schicken wir damit nicht eine deutliche Warnung an unseren Killer raus?«, fragte Kevin. »Indem wir ihm unsere Ermittlung offenlegen? Ich war Schüler von Harriestown High, wisst ihr. Wir waren nicht gerade gut auf die Behörden zu sprechen. Harriestown war damals noch nicht so sehr verbürgerlicht, eher eine ziemlich üble Gegend. Selbst zu Robbies Zeit hätte man sich dort nicht beeilt, der Polizei zu helfen. Wir haben es da mit Leuten zu tun, die uns leicht ein Foto von einer ganz anderen Person schicken könnten, nur um uns zu ärgern, von falschen Fährten gar nicht zu reden. Ich finde, wir sollten die Betreiber der Website um die Namen und Adressen ihrer Abonnenten bitten, und wenn sie nicht kooperieren, dann holen wir uns eine richterliche Anordnung.«

Carol sah etwas in Staceys Augen gereizt aufblitzen. Normalerweise behielt sie ihre Meinung über das mangelnde Verständnis ihrer Kollegen für die Welt der Informationstechnologie für sich. Man konnte nur selten einen Blick auf ihre wahren Gefühle erhaschen.

Stacey sagte mit einem Ausdruck müder Geduld: »Bei der Website hat man bestimmt nur die E-Mail-Adressen der Abonnenten gespeichert. Es ist möglich, dass auch Kreditkartennummern zu Abrechnungszwecken vorhanden sind, aber selbst wenn es so ist, fällt das unter den Datenschutz, und wir würden auf jeden Fall eine richterliche Anordnung brauchen, um sie zu bekommen. Entscheidend ist, dass wir es nicht geheim halten können, egal wie wir mit diesen Leuten Kontakt aufnehmen. Die erste Person, mit der wir sprechen, wird online gehen und unsere Fragen weitergeben, bevor wir wieder im Wagen sitzen. Da gehen wir besser gleich offen vor. Die Leute, die im Internet unterwegs sind, werden eher zur Zusammenarbeit bereit sein, wenn sie in den Prozess mit einbezogen werden. Wenn wir sie ins Boot holen, helfen sie uns. Wenn wir sie als unsere potenziellen Gegner behandeln, werden sie uns das Leben doppelt schwermachen.« Für Stacey war das eine lange Rede. Ein Zeichen dafür, dachte Carol, wie wichtig ihr dieser Fall war.

»Okay. Dann probieren Sie's mal, Stacey. Sehen Sie zu, ob Sie die Leute von ›Best Days‹ dazu kriegen, mit uns zusammenzuarbeiten. Wenn Sie auf Widerstand stoßen, sagen Sie mir Bescheid. Und Kevin? Sie könnten sich die Bilder aus Ihrer Zeit ansehen und rausfinden, ob Ihre früheren Klassenkameraden Ihre Erwartungen durchkreuzen und doch die Wahrheit sagen. Chris?« Carol wandte sich ihr zu. »Wie seid ihr im Amatis vorangekommen?«

Chris schüttelte den Kopf. »Die Leute hinter dem Tresen, die am Donnerstag Dienst hatten, erinnern sich, Robbie in der

Wodkabar gesehen zu haben, aber sie hatten zu viel zu tun, um zu bemerken, mit wem er zusammen war. Und bei den Gästen ist es genauso. Ich glaube, wir können eine imposante Blondine ausschließen. Die hätten sie bemerkt, vermute ich. Paula ist eine Sache aufgefallen …« Chris nickte Paula zu und nahm ein Blatt Papier aus einer Mappe. »Es gibt Videoüberwachung im Barbereich. Für unsere Zwecke ist es schade, dass sie dazu dient, das Personal im Blick zu behalten, und nicht die Gäste. Die Geschäftsführung sorgt auf diese Weise dafür, dass das Geld wirklich in der Kasse landet und am Tresen keine Drogengeschäfte gemacht werden. Die Kamera ist also nicht auf die Gäste gerichtet. Aber wir haben das hier gefunden.« Sie ging ans Whiteboard und heftete eine unscharfe Vergrößerung an. »Das ist Robbie«, erklärte sie und zeigte mit einer Hand auf die äußerste Ecke des Fotos. »Wir können mit Sicherheit sagen, dass er es ist, weil er auf dem Mittelfinger die Tätowierung eines keltischen Ringmusters hat. Und neben ihm können wir noch jemanden ausmachen.« Ein paar Zentimeter von Robbies Fingerspitzen entfernt war eine halbe Hand, ein Handgelenk und ein Teil eines Unterarms. »Ein Mann«, verkündete sie mit einem Ausdruck, in dem sich Widerwille und Freude mischten. »Es fehlen bei der Winkeleinstellung der Kamera nur ein paar Grad, dann hätten wir ihn. Aber so wissen wir nur, dass es sich um einen Kerl handelt und dass er rechts keine Tätowierung auf der Hand, dem Handgelenk oder dem Unterarm hat.« Sie trat von der Tafel zurück und setzte sich wieder. »Stacey kann also den Website-Kunden zumindest mitteilen, dass wir nur an Männern interessiert sind.«

»Aber können wir das wirklich? Können wir sicher sein, dass dies die Person war, von der er sprach?«, mischte Sam sich ein.

»So sicher wie irgend möglich. Wir haben das komplette Material durchgesehen und konnten niemanden anders mit Robbie in Verbindung bringen. Wenn jemand hinter ihm gestanden und mit ihm gesprochen hätte, wäre er nicht an sein Glas herangekommen. Seht doch, es steht so nah neben Robbie, dass außer der Person, die direkt neben ihm an der Bar stand, niemand etwas damit hätte anfangen können.«

»Okay.« Sam gab sich geschlagen. »Kapiert.«

»Danke, Chris. Hat sonst noch jemand etwas gefunden?«

»Ich habe die Ergebnisse der Überwachungskameras auf der Straße«, sagte Paula. »Ich habe die Techniker der Spätschicht die Nacht durcharbeiten lassen. Robbie hat den Club auf keinen Fall durch die Vordertür verlassen, was wirklich Pech ist, weil in der ganzen Gegend Kameras hängen. Er muss durch die Seitentür, den sogenannten VIP-Ausgang, gegangen sein. Dort gibt es keine Videoüberwachung, der Club will es sich mit seinen sogenannten Promigästen nicht verderben. Auf diese Weise kommen die Sicherheitsleute des Clubs nicht in Versuchung, Aufnahmen an die Klatschblätter zu verscheuern. Wenn es keine Bilder von den Arschlöchern der drittklassigen Reality-Shows gibt, auf denen sie es mit betrunkenen Fans an der Hauswand treiben, dann werden sie auch nicht veröffentlicht. So weit die Theorie.

Die kleine Gasse hinter dem Club führt auf die Goss Street, praktisch die Grenze von Temple Fields …« Paula hielt mit zusammengepressten Lippen und schmalen Augen einen Moment inne. »Und in Temple Fields ist die Videoüberwachung natürlich ziemlich notdürftig. Viele Geschäfte, die dort gemacht werden, hängen von der Laufkundschaft ab, so dass die Inhaber sich keine Videoüberwachung wünschen, deshalb wehren sie sich immer dagegen, wenn die Stadt mehr Kameras anbringen lassen will. Wir haben also keine Auf-

nahmen von Robbie, wie er auf die Goss Street stößt. Aber wir haben einen ganz kurzen Ausschnitt der Kameras am Campion Way. Ich habe ihn gerade ins Intranet gestellt, ihr werdet es auch auf euren eigenen Monitoren sehen können. Aber erst einmal ist er jetzt hier.« Sie zog einen Laptop näher zu sich heran und tippte auf das Touchpad. Auf dem interaktiven Whiteboard neben Carol erschien sofort ein dunkles Bild, ein abstraktes Halbdunkel, das von den Straßenlichtern am Campion Way herrührte. »Es ist ziemlich unscharf«, meinte Paula. »Wir können es wahrscheinlich etwas aufbessern. Aber ich weiß nicht, ob es uns helfen wird.«
Die Kamera war so stark nach unten auf die Straße gerichtet, dass sie die Kennzeichen der Autos erfasste, die auf dem Campion Way langsam am Gehweg entlangfuhren. Zuerst bewegte sich nichts. Dann traten zwei Gestalten aus einer Seitenstraße, blieben am Bordstein stehen, warteten, bis ein später Bus vorbeigefahren war, gingen dann rasch über die Kreuzung und verschwanden auf der Fortsetzung der Seitenstraße. Wenn man wusste, dass es sich um Robbie handelte, konnte man erkennen, dass es tatsächlich der Fußballer war, der an der Kamera vorbeikam. Aber die andere, etwas weiter entfernt gehende Person war nur ein dunklerer Fleck. Nur einen kurzen Moment war etwas Weißes neben Robbies Schulter zu sehen.
»Und der Mörder ist Caspar, der freundliche Geist«, stellte Kevin fest. »Zumindest wissen wir, dass er weiß ist. Man könnte fast glauben, er wusste, dass die Kamera dort war.«
»Ich glaube, er wusste es tatsächlich«, gab Paula zurück. »Ich glaube, es ist sehr aufschlussreich, dass dies die einzige Videoaufnahme ist, die wir von Robbie und seinem mutmaßlichen Mörder haben. Selbst bei der spärlichen Videoüberwachung in Temple Fields ist es unmöglich, von einer Straßenseite zur

anderen zu kommen, ohne dass man zumindest einmal von der Kamera erfasst wird.« Sie tippte wieder auf das Touchpad. Diesmal erschien ein Plan von Temple Fields, auf dem das Amatis und die Videokameras markiert waren. Paula tippte noch einmal. Diesmal zog sich eine rote Zickzacklinie durch die Straßen, die allen Kameras außer der am Campion Way auswich. »Indem sie diesen Weg gingen, wurden sie nur von dieser Seite aufgenommen. Und nur weniger als eine Minute lang. Auf jedem anderen Weg wären sie von vorn gefilmt worden. Seht euch den Weg an, den sie genommen haben müssen. So viele Wendungen und Ausweichmanöver macht man nicht zufällig. Und ich glaube nicht, dass es Robbie war, der die Kameras umging.«

Alle starrten den Plan eine Weile an.

»Das haben Sie gut herausgearbeitet, Paula«, lobte Carol. »Ich glaube, wir können mit Sicherheit sagen, dass wir es hier mit einem Ortsansässigen zu tun haben. Einem, der die Harriestown High School besucht hat und sich in Temple Fields bestens auskennt. Bei allem Respekt, Kevin, das sieht eher wie einer der ehemaligen Schüler als die russische Mafia aus. Außer natürlich, wenn man sich dort das Wissen eines Einheimischen zunutze machte. Wir sollten uns also nicht festlegen. Paula, wissen wir, wie sie Temple Fields verlassen haben?«

»Da hatte ich kein Glück, Chefin. Es gibt heutzutage jede Menge schicker Wohnungen in dieser Gegend. Oder sie sind vielleicht in ein Auto gestiegen. Wir haben keine Möglichkeit, das zu erfahren. Mit Sicherheit können wir nur sagen, dass sie auf keiner der großen Straßen jenseits von Temple Fields zu Fuß zu sehen sind.«

»Okay. Sehen wir mal, ob wir noch etwas den Videoaufnahmen der Geschäfte in dieser Gegend entnehmen können.

Sind wir mit der Frage weitergekommen, woher das Rizin stammen könnte?«
Kevin sah in sein Notizbuch. »Ich habe mit einem Dozenten des pharmakologischen Instituts an der Universität gesprochen. Er sagt, es ist leicht herzustellen. Man braucht dazu nur Rizinussamen, Lauge, Azeton und einige einfache Küchengerätschaften – ein Glasgefäß, Kaffeefilter, eine Pinzette, also ganz alltägliche Dinge.«
»Woher bekommt man Rizinussamen?«, fragte Chris.
»Sie sind überall südlich der Alpen allgemein bekannt. Man kann sie ohne Probleme online bestellen. Wenn einer von uns genug Rizin produzieren wollte, um alle in diesem Gebäude zu erledigen, könnte er das im Grunde bis Mittwoch in einer Woche tun. Ich glaube, zurückzuverfolgen, woher die Ingredienzien kamen, wird nichts bringen«, meinte Kevin missmutig.
Es fiel schwer, bei der Besprechung keine Mutlosigkeit aufkommen zu lassen.
Carol sagte sich, sie hätten Forschritte gemacht, auch wenn sie ihnen noch ungenügend vorkamen. Jede Ermittlung hatte Phasen, in denen es schien, als käme man nicht voran. Bald würden die Ergebnisse der Gerichtsmedizin und des Pathologen eintreffen. Möge der liebe Gott sie einen Punkt finden lassen, an dem sie einhaken und den sie als Chance nutzen konnten.

Rotglühende Würmer mit spitzen Stacheln schienen sein Gewebe zu zerreißen. Tony ließ seine stoische Haltung fahren und schrie auf. Der Schmerz in seinem Oberschenkel wurde zu einem pulsierenden Stechen wie von einem elektrisch geladenen Aal. Seine kurzen Atemstöße waren von Stöhnen begleitet.

»Alle sagen, dass das Schlimmste die Entfernung der Drainage ist«, erklärte die Schwester mittleren Alters gelassen.
»Oooh«, ächzte Tony. »Das stimmt.« Schweißperlen standen ihm auf Gesicht und Hals. Sein ganzer Körper wurde steif, als er das Zwicken des zweiten, sich lockernden Schlauchs spürte. »Ein Moment. Geben Sie mir einen Moment Zeit«, keuchte er.
»Besser raus als rein«, meinte die Schwester und fuhr trotzdem fort.
Dass er wusste, was kam, machte es nicht leichter, es beim zweiten Mal auszuhalten. Er ballte die Fäuste, kniff die Augen zu und holte tief Luft. Als sein Schrei abebbte, nervte ihn eine vertraute Stimme, die an sein Ohr drang. »Er war immer schon ein Weichei«, sagte seine Mutter im Plauderton zu der Schwester.
»Ich habe starke Männer gesehen, denen die Tränen kamen, wenn die Drainage rausmuss«, erwiderte die Schwester. »Er hat es besser gemacht als manch anderer.«
Vanessa Hill klopfte der Schwester auf die Schulter. »Ich find's toll, wie ihr Mädels sie verteidigt. Ich hoffe, er macht Ihnen keine Probleme.«
Die Schwester lächelte. »Oh nein, er benimmt sich sehr gut. Er macht Ihnen wirklich Ehre, Mrs. Hill.« Und schon war sie weg.
Mit ihrem Verschwinden war auch Schluss mit der Jovialität seiner Mutter. »Ich hatte hier wegen einer Besprechung mit dem Bradfield Cross Trust zu tun und dachte, ich sollte mich besser mal zeigen. Was sagen sie?«
»Sie werden es mit einer Stützschiene versuchen, um zu sehen, ob ich heute oder morgen aufstehen kann. Ich dränge darauf, bis nächste Wochen draußen zu sein.« Er sah ihre Bestürzung und überlegte, ob er sie ärgern sollte. Aber der

kleine Junge in ihm meldete sich und warnte ihn, das kurze Vergnügen würde wahrscheinlich die Folgen nicht wert sein.

»Du brauchst dir keine Sorgen zu machen, ich werde nicht zulassen, dass sie mich in deine Obhut entlassen. Selbst wenn ich ihnen sagen würde, dass ich bei dir unterkäme, bräuchtest du nichts zu tun, als herzukommen, wenn sie mich entlassen. Dann kannst du mich bei mir zu Hause absetzen.«

Vanessa grinste süffisant. »Deine Freundin wird sich um dich kümmern, was?«

»Zum letzten Mal: Sie ist nicht meine Freundin.«

»Nein, ich nehme an, das wäre eine übertriebene Hoffnung. So ein hübsches Mädchen. Und zweifellos auch klug. Sie könnte doch wohl etwas Besseres für sich herausschlagen, denke ich.« Sie presste missbilligend die Lippen so fest aufeinander, dass sie nur noch ein dünner Strich waren. »Du hast nie mein Talent gehabt, interessante Leute anzuziehen. Abgesehen von deinem Vater, natürlich. Aber einen Fehler dürfen wir alle machen.«

»Dazu kann ich unmöglich etwas sagen, oder? Da du mir nie etwas über ihn erzählt hast.« Tony hörte die Verbitterung in seiner Stimme und verwünschte sie.

»Er meinte, er sei besser ohne uns dran. Meiner Meinung nach heißt das, wir sind besser ohne ihn dran.« Sie wandte sich ab und sah aus dem Fenster auf den weiten grauen Himmel. »Hör mal, du musst mir etwas unterschreiben.« Sie trat zu ihm hinüber, ließ ihre Schultertasche auf das Bett gleiten und nahm einen Schnellhefter mit Unterlagen heraus. »Drecksregierung, versucht uns den letzten Penny abzupressen. Das Haus deiner Großmutter ist auf unser beider Namen eingetragen. Sie hat es gemacht, damit ich Erbschaftssteuer sparen konnte. Es ist die ganzen Jahre vermietet gewesen. Aber so wie der Immobilienmarkt zur Zeit …«

»Warte mal. Was soll das heißen, dass Omas Haus auf unser beider Namen eingetragen ist? Das hör ich ja zum ersten Mal.« Tony stemmte sich auf einem Ellbogen hoch und zuckte zusammen, blieb aber entschlossen.

»Natürlich hörst du das zum ersten Mal. Wenn ich es dir überlassen hätte, würdest du es als Wohnheim für Leute auf Bewährung oder als Übergangshaus für deine heißgeliebten Spinner nutzen«, erklärte Vanessa ohne eine Spur nachsichtigen Wohlwollens. »Pass auf, du musst nur die Anweisung für den Notar und die Übertragungsurkunde unterschreiben.« Sie holte zwei Blatt Papier heraus, legte sie auf das Betttischchen, schnappte sich die Fernbedienung für das Bett und drückte wahllos auf die Knöpfe.

Tony wurde auf und ab gerüttelt, während Vanessa herauszufinden versuchte, wie sie ihn zum Aufsitzen bringen konnte. »Wieso höre ich erst jetzt von dieser Sache? Und was ist mit der Miete?«

Vanessa war endlich mit der Position des Bettes zufrieden und machte eine abweisende Handbewegung. »Wäre doch nur verschwendet gewesen, wenn du sie gekriegt hättest. Was hättest du damit angefangen? Noch mehr bescheuerte Bücher gekauft? Wenn du dem Verkauf mit deiner Unterschrift zustimmst, bekommst du ja auf jeden Fall deinen Anteil.« Sie wühlte in ihrer Tasche und zog einen Kugelschreiber heraus. »Unterschreib die beiden hier.«

»Ich muss sie erst durchlesen«, wehrte sich Tony, während sie ihm den Stift zwischen die Finger schob.

»Wozu? Danach weißt du auch nicht mehr. Unterschreib einfach, Tony.«

Es war ja doch unmöglich herauszufinden, ob sie ihn über den Tisch ziehen wollte, dachte er. Ihr Benehmen wäre so oder so das gleiche gewesen. Ungeduld, Gereiztheit, die unverkennbare Überzeugung, dass er genau wie der Rest der Welt ihr stets Steine in den Weg legen wollte. Er konnte versuchen, sich gegen sie durchzusetzen, konnte Gelegenheit zum gründlichen Lesen der Unterlagen und genug Zeit verlangen, damit er darüber nachdenken konnte, was sie wollte.

Aber im Moment war ihm das egal. Sein Bein schmerzte, er hatte Kopfweh und wusste, dass sie ihm nichts wegnehmen konnte, was wirklich wichtig war. Ja, sie würde ihm vielleicht Dinge vorenthalten, die ihm gehörten. Aber er war bis jetzt ohne sie zurechtgekommen und würde dies wahrscheinlich auch weiterhin können. Dass sie ihn in Ruhe ließ und aus seinem Zimmer verschwand, war viel wichtiger. »Okay«, seufzte er. Aber bevor er zum Unterschreiben ansetzen konnte, ging die Tür auf, und Dr. Chakrabarti segelte herein, wie ein wehrhafter Schoner von ihrer Flotte in Schlachtordnung umgeben.

Mit einer schnellen Bewegung ließ Vanessa die Unterlagen in ihrer Tasche verschwinden. Unter dem Vorwand, ihm die Hand zu tätscheln, nahm sie ihm den Kugelschreiber weg und schenkte Dr. Chakrabarti gleichzeitig ihr strahlendstes professionelles Lächeln.

»Sie müssen die berühmte Mrs. Hill sein«, konstatierte die Chirurgin. Tony vermutete, dass er sich nur einbildete, einen gewissen sarkastischen Unterton herauszuhören, denn er konnte nicht glauben, dass dem tatsächlich so war.

»Ich bin Ihnen sehr dankbar dafür, dass Sie das Knie meines Sohnes wieder so gut in Ordnung gebracht haben«, erwiderte Vanessa freundlich. »Er würde sich schwertun mit dem Gedanken, den Rest seines Lebens verkrüppelt zu sein.«

»Ich glaube, den meisten Menschen würde es so gehen.« Die Chirurgin wandte sich Tony zu. »Ich habe gehört, dass es gelungen ist, die Drainage herauszunehmen, ohne Sie umzubringen.«

Sein Lächeln kam ihm uralt und müde vor. »Gerade noch so. Ich glaube, der Schmerz war schlimmer als die ursprüngliche Verwundung.«

Dr. Chakrabarti hob die Augenbrauen. »Ihr Männer seid solche Schwächlinge. Gut, dass ihr keine Kinder zur Welt bringen müsst, sonst wäre die menschliche Rasse schon längst ausgestorben. Wir werden jetzt die große schwere Schiene entfernen und zusehen, was sich tut. Es wird höllisch wehtun, aber wenn dieser Schmerz zu schlimm ist, wird Ihnen der Versuch, zu stehen, sicherlich zu viel werden.«

»Ich gehe dann mal«, unterbrach Vanessa. »Ich hab es noch nie ertragen können, ihn leiden zu sehen.«

Tony wandte gegen diese Lüge nichts ein, denn ihr Verschwinden war es ihm wert. »Dann tun Sie's eben«, seufzte er, als sich die Tür hinter Vanessa schloss. »Ich bin zäher, als ich aussehe.«

Auch Stacey Chen war zäher, als sie aussah. Das musste sie auch sein. Trotz ihres phänomenalen Talents fürs Programmieren und die Systemanalyse war ihr kaum etwas in den Schoß gefallen. Die Silikonwelt hätte eigentlich über ihr Geschlecht und ihre Abstammung von Einwanderern hinwegsehen sollen, hatte sich aber als genauso voreingenommen erwiesen wie der Rest der Welt. Das war einer der Gründe, warum sie einer glänzenden Universitätskarriere den Rücken gekehrt und sich für die Polizei entschieden hatte. Ihre erste Million hatte sie schon als Studentin mit einem intelligenten kleinen Programm verdient, das sie an einen amerikanischen Softwareriesen verkauft hatte. Es hatte dazu gedient, sein Betriebssystem vor eventuellen Softwarekonflikten zu schützen. Aber trotz ihres Erfolgs war sie mit Herablassung bedacht worden, und da wusste sie, dass sie nicht zu dieser Welt gehören wollte.

Aber bei der Polizei wusste man genau, woran man war. Niemand außer den Bürochefs, die kaum etwas mit der vordersten Front zu tun hatten, tat so, als spielten Geschlecht und ethnische Zugehörigkeit keine Rolle. Man war voreingenommen, aber wenigstens ehrlich.

Damit konnte Stacey leben, denn am Polizeidienst liebte sie am allermeisten, dass er ihr die Gelegenheit gab, sich in den Computern anderer Leute umzutun. Sie konnte in fremden E-Mails herumschnüffeln, den Perversionen der Menschen nachgehen und deren Geheimnisse freilegen, die sie sicher vergraben zu haben glaubten. Und das war alles auch noch legal.

Die andere Sache an der Polizeiarbeit war, dass es keinen Interessenkonflikt zwischen ihren offiziellen Aufgaben und ihrer freiberuflichen Tätigkeit gab. Ihr Monatsgehalt reichte kaum für die laufenden Kosten ihres Penthouses mitten in der Stadt, ganz zu schweigen von den maßgeschneiderten Kostümen und Blusen, die sie zur Arbeit trug. Den Rest ihres Einkommens – und das war eine Menge – verdiente sie mit den Programmen, die sie auf ihren eigenen Computern zu Hause schrieb. Das war die eine Art ihrer Befriedigung. Ihre Nase in die Privatsphäre anderer Leute zu stecken war die andere. Jetzt hatte sie, was sie wollte, und sie hatte es sich bei Gott auch verdient.

Der einzige Nachteil war, dass sie hin und wieder direkt mit Menschen umgehen musste. Aus irgendeinem unerfindlichen Grund meinte man bei der Polizei immer noch, dass man bessere Ergebnisse bekäme, wenn man die gleiche Luft wie die Leute atmete, die man vernahm. Noch ganz im Stil des

zwanzigsten Jahrhunderts, dachte Stacey, während ihr Navigationssystem »Zielort erreicht« meldete.
Die Zentrale von »Best Days of Our Lives« sah keiner der Softwarefirmen ähnlich, die Stacey bisher kennengelernt hatte. Es war eine vorstädtische Doppelhaushälfte am Rand von Preston, nur eine kurze Strecke von der M6 entfernt, die allerdings oft vom Verkehr verstopft war. Es schien merkwürdig, dass eine Firma, die nur einige Monate zuvor Gegenstand eines Übernahmeversuchs durch eine millionenschwere Konkurrentin gewesen war, ihren Sitz in einem Kasten aus den Siebzigern hatte, der beim besten Willen nicht viel mehr als zweihunderttausend Pfund wert sein konnte. Aber dies war die Adresse, die im Handelsregister angegeben und ihr per E-Mail zugeschickt worden war.
Als Stacey aus dem Wagen stieg, öffnete sich die Haustür, und eine Endzwanzigerin in modisch zerfransten Jeans und einem Rugbyhemd mit Commonwealth-Games-Aufdruck lächelte ihr freundlich entgegen. »Sie müssen DC Chen sein«, sagte sie mit einem Akzent, der nach dem Südwesten klang. »Kommen Sie doch rein.«
Stacey, die sich mit Chinos von Gap und Kapuzenpulli entsprechend ihrem Status als Computerfreak schick gemacht hatte, gab das Lächeln zurück. »Gail?«
Die Frau strich sich das Haar mit den blonden Strähnchen zurück und hielt ihr die Hand hin. »Nett, Sie kennenzulernen, kommen Sie doch rein.« Sie führte Stacey in ein Wohnzimmer, das mit Sofas und Sesseln vollgestopft war. Kinderspielzeug lag auf einem Haufen in einer Ecke neben dem Fernseher. Auf einem Couchtisch waren Zeitschriften und Ausdrucke von Listen verstreut. »Tut mir leid, dass es hier so aussieht. Wir versuchen schon seit einem Jahr umzuziehen, aber irgendwie finden wir nie die Zeit, uns Häuser anzusehen.«

Der Gedanke, niemals Kinder zu haben, war Stacey angenehm. Sie liebte die klaren Linien ihrer Dachgeschosswohnung. Hier zu wohnen würde sie zweifellos in den Wahnsinn treiben. Aber sie log: »Das macht doch nichts.«
»Kann ich Ihnen etwas zu trinken anbieten? Tee, Kaffee, Kräutertee, Red Bull, Cola light … Milch?«
»Nein, danke.« Stacey lächelte, die Augenwinkel ihrer dunklen, mandelförmigen Augen hoben sich leicht. »Ich wusste nicht, dass ihr die Firma von zu Hause aus betreibt. Großartige Idee übrigens.«
»Danke.« Gail ließ sich auf eines der Sofas plumpsen und verzog das Gesicht. »Es fing als Hobby an. Dann hat es überhandgenommen. Fast jeden Tag rufen große Unternehmen an, die uns aufkaufen wollen. Aber wir wollen nicht, dass es sich ändert und nur noch mit Geld zu tun hat. Wir wollen, dass die Seite für Menschen da ist und dass es darum geht, alte Kontakte wieder aufzunehmen. Manche Leute sind wieder zusammengekommen, nachdem sie ein ganzes Leben getrennt waren. Wir waren zu Hochzeiten eingeladen und haben eine ganze Pinnwand voll mit Fotos von ›Best Days‹-Babys.« Gail grinste. »Ich komme mir vor wie eine gute Fee.«
Stacey erkannte das Zitat. Sie hatte es in zwei Online-Interviews mit Gail über die Firma und ihren Einfluss auf das Leben der Menschen gelesen. »Aber trotzdem ist nicht nur alles eitel Sonnenschein, oder? Ich habe gehört, dass Ehen auch auseinandergingen.«
Gail zupfte am ausgefransten Stoff der Sofalehne. »Wo gehobelt wird, fallen Späne.«
»Das ist aber keine gute Werbung, oder?«
Gail schien etwas verblüfft, als fragte sie sich, wie diese Unterhaltung so schnell von den heiteren und herzlichen Dingen hatte abkommen können. »Nein. Ehrlich gesagt, wir ver-

suchen über diesen Aspekt nicht zu reden.« Sie lächelte wieder, aber diesmal weniger strahlend. »Man braucht ja nicht darauf herumzureiten, sage ich immer.«

»Klar. Und ich bin mir sicher, dass Sie sich wirklich nicht wünschen, in negativer Weise mit Ermittlungen zu einer Mordsache in Verbindung gebracht zu werden«, sagte Stacey.

Gail sah aus, als hätte sie eine Ohrfeige verpasst bekommen. »Mord? Das kann nicht stimmen.«

»Ich ermittle im Mordfall Robbie Bishop.«

»Er ist nicht Mitglied bei uns«, entgegnete Gail scharf. »Ich wüsste es, wenn er Mitglied wäre.«

»Wir haben Grund anzunehmen, dass er an dem Abend, als er vergiftet wurde, mit jemandem, der bei Ihnen Mitglied ist, in einem Club zusammensaß. Es ist möglich ...«

»Wollen Sie damit sagen, dass eines unserer Mitglieder Robbie Bishop *ermordet hat?*«

Gail wich auf dem Sofa vor Stacey zurück, als wolle sie vor ihr fliehen.

»Bitte, Gail, hören Sie mir doch einfach zu.« Staceys Geduld war fast am Ende. »Wir glauben, dass die Person, mit der Robbie etwas trank, vielleicht etwas gesehen oder etwas zu ihm gesagt haben könnte. Wir müssen diese Person aufspüren und nehmen an, dass sie Mitglied bei ›Best Days of Our Lives‹ war.«

»Aber warum?« Gail schien außer sich. »Warum glauben Sie das?«

»Weil Robbie einem anderen Freund sagte, dass er mit jemandem von seiner alten Schule etwas trinken ginge, und wir haben in seiner Hosentasche einen Zettel mit der Internetadresse gefunden.«

»Das heißt doch nicht ...« Gail schüttelte immer wieder den

Kopf, als könne diese Bewegung Stacey zum Verschwinden bringen.
»Wir hätten gern, dass Sie eine E-Mail an alle männlichen Mitglieder schicken, die zusammen mit Robbie auf der Harriestown High School waren, und jeden fragen, ob er die Person sei, die mit ihm am Donnerstag etwas getrunken hat. Und weil sie vielleicht nervös sind und es nicht zugeben wollen, sollten sie Ihnen ein neueres Foto und eine Mitteilung darüber schicken, wo sie am Donnerstagabend zwischen zweiundzwanzig und vier Uhr morgens waren. Glauben Sie, dass Sie das für uns tun könnten?« Stacey lächelte wieder. Es war gut, dass die Kinder nicht zu Hause waren, denn ihr Gesichtsausdruck hätte sie bestimmt vor Schreck zum Weinen gebracht.
»Ich glaube nicht …« Gail verstummte. »Ich meine … zu diesem Zweck werden die Leute ja nicht Mitglied, oder?«
Stacey zuckte mit den Schultern. »Das Internet ist im Großen und Ganzen eine positive Angelegenheit. Ich glaube, die Leute werden darauf eingehen, wenn man sie um Hilfe bittet. Robbie war populär.« Sie zog ein Mobiltelefon mit E-Mail-Funktion heraus. »Ich kann Ihnen den Text übermitteln, den Sie schicken sollen.«
»Ich weiß nicht. Ich muss mit Simon reden. Meinem Mann.« Gail beugte sich vor und nahm ihr Handy vom Couchtisch.
Stacey schüttelte bedauernd den Kopf. »Wir dürfen aber keine Zeit verlieren. Entweder wir tun es auf die nette Art, dann haben Sie die Kontrolle über Ihre Adressen und Ihr System, oder wir machen es anders. Dann hole ich mir einen Durchsuchungsbefehl, wir nehmen Ihre Computer mit, und ich tue, was immer nötig ist, um Ihre Mitglieder zur Zusammenarbeit zu bewegen. Es kann unschön werden, und wenn jemand der Presse steckt, dass Sie versucht haben, die Unter-

suchung von Robbie Bishops Ermordung zu behindern, bezweifle ich, dass Sie danach noch eine Firma haben werden, die Heuschrecken anzieht.« Stacey hob resignierend die Hände. »Aber es hängt von Ihnen ab.« Chris Devine wäre stolz auf sie gewesen, dachte sie, wie gründlich sie die arme Frau in die Enge getrieben hatte.

Gail sah sie hasserfüllt an. »Ich dachte, Sie seien auf unserer Seite«, sagte sie verbittert.

»Sie sind nicht die Erste, die diesem Irrtum unterliegt«, erwiderte Stacey. »Lassen Sie uns jetzt ein paar E-Mails schicken.«

Vanessa nahm ihre Lesebrille ab und legte sie neben ihren Notizblock. »Ich glaube, das sind wir«, sagte sie.

Die stämmige Frau, die ihr gegenübersaß, setzte sich auf ihrem Stuhl zurecht. »Ich werde alles in die Wege leiten«, erklärte sie. Melissa Riley war seit vier Jahren Vanessa Hills Stellvertreterin. Trotz aller Beweise, die das Gegenteil bestätigten, hielt sie an ihrem Glauben fest, dass sich hinter Vanessas eiserner Professionalität ein Herz aus Gold verbarg. Jemand, der so scharfsinnig und schnell menschliche Verhaltensweisen und Persönlichkeiten zu beurteilen wusste, konnte nicht wirklich so abgebrüht sein, wie Vanessa es zu sein schien. Und heute hatte Melissa endlich den Beweis dafür bekommen. Vanessa hatte alle ihre Termine abgesagt, um am Bett ihres verletzten Sohnes sein zu können. Allerdings war sie am Vormittag schon wieder zurück und arbeitete danach wie ein Pferd, aber trotzdem. Sie war nur weggegangen, weil die Partnerin ihres Sohnes darauf bestanden hatte, sie abzulösen. »Wie fühlen Sie sich?«, fragte Melissa, und ihr sanftes Gesicht war erfüllt von Sorge.

»Fühlen?« Vanessa runzelte die Stirn. »Mir geht's gut. *Ich* bin ja schließlich nicht im Krankenhaus.«

»Es muss aber doch ein schrecklicher Schock gewesen sein, zu sehen, dass Ihr Sohn so hilflos ist ... Ich meine, als Mutter will man ja das Beste für die Kinder, man wünscht, sie von ihren Schmerzen befreien zu können ...«

»Ja, schon«, entgegnete Vanessa, und ihr Tonfall machte deutlich, dass sie die Unterhaltung zu beenden wünschte. Aber sie begriff, wie gern Melissa etwas Persönlicheres gehört hätte. Von ihrer Ausbildung als Sozialarbeiterin hatte Melissa ein Verlangen nach Katastrophen im Leben anderer Menschen zurückbehalten. Manchmal fragte sich Vanessa, ob Melissas hervorragendes Organisationstalent genügte, um den Drang aufzuwiegen, mit ihren dicken Fingerchen in allen Schwachstellen jeder beliebigen Psyche herumzubohren, die ihr in die Quere kam. Heute war das Maß nahezu voll.

»Und natürlich macht Sie die Angst vollkommen fertig, ob er wieder richtig gesund wird«, mutmaßte Melissa. »Hat man Ihnen gesagt, ob er je wieder normal wird laufen können?«

»Er wird vielleicht ein Humpeln zurückbehalten. Und wahrscheinlich muss er noch einmal operiert werden.« Es brachte Vanessa fast um, so viel preisgeben zu müssen, aber sie akzeptierte, dass sie manchmal etwas nachgeben musste, um sich den Respekt ihres Teams zu erhalten. Während Melissa weiterlaberte, fragte sie sich, was es eigentlich bedeutete, sich vor mütterlicher Sorge zu verzehren. Mütter sprachen oft über die starken Bande zu ihren Kindern, aber sie hatte diese intensive Vertrautheit nie erfahren, von der die anderen redeten. Sie hatte Beschützergefühle für ihr Baby gehabt, aber die hatten sich kaum von dem unterschieden, was sie für ihren ersten kleinen Hund empfunden hatte, der als Kümmerling des Wurfs mit der Flasche großgezogen werden musste. Einerseits war sie erleichtert gewesen. Sie wollte nicht an dieses Kind gekettet sein, seine Abwesenheit körperlich spüren, wenn sie getrennt waren, wie sie es von anderen Frauen gehört hatte. Aber sie hatte von Anfang an gewusst, dass ihre Kälte etwas war, das man nicht eingestehen konnte. Soviel sie wusste, existierten vielleicht Millionen von Frauen, die ebenso wenig Innigkeit fühlten wie sie.

Aber solange es Frauen wie Melissa gab, die sich moralisch im Recht fühlten, würden Vanessa und ihre zahlreichen Schwestern sich verstellen müssen. Na ja, das war keine große Sache. Sie hatte im Leben fast immer dieses oder jenes vorgespiegelt. Manchmal fragte sie sich, ob sie überhaupt noch wusste, was echt war und was sie sich zusammengebastelt hatte.

Nicht, dass sie dies wichtig fand. Sie würde es so machen, wie sie es immer gemacht hatte. Sich um ihren eigenen Vorteil kümmern. Tony schuldete sie rein gar nichts. Sie hatte ihn ernährt und gekleidet und für ein Dach über seinem Kopf gesorgt, bis er auf die Universität ging. Wenn es eine Schuld abzutragen gab, dann in die andere Richtung.

Eine solche Ermittlergruppe zu leiten hieß, dass man sich nicht verstecken konnte, dachte Carol bitter. Als sich ihr sechster Sinn meldete und sie aufblickte, sah sie die Tür zum Einsatzzentrum aufgehen und John Brandon hereinkommen. Bis der Chief Constable das Büro durchschritten und ihren abgeteilten Raum erreicht hatte, konnte Carol sich ausreichend fassen und die wenigen vorliegenden Ergebnisse vor sich Revue passieren lassen, die sie ihm bereits mitteilen konnte.

Als er ihr kleines Reich betrat, stand sie auf. Gerade weil sie mit Brandon und seiner Frau befreundet war, gab sie sich immer ziemlich förmlich, wenn sie sich auf der halböffentlichen Bühne der Polizeizentrale trafen. »Sir«, begrüßte sie ihn mit

angespanntem Lächeln und bot ihm mit einer Handbewegung einen Stuhl an.
Brandons Gesicht, das dem eines bekümmerten Bluthundes glich, spiegelte ihre eigene Bedrücktheit wider. Mit den vorsichtigen Bewegungen eines Mannes mit Rückenschmerzen nahm er Platz. »Heute ruht der Blick der Welt auf uns, Carol.«
»Mein Team wird sich Robbie Bishop mit genau dem gleichen Engagement widmen wie jedem anderen Opfer, Sir.«
»Ich weiß. Aber unsere Ermittlungen werden gewöhnlich nicht mit so viel Aufmerksamkeit verfolgt.«
Carol nahm einen Stift und rollte ihn zwischen den Fingern hin und her. »Wir hatten schon öfter solche Situationen«, sagte sie. »Ich habe kein Problem damit, im Mittelpunkt der Medienaufmerksamkeit zu stehen.«
»Aber andere Leute schon. Ich habe Chefs, und die wollen bald ein Ergebnis sehen. Der Vorstand von Bradfield Victoria will, dass dies baldmöglichst erfolgreich abgeschlossen wird. Offenbar macht es ihre Spieler nervös.« Brandon war diplomatisch genug, im Allgemeinen seine Gefühle zu verbergen, aber heute war seine Gereiztheit unter der Oberfläche zu spüren. »Und es scheint, dass jeder Bürger von Bradfield der Fan Nummer eins von Robbie Bishop war.« Er seufzte. »Also, wie weit sind wir?«
Carol überdachte ihre Alternativen. Sollte sie das Wenige, was sie hatte, so präsentieren, dass es nach mehr oder nach weniger aussah? Ein Mehr würde sie unter Druck setzen, stichhaltige Fakten vorweisen zu müssen. Ein Weniger aber unter den Druck, etwas zu finden, dem sie nachgehen konnte. Sie entschied sich dafür, es genau so darzulegen, wie es war. Nach ihrem kurzen Bericht sah John Brandon noch elender aus. »Ich beneide Sie nicht«, meinte er. »Aber das soll

nicht heißen, dass ich kein Ergebnis haben will. Lassen Sie mich wissen, wenn Sie mehr Männer oder Mittel brauchen.« Er stand auf.

»Es geht nicht mehr um Mittel, Sir. Sondern um Information.«

»Ich weiß.« Er drehte sich um und wollte gehen. Seine Hand lag schon auf der Türklinke, als er noch einmal zurückschaute. »Soll ich einen anderen Profiler beauftragen? Weil Tony ja flachliegt.«

Carol überkam Panik. Sie wollte nicht gezwungen werden, eine neue berufliche Zusammenarbeit mit jemandem einzugehen, der sie und ihr Team nur sehr wenig kannte und seine Beurteilungen darauf stützte. »Sein Bein ist ausgefallen, nicht aber sein Gehirn«, erwiderte sie hastig. »Ist schon gut. Wenn es etwas gibt, das ein Profiler sich vornehmen sollte, wird Dr. Hill uns zur Verfügung stehen.«

Brandon hob die Augenbrauen. »Lassen Sie mich nicht im Stich, Carol.« Dann war er fort und durchquerte mit ein paar aufmunternden Worten das äußere Büro.

Carol starrte ihm nach und kochte vor Wut. Die Kritik, die er hatte durchblicken lassen, war unangebracht. Kein anderer ranghoher Mitarbeiter John Brandons hatte mehr Engagement gezeigt als sie, sowohl bei der Arbeit als auch für dic abstrakten Rechtsgrundsätze, die sie motivierten. Kein anderer ranghoher Mitarbeiter hatte eine bessere Bilanz aufzuweisen bei aufsehenerregenden und schrecklichen Fällen, die das Leben von Menschen ruinierten und die Bürger von Bradfield dazu brachten, sich vor Angst immer wieder umzublicken. Und er wusste das. Irgendjemand musste ihm einen mächtigen Anschiss verpasst haben, dass er sich so benahm, als sei ihm das unbekannt.

Es war DC Evans' Aufgabe, die Bewohner des umgebauten Lagerhauses zu befragen, in dem Robbie gewohnt hatte. Die Chefin hatte die Idee gehabt, dass Robbie nach seinem Abend im Amatis in der Sauna oder im Dampfbad zu irgendeinem der Nachbarn etwas gesagt haben könnte, das sie auf die Spur des Giftmörders führen könnte. Sam hielt die Idee für unbrauchbar. Wenn Leute wie Robbie Bishop etwas lernten, dann war es, den Mund zu halten in der Gegenwart eines jeden, der versucht sein könnte, ihn für die Klatschspalten von *Heat* oder *Bradfield Evening Sentinel* zu zitieren. Er wusste, dass Carol Jordan fand, er solle seine eigennützige Arbeitsweise ändern, besonders nachdem Don Merricks Entschluss, ohne Absicherung einer heißen Spur zu folgen, so katastrophal ausgegangen war. Sie hatte ihm zu verstehen gegeben, dass jetzt nur noch Teamgeist akzeptabel sei, aber er wusste, dass sie selbst ihre heutige Position nicht erreicht hatte, indem sie ihre eigenen Interessen zurückstellte. Solange er damit erfolgreich war, konnte sie ihm nicht vorwerfen, dass er sein eigenes Ding machte.

Statt sich also der sinnlosen Von-Tür-zu-Tür-Arbeit zu widmen, saß er in seinem Wohnzimmer mit dem Laptop auf den Knien und Robbie Bishops E-Mails auf dem Bildschirm. Stacey hatte gesagt, es sei nichts von Belang dabei, aber er glaubte nicht, dass sie die Zeit gehabt hatte, sie alle einzeln durchzugehen. Vor allem nicht, weil sie auch noch die technische Überprüfung seiner Festplatte durchführen musste. Vielleicht hatte sie die E-Mails flüchtig überflogen, aber er hätte ein Monatsgehalt darauf gewettet, dass sie nicht alle Einzelheiten studiert hatte.

Nach einer Stunde musste er jedoch zugeben, dass Kritik an Staceys mutmaßlichem Versäumnis nicht angebracht war. Es war schlimm genug, dass Robbie am SMS-Stil festhielt und die Texte deshalb schwierig zu lesen waren. Noch schlimmer war die Banalität ihrer Inhalte. Sollte es einen noch langweiligeren Schreiber als Robbie geben, dann hoffte Sam sehr, dass er niemals dessen E-Mails durchkämmen musste. Er nahm an, dass die mit dem Thema Musik vielleicht etwas enthalten könnten, das zu lesen lohnte, wenn man eine glühende Leidenschaft für die genauen Einzelheiten obskurer Trip-Hop-Titel hatte. Vielleicht ließ Robbies Enthusiasmus für *beats per minute* Bindies Herz schneller schlagen. Bei Sam rief er nur das starke Bedürfnis nach Schlaf hervor.

Die romantischen Dinge waren fast genauso langweilig wie die musikalischen. Und da Bindie seine hauptsächliche Ansprechpartnerin war, waren Liebe und Musik die Hauptthemen. Aber Sam gab nicht so schnell auf. Er wusste, dass die interessantesten Informationen oft Dinge waren, die am tiefsten vergraben waren. Und so hielt er durch.

Der Hinweis kam, als er zweieinhalb Stunden unerträglicher Liebesbeteuerungen und Musikanalysen hinter sich hatte. Er hätte es fast übersehen, weil es sich so unauffällig zwischen dem anderen Zeug verbarg. »*Vielleicht solltest du den Deppen anzeigen. Du sagst, er meint's nicht böse mit dir, aber was ist mit mir? Leute wie er machen mit Knarren usw. allen möglichen Quatsch. Lass uns später darüber reden.*«

Für sich betrachtet ergab es kaum einen Sinn. Sam kehrte zum E-Mail-Ordner zurück und rief die Liste der empfangenen E-Mails auf. Als er sie öffnete, erschien die Nachricht: »Sie haben 9743 Nachrichten in diesem Ordner. Es kann einige Zeit dauern, diese Nachrichten zu sortieren. Sollen sie sortiert werden?« Er klickte auf »ja« und überprüfte das Datum der Nachricht, die Robbie geschickt hatte.

Es dauerte nur ein paar Sekunden, Bindies Nachricht zu finden, die Robbie zu seiner Antwort veranlasst hatte. *»Mir* *kommt der Kerl langsam ein bisschen unheimlich vor, der immer bei den Gigs auftaucht«*, las Sam.

»Er schickt mir jetzt schon seit längerer Zeit Briefe in schöner Handschrift, sieht aus, als wären sie mit einem Füllfederhalter geschrieben. Da sagt er mir immer wieder, dass wir dazu geschaffen seien, zusammen zu sein, und dass die BBC sich verschworen hätte, uns davon abzuhalten. Nichts davon ist besonders vernünftig, aber er schien bislang ziemlich harmlos. Jedenfalls hat er jetzt rausgekriegt, dass ich auch live Gigs in Clubs mache, und tauchte dort auf. Gott sei Dank lassen die meisten ihn nicht rein, weil er nicht die richtigen Klamotten trägt. Aber dann hängt er einfach draußen rum. Er ist jetzt dazu übergegangen, mit einem Transparent auf und ab zu marschieren, auf dem steht, es gebe eine Verschwörung, ihn von mir fernzuhalten. Einer der Rausschmeißer hat ihm neulich die Seite gezeigt, die wir für den Sunday Mirror *für den Valentinstag gemacht haben. Und anscheinend war er sehr verärgert. Seit damals erklärt er überall dem Personal an der Tür, dass du mich hypnotisiert und mich zu deiner Sexsklavin gemacht hättest. Und dass er das in Ordnung bringen wird. Ich glaube überhaupt nicht, dass er etwas anderes tun wird, als letzten Endes wieder in seinen Bau zurückzukriechen, aber es ist doch ein bisschen unheimlich.«*

Sam atmete ganz langsam ein. Er war doch sicher gewesen, dass man in Robbies Computer etwas finden konnte. Etwas, das sie schließlich zu einer deutlichen Spur führen würde. Und hier war es. Ein hochkarätiger Spinner. Einer von genau der Sorte, die sich einen komplizierten Plan mit einem sel-

tenen Gift und einem langsamen, schrecklichen Tod ausdenken würde.
Er lächelte mit Blick auf den Bildschirm. Zwei Anrufe, um die Sache zu bestätigen, dann würde er Carol Jordan zeigen, wie unrecht sie hatte, Sam Evans in den Hintergrund zu schieben.

Tony verfeinerte die Suchkriterien noch einmal und ließ seinen Metacrawler loslegen. Google war für eine grobe Suche in Ordnung, aber wenn es um genaue Nachforschungen ging, war die Suchmaschine, die ihm ein Profilerkollege vom FBI mit einem Augenzwinkern genannt hatte, praktisch unschlagbar. »Es dauert ein bisschen länger, aber du kannst die Haare in ihren Ohren und Nasenlöchern sehen«, hatte er versprochen. Tony hatte den Verdacht, dass er mit der Nutzung die europäischen Datenschutzgesetze verletzte, aber er glaubte nicht, dass die Polizei deshalb hinter ihm her sein würde.
Der große Vorteil, den er vor seinen amerikanischen Kollegen hatte, war, dass die Auswahl, die er betrachtete, viel kleiner war als ihre. Wenn ein FBI-Profiler sich die verdächtigen Todesfälle der letzten zwei Jahre von weißen Männern zwischen zwanzig und dreißig Jahren ansehen wollte, musste er etwa 11 000 Fälle berücksichtigen. Aber in Großbritannien erreichte die Gesamtzahl der Morde im Laufe von zwei Jahren kaum 1600. Wenn man verdächtige Todesfälle dazuzählte, stieg die Zahl etwas, aber nicht stark an. Die Schwierigkeit, der Tony sich gegenübersah, war, die für ihn interessante Zielgruppe klar zu definieren. Bei einer relativ kleinen Zahl von Morden war der Impuls geringer, sie in klar abgegrenzte Kategorien nach Alter, Geschlecht und Rasse einzuordnen. Er hatte einen großen Teil des Tages damit verschwendet,

sich Informationen zu verschaffen, die sich als vollkommen irrelevant erwiesen hatten. Der Prozess wurde noch mehr verlangsamt, weil sein Konzentrationsvermögen durch Medikamente und Schmerzmittel zeitweise eingeschränkt war. Es brachte Tony in Verlegenheit, dass er oft plötzlich wieder aufwachte, während der Laptop ohne Bild vor sich hin summte und ihm der Speichel über das Kinn lief.

Als Carol am frühen Abend kam, hatte er seine Suche jedoch auf neun Fälle eingegrenzt. Er hatte seine Sache noch besser machen wollen, um ihr etwas zeigen und ihr beweisen zu können, dass noch auf ihn zu zählen war. Aber es war klar, dass man das noch nicht konnte. So beschloss er, nichts von seiner Suche zu berichten.

Er fand, sie sah angespannt aus, während er beobachtete, wie sie aus dem Mantel schlüpfte und den Stuhl an sein Bett heranzog. Ihre Lider waren schwer, und Falten in den Augenwinkeln ließen die Anstrengungen erkennen, die sie hinter sich hatte. Ihr Mund war schmal, und sie wirkte dadurch niedergeschlagen. Er kannte sie so gut, dass er ihr ansah, wie sie sich zusammennahm und seinetwegen lächelte. »Also, wie ist es heute gegangen?«, fragte sie. »Sieht von hier aus ganz anders aus.« Sie wies mit einer Kopfbewegung auf die Umrisse unter der Decke.

»Es war ein außergewöhnlicher Tag. Sie haben die Drainage entfernt, was ehrlich gesagt bis jetzt die schmerzhafteste Erfahrung meines Lebens war. Danach war das Abnehmen der Schiene ein Kinderspiel.« Er lächelte sarkastisch. »Eigentlich ist das eine Untertreibung. Auch die Entfernung der Schiene war kein Zuckerschlecken. Aber alles ist relativ. Und jetzt habe ich eine Stützschiene, die das Gelenk stabilisiert.« Er zeigte auf die Erhöhung unter der Decke. »Anscheinend heilt die Wunde gut. Sie haben mich geröntgt, und der Knochen sieht auch ziemlich gut aus. Morgen werden dann die Sadisten von der Physiotherapie auf mich losgelassen, um zu sehen, ob ich aufstehen kann.«

»Das ist ja großartig«, freute sich Carol. »Wer hätte gedacht, dass du so bald wieder auf den Beinen sein würdest?«

»He, übertreib's mal nicht. Aufstehen heißt, ein bisschen mit einem Gehwagen herumhumpeln, kein Marathonlauf. Es wird noch ein langer Weg sein, bis ich wieder meine alte Form erreicht habe.«

Carol lachte. »Du klingst, als wärst du Paula Radcliffe. Komm, Tony, du warst ja wohl kaum jemals der Wanderbursche von Bradfield.«

»Vielleicht nicht. Aber ich war in Spitzenform«, erwiderte er und machte mit dem Oberkörper sportliche Bewegungen.

»Und die wird auch wiederkommen«, sagte Carol sanft. »Ein ganz guter Tag also.«

»Mehr oder weniger. Meine Mutter kam vorbei, und das nimmt jedem Zeitabschnitt von vierundzwanzig Stunden allen Glanz. Anscheinend gehört mir die Hälfte vom Haus meiner Großmutter.«

»Du hast zusätzlich zu einer Mutter auch eine Oma, von der ich nichts weiß?«

»Nein, nein. Meine Großmutter ist vor dreiundzwanzig Jahren gestorben. Als ich noch studierte. Ein halbes Haus wäre damals nicht unpraktisch gewesen. Ich war immer knapp bei Kasse«, erklärte er etwas vage.

»Ich glaube, da komm ich nicht mit«, meinte Carol.

»Ich kam da wohl auch nicht mit, nicht ganz. Ich glaube, ich stehe immer noch etwas unter der Wirkung des Morphiums. Aber ich verstehe das, was meine Mutter gesagt hat, so, dass ihre Mutter mir bei ihrem Tod die Hälfte ihres Hauses vererbte. Das scheint meiner Mutter entfallen zu sein. Das Haus ist die letzten dreiundzwanzig Jahre vermietet gewesen, aber meine Mutter meint, es sei an der Zeit, es zu verkaufen, und braucht meine Unterschrift auf den Unterlagen. Ob ich jemals einen Penny vom Erlös sehen werde, ist natürlich eine andere Sache.«

Carol starrte ihn ungläubig an. »Das ist genau genommen Diebstahl, das weißt du doch.«

»Ach, das weiß ich. Aber sie ist eben meine Mutter.« Tony rutschte hin und her, bis er bequemer saß. »Und sie hat recht. Wozu brauche ich Geld? Ich habe alles, was ich brauche.«

»So kann man es auch sehen.« Sie schüttete den Inhalt einer Plastiktüte auf das Betttischchen. »Aber trotzdem kann ich nicht sagen, dass ich das gut finde.«

»Meine Muter ist eine Naturgewalt. Eigentlich ist meine Zustimmung unwichtig.«

»Ich dachte immer, deine Mutter sei schon gestorben. Du hast nie über sie gesprochen.«

Tony sah weg. »Wir hatten nie das, was man eine enge Beziehung nennen könnte. Zum größten Teil hat mich meine Gran großgezogen.«

»Das muss merkwürdig gewesen sein. Wie war es denn für dich?«

Er brachte ein kleines trockenes Lachen zustande. »Die Yorkshire-Version des *Archipel Gulag*. Ohne den Schnee.« *Bitte, lieber Gott, mach, dass sie sich durch die Schnoddrigkeit ablenken lässt.*

Carol räusperte sich. »Ihr Männer seid solche Waschlappen. Ich wette, du bist nie hungrig schlafen gegangen oder hast nachts im Bett nie gefroren.« Tony sagte nichts, denn er wollte weder Ärger noch Mitleid provozieren. Carol zog ein Holzkästchen aus der Tüte, öffnete es, und ein Schachspiel kam zum Vorschein.

Tony runzelte verwirrt die Stirn. »Wieso baust du ein Schachspiel auf?«, fragte er.

»Weil intelligente Menschen das machen, wenn einer von ihnen im Krankenhaus ist«, antwortete Carol bestimmt.

»Hast du dir heimlich Filme von Ingmar Bergman angesehen, oder was?«

»Wieso ist das so schwierig zu verstehen? Ich kenne die Spielregeln, und ich bin mir sicher, du auch. Wir sind beide intelligent. Es ist eine Möglichkeit, unsere Gehirne zu betätigen, ohne zu arbeiten.« Carol fuhr zügig fort, die Figuren aufzustellen.

»Wie lange kennen wir uns schon?« Tony lachte jetzt.

»Sechs, sieben Jahre?«

»Und wie oft haben wir irgendein Spiel gespielt, ganz zu schweigen von Schach?«

Jetzt hielt Carol inne. »Haben wir nicht mal … Nein, das waren John und Maggie Brandon.« Sie zuckte mit den Schultern. »Noch nie, nehme ich an. Das heißt aber nicht, dass wir es nicht tun sollten.«

»Du irrst dich, Carol. Es gibt sehr gute Gründe, warum wir es lassen sollten.«

Sie lehnte sich zurück. »Du hast Angst, dass ich dich schlage.«

Er rollte mit den Augen. »Uns beiden ist Gewinnen viel zu wichtig. Aber das ist nur einer der Gründe.« Er zog Kugelschreiber und Notizblock zu sich heran und fing an, etwas daraufzukritzeln.

»Was machst du da?«

»Ich werde dir deinen Willen lassen«, erklärte er geistesabwesend, während er schrieb. »Ich werde eine Partie Schach mit dir spielen. Aber vorher schreibe ich auf, warum es eine Katastrophe wird.« Er schrieb noch zwei Minuten weiter,

riss die Seite heraus und faltete sie in der Mitte. »Also, dann lass uns loslegen.«
Jetzt war Carol mit dem Lachen an der Reihe. »Das meinst du doch nicht ernst, oder?«
»Sehr ernst.« Er nahm eine weiße und eine schwarze Figur, ließ sie schnell zwischen seinen Händen hin und her wandern und streckte ihr dann seine Fäuste hin. Carol wählte Weiß, und sie fingen an.
Zwanzig Minuten später hatten sie beide jeweils nur noch drei Figuren, und eine lange, eintönige Strategiephase stand ihnen bevor. Carol schnaufte heftig. »Ich halt das nicht aus. Ich geb auf.« Tony lächelte und reichte ihr den Zettel. Sie faltete ihn auseinander und las vor: »Ich brauche viel zu lange, bis ich einen Zug mache, weil ich alle Möglichkeiten vier Züge im Voraus überdenke. Carol macht auf Kamikaze und versucht, so viele Figuren wie möglich vom Brett zu bekommen. Wenn kaum noch welche übrig sind und es klar ist, dass es noch eine Ewigkeit dauern wird, langweilt sich Carol, wird gereizt und gibt auf.« Sie ließ den Zettel fallen und knuffte ihn leicht gegen den Arm. »Du Mistkerl.«
»Schach spiegelt sehr klar wider, wie Menschen denken«, sagte Tony.
»Aber ich gebe doch nicht so leicht auf«, wehrte sich Carol.
»Nein, nicht im wirklichen Leben. Nicht wenn etwas Wichtiges auf dem Spiel steht. Aber wenn es nur um ein Spiel geht, siehst du keinen Sinn darin, so viel Energie ohne die Garantie aufzuwenden, dass es ein Ergebnis bringt.«
Reuig packte Carol die Figuren zusammen und machte das Kästchen zu. »Du kennst mich zu gut.«
»Das beruht auf Gegenseitigkeit. Also, da du es bis jetzt so sorgfältig vermieden hast, darf ich wagen zu fragen, wie die Ermittlungen zu Robbie Bishop laufen?«

Carol ließ das Kästchen wieder aufschnappen. »Wie wär's mit einem neuen Spiel?«
Tony warf ihr einen mitfühlenden Blick zu. »So schlimm, was?«
Fünf Minuten später, nach Carols gründlicher Zusammenfassung dessen, was passiert war, seit sie sich zuletzt gesehen hatten, musste er ihr zustimmen. Es war wirklich so schlimm. Später, als sie auf Zehenspitzen hinausging, fielen ihm die Augen zu, und die Andeutung eines Lächelns hob seine Mundwinkel. Vielleicht würde er ihr morgen etwas Besseres bieten können als eine schlechte Schachpartie.

Donnerstag

Durch die Folge von Ereignissen, die Paula McIntyre praktisch unter sich begraben hatten, war sie wieder der wohltuenden Wirkung des Nikotins verfallen. Sie hasste den Geruch nach altem Rauch in der Wohnung Er erinnerte sie zu sehr an die Zeit, als Don Merrick in ihrem Gästezimmer übernachtet hatte. Er war ihr Mentor gewesen und hatte ihr viele der Fertigkeiten beigebracht, die sie inzwischen als selbstverständlich betrachtete. Und dann hatte er sich mit ihr angefreundet. An sie hatte er sich gewandt, als seine Ehe in die Brüche ging, und nach seinem Tod hatte sie seine persönlichen Sachen zusammenpacken und bei der Frau abgeben müssen, die ihn so bedrängt hatte, dass er meinte, er müsse sich beweisen. Jetzt fehlte Paula seine Freundschaft sowieso schon genug, auch ohne Gelegenheiten, die sie an ihn erinnerten. Deshalb hatte sie Zeit, Geld und Energie aufgewendet, um hinter ihrem Haus eine teilweise überdachte Terrasse zu bauen, auf die sie sich morgens mit ihrem Kaffee und den Zigaretten hinkauern und versuchen konnte, sich zusammenzureißen, damit sie es in die Dusche und dann ins Büro schaffte. Sie machte sich keine Illusionen über ihr Verhältnis zu ihrer Arbeit. Sie liebte ihren Beruf immer noch so sehr, dass sie ihm das fast vergeben konnte, was ihr durch diese

Arbeit zugestoßen war. Und die Gespräche mit Tony Hill hatten sie begreifen lassen, dass eine Heilung ihrer Wunden nur gelingen würde, wenn sie bei der Polizei Bradfield blieb. Manche Leute erholen sich von einem Trauma, indem sie sich so weit wie möglich von ihrer Vergangenheit entfernen. Aber zu diesen gehörte sie nicht.

Sie nahm einen Zug von ihrer Marlboro Red und fand das Gefühl schön, hasste aber das Bedürfnis, rauchen zu müssen. Jeden Morgen machte sie sich Vorwürfe, dass sie wieder damit angefangen hatte. Und jeden Morgen streckte sie die Hand nach der Packung aus, bevor der erste Schluck Kaffee in ihrem Magen angekommen war. Anfangs hatte sie sich gesagt, es sei nur vorübergehend, ein Hilfsmittel. Nach dem ersten gelösten Fall würde sie das hinter sich haben. Aber sie hatte sich sehr geirrt. Fälle waren aufgetaucht und wieder verschwunden, aber die Zigaretten waren geblieben.

Heute war ein typischer, erbarmungsloser Bradfielder Morgen mit einem niedrig hängenden Himmel, nach Verschmutzung riechender Luft und einem feuchten, wirbeligen Wind, der es schaffte, durch die Kleider bis auf die Knochen vorzudringen. Paula fröstelte, rauchte und wollte gerade aufstehen, als das Telefon klingelte. Sie zog es stirnrunzelnd aus der Tasche. Zu dieser Zeit am Morgen würde sich niemand außer jemand vom Dienst getrauen anzurufen. Aber sie erkannte die Nummer nicht. Einen Augenblick erstarrte sie und fluchte laut, dann drückte sie auf eine Taste. »Hallo?«, sagte sie vorsichtig.

»Ist dort DC McIntyre?« Eine dunkle, rauhe Stimme mit nordirischem Akzent.

»Wer ist da?«

»Hier ist Martin Flanagan. Von Bradfield Victoria.«

Den Bruchteil einer Sekunde vor Nennung des Namens hatte

sie die Stimme erkannt. »Mr. Flanagan, natürlich. Es tut mir leid. Wir haben keine …«

»Nein, nein, ich wollte Ihnen etwas sagen. Vor lauter Sorgen um Robbie hab ich es einfach völlig vergessen. Bis ich heute Vormittag zur Arbeit kam, und da war's.«

Paula inhalierte den Rauch und versuchte ruhig zu bleiben. Sie war nicht dadurch zur Königin der Vernehmungsspezialisten geworden, dass sie Ungeduld zeigte. »Vollkommen verständlich«, sagte sie. »Lassen Sie sich Zeit, Martin.«

Ein hörbares Einatmen folgte. »Sorry, ich greife vor. Tut mir leid. Bei den Vics testen wir die Jungs stichprobenartig auf Drogen. Es ist in unserem Interesse, dass sie sauber bleiben. Jedenfalls habe ich total vergessen, dass wir am Freitagvormittag getestet haben. Und natürlich auch Robbie.«

Paula ließ ihre Zigarette fallen und trat sie mit dem Absatz aus. »Und Sie haben die Ergebnisse heute früh bekommen?«, fragte sie und versuchte, nicht aufgeregt zu klingen.

»Stimmt. Deshalb rufe ich an. Ach, Herrgott …« Flanagans Stimme versagte, und er hustete, um es zu verbergen. »Ich weiß nicht einmal, ob ich Ihnen das sagen sollte. Ich meine, es war ja Tage vor seinem Tod.«

»Kam etwas bei Robbies Test raus?«

»Das könnte man sagen. Im Labor hieß es … Ach, ich bring's nicht über die Lippen.« Flanagan klang, als sei er den Tränen nahe.

Paula war schon durch die Küchentür auf die Treppe zugegangen. »Ich komme gleich bei Ihnen vorbei, Martin«, beruhigte sie ihn. »Warten Sie einfach. Sagen Sie niemandem etwas darüber. Ich bin in einer halben Stunde bei Ihnen. Okay?«

»Ist gut«, meinte er. »Ich bin in meinem Büro. Ich sage Bescheid, dass Sie kommen.«

Zu ihrer Überraschung spürte Paula, dass ihr die Tränen kamen. »Es wird schon gut«, versicherte sie und wusste genau, dass das eine Lüge war, aber andererseits keine Rolle spielte.

In den Räumen der Pathologie im Bradfield Cross Hospital war Carol Jordans Spezialistenteam wie zu Hause. Hier unterzog Grisha Shatalov die Leichen, die für sie von Interesse waren, der sorgfältigsten Untersuchung mit seinem Skalpell und seinem aufmerksamen Auge. Shatalovs Urgroßeltern waren vor fünfundachtzig Jahren aus Russland nach Vancouver ausgewandert. Grisha wurde in Toronto geboren und behauptete gern, dass seine Übersiedelung nach Großbritannien ein Teil der langsamen Rückwanderung seiner Familie nach Osten sei. Carol mochte seinen weichen Akzent und seinen selbstkritischen Humor. Sie mochte es auch, dass er die Toten mit dem gleichen Respekt behandelte, den er, wie sie glaubte, seiner eigenen Familie entgegengebracht hätte. Die Leichenhalle half Carol, ihr persönliches Engagement für die Gerechtigkeit immer wieder zu stärken. Wenn sie die Opfer sah, wurde der Wunsch, die Übeltäter der Gerechtigkeit zuzuführen, stets ein bisschen intensiver. Grishas Rücksichtnahme gegenüber diesen Opfern hatte ihre Anerkennung gefunden und zwischen ihnen eine besondere Verbindung entstehen lassen.

Heute war sie wegen Robbie Bishop hier. Die Obduktion hätte schon am Tag davor durchgeführt werden sollen, aber Grisha war auf einer Konferenz in Reykjavik gewesen, und Carol wollte nicht, dass sich jemand anders gerade mit dieser Leiche befasste. Grisha hatte früh mit der Arbeit begonnen, und als Carol kam, war er schon fast fertig. Als sie eintrat, sah er auf und begrüßte sie mit einem kurzen Nicken. »In zehn Minuten sind wir so weit, DCI Jordan.« Seine formelle

Anrede war für die Digitalaufnahme gedacht, die eines Tages vielleicht dem Gericht vorgelegt werden würde. Bei abgeschaltetem Mikrophon sprach er sie mit Carol an.

Sie stand gegen die Wand gelehnt. Es war unmöglich, beim Gedanken an Robbie und das, was er gewesen war, nicht tiefe Traurigkeit zu fühlen. Geliebter, Sohn, Freund, Sportler. Jemand, dessen Eleganz der Bewegungen überall in die ganze Welt gesendet worden war, dessen Talent die Menschen glücklich gemacht hatte. All das war jetzt vorbei, weil der Wunsch irgendeines Dreckskerls, ihn aus der Welt zu schaffen, schwerer gewogen hatte als alle positiven Werte. Nun war es ihre Aufgabe herauszufinden, wer dieser Dreckskerl war, und zu garantieren, dass er nie wieder eine solch zerstörerische Tat begehen konnte. Sie war nie von ihrer Arbeit so überzeugt gewesen, hatte aber zugleich die Schwierigkeiten ihres Berufs nie so gehasst wie an diesem Tag.

Endlich war Grisha fertig. Nachdem alle Proben genommen, die Organe gewogen und die Einschnitte zugenäht waren, sah die Leiche ungefähr wieder so aus wie zuvor. Grisha zog seine Handschuhe aus, nahm die Maske ab und legte Schürze und Laborschuhe ab. Auf Socken ging er den Korridor entlang zu seinem Büro, und Carol folgte ihm.

Sein Arbeitsplatz stellte eine trotzige Demonstration gegen das papierlose Büro dar. Vollgestopfte Ordner, lose Blätter, zusammengebundene Papierstapel bedeckten jede Fläche außer dem Stuhl hinter dem Schreibtisch und einem Laborhocker an der Wand. Carol nahm ihren gewohnten Platz ein und sagte: »Also, was haben Sie für mich?«

Grisha ließ sich schwer wie ein Stein auf seinen Stuhl fallen. Sein vollkommen ovales Gesicht war grau vom Mangel an Schlaf und Tageslicht sowie der Wirkung seiner Arbeit in Kombination mit einem Baby, das die Freuden des Durchschlafens noch nicht entdeckt hatte. Unter seinen grauen Augen lagen lange, pyramidenförmige Schatten, und aus seinen vollen Lippen schien alles Blut gewichen zu sein. Er glich eher einem Gefangenen als einem Pathologen, kratzte sich an seiner stoppeligen Wange und antwortete: »Nicht viel, was Sie nicht schon wissen. Todesursache: multiples Organversagen aufgrund von Rizinvergiftung.« Dann hielt er einen Finger hoch. »Ich sollte dazu sagen, dass meine Schlussfolgerung sich auf die Information der Ärzte stützt, die ihn bis zum Todeseintritt behandelten. Wir werden auf unser eigenes Ergebnis der toxikologischen Untersuchung warten müssen, bevor wir das offiziell bestätigen können, aber das ist ja klar, nicht wahr?«

»Sonst nichts?«

Grisha lächelte. »Ich könnte Ihnen alles über seine körperliche Verfassung sagen, aber ich glaube, das würde Sie nicht weiterbringen. Es gibt eine Sache, die auf die Art und Weise, wie er starb, einen Einfluss gehabt haben könnte oder auch nicht. Eine anal-rektale Verwundung, nicht groß, nur eine innere Quetschung in der Aftergegend. Und auch eine schwache Reizung des Gewebes genau über dem Schließmuskel.«

»Hervorgerufen wodurch?«, wollte Carol wissen.

»Die Quetschung passt zu einer sexuellen Handlung. Ich würde sagen wie bei einem etwas groben Vorgehen bei beiderseitigem Einverständnis. Keine Vergewaltigung. Na ja, nicht in dem Sinn, dass er festgehalten und gewaltsam penetriert wurde. Aber doch schon heftig. Keine Spermaspuren, also kann ich nichts dazu sagen, ob er mit einem Penis oder etwas anderem penetriert wurde. Mit einem Dildo, einer Flasche oder einer Karotte. Hätte eigentlich alles Mögliche von einer gewissen Größe sein können.« Er lächelte. »Wie uns beiden aufgrund dieses Fachs bekannt ist, gibt es eben so ’ne und solche.«

»Sieht es aus, als hätte er diese sexuelle Aktivität regelmäßig ausgeübt?«

Grisha fuhr sich übers Kinn, eine Angewohnheit, die von seinem Spitzbart herrührte, den er bis vor kurzem getragen hatte. »Ich würde sagen nein. Es gibt keine Hinweise darauf, dass Robbie regelmäßig Analverkehr hatte. Er mochte vielleicht einen netten kleinen Butt Plug, aber nichts von der Größe eines Penis.«

»Und die Reizung des Gewebes? Was hat es damit auf sich? Was bedeutet das?«

Grisha zuckte mit den Schultern. »Schwer zu sagen. In Anbetracht der Stelle, an der die Reizung vorliegt, ist das, was sie verursacht haben mag, schon lange verschwunden. Etwas in der Art kommt vor, wenn eine fremde Substanz in den Anus eingeführt wird.«

»Wie Rizin? Würde das vielleicht eine solche Reaktion hervorrufen?«

Grisha lehnte sich zurück und starrte an die Decke. »Theoretisch schon, nehme ich an.« Er setzte sich abrupt wieder auf. »Ich dachte, man hätte angenommen, dass er es eingeatmet hat?«

Carol schüttelte den Kopf. »Wir vermuteten, dass es in seinem Getränk oder dem Essen war.«

»Auf keinen Fall. Nicht, wenn Dr. Blessings Bericht über den Sterbeprozess korrekt ist. Es ist so, Carol … Die Symptome treten auf andere Art und Weise auf, wenn man Rizin mit der Nahrung aufnimmt, statt es einzuatmen. Aber wenn man es durch eine empfindliche Schleimhaut wie die des Rektums aufnimmt, dann wären die Symptome eher so wie beim Einatmen als bei der Aufnahme mit dem Essen. Also, bis zur

Obduktion hätte ich mich für die Einatmungstheorie entschieden.«
Carol schüttelte den Kopf. »Alle, mit denen wir sprachen, haben hartnäckig behauptet, dass er keine Drogen nahm. Ich glaube nicht, dass sie versuchen, so das Andenken an ihn zu schützen. Ich denke, sie sagen die Wahrheit. Außerdem haben die Krankenhauslabore ihre Proben untersucht und keine Spuren von Freizeitdrogen gefunden.«
Grisha hob die Augenbrauen offensichtlich mit leichter Skepsis. »Je nach dem, was ihm gegeben wurde und wann er es genommen hat, wären keine Spuren mehr da gewesen, als sie ihre Proben nahmen. Aber wenn er wirklich keine Drogen geschnupft hat, würde ich sagen, dass das Rizin vielleicht auf diese Art und Weise in seinen Körper gekommen ist. Es müsste in einem Träger gewesen sein, einem Hartfettzäpfchen, einer Gelatinekapsel oder so etwas. Aber noch einmal – davon werden wir so lange danach keine Spuren mehr finden. Ich habe natürlich Proben genommen. Wir könnten Glück haben, aber verlassen Sie sich nicht drauf.«
Carol seufzte. »Großartig. Die Sache wächst sich zu einem teuflisch schwierigen Fall aus. Die Chefs und die Presse sind hinter mir her und wollen eine schnelle Lösung. Und die ist, ehrlich gesagt, ebenso wahrscheinlich wie meine Einstellung als Ersatz für Robbie bei den Bradfield Vics.«
Grisha beugte sich vor und klickte etwas mit der Maus an. »Ich werde tun, was ich kann, um zu helfen, aber Sie haben recht, es ist ein schwieriger Fall.« Er lächelte ihr verständnisvoll zu. »Aber wenn ich Sie schon hier habe, es ist schon zu lange her, dass wir Sie zum Essen eingeladen haben. Ich weiß, Iris würde sich riesig freuen, Sie zu sehen.« Er schaute auf den Bildschirm. »Wie wär's mit Samstag?«
Carol dachte einen Moment nach. »Klingt gut.«

»Um sieben?«
»Lieber um acht. Ich muss vorher noch einen Besuch im Krankenhaus machen.«
»Krankenbesuch?«
»Tony.«
»Ach, natürlich, ich habe davon gehört. Wie geht's ihm?« Bevor Carol antworten konnte, klopfte es an die Tür. »Hi, Doc. Ich suche …«
»Sie haben sie gefunden«, unterbrach Grisha.
Paula grinste und kam herein. »Es ist ganz gut, wenn Sie auch da sind, Doc.«. Sie schwenkte einen Umschlag, den sie ihnen entgegenstreckte. »Ich glaube, wir kommen endlich voran, Chefin. Ich hatte gerade ein Gespräch mit Martin Flanagan. Er wollte eigentlich nicht auspacken …«
»Aber Sie haben Ihren McIntyre-Charme auf ihn angesetzt«, vervollständigte Carol den Satz. Sie hatte bei Verhören oft genug Paulas Wahnsinnstechnik bewundert, so dass sie nicht überrascht war.
»Ich glaube, ehrlich gesagt, der Ruf des Clubs ist ihm nicht so wichtig wie das Fassen von Robbies Mörder. Jedenfalls hatte Mr. Flanagan angeblich ganz vergessen, dass der Club am Freitag eine routinemäßige Drogenkontrolle durchführte. Wie alle anderen pinkelte auch Robbie in eine Flasche. Aber anders als bei seinen Kameraden waren in seinem Fall Rochies das Ergebnis.« Sie zog ein Blatt Papier aus dem Umschlag und reichte es Grisha.
»Positiv auf Rohypnol«, las Grisha. »Ich habe von diesem Labor gehört, sie sollen ziemlich gründlich sein. Aber Sie sollten dort anrufen, ob sie noch etwas von Robbies Probe haben. Ich sehe hier nicht genug Einzelheiten, um einen klaren Eindruck zu bekommen, wie viel und wann er es eingenommen hat.«

Er gab das Blatt an Carol weiter.
»Ich glaube, wir wissen, wann. Am Donnerstagabend im Amatis«, sagte Carol bitter.
Grisha runzelte die Stirn. »Wahrscheinlich nicht.« Er tippte auf die Tasten, klickte mit der Maus. »Das dachte ich doch. Die Vergiss-alles-Pille. Sie fängt zwischen zwanzig Minuten und einer halben Stunde nach Einnahme an zu wirken. Hätte also irgendjemand sie Robbie im Nachtclub gegeben, dann hätte er sich, als er von dort wegging, benommen, als wäre er durchgeknallt.«
»Niemand hat auch nur angenommen, er sei betrunken gewesen«, erinnerte sich Paula. »Und auf der Videoaufnahme bewegte er sich normal.«
»Er muss also demjenigen, mit dem er zusammen war, so weit vertraut haben, dass er mit ihm irgendwo anders hinging, wo ihm ein Getränk mit Rohypnol gegeben wurde«, überlegte Carol laut.
»Die Wirkung wird durch Alkohol verstärkt. Da er vorher getrunken hatte, war er wahrscheinlich innerhalb einer Stunde nach der Einnahme völlig hinüber«, vermutete Grisha. »Er hätte alles hingenommen, was mit ihm geschah, und hätte sich nicht gegen eine Analpenetration gewehrt. Es hätte ihm nichts ausgemacht, wenn ein Zäpfchen eingeführt worden wäre. Und er hätte sich hinterher nicht einmal daran erinnert. Es ist eigentlich der perfekte Mord. Bis das Opfer stirbt, ist sein Kontakt mit dem Mörder in weite Ferne gerückt.«
Carol gab Paula das Blatt zurück. »Gut gemacht«, lobte sie. »Aber das ist ein verdammt kniffliger Fall. Mit jedem kleinen Stückchen Information scheint alles nur noch schwieriger zu werden.«

Eine halbe Stunde später war es noch komplizierter. Carol saß bei geschlossener Tür und heruntergezogenen Rollos in ihrem Büro, damit sie nicht abgelenkt wurde. Die Ellbogen auf dem Schreibtisch gestützt, hielt sie mit einer Hand das Telefon ans Ohr und wickelte mit der anderen eine Haarsträhne um den Finger. »Ich hoffe, ich habe Sie nicht aufgeweckt«, sagte sie.

»Eigentlich schon. Aber das ist in Ordnung, muss noch einiges auf die Reihe kriegen«, erwiderte Bindie Blyth mit vom Schlaf heiserer Stimme.

Sie hustete, räusperte sich und atmete durch die Nase ein. Carol hörte, dass sie sich bewegte.

»Ich muss Ihnen eine Frage stellen. Es geht um etwas Persönliches.«

Das unverkennbare Schnippen eines Feuerzeugs, dann das Inhalieren des Rauchs. »An der Stelle muss ich doch sagen: ›Geht in Ordnung, bei der Untersuchung eines Mordfalls ist nichts persönlich‹?«, fragte Bindie mit einem leidlichen amerikanischen Akzent.

Carol fand, darauf gab es keine leichte Antwort. »Ich glaube, es geht eher darum, dass es bei den Ermittlungen zu einem Mord nichts Privates gibt. Wir müssen alles über die Opfer herausfinden, selbst wenn es sich als vollkommen irrelevant erweist. Wir sind keine Voyeure, sondern versuchen nur, gründlich zu sein.« Sie verpasste sich selbst insgeheim einen Rüffel. »Tut mir leid, das klang jetzt ziemlich oberflächlich. War nicht so gemeint. Ich erwähnte schon meinen Kollegen, den Psychologen. Er erinnert mich immer daran, dass man über das Mordopfer nie zu viel wissen kann. Ich hoffe also, Sie werden mir verzeihen, wenn sich das jetzt wie Neugier ausnimmt.«

»Ist schon gut. Ich verstecke mich ein bisschen hinter Frivo-

lität. Legen Sie los mit Ihren Fragen, ich werde nicht beleidigt sein.«
Carol holte Luft. Prüderie brachte in dieser Sache nichts. »Mochte Robbie Analverkehr?«, fragte sie.
Ein überraschtes prustendes Lachen war am anderen Ende zu hören. »Robbie? Robbie sollte sich von hinten nehmen lassen? Sie machen wohl Witze. Ich versuchte ihn zu überreden, aber er war total überzeugt, dass ein heterosexueller Mann, der Pegging mag, insgeheim schwul ist.«
»Pegging?« Neben Bindie kam sich Carol sehr alt und realitätsfremd vor.
»Sie wissen schon. Wie in dem Video *Bend Over Boyfriend*. Es seinem Kerl mit einem Dildo besorgen. Das nennt sich Pegging.«
»Ich hab den Begriff noch nie gehört.«
»Das kommt davon, wenn man oben im Norden wohnt«, sagte Bindie. Es war scherzhaft gemeint, aber Carol kam sich trotzdem hoffnungslos provinziell vor. »Mein Ex, der Typ, mit dem ich vor Robbie zusammen war, mochte das wirklich. Ich habe noch den Strap-on und verschiedene Dildos und das ganze Zubehör. Ich habe versucht, Robbie dafür zu begeistern, aber ehrlich, man konnte denken, ich hätte vorgeschlagen, wir sollten rausgehen und es mit herumstreunenden Hunden treiben. Er konnte nicht einmal einen Finger im Hintern leiden, wenn wir zusammen waren.«
»Wir haben in seinem Nachttisch einen Butt Plug gefunden«, berichtete Carol ganz sachlich.
Einen Moment herrschte Stille. »Das ist meiner«, erwiderte Bindie. »Geht in Ordnung, ich will ihn nicht zurückhaben.«
»Alles klar«, meinte Carol. »Danke, dass Sie so offen waren.«
»Kein Problem. Also, was war jetzt die persönliche Frage?« Bindie stieß ein bitteres Lachen aus. »Sorry. Ich sagte Ihnen

ja, dass ich frivol bin. Warum wollen Sie wissen, was Robbie im Bett gern hatte?«

»Tut mir leid, ich kann Ihnen keine Einzelheiten zu einer laufenden Ermittlung geben«, entschuldigte sich Carol, der jedoch klarwurde, dass sie sich bei Bindie auch revanchieren sollte. »Wir ermitteln in mehrere Richtungen. Aber ich bin ehrlich, es ist ein langsamer Prozess.«

»Die Zeit ist nicht wichtig, Chief Inspector«, sagte Bindie, die nun ganz ernst klang. »Wichtig ist, dass der Scheißkerl, der das getan hat, erwischt wird.«

Imran öffnete und schloss noch einmal die Schubladen in seinem Zimmer. Das war schon das fünfte Mal, schätzte Yousef. »Jetzt musst du doch endlich alles haben, Mann«, drängte er. »Du hast doch schon tausend Mal nachgesehen.«

»Du hast leicht reden. Ich will nicht zum Flugplatz kommen und peng – kein iPod! Oder auf Ibiza landen und merken, dass meine besten Nikes noch hier unterm Bett stehen, weißt du, was ich meine?« Imran legte sich auf den Boden und fuhr mit einem Arm unters Bett.

»Wenn du deinen Arsch nicht in Bewegung setzt, kommst du überhaupt nicht zum Flugplatz«, versetzte Yousef. »Schließlich hast du einen klapprigen Lieferwagen und kein Batmobil.«

»Und schließlich heißt du nicht Jeremy Clarkson und schreibst nicht in allen Zeitungen über Autos, lieber Cousin.« Imran war wieder aufgestanden. »Okay, alles fertig.« Er zog den Reißverschluss seiner Reisetasche zu, sah aber immer noch etwas unsicher aus und klopfte auf seine Taschen. »Pass, Geld, Ticket. Gehen wir los!«

Yousef folgte Imran die Treppe hinunter und wartete geduldig, bis er sich von seiner Mutter verabschiedet hatte. Man könnte meinen, dass er eine dreimonatige Treckingtour durch die Antarktis anträte, statt für drei Gratisnächte nach Ibiza zu fliegen. Endlich hatten sie das Haus verlassen. Imran warf Yousef die Schlüssel für den Lieferwagen zu. »Besser, du gewöhnst dich dran, während ich dabei bin, falls du Probleme hast«, sagte er. »Manchmal hängt die Kupplung 'n bisschen, weißt du.«

Yousef war das mit der Kupplung egal. Wichtig war ihm nur, dass er den Lieferwagen übernehmen konnte, auf dessen Seite die Aufschrift »A1 Electricals« prangte. »Schon gut«, murmelte er, ließ den Wagen an und knallte den ersten Gang rein. Die Stereoanlage meldete sich so dröhnend laut mit einem Drum'n'Bass-Remix von Tigerstyle, dass Yousef zusammenfuhr. Er drehte am Lautstärkeknopf und stellte es ganz leise. »Schluss damit, Imran«, beklagte er sich. »Meine Ohren.«

»Sorry, Mann. Die schottischen Soldaten wissen, wie man draufhaut.« Imran knuffte ihn leicht gegen die Schulter. »Mann, ich werd auf Ibiza tolle Musik hören. Ich bin dir wirklich dankbar.«

»Ist schon okay. Clubs sind ja noch nie mein Ding gewesen«, sagte Yousef. Als ihm klargeworden war, dass ihr Plan sich viel leichter ausführen ließe, wenn er den Lieferwagen eines richtigen Handwerkers zur Verfügung hätte, wusste er gleich, dass sein Cousin Imran die Lösung des Problems war. Die Frage war dann nur, wie er Imran und seinen Wagen auf unverdächtige Weise für zwei oder drei Tage voneinander trennen konnte. Sie hatten ein paarmal darüber geredet und versucht, sich einen funktionierenden Plan auszudenken, und dann hatte Yousef eine zündende Idee. Es war nicht ungewöhnlich, Kunden und Zulieferern Werbegeschenke zu machen, um sich ihre Treue zu erhalten. Weder Yousef noch Sanjar hatten viel mit der Clubszene am Hut, aber Imran tanzte gern die Nächte durch. Yousef konnte vorgeben, dass er eine Reise mit drei Übernachtungen und Besuchen in diversen Clubs auf Ibiza geschenkt bekommen hätte und dass er sie als nette Geste an Imran weitergeben würde. Imran würde auf Ibiza sein und Yousef Zugriff auf den Lieferwagen haben.

Es hatte spitzenmäßig funktioniert. Imran hatte sich so sehr gefreut, dass er nicht einmal nachgefragt hatte, wieso sie in seinem Lieferwagen statt in Yousefs Wagen zum Flughafen fuhren. Jetzt versicherte Yousef: »Hab ich doch gern gemacht, Mann«, und meinte es auch so.

»Ja, aber, ich meine, du hättest die Reise ja an irgendjemand weiterverkaufen und dir Bargeld verschaffen können.« Dabei rieb Imran Finger und Daumen aneinander.

»He, du gehörst doch zur Familie.« Yousef zuckte leicht mit den Schultern. »Wir sollten doch füreinander da sein.« Ein stechendes Schuldgefühl beschlich ihn. Was er plante, würde das Herz seiner Familie spalten. Es würde dem Kaleidoskop einen Stoß versetzen und ein völlig anderes Bild seines Handelns entstehen lassen. Er glaubte kaum, dass ihn seine Verwandten in nächster Zeit für seinen Familiensinn loben würden.

»Ja, das sagen alle, allerdings wenn es darauf ankommt, Geld in der Tasche zu haben, ist das eine andere Sache«, sagte Imran boshaft. »Aber du hast mir imponiert, Cousin.«

»Na ja, geh's vorsichtig an, da unten.«

»Ich pass schon auf.« Imrans Finger näherten sich langsam dem Lautstärkeknopf. »Nur 'n bisschen, hm?«

Yousef nickte. »Klar.« Die Musik hallte im Lieferwagen wider. Selbst bei geringer Lautstärke spürte er den Bass in seinen Knochen vibrieren. Er und Imran waren nur zwei Jahre auseinander, aber sein Cousin kam ihm wie ein Kind vor. Vor

nicht allzu langer Zeit war er selbst noch so gewesen, aber er hatte sich verändert. Einiges war mit ihm geschehen. Dinge hatten ihn erwachsen werden und Verantwortung übernehmen lassen. Wenn er Imran jetzt betrachtete, schien es ihm, als gehörten sie verschiedenen Generationen an. Sogar als kämen sie von verschiedenen Planeten. Es war erstaunlich, wie einen die Weltsicht eines anderen Menschen dazu bringen konnte, zu hinterfragen, was man sein ganzes Leben als selbstverständlich hingenommen hatte. In letzter Zeit hatte Yousef verstehen gelernt, wie die Welt wirklich funktionierte, und dieses Wissen ließ so ziemlich alles, was man ihn zu glauben ermutigt hatte, unsinnig erscheinen.
»Das Einzige, was mir wirklich leidtut, ist, das Spiel am Samstag zu verpassen. Es wird 'ne große Sache, Abschied von Robbie. Geht Raj hin?«
Yousef nickte. »Er ist kaum zu halten, Mann. Kommt einem vor, als wäre Sanjar oder ich gestorben, nicht irgendein Fußballer.«
Imran ließ sich auf seinem Sitz zurückfallen. »Moment mal! Das ist jetzt aber Verrat. Robbie war nicht ›irgendein Fußballer‹.« Er machte das Zeichen für Gänsefüßchen. »Er war *der* Fußballspieler. Einer aus unserer Stadt, aus dem ein Held geworden ist. Wir haben Robbie geliebt, sag ich dir. Geliebt. Sag also Raj, er soll Robbie zum Abschied von mir grüßen.«
Yousef rollte mit den Augen. War die Welt verrückt geworden? Hysterische Trauer um Robbie Bishop. Und keiner machte sich etwas aus den Todesopfern, die es jeden Tag im Irak, in Palästina und Afghanistan gab. Etwas war mit ihren Werten gründlich schiefgegangen. Er konnte nicht behaupten, dass er der perfekteste Moslem der Welt gewesen war, aber zumindest war sein Denken nie so verdreht gewesen wie das Imrans.

Imran schwieg und schlug mit den Fingern den Takt auf seinen Oberschenkeln, die in Jeans steckten, während seine Nikes auf der Gummimatte mitklopften. Das beschäftigte ihn für den Rest der Fahrt zum Manchester Airport. Yousef hielt in der Haltebucht vor Terminal eins und ließ den Motor laufen, während Imran seine Tasche nahm und ausstieg. Er steckte den Kopf noch einmal durch die Tür. »Mach's gut, Yousef. Bis Montag.«

Yousef lächelte. Er würde Imran am Montag nicht sehen. Aber es war nicht nötig, seinem Cousin dies zu sagen.

Tony erwachte langsam aus seinem erholsamen Schlaf. Erholsam, weil er einer echten Erschöpfung folgte und nicht eine durch Medikamente ermöglichte Flucht war. Wer hätte gedacht, dass es so viel Kraft erfordern konnte, aus dem Bett aufzustehen, sich krampfhaft an den Gehbock klammernd drei Meter weit ins Bad zu humpeln, zu pinkeln und sich dann wieder ins Bett zu legen!

Als er sich auf die Kissen hatte zurücksinken lassen, war er von dem Gefühl erfüllt gewesen, einen kleinen Berg erklommen zu haben. Die Physiotherapeutin war mit seinem Fortschritt zufrieden und er selbst überglücklich. Sie hatte ihm für morgen Krücken versprochen. Die Aufregung brachte ihn fast um.

Er setzte sich auf, rieb sich den Schlaf aus den Augen und öffnete den Laptop. Bevor er eingeschlafen war, hatte er eine letzte Serie von Suchbegriffen eingegeben, war aber schon weggetreten, bevor die Suche zu Ende gegangen war. Er war nicht optimistisch gewesen, hatte sogar schon angefangen, sich damit abzufinden, dass er vielleicht das, was er suchte, nicht finden würde. Das hieß nicht, dass es nicht existierte, sondern nur, dass es zu gut versteckt war.

Der Monitor wurde jetzt hell, und zu seinem Erstaunen erschien in einem kleinen Fenster in der Mitte der Bildfläche: »(1)Treffer«. Die Klammern zeigten an, dass der Treffer nicht perfekt war, aber doch eine über neunzigprozentige Übereinstimmung mit den Suchbegriffen vorlag. Jetzt war Tony hellwach und rief die Suchergebnisse auf.
Es war ein Artikel aus einer Stadtteilzeitung aus der Gegend westlich von Sheffield. Er lieferte nicht viele Einzelheiten, aber genug, dass sie Tony zum Nachdenken brachten und zugleich Stoff für weitere ausführliche Suchaktionen boten. Eifrig tippte er neue Vorgaben ein. Das würde interessant werden. Es sah aus, als würde er doch bald etwas haben, was er Carol zeigen konnte.

Sam Evans ließ seine Jacke an der Stuhllehne hängen und schlenderte aus dem Büro hinaus, als denke er an nichts Dringenderes als einen Gang zur Toilette. Als er jedoch die Tür hinter sich geschlossen hatte, beschleunigte er seine Schritte und ging auf die Aufzüge zu. Er fuhr zum Parkplatz hinunter und setzte sich in seinen Wagen, nahm sein Handy heraus und wählte Bindie Blyths Nummer.
Sie nahm beim zweiten Klingeln ab. Als er seinen Namen sagte, stöhnte sie. »Nicht noch mehr Fragen. Ihre Chefin hat heute früh schon angerufen.«
Schweißperlen erschienen auf Sams Stirn. Was wäre passiert, wenn er früher angerufen hätte, vor Carol Jordan? Wie hätte er das vor der Frau gerechtfertigt, die ihn sowieso schon als zu unsolidarisch betrachtete? Mist, er musste vorsichtig in dieser Sache sein. »Es tut mir leid, dass Sie zweimal gestört wurden. Wir verfolgen beide unsere eigene Ermittlungsrichtung«, erklärte er und hoffte inständig, dass er nicht den gleichen Ansatz hatte wie seine Chefin.

»Na, da bin ich aber erleichtert. Ich hätte keine Lust auf einen zweiten Ausflug in die abenteuerlichen Bereiche meines Sexuallebens. Also, wie kann ich Ihnen helfen?«
»Im Februar schrieben Sie eine E-Mail an Robbie über einen Kerl, der Sie belästigte und bei Auftritten auftauchte. Dinge, die in Richtung Stalking gingen. Erinnern Sie sich?«
Bindie seufzte. »Und ob ich mich erinnere! Es wäre schwierig, das zu vergessen.«
»Können Sie mir etwas näher beschreiben, was da geschah?«
»Sie denken doch wohl nicht, dass das etwas mit Robbies Tod zu tun hat? Er war ein jämmerlicher Niemand, nicht irgendein kriminelles Genie.«
»Ich würde meine Arbeit nicht gut machen, wenn ich nicht jeder Möglichkeit auf den Grund ginge«, sagte Sam. »Erzählen Sie mir also alles über den Typen.«
»Es fing mit Briefen, Karten, Blumen und solchen Dingen an. Und dann erschien er plötzlich, wenn ich als DJane in Clubs auftrat. Meistens ließen sie ihn nicht rein, weil er zu komisch oder freakig oder wie auch immer aussah. Aber manchmal kam er an den Türstehern vorbei und hing neben der Bühne oder der DJ-Kabine herum und versuchte mit mir zu sprechen oder sich mit mir fotografieren zu lassen. Es war lästig, schien aber ziemlich harmlos. Dann hatten Robbie und ich eines Abends in aller Öffentlichkeit Krach. Sie wissen, wie so was ist. Ein paar Drinks, die Dinge geraten etwas außer Kontrolle. Wir haben uns schließlich draußen vor einem Club angeschrien. Die Paparazzi kriegten es mit, es war überall in den Zeitungen und Zeitschriften. Ich meine, wir hatten uns schon wieder versöhnt, bevor die Bilder veröffentlicht waren, aber in die Schlagzeilen schaffen es ja immer die Streitereien und nicht die Versöhnung.« Er hörte, dass sie sich eine Zigarette anzündete, und wartete, bis sie

fortfuhr. Und wartete. Ein Trick, den er von Paula gelernt hatte.
»Also, dieser Kerl macht es sich zur Aufgabe, meine Ehre gegen diesen üblen Freund zu verteidigen, der mich nicht so behandelt, wie er sollte. Er spricht Robbie darauf an, als der das Hotel in Birmingham verlässt, wo das Team untergebracht ist. Fängt an, ihm die Leviten zu lesen. Keine Tätlichkeiten, er wurde nur laut, und es war etwas peinlich, wie Robbie sagte. Obwohl Robbie natürlich der Letzte wäre, der zugegeben hätte, dass er Angst hatte. Jedenfalls wurde die Polizei gerufen, sie nahm den Kerl fest und steckte ihn in eine Zelle. Hat sich gezeigt, dass das nur der Weckruf war, den er brauchte. Ich habe mit einem Polizisten gesprochen, der sagte, der Typ hätte alles eingesehen, nachdem ihm die möglichen Konsequenzen seines Benehmens erklärt worden waren. Es tat ihm schrecklich leid, und er begriff, dass ihm die Dinge über den Kopf gewachsen waren. Und natürlich würde er mich und Robbie in Zukunft in Frieden lassen. Also ließen sie ihn mit einer Verwarnung laufen. Und ehrlich gesagt, habe ich seitdem nichts mehr von ihm gehört. Mehr kann ich Ihnen nicht sagen.«
Sam fand, dass das alles zu glatt klang. Nach allem, was er über Stalker wusste, packten sie nicht einfach ein und gingen nach Hause, wenn jemand sie bedrohte. Wenn sie dumm waren, setzten sie ihre Belästigungen fort und verstärkten sie noch, bis sie schließlich eingesperrt wurden. Und in dem Stadium ging es oft schon heftig zu. Wenn sie schlau waren, suchten sie sich ein anderes Objekt ihrer verschrobenen Zuneigung, oder sie wurden raffinierter. Da brauchte man nur Yoko Ono zu fragen. »Sie haben wirklich seit damals nichts von ihm gehört?«
»Nein. Nicht mal eine Beileidskarte wegen Robbie.«

»Haben Sie viele bekommen?«, fragte Sam.
»Gestern wurden bei der BBC siebenundvierzig abgegeben. Ich nehme an, dass heute noch mehr mit der Post kommen werden.«
»Wir werden uns die vielleicht ansehen müssen.«
Bindie sagte entnervt: »Sie hat recht gehabt, Ihre Chefin. Bei einer Ermittlung wegen Mordes gibt es nichts Privates mehr. Was soll ich machen? Sie in Umschläge stecken und Ihnen schicken?«
»Wenn Sie sie in einen Umschlag stecken könnten, werde ich sie abholen lassen. Natürlich wann es Ihnen passt. Wenn wir nur noch einmal kurz zurückkommen …«
»Er hieß Rhys Butler. Wohnte in Birmingham. Das ist alles, was ich Ihnen sagen kann. Alle Briefe und Karten habe ich den Polizisten in Birmingham übergeben. Nur für den Fall, dass er wieder loslegt.«
»Danke. Sie können meine Gedanken lesen.«
Bindie schnaubte. »Da braucht man kaum ein Booker-Prize-Gewinner zu sein.«
Sam hasste Zeugen, die sich schlauer vorkamen als die Ermittler. »Es wäre auch gut, den Namen des Polizisten zu wissen, der mit Ihnen gesprochen hat«, sagte er und gab sich Mühe, den sarkastischen Tonfall zu unterdrücken.
»Warten Sie einen Moment, ich habe die Daten irgendwo …«
Das Geräusch einer Bewegung, eine Schublade wurde aufgezogen, noch eine Zigarette angezündet. Endlich gab sie die Information durch. »DC Jonty Singh. Gott, das ist zu schön, was in diesem Land mit Namen passiert. Jonty Singh. Was für ein fabelhafter Name. Ich find es toll, dass beim Kricket, der urenglischsten Sportart der Welt, Ramprakash und Panesar neben Trescothick und Strauss spielen. Ich bin begeistert, wie wir in fünfzig Jahren vom Empire zu einer Multi-

kultigesellschaft geworden sind. Bringt Sie das nicht zum Lächeln, Sam?«

Es war ihm ziemlich egal. Wichtig war nur, dass Jonty Singh ein Name war, der in einer großen Polizeibehörde wie der der West Midlands nicht so schwer zu finden sein würde. Auch hatte er bemerkt, dass sie ihn jetzt mit »Sam« ansprach, und fragte sich, ob sie mit ihm flirtete. Es war schwer zu sagen, bei ihrer Showbiz-Persönlichkeit. Und selbst wenn es so wäre, wollte er nicht weiter darauf eingehen. Er wollte nicht ihr nächstes Abenteuer sein. »Danke für Ihre Zeit«, meinte er.

»Hab ich gern getan«, versicherte sie, plötzlich wieder ernst. »Es ist das Einzige, was ich noch für ihn tun kann. Ich hab ihn wirklich gemocht, wissen Sie.«

»Ich weiß«, erwiderte Sam, dem jetzt viel daran gelegen war, das Gespräch zu beenden und sich auf die Verfolgung seiner Spur zu stürzen. »Wir hören voneinander.« Er legte abrupt auf. Wenn er jetzt doch nur noch einen Computer in seinem Wagen hätte wie die Uniformierten auf Streife. Er wäre schon mittendrin, seine flinken Finger würden ihm den nächsten Schritt auf seinem Weg ermöglichen. Stattdessen musste er an seinen Schreibtisch zurückkehren und hoffen, dass Stacey nicht jeden Tastenanschlag mitverfolgte. Er hatte eine Spur und würde sich, verdammt noch mal, nicht in die Karten schauen lassen.

Während Tony auf Carol wartete, saß er wie auf glühenden Kohlen, aber als sie hereinkam, berichtete er trotzdem nicht gleich von seiner Entdeckung. Er wollte die Vorfreude auskosten. Außerdem musste er zugeben, dass er sich über ihre Sorge um sein Wohlbefinden freute. Während der immer wiederkehrenden Phasen von Schmerz und Gefahr, die ihre

Beziehung begleitet hatten, war wenig Zeit geblieben für etwas so Einfaches wie herumsitzen und nett zueinander sein. Er wusste, sie hatte das mit ihrer Familie erlebt – und erlebte es auch jetzt noch –, aber er hatte so etwas nie gekannt. Zuwendung wurde in seiner Familie immer als Schwäche betrachtet. Deshalb wollte er keinen Moment in ihrer Nähe den Anforderungen der Arbeit opfern, obwohl er nicht recht wusste, was er mit ihrer Nähe anfangen sollte. Sie würden schon noch früh genug zu den beruflichen Dingen kommen. Dies war, wie ihm klarwurde, eine neue Rangordnung seiner Prioritäten. Der Teil von ihm, der seine eigenen Reaktionen als ständig fortlaufendes Experiment sah, war gespannt, ob es dauerhaft sein würde und was es zu bedeuten hatte. Aber zu seiner Überraschung gab es auch eine andere Seite von ihm, die froh war, die Dinge einfach geschehen zu lassen.

Carol fragte ihn also, wie sein Tag gewesen sei, und er erzählte ihr davon. Sie unterhielten sich so, wie es Freunde und sogar Liebende wohl gewohnheitsmäßig taten, dachte er. Aber natürlich konnte das nicht lange so bleiben. Der Punkt musste kommen, an dem er sie nach ihrem Tagesverlauf fragen und sie erzählen musste.

Am Ende der Schilderung stützte sie einen Ellbogen auf die Sessellehne und fuhr sich durch ihr dichtes Haar. »Ich habe noch nie an einem Fall wie diesem hier gearbeitet. Wenn ein Mord passiert, treffen zwei oder mehr Personen unmittelbar aufeinander. Eine Tat wird begangen, und irgendjemand stirbt. Man kann die einzelnen Punkte miteinander verbinden. Man hat Rechtsmediziner, Zeugen, Beweise. Einen bestimmten Zeitpunkt. Aber hier gibt es all das nicht. Zwischen der Tat, durch die Robbie Bishop umgebracht wurde, und dem Tod selbst klafft eine riesige Lücke. Und wir wissen nicht, wann, wo oder von wem diese tödliche Handlung ausgeführt wurde.« Sie trat mit der Schuhspitze nach dem Teppich. »Je mehr wir herausfinden, desto unklarer wird alles. Kevin hatte recht, dieser Mörder ist Caspar, der verdammte freundliche Geist.«

Tony wartete kurz, bis er sicher war, dass sie ihre Frustration losgeworden war. »Es ist nicht ganz so schlimm, wie du es siehst. Manche Dinge wissen wir schon über ihn. Ich meine, abgesehen von der Verbindung zur Harriestown High School und dass er Temple Fields so gut kennt wie eine Nutte.«

Carol sah ihn skeptisch an. »Was zum Beispiel?«

»Wir wissen, dass er immer vorausplant. Er hat alles durchdacht und festgelegt, welches Risiko er ungefährdet eingehen kann, wir wissen also, er ist nicht leichtsinnig. Er hat nicht das Bedürfnis, den Schmerz seines Opfers mit anzusehen. Er ist damit zufrieden, dass sich das irgendwo anders abspielt. Wer immer er also in der Schule gewesen sein mag, der Schulhofschläger war er bestimmt nicht. Wissen wir, ob Robbie in der Schule ein Schlägertyp war?«

Carol schüttelte den Kopf. »Anscheinend nicht. Er war ein netter Kerl, nach allem, was man hört. Allerdings müssen wir noch alle auf der ›Best Days‹-Website Registrierten durchgehen, die ihn kannten.«

»Schön. Es geht also nicht um Rache für eine Erniedrigung in der Jugend. Es sei denn, das Racheelement hat etwas mit Erfolg zu tun …« Tony verstummte und runzelte die Stirn. »Darüber muss ich noch weiter nachdenken. Aber wir wissen, er muss sich mit Chemie und Pharmakologie auskennen. Schließlich macht er nicht nur Rizin, er stellt Rizinzäpfchen her. Ich hätte nicht die geringste Ahnung, wie ich das anstellen sollte.«

Carol schaute in die Plastiktüte, die sie mitgebracht hatte, und zog eine Flasche australischen Shiraz mit Schraubverschluss heraus. »Ich würde mit dem Internet anfangen. Da erfahren wir doch heutzutage alles Neue, oder? Darfst du so etwas trinken?«

»Wahrscheinlich nicht, aber lass dich nicht abhalten. Im Bad sind zwei Plastikbecher.«

Als Carol mit zwei gutgefüllten Bechern Rotwein wiederkam, sagte er: »Und apropos Internet…«

»Hm?« Carol probierte den Wein. Sie hatte zwar nach der Obduktion heimlich zwei Gläser getrunken, aber abgesehen davon war das der erste Alkohol des Tages, was an sich schon eine kleine Heldentat war.

»Ich glaube nicht, dass er dies zum ersten Mal getan hat. Für einen Anfänger wirkt er zu sicher.« Er sah die Skepsis auf ihrem Gesicht.

»Du siehst überall Serienmörder, Tony. Welchen möglichen Beweis hast du für diese Behauptung? Abgesehen davon, dass dir die Tatsache nicht passt, dass dieser Killer entweder sehr gut ist oder großes Glück hat.«

»An Glückhaben glaube ich nicht. Wir nennen es Glück, wenn unsere Intuition uns in die richtige Richtung führt. Und Intuition ist ein Produkt der Beobachtung und Erfahrung. Wusstest du, dass wir nach neueren Untersuchungen bessere Entscheidungen treffen, wenn wir unseren Reaktionen aus dem Bauch heraus folgen, statt die Vor- und Nachteile einer Situation abzuwägen?«

Carol grinste. »Ich sehe, du lässt deinem Talent zum Abschweifen wieder freien Lauf. Aber meine Frage hast du nicht beantwortet, Tony. Welchen Beweis hast du für die Behauptung, er hätte das schon einmal gemacht?«

»Wie ich sagte, Carol: das Internet. Die Quelle allen Unsinns und auch von ein bisschen Weisheit. Seit wir uns gestern Abend unterhalten haben, war ich auf der Suche. Und ich fand etwas sehr Interessantes.« Er griff nach seinem Laptop, strich über das Mousepad und drehte ihn so, dass Carol den Bildschirm sehen konnte. Während sie dort den kurzen Artikel aus einer Regionalzeitung überflog, fasste er zusammen: »Danny Wade. Siebenundzwanzig Jahre alt. Er starb vor zwei Wochen in seiner Luxusvilla außerhalb von Sheffield. Wurde mit einem tödlich wirkenden Nachtschattengewächs vergiftet. Belladonna, die schöne Frau. Vermutlich in einem Obstkuchen, den seine polnische Haushälterin gebacken hatte. Mit einem Obstkuchen funktioniert das gut, weißt du, weil Belladonnabeeren sehr süß sind. Und es gibt einen Belladonnabusch auf der Terrasse. Du musst übrigens herausfinden, ob der Busch im Kübel gezogen wurde. Es ist möglich, dass der Mörder ihn mitgebracht hat. Die Haushälterin streitet ab, Obstkuchen gebacken zu haben, obwohl die Reste eines Kuchens mit tödlichen Beeren im Kühlschrank gefunden wurden. Und an dem Abend, als er starb, hatte sie frei. Sic war bei ihrem Freund in Rotherham wie jeden Mittwoch und Samstag. Man hat eine gerichtliche Untersuchung zur Feststellung der Todesursache eingeleitet, aber dann vertagt, weil erst weitere Nachforschungen angestellt werden müssen.«

»Ich begreife nicht, wieso du meinst, dass dies hier«, sie zeigte auf den Bildschirm, »etwas mit Robbie Bishop zu tun hat«, sagte Carol. »Es scheint doch ganz einfach zu sein. Die Haushälterin machte einen Fehler bei den Beeren, und jetzt lügt sie. Ein tragischer Unfall. Das steht doch in dem Artikel.«

»Aber was ist, wenn sie nicht lügt? Wenn sie die Wahrheit sagt, ist es das zweite Beispiel für einen Mann in den Zwanzigern, der einer sehr bizarren Vergiftung zum Opfer fiel.« Tony versuchte sich umzudrehen, damit er Carol direkt anschauen konnte, aber es ging nicht. »Rück mal den Stuhl her-

um, damit ich dich richtig sehen kann«, drängte er ungeduldig. »Bitte.«
Ein wenig überrascht tat Carol, worum er sie bat. »Also, jetzt kannst du mich sehen. Das ist doch nur eine Vermutung, Tony.«
»Es ist immer so lange eine Vermutung, bis die Beweise erhärtet sind. Vermutungen sind mein Geschäft. Wir nennen es Profile erstellen. Andere sprechen davon, als sei es eine Wissenschaft, aber es sind Vermutungen, die sich auf Erfahrung, Wahrscheinlichkeit und Instinkt stützen. Oft ist es eher eine Kunst denn eine Wissenschaft, wenn wir ehrlich sind. Selbst die Algorithmen, die Profiler mit Hilfe geographischer Daten erstellen, stützen sich auf Wahrscheinlichkeit und nicht auf Gewissheit.«
»Dann nenne mir mal etwas, das schwerer wiegt als die Wahrscheinlichkeit, dass eine ausländische Haushälterin lügt, weil sie aus Versehen ihren Chef umgebracht hat«, lenkte Carol ein. Er begriff, dass sie nur nachgab, weil sie meinte, sein Scharfsinn sei durch Schmerzen, Medikamente und gestörten Schlaf geschwächt.
»Danny Wade stammte nicht aus der Gegend, in der er umgebracht wurde. Er zog vor zwei Jahren nach Dore am Westrand von Sheffield um, weil er es gründlich satt hatte, dort, wo er wohnte, belästigt zu werden. In Bradfield. Der Grund, weshalb er keinen Frieden finden konnte, war ein Lotteriegewinn vor drei Jahren. Ein richtig großer Gewinn. Er bekam über fünf Millionen. Er hatte für Virgin Trains als Zugbegleiter gearbeitet, war nicht verheiratet, und zwei Dinge waren ihm wichtig: Modelleisenbahnen und seine Hunde, zwei Lakeland-Terrier. Er war ein Einzelgänger. Bis er das Geld gewann. Dann kamen sie plötzlich alle aus der Versenkung. Alte Schulfreunde, die meinten, es werde etwas für sie

abfallen. Frühere Kollegen, die taten, als schulde er ihnen etwas. Entfernte Verwandte, denen plötzlich eingefallen war, Blut sei doch dicker als Wasser. Und das wurde Danny etwas zu viel.«

»Aber trotzdem hatte er doch zumindest das Geld«, meinte Carol. »Fünf Millionen, damit kann man sich eine Menge Ruhe und Frieden kaufen.«

»Das merkte Danny auch. Er zog um und kaufte sich ein schönes Haus am Rand des Moors. Hohe Mauern, elektrische Tore. Viel Platz, um die Modelleisenbahn aufzubauen. Er erzählte niemandem, wohin er gegangen war, nicht einmal seinen Eltern. Niemand, der ihn stören konnte, außer Jana Jankowicz, nach allem, was man hört, eine sehr nette junge Frau mit einem Verlobten, der als Elektriker auf einer Baustelle in Rotherham arbeitete.«

Carol schüttelte ungläubig den Kopf. »Wo hast du das alles ausgegraben? Das ist doch viel mehr Hintergrundwissen, als in der Lokalzeitung steht.«

Tony schien zufrieden mit sich. »Ich habe mit der Reporterin gesprochen. Bei solchen Geschichten haben sie immer mehr in ihrem Notizbuch, als im Artikel unterzukriegen ist. Sie gab mir Janas Handynummer. Also rief ich sie an. Und nach dem, was die liebe Jana berichtete, war Danny mit seinen Hunden, seiner Eisenbahn und drei Mahlzeiten am Tag lustig und vergnügt. Aber die Sache ist die: Ich hatte schon herausgefunden, dass Danny Schüler der Harriestown High School war. Zwei Klassen über Robbie Bishop. Und obwohl Janas Englisch für eine tiefschürfende und bedeutungsvolle Unterhaltung nicht gut genug war, verstand sie doch so viel, dass sie mir sagen konnte, Danny sei ein paar Abende vor seinem Tod vom Pub nach Hause gekommen und hätte erzählt, er habe jemanden getroffen, mit dem er zur Schule gegangen

ist.« Er grinste breit, die Mundwinkel nach oben ziehend. »Was hältst du davon?«
Carol schüttelte den Kopf. »Ich glaube, du bist vollkommen verrückt.«
Er hob frustriert die Arme. »Es gibt Verbindungen, Carol. Mord, ohne selbst dabei zu sein und mit seltsamen giftigen Substanzen. Beide Opfer gingen zur gleichen Schule. Beide waren reich. Und beide trafen einen alten Schulkameraden, bevor sie starben.«
Carol füllte ihren Becher nach und trank einen Schluck Wein. Ihre Körpersprache zeigte ebenso viel Kampfbereitschaft wie ihre Worte. »Komm, Tony. Dannys Tod war doch kein Mord. Soweit ich sehe, glaubt niemand außer dir, dass es etwas anderes als ein tragischer Unfall war. Ich habe nicht viel Ahnung von Giften, aber ich weiß auf jeden Fall, wenn man jemandem im Pub tödliches Nachtschattengift ins Getränk mischt, ist derjenige am gleichen Abend tot, nicht erst ein paar Tage später. Und Danny war nicht im gleichen Jahrgang wie Robbie. Denk mal an deine Schulzeit zurück. Man ist doch nur mit den Kindern der eigenen Klassenstufe zusammen. Ältere Schüler wollen nichts mit einem zu tun haben, und nur Versager geben sich mit jüngeren Kindern ab. Deshalb war jemand, der Robbies Schulfreund war, wahrscheinlich nicht zugleich mit Danny befreundet. Ich meine, es klingt nicht so, als hätten sie viel gemeinsam gehabt.« Carol hob leicht die Hände und formte sie zu Schalen, als wäge sie zwei Dinge gegeneinander ab. »Lass mal sehen. Eine Fußballkanone. Ein Modelleisenbahn-Freak. Hm, lass mich nachdenken.« Sie deutete auf den Zeitungsartikel auf dem Bildschirm des Laptops. »Schau dir Danny an. Er sieht nicht gut aus. Ist auch nicht sportlich. Was hätte er mit Robbie Bishop gemeinsam haben können?«

Tony sah sehr enttäuscht aus. »Sie kamen beide aus einfachen Verhältnissen und wurden beide sehr reich«, nahm er einen Anlauf.

»Das hat ihnen aber viel gebracht! Besser man hat Glück, als reich zu werden, wenn einen der Reichtum umbringt, bevor man dreißig ist.« Carol trank den Rest ihres Weins aus. »Nette Idee, Tony. Sehr interessant. Aber ich glaube, du siehst Gespenster. Und ich muss nach Hause und versuchen, heute Nacht richtig zu schlafen.« Sie stand auf, zog ihren Mantel an, beugte sich zu einer unbeholfenen Umarmung zu ihm hinüber und küsste ihn auf die Wange. »Ich versuche morgen wieder zu kommen. Sieh mal zu, ob dir sonst noch etwas einfällt, womit du mich unterhalten kannst, okay?«

»Ich versuche mein Bestes«, antwortete er. Er wusste schon lange, dass Enttäuschung oft der Ansporn für seine größten Leistungen war.

Jonty Singh sah aus wie ein großer strubbeliger Bär, den man in die Ecke des pandschabischen Restaurants mitten in Dudley gesetzt hatte, wo er sich deutlich von der traditionellen kitschigen Dekoration abhob. Als Sam ihn telefonisch aufgestöbert hatte, hatte DC Singh vorgeschlagen, sich zu einem Essen in seinem Stammlokal zu treffen. Da er Sam einen Gefallen tat, gab es keine Diskussion darüber. »Ich bin der stämmige Kerl, der hinten sitzt, brauner Nadelstreifenanzug, kein Turban«, hatte er gesagt. Sam erwartete keine Schwierigkeiten, ihn zu erkennen, und hatte damit recht. Sobald er das Lokal betrat, sah er Singh, der sich angeregt mit einem Kellner unterhielt. Er hatte nicht gelogen mit dem, was er über seine Körpergröße gesagt hatte. Auf einen Eckstuhl am Tisch für vier Personen gequetscht, wirkte er selbst im Sitzen groß und stattlich. Er hatte eine dicke Mähne glänzend schwarzer

Haare, große braune Augen, eine fleischige Nase und ein vorstehendes Kinn. Ein solches Gesicht vergaß man nicht so schnell.

Sam bahnte sich durch das gutbesuchte Restaurant einen Weg zu ihm. Nachdem er ein halbes Dutzend Schritte geschafft hatte, brach der große Mann sein Gespräch ab und betrachtete den Neuankömmling. Der Kellner machte sich davon, und Sam näherte sich. Als er den Tisch erreichte, stand Singh auf. Mit mehr als einem Meter fünfundachtzig bot er einen beeindruckenden Anblick. »Sam Evans?«, fragte er, und seine Tenorstimme klang viel heller, als seine Statur hätte vermuten lassen. Er streckte die Arme aus und drückte Sam mit beiden Händen die Hand. »Ich bin Jonty Singh, freut mich, Sie kennenzulernen. Wie geht's?« Selbst bei diesen wenigen Worten ging Sam der unverkennbare Black-Country-Dialekt der West Midlands schon auf die Nerven.

»Danke, gut.«

»Nehmen Sie Platz.« Singh zeigte auf den Stuhl ihm gegenüber und winkte dem Kellner. »Zweimal 'n großes Kobra-Bier, so bald wie Ihnen möglich.« Sein Lächeln war offen und freundlich. »Also, vertrauen Sie mir so weit, dass ich für uns beide bestellen kann?«

Sam hatte keine Zweifel, wie die richtige Antwort lautete. »Klar«, erwiderte er und machte sich auf eine riesige Auswahl von Fleisch mit zu viel Soße, undefinierbarem Gemüse und pappigem Reis gefasst. Dafür brauchte er nicht nach Dudley zu fahren, aber wenn er es essen musste, um alles über Rhys Butler herauszufinden, was er wissen wollte, würde er es tapfer schlucken und sich dann an der Autobahn ein Mittel gegen Sodbrennen besorgen.

»Ich bin begeistert von diesem Lokal«, gestand Singh. »Es gehört zwei meiner Onkel, aber das ist nur ein zusätzlicher

Vorteil. Ich würde am liebsten jeden Abend hier essen, wenn ich könnte.«

Sam bemühte sich, nicht auf Singhs beträchtlichen Bauch zu schielen, und unterdrückte die naheliegende Erwiderung. »Ein gutes Currygericht ist einfach unschlagbar«, log er. Singh winkte den Kellner heran und ratterte eine lange Litanei auf Pandschabi herunter, wie Sam vermutete.

Dann wandte Singh seine Aufmerksamkeit wieder Sam zu. »Sie interessieren sich also für Rhys Butler. Na ja, die Sache liegt ja auf der Hand, Sammy. Man braucht keine Intelligenzbestie zu sein, um zu kapieren, dass Sie am Fall Robbie Bishop arbeiten. Es ist witzig: Ich erwähnte, dass wir euch wegen unserem Rhys anrufen sollten, aber mein Sergeant meinte, es sei zu unwahrscheinlich. Und dann hör ich Sie auf meiner Mailbox, und Sie wollen ein Informationsgespräch.« Er stieß ein dröhnendes Lachen aus, so dass sich die Gäste drei Tische entfernt nach ihm umsahen. »Schön, wenn man recht hat.«

»Um ehrlich zu sein, Jonty, wir haben verdammt wenig, wovon wir ausgehen können. Ich klammere mich an jeden Strohhalm«, erklärte Sam. Der Kellner kam mit einem Stapel gewürzter Papadams und einem Teller mit eingelegtem Gemüse. Jonty stürzte sich darauf wie ein losgelassener Hund auf ein Kätzchen. Sam wartete, bis der erste Ansturm vorbei war, dann brach er sich vorsichtig ein Stück ab. Zumindest waren sie knusprig und frisch, dachte er, während der scharfe Geschmack schwarzen Pfeffers seinen weichen Gaumen kitzelte.

»Als die schöne Bindie Ihnen von Rhys Butler erzählte, beschlossen Sie also, sich mal hier umzusehen? Richtig, Sammy, genau was ich an Ihrer Stelle auch getan hätte.«

Sam bemühte sich nicht, seinen Irrtum darüber zu korrigieren, auf welche Weise Rhys Butlers Name in die Ermittlungen gekommen war. »Was können Sie mir also über Rhys Butler sagen?«

Ein Berg Bhajis und Pakoras wurde serviert, und Singh machte sich darüber her. Zwischen dem Kauen und leider manchmal auch während des Kauens erzählte er Rhys Butlers Geschichte.

»Normalerweise wäre es eine Sache für die Kollegen in Uniform gewesen, eine Rauferei vor einem Nachtclub. Aber wir wurden wegen der Person, die beteiligt war, mit reingezogen.« Er grinste. »Natürlich meinen hier bei uns manche, wir hätten Rhys nicht davon abhalten sollen, Robbie zu verprügeln, weil der letztes Jahr im Viertelfinale das entscheidende Tor für die Vics gegen Villa vorbereitet hat. Aber was auch immer Sie über die West Midlands gehört haben mögen, wir dulden hier solchen Unfug nicht mehr.«

Sam nahm einen Bissen von dem perfekten Fisch-Pakora, außen knusprig, innen so saftig, dass es auf der Zunge zerging, und begann, seinen anfänglichen Eindruck von dem Restaurant als einem stinknormalen Currylokal zu revidieren. »Großartiges Essen«, gab er zu und hatte damit richtig eingeschätzt, wie man auf dem kürzesten Weg Zugang zu Singhs Herz fand.

Der große Mann strahlte. »Phantastisch, nicht wahr? Jedenfalls, bis wir hinkommen, ist schon alles vorbei. Die Zeugen sagten aus, Robbie sei mit zwei Freunden aus dem Club gekommen und Rhys Butler hätte sich auf ihn gestürzt und ihn mit Fäusten und Füßen traktiert. Zum Glück für Robbie ist unser Butler kein großer Held, wenn es ums Verprügeln geht. Er tritt und haut ein paarmal zu, aber Robbies Kameraden ziehen ihn bald weg und halten ihn fest, bis meine Kollegen in Uniform da sind. Als wir ankommen, nehmen wir alle mit zum Knast, um dort die Sache zu regeln, ohne neugierige Blicke und Kameras.«

Von den Vorspeisen war nichts übriggeblieben bis auf ein paar Krumen. Bevor Sam Atem schöpfen konnte, verschwand die Platte und wurde durch ein halbes Dutzend Schüsseln mit verschiedenen Hauptgerichten ersetzt. Eine Platte mit Pilz-Biryani erschien, begleitet von Stapeln verschiedener indischer Brotsorten. Die unterschiedlichen Aromen stiegen Sam verführerisch in die Nase und regten einen Appetit an, den er gar nicht erwartet hatte. Singh häufte das Essen auf seinen Teller und forderte Sam auf, es ihm gleichzutun. Er brauchte keine zweite Einladung.

»Zuerst ist Robbie ganz dafür, die Sache auf sich beruhen zu lassen. Er sei nicht wirklich verletzt, die Leute verrennen sich manchmal in etwas, es sei kein Schaden entstanden und so weiter. Dann erwähne ich Butlers Namen, und plötzlich heißt es: ›Lastet dem Kerl alles Mögliche an, sperrt ihn ein, er ist eine Gefahr für die Gesellschaft.‹ Ich versteh's nicht, ehrlich gesagt. Ich lass ihn meinem Kollegen etwas vorlabern und gehe wieder runter in den Verhörraum, um zu sehen, ob Butler darüber sprechen will. Und dann kommt alles raus. Dass Bindie Blyth die Liebe seines Lebens sei, nur Robbie sei dazwischengekommen und behandele sie nicht so, wie er sollte. Deshalb hat Butler sich vorgenommen, ihm eine Lehre zu erteilen.«

Singh zeigte mit der Gabel auf einen dunkelbraunen Eintopf. »Das müssen Sie probieren. Lamm, Spinat, Aubergine und Gewürze, die niemand außer meiner Tante kennt. Ich sag Ihnen, Sie würden Ihre Großmutter für einen Teller davon verkaufen.« Er riss ein Stück Paratha ab, fuhr damit durch den Lammeintopf und führte das beladene Brot geschickt an den Mund, ohne zu kleckern.

»Also erkläre ich es ihm. Dass er, wenn er so weitermacht, im Knast landet. Und dass das einen netten anständigen Jungen wie ihn ruinieren würde. Dass er seine Wohnung und seine Arbeit los wäre … Und da verliert er wirklich die Fassung. Heult Rotz und Wasser und so weiter. Es zeigt sich, dass er seine Arbeit sowieso schon verloren hat. Das hätte ihm den Rest gegeben. Wir unterhalten uns also ein bisschen, und am Ende sieht er ein, dass er Fehler gemacht hat.« Singh hielt inne, um noch mehr in sich hineinzuschaufeln.

»Tolles Essen«, meinte Sam. »Dafür bin ich wirklich dankbar nach der Woche, die ich hatte. Was ist dann passiert?«

»Ich rede dann noch mal mit Robbie, erkläre ihm, dass er seiner Freundin und sich selbst keinen Gefallen täte, wenn er den armen kläglichen Kerl vor Gericht zerrte. Ich sage ihm, dass Butler versprochen hat, mit Bindie nie wieder Kontakt aufzunehmen, sie in Zukunft in Ruhe zu lassen, und dass ich meine, es wäre das Beste für alle, Butler eine Verwarnung zu erteilen und die ganze Geschichte auf sich beruhen zu lassen. Robbie ist nicht gerade begeistert, aber er sieht ein, dass es sinnvoll ist, wenn die Sache nicht in die Zeitungen kommt. Schließlich verspreche ich, Butler persönlich im Auge zu behalten, und Robbie gibt nach. Wir einigen uns darauf, dass ich Butler wegen Belästigung belangen werde, sollte Bindie wieder von ihm hören.« Er sah Sam erwartungsvoll an.

»Und?«, fragt Sam pflichtgemäß.

»Ich habe mein Wort gehalten. Alle zwei Wochen bin ich unangekündigt bei Butler vorbeigegangen. Beim ersten Mal war die Wohnung mit Fotos von Bindie und Artikeln über sie tapeziert. Ich sagte ihm, er solle das Zeug abnehmen. Und dass er, wenn er vorhabe, über Bindie hinwegzukommen und ein sinnvolles Leben zu führen, nicht jede Minute des Tages ihr Gesicht vor Augen haben sollte. Als ich nächstes Mal zu ihm kam, war alles weggeräumt. Man hätte nicht einmal vermutet, dass er je von ihr gehört hatte. Und so ging es weiter. Ich habe nie wieder einen Ton von ihr oder von Robbie gehört, also nehme ich an, dass Butler Wort hielt. Dann etwa vor sechs Wochen schaffte er es endlich, wieder eine Arbeit zu finden. Er zog nach Newcastle, und das war's.« Singh wandte sich kurz vom Essen ab und suchte etwas in seinen Taschen. Dann zog er einen zusammengefalteten Zettel heraus und gab ihn Sam. »Seine Nachsendeadresse in Newcastle.«

Sam steckte sie ohne einen Blick darauf ein. »Diese neue Arbeit … Was macht Butler eigentlich?«

Auf Jontys Gesicht erschien langsam ein boshaftes Grinsen, wobei sich ein glitschiges Stückchen Spinat zwischen seinen Schneidezähnen zeigte.

»Ich dachte schon, es würde Ihnen gar nicht mehr einfallen, danach zu fragen«, spöttelte er. »Er arbeitet als Laborassistent. In der Pharmaindustrie.«

Carol hatte recht. Er sah Gespenster. Aber nicht die, die sie meinte. Tony rollte den Kopf auf seinem Kissen hin und her. Er musste reden, aber es war niemand da, der ihm zuhören würde. Carol konnte er nicht mit hineinziehen, weil er nicht wollte, dass sie gewisse Dinge über ihn erfuhr. Der einzige Psychiater, dem er so viel Vertrauen entgegenbrachte, dass er seine Sorgen hätte abladen können, verbrachte ein Sabbatical in Peru. Und diese Probleme einem der Gehilfen von Dr. Chakrabarti vorzutragen konnte er sich nun wirklich nicht vorstellen.

Er seufzte und drückte auf den Knopf, um eine Schwester zu rufen. Es gab jemanden, auf den er sich verlassen konnte, er würde Tonys Geheimnisse für sich behalten. Die Frage war nur, ob man Tony erlauben würde, ihm einen Besuch abzustatten.

Es dauerte zwanzig Minuten, Grisha Shatalov musste angerufen werden, Tony brauchte einen Rollstuhl und jemanden vom Transportdienst, aber endlich war er allein mit der kalten Leiche von Robbie Bishop. Tonys Stuhl stand mit der Lehne an der Kühlanlage, die die Schubfächer für die Leichen beherbergte, und Robbie lag neben ihm in dem herausgezogenen Schubfach. »Ich hätte dich nicht erkannt«, begrüßte ihn Tony, als sich die Tür hinter dem Mann vom Transportdienst geschlossen hatte. »Ich verspreche, alles zu tun, um Carol zu helfen bei der Suche nach der Person, die dir das angetan hat. Als Gegenleistung kannst du mir eine Weile zuhören.

Es gibt Dinge, die man keiner Menschenseele anvertrauen kann. Nicht, wenn man meinen Beruf hat. Der Schrecken und Ekel auf ihren Gesichtern würden dich bestimmt sehr überraschen. Und das wäre nur der Anfang. Sie könnten es nicht so stehenlassen. Sie müssten etwas ändern. Etwas an mir ändern.

Und ich will wirklich nicht, dass sie etwas an mir ändern. Nicht weil ich glücklich, schmerzfrei und angepasst wäre. Denn das bin ich offensichtlich alles nicht. Wie könnte ich das bei meinem Beruf sein?

Aber ich bin ausgeglichen. Wie sagt W. B. Yeats? ›In balance with this life, this death.‹ So bin ich. In vollkommenem Gleichgewicht auf dem Scheitelpunkt zwischen Leben und Tod, geistiger Gesundheit und Verrücktheit, Vergnügen und Schmerz.

Wenn man daran etwas ändert, dann auf eigene Gefahr.

Es geht also nicht darum, dass ich mich ändern will. Weil ich keine Notwendigkeit zur Veränderung sehe. Ich komme sehr gut mit mir zurecht. Aber wenn man meinen Beruf hat, ist es unmöglich zu leugnen, dass es Auswirkungen gibt. Ich unterliege schließlich den Meinungen anderer Leute. Menschen, die nicht so sind wie ich – und das sind neunundneunzig Prozent der Bevölkerung, würde ich sagen –, fällen ständig Urteile über mich, die sich mehr auf ihre Bedürfnisse stützen denn auf meine Wahrheit. Deshalb will ich nicht, dass jemand hört, was ich über meine Mutter zu sagen habe. Besonders Carol nicht.

Ich kam neulich einmal morgens, als ich Milch kaufen ging, hier an der Grundschule vorbei, und da waren sie, die Kinder und die Eltern, mit allen Varianten von Freude bis Verzweiflung auf den Gesichtern. Es ließ mich an meine eigene Kindheit denken. Es gibt viele Bruchstücke, das Bild eines Wohnzimmers, dessen Besitzer ich jetzt nicht mehr beim Namen nennen kann, der Geschmack des Softdrinks aus Löwenzahn und Klette, der für immer mit dem Geräusch des fallenden Regens auf dem Dach der Spülküche verbunden ist, der Geruch des Hundes meiner Großmutter, das Gefühl von feuchtem Gras an meinen Knien, der schockierend starke Geschmack wilder Erdbeeren auf der Zunge. Bruchstücke, aber nur wenige vollständige Ereignisse.« Er fuhr sich mit der Hand übers Gesicht und seufzte.

»Ich habe in Gruppentherapien gesessen und anderen Leuten zugehört, die lange und bemerkenswert gründlich über Dinge sprachen, die sie als Kinder erlebt hatten. Ich kann nicht ermessen, ob sie sich wirklich erinnerten, die Geschichten erfanden oder etwas konstruierten, das zu den wenigen Schlüsselelementen passte, die sie tatsächlich aus dem Bodensatz ihres Gedächtnisses heraufgeholt hatten. Ich weiß nur, dass das nicht mit der Art und Weise übereinstimmt, wie meine Erinnerung funktioniert. Nicht dass ich wünschte, ich hätte ihre Erinnerungen. Sie bewegen sich zwischen dem

Banalen und dem wahrhaft Entsetzlichen. Keiner spricht so über die Kindheit, wie Schriftsteller, Dichter und Filmemacher es tun. Es sind nicht die Geschichten, an die man sich mit Wehmut erinnern würde.

Das ist die einzige Gemeinsamkeit zwischen diesen Erzählern, die nicht bruchstückhaft erzählen, und mir. Ich sehne mich nicht in meine Kindheit zurück. Ich gehöre nicht zu denen, die bei einer Dinnerparty über die endlosen Sommer ihrer Kindheit, die glücklichen Zeiten ewig abgeschürfter Knie und den herrlichen Spaß einer Rasselbande in Hütten oder Baumhäusern ins Schwärmen geraten. Bei den seltenen Gelegenheiten, wenn ich eingeladen werde, bin ich der Einzige, der beim Thema Kindheit stumm dabeisitzt. Glaub mir, niemand will die paar zusammengeflickten Bruchstücke hören, an die ich mich entsinnen kann.

Ein Beispiel: Ich spiele auf dem Läufer vor dem Kamin im Haus meiner Großmutter. Meine Gran sammelt aus unerfindlichen Gründen, die mir nicht in Erinnerung geblieben sind, Halfpennys mit einem Schiff auf der Rückseite. Sie hat eine ganze Keksdose voll, die so schwer ist, dass ich sie kaum hochheben kann. Ich darf mit den Halfpennys spielen und baue gern Mauern für ein Schloss daraus. Das Beste ist, wenn sie fertig sind, tue ich so, als sei ich der Feind, der sie einstürzen lässt, und bin damit äußerst zufrieden. Ich sitze also mit meinen Halfpennys auf dem Teppich und kümmere mich um nichts weiter. Gran sieht fern, aber es ist eine Sendung für Erwachsene, die mich nicht interessiert.

Die Tür geht auf, und meine Mutter kommt rein, ganz regennass vom Heimweg von der Bushaltestelle. Sie riecht nach Rauch, Nebel und schalem Parfüm. Sie zieht ihren Mantel aus, als wolle sie gegen ihn ankämpfen, lässt sich auf den Sessel fallen, sucht in ihrer Tasche nach ihren Zigaretten und seufzt. Gran presst die Lippen aufeinander und steht auf, um Tee zu machen. Während sie weg ist, beachtet mich meine Mutter nicht, legt den Kopf in den Nacken und bläst Rauch an die Decke. Wenn ich mir jetzt ihr Gesicht vorstelle, erscheint es mir gereizt, so als fände sie, ihr werde zu viel zugemutet. Als Kind konnte ich das nicht ausdrücken, aber ich wusste schon damals genau, dass es besser war, Abstand zu halten.

Gran bringt den Tee herein und reicht meiner Mutter einen Becher. Sie nimmt einen Schluck, verzieht aber das Gesicht, weil er zu heiß ist, und stellt ihn dann auf die breite Sessellehne. Sie muss mit dem Ärmel daran hängengeblieben sein, als sie die Hand wegnimmt, und er kippt auf ihren Schoß. Sie springt auf, hat sich verbrannt und vollführt einen komischen kleinen Tanz, dass die Halfpennys nach allen Seiten fliegen.

Und ich lachte.

Ich lachte sie nicht aus. Der Himmel weiß, ich wusste nur zu genau, dass Schmerz nie komisch ist. Es war ein nervöses Lachen, ausgelöst durch Angst und Überraschung. Aber meine Mutter war außer sich vor Schmerz und Schock und verstand das überhaupt nicht. Sie zog mich an den Haaren auf die Beine und gab mir eine so kräftige Ohrfeige, dass mein Gehör versagte. Ich sah, wie sich ihr Mund bewegte, konnte aber nicht das Geringste hören. Meine Kopfhaut zog sich vor Schmerz zusammen, und mein Gesicht brannte, als wäre ich mit einem Bündel Nesseln geschlagen worden.

Als Nächstes schubst Gran meine Mutter auf den Sessel zurück. Mum lässt beim Zurückfallen meine Haare los, dann packt mich Gran an der Schulter, führt mich in die Diele und bugsiert mich so energisch in den Schrank, dass ich von der Rückwand abpralle. Als die Tür wieder aufgeht, ist es bereits Morgen.

Ich weiß nur deshalb, dass das kein einmaliges Ereignis war, weil ich so viele verschiedene Bruchstücke der Erinnerung an Aufenthalte im Schrank habe. Aber insgesamt fehlen mir die kompletten Vorfälle. Mehrere Fachleute haben mir Hilfe angeboten, die Gedächtnislücken zu schließen, als ob das wünschenswert wäre. Als wäre es eine Wohltat für mich, Zugriff auf weitere schöne Erinnerungen wie diese zu haben.
Sie sind verrückter als ich«, seufzte er. »Und jetzt ist sie wieder da. Sie war so lange aus meinem Leben verschwunden, dass ich mir vormachen konnte, ich sei über sie hinweggekommen. Wie über eine unglückliche Liebesaffäre. Aber so ist es nicht.« Er rollte ein Stück nach vorn und schob das Schubfach zu. »Danke, dass du mir zugehört hast. Ich schulde dir einen Gefallen.«
Tony blinzelte die Tränen aus seinen Augen weg und fuhr mit dem Rollstuhl zum Telefon hinüber. Er wusste nicht genau, warum, aber etwas hatte sich in ihm bewegt, und irgendwie war ihm leichter. Er wählte die Durchwahl des Transportdienstes. »Hi«, sagte er. »Ich bin fertig.«

Mutter des Satans, so nannten sie das Endprodukt, auf das Yousef aus war. Acetonperoxid, TATP. Vermutlich hatte es den Spitznamen wegen seiner Instabilität bekommen. Und deshalb war er vorsichtiger, als er es jemals im Leben gewesen war. Vorsicht machte es möglich, außergewöhnliche Dinge zu tun. Die Londoner U-Bahn-Bomber hatten es in Rucksäcken herumgetragen. Waren damit in Züge ein- und wieder ausgestiegen. Gingen vom Zug zur U-Bahn. Wenn er es also richtig machte, wäre es sicher. Bis er nicht mehr wollte, dass es sicher war, natürlich.
Er las noch einmal die Anweisungen, die er sich nicht nur eingeprägt, sondern auch in großer Schrift ausgedruckt hatte.

Jetzt befestigte er die Blätter an der Wand über seinem provisorischen Labortisch. Er zog seine Schutzkleidung an, nahm eine Chemikalie nach der anderen aus dem Kühlschrank und stellte die drei Gefäße auf den Tisch. Achtzehnprozentiges Wasserstoffperoxid von einem Lieferanten für Chemikalien zum Bleichen von Holz. Reines Aceton von einer Firma für Spezialfarbenbedarf. Schwefelsäure für Batterien aus einem Geschäft für Motorradzubehör. Daneben reihte er ein Becherglas, ein Messrohr, ein Thermometer, einen Rührstab und eine Pipette auf, alle aus Glas, und stellte ein dicht schließendes Einmachglas hinzu. Es war ein sehr seltsames Gefühl. Noch nie im Leben hatte er etwas so Erwachsenes getan, und doch kam es ihm so vor, als sei er wieder im Chemiesaal der Schule. Ein Bengel als verrückter Wissenschaftler.
Er trat vom Tisch weg und nahm seine Handschuhe und den Gehörschutz ab. Er brauchte etwas zur Beruhigung seiner Nerven und holte seinen iPod aus dem Rucksack, steckte die kleinen Hörer in die Ohren und stellte Zufallswiedergabe von seiner persönlichen Liste mit entspannenden Titeln ein. Langsame Rhythmen von Talvin Singh umfingen ihn. Imran würde über die Musik lachen, die er ausgewählt hatte, aber das war ihm egal. Yousef setzte seinen Gehörschutz wieder auf, zog die Handschuhe an und machte sich an die Arbeit.
Zuerst füllte er das Waschbecken mit Eis und goss etwas kaltes Wasser dazu, damit es besser als Kühlflüssigkeit funktionierte. Dann stellte er das leere Becherglas in das Eisbad und holte tief Luft. An diesem Punkt gab es kein Zurück mehr. Von jetzt an war er also ein Bombenbauer. Wie gut auch seine Beweggründe sein mochten, in den Augen der Welt überschritt er die Grenze, hinter der es keine Wiedergutmachung mehr gab. Da passte es gut, dass er sich einen Dreck darum scherte, was die Welt von ihm hielt. Dort, wo

es darauf ankam, würde er für alle Zeiten als Held gelten, als ein Mann, der das tat, was getan werden musste, und damit gab er in gewisser Hinsicht auch ein Statement ab.
Er maß Wasserstoffperoxid ab und goss es in das Becherglas. Er musste heftig schlucken, machte es dann aber mit dem Aceton genauso. Sorgfältig stellte er das Thermometer in das Glas und wartete, bis die Temperatur auf die richtige Gradzahl gefallen war. Er stand da und summte leise *Migration* von Nitin Sawney mit. Nur nicht an das denken, was nach diesem Prozess geschehen würde.
Jetzt kam der schwierige Teil. Er nahm mit der Pipette genau die richtige Menge Schwefelsäure auf. Einen Tropfen nach dem anderen fügte er sie langsam der Mischung zu und behielt dabei die Temperatur im Auge. Beim Übersteigen von zehn Grad würde sie explodieren. An diesem Punkt wurden die meisten Amateure, die Bomben zu basteln versuchten, zu hektisch, gaben zu viel zu schnell hinein und hingen später in Stücke gerissen an den Wänden. Yousef war absolut sicher, dass ihm das nicht passieren würde. Seine Finger zitterten, aber er passte jedes Mal genau auf, dass er nach dem Zugeben eines Tropfens die Pipette vom Becher wegnahm.
Als die Rezeptur komplett war, begann er mit dem Rührstab umzurühren. Fünfzehn Minuten waren vorgeschrieben. Er stellte die Uhr. Dann nahm er unendlich langsam und vorsichtig den Glasbecher aus dem Bad, stellte ihn in den Kühlschrank und vergewisserte sich noch einmal, dass die Temperatur so niedrig wie möglich eingestellt war. Morgen Abend würde er wiederkommen und den nächsten Abschnitt über die Bühne bringen. Aber fürs Erste hatte er alles getan, was er tun konnte.
Yousef schloss den Kühlschrank und spürte, wie sich seine Schultern vor Erleichterung entspannten. Er hatte sich auf

die Anweisung verlassen, war aber kein Dummkopf und hatte sie vorher mit anderen verglichen, die er im Internet gefunden hatte. Aber er wusste auch, dass bei der Vorbereitung von Sprengstoff etwas schiefgehen konnte und das auch tatsächlich vorkam. Was für eine sinnlose Verschwendung wäre das gewesen. Er zog seine Schutzkleidung aus und warf alles auf das zerwühlte Bett.

Es war an der Zeit, nach Hause zu gehen und wieder der pflichtbewusste Sohn und Bruder zu sein. Noch zwei Abende, dann war Schluss damit. Er liebte seine Familie. Er wusste, dass sein Vorhaben die anderen daran zweifeln lassen könnte, aber für Yousef selbst stand es unwiderruflich fest. Er liebte sie und hasste den Gedanken, sie zu verlieren. Aber es gab Dinge, die stärker waren als Familienbande. Erst in letzter Zeit hatte er herausgefunden, wie stark sie tatsächlich waren.

Freitag

Der schmutzig graue Himmel über der Stadt begann in der Ferne schon blasser zu werden, als Carol im Schatten der Grayson-Street-Tribüne anhielt. Bevor sie den Motor abgestellt hatte, machte sich eine uniformierte Polizistin, die mit ihrer schweren, an ihrem Gürtel hängenden Ausrüstung plump wirkte, schon auf den Weg zu ihr. Was Carol zu hören bekam, als sie ausstieg, hatte sie genau so erwartet. »Tut mir leid, Sie können hier nicht parken«, erklärte die Polizistin müde, klang aber fast nachsichtig.

Carol zog ihren Dienstausweis aus der Tasche ihrer Lederjacke und sagte: »Ich brauche nicht lange.«

Die junge Beamtin wurde vor Verlegenheit rot. »Tut mir leid, Ma'am, ich habe Sie nicht erkannt …«

»Wie hätten Sie mich denn erkennen sollen«, erwiderte Carol. »Ich trage ja keine Uniform.« Sie zeigte auf ihre Jeans und die Arbeitsstiefel. »Ich wollte nicht wie eine Polizistin aussehen.«

Die junge Frau lächelte ihr unsicher zu. »Dann sollten Sie aber vielleicht auch nicht hier parken?«, wandte sie ein, wusste aber genau, welches Risiko sie damit einging.

Carol lachte. »Gutes Argument. Und wenn ich nicht so knapp dran wäre, würde ich das Auto woanders hinstellen.«

Sie ging weiter auf das Geländer zu; die Blumen, Karten und Stofftiere nahmen fast den ganzen Gehweg ein, an manchen Stellen war kaum genug Platz, dass eine Person vorbeikonnte, ohne auf die Straße ausweichen zu müssen.

Zweifelsohne löste dies eine komplizierte emotionale Reaktion aus.

Ihr Beruf hatte Carol gelehrt, spontanen Gefühlen nicht nachzugeben. Man durfte sich bei ihrer Arbeit nicht seinen Stimmungen überlassen. Polizisten, Feuerwehrleute, Sanitäter – alle mussten schon früh lernen, sich nicht in den echten persönlichen Kummer derjenigen, mit denen man zu tun hatte, hineinziehen zu lassen. Sie mussten sozusagen immun sein gegen die Wogen öffentlicher Gefühle, die durch Ereignisse wie Dianas Tod oder die Soham-Morde ausgelöst werden. Theoretisch wusste sie, dass jedes Leben, das vorzeitig ausgelöscht wurde, den gleichen Wert hatte. Aber wenn es um die Ermordung eines Menschen wie Robbie Bishop ging, um jemanden, der so jung und talentiert war und Millionen so viel Freude bereitet hatte, dann war es schwer, keinen stärkeren Zorn, tieferen Kummer und größere Entschlossenheit zu fühlen, den Schaden, soweit es in ihrer Macht stand, wieder zu beheben.

Carol hatte in den Fernsehreportagen kleine Ausschnitte gesehen, aber keine Vorstellung vom tatsächlichen Ausmaß der ausgestellten Trauergaben vor dem Fußballstadion gehabt. Es berührte sie, aber nicht wegen der sentimentalen Geste, mit der die Öffentlichkeit die Trauer für sich in Anspruch nahm. Es berührte sie, weil es so mitleiderregend war. Die Plüschtiere und Karten waren mit Dreck und schmutzigem Wasser von den Reifen der vorbeifahrenden Autos bespritzt und vom Regen durchnässt, der die ganze Nacht angehalten hatte. Der Gehweg, der von verwelkten Blumen übersät war, fing an, sich in einen illegalen Müllabladeplatz zu verwandeln.

So früh am Morgen war sie die einzige Anbeterin vor diesem Schrein. Ein paar Autos fuhren langsam vorbei, die Fahrer achteten kaum auf die Straße. Langsam ging Carol am Geländer entlang. Am hinteren Ende blieb sie stehen und zog ihr Telefon heraus. Sie wollte gerade auf Wahlwiederholung drücken, überlegte es sich dann aber anders. Da er in einem Krankenhaus des staatlichen Gesundheitsdienstes lag, war Tony wahrscheinlich schon auf. Aber wenn er doch noch schlief, wollte sie ihn nicht wecken. Das war der Vorwand, unter dem sie ihr Telefon ungeduldig wieder in die Tasche steckte.

Aber in Wahrheit wollte sie sich nicht wieder auf die dürftige Verbindung zwischen Robbie Bishop und Danny Wade einlassen. Dass Tony im Krankenhaus liegen musste, langweilte ihn so sehr, dass er Phantome erfand, damit sein Gehirn etwas zu tun hatte. Er brauchte etwas, das ihn beschäftigte, und hatte sich durch ein paar zufällige Übereinstimmungen hinreißen lassen, über die er sonst nur gelacht hätte. Statt die Sache fallenzulassen, sah er dort Serienmörder, wo es keine gab. Aber das war ja zu erwarten gewesen, nahm sie an. Es war das, was er am besten konnte und was er wahrscheinlich am stärksten vermisste. Carol fragte sich, wie lange es wohl noch dauern würde, bis er wieder arbeiten durfte, selbst wenn es nur halbtags war. Zumindest würden die Verrückten in Bradfield ihm vielleicht helfen, seine eigenen Dämonen im Zaum zu halten.

Sie konnte mit der Hoffnung leben. Und inzwischen würde sie sich auf ihre eigene Intuition verlassen. Die Intuition, die, so rief sie sich ins Gedächtnis, durch die enge Zusammenarbeit mit Tony geschärft worden war. Sie musste ihm nicht immer ihre Ideen darlegen, damit er sie beurteilte. Wieder zog sie das Telefon heraus und wählte. »Kevin«, sagte sie. »Tut mir leid, Sie zu Hause zu behelligen. Ich möchte, dass Sie auf Ihrem Weg zur Arbeit bei den Kollegen in Uniform vorbeischauen und ein paar Männer organisieren, die zum Victoria Park kommen und Fotos von den Sachen machen. Jede Karte und jeder Brief soll fotografiert und alles, was irgendwie verdächtig aussieht, für unser Team mitgenommen werden, damit wir es uns anschauen können. Bis später.« Sie klappte das Handy zu und ging zu ihrem Wagen zurück. Es war Zeit, nach Hause zu gehen und ihre Zivilkleidung anzuziehen. Zeit, sich zu beweisen, dass sie die harten Nüsse immer noch ohne Tony knacken konnte, wenn sie musste.

Stacey Chen war ausnahmslos immer als Erste im Büro. Sie kommunizierte gern mit ihren Computern in Ruhe und Frieden. Als sie an diesem Freitag die Räume betrat und Sam Evans schon dort vorfand, das Wasser bereits kochte und ein Teebeutel mit Earl Grey in ihrer Tasse bereitlag, war sie sofort auf der Hut. In diesem Team kam es zwar nicht oft vor, aber überall, wo sie sonst eingesetzt worden war, hatten die Kollegen immer Schlange gestanden, um sie um diverse Gefallen zu bitten. Alle brauchten das, was die Elektronik für sie tun konnte, wollten sich aber nicht die Mühe machen herauszubekommen, wie sie die Computer wirklich für sich arbeiten lassen konnten. Sie nutzten Stacey einfach als Abkürzung. Und das ärgerte sie mehr, als sie sich jemals anmerken ließ.

Sie nahm die Tasse Tee kühl dankend an, setzte sich hinter ihren beiden Monitoren verborgen zurecht und machte nur eine Pause, um die Jacke ihres strengen Prada-Kostüms aufzuhängen. Sam schien ganz zufrieden an seinem eigenen

Rechner zu arbeiten, also beachtete Stacey ihn nicht weiter, sondern konzentrierte sich stattdessen auf die Tiefenanalyse der inneren Geheimnisse von Robbie Bishops Festplatte. Er hatte in letzter Zeit einige Fotos gelöscht, und sie war entschlossen, die verbliebenen Bruchstücke wieder sinnvoll zusammenzusetzen. Wahrscheinlich brachte es nichts, aber Stacey gab nie gern eine Niederlage zu.

Sie war so vertieft, dass sie es noch nicht einmal merkte, als Sam aufstand und zu ihrem Platz herüberkam, bis er direkt neben ihr stand, sich über sie beugte und einen würzigen Duft nach Zitrone und Männlichkeit verströmte. Stacey spürte, wie sich ihre Muskeln anspannten, als müsse sie sich auf einen Schlag gefasst machen. *Sei nicht blöd*, sagte sie sich. *Es ist nur Sam, um Himmels willen. Er wird dich ja nicht fragen, ob du mit ihm ausgehen willst oder so etwas*. Das hätte ihr durchaus behagt, hätte sie nur den Gedanken beiseiteschieben können, dass er eher etwas aus der virtuellen Welt statt in der realen von ihr wollte. »Was ist denn?«, fragte sie wenig entgegenkommend.

»Ich hab nur gedacht, dass du vielleicht Hilfe möchtest, wenn du all diese E-Mails von Robbie und so durchgehst.«

Staceys Augenbrauen schnellten hoch. Sie konnte sich nicht daran erinnern, dass Sam ihr jemals Hilfe bei irgendeiner Routinearbeit angeboten hatte. »Ich komme schon klar, danke«, antwortete sie so steif wie der Kragen eines Geistlichen.

Sam hob die Hände mit einer Geste, die wohl versöhnlich gemeint war. »Das weiß ich«, sagte er. »Ich wollte nur vorschlagen, dass ich dir dabei helfen könnte, das Zeug zu lesen. Ich überlasse es natürlich vollkommen dir, wenn es um etwas Kompliziertes geht. Aber ich dachte, vielleicht könntest du Unterstützung bei den Sachen brauchen, die jedes Arbeitstier kapiert.«

»Geht schon, danke. Alles unter Kontrolle. Robbie Bishop war ja nicht gerade ein Meister seines Rechners«, entgegnete Stacey und verbarg ihre Verachtung für die weniger Computerkundigen nicht. Wenn es nichts brachte, seine Hilfe direkt abzulehnen, würde sie vielleicht mehr Glück mit indirekten Kränkungen haben.

Sam zuckte mit den Schultern. »Wie du willst. Es ist nur so, dass ich nicht weiterarbeiten kann, bis jemand mit mehr Information kommt. Und geben wir's doch zu …«

Er hatte allerdings ein nettes Lächeln, dachte sie. Sehr einnehmend, wenn man zu denen gehörte, die sich einnehmen lassen wollten.

»Was sollen wir zugeben?«, musste Stacey fragen.

»Na ja, es ist doch, offen gestanden, Verschwendung, dass du an so was arbeitest. Wie gesagt, jeder Roboter könnte das machen. Aber die anderen Sachen, die Sachen, von denen Idioten wie ich keine Ahnung haben, dafür brauchen wir dich. Die Alltagsdinge? Die solltest du solchen wie mir überlassen.«

»Denen, die gern die Lorbeeren einheimsen, ohne die Arbeit zu machen, meinst du?« Stacey lächelte, um ihre Worte etwas abzumildern.

Sam sah beleidigt aus. Sie konnte es kaum fassen, dass er die Stirn besaß, so etwas zu sagen. Alle wussten, dass er einer war, der immer dem Ruhm hinterherjagte. Er fasste sich an die Brust, als hätte sie ihm das Herz gebrochen. »Ich kann's nicht glauben, dass du das gesagt hast.«

»Sam, was bringt es, sich zu verstellen? Ich bin nicht von gestern. Ich erinnere mich an die Ermittlungen zum Creeper, als du versucht hast, die Chefin zu hintergehen. Man muss vollkommen blind sein vor Ehrgeiz, es mit so etwas Verrücktem zu probieren.«

Er sah verlegen drein. »Das war damals. Glaub mir, Stace, aus der Schlappe hab ich meine Lektion gelernt. Komm, lass mich dir helfen. Mir ist langweilig.«
»Es wäre dir noch viel langweiliger, wenn ich dir das gesammelte Gelaber von Robbie Bishop weiterreichen würde. Das weiß ich jetzt schon.«
Die Tür öffnete sich, und sie sahen beide auf, als Chris Devine hereinkam und mit ihrer Wachsjacke, der Cordhose und den grünen Gummistiefeln wirkte, als wolle sie einen Spaziergang auf dem Land machen. Sie sah ihren Gesichtsausdruck und zog eine Grimasse. »Ich weiß, ich weiß. Ich hab verschlafen, der Hund brauchte Auslauf, Sinead ist geschäftlich in Edinburgh, was also sollte ich machen?« Sie zog ihre Gummistiefel aus und schlüpfte in ein Paar Schuhe, die sie einer Supermarkttüte entnahm. Unter der Jacke trug sie einen äußerst respektablen Kaschmirpullover.
»Das ist aber eine Verwandlung«, zollte Sam Beifall.
»Ja, als alte Schlampe, die ich bin, kann ich mich doch ganz gut umkrempeln«, erwiderte Chris. »Was habt ihr beiden vor?« Sie ging auf den Wasserkessel und die Kaffeemaschine zu, die sie zur Ausstattung beigesteuert hatte.
»Ich biete Stacey an, ihr zu helfen, aber sie lässt mich nicht«, berichtete Sam. Stacey presste die Lippen aufeinander. Er klang, als sei sie das Problem.
»Das überrascht mich nicht«, meinte Chris. »Du und Computer? Nach dem, was ich gesehen habe ...«
»Er kennt sich besser aus, als er sich anmerken lässt«, wandte Stacey ein und war selbst überrascht von ihrer Freimütigkeit. Sam warf ihr einen Blick zu, der kein bisschen Herzlichkeit zeigte, sondern nur kalte Berechnung. Sie sah, dass Chris die Situation überdachte. So, wie sie Chris bisher kennengelernt hatte, überlegte sie wohl nur, wie sie die Spannung zwischen

ihr und Sam am besten kreativ nutzen konnte. Und zwar so, dass es der Ermittlergruppe zum Vorteil gereichte. Stacey hatte Angst vor dem, was jetzt kommen würde.
»Was willst du denn machen, Sam?«, fragte Chris und sah sie beide an.
»Ich dachte, wenn ich die E-Mails durchlesen würde, könnte ich Stacey Luft verschaffen für die komplizierten Sachen«, erklärte Sam mit treuherzigem Blick.
Chris sah Stacey an. »Und das ist ein Problem … Wieso?«
Weil er, sollte er etwas finden, dafür sorgen wird, dass ich schlecht dastehe und er die ganze Anerkennung einheimst. Weil ich ihm nicht traue. Weil ich fürchte, ich könnte ihn vielleicht zu sehr mögen, und nicht will, dass er sich in meinem Terrain umtut. »Aus Gründen der Sicherheit, Sergeant. Wir wollen nicht, dass diese Dinge im System herumliegen. Bei einem Fall wie diesem ist Hintergrundinformation, die in die falschen Hände gerät, sofort überall in den Boulevardblättern, bevor wir überhaupt daran denken.«
»Das begreife ich schon, aber Sam gehört doch zu uns, Stacey. Er weiß doch, wie wichtig Vertraulichkeit ist. Ich verstehe nicht, was daran problematisch ist. Wenn Sam nichts anderes zu tun hat, kann er doch ganz gut deine Routinearbeit übernehmen.«
»Kein Problem, Sergeant.« Stacey richtete den Blick wieder auf ihre Monitore, denn sie wollte Chris nicht zeigen, wie verärgert sie war. »Ich drucke alle relevanten Dateien aus«, bot sie an – ein letzter verzweifelter Versuch, ihm den direkten Zugriff zu verwehren.
»Das ist nicht nötig«, erwiderte Sam. »Brenn mir einfach eine CD oder schick sie mir als E-Mail-Anhang. Ich hab nichts dagegen, sie am Monitor zu lesen.«
Stacey wusste, wann sie sich geschlagen geben musste. Aber

mal ehrlich, was brachte es schon, Lesben im Team zu haben, wenn sie sich auf die Seite der Männer schlugen? »In Ordnung«, murmelte sie.
Als Carol eine Stunde später kam, musste sich Stacey schon über viel mehr Sorgen machen als darüber, wer Robbie Bishops E-Mails las.

Carol starrte ungläubig auf den Bildschirm. Die Mailbox, die Stacey für die Antworten der »Best Days of Our Lives«-Abonnenten eingerichtet hatte, enthielt schon über zweihundert Nachrichten. Sie warf Stacey einen verwirrten Blick zu. »Ich glaube, das beweist, dass Sie mit Ihrem Argument recht hatten, wir sollten die Online-Gemeinschaft auf unsere Seite holen«, konstatierte sie trocken. »Welche Fragen haben Sie ihnen denn genau gestellt?«
Stacey schien gelangweilt. »Was sich so anbietet. Wann sie zur Schule gegangen sind, ob sie Robbie gekannt haben, alles, was sie uns aus eigener Erfahrung über Robbie in der Schulzeit oder seit damals sagen können. Was sie am Donnerstagabend getan haben. Wer das bestätigen kann. Und ob sie irgendwelche klugen Ideen haben, wer Interesse an Robbies Tod haben könnte und warum.« Sie versuchte zu lächeln. »Ich nehme an, einige Leute werden vielleicht die Bonzen vorschlagen, denen Chelsea und Manchester United gehören.«
Carol fand nichts an Staceys Logik auszusetzen. »Okay. Chris und Paula, ich möchte, dass ihr sie unter euch aufteilt. Sucht die möglicherweise Verdächtigen heraus. Druckt die Fotos aus. Und heute Abend geht's mit den Bildern wieder ins Amatis. Mal sehen, ob jemand von den Gästen oder dem Personal an der Bar irgendwelche Gesichter wiedererkennt.«

Chris beugte sich vor, um den Bildschirm genauer in den Blick zu nehmen. »Das ist eine Riesenaufgabe. Da sind in der Zeit, während wir geredet haben, schon wieder vier hereingekommen. Wir werden vielleicht noch Helfer brauchen.«
»Alles klar. Seht mal zu, wie weit ihr heute Vormittag kommt. Wenn es zu lang dauert, organisieren wir Hilfe.« Carol sah sich im Raum um. »Sam, woran arbeiten Sie?«, erkundigte sie sich.
»Robbies E-Mails«, antwortete er, ohne aufzusehen.
»Okay, wenn Chris und Paula Unterstützung brauchen, können Sie das zurückstellen und sich einschalten.« Carol rief sich ins Gedächtnis, was alles getan werden musste. Kevin sorgte dafür, dass die Gaben und Trauerkarten unten beim Victoria-Park-Stadion richtig aufgenommen und ausgewertet wurden. Er würde irgendwann mit zusätzlichen möglichen Hinweisen zurückkommen, die genau überprüft werden mussten. Es lief allerhand. Aber die Frage war, ob es einen Sinn ergab. Bewegten sie sich in die richtige Richtung? Und wenn ja, woran würden sie erkennen, dass dies der Fall war?
Bei solchen Gelegenheiten vermisste Carol Tonys Ideen, auf die sie sich sonst verlassen konnte, so verrückt sie auch manchmal schienen. Auch sie selbst hatte keine Angst, außerhalb der gewohnten Bahnen zu denken. Aber es war immer angenehmer, ein Risiko einzugehen, wenn man vom Sicherheitsnetz aus dazu ermutigt wurde.
Zumindest konnte sie sich bei diesem Team darauf verlassen, dass sie unter die Oberfläche vordringen würden. Wenn es etwas zu finden gab, dann würden sie es aufspüren. Schwierig war nur herauszubekommen, was es bedeutete und wohin es führte. Aber im Moment konnte sie lediglich warten.

Yousef fand, dass es immer besser sei, aus den Fehlern anderer zu lernen, als eigene zu machen. Wie zum Beispiel die der Londoner Bombenleger. Sie hatten sich getroffen und waren als Gruppe im Zug nach London hineingefahren. Als der Objektschutz die Aufnahmen der Überwachungskameras zu überprüfen begann, fielen sie auf. Sie waren leicht zu entdecken und im Blick zu behalten, folglich war es nicht schwer, ihnen die Schuld zu geben. Es war leicht, sie zu ihren Wohnungen zurückzuverfolgen und ihre Freundschafts- und Hilfsnetzwerke aufzudröseln.
All dies wäre viel langsamer vonstattengegangen, wenn sich jeder allein an seinen Zielort begeben hätte. Die Sicherheitskräfte nach dem Anschlag abzulenken war auf jeden Fall am besten, aber wenn das nicht klappte, wäre es viel besser, ihnen Steine in den Weg zu legen, als es ihnen leicht zu machen. Am sichersten wäre es, wenn sie in der Zeit vor dem Attentat möglichst wenig Kontakt untereinander hätten. Da die Briten das am besten überwachte Volk der Welt sind, die meisten Bänder von Überwachungskameras aber nicht länger als zwei Wochen gespeichert werden, hatten sie sich darauf geeinigt, sich während dieser Zeit nur im Notfall zu treffen. Sie würden den Kontakt auf ein Minimum beschränken und sich wenn nötig mit einem verabredeten Code per SMS verständigen. Das Zielobjekt würde als »das Haus« und die Bombe als »Dinner« bezeichnet und so weiter. Jeder wusste, was getan werden musste, und sie waren bereit es zu tun.
Und so saß Yousef im Dachcafé der Bradfield City Art Gallery am dritten Tisch links an der Wand, unauffällig zwischen den Menschen, die am späten Vormittag ihren Kaffee tranken, und hatte der Selbstbedienungstheke und der Kasse den Rücken zugewandt. Vor ihm standen eine Cola und ein Stück des als Kalorienbombe bekannten Zitronenkuchens mit Zu-

ckerguss. Er hatte erst zwei Bissen davon genommen, doch der Kuchen blieb ihm im Halse stecken wie ein süßer Brocken Sandstein, denn er hatte nicht nur zu Hause Probleme mit dem Essen. Die Morgenausgabe des *Guardian* hatte er bis auf den Sportteil auf dem Tisch ausgebreitet und tat so, als sei er mit dem Lesen der Beilage beschäftigt. Dabei hielt er die linke Hand so, dass er sehen konnte, wie spät es auf seiner Uhr war. Vor nervöser Anspannung wippte er mit dem rechten Bein.

Als der Minutenzeiger auf zehn nach rückte, wurde ihm heiß im Gesicht, und auf Nacken und Schultern brach ihm der Schweiß aus. Vor Anspannung verkrampfte sich sein Magen. Es dauerte nur wenige Sekunden. Eine Frau in einem weiten Regenmantel rauschte dicht an seinem Tisch vorbei. Er sah sie nur von hinten, als sie durch die Türen auf die Dachterrasse hinausging, wo sie sich mit dem Rücken zu ihm hinsetzte, eine Flasche Mineralwasser vor sich auf dem Tisch. Ein dunkles Kopftuch verbarg ihren Kopf. Er wünschte, er könnte hingehen und sich zu ihr setzen, um das Gefühl der Einsamkeit zu mildern.

Auf dem Tisch vor Yousef lag der Sportteil der Zeitung. Er zwang sich, den Rest des Kuchens zu essen, und spülte ihn mit Cola hinunter. Dann faltete er seine Zeitung betont lässig zusammen, wobei er zu verbergen versuchte, wie übel ihm von dem vielen Zucker war, und schlenderte zum Ausgang.

Er konnte nicht warten, bis er zum Lieferwagen zurückkam, sondern schlüpfte draußen vor dem Café in die Herrentoilette und schloss sich ein. Mit schweißfeuchten Fingern blätterte er nervös und ungeschickt raschelnd den Sportteil durch. Da fand er – ironischerweise zwischen einem zweiseitigen Artikel über Bradfield Victorias Chancen auf die Premier League ohne Robbie Bishop – eine Plastikhülle mit den

Unterlagen, die ihm erlauben würden, morgen an den Ort zu gelangen, den er aufsuchen musste. Ein Fax, angeblich von Bradfield Victorias Geschäftsführer an seine Firma für Elektroarbeiten, in dem über ein dringendes Problem mit einem Verteilerkasten unter der Albert-Vestey-Tribüne berichtet wurde. Und ein zweites Fax von ihrem Elektriker an A1 Electricals über die Weitergabe des Auftrags an den Subunternehmer.

Yousef atmete erleichtert auf und entspannte sich. Es würde funktionieren. Es würde unglaublich sein. Morgen würde die Welt anders aussehen. *Inschallah*.

Tony nahm all seinen Mut zusammen und schwang das gesunde Bein auf den Boden. Das allein jagte trotz der stabilisierenden Schiene einen stechenden Schmerz durch das andere Bein. Er biss die Zähne zusammen, half mit den Händen nach und zog das verletzte Bein in einem großen Bogen nach. Als er es über den Rand der Matratze schob, ließ er es los und fiel fast nach vorn, kam aber durch die Schwerkraft in eine mehr oder weniger aufrechte Position. Schweiß brach ihm auf der Stirn aus, und er wischte ihn mit dem Handrücken weg. Dies musste er vor seiner Entlassung können.

Er machte eine Pause und verteilte sein Gewicht auf das Gesäß und den rechten Fuß. Als seine Brust sich nicht mehr so heftig hob und senkte, nahm er die Krücken, deren Benutzung man ihm am gleichen Tag beigebracht hatte. Vorsichtig packte er sie und achtete darauf, dass die Unterarme richtig in den Armschalen lagen. Dann die Gummistoppel auf den Boden setzen und tief Luft holen.

Tony drückte sich hoch und war erstaunt, wie sicher er stand. Er setzte die Krücken vor, schwang das gute Bein nach, ließ das verletzte folgen, berührte bei minimaler Belastung des

beschädigten Knies mit den Zehen den Boden. Ein stechender Schmerz. Aber nicht unerträglich. Zähneknirschend und mit zusammengekniffenen Pobacken war es auszuhalten.
Fünf Minuten später hatte er es zur Toilette geschafft. Der Rückweg dauerte acht Minuten, aber schon in dieser kurzen Zeit merkte er, dass seine Bewegungen gleichmäßiger und sicherer wurden. Wenn Carol nächstes Mal kam, würde er etwas haben, das er ihr vorführen konnte. Er würde ihre Hilfe brauchen, wenn er nach Hause ging. Es würde schwierig sein, sie zu bitten, aber er hatte den Verdacht, dass es noch schwerer sein würde, auf ein Angebot von ihr zu warten.
Es wieder zurück ins Bett zu schaffen und es sich bequem zu machen nahm noch ein paar Minuten in Anspruch. Er schwor, dass er die einfache Handlung, aufzustehen und zur Toilette zu gehen, nie wieder als selbstverständlich ansehen würde. Es war ihm egal, wenn die Leute lachten, er würde sich einfach freuen, dazustehen und zu sagen: »Seht euch das an. Ich bin gerade aufgestanden und da rübergegangen. Habt ihr das gesehen? Erstaunlich!«
Zurück im Bett, hatte er keine Entschuldigung mehr, nicht an Robbie Bishop und Danny Wade zu denken. Oder vielmehr an Danny Wade und Robbie Bishop. Es war möglich, dass Danny Wade nicht Stalkys erstes Opfer war, aber nach eingehender Suche im Internet konnte Tony kein früheres Beispiel für das finden, was man als dessen Werk hätte betrachten können.
»Dir ist an der Planung und dem Ergebnis gelegen, aber aus der Handlung selbst machst du dir nicht viel«, stellte Tony fest. »Genau genommen bist du noch kein Serienmörder, aber ich glaube, du entwickelst dich in diese Richtung. Aber ungewöhnlich macht dich die Tatsache, dass Serienmorde meistens etwas mit Sex zu tun haben. Es mag nicht immer

danach aussehen, aber er steht doch immer wieder im Mittelpunkt. Verdrehte Schaltungen, für die verdrehte Szenarien nötig sind, um das zu erreichen, was bei den meisten Menschen auf relativ natürlichem Weg geschieht. Aber darum geht es bei dir nicht, oder? Du bist nicht an ihren Körpern als Objekten der Begierde interessiert. Jedenfalls nicht sexueller Begierde.
Was hast du also davon? Ist es etwas Politisches? Eine Art Botschaft wie etwa ›vernichte die Reichen‹? Bist du ein neomarxistischer Kämpfer, der die bestrafen will, die zu Reichtum gekommen sind und ihn nicht mit den Menschen teilen wollen, die noch in der Situation festsitzen, aus der auch unsere Helden einmal kamen? Das ergibt sozusagen einen Sinn …« Er starrte zur Decke, drehte und wendete diesen Gedanken und prüfte ihn aus verschiedenen Blickwinkeln.
»Das Problem ist nur, warum verkündest du es nicht lauthals, wenn du wirklich so gestrickt bist? Für eine politische Botschaft kannst du nicht in einer unverständlichen Sprache werben. Nein. Du tust dies nicht, weil du eine abstrakte politische Aussage machen willst. Es ist eher eine persönliche Sache.«
Er kratzte sich am Kopf. Mein Gott, wie sehnte er sich nach einer richtigen Dusche, lange unter einem Wasserstrahl zu stehen, sich einweichen zu lassen, die Haare zu waschen und den Kopf klar zu bekommen. Vielleicht morgen, hatte die Schwester gesagt. Seine Schiene in Frischhaltefolie packen, am Bein festkleben und mal sehen, wie es geht.
»Wenn es also nichts Sexuelles oder Politisches ist, was ist dann der Sinn? Was hast du davon? Wenn es nur um Robbie ginge, könnte ich an Rache für etwas glauben, das in der Schulzeit passiert ist, dass er dir etwas weggenommen, dich gedemütigt, dich irgendwie gekränkt hat, wahrscheinlich so-

gar, ohne sich darüber im Klaren zu sein. Aber es ist unvorstellbar, dass Danny Wade solche Dinge getan haben könnte. Danny war als Junge ein Stubenhocker, mochte Modelleisenbahnen, guter Gott! Das ist weit unten in der Rangordnung, darunter kommen nur noch die, die gerade noch der Sonderschulklasse entkamen.« Er seufzte. »Es ergibt keinen Sinn.«
Einleuchtend war dagegen, dass der Mörder Spuren hinterlassen haben musste. Angesichts der Tatsache, dass es von der Polizei vor Ort als tragischer Unfall behandelt wurde, hatte man damals am Tatort nur unzusammenhängende Ermittlungen durchgeführt, besonders als feststand, dass durch Dannys Tod für Jana nichts herausgesprungen war. Aber man könnte sogar jetzt noch Antworten finden, wenn man nur die richtigen Fragen stellte. Jemand hatte Danny vielleicht bemerkt, als er mit seinem Mörder im Pub zusammentraf. Jemand hatte ihn vielleicht in der Mordnacht bei Dannys Haus ankommen sehen. Wenn er doch nur nicht in einem Krankenhausbett festsäße, dann würde es ihm nichts ausmachen, dass Carol seine Vermutungen nicht ernst nahm. Dann könnte er selbst nach Dore fahren und mit den Leuten dort reden. Obwohl das unterm Strich nicht immer die beste Vorgehensweise war.
Für jede Person, mit der er gut in Kontakt kam, gab es gewöhnlich mindestens eine zweite, die seine Verrücktheit spürte und befremdet war. Sein ganzes Leben hatte Tony das Gefühl gehabt, er gehe gerade noch so als normaler Mensch durch. Es war eine Maskerade, die nicht immer alle Leute überzeugte. Und die Beinschiene würde dabei bestimmt auch nicht helfen, das stand fest.
Was natürlich keine Rolle spielte, weil er sowieso nicht nach Dore fahren und selbst dort herumschnüffeln konnte. Tony seufzte frustriert. Dann weiteten sich seine Augen plötzlich.

Es gab jemanden, der mit Charme sogar aus einem Trappisten Informationen herausholen konnte. Und der ihm einen Gefallen schuldete.
Tony lächelte und griff nach dem Telefon.

Carol sah hinaus auf ihr Team. Alle starrten entweder auf einen Monitor oder waren in ein Telefongespräch vertieft. Sie zog ein Wodkafläschchen aus ihrer Schublade, schraubte unter dem Schreibtisch den Deckel ab und kippte den Inhalt diskret in ihren Kaffee. Sie hatte durch die seelischen Verletzungen, die sie sich bei ihrer Arbeit zugezogen hatte, gelernt, dass Alkohol zwar ein guter Freund, aber auch ein schlechter Meister war. Sie war nahe daran gewesen, sich ihm zu unterwerfen, hatte sich aber aus dieser Situation wieder herausgekämpft und konnte sich nun ohne weiteres einreden, sie habe alles im Griff. Sie betrachtete es als die Wahrheit, dass er in Zeiten von Stress und Frust, Zeiten wie dieser, ihre Zuflucht war und ihr Stärke gab. Besonders wenn Tony nicht da war.
Nicht dass er sie tadeln würde, jedenfalls nicht so offensichtlich. Nein, es war eher so, dass seine Anwesenheit ein Vorwurf für sie war, eine Erinnerung daran, dass es andere Möglichkeiten gab zu entkommen. Möglichkeiten, die sie schon mehrmals fast genutzt hatten. Aber immer, wenn sie fast so weit waren, kam etwas dazwischen. Gewöhnlich war es etwas, das mit der Arbeit zu tun hatte. Es war die reinste Ironie. Was sie zusammenbrachte, legte ihnen zugleich unaufhörlich Hindernisse in den Weg. Und sie konnten beide keinen Weg finden, diese Hindernisse zu überwinden, bis dann die Gelegenheit vorbei war.
Sie trank langsam ihren Kaffee und genoss seine Wirkung, die sich angenehm ausbreitete. Guter Gott, sie brauchten

einfach etwas, das ihnen in diesem Fall einen Durchbruch brachte.
Als sei es eine Antwort auf ihren leidenschaftlichen Wunsch, erschien Sam Evans' Kopf in der Tür. Carol nickte, er solle hereinkommen. Sam gegenüber verspürte sie immer eine gewisse Zwiespältigkeit. Sie wusste, dass er ehrgeizig war, und weil sie das früher auch gewesen war, verstand sie sowohl, wie wertvoll, aber auch, wie gefährlich das für einen Polizisten war. Sie erkannte auch in seiner einzelgängerischen Neigung eine Parallele zu ihrem früheren Selbst. Er hatte keinen Teamgeist. Aber sie hatte auch über keinen verfügt, als sie noch seinen Dienstgrad hatte. Sie war erst zu einer Teamspielerin geworden, als sie ein Team gefunden hatte, für das zu spielen sich lohnte. Sam hatte genug Ähnlichkeiten mit ihr, dass sie ihn verstehen und ihm folglich auch verzeihen konnte. Was sie ihm nicht nachsehen konnte, war seine Heimlichtuerei. Sie wusste, dass er seinen Kollegen hinterherspionierte, allerdings machte er es so gut, dass sie es nicht bemerkt hatten. Einmal hatte er sie bei Brandon in die Bredouille gebracht, damit seine eigenen Ergebnisse besser aussahen, als sie waren. Unterm Strich war es so, dass sie ihm nicht vertrauen konnte, was immer mehr zu einer Belastung wurde, je länger die Gruppe bestand und arbeitete.
»Ich glaube, ich hab vielleicht etwas, Chefin«, verkündete er und setzte sich mit etwas wichtigtuerischem Gehabe auf einen Stuhl. Er zog seine Hose an den Knien hoch, um die Bügelfalte zu schonen, und nahm die Schultern im gut gebügelten Hemd zurück.
Sie wagte kaum, sich etwas von ihm zu erhoffen. »Was für ein Etwas?«
Er warf die Original-E-Mail auf den Tisch und gab ihr einen Moment Zeit, sie zu lesen. »Ich habe mit Bindie gesprochen.

Dieser Stalker, Rhys Butler, hat sich vor dem Teamhotel in Birmingham auf Robbie gestürzt. Die Polizei hat ihn mitgenommen und mit einer Verwarnung wieder laufenlassen. Ich habe mit dem Kollegen gesprochen, der ihn verhaftet hat. Sie haben ihn mit Nachsicht behandelt, weil Robbie und Bindie keine Publicity wollten. Jedenfalls hat dieser DC Singh Butler im Auge behalten. Ist bei ihm zu Hause vorbeigegangen, hat dafür gesorgt, dass er seine Wichsbilder von der Wand nahm und sich von den beiden fernhielt. Butler schwor, er sei darüber weg. Er hatte seine Arbeit verloren, und das hätte ihm den Rest gegeben, behauptete er. Ein paar Monate lang spielte er den lieben Jungen, dann fand er eine neue Arbeit und zog nach Newcastle um. Aber jetzt kommt der Clou, Chefin.« Er machte eine dramatische Pause. »Er ist Laborratte bei einer Pharmafirma.«

Die Erfahrung hatte Carol gelehrt, dass es bei Ermittlungen in Mordfällen mehr trügerische Hoffungen gab als anständige Mahlzeiten in der Polizeikantine. Aber da nichts Konkreteres vorlag, dem sie nachgehen konnten, war sie nur allzu bereit, diesen Hinweis zu verfolgen. »Sehr gute Arbeit, Sam. Ich möchte, dass Sie nach Northumbria fahren, mal sehen, ob man uns dort mit einer Adresse weiterhelfen kann.«

Sams Lächeln erinnerte sie an Nelson, wenn man ihm eine Schüssel Hühnerleber vorsetzte. Er schob ihr ein zweites Blatt entgegen. »Dienst- und private Adresse«, sagte er.

Jetzt erlaubte sie sich, sein Lächeln zu erwidern. Die Frage war nur, ob sie die Kollegen in Northumbria auffordern sollte, ihn zu überstellen. Es dauerte nicht lange, eine Entscheidung zu treffen.

Carol beschloss, sich Rhys Butlers Wohnung selbst anzusehen. Sie wollte nicht irgendjemanden von den Uniformierten beauftragen, der nicht wusste, wonach genau er eigentlich suchen sollte. Sie schob ihren Stuhl zurück und stand auf. »Also, worauf warten wir?«

Yousef öffnete den Kühlschrank. Der Glasbecher stand im Fach, fast ganz mit einer klaren Flüssigkeit gefüllt, und das kristalline Pulver, das er brauchte, hatte sich auf dem Boden abgesetzt. Vorsichtig nahm er den Becher heraus und stellte ihn auf die Arbeitsfläche. Er hatte schon einen Glastrichter mit Papierfilter zurechtgelegt. Er schloss die Augen und murmelte ein Gebet, in dem er den Propheten um Fürsprache bat, damit sein Plan gelänge. Dann nahm er den Becher und goss die Flüssigkeit durch den Filter.

Es ging schneller, als er erwartet hatte. Er spähte durch die Scheibe seines Gesichtsschutzes auf das Häufchen weißer Kristalle. Es sah nicht aus, als sei es genug, um die Verwüstung anrichten zu können, die man ihm vorausgesagt hatte. Aber was verstand er schon davon? Bei Stoffen und Textilien kannte er sich aus, aber hier musste er sich auf das verlassen, was man ihm gesagt hatte. Sonst wäre alles sinnlos gewesen. Die schlaflosen Nächte, die Wandlung seiner Gemütsverfassung, der Schmerz, den er seiner Familie zufügen würde. Er konnte nicht der Einzige unter ihnen sein, der so fühlte, aber er musste einfach seine Schwächen überwinden und sich auf das Ziel konzentrieren.

Sachte nahm er das Filterpapier aus dem Trichter und gab den Inhalt in eine Schüssel mit eiskaltem Wasser. Er schwenkte die Kristalle darin und wusch sie von der Flüssigkeit rein, aus der sie ausgeschieden worden waren. Dann verteilte er den Sprengstoff zum Trocknen auf einem Dutzend Papierteller, damit das Risiko einer zufälligen Explosion möglichst gering war.

Er schob seinen Gesichtsschutz hoch und schüttelte erstaunt

den Kopf. Er hatte es geschafft. Er hatte genug TATP hergestellt, um ein Loch in die Haupttribüne des Victoria-Park-Stadions zu sprengen. Jetzt musste er nur noch am Morgen die restlichen Einzelteile zusammenbauen.
Dann konnte er alles an den Ort transportieren, an dem sich zeigen würde, dass man keineswegs dabei war, den Krieg gegen den Terrorismus zu gewinnen. Yousef erlaubte sich ein schiefes Lächeln. Er würde ihnen deutlich machen, was Angst und Schrecken wirklich bedeuteten.

»Du bist verrückt«, sagte Paula bestimmt. Oft genug hatte sie das schon gedacht, aber ein geeigneter oder günstiger Moment, es zu sagen, hatte sich nie ergeben.
»Welche Seite ist die verrückte?«, fragte Tony sanft.
»Welche Seite ist es nicht?« Sie sah sich um. »Hast du einen Rollstuhl? Können wir hier raus?«
»Nein auf beide Fragen. Du brauchst doch keine Zigarette, um dich mal kurz zu unterhalten.«
»Doch, wenn es um etwas so Verrücktes geht, schon«, erwiderte sie.
»Du wiederholst dich. Aber nur weil Carol Jordan eine Idee nicht weiterverfolgen will, ist es noch lange kein verrückter Einfall. Sie ist nicht unfehlbar.« *Was du besser weißt als irgendjemand sonst,* blieb ungesagt, lag aber in der Luft.
Paula deutete auf sein Bein. »Und auch du bist nicht unfehlbar.«
»Hab ich ja auch nie behauptet. Aber es ist doch so, Paula, der Sache muss nachgegangen werden. Wenn ich es selbst tun könnte, würde ich es machen. Aber ich kann nicht. Betrachte es doch so: Wenn ich mich irre, ist kein Schaden entstanden. Aber wenn ich recht habe, ändert sich die Ermittlung zu Robbies Tod vollständig.«

Paula zauderte. Sie musste sich gegen seine zwingende Logik und gegen ihr eigenes Gefühl, ihm Dank zu schulden, verteidigen. Denn er hatte ihr wieder aufs Trockene geholfen, als sie in ihrem eigenen Elend und Selbstmitleid zu ertrinken drohte. »Du hast leicht sagen ›kein Schaden entstanden‹. Schließlich steht nicht deine Karriere auf dem Spiel. Ich kann nicht einfach im Zuständigkeitsbereich einer anderen Polizei drauflos agieren und hoffen, dass es der Chefin nicht zu Ohren kommt.«

»Wieso sollte sie davon erfahren? Zunächst bitte ich dich nur, mit verschiedenen Leuten zu reden. Im Pub am Ort, mit den Spaziergängern, die ihre Hunde ausführen, und mit Jana Jankowicz. Ich sage ja nicht: ›Geh runter zur Polizei in Sheffield und sag denen, sie hätten Mist gebaut, und frag sie, ob sie dir bitte die Unterlagen zu dem Mord zeigen könnten, den sie übersehen haben.‹«

»Trotzdem«, murrte Paula. »Also, das wäre ja beruflicher Selbstmord.«

»Siehst du? Das verlange ich ja gar nicht. Nur ein paar Fragen, Paula. Du musst doch zugeben, es lohnt sich, mal nachzuschauen.«

Und damit hatte er sie geködert. Sie verehrte Carol Jordan und wusste, dass sie in ihre Chefin vielleicht ein bisschen verknallt war. Aber wie er schon angedeutet hatte, wusste sie besser als irgendjemand sonst, dass sich ihr Detective Chief Inspector manchmal irrte. Ohne es zu merken, rieb Paula ihr Handgelenk. Die Wunde war schon lange verheilt, aber am Ansatz der Handfläche und am Handgelenk verlief noch ein Netz feiner, kaum sichtbarer Narben. »Es ist ziemlich dürftig.« Sie versuchte, es so auszudrücken, dass sie zwar zugab, er hätte da vielleicht etwas gefunden, ohne aber direkt zu sagen, Carol Jordan hätte unrecht.

»Nach dem, was Carol mir erzählt hat, ist dürftig besser als das, was ihr habt.«

Paula ging ruhelos im Raum umher. »Vielleicht nicht. Sie und Sam sind wegen einer heißen Spur zusammen nach Newcastle gefahren. Ein Stalker von Bindie Blyth, der Robbie draußen vor dem Teamhotel eine gescheuert hat.«

Tony schüttelte den Kopf. »Zeitverschwendung. Ich habe es ihr gesagt, als sie anrief, um mir zu erklären, dass sie heute Abend nicht kommen würde. Wenn Stalker ausrasten, wollen sie, dass alle Welt erfährt, wozu sie aus Liebe fähig sind. So wie Hinckley, der versuchte, Reagan umzubringen, damit Jodie Foster ihn lieben sollte. Sie sind keine Geheimniskrämer, sie sind Typen, die ihr Anliegen von den Dächern schreien. Wer immer Robbie ermordet hat, hat es nicht getan, um damit Bindie zu beeindrucken.«

»Und wann genau soll ich gehen und diese Gespräche führen?«, fragte Paula. Und sobald sie es ausgesprochen hatte, war ihr klar, dass sie kapituliert hatte.

Tony breitete die Hände aus, ein typisches Bild verblüffter Unschuld. »Vielleicht heute Abend? Jetzt hast du dienstfrei.«

»Ich habe nicht dienstfrei«, erklärte Paula mit schmalen Lippen durch die Zähne. »Ich sollte nicht mal hier sein, sondern Chris bei der Lawine von E-Mails von der »Best Days«-Website helfen. Wir sollen heute Abend mit einem Stapel Fotos wieder ins Amatis gehen, um zu sehen, ob wir jemanden finden, der sie identifizieren kann.«

Tony zuckte nicht einmal mit der Wimper. »Na, dann vielleicht morgen?«

Paula trat gegen das Bettende und hoffte, es würde ihm wehtun. »Hör auf, den Dummen zu spielen, Tony. Du weißt genau, wie es bei uns läuft. Wenn wir einen großen Fall haben, arbeiten wir rund um die Uhr. Beim Sondereinsatzteam gibt es so etwas wie Überstunden nicht. Wir schlafen wieder, wenn alles vorbei ist.«

Tony schüttelte den Kopf. »Gute Rede, Paula. Könnte sogar jemanden überzeugen, der nicht weiß, wie diese Truppe funktioniert. Ihr redet viel über Teamarbeit. Ihr haltet das Konzept eines Teams hoch. Aber ich habe euch aus der Nähe im Einsatz gesehen. Ihr seid wie Real Madrid. Ein Haufen Stars, und jeder reitet auf seinem eigenen Steckenpferd in den Sonnenuntergang. Manchmal reitet ihr alle in die gleiche Richtung, dann sieht es aus, als wärt ihr ein Team. Aber das ist eher Zufall als Absicht.«

Paula blieb wie angewurzelt stehen, schockiert, Tony so über Carol Jordans ganzen Stolz reden zu hören. Sie hatte nicht geglaubt, dass er es fertigbringen würde, so schonungslos über die Gruppe zu sprechen. »Du irrst dich«, widersprach sie. Es war nicht einmal Trotz, nur ein automatisches Ableugnen.

»Ich täusche mich da nicht. Jeder von euch versucht verzweifelt, etwas zu beweisen. Ihr lebt euren Beruf. Und jeder will der Beste sein, also geht ihr los, jeder mit seiner eigenen kleinen Mission.« Er klang jetzt ärgerlich. »Wenn es funktioniert, ist das toll. Und wenn nicht ...«

»Don Merrick.« Paula musste sich anstrengen, um ihre Stimme nüchtern und emotionslos zu halten.

Tony schlug mit der Faust auf die Matratze. »Verdammt, Paula, lass das doch. Es war nicht deine Schuld.«

»Er wollte uns allen zeigen, dass er seine Beförderung verdient hatte. Dass er es wert war, zu unserer kleinen Elitetruppe zu gehören.« Paula schaute weg. Es gab Dinge, die Tony immer noch nicht sehen sollte. »Du hast recht. Wir folgen unseren eigenen Gesetzen.«

»Dann hilf mir doch damit.«

Er ist unheimlich hartnäckig, dachte sie. Diese Weigerung, ein Nein als Antwort anzuerkennen, machte ihn zu einem großen klinischen Psychiater. Aber manchmal machte es ihn auch wirklich unerträglich. Sie fragte sich, wie Carol damit umging. »Wenn ich kann«, antwortete sie. »Ich verspreche nichts.«

»Ich verlange es nicht«, stellte er klar. »Ich würde dich nicht darum bitten, wenn ich nicht meinte, dass es wichtig ist, Paula.«

Sie nickte, denn sie fühlte sich verpflichtet und wurde so widerwillig zur Komplizin. »Und wenn alles rauskommt, gebe ich dir die Schuld.«

Tony lachte. »Natürlich. Schließlich kann ich sie, wenn sie versucht, mich zu feuern, immerhin aus der Wohnung werfen.«

Eine Fahrt auf der A1 am Freitagnachmittag war eine Erfahrung, die garantiert die Nerven auch des geduldigsten Fahrers strapazierte. Es war schon lange her, dass jemand Sam Evans ein Übermaß an Geduld vorgeworfen hatte, und auch Carol Jordan war nicht besser. Wie die meisten Beifahrer war sie überzeugt, sie könnte schneller ans Ziel kommen als die Person am Steuer.

Als sie sich der Washington-Raststätte näherten, kam der Verkehr zum Stehen. Lkws, Lieferwagen und Pkws bildeten ein frustrierendes Durcheinander von Fahrzeugen, was noch schlimmer wurde durch die Opportunisten, die immer wieder durch Wechseln der Fahrspur versuchten, schneller voranzukommen. Silbrig, weiß und schwarz bildeten sie im dichter werdenden Dunkel des Spätnachmittags einen monochromen Fleck in der Landschaft. »Das nimmt uns die Ent-

scheidung ab«, stellte Carol fest und zeigte auf die vielen Fahrzeuge um sie herum.
»Wie bitte?« Sam klang, als hätte sie ihn von einem Ort weit weg hergeholt, den er nur widerstrebend verlassen wollte.
»Ob wir ihn uns bei der Arbeit oder zu Haus vornehmen. Wir haben so lange gebraucht, dass es keinen Sinn mehr hat, etwas anderes als seine Wohnung in Betracht zu ziehen.« Sie blätterte durch die Seiten mit der Route, die sie vor Antritt der Fahrt ausgedruckt hatte. »Wir hätten meinen Wagen nehmen sollen, da hätten wir GPS«, murmelte sie, als sie sich zu orientieren versuchte, wie weit sie eigentlich noch von ihrem Ziel entfernt waren.
Es dauerte fast eine ganz Stunde, Rhys Butlers Adresse zu finden, ein kleines rotes Vierzimmerhaus aus Backstein mitten in einer Reihenhauszeile einer Straße, die genauso aussah wie ein weiteres Dutzend und die alle zum Town Moor hinunter führten. Das Haus sah deprimierend reparaturbedürftig aus, als werde es nur noch durch die reine Willenskraft der Nachbarhäuser auf beiden Seiten aufrecht gehalten. Es brannte weder Licht, noch war ein Auto vor der Tür zu sehen. Carol sah auf ihre Uhr. »Er ist wahrscheinlich auf dem Heimweg. Warten wir noch 'ne halbe Stunde.«
Ein paar Straßen weiter fanden sie ein Pub. Die freundliche Stimmung entschädigte dafür, dass die letzte Renovierung schon sehr lange her sein musste. Es war von drei unterschiedlichen Gruppen gut besucht: junge Männer, die Lagerbier tranken und kurzärmelige Hemden über Jeans oder Chinos trugen; ältere Männer in Sweatshirts und Jeans mit in die Gesäßtasche gestopften Wollmützen und rauhen Händen von der körperlichen Arbeit, die Bitter und Newcastle Brown Ale tranken, sowie junge Frauen, so spärlich bekleidet, dass es selbst im Hochsommer optimistisch gewirkt hätte. Außer-

dem trugen sie ungeschickt aufgetragenes Make-up und schütteten Bacardi Breezer und Wodka in sich hinein, als glaubten sie, dies werde ihr letzter Abend sein. Alle, die Carol und Sam bemerkten, starrten sie an, aber ohne Feindseligkeit. Eher mit dem Blick eines Naturforschers, der eine bislang noch nicht katalogisierte Oryxantilope betrachtete. Als wirkten die beiden leicht exotisch, gäben aber keinen Anlass zur Beunruhigung, denn so was hatte man doch früher schon mal gesehen.

Carol wies Sam an einen Tisch in der hinteren Ecke und kam mit einem großen Wodka Tonic für sich selbst und einem Mineralwasser für Sam nach. Er betrachtete es angewidert. »Sie müssen ja fahren«, meinte sie.

»Na und? Ich könnte trotzdem ein Radler trinken«, beklagte sich Sam.

»Das haben Sie nicht verdient.« Carol nahm einen Schluck und sah ihn scharf an. »Während der Fahrt hierher hatte ich Zeit nachzudenken. Sie treiben doch wieder Ihr altes Spielchen, oder?«

Sein Blick gekränkter Unschuld wirkte so echt, dass sie ihn fast verschont hätte. »Was meinen Sie damit?«

»Sie haben das nicht erst heute früh ausgegraben. Dafür haben Sie zu schnell zu viel gefunden. Als Sie Robbies Wohnung durchsucht haben, haben Sie schon mal heimlich reingeschaut, stimmt's?«

Es war nur eine Vermutung, aber dass er zur Seite blickte, bestätigte ihr, dass sie recht hatte.

»Spielt das eine Rolle?«, versetzte er so pampig, wie es bei seiner Chefin möglich war, aber eigentlich nicht sehr streitlustig. »Ich habe nicht versucht, es für mich zu behalten. Ich habe Sie informiert, sobald es etwas gab, dem man nachgehen konnte.«

»Na gut. Aber warum haben Sie gewartet? Warum behalten Sie so etwas überhaupt für sich? Als einzigen Grund dafür kann ich mir nur denken, dass Sie mehr wollten als die Anerkennung für das Entdecken einer Spur. Sie wollten zugleich Stacey bloßstellen. Denn dies gehört zu ihrem Teil der Ermittlungen. Sie hat also versagt. Geht es darum?« Carol sprach so leise, dass er sich vorbeugen musste, um sie zu verstehen. Sie glaubte, seine kaffeebraune Haut erröten zu sehen, was allerdings auch von der Wärme im Pub kommen konnte.

Sam wandte den Blick ab, anscheinend fasziniert vom gepiercten Nabel einer Frau am Nebentisch. »Ich wusste, dass sie zu viel zu tun hatte, und wollte sichergehen, dass sie nichts übersah.«

»Das ist Blödsinn, Sam. Wir haben Ermittlungen mit einem Anteil IT-Arbeit gehabt, der fünfmal so umfangreich war wie bei diesen hier, und Stacey ist damit zurechtgekommen. Stacey hätte es gefunden. Vielleicht einen oder zwei Tage später als Sie, aber sie hätte es gefunden. Sie wollten auf Staceys Kosten den Helden spielen. Wir haben dieses Thema schon öfter besprochen.« Carol schüttelte den Kopf. »Ich will Sie nicht verlieren, Sam. Sie sind clever und arbeiten hart. Aber für mich ist es wichtiger, mich bei allen im Team darauf verlassen zu können, dass sie mit den anderen kooperieren. Ich hab mal 'ne kitschige Grußkarte mit dem Text gesehen, wahre Liebe sei nicht, sich in die Augen zu sehen, sondern Schulter an Schulter zu stehen und in die gleiche Richtung zu blicken. Und bei der Arbeit in diesem Spezialteam muss es genauso sein. Dies ist wirklich die letzte Warnung. Wenn ich Sie wieder bei so etwas erwische, werden Sie versetzt.« Sie trank ihr Glas leer, ohne den Blick von ihm zu wenden. »Und jetzt möchte ich einen Wodka Tonic, bitte.«

Carol sah ihm nach. Seine Wut sprach aus seinen Bewegungen. Sie hoffte, dass er außer Wut auch noch etwas anderes fühlte, das ihn innehalten und über seine Zukunft nachdenken ließe.

Sie wünschte, sie könnte zu ihm durchdringen und ihm erklären, warum sie so streng war. Aber sie wusste auch, dass er es falsch verstehen würde, weil es von ihr kam.

Als er mit ihrem Glas zurückkam, hatte er seinen Zorn verdrängt. Seiner Haltung war nicht anzumerken, ob er jemals etwas anderes sein könnte als ein pflichtbewusster Angestellter. »Ich hab mich danebenbenommen«, erklärte er und vermied es, ihr in die Augen zu sehen. »In der Schule war ich ein Läufer, kein Fußballspieler. Den Dreh hatte ich nie raus. Wissen Sie, was ich meine?«

»Komisch, aber ich verstehe es.« Sie nippte an ihrem Glas. Das eine Barmaß Wodka war so schwach, dass es kaum der Mühe wert schien. »Was meinen Sie? Zeit wieder nachzusehen?«

Zehn Minuten später standen sie vor Rhys Butlers Haus. Es war jetzt völlig dunkel. Und immer noch kein Lebenszeichen von ihm.

»Sollten wir mal hinten nachsehen?«, fragte Sam.

»Warum nicht?« Sie gingen die Straße fast bis zur Ecke hinunter. Zwischen den Häusern verlief eine Gasse, die an den Hinterhöfen und Gärten vorbeiführte. Sam zählte die Häuser, und sie blieben schließlich hinter Butlers Behausung stehen. Er probierte den Griff der Tür in der Mauer und schüttelte den Kopf. Carol legte die Hand hinters Ohr. »Haben Sie das gehört, Constable?«

Sam lächelte. »Den Schrei oder das Geräusch von splitterndem Glas?«

»Wahrscheinlich den Schrei«, antwortete Carol und trat zurück, damit Sam den Weg frei hatte. Die Gleichberechtigung konnte ihr gestohlen bleiben, wenn die Alternative war, dass sie sich keine schmerzende Schulter holte. Sam warf sich gegen die Tür und drehte zugleich am Griff. Das weiche Holz um das Schloss herum brach heraus, und die Tür ging auf.

Im Schatten der hohen Mauern sah der Hinterhof noch dunkler aus als die Gasse. Vom Haus her kam kein Licht. Carol griff in ihre Tasche und nahm einen rechteckigen Plastikgegenstand von der Größe einer Kreditkarte heraus. Sie knickte ihn, und ein Lichtstrahl leuchtete auf. »Raffiniert«, meinte Sam.

»War in meinem Weihnachtsstrumpf.«

»Sie haben offenbar gute Beziehungen zum Weihnachtsmann. Ich hab nur Socken gekriegt.«

Carol leuchtete mit der Lampe. Der Hof war mehr oder weniger leer. In einer Ecke war ein Klohäuschen, dessen Tür halb offen stand. »Er wohnt noch nicht lange hier, hat noch nicht viel Kram angehäuft«, stellte sie fest. Die Hinterseite des Hauses hatte die Form eines L, die Küche bildete den Vorsprung, der in ihre Richtung hin angebaut war. Die Fenster der Küche und des hinteren Zimmers gingen auf den leeren Hof hinaus. Carol ging zum Küchenfenster hinüber und leuchtete mit dem Lichtstrahl hinein.

Die Einbauschränke waren aus dunklem Holz, wie es in den siebziger Jahren beliebt gewesen war. Die Küche sah aus, als sei sie seit damals nicht verändert worden. Carol erspähte einen Wasserkocher, einen Toaster und auf der gegenüberliegenden Arbeitsplatte einen Brotkasten. In der Spüle konnte sie eine Schüssel, einen Becher und ein Trinkglas erkennen. Auf dem Abtropfbrett eine Nudelschüssel und ein Weinglas. Als sie über die Schulter zurücksah, sagte Sam: »Sieht aus, als hätte er immer noch nicht die richtige Frau gefunden.«

Sieht wie bei mir zu Hause aus, wurde Carol plötzlich bewusst. Sie wandte sich ab und tat ihr Bestes, um ins andere Fenster hineinzuleuchten. Es sah aus, als hinge an den Wänden eine riesige Collage, die den ganzen Raum einnahm.

»Donnerwetter«, entfuhr es Sam. »Offenbar sind wir auf eine Goldader gestoßen.«

Bevor Carol antworten konnte, hörte sie ein Geräusch hinter sich. Das Brummen eines Motorrads im Leerlauf hob sich vom Rauschen des Verkehrs ab. Sie drehte sich schnell um und entdeckte einen Mann mit einem Motorrad, der sich vor dem offenen Tor abzeichnete. »Was zum Teufel ...?«, rief er. Sam stürzte los, aber er war zu langsam. Das Tor schlug vor ihm zu. Carol rannte hinüber, um ihm beim Aufziehen der Tür zu helfen, aber es war zu eng, sie konnten nicht beide zugleich anpacken. »Zu spät«, schrie die Stimme von der anderen Seite. »Ich habe mein Motorrad ans Tor gekettet. Das bekommt ihr nicht auf. Ich rufe die Polizei, ihr dreckigen Gauner.«

»Wir ...« Carol hielt Sam die Hand vor den Mund, damit er nicht mit der abgedroschenen Phrase kommen konnte, die bei Komödienschreibern so beliebt ist.

»Still«, zischte sie. »Wenn wir ihm sagen, wer wir sind und er ist schuldig, wird er sich davonmachen, und wir haben ein Mordsproblem, ihn zu finden. Entspannen wir uns doch einfach und warten, bis die Kollegen kommen, und dann regeln wir das.«

»Aber ...«

»Kein ›aber‹.«

Sie hörten das schwache Piepsen von Mobiltelefontasten. »Hallo, bitte die Polizei ...« Das war ja ein Alptraum, dachte sie.

»Sie könnten mir auf das Dach des Klohäuschens hochhelfen. Es ist niedriger als die Mauer«, murmelte Sam. »Zumindest kann ich aufpassen und mich vergewissern, dass er dableibt.«

»Wie die verdammten Keystone Cops«, murrte Carol.

»Ja, ich habe gerade zwei Leute erwischt, die versucht haben, in mein Haus einzubrechen. Ich hab sie im Garten eingesperrt ... Butler. Rhys Butler.« Er gab ihnen die Adresse. »Wie gesagt, sie können nicht raus, ich habe sie gefangen ... Nein, ich mach keine Dummheiten, ich warte, bis Sie kommen.« Eine Pause, dann rief die Stimme: »Seht ihr? Die Polizei ist unterwegs, versucht also nicht irgendetwas Verrücktes.«

»Das wird uns ewig anhängen«, seufzte Carol.

»Helfen Sie mir aufs Dach hoch«, drängte Sam.

»Sie wollen ja nur einen neuen Anzug auf Kosten der Firma«, frotzelte Carol und folgte ihm um das Häuschen herum zur am weitesten vom Tor entfernten Seite. Trotzdem machte sie sich bereit, legte die Hände zur Trittfläche ineinander und beugte sich hinunter, damit Sam seinen Fuß daraufsetzen konnte. »Eins, zwei, drei«, flüsterte sie und richtete sich auf, während er sich vom Boden abstieß.

Sam reichte mit der Brust bis ans Dach und stemmte sich mit seinen kräftigen Schultern und Oberarmen hoch, während Carol rief: »Sie liegen völlig falsch, Kumpel, das wird Ihnen noch sehr leidtun«, um Sams Kratzen auf den Ziegeln zu übertönen.

»Halt die Klappe«, motzte Butler zurück. »Die Bullen sind bald hier, und dann wird es euch leidtun, dass ihr mich belästigt habt.«

Butler erinnerte Carol an einen Bantam-Zwerghahn, die gespielte Unerschrockenheit eines kleinen Mannes, der etwas beweisen muss. Selbst bei dem kurzen Blick auf ihn hatte sie

gesehen, wie schmächtig Rhys Butler war. Sich mit Robbie Bishop auf einen Faustkampf einzulassen war total verrückt gewesen. Umso mehr Grund, Vorsicht walten zu lassen, wenn sie es mit ihm aufnahmen. »Wir werden ja noch sehen, wem es leidtut«, gab Carol zurück. »Angeber.«
Wütend und frierend lehnte sie sich an das Klohäuschen. Sie neigte nicht dazu, ihre Würde besonders ernst zu nehmen, aber eine solche Geschichte würde sich wie ein Lauffeuer bei ihrer eigenen Polizeieinheit herumsprechen und wahrscheinlich in irgendeinem Weblog auftauchen. Carol Jordan von dem Gauner geschnappt, den sie verhaften wollte.
Es dauerte nicht lange, bis die Polizisten kamen. Wie es sich anhörte, waren es zwei. Butler klang so aufgeregt wie ein Geburtstagskind und erzählte ihnen, was passiert war. »Ich kam nach Hause, und da waren sie gerade dabei, in mein hinteres Zimmer einzudringen. Sie hatten schon das Tor aufgebrochen, man kann ja sehen, dass es ganz abgesplittert ist, ich musste mein Motorrad an den Griff anketten.«
Butler wiederholte sich dauernd. Einer der Polizisten fand offenbar, dass es reichte. »Hier ist die Polizei«, rief er. »Wir machen jetzt das Tor auf. Ich rate Ihnen, sich ruhig zu verhalten und zu bleiben, wo Sie sind.«
Sam steckte den Kopf über den Rand des Dachs. »Rauf oder runter, Ma'am?«
»Bleiben Sie, wo Sie sind«, stöhnte sie. »Das wird sowieso sehr peinlich.« Sie nahm ihren Dienstausweis heraus und hielt ihn hoch. Verschiedene metallische Geräusche kamen von der anderen Seite der Mauer, dann schwang das Tor langsam auf. Ein sehr großer Mann füllte fast die ganze Türöffnung, hielt seine Taschenlampe auf Schulterhöhe und blendete sie.
»Was ist hier los?«, fragte er.
»Ich bin Detective Chief Inspector Jordan von der Polizei

Bradfield«, stellte sie sich vor. »Und das«, sie zeigte hoch zum Dach, und das Licht der Taschenlampe folgte ihrem Arm, »ist Detective Constable Evans. Und der da …«, sie zeigte über die Schulter des Polizisten, wo Rhys Butler neben dem anderen Beamten in Uniform stand, »… ist Rhys Butler, den ich gleich auffordern werde, mit mir nach Bradfield zu kommen, um uns ein paar Fragen in Zusammenhang mit der Ermordung Robbie Bishops zu beantworten.«
Butlers Kinnlade fiel herunter, und er trat einen Schritt zurück. »Das ist doch nicht Ihr Ernst«, rief er aus. Als er dann ihren Gesichtsausdruck sah, schob er hinterher: »Oder?« Und wie vorauszusehen, nahm er Reißaus.
Er hatte gerade zwei Schritte zurückgelegt, als Sam auf ihm landete, ihm die Luft zum Atmen nahm und zwei Zähne ausschlug.
Es würde ihnen ein sehr langer und absurder Abend bevorstehen, vermutete Carol müde.

Paula zeichnete mit Daumen und Zeigefinger einen Pfad auf dem beschlagenen Glas. »Also, ich weiß nicht, was ich tun soll, verstehst du?«, gestand sie. »Einerseits bin ich Tony zu Dank verpflichtet für die Hilfe, nachdem … nachdem ich verletzt wurde. Andererseits will ich nichts hinter dem Rücken der Chefin tun.«
Chris hatte aus den E-Mails, um die Stacey gebeten hatte, einen Stapel Fotos ausgedruckt. Alle Personen waren mit Robbie zur Schule gegangen, und niemand von ihnen verfügte über ein Alibi für den letzten Donnerstag – von den Aussagen der Lebensgefährten oder Ehepartnern einmal abgesehen. Chris sortierte sie noch einmal und ordnete sie nach Kriterien, die nur sie kannte. »Du könntest es ihr ja immerhin vorschlagen«, sagte sie.

»Tony meint, sie hätte das schon zu den Akten gelegt.« Paula nahm die Fotos und betrachtete eins nach dem anderen. Die meisten waren ganz gut. Sie sahen immerhin wie Aufnahmen von Menschen aus und nicht wie Verbrecherfotos der Polizei.

Chris zuckte mit den Schultern. »Was du in deiner eigenen Zeit machst, ist deine Sache. Solange du nichts tust, was laufende Ermittlungen stört.«

»Aber sollte ich denn überhaupt etwas tun?« Im Laufe des Abends war Paulas Überzeugung geschwunden, dass das, was Tony verlangte, in Ordnung war.

Chris legte die Hände flach auf den kleinen Tisch in der Bar, die Daumen an der Unterkante, als wollte sie ihn mit einer schnellen Bewegung umkippen. Sie sah auf ihre sorgfältig manikürten Fingernägel hinunter. »Es gab mal jemanden, dem ich einen Gefallen zu schulden glaubte. So ungefähr wie du Tony, aber aus anderen Gründen. Sie bat mich um etwas. Nur eine Telefonnummer. Eine Nummer, die ich leicht, sie aber gar nicht bekommen konnte, ohne dass ihr dazu eine Menge Fragen gestellt worden wären. Jedenfalls tat ich das, was nötig war. Und das war der erste Schritt auf einem Weg, an dessen Ende sie umkam.« Chris schniefte heftig und sah Paula dann direkt in die Augen. »Ich mache mir keine Vorwürfe wegen dem, was geschehen ist. Wenn ich ihr den Gefallen nicht getan hätte, hätte sie eine andere Möglichkeit gefunden, das zu bekommen, was sie wollte. Aber es ist wichtig für mich, dass ich da war, als sie mich um Hilfe bat. Wenn ich jetzt an sie denke, weiß ich, dass ich sie nicht im Stich gelassen habe.« Chris ließ den Tisch los und warf Paula ein wehmütiges Lächeln zu. »Es ist deine Entscheidung. Du weißt, wie es ist, mit den Folgen zu leben. Du musst darüber nachdenken, wie du diese Sache in sechs Monaten oder in einem Jahr sehen wirst.«

Paula war gerührt. Chris sprach nicht oft über persönliche Dinge, nicht einmal mit ihr. Sie wusste, dass alle meinten, es gäbe eine besondere Verbindung zwischen ihnen, weil sie beide Lesben waren, aber da irrten sie sich. Chris behandelte Paula genau wie jeden anderen. Keine extra Gefälligkeiten. Keine geheimen Vertraulichkeiten. Nur ein Sergeant und ein Constable, die einander in beruflichen Dingen Respekt erwiesen und das, was sie voneinander wussten, sympathisch fanden. Paula war damit zufrieden. Sie hatte genug Bekannte außerhalb der Arbeit, und das eine Mal, als sie sich zu einer engen Freundschaft mit einer Kollegin hatte hinreißen lassen, war ihr daraus so viel Kummer erwachsen, dass sie gar nicht daran denken wollte. Aber die Erkenntnis von heute Abend hatte sie daran erinnert, dass sie immer noch eine Menge über ihre Vorgesetzte zu lernen hatte. Sie nickte. »Ich habe verstanden. Die Frage ist nur, wann ich es weiterverfolgen kann. Es ist ja nicht so, als würde diese Sache hier sich von selbst erledigen.«

Chris sah auf ihre Uhr. »Du könntest bis neun in Sheffield sein, wenn du jetzt losfährst. Das würde dir Zeit geben, dich mit den Gästen in der Kneipe zu unterhalten. Und wenn du in einem billigen Motel übernachtest, könntest du gleich morgen früh mit der Haushälterin sprechen.«

Paula schien überrascht. »Aber ich soll doch …«

»Kevin und ich können das im Amatis machen. Es ist wahrscheinlich sowieso verschwendete Zeit. Ich werde dich morgen früh decken. Wenn Carol in Newcastle Glück hat, wird sie gar nicht bemerken, dass du nicht da bist.«

»Wenn sie Vernehmungen durchführt, könnte es ihr schon auffallen. Sie nimmt mich gern dazu, wenn es heikel wird.«

»Stimmt.« Chris lächelte. »Ich werde zwei Stunden für dich rausschinden. Ich kann ihr sagen, du seist so erschöpft gewe-

sen, dass ich dir geraten hätte, dir Zeit zu lassen. Aber du musst deinen Teil tun. Du musst dafür sorgen, dass du gleich morgen früh die Haushälterin erwischst. Meinst du, in Rotherham wäre man für ein Arbeitsfrühstück empfänglich?«
Paula grinste. »Sie ist Polin. Die arbeiten doch rund um die Uhr. Sie wird einen ganz frühen Termin bekommen.«
Chris schob den Stapel Fotos zu ihr hinüber. »Die solltest du mitnehmen. Wenn es der gleiche Mörder ist, ist er vielleicht dabei.«
»Und du und Kevin?«
»Ich drucke sie noch mal aus. Es wird nicht lange dauern, Stacey hat ja die Datei zusammengestellt. Wenn ich sie jetzt anrufe, wird sie alle fertig haben, bis ich ausgetrunken habe und wieder zurück bin.« Sie nahm ihr Glas. »Und du musst dich auf die Socken machen.«
Paula brauchte keine zweite Aufforderung. Sie sammelte die Bilder ein und ging mit federnden Schritten zur Tür. Sie wollte nicht daran denken, wie unangenehm es wäre, zu beweisen, dass Carol Jordan unrecht hatte. Sie wollte sich darauf konzentrieren, zu untermauern, dass Tony Hill recht hatte.

Paula hatte noch nie an einer Lotterie teilgenommen. Ein Spiel für Dumme, hatte sie immer gedacht. Aber als sie das Blacksmith's Arms am Rand von Dore betrat, fragte sie sich, ob sie sich vielleicht geirrt hatte. Danny Wades Haus lag nur eine Viertelmeile von dem Pub entfernt, und sie war auf dem Weg dorthin daran vorbeigekommen. Was sie durch die Tore hatte sehen können, entlockte ihr einen leisen Pfiff. Sie konnte sich viele Möglichkeiten vorstellen, eine solche Villa zu füllen, ohne auf Modelleisenbahnen zurückgreifen zu müssen. Sie machte sich geistig eine Notiz, der Frage nachzugehen, wer es erben würde. Es schadete nie, offensichtliche

Kandidaten auszuschließen. Oder gerade nicht, wie sich oft zeigte.

Das Pub passte zur Umgebung. Paula schätzte, dass es viel neuer war, als es aussah. Zunächst einmal waren die Decken zu hoch. Sie vermutete, dass die Balken aus Styropor bestanden, aber das spielte keine Rolle. Sie wirkten echt. Die Bar war mit Holztäfelung und Chintz herausgeputzt, die Tische und Stühle so angeordnet, dass der Raum eher an einen Salon denn ein Lokal erinnerte. An einem Ende standen alte Kirchenbänke um eine Kaminecke herum, in der Holzscheite auf einem großen Eisenrost brannten.

Paula vermutete, dass hier zur Mittagessenzeit und am Wochenende allerhand los war. Aber um Viertel nach neun an einem Freitagabend war der Pub viel stiller als eine Kneipe in der Ortsmitte. Ein halbes Dutzend Tische waren von Pärchen oder Vierergruppen besetzt. Alle sahen wie Buchhalter oder führende Angestellte von Bausparkassen aus, fand Paula. Modisch, gutgekleidet und fast beängstigend auswechselbar. Stepford-Paare. In ihrer Lederjacke, schwarzen Jeans und ohne Begleitung fiel sie auf wie ein Hooligan mit Kapuze bei einer Tory-Feier. Als sie an die Bar ging, bemerkte sie, dass Gespräche unterbrochen wurden und man sich nach ihr umdrehte. Eine bürgerliche Variante von *Wer Gewalt sät*.

An der Bar saßen zwei Männer auf hohen Hockern. Sie trugen teure Pullover von Pringle sowie dunkle Hosen und hätten geradewegs vom Golfplatz in der Nähe kommen können. Als Paula näher trat, wurde ihr klar, dass die Männer offensichtlich ein paar Jahre jünger waren als sie selbst. Kaum Mitte zwanzig, vermutete sie. Ihr Vater hatte mehr Sinn für Abenteuer als diese jungen Leute, dachte sie. Das war wahrscheinlich ganz Danny Wades Fall.

Paula lächelte dem Barmann zu, der aussah, als wäre er besser

in einer spanischen Karaoke-Bar aufgehoben als hier. »Was kann ich Ihnen bringen?«, fragte er mit einem Akzent, der ihr Vorurteil bestätigte.
Ach Gott, wie satt sie diese alkoholfreien Getränke hatte, die sie bei der Arbeit immer trank. »Orangensaft mit Limonade, bitte«, antwortete sie. Während er ihr Getränk zubereitete, zog Paula das Bündel Fotos hervor. Es war sinnlos, lange um den heißen Brei herumzureden. Freundschaften würde sie hier sowieso nicht schließen. Weder mit dem spanischen Barmixer, den geklonten Nick Faldos noch den perfekten Paaren. Sie hielt ihren Dienstausweis bereit, als ihr das Glas gebracht und genau in die Mitte des Bierdeckels gestellt wurde.
»Danke. Ich bin von der Polizei.«
Der Barmixer schien gelangweilt. »Geht auf Kosten des Hauses«, meinte er.
»Nein, danke. Ich zahle selbst.«
»Wie Sie wollen.« Er nahm das Geld und brachte ihr den Rest zurück. Die Träger der Pringle-Pullover starrten sie unverhohlen an.
»Ich ermittle im Todesfall Danny Wade. Er wohnte doch hier in der Nähe?«
»Ist es der, der vergiftet wurde?« Das Interesse des Barmixers war fast geweckt.
»Das kommt davon, wenn man billige ausländische Arbeitskräfte hat«, mischte sich der Pringle ein, der am nächsten saß. Er war entweder unglaublich dumm, unglaublich unsensibel oder unglaublich streitsüchtig. Paula wusste nicht genau, welches von den dreien. Sie würde seine nächste Äußerung abwarten müssen, um sichergehen zu können.
»Mr. Wade wurde vergiftet, das stimmt«, bestätigte sie ganz cool.
»Ich dachte, das wäre alles geklärt«, sagte der andere Pringle.

»Die Haushälterin hat einen tragischen Fehler gemacht, ist es nicht so gewesen?«

»Wir müssen nur noch ein oder zwei Einzelheiten klären«, erklärte Paula.

»Verdammt noch mal, wollen Sie damit sagen, dass sie es absichtlich getan hat?«, fragte Pringle Nummer eins, drehte sich dabei ganz zu ihr um und warf ihr einen erwartungsvollen Blick zu.

»Kannten Sie Mr. Wade, Sir?«, erkundigte sie sich.

»Ich hab mal mit ihm gesprochen.« Er wandte sich an seinen Freund. »Wir grüßten ihn, oder, Geoff?«

Geoff nickte. »Nur um mal an der Bar mit ihm zu reden, wissen Sie. Er hatte zwei wunderschöne Lakeland-Terrier, sehr gut erzogene Hunde. Im Sommer brachte er sie mit und saß draußen im Biergarten. Was ist aus den Hunden geworden? Carlos, wissen Sie, was aus den Hunden geworden ist?« Er sah gespannt den Barmixer an.

»Ich habe keine Ahnung.« Carlos polierte weiterhin Gläser.

»War er immer allein?«, wollte Paula wissen. »Oder kam er mit Freunden?«

Pringle Nummer eins prustete los. »Freunde? Na, hören Sie mal.«

»Ich habe gehört, dass er hier neulich einen alten Schulfreund getroffen hat. Erinnern Sie sich nicht daran?«

»Ich erinnere mich«, sagte Carlos. »Sie beide kennen den Typen. Er war ein paarmal allein hier, und dann kam Danny eines Abends rein und erkannte diesen anderen Mann. Sie tranken drüben beim Kamin zwei Gläser zusammen.« Er zeigte durch den Raum hinüber. »Wodka und Cola trank er.«

»Erinnern Sie sich noch an irgendetwas anderes von ihm?«, fragte Paula betont ungezwungen. Man sollte sie nie auf den Gedanken bringen, dass etwas wichtig ist. Dann wollen

sie einem imponieren und füllen mit ihrer Phantasie die Lücken.
Die Pringles schüttelten den Kopf. »Er hatte immer ein Buch dabei«, berichtete Carlos. »Ein außergewöhnlich großes Buch.« Er zeigte mit den Händen etwas in der Größe von etwa zwanzig mal fünfundzwanzig Zentimetern. »Mit Bildern. Blumen und Gärten, glaube ich.«
»Nicht genug zu tun, das ist sein Problem«, verkündete Pringle Nummer eins.
Paula breitete die Bilder auf dem Tresen aus. »Erkennen Sie ihn hier drauf?«
Alle drei drängten sich um sie. Geoff schüttelte skeptisch den Kopf. »Könnte irgendeiner von denen sein«, meinte er und zeigte auf drei dunkelhaarige Männer mit blauen Augen und schmalem Gesicht.
Der Barmixer runzelte die Stirn und nahm zwei der Bilder, um sie genauer zu betrachten. »Nein«, erklärte er bestimmt. »Das sind sie nicht. Der hier ist es.« Er legte den Zeigefinger auf ein viertes Foto und schob es Paula hin. Auch dieses Bild zeigte einen Mann mit dunklem Haar und blauen Augen. Sein Gesicht war lang, wie das der anderen drei, aber um die Augen herum viel breiter und zu dem stumpfen Kinn hin schmaler. »Sein Haar ist jetzt kürzer, zur Seite gekämmt. Aber das ist er.«
Geoff starrte das ausgewählte Foto an. »Ich hätte das Bild nicht ausgewählt, aber jetzt, da ich es anschaue … Sie könnten recht haben.«
»Ich seh mir doch ständig die Gesichter an, die zu den Drinks gehören«, sagte Carlos. »Ich bin mir ziemlich sicher, dass er das ist.«
»Danke. Das hilft mir sehr. Haben Sie zufällig etwas von dem gehört, was gesprochen wurde?«, erkundigte sich Paula und

sammelte die Fotos wieder ein, das Bild mit dem Identifizierten obendrauf.

»Nein«, antwortete Carlos. »Mein Englisch ist nicht gut genug für solche Unterhaltungen.« Die ungewöhnliche Geste, mit der er die Hände ausbreitete, ließ Paula instinktiv vermuten, dass er log. »Ich nehme nur Bestellungen für Getränke und Essen an.«

Aha, alles klar. Sie hatte den Verdacht, dass sie ihn noch einmal würde befragen müssen. »Macht nichts«, meinte sie mit beruhigendem Lächeln. »Sie haben mir sehr geholfen. Vielleicht muss ich noch einmal kommen und mit Ihnen sprechen, Carlos.« Sie zog ihr Notizbuch heraus. »Könnten Sie mir Ihren Namen aufschreiben und wie ich Sie erreichen kann?«

Während er dies tat, wandte sie sich wieder an die Pringles. »Haben Sie den Kerl hier noch einmal bemerkt nach dem Abend, an dem er Danny traf?«

Sie tauschten Blicke. Geoff schüttelte den Kopf. »Wir haben keine Spur von ihm gesehen, oder?«

Als hätte er seine Mission erfüllt und nicht wieder zu kommen brauchen. Paula nahm ihr Notizbuch und floh. Im Auto starrte sie das Foto des Mannes an, den Carlos wiedererkannt hatte. Nummer vierzehn. Nach Staceys Einteilung war das Jack Anderson. Er hatte sein Foto nicht selbst geschickt, sondern war Teil einer Dreiergruppe auf dem Bild eines anderen gewesen. Aber er ging auf die Harriestown High School, und zwar zur gleichen Zeit wie Robbie Bishop.

Paula sah auf die Uhr am Armaturenbrett. Erst Viertel vor zehn. Sie sollte Jana Jankowicz um acht Uhr treffen. Entweder konnte sie sich ein billiges Motel in Sheffield suchen und schlecht schlafen oder nach Bradfield zurückfahren und ein paar ruhige Stunden in ihrem eigenen Bett verbringen. Außerdem würde sie in der Lage sein, sich im Amatis blicken zu lassen. Vielleicht würden sie Glück haben und eine zweite Identifizierung zu dem Foto bekommen. Ganz sicher würde damit etwas von dem Gefallen beglichen, den Chris Devine ihr getan hatte. Für Paula, die immer lieber Schuldner hatte, als jemandem selbst etwas zu schulden, war das gar keine Frage.

Mitternacht

Würde er wissen, dass sie so viel Zeit hier verbracht hatte? Würde ihre Anwesenheit ein Zeichen hinterlassen? Würde er sich wie einer der drei Bären an sie wenden und fragen: »Wer hat auf meinem Stuhl gesessen?« Carol war zwar blond, aber Goldilocks war sie nicht. Sie leerte ihr Glas Wein und nahm die Flasche, die praktischerweise in Reichweite auf dem Boden stand. Hier zu sein hatte etwas Tröstliches. Obwohl Carol gerade einen Verdächtigen verhaftet hatte, der Tonys Überzeugungen im Mordfall Robbie Bishop widersprach, fühlte sie sich in ihrer professionellen Einschätzung der Situation sicher.

Es war eher ihr privates Gefühlsleben, das ihr Probleme bereitete. Es war leicht, sich ihrer Gefühle sicher zu sein, wenn er nicht da war. Er fehlte ihr, sie konnte über jedes beliebige Thema mit ihm eine Unterhaltung führen und sich den wechselnden Ausdruck auf seinem Gesicht vorstellen. Fast konnte sie es sogar wagen, an das Wort zu denken, das mit L begann. Aber wenn sie zusammen waren, verschwand all ihre Gewissheit. Sie brauchte ihn zu sehr, und die Sorge, etwas zu tun oder zu sagen, das einen Keil zwischen sie treiben würde, bestimmte maßgeblich alle ihre Überlegungen. Und damit waren die ungesagten und ungetanen Dinge sehr wichtig bei allem, was sie sagten und taten. Sie hatte keine Ahnung, wie sie sich davon lösen konnte. Und sie hatte den Verdacht, dass Tony trotz all seines professionellen Wissens in diesem entscheidenden Punkt auch nicht klüger war als sie.

Tony lag bei ausgeschaltetem Licht und offenen Vorhängen in seinem Krankenhauszimmer. Die dicken Wolken warfen den Widerschein des Lichts über die Stadt zurück und nahmen der Dunkelheit ihre Intensität. Er war vorhin eingeschlafen, aber das hatte nicht lange angehalten. Er wollte lieber zu Hause in seinem eigenen Bett liegen. Oder, wenn er bedachte, wie unmöglich ihm das Erklimmen der Treppe noch schien, doch zumindest auf seinem eigenen Sofa. Niemand würde ihn um sechs mit einer Tasse Tee wecken, die er sowieso nicht wollte. Niemand würde Urteile über ihn fällen, die sich auf seinen Geschmack in Sachen Boxershorts stützten. Niemand würde ihn wie einen Fünfjährigen behandeln, der nicht in der Lage war, selbst Entscheidungen zu treffen. Und vor allem würde niemand seiner Mutter die Tür öffnen.

Er stieß einen tiefen Seufzer aus und fühlte sich hohl und leer. Aber was machte er sich denn vor? Zu Hause wäre er genauso ruhelos und unglücklich wie hier. Was er brauchte, war Arbeit. Das war es, was ihn in Schwung brachte und seine Psyche in einen erträglichen Zustand versetzte. Ohne Arbeit, ohne Ziel bewegten sich seine Gedanken wie ein Hamster auf dem Laufrad, kreisten und tanzten zwecklos und ohne Möglichkeit, irgendwo anzukommen. Wenn er arbeitete, konnte er bis auf eine ganz oberflächliche Beschäftigung mit Carol Jordan und seine Gefühle für sie all dies vermeiden. Früher mochte es einmal eine schwache Hoffnung gegeben haben, dass sie sich zusammen eine Zukunft aufbauen

könnten. Aber die Umstände und seine Reaktionen darauf hatten diese Chance zunichte gemacht. Hatte es jemals wirklich eine Möglichkeit für sie gegeben, ihn zu lieben, war das inzwischen Geschichte.
Und wahrscheinlich war es für alle Beteiligten besser so. Besonders jetzt, da seine Mutter wieder auf der Bildfläche erschienen war.

Ein beharrlicher, tiefer Basston schien sich in Chris' Oberschenkeln festgesetzt zu haben. Mit jedem Schlag zogen sich ihre Muskeln etwas zusammen und ließen ihre Knochen vibrieren. Sie schwitzte an Stellen, von denen sie gar nicht wusste, dass man dort schwitzen konnte, und ihr Herzschlag hatte wohl einen Gang höher geschaltet. Komisch, wenn sie zum Spaß in Clubs ging, bemerkte sie solche Reaktionen nie. Sie war dann so in den Beat vertieft, so darauf fixiert, sich mit Sinead oder wem auch immer zu amüsieren, und so offen für alle Möglichkeiten des Abends, dass sie die Beklemmung nicht fühlte, die die Musik heute Abend in ihr auslöste.
Sie bewegte sich am Rand der Tanzfläche zwischen den Tanzenden hindurch, begann damit, ihren Dienstausweis vorzuzeigen, dann die Fotos auseinanderzufächern, hielt die Tanzenden an und ließ sie die Bilder betrachten. Einige musste sie an den T-Shirts packen oder ganz nah an die herangehen, die zu widerspenstig oder zu high waren, um zu kooperieren. Hin und wieder erhaschte sie einen Blick auf Kevin oder Paula, die genauso vorgingen wie sie.
Hut ab vor Paula, dass sie zurückgekommen war. Chris war überrascht gewesen, als sie sah, wie sich die junge Beamtin durch die Menge an der Bar schob, aber als sie von ihrem Erfolg in Dore erfuhr, war sie noch dazu verdammt froh. Zuvor hatte sie gehört, dass Carol und Sam Rhys Butler ver-

haftet hatten. Sie hatten jetzt also zwei Richtungen, in die sie ermitteln konnten. So oder so würde die Ermittlung zu Robbie Bishops Mörder den Schwung bekommen, den sie brauchte.

Sinead hätte eigentlich das Wochenende bei ihren Freunden in Edinburgh bleiben können, dachte Chris. So wie die Dinge liefen, sah es nicht so aus, als würde sie in der näheren Zukunft viel Freizeit haben. Aber, nun ja, so war das eben in diesem Beruf. Und die von Carol Jordan in die Arbeit der Spezialeinheit eingebaute Flexibilität bedeutete, dass sie mehr Phasen des Stillstands hatte als je zuvor in ihrer Zeit bei der Polizei.

Dabei war nur eines bedauerlich. Sie kannte keinen höheren Kriminalbeamten, dem sie mit Respekt begegnete, der nicht eine ähnlich schwere Belastung trug. Als sie vorhin mit Paula gesprochen hatte, war das alles wieder hochgekommen. Chris hatte einmal mit einer jungen Kripobeamtin zusammengearbeitet, die absolut brillant hätte werden können – wenn sie lange genug gelebt hätte, um es ins Sondereinsatzkommando zu schaffen. Eine Polizistin, die gerade anfing aufzusteigen, als ein Mistkerl ihr die Flügel für immer stutzte. Eine Frau, die Chris mehr geliebt hatte, als gut war, und doch hatte sie es nicht verhindern können. Ein Tod, für den sie einen Teil der Verantwortung zu tragen hatte. Eine Lücke, die sich niemals schließen würde und die sie auszufüllen versuchte, indem sie ihre Arbeit so gut wie irgend möglich verrichtete.

»Du blöde sentimentale Kuh«, murmelte Chris halblaut vor sich hin. Sie nahm die Schultern zurück und trat einem weiteren Tänzer in den Weg. Es war egal, für wen man es tat. Wichtig war nur, *dass* man es tat.

Wirre Programmbruchstücke liefen über den Monitor. Algorithmen wirkten ständig auf die Daten ein, entdeckten den Schlüssel und gaben den Zahlenreihen wieder Bedeutung. Stacey lehnte sich zurück und gähnte. Sie hatte alles Menschenmögliche mit Robbie Bishops Festplatte angestellt, jetzt kam es auf die Rechner an.

Sie stand von ihrem ergonomisch geformten Bürostuhl auf und streckte die Arme über den Kopf, wobei sie das Knirschen und Knacken in Nacken und Schultern spürte. Dann ging sie leicht gebückt zum Fenster hinüber, bewegte Muskeln und Gelenke, die zu lange in der gleichen Stellung verkrampft gewesen waren, und schaute auf die Stadt hinunter. So viele Menschen so spät nachts noch auf den Straßen, die hoffend, suchend und verzweifelt da draußen ihre Bedürfnisse zu befriedigen wünschten.

Stacey wandte sich ab. So war das eben, wenn man bedürftig war. Freitagnacht in Temple Fields, arme Menschen auf der Suche nach etwas, das ihnen half, die Nacht zu überstehen. Wenn sie Pech hatten, gerieten sie in eine dieser rücksichtslosen Beziehungen hinein, die so viel Kraft und Mittel aufzehrten.

Sie hatte zu viele Menschen auf diese Weise untergehen sehen. Gute Leute, die Außergewöhnliches zu geben hatten. Aber diese emotionalen Koabhängigkeiten hatten sie immer wieder kaputt gemacht. Wenn sie es mit Sam Evans hinbekäme, würde es niemals eine solche kannibalistische, aufzehrende Beziehung werden. Weil sie das eine wusste: Sie würde da nicht mitmachen. Niemand würde es schaffen, sich zwischen sie und ihre Geheimnisse, die sie ergründen, und die Lösungen, die sie finden wollte, zu drängen.

Ihre Eltern hatten sich gewünscht, sie würde heiraten und Kinder bekommen. Sie hatten die merkwürdige Idee, dass

zuerst Stacey und dann ihr Mann, später ihre Kinder das Familienunternehmen, bestehend aus chinesischen Supermärkten und Lebensmittelketten, übernehmen sollten. Nie hatten sie begriffen, wie sehr ihr Schicksal sich davon unterschied. Keine Ehe sollte sie von ihren Rechnern trennen. Wenn ihre biologische Uhr nach Kindern verlangte, gab es Mittel und Wege, dies zu bewerkstelligen, und genug Geld, um es so bequem einzurichten, wie sie es sich wünschte.
Die eigenen Bedürfnisse zu befriedigen, darum ging es. Sam wäre ganz nett zum Spielen, aber sie konnte gut ohne ihn zurechtkommen. Sie ging barfuß durch die Dachwohnung und zog im Gehen die Kleider aus. Dann auf das große Bett, die Hand automatisch auf der Fernbedienung. Das Heimkino schaltete sich ein, der DVD-Spieler begann zu laufen. Auf dem Bildschirm steckte eine Frau einen Dildo in einen Mann, während dieser einer anderen Frau sein Glied in den Mund schob. Ihr Ächzen und Stöhnen ertönte in der klinisch reinen Luft von Staceys Wohnung. Sie wühlte unter der Decke, bis sie ihren Vibrator fand, und spreizte die Beine.
Sie war bereit, ihren Spaß zu haben.

Die Stroboskope pulsierten, und die Musik dröhnte. Sam kam sich wie mitten in einem Unwetter vor, als er mit den Füßen hin und her rutschte, um den Takt zu halten. Er bewegte sich geschickt, denn Tanzen war die einzige Sprache, in der er alles ausdrücken durfte, was er normalerweise streng unter Kontrolle hielt. Und heute Abend war eine dieser Gelegenheiten, bei der er den vergangenen Tag wirklich abschütteln wollte.
Die miese Fahrt, den ungerechten Rüffel von Jordan, die Demütigung, von ihrem Verdächtigen eingesperrt zu werden, das elende Herumsitzen, bis Butler die zahnärztliche Not-

versorgung hinter sich hatte – der heutige Tag war wahrhaftig nichts, woran man sich gern erinnerte.
Während er mit Jordan und Butler von Newcastle zurückfuhr, betete er, dass sie nicht sofort mit der Vernehmung beginnen wollte. Gott sei Dank kannte Butler seine Rechte und verlangte einen Pflichtverteidiger. Und das Erste, worauf sein Anwalt bestand, waren acht Stunden Schlaf. Jordan hatte Sam gehen lassen, und innerhalb von einer Stunde war er auf dem Tanzboden, im richtigen Outfit für diesen Spaß, um großspurig aufzutreten wie ein Pfau.
In seiner Jugend war ihm das Tanzen fast immer genug gewesen. Er konnte sich nicht erinnern, dass Musik ihn jemals nicht mitgerissen und motiviert hatte, sich zu bewegen. Mit den Füßen den Takt zu schlagen, mit den Knien zu wippen, die Hüften zu schwingen, die Schultern zu wiegen, mit den Fingern zu schnippen. Es hatte seine Eltern verwirrt, die beide nur bei besonderen Gelegenheiten tanzten. Seine Grundschullehrerin hatte vorgeschlagen, dass er Tanzunterricht nehmen solle, aber sein Vater war dagegen gewesen, weil er es unmännlich fand. Sam war es egal, er tanzte trotzdem, wann immer er Gelegenheit hatte.
Als Teenager entdeckte er den Knaller: Mädchen waren von einem Jungen begeistert, der gern tanzte. Jeder Junge, der sie vor Disco-Abenden mit einer Gruppe von Mädels rettete, war nach einem Blitzangriff beim Tanzen schon halb im Paradies. Für ihn als Teenager war das damals seine Fahrkarte zur Glückseligkeit.
Dieser Tage tat es immer noch seine wunderbare Wirkung und hatte den zusätzlichen Vorteil, ihn fit zu halten. Er konnte nicht jederzeit und so oft, wie er wollte, tanzen, aber das hieß nur, dass sich noch mehr Energie aufstaute. Es war seine einzige Entspannung, und er fand es toll.

Als die Uhr Mitternacht anzeigte, war er gerade dabei, sich vor den Mädchen in Szene zu setzen. Er trank eine halbe Flasche Mineralwasser und goss sich den Rest über den Kopf. Wissen war Macht. Aber Tanzen war herrlich.

Am anderen Ende der Stadt lag Yousef Aziz auf dem Rücken und hatte die Finger hinter dem Kopf auf dem Kissen verschränkt, das er seit seiner Kindheit besaß und das so tröstlich seinen eigenen Geruch ausströmte. Aber heute Abend brachte ihm diese Vertrautheit nicht die übliche unterbewusste Beruhigung. Heute Abend konnte Yousef nur an das denken, was vor ihm lag. Es war seine letzte Chance, ruhig zu schlafen, allerdings wusste er, dass es nicht so kommen würde. Aber das war egal. Die letzten Wochen hatten ihn gelehrt, dass es andere Energiequellen gab.

Auf dem anderen Bett schnarchte Raj leise vor sich hin, und seine Steppdecke hob und senkte sich bei jedem Atemzug. Selbst der Tod seines Idols konnte seine Ruhe nicht stören. Jede Nacht lag er in tiefem Schlaf, wenn Yousef zu Bett ging, und nichts schien ihn wecken zu können. Weder das Licht an der Decke noch das beharrliche Piepsen eines Gameboy, das Klimpern der Banghra-Musik oder das Rascheln von Bonbonpapierchen. Der Junge schlief, als habe er die Unschuld persönlich erfunden.

Die Unschuld, die Yousef fraglos verloren hatte. Er hatte gelernt, die Welt mit anderen Augen zu betrachten, und morgen würde die Welt lernen, ihn anders zu sehen. Er wünschte sich fast, er könnte da sein, um mitzuerleben, was sie alle zu sagen hatten. Es gefiel ihm nicht, dass er seine Eltern und seine Brüder verlassen musste, die für ihn die Suppe auslöffeln mussten. Aber es gab keine andere Möglichkeit.

Überall in Bradfield schliefen Menschen zum letzten Mal miteinander. Manche liebten sich, andere ertrugen einander gerade eben noch, andere waren sich gleichgültig. Sie hatten alle nur eines gemeinsam: Sie hatten keine Ahnung, dass ihr Leben in Kürze auseinandergerissen werden würde. Für sie war es einfach nur ein gewöhnlicher Freitagabend. Manche hatten besondere Gewohnheiten, holten Essen vom Chinarestaurant, liehen sich eine DVD aus und hatten oberflächlichen Sex miteinander. Oder sie gingen schwimmen und in die Sauna eines Fitnesscenters. Oder sie spielten *Monopoly*, *Cranium* oder *Risiko* mit den Kindern. Andere improvisierten am Freitagabend: ein paar Drinks und dann ein Currygericht. Das Abendessen auf den Knien vor dem Fernseher. Karten in letzter Minute für ein Rockkonzert in der BEST-Arena. Oder ein gemeinsamer Einkaufsbummel im Tesco-Supermarkt. Es spielte keine Rolle, was es gerade war. Es würde das letzte Mal sein, dass sie diese Dinge gemeinsam taten. Die Ereignisse, die auf sie zukamen, würden dem Geschehen dieses Abends eine Art weihevolle Bedeutung verleihen.

Überall in Bradfield schliefen Paare zum letzten Mal miteinander. Und sie konnten nichts tun, um etwas daran zu ändern.

Liste 1

Millionär werden, bevor ich dreißig bin
Professionell Fußball in der Premier League spielen
Ein Haus am Dunelm Drive besitzen
Einen Ferrari fahren
Eine CD aufnehmen, die in die Charts kommt
Mit einem Topmodel ausgehen

Samstag

Es ging ihm besser. Tony bildete sich das nicht ein. Kurz nach sechs war er aufgewacht, weil er auf die Toilette musste. Es war weniger anstrengend und zeitaufwendig, auf seine Krücken zu kommen, und er war sicher, dass er sein lädiertes Knie mehr belasten konnte. Vielleicht würde es ihm gelingen, die Physiotherapeutin zu überreden, mit ihm heute das Treppensteigen zu probieren.

Er humpelte zurück ins Bett und genoss die Erleichterung, wieder ausgestreckt liegen zu können. Es war an der Zeit, wieder zur Welt zurückzukehren. Er zog den Tisch heran und fuhr den Laptop hoch. Unter den neuen E-Mails fiel ihm die von Paula auf. Sie war um zwei Uhr dreizehn in der Frühe geschrieben und lautete: *Sieht aus, als hättest du recht gehabt. Eindeutige Identifizierung im Pub von Dore. Später mehr. Gut gemacht, Doc, und schön zu sehen, dass du noch genauso gut in Form bist.*

Tony stieß kurz eine Faust in die Luft. Es mochte unspektakulär wirken, war aber in seiner jetzigen Lage eine tolle Sache. Profile erstellen war wie Seiltanzen. Selbstvertrauen war eine wichtige Voraussetzung für diese Arbeit. Wenn man nicht an sich glaubte, nicht seiner Intuition und seinem Urteil folgte, dann ging man zu sehr auf Nummer sicher, und das Profil war wertlos. Es war ein Prozess, der stufenweise verlief. Wenn man mit einer Einzelheit richtig lag, fasste man mehr Zutrauen, dass es das nächste Mal genauso sein könnte, und das verbesserte die Chance, etwas Nützliches zu erzielen. Umgekehrt brauchte man nur einmal Mist zu bauen und schon musste man wieder ganz von vorn anfangen.

Da er sich also zur Zeit von einer Operation erholte und nur so bedächtig vorankam wie der Plot der Hörspielserie *The Archers* und weil Carol die Idee schon verworfen hatte, gab ihm sein Treffer mit Danny Wade ein Gefühl ziemlich großer Zufriedenheit. Wenn die gleiche Person Danny und Robbie umgebracht hatte, sollte er überlegen, was die Opfer untereinander und mit ihrem Mörder verband. Vielleicht konnte er sich auch vom Krankenhausbett aus nützlich machen.

Die Wohnung, die Jana Jankowicz mit ihrem Freund bewohnte, war blitzsauber. Sie roch nach Möbelpolitur und Lufterfrischer. Offensichtlich war sie möbliert gemietet worden. Niemand, der so ordentlich und sauber war wie sie, hätte eine Einrichtung gewählt, die so schmuddelig und schäbig wirkte und deren Einzelstücke so schlecht zusammenpassten. Was dem Ganzen trotzdem den Anstrich eines Heims gab, waren die handgearbeiteten gesteppten Decken auf dem Sofa und die Fotos an den Wänden. Sie waren mit einem Farbdrucker ausgedruckt und laminiert, eine billige und freundlich wirkende Alternative zu gekauften Drucken und teueren Rahmen.

Jana, eine dunkelhaarige Frau mit rundem Gesicht, die auf schwer definierbare Weise hübsch war, saß Paula an einem Tisch mit reinlicher Resopalplatte gegenüber, deren Ränder angeschlagen und verkratzt waren. Zwischen ihnen standen ein Emailtopf mit starkem Kaffee und ein Aschenbecher.

Dass es einen Aschenbecher gab, erklärte den starken Geruch synthetischer Düfte, dachte Paula. Ihre Stirnhöhlen würden protestieren oder sogar streiken, wenn sie hier wohnen müsste.

Jana hatte nicht nach dem Grund von Paulas Kommen gefragt. Sie hatte sie höflich begrüßt und sich freundlich und schicksalsergeben zu einer Befragung bereit erklärt. Es war, als hätte sie sich gesagt, es sei am sichersten, der Polizei in einem fremden Land demütige Bereitschaft zur Zusammenarbeit zu zeigen.

Paula hatte den unausgesprochenen Verdacht, dass dies sonst nicht Janas Art war.

Jana ging zum zweiten Mal die Fotos durch und schüttelte den Kopf. »Ich habe diese Männer niemals bei Mr. Wade gesehen«, sagte sie, und ihr Englisch war fast akzentfrei. Sie erzählte Paula, dass sie eine in Polen ausgebildete Englisch- und Französischlehrerin sei. Fertigkeiten, die sich zur Zeit in ihrem Land niemand so recht leisten konnte. Sie und ihr Verlobter waren hier, um so viel Geld zu verdienen, dass sie sich in Polen ein Haus kaufen konnten. Dann würden sie dorthin zurückkehren. Sie würden irgendwie zurechtkommen, wenn sie keine Miete zahlen mussten, meinte Jana.

Bei dem Foto von Jack Anderson hielt sie inne. »Aber diesen Mann. Ich glaube, ich habe ihn einmal gesehen, aber ich weiß nicht mehr, wo und wann.«

»Vielleicht ist er ins Haus gekommen?« Paula bot Jana ihre Zigaretten an. Sie nahm eine, und beide zündeten sich ihre Zigaretten an, während Jana stirnrunzelnd das Foto betrachtete.

»Ich glaube, er kam ins Haus, aber nicht um Mr. Wade zu besuchen«, berichtete sie langsam und stieß eine dünne Rauchwolke aus. »Er wollte etwas verkaufen. Ich erinnere

mich nicht. Er hatte einen Lieferwagen.« Sie schloss die Augen und zog die Augenbrauen zusammen. »Nein, es hat keinen Zweck. Ich kann mich nicht erinnern. Es ist schon eine ganze Weile her.« Sie schüttelte bedauernd den Kopf. »Ich bin mir einfach nicht sicher.«
»Macht nichts«, versicherte Paula. »Haben Sie gehört, dass Mr. Wade einmal einen Mann erwähnte, der Jack Anderson hieß?«
Jana zog an ihrer Zigarette und schüttelte den Kopf. »Sie müssen wissen, Mr. Wade sprach nicht über persönliche Dinge. Ich wusste nicht einmal, dass er aus Bradfield kam.«
»Wie steht's mit Fußball? Hat er je einen Fußballspieler erwähnt, der Robbie Bishop heißt?«
Jana sah verwirrt aus. »Fußball? Nein, Modelleisenbahnen. Das interessierte Mr. Wade.« Sie breitete die Hände aus. »Er hat nie Fußball geschaut.«
»Schon gut. Ist irgendjemand gekommen, der Mr. Wade besuchen wollte?« Paula inhalierte. Selbst wenn die Befragung nichts brachte, konnte sie wenigstens dabei rauchen. Das ließ sich heutzutage nicht von vielen Befragungen sagen. Selbst in den Verhörzimmern der Polizei durfte nicht geraucht werden, und manche Gefangenen behaupteten, das sei eine Verletzung ihrer Menschenrechte. Paula neigte dazu, ihnen recht zu geben.
Jana musste nicht lange überlegen. »Nein, niemand«, antwortete sie. »Aber ich glaube, das war kein Grund dafür, dass er einem leidtun sollte. Manche Leute sind allein glücklicher. Ich glaube, er war so jemand. Er mochte es, wenn ich da war, um zu kochen und sauberzumachen, aber er wollte nicht, dass ich mich mit ihm anfreundete.«
»Verstehen Sie mich nicht falsch …« Paula zuckte etwas hilflos mit den Schultern, als wolle sie sagen: Ich muss diese Fra-

ge stellen und wünschte, es wäre anders. »Wissen Sie, was er tat, um Sex zu haben? Ich meine, er war ja ein junger Mann, vermutlich hatte er sexuelle Bedürfnisse ...«

Jana schien nicht im Geringsten pikiert. »Ich habe keine Ahnung«, erwiderte sie. »Er hat sich mir gegenüber nie ungehörig benommen. Ich glaube aber nicht, dass er schwul war.«

Paula hob eine Augenbraue. Jana grinste. »Keine schwulen Pornohefte. Aber manchmal diese Zeitschriften, die man beim Zeitungshändler bekommt. Nichts Schlimmes. Aber Mädchen, keine Jungs. Manchmal fuhr er zwei Stunden mit dem Auto weg und nahm die Hunde nicht mit. Wenn er zurückkam, schien er ein bisschen verlegen und nahm gewöhnlich ein Bad. Vielleicht ging er zu Prostituierten, ich weiß es nicht.« Sie warf Paula einen schlauen Blick zu. »Warum stellen Sie mir diese Fragen? Fangen Sie etwa an zu glauben, dass ich die Wahrheit sage und den Obstkuchen nicht gebacken habe?«

»Es ist möglich, dass Mr. Wades Tod mit einem Mord in Bradfield in Verbindung steht. Wenn das der Fall ist, ja, dann scheint es, dass Sie die Wahrheit gesagt haben«, antwortete Paula.

»Es wäre gut, wenn das klar wäre«, meinte Jana. Sie verzog die vollen Lippen zu einem ironischen Lächeln. »Wenn die Zeitungen schreiben, dass man seinen letzten Arbeitgeber vergiftet hat, ist es ein bisschen schwierig, eine Stelle als Haushälterin zu finden.«

»Das leuchtet mir ein.« Paula erwiderte Janas Lächeln. »Aber wenn wir mit der Verbindung recht haben, können Sie wetten, es wird noch mehr darüber geschrieben werden, dass Sie den Kuchen nicht gebacken haben. Noch mehr als vorher, als wir dachten, Sie hätten es getan. Vielleicht wird sich das als Empfehlung erweisen.« Sie schob die Bilder zusammen, steckte sie wieder in den Umschlag und sagte: »Sie haben mir sehr geholfen.«

»Ich wünschte, ich wüsste mehr«, seufzte Jana. »Um seinet-, aber auch um meinetwillen. Er war ein guter Arbeitgeber, wissen Sie. Nicht anspruchsvoll, sehr dankbar. Ich glaube nicht, dass er daran gewöhnt war, sich bedienen zu lassen. Es wäre gut, wenn Sie die Person finden könnten, die ihn getötet hat.«

Rhys Butler hatte den linken Arm über seine schmale Brust gelegt, hielt den rechten Ellbogen mit der Hand umfasst, und seine rechte Hand verbarg seinen Mund und das Kinn. Er hatte die Schultern hochgezogen und starrte Carol Jordan mit seinen Augen unter den rötlich braunen Brauen an. Sein rotes Haar stand zerzaust und zottelig vom Kopf ab, die klassische Frisur nach einer Nacht in der Zelle. »Mein Klient wird wegen des Übergriffs auf ihn eine Klage gegen die Bradfield Metropolitan Police einreichen«, erklärte seine Anwältin freundlich und strich mit einem perfekt geformten, lackierten Fingernagel eine glänzende Strähne ihres langen schwarzen Haars hinter das Ohr.

Verdammte Bronwen Scott, dachte Carol. *Der Beweis, dass der Teufel wirklich Prada trägt.* Das war mal wieder ihr Pech, dass der Pflichtverteidiger vom Abend vorher einer der jungen Anwälte in Scotts bekannter Anwaltskanzlei für Strafrecht war. Und da sich der Fall als starke Kombination von Robbie Bishop, Carol Jordan und einer möglicherweise lukrativen Zivilklage gegen die Polizei anbot, hatte Bronwen ihn selbst an sich gerissen.

In ihrem untadeligen, maßgeschneiderten Kostüm und komplettem Make-up war sie offensichtlich auf die »spontanen« Presseinterviews vorbereitet, die sie bestimmt später am Vormittag geben würde. Und so saßen sich die alten Gegnerinnen wieder feindselig am Tisch gegenüber. »Gut zu wissen, dass er sich entschieden hat«, erwiderte Carol. »Ich überlege mir noch, ob ich eine Klage wegen Freiheitsberaubung gegen Ihren Klienten einreichen soll.«

Sam beugte sich vor. »Ganz davon zu schweigen, dass er nicht hätte losrennen sollen, als er herausfand, dass wir Polizeibeamte sind. Das grenzt an Widerstand gegen die Staatsgewalt.«

Bronwen warf ihnen beiden einen mitleidigen Blick zu und schüttelte den Kopf, als wolle sie sagen, sie hätte Besseres von ihnen erwartet. »Mein Klient hat immer noch Schmerzen, die darauf zurückgehen, wie Sie mit ihm umgegangen sind. Trotzdem ist er bereit, Ihre Fragen zu beantworten.« Sie stellte es als eine außergewöhnliche Gunst dar, die von ganz oben gewährt wurde.

Carols Selbstvertrauen bekam einen weiteren Knacks. Nach ihrer Erfahrung neigten Bronwen Scotts Klienten dazu, »keinen Kommentar« abzugeben, was von Carol als »Ich war's« interpretiert wurde. Da sie Rhys Butler mit ihnen sprechen ließ, hielt es Carol für nicht unwahrscheinlich, dass sie ihre Zeit verschwendeten. Trotzdem konnte dies auch die einmalige Gelegenheit sein, dass ein dummer Klient über die raffinierte Ms. Scott die Oberhand gewann. Sie konzentrierte sich und lächelte Butler zu. »Tut mir leid, dass wir Ihnen eine Woche verdorben haben, die sonst so gut für Sie lief«, sagte sie freundlich.

Seine Stirn warf Falten wie die Haut auf einem Reispudding. »Was meinen Sie damit?«, murmelte er hinter der Hand.

»Dass Robbie Bishop starb, natürlich. Das muss Sie doch aufgeheitert haben.« Butler sah weg und entgegnete nichts. »Sie denken wahrscheinlich, dass er es verdient hatte«, fuhr

sie fort. »Ich meine, wir wissen, dass Sie nicht viel von der Art und Weise hielten, wie er Bindie behandelte.«
Butler starrte sie an. Er ließ die Hand vom Gesicht gleiten und versetzte giftig: »Bindie hat ihn doch schon vor einer Ewigkeit abserviert. Warum sollte es mich interessieren, was mit ihm passiert?«
»Na ja, ich denke mal, Sie würden nicht wollen, dass sie sich wieder versöhnen.«
Butler schüttelte den Kopf. »Nie im Leben! So weit lässt sie sich nicht herab. Sie wartet nur auf den richtigen Zeitpunkt, bis wir zusammen sein können.«
»Und jetzt, da Robbie tot ist, kann diese Zeit nicht mehr weit weg sein.«
»Sagen Sie nichts, Rhys«, mischte sich seine Anwältin ein. »Lassen Sie sich nicht provozieren. Beantworten Sie nur die Fragen.«
»Sie wollen eine Frage? Okay. Wo waren Sie zwischen zweiundzwanzig Uhr vorletzten Donnerstag und vier Uhr morgens am Freitag?« Carol fixierte ihn mit festem Blick.
»Zu Hause. Allein, bevor Sie fragen. Aber ich war bis sechs bei der Arbeit und am Freitag um acht Uhr morgens wieder dort. Und ich habe kein Auto. Nur ein Motorrad. Ich bin schnell, aber so schnell nun auch nicht«, antwortete Butler, wobei von seinem Versuch, unverschämt zu grinsen, aufgrund seiner schmerzenden Mundpartie nur ein Zusammenzucken blieb.
»Es gibt Züge«, schaltete sich Sam ein. »Zweieinhalb bis drei Stunden von Newcastle bis Bradfield. Je nachdem ob direkt oder mit Umsteigen in York. Sie hätten sich ein Auto leihen können. Oder eins klauen. Was auch immer, es ist möglich.«
»Nur hab ich's nicht getan. Ich war die ganze Nacht in Newcastle.«

Sie würden Befragungen an den Bahnhöfen und beim Zugpersonal durchführen müssen, dachte Carol. Sie hätte das lieber vor Butlers Festnahme getan, aber als sie ihn hinter seinem Haus vom Boden aufhoben, war sofort klar, dass er nicht freiwillig mitkommen würde. Sie musste ihn verhaften, um sicherzugehen, dass er sich nicht davonstahl. Und jetzt tickte die Uhr, und sie stand ohne Beweise da. »Dachten Sie, dass Sie Bindie einen Gefallen damit täten, wenn Sie Robbie beseitigten?«

»Wer immer ihn beseitigt hat, hat ihr einen Gefallen getan, aber ich war es nicht«, erklärte er hartnäckig.

»Sind Sie da sicher? Ich schätze nämlich, dass Gift ganz Ihre Masche wäre«, wandte Sam ein wie vorher abgesprochen. »Machen wir uns doch nichts vor. Als Sie versuchten, es mit ihm wie ein Mann aufzunehmen, hat Ihnen Robbie eine ordentliche Abreibung verpasst. Es war Ihnen unmöglich, sich ihm in einem fairen Kampf zu stellen. Aber mit Gift lässt sich das eher machen. Gegen Gift kann man sich nicht wehren.«

Butler lief rot an, was bei seiner blassen, sommersprossigen Haut hässlich aussah. »Ich hab gezeigt, was ich zeigen wollte, und habe Bindie bewiesen, dass Leute, die sich wirklich etwas aus ihr machen, bereit sind, für sie einzutreten. Und sie ist ihn losgeworden. Aber ich hab ihn nicht umgebracht.«

»Mein Klient hat sich klar ausgedrückt, Chief Inspector. Ich schlage vor, dass Sie sich auf Fragen beschränken, statt mit Andeutungen und Unterstellungen zu arbeiten.« Scott notierte etwas auf ihrem Block.

»Pharmakologie ist doch die Branche, in der Sie arbeiten, oder?«, erkundigte sich Carol und hoffte, dass der plötzliche Themenwechsel ihn nervös machen würde.

»Stimmt«, bestätigte Butler.

»Sie wissen also Bescheid über Rizin?«

»Sie wissen wahrscheinlich mehr über Rizin als ich. Ich bin Facharbeiter im Labor einer Firma, die Hustentropfen herstellt. Ich würde eine Castorbohne nicht einmal erkennen, wenn man sie mir auf Toast servierte.«

Einen Moment herrschte unheilvolles Schweigen. Carol hätte schwören können, dass sie Bronwen Scott kurz mit den Augen hatte rollen sehen. »Sie wissen also, woher Rizin kommt«, stellte Carol fest.

»Und das halbe Land weiß das auch«, gab Butler zurück und erhob die Stimme. »All das Zeug in den Zeitungen über Terroristen, die Rizin herstellen! Und jetzt stirbt Bishop daran? Wir alle wissen genau, wo es herkommt, verdammt noch mal.«

Carol schüttelte den Kopf. »Ich habe mich nicht daran erinnert. Ich musste es nachschlagen, nachdem bei Robbie diese Diagnose gestellt wurde. Und ich wette, den meisten Leuten ging es ähnlich. Aber Sie erinnern sich.«

Butler wandte sich an seine Anwältin. »Machen Sie damit Schluss? Sie haben doch nichts gegen mich in der Hand.«

Scott lächelte und zeigte ihre kleinen scharfen Zähne. Carol kam der Gedanke, dass sie sich das wahrscheinlich von einem Piranha abgeschaut hatte. »Mein Klient hat recht. Sie horchen ihn hier aufs Geratewohl aus. Wenn nicht noch etwas vorliegt, das Sie bis jetzt nicht verraten haben, gibt es keinen Grund, uns hier festzuhalten. Ich möchte, dass Sie meinen Klienten sofort und ohne Anschuldigung freilassen. Wir sind nämlich fertig hier. Er sagt kein einziges Wort mehr, und Sie haben nichts gegen ihn vorzubringen.«

Das Schlimmste war, dass sie recht hatte. »Freilassung mit Meldepflicht«, erklärte Carol und stand auf. »Wir werden uns an diesem Tisch wiedertreffen, Ms. Scott.«

Bronwen Scott lächelte erneut. »Nicht, bevor Sie die Sache

auf die Reihe kriegen, Chief Inspector Jordan. Was die Klage wegen tätlicher Bedrohung betrifft, werden Sie von uns hören.«

Carol sah ihnen nach, als sie weggingen, und zuckte wehmütig mit den Schultern. »Das kommt davon, wenn man so ungeduldig ist«, meinte sie. »Man wird sich von John O'Groats bis Land's End über uns totlachen.« Dann raffte sie sich auf. »Sam, wenn Sie nächstes Mal einen Ihrer Kollegen übervorteilen wollen, sorgen Sie dafür, dass es der Mühe wert ist, ja?«

Als Carol in die Einsatzzentrale zurückkam, warteten Chris und Paula schon auf sie. Beide sahen aus, als hätten sie ein paar Stunden zusätzlichen Schlaf gut brauchen können, und Paula wirkte ausgesprochen ausweichend. »Hattet ihr Glück mit Butler?«, fragte Chris.

»Wir haben nichts gegen ihn in der Hand, und er hat die verflixte Bronwen Scott.« Mehr brauchte man da nicht zu sagen. Sie unterdrückte ein Gähnen, ermahnte sich, sie benötige keinen Drink, und setzte sich auf ihren Stuhl. »Wie war's bei euch? Ein Treffer im Amatis?«

Die beiden tauschten einen Blick. »Treffer schon, aber nicht im Amatis«, begann Chris und rutschte auf ihrem Stuhl hin und her. »Ich habe meine Zustimmung gegeben, dass Paula eine andere Ermittlungsrichtung verfolgen konnte ...«

»So war's nicht, Chefin«, unterbrach Paula. »Sergeant Devine war nicht verantwortlich. Ich habe sie überredet. Es ist auf meinem Mist gewachsen. Wenn es Probleme gibt, ist alles meine Schuld.«

»Was redet ihr beiden da?«, fragte Carol, amüsiert über ihre Ernsthaftigkeit. »Wenn wir vorankommen, ist es nicht so wichtig, wer dafür verantwortlich ist. Sagen Sie schon, Paula: Welche andere Ermittlungsrichtung?«

Paula starrte auf ihre Füße. »Ich weiß nicht, ob Sie's wissen, aber Dr. Hill hat mir ja ... geholfen, wieder zurechtzukommen«, berichtete sie offensichtlich sehr angespannt. »Ich wollte aussteigen. Aber er hat mir geholfen, die Dinge in einem anderen Licht zu sehen.«
»Ich weiß, wie gut er das kann«, sagte Carol sanft. Auch sie hatte schon von seinen heilenden Kräften profitiert, obwohl sie den Verdacht hatte, dass Paula der Prozess mehr gebracht hatte, weil sie und er sich nicht so nahestanden.
Paula hob den Blick und schaute Carol mit trotzig vorgeschobenem Unterkiefer in die Augen. »Ich bin es ihm schuldig. Als er mich gestern bat, bei ihm vorbeizukommen, habe ich nicht gezögert. Er erzählte mir von einem anderen Fall, von dem er glaubt, dass er mit Robbie Bishop in Verbindung stehen könnte. Er sagte, Sie hätten die Idee bereits abgelehnt, und ich muss sagen, das überraschte mich nicht, als er erklärte, wie dürftig die Sache war.«
Carol schaffte es, ihre Mimik im Griff zu behalten, aber ihre innere Gelassenheit war dahin. Was trieb er denn da, verdammt noch mal? Jedenfalls gab es ihr das Gefühl, dass ihr kein Vertrauen entgegengebracht wurde. Im schlimmsten Fall war es Verrat. Wie konnte er sich jemanden aus ihrem eigenen Team herauspicken und diese Beamtin dazu benutzen, ihr zu zeigen, wie man vorgehen musste? »Wollen Sie damit sagen, dass Sie Befragungen zum Tod von Daniel Wade gemacht haben?«, fragte sie und klang gefährlich knapp und präzis.
Paula verkrampfte sich auf ihrem Stuhl, zuckte aber nicht mit der Wimper. »Ja, Chefin.«
Carol neigte den Kopf zur Seite und betrachtete Paula mit der gleichen Geringschätzung wie Gefangene im Verhörbüro.

»Dann erzählen Sie mir doch, Detective Constable McIntyre, wann genau Sie bei der Sondereinsatzgruppe gekündigt und bei Dr. Hill angefangen haben.«

»So ist es nicht«, begann Paula. »Ich verdanke ihm doch so viel.«

»Sie hatten den Auftrag, in einem Mordfall zu ermitteln, und haben das lieber links liegenlassen, weil ein Mann, der gelegentlich mit diesem Team zusammenarbeitet, Ihnen etwas anderes auftrug?« Carols Stimme hätte einen Sturm aufgehalten. Sie sah, wie sehr Paula ihre Worte schmerzten, und in diesem Moment war sie kleinlicherweise sogar erfreut darüber.

Zu ihrer Überraschung trat Chris für sie ein. »Ich glaube, es ist doch wichtig, was Paula herausgefunden hat, Chefin. Sie sehen ja, dass sie nicht stolz darauf ist, was sie getan hat. Aber zweifellos hat sie ein Ergebnis erzielt. Sie ist eine gute Polizistin und verdient keine Prügel dafür, dass sie etwas riskiert hat. Wir tun das alle hin und wieder.« Ihr Blick hielt Carol stand. Sie waren eine Zeitlang zugleich bei der Met im Dienst gewesen. Carol war klar, dass Chris Devine mehr über sie wissen musste als alle anderen in ihrer Gruppe.

»Es wird noch Zeit sein, sich mit der disziplinarischen Seite der Sache zu befassen, wenn diese Ermittlung abgeschlossen ist«, konstatierte Carol kühl und wollte sich nicht eingestehen, dass Chris' Worte Angst in ihr geweckt hatten. Paula hatte etwas erreicht. Und das hieß, Carol hatte unrecht damit gehabt, Tonys Meinung zu ignorieren. War sie auf dem Weg zu versagen? Schnitt sie sich ins eigene Fleisch, weil er Dinge bemerkt hatte, die sie hätte erkennen müssen, aber übersehen hatte? Litt ihre Urteilskraft unter ihrem Alkoholkonsum? Sie hatte weiß Gott schon oft genug gesehen, wie anderen dies passiert war. »Was trug Dr. Hill Ihnen auf?«

Paula war verunsichert, berichtete Carol aber über ihre Fahrt zum Pub und ihr Gespräch mit Jana Jankowicz. Sie legte das Foto von Jack Anderson auf den Schreibtisch. »Das ist der Mann, den Carlos wiedererkannte. Jana meint, er sei zum Haus gekommen, als Danny weg war, aber sie kann sich nicht erinnern, warum und wann.«

»Im Amatis hat niemand Anderson eindeutig erkannt, aber einer der Barmixer glaubt, er könnte den Typen an dem bewussten Donnerstagabend mit Robbie gesehen haben«, fügte Chris hinzu. »Alles etwas vage, aber wir dachten, es könnte sich vielleicht lohnen, Carlos herkommen zu lassen, damit Stacey mit ihm zusammen versuchen kann, dem Bild mehr Ähnlichkeit zu verleihen. Andere Frisur, kleine Nachbearbeitung mit dem Computer, so in die Richtung.«

Carol spürte den Widerstreit ihrer Emotionen. Einerseits wollte sie an ihrem Zorn festhalten und ihnen gehörig die Meinung sagen. Andererseits wollte sie ihnen gratulieren und alles in Gang setzen, um Jack Anderson zu finden und ihn herholen zu lassen. Selbst als sie diesen Konflikt klar erkannte, musste die Polizistin in ihr erst noch das zornige Kind zum Gehorsam zwingen.

Im gleichen Moment sah sie, dass Paula ihre Gemütsbewegung erkannte und sich leicht entspannte.

»Ach, was soll's«, meinte Carol, und ein bitteres Lächeln erschien ungewollt auf ihrem Gesicht. »Ihr habt ja keine Ahnung, wie sehr ich es hasse, unrecht zu haben. Aber nächstes Mal, Paula, sollte es ein solches geben, kommen Sie zu mir und besprechen es mit mir, bevor Sie einer von Tonys vagen Vermutungen nachgehen. Er hat nicht immer recht. Und ich werde immer zuhören.« Während sie dies sagte, sah sie, dass Paula die Schultern sinken ließ. In Carol glühte noch immer heiße Wut, aber die hob sie sich für den auf, der sie wirklich

verdient hatte. »Also. Wer ist Jack Anderson, und wo finden wir ihn?«
»Da haben wir ein Problem«, gestand Chris seufzend. »Stacey sagt, er existiert nicht.«
»Und was bedeutet das?« Carol war immer noch gereizt und nicht zu Ratespielchen aufgelegt. »Wir haben ein Foto von ihm. Das muss ja irgendwoher stammen.«
»Wir haben mit der Person gesprochen, die es uns geschickt hat. Und mit der dritten Person auf dem Originalfoto. Beide sagen das Gleiche. Sie waren mit Jack Anderson zur Schule gegangen, und später kam er oft zum gleichen Pubquiz wie sie. Immer dienstagabends im Red Lion in Downton. Er war in einem Team, das sich ›The Funhouse‹ nannte. Vor ungefähr drei Jahren erschien er dann nicht mehr. Unsere Leute fragten bei ›The Funhouse‹ nach, warum Anderson ausgestiegen sei, und dort sagte man ihnen, er sei nach Stockport gezogen. Und da verliert sich dieser Teil der Spur«, berichtete Paula.
Chris fuhr fort: »Laut Stacey ging er nämlich gar nicht nach Stockport. Oder wenn, dann hat er sich nicht auf der Wahlliste eintragen lassen, zahlt keine Gemeindesteuer, steht nicht im Telefonbuch, wird nicht bei der Umsatzsteuer geführt und hat seit vier Jahren keine Steuererklärung abgegeben. Er hat weder Bankrott angemeldet noch besitzt er eine gültige Kreditkarte. Macht einem das nicht Angst, was diese Frau an einem Samstagvormittag alles herausfinden kann?«
Carol tat so, als erschaudere sie. »Ich versuche gar nicht daran zu denken. Was ist mit Familie? Alten Schulfreunden?«
»Daran arbeiten wir«, versicherte Paula. »Der Mann, der uns das Foto geschickt hat, erzählte uns, Andersons Vater sei in der Armee gewesen. Offenbar fiel er im ersten Golfkrieg, nicht lange nachdem Anderson in die Harriestown High

School gekommen war. Unsere Quelle ist nicht sicher, ob er sich richtig erinnert, aber er meint, es sei bei einem Beschuss durch eigene Truppen passiert.«

»Das muss wehtun«, meinte Carol. »Und seine Mutter?«

Chris sah in ihr Notizbuch. »Ich versuche noch, Einzelheiten dazu zu bekommen, aber man hat uns gesagt, sie hätte im Sommer nach Andersons erstem Studienjahr Selbstmord begangen. Klingt, als hätte sie gewartet, bis er aus dem Gröbsten heraus war, und dann tat sie, was sie tun musste. Wir sind nicht sicher, an welcher Universität er studiert hat. Der eine Schulkamerad dachte in Leeds, der andere in Manchester. Und wir sind auch nicht sicher, welches Fach. Es könnte Biologie gewesen sein oder auch Zoologie. Hätte aber genauso gut auch Textiles Werken sein können, ehrlich gesagt. Ich glaube, die beiden haben einfach ihrer Phantasie freien Lauf gelassen.« Sie schüttelte angewidert den Kopf. »Warum versuchen sie so krampfhaft, es uns recht zu machen?«

»Wahrscheinlich weil wir die Macht haben, sie in den Knast zu bringen«, sagte Paula spitz.

»Gut, gut, es reicht jetzt mit der Comedy-Einlage. Geht los, ihr beiden. Und kehrt nicht wieder, bevor ihr alles habt, was es über Jack Anderson zu wissen gibt. Einschließlich seiner jetzigen Adresse.« Carol stand auf und nahm ihre Jacke vom Kleiderhaken. »Ich fahre mal schnell bei Robbies Eltern vorbei. Vielleicht erinnern sie sich an Jack Anderson. Man weiß ja nie. Und dann werde ich mit jemandem über den vorschriftsmäßigen Einsatz von Polizeibeamten sprechen. Gut, dass er sowieso schon im Krankenhaus liegt, da kann er sich gleich wieder zusammenflicken lassen.«

Der ehemalige Superintendent Tom Cross besaß eines der teuersten Häuser in Bradfield. Er verdankte es einem spektakulären Gewinn im Fußballtoto einige Jahre vor seiner Zwangspensionierung. Seine Pension sicherte ihm und seiner Frau ein bequemes Leben. Aber nichts hätte ihn davon überzeugen können, dass er Glück gehabt hatte. Es gibt Menschen, die unfähig sind, Zufriedenheit zu finden, und Tom Cross war so einer.

Er starrte übellaunig aus dem Badezimmerfenster auf einen perfekt gepflegten Rasen, der sanft zum Flüsschen Brade abfiel, wo ein schönes kleines Boot an einem Betonlandungssteg vertäut war. Ein miserabler Tag für das Spiel, dachte er. Egal wie fest er sich einpacken würde, seine Nase wäre bis zur Halbzeit ein Eisklumpen.

Cross sah wieder in den Spiegel, schaltete seinen Rasierapparat an und bearbeitete seine feisten Hängebacken. Seine blassgrünen Augen standen etwas vor, der Grund für seinen alten Spitznamen Popeye. Wie sein Namensvetter aus der Comic-Serie hatte er noch immer die massive Schulterpartie und die muskulösen Oberarme des Rugbystürmers, der er einst gewesen war. Der Spiegel zeigte nicht den mächtigen Bauch, der durch jahrelangen Konsum von Fastfood und Bier entstanden war. Cross hatte schon immer dazu geneigt, der Wahrheit auszuweichen, sobald sie ihn in Verlegenheit brachte. Manche würden sagen, dass dies die Ursache seines beruflichen Desasters gewesen war. Aber Cross selbst gab dem scheinheiligen Biest Carol Jordan die Schuld daran.

Er rasierte sich schnell und ließ warmes Wasser ins Waschbecken laufen. Dann tauchte er den ganzen Kopf hinein und fuhr sich mit den Fingern durch die grauen Borsten, die seine Glatze umgaben. Keuchend tauchte er aus dem Wasser auf und blies mit seinen kleinen herzförmigen Mund Tröpfchen auf das Marmorbecken. Diese Scheiß-Jordan und der verdammte John Brandon. Zwei selbstgefällige Typen. Jordan hatte seinen Platz eingenommen, und Brandon hatte verbreitet, Tom Cross sei ein Lügner und Betrüger. Dadurch hatte er es ganz schön schwer gehabt, die Art von Arbeit bei einem Sicherheitsdienst zu bekommen, die er verdient hatte. Heute würde er den Vics zuschauen, die sich abrackerten, um ohne Robbie Bishop voranzukommen, und sich dabei den Arsch abfrieren. Aber vorher würde er wenigstens mit jemandem zusammenarbeiten, der seinen Wert anerkannte.

Der Brief der Harriestown High School war ganz unverhofft gekommen. Seit seinem sechzehnten Geburtstag war er nicht mehr dort gewesen. Damals hatte er sich aufgemacht und eine Arbeit auf dem Bau gesucht, bis er als Polizeischüler angenommen wurde. Aber nach dem, was in dem Brief des Rektors stand, gab es an der Schule jetzt eine Bestimmung, dass man, wo immer möglich, ehemalige Schüler beschäftigen wollte. Und als es darum ging, die Sicherheitsmaßnahmen während einer großen Benefizveranstaltung zu planen, dachte man zuallererst an Tom Cross.

Er war der Aufforderung gefolgt, die Nummer im Briefkopf anzurufen. Zu seiner Überraschung erreichte er nur einen Anrufbeantworter mit dem Text: »Hier ist Harriestown High School. Bitte hinterlassen Sie Ihren Namen und Ihre Telefonnummer, wir werden Sie so bald wie möglich zurückrufen.«

Der Rückruf kam innerhalb von fünf Minuten vom Rektor persönlich. »Tut mir leid wegen des Anrufbeantworters«, entschuldigte er sich. »Sie ahnen gar nicht, wie viele drohende und beleidigende Anrufe wir von Eltern bekommen.«

Cross schnaufte. »Doch, das kann ich mir vorstellen. Wenn zu meiner Zeit die Schule oder Polizei sich an die Eltern wandte, konnte man sich auf etwas gefasst machen. Jetzt stellen sich die Eltern hinter ihre Kinder, und wir sind diejenigen, die Dresche kriegen.«

»Genau. Danke, dass Sie sich gemeldet haben. Wenn Sie an diesem Projekt Interesse haben, hielte ich es für das Beste, wenn Sie sich mit Jake Andrews treffen würden. Jake organisiert die ganze Sache. Er ist über alle Einzelheiten informiert. Es wird eine tolle Feier. Robbie Bishop hat schon seine Unterstützung zugesagt, er wird da sein und hat seine Exverlobte zu einem DJ-Auftritt überredet. Sie arbeitet für Radio One, wissen Sie«, fügte er verschwörerisch hinzu. »Ich werde Jake bitten, Sie anzurufen.«

Und Jake hatte sich im Laufe des gleichen Tages gemeldet. Sie trafen sich zu einer Vorbesprechung während eines Mittagessens in einem sehr feinen französischen Restaurant in der Stadt. Ein klasse Lokal, das Cross normalerweise allerdings nicht besucht hätte, aber er musste zugeben, dass man dort Steak und Pommes frites zuzubereiten wusste.

Heute würden sie sich die genauen Pläne anschauen, einschließlich der Skizze des Veranstaltungsorts, dem Herrensitz von Lord und Lady Pannal. Obwohl nur Gott wusste, wer sie eigentlich waren und warum sie gerade jetzt, nachdem Robbie Bishop abgekratzt war, dem Ereignis zu Schlagzeilen verhelfen sollten.

Cross klatschte sich Aftershave auf die Wangen, dass es brannte, aber ohne zusammenzuzucken. Er sah auf seine Uhr, die neben dem Spiegel hing. Er musste los, denn er sollte Jake in einem Lokal am Rand von Temple Fields treffen. Sie würden rasch ein Bier zusammen trinken und dann zu Jake gehen.

Der Junge hatte sich für die Umstände entschuldigt. »Sorry, dass wir uns im Pub treffen müssen. Aber meine Wohnung ist unheimlich schwer zu finden. Alle verfranzen sich dort. Inzwischen weiß ich, dass es einfacher ist, den Pub als Treffpunkt zu wählen. Alles, was wir brauchen, ist in meiner

Wohnung, ich mach uns einen Lunch, und wir können beim Essen arbeiten. Ich bin Vegetarier, aber keine Sorge, für Besucher besorge ich Fleisch«, fügte er lächelnd hinzu.
Cross ging in seinen Ankleideraum und zog ein Paar warmer langer Unterhosen aus seiner Wäscheschublade. Von außen warm und ein gutes Mittagessen intus. Er würde den Nachmittag beim Fußballspiel problemlos überstehen.

Yousef schlug die Tür zu seiner Einzimmerwohnung zu und lehnte sich dagegen, die Augen fest zugedrückt; der Kloß in seiner Kehle erstickte ihn fast. Er hatte so hart daran gearbeitet, seinem Ziel treu zu bleiben. Schweigend hatte er sich seine Beweggründe vorgebetet wie ein Mantra, am Morgen, Mittag und Abend. Er hatte an seiner Überzeugung festgehalten, sein Herz und sein Verstand seien sich einig. Was er tun wollte, war nicht nur am besten, sondern auch der einzig mögliche Weg nach vorn.
Er hatte sich nicht vorzumachen versucht, dass es keine Folgen haben würde, sondern sogar die Vorstellung zugelassen, wie es für seine Familie sein würde. Vom Verstand her war ihm bewusst, dass sie schockiert und verzweifelt sein würden und die ganze Sache bestimmt nicht glauben könnten. Aber er hatte sich gesagt, sie würden darüber hinwegkommen, es hinter sich bringen und ihn aus ihrem Leben tilgen. Sie würden von der Gemeinschaft aufgefangen werden, und auf diese Weise würden sie es schaffen. Nicht alle würden begrüßen, was er getan hatte, deshalb aber nicht gleich die ganze Familie Aziz ausstoßen.
Aber heute Vormittag hatte es ihn plötzlich wie ein Hammerschlag getroffen, wie ungeheuerlich dies alles war. Es war gar nichts Besonderes passiert. Sie waren alle wie sonst am Samstagvormittag ihren gewöhnlichen Beschäftigungen

nachgegangen. Seine Mutter war zum asiatischen Minimarkt gegangen, um Halalfleisch, Gemüse und Obst fürs Wochenende zu kaufen. Sein Vater wollte zum Beten und um sich mit seinen Freunden zu unterhalten in die Moschee. Raj war für eine Stunde in der Koranschule, um den Koran zu lernen. Sanjar lag noch im Bett und schlief sich nach der Woche aus. Und Yousef ging ins Lager, um sich zu vergewissern, dass alles so lief, wie es sollte. Das Gefühl, dass er dies zum letzten Mal tat, war merkwürdig gewesen. Merkwürdig, aber nicht ergreifend. Wegen einer alten Fabrik und ein paar Arbeitern, die niemals seine Freunde werden konnten, wurde man doch nicht rührselig.
Der Hammer war das Mittagessen gewesen. Sie aßen samstags traditionsgemäß alle zusammen. Seine Mutter machte immer ein sorgfältig zubereitetes gewürztes Lammgericht mit verschiedenen Gemüsesorten, ein wahres Gedicht, und als Beilage dazu einen Stapel Chapati. Es war eine kurze Zeit zusammen mit der Familie in einem Leben, in dem alle mit ihren eigenen Dingen beschäftigt waren. Dass er wusste, er würde dies nie wieder erleben, hatte es Yousef fast unmöglich gemacht zu essen. Und deshalb hatte seine Mutter zu grübeln begonnen, was wohl mit ihm nicht stimmte. Sie hatte ihn in Ruhe gelassen, bis Raj anfing zu jammern, weil Sanjar eine eilige Lieferung nach Wakefield bringen musste und Raj, der seine Freunde zum Fußballspiel treffen wollte, nicht mitnehmen konnte.
»Mach dir keine Gedanken, Raj, Yousef kann dich hinbringen«, hatte seine Mutter gesagt.
»Ich kann nicht«, hatte er widersprochen. »Ich habe vereinbart, jemanden wegen eines neuen Vertrags zu treffen, und muss nach Brighouse hinüber. Ich habe keine Zeit.«
»Was soll das heißen, du hast keine Zeit? Es wird kein großer

Umweg sein, den Jungen zu seinen Freunden mitzunehmen«, beharrte seine Mutter.
»Was für ein neuer Vertrag?«, wollte sein Vater wissen.
»Niemand kümmert sich um mich«, beklagte sich Raj.
Sanjar sah ihn an und zwinkerte. Er glaubte offensichtlich auch nicht an den neuen Vertrag, aber was immer Yousef seiner Meinung nach vorhatte, er hatte mit seinen Vermutungen keine Chance, die Wahrheit auch nur annähernd zu treffen.
Und da war Yousef fast durchgedreht. Seine letzte Mahlzeit mit seiner Familie wurde zu einer allgemeinen Streiterei. Wenn sie alle darauf zurückblickten, würde ihnen keine herzliche Erinnerung an ein frohes gemeinsames Familienessen bleiben in einer Zeit, als sie sich noch Illusionen über ihn und darüber machten, wer er war. Es würde nur der bittere Nachgeschmack einer gereizten Stimmung zurückbleiben.
Er hatte gehen müssen, bevor er anfing, vor ihnen zu weinen. Die Tränen ließen ihn auf der Fahrt zur Einzimmerwohnung alles verschwommen wahrnehmen. Er liebte sie alle und würde sie nie wiedersehen.
Yousef schüttelte den Kopf, wie um die schmerzlichen Gedanken abzuschütteln. Es gab kein Zurück mehr. Er musste nach vorn schauen und über die wunderbare Zukunft nachdenken, in der seine Träume in Erfüllung gehen würden. Er stieß sich von der Tür ab. Nur diese letzte Phase musste er noch hinter sich bringen.
Vorsichtig füllte er einen Ghee-Behälter in mittlerer Größe mit dem TATP und legte das Triebwerk aus einer Modellrakete in die Mitte. Mit kleinen Krokodilklemmen befestigte er dünne, isolierte Drähte am Triebwerk und schloss sie dann an einem elektronischen Zünder an. Der war mit einem Timer in einem kleinen, mit Paketband zusammengefassten Bündel verbunden. Diesen Teil der Bombe hatte er nicht

selbst hergestellt, da er über solche Fertigkeiten nicht verfügte. Aber es war ihm erklärt worden. Er musste um fünfzehn Uhr dreißig fertig und die Bombe vor Ort sein, das hieß nach zwei Dritteln der ersten Halbzeit. Er sollte den Timer auf vierzig Minuten stellen, damit er mitten in der zweiten Halbzeit zündete und ihm genug Zeit bleiben würde zu entkommen. Es war einfach und sollte bewusst einfach gehalten werden, um die Risiken möglichst gering zu halten.

Die Konzentration auf das Zusammensetzen der Bombe beruhigte ihn. Als er fertig war und sie am Boden von Imrans Werkzeugkasten verstaut hatte, war er wieder gefasst.

Yousef trug den Werkzeugkasten sehr vorsichtig zu Imrans Lieferwagen hinunter. Er wusste, wie hochexplosiv TATP war, wie leicht die durch jede Bewegung entstehende Reibung die Kettenreaktion auslösen konnte, die ihn und den Rest des Hauses in die Luft sprengen würde. Er setzte den Kasten sachte auf dem Boden ab, während er die Hecktür des Lieferwagens öffnete, und stellte ihn auf die Schaumgummiunterlage, die er schon vorbereitet hatte. Vorsichtig schloss er die Türen und trat dann einen Schritt vom Lieferwagen zurück. Er wünschte, er wäre Raucher.

Dann sah er auf seine Uhr. Fast Zeit loszufahren. Er wollte ungefähr fünf Minuten vor Spielbeginn am Tor für das Personal und die Spieler ankommen, wenn der Sicherheitsdienst zu viel zu tun hatte, um besonders auf ihn zu achten. Mit etwas Pufferzeit für den Verkehr sollte er in etwa fünf Minuten starten.

Yousef setzte sich in den Lieferwagen und steckte den Schlüssel zittrig ins Zündschloss. Seine Hände waren schweißnass. »Ruhig bleiben«, sagte er sich. Kein Grund zur Panik. Kein Grund, Angst zu haben. Nichts konnte schiefgehen.

Er wusste nichts von dem dritten Bauteil, das zwischen dem

Zünder und dem Timer angebracht war. Ein Bauteil, das Yousefs sorgfältige Pläne über den Haufen werfen sollte.

Tony war sehr mit sich zufrieden. Heute war er der Mann, der eine halbe Treppe geschafft hatte. Zugegeben, er hatte durchaus Schwierigkeiten gehabt, wieder hinunterzusteigen, hatte es aber bis zum Treppenabsatz geschafft. Neun Stufen hoch und neun Stufen hinunter. Und das ohne Sturz. Er war danach so erschöpft, dass er sich am liebsten hingelegt und geweint hätte, aber das würde er auslassen, wenn er die Geschichte erzählte.

Tony fuhr den Laptop hoch und rief die Homepage von Bradfield Victoria auf. Weil seine Arbeitszeiten so unregelmäßig waren, hatte er zu Beginn der Spielsaison ihren privaten Fernsehkanal abonniert. Solange er Zugang zu einem Breitbandanschluss hatte, konnte er also die Spiele der Vics live sehen. Er loggte sich ein und minimierte die Lautstärke. Bis zum Spielbeginn brauchte er sich nicht das Geschwätz zweier alter Fußballer und eines Berichterstatters anzuhören, der bei den Sendern in Ungnade gefallen war. Sie würden doch nur über Robbie reden, und Tony konnte sich nicht vorstellen, dass sie irgendwelche nützlichen Einsichten zu bieten hatten.

Als er an Robbie dachte, fiel ihm ein, dass er etwas auftreiben sollte, was Carol über ihre Verlegenheit hinweghelfen könnte. Denn sie hatte sich ja geweigert, seinen Vorschlag anzunehmen, der sich jetzt doch als richtig erwiesen hatte. Bestimmt wäre sie über sich selbst verärgert und würde diesem Ärger damit begegnen, dass sie jetzt auf ihn wütend war. Es wäre am besten, etwas zu haben, mit dem er ihre Angriffe abfangen konnte. Das Problem war nur – was?

»Was macht deine Opfer für dich zum Ziel, Stalky? Ist die

Harriestown High School die entscheidende Verbindung? Was ist dort geschehen, das dir so wichtig ist?« Er ging die Möglichkeiten durch, konnte aber nichts finden, das Robbie Bishop und Danny Wade in ihrer Schulzeit verbunden haben könnte. »Aber das hat sich geändert«, grübelte er. »Als sie starben, hatten sie tatsächlich etwas gemeinsam. Sie waren beide reich. Und die Reichen sind anders. Sie waren also anders geworden. Sie hatten die restliche Harriestown High School in den Niederungen zurückgelassen. Sie hatten Glück gehabt, könnte man sagen. Danny auf jeden Fall. Für einen Lotteriegewinn braucht man keine Fähigkeiten. Es war einfach unverdientes Glück. Aber auch Robbie hatte Glück. Der richtige Club, der richtige Manager. Wir haben alle gesehen, dass es auch anders laufen kann und großes Talent einfach verschwendet wird.« Er versuchte krampfhaft, Gemeinsamkeiten herzustellen, und war sich dessen bewusst. Die beiden Fälle gaben einfach nicht genug Daten her. Das war das Schwierigste an seiner Arbeit. Je mehr Leute umkamen, desto leichter wurde es für ihn.

Es gab also nicht viel, was die Opfer verband. Und die Vorgehensweise beim Mord? Pflanzengifte. Es war wie bei Dorothy L. Sayers oder Agatha Christie. Irgendein geheimnisvoller Mordfall in einem Dorf. »Historisch gesehen waren Giftmörder meist Attentäter oder Familienmitglieder. Aber für Attentäter gibt es heutzutage Schusswaffen, und die forensische Toxikologie hat Vergiftungen in Familien schon vor langer Zeit ein Ende gesetzt … Warum sollte man also Gift benutzen? Es ist schwer zu beschaffen, und wenn man es aufgetrieben hat, hinterlässt es Spuren. Es bietet nur einen Vorteil, wenn es einem keinen Spaß macht zu töten.« Er nickte. »Das ist es, oder? Du magst das Töten selbst nicht, sondern nur die Tatsache, dass du getötet hast. Das Machtgefühl gefällt dir, aber die Drecksarbeit ist nicht nach deinem Geschmack. Es ist fast, als wolltest du Distanz wahren. Deine Unschuld behalten. Als du sie verlassen hast, ging es ihnen noch gut. Du brauchst dich nicht als perversen Killer zu betrachten.« Gedankenverloren hielt er einen Moment inne. »Du kannst dir fast einreden, du hättest ihnen eine Chance gegeben. Vielleicht können sie damit fertig werden, vielleicht auch nicht. Vielleicht haben sie Glück. Oder vielleicht läuft ihr Glück gerade aus ... Apropos laufen, da sind sie ja, meine Jungs.« Auf dem Bildschirm kamen die vertrauten kanariengelben Trikots aus dem Tunnel hervor, alle Spieler trugen eine schwarze Armbinde am Oberarm. Es folgten mit gesenkten Köpfen die Spieler von Tottenham Hotspur, ebenfalls mit schwarzen Armbinden.

Die beiden Mannschaften stellten sich einander gegenüber auf, und Tony drehte die Lautstärke gerade so früh hoch, dass er den Reporter sagen hörte: »... eine Schweigeminute zum Gedenken an Robbie Bishop, der diese Woche auf tragische Weise ums Leben kam.«

Tony senkte den Kopf und schloss sich dem Schweigen an. Es ging fast zu schnell vorbei. Dann brüllte die Menge, die Spieler scharrten mit den Füßen und nahmen ihre Plätze ein. Robbie war offiziell der Erinnerung übergeben. Jetzt ging's los!

Die Straßen um den Victoria Park waren voller Fans, die auf das Stadion zustrebten. Autos waren nicht zugelassen, sie wurden von Polizisten in signalgelben Jacken angehalten und umgeleitet. Nur Fußgänger und Pferde, die berittene Abteilung genoss die Heimspiele als die friedliche Übung, die sie fast immer waren. Mitten durch die gelben Ströme heimischer Fans zog sich ein abgegrenzter weißer Streifen, die Anhänger der Spurs, die voller Trotz auf das feindliche Territorium marschierten.

Noch ein kleinerer weißer Fleck bewegte sich inmitten des Meers von Gelb. Der Lieferwagen von A1 Electricals bahnte sich langsam einen Weg durch die Menge, die sich nur ungern teilte, egal für was oder wen. Am Steuer betete Yousef ununterbrochen, seine Lippen bewegten sich kaum dabei, aber seine Gedanken kreisten in rasendem Tempo. Wenn er sich auf die Einzelheiten konzentrierte, musste er sich nicht dem Horror stellen, den er gleich anrichten würde. Die Unterlagen hatten ihm am ersten Kontrollpunkt Zugang verschafft. Ein Polizist hatte den Verkehr angehalten, der sich auf das Stadion zubewegte, hatte einen Blick auf die zwei gefälschten Faxausdrucke und auf Yousefs ebenfalls gefälschten Ausweis geworfen und ihn ohne weiteren Kommentar durchgewinkt. Die nächste Kontrolle war die Feuerprobe.

Er sah auf die Uhr. Er war pünktlich. Die Tribüne an der Grayson Street ragte vor ihm auf, die hohen gusseisernen Tore mit dem Clubwappen waren deutlich erkennbar. Der Eingang zum Parkplatz für Personal und Spieler lag zwölf Meter hinter den Toren. Aber der Weg war durch eine Barriere und eine Absperrkette von Sicherheitsleuten blockiert. Er zog seine Baseballmütze etwas tiefer ins Gesicht, damit seine Gesichtszüge von oben nicht so deutlich auszumachen waren.

Yousef fuhr an den Toren vorbei und tippte auf seine Hupe, um sich einen Weg durch die Fans zu bahnen. Die Straße war noch verstopfter als sonst, weil der Gehweg vollständig von den Trauergaben für Robbie Bishop bedeckt war. Sein Foto lächelte Yousef immer wieder entgegen, das selbstbewusste Lächeln eines Mannes, der sieht, wie die Welt ihm alles ermöglicht. Wie er sich getäuscht hat, dachte Yousef.

Er zog das Lenkrad herum und steuerte den Lieferwagen auf die Barriere zu. Als er näher kam, umgaben ihn Sicherheitsleute. Mit ihren schwarz-gelben Bomberjacken der Vics, schwarzen Jeans und geschorenen Köpfen sahen sie alle gleich bedrohlich aus. Er kurbelte das Fenster herunter und lächelte. »Dringende Elektroarbeiten«, erklärte er. »An der Stromversorgung unter der Vestey-Tribüne gibt es ein Problem.« Er zeigte die Faxkopien vor. »Wenn da was durchbrennt, gibt es keinen Strom im VIP-Bereich.«
Der am nächsten stehende Security-Mann grinste höhnisch. »Die armen Kerle werden im Dunkeln ihre Krabbensandwichs nicht finden. Moment, ich zeig sie mal kurz dem Kollegen an der Barriere.« Er nahm die Unterlagen und ging zu der kleinen Kabine an der Schutzbarriere hinüber. Yousef sah, wie er die Faxe dem Mann im Unterstand zeigte. Er spürte den Schweiß in den Achselhöhlen und am Kreuz.
»Das ist ja ’ne tolle Ausstellung hier, was?«, sagte er zu dem Wachmann, der herangekommen und die Stelle des ersten eingenommen hatte. »Armes Schwein.«
»Aber ehrlich«, meinte der Wachmann. »Welcher fiese Bastard macht denn so was?« Er sah ein zweites Mal hin, als bemerke er erst jetzt, dass er mit einem jungen Migranten aus Asien sprach, heutzutage das typische Feindbild der Boulevardpresse. »Oh, tut mir leid, ich hab’s nicht so gemeint … Du weißt schon, Kumpel.«
»Ja, ich weiß. Wir sind ja nicht alle so«, beruhigte ihn Yousef, und es rollten sich ihm vor Unbehagen regelrecht die Zehennägel hoch. Nicht weil er log, sondern weil er so feige log. Bevor sie dies noch weiter vertiefen konnten, kam der erste Wachmann mit den Unterlagen zurück.
»Sie werden mich mal hinten reinschauen lassen müssen«, erklärte er.

Yousef stellte den Motor ab, zog den Schlüssel raus und ging ans Heck des Lieferwagens. Er spürte, dass seine Hände zitterten, und versuchte, sich zwischen das Schloss und den Security-Mann zu schieben. Er sagte sich, er brauche sich keine Sorgen zu machen, alles sei in Ordnung. Er ließ die Tür aufschwingen. Im Lieferwagen standen überall Kabeltrommeln und Plastikkästen voller Klemmen, Sicherungen, Schrauben und Schaltern. Rollen von Kabeln verschiedener Stärke waren hinter einem Netz aus flexiblem Material aufgeschichtet, und Imrans Werkzeugkasten, ein langer, niedriger Metallkasten mit angeschlagenem blauem Anstrich, stand auf der Seite.

»Können Sie mal den Werkzeugkasten öffnen?«, bat der Sicherheitsbedienstete.

»Klar.« Yousef schluckte heftig und löste den Deckel. Er zog die obersten Fächer heraus, und eine Sammlung von Zangen, Abisolierern und Schraubenziehern kam zum Vorschein. »Okay?« Er legte seine Hand auf das Fach, als wolle er den Kasten weiter öffnen. Seine Därme rumorten, seine Blase platzte fast. Wenn der Scheiß-Wachmann nicht bald aufgab, würde er als nächstes die Bombe sehen.

Der Sicherheitsbedienstete warf einen Blick auf die Werkzeuge. »Scheint mir ganz nach dem Werkzeugkasten eines Elektrikers auszusehen. Also gut,«, meinte er. »Parken Sie da drüben auf der anderen Seite.« Er zeigte auf den äußersten Rand des Parkplatzes. »Da vorn sehen Sie dann ein Tor. Der Mann von der Sicherheit dort weiß schon, dass Sie kommen. Er lässt Sie rein. Sie folgen dem Gang um die Ecke, und dann kommen Sie zum Personaleingang. Dort wird man Ihnen zeigen, wo Sie hinsollen.« Er zwinkerte. »Vielleicht erlaubt man Ihnen sogar, noch etwas das Spiel zu verfolgen, wenn Sie mit der Arbeit schnell fertig sind.«

Yousef tat, was man ihm gesagt hatte, und konnte kaum glauben, dass alles so einfach war. Nachdem er die erste Absperrung passiert hatte, war klar, dass er als jemand akzeptiert wurde, der einen triftigen Grund hatte, hier zu sein. Zehn Minuten später war er unter dem mittleren Abschnitt der riesigen freitragenden Vestey-Tribüne. Er hielt den Kopf gesenkt, um den Überwachungskameras zu entgehen, und trug Imrans Werkzeugkasten mit seinem todbringenden Inhalt einen schmalen Wartungskorridor entlang. Die Tribüne, die nach Albert Vestey, dem legendären Stürmer der Jahre zwischen den Kriegen, benannt war, bot im oberen Teil dem Medienzentrum sowie den VIP-Logen Platz. Der an- und abschwellende Gesang und die Rufe der Fans begleiteten Yousef und einen Wachmann, der ihn zur entsprechenden Stelle führen sollte. Yousef war überrascht, wie laut es hier war. Er hatte sich den Geräuschpegel unterhalb der Tribüne aufgrund der Isolierung durch den Beton und die Menschen viel niedriger vorgestellt. Aber hier war der Lärm fast so durchdringend, als säße man unter den johlenden Zuschauern.
Yousefs Ziel war ein kleiner Raum am Wartungskorridor, in dem sich Stromverteilerkästen befanden. Von hier aus wurde die Stromzufuhr des Medienzentrums und der VIP-Logen kontrolliert. Unmittelbar darüber, abgesondert durch ein Flechtwerk von Trägern und Gussbeton, war die Trennwand zwischen den beiden Logen, die je bis zu einem Dutzend Zuschauern Platz boten. Neben ihnen lagen zwei identische Kabinen. Alle vier Logen waren – genau wie alle weiteren, die sich ihnen auf beiden Seiten anschlossen – voller Menschen, die Essen und Trinken auf Kosten anderer genossen. Das Fußballspiel schien oft nur als Hintergrundgeräusch zu dienen. Das Wichtigste war, dabei zu sein.
Der Wachmann, der Yousef vom Nebeneingang bis jetzt be-

gleitet hatte, blieb vor einer grauen Tür mit gelbem Schild stehen, auf dem ein Blitz zu sehen war. »Bitte«, sagte er, schloss die Tür auf und öffnete sie. Er zeigte auf ein internes Telefon, das ein paar Meter weg an der Korridorwand hing. »Rufen Sie an, wenn Sie fertig sind, dann komm ich hoch und schließe hinter Ihnen ab.« Er stieß die Tür auf, drückte auf den Lichtschalter und trat zurück, um Yousef in den schmalen Raum hineingehen zu lassen. »Und wenn Sie fertig sind, bevor das Spiel zu Ende ist, finden wir schon ein Plätzchen, wo Sie den Rest der Spielzeit verbringen können.«

Yousef war übel, aber es gelang ihm zu lächeln und zu nicken. Die Tür schloss sich mit einem leisen Klicken hinter ihm. Der Raum war ziemlich dunkel und eng. Es roch nach Staub und Öl. Die Verteilerkästen hingen an der Wand am anderen Ende. Kabel, auf denen fettiger Staub lag, liefen an den Wänden entlang. Er glaubte nicht, dass ihn jetzt, wo in geringer Entfernung ein Spiel stattfand, hier irgendjemand stören würde. Aber um sicherzugehen, rückte er das Ende des Werkzeugkastens gegen die Tür. Sollte jemand versuchen, hereinzukommen, würde er es merken.

Ohne Vorwarnung spürte Yousef, wie sich ihm die Kehle zuschnürte und ihm Tränen in die Augen traten. Es war schrecklich, dies hier durchzuziehen. Und doch war es zweifellos das Richtige. Denn es war der beste Weg, ihr Ziel zu erreichen. Aber er fand es entsetzlich, in einer Welt leben zu müssen, in der solche Dinge notwendig waren. In der die Gewalt die einzige Sprache war, die die Menschen verstanden. In der Gewalt denen als einzige Sprache verblieb, die auf Schritt und Tritt über den Zustand der Welt enttäuscht waren. George Bush hatte recht gehabt, es war tatsächlich ein Kreuzzug. Nur nicht der, den der Mistkerl im Weißen Haus gemeint hatte.

Mit dem Handrücken rieb Yousef sich die Augen. Aber dies war nicht der rechte Ort für Kummer oder Zweifel. Er öffnete den Werkzeugkasten und nahm das obere Fach heraus. Darunter lag, in mehrere Schichten Luftpolsterfolie verborgen, die Bombe. Sie sah nach nichts Besonderem aus. Irgendwie, fand Yousef, sollte sie mehr Eindruck machen. Eine stärkere Aussage vermitteln, als sich mit einem Ghee-Behälter und einem Küchentimer ausdrücken ließ.

Er sah auf seine Uhr. Er lag gut in der Zeit. Zwölf Minuten nach drei. Er nahm eine Rolle Isolierband heraus und befestigte die Bombe an einem Kabelbündel auf halber Höhe der Wand. Dann stellte er mit trockenem Mund und rumorendem Magen den Timer.

Zwei Minuten nach Spielbeginn hatte Phil Campsie einen blendenden Lauf am linken Flügel geschafft, wurde jedoch von einem knallharten, aber fairen Tackling niedergestreckt.

»Oh nein«, rief Tony.

»Ganz richtig: Oh nein«, bekräftigte Carol, die mit wehenden Fahnen und glühender Empörung hereinmarschiert kam. »Was glaubst du, was du da machst?«

Tony warf ihr den verwirrten Blick eines Mannes zu, der nur tut, was Männer eben machen, und bemerkte ihre Körpersprache überhaupt nicht. »Ich seh mir Fußball an«, antwortete er. »Die Vics und die Spurs. Es hat gerade angefangen, hol dir 'n Stuhl.«

Carol klappte heftig seinen Laptop zu. Tony war empört. »Wieso machst du das?«

»Wie kannst du es wagen, meine Leute dazu zu verleiten, irgendwo in der Pampa herumzuirren und deinen Hirngespinsten nachzugehen?«, schimpfte sie.

»Ach so.« Tony zog eine Grimasse. »Es geht also um Paula.«

»Wie konntest du nur? Besonders nachdem ich gesagt hatte, ich glaubte nicht, dass es etwas bringen würde?« Carol ging erregt auf und ab.

»Na ja, genau deshalb musste ich es ja tun.« Tony klappte langsam den Laptop wieder auf. »Wenn es möglich gewesen wäre, hätte ich es selbst getan. Aber so wie es steht, bleibt dir das peinliche Eingeständnis erspart, einen der besten Anhaltspunkte, den du bis jetzt hattest, übergangen zu haben.«

»Ach, Quatsch. Wir haben einen Verdächtigen, der nichts mit Danny Wade zu tun hat.«

Tony tippte auf das Touchpad, damit das Spiel wieder auf dem Monitor erschien. »Und ich zweifle nicht daran, dass du feststellen wirst, dass auch er nichts mit Robbie Bishop zu tun hat. Zumindest nicht, was seine Ermordung betrifft.« Er warf ihr ein strahlendes Lächeln zu. »Und jetzt hat Paula dir einen weiteren wunderbaren Hinweis gegeben. Ich meine, das muss sie doch getan haben. Denn wenn sie nichts erreicht hätte, wüsstest du ja nichts.«

Carol fuhr mit ausgestrecktem Zeigefinger auf ihn zu. »Du bist verdammt noch mal unmöglich. Du benimmst dich total daneben. Paula arbeitet für mich, nicht für dich.«

Tony lächelte bescheiden. »Ich könnte sagen, sie hat mir in ihrer Freizeit ausgeholfen«, meinte er. »Weil sie mich so mag.«

Jetzt war die Reihe zu grinsen an Carol. »Aber das wäre eine Lüge. Sie hat es in ihrer Arbeitszeit bei der Polizei Bradfield gemacht, als sie für das Sondereinsatzteam hätte arbeiten sollen.«

Tony schüttelte den Kopf, und das Blau seiner Augen wurde dunkler, als er sich auf eine knallharte Entgegnung vorbereitete. Seine Augen waren auf das Spiel auf dem Bildschirm gerichtet, aber seine Worte wandten sich an Carol. »Du kannst die Leute nicht zu völlig unbestimmten Zeiten arbeiten lassen und dann behaupten, alle Zeit, die sie im Wachzustand verbringen, müsse dir zur Verfügung stehen. Paula hat das Recht auf Pausen. Du kannst es nicht wirklich kritisieren, wenn sie sie zu einer großen Spanne Freizeit zusammenzieht. Ich wette, sie hatte keine acht Stunden frei zwischen dem Dienst gestern Abend und ihrem Arbeitsantritt heute Morgen. Selbst deine Gefangenen haben darauf einen Anspruch.«

Carol starrte ihn zornig an. »Ich hasse das, wenn du die Dinge so hindrehst, wie sie dir passen. Du hast gegen die Regeln verstoßen, und das weißt du ganz genau. Ausgerechnet Paula. Du weißt doch, wie verletzlich sie ist.«

»Ich glaube, was Paulas Befindlichkeit betrifft, kann ich das wahrscheinlich besser beurteilen als du.« Er sah sie direkt an und versuchte einzuschätzen, wie wütend sie noch war. »Na, komm mal her, setz dich und schau dir ein bisschen Fußball mit mir an. Die Jungs geben ihr Letztes für Robbie. Es würde ein Glasauge zum Weinen bringen, sag ich dir.«

»Du kannst nicht einfach davon ablenken und so tun, als sei nichts geschehen«, versetzte Carol. Aber er sah, dass sie langsam nachgab.

»Mache ich ja nicht. Ich stimme dir zu, es war falsch, was ich getan habe. Ich kann nur sagen, dass ich es normalerweise selbst erledigt hätte. Und ich dachte, es sei zu wichtig für die Ermittlung in einem Mordfall, um es sein zu lassen. Ich werde mich bei Paula entschuldigen, dass ich sie in diese schwierige Lage gebracht habe, aber ich entschuldige mich nicht bei dir dafür, dass ich deine Untersuchung in die richtige Bahn gelenkt habe.« Er klopfte auf die Lehne des Stuhls neben dem Bett. »Also, setz du dich jetzt hin und sieh dir das verflixte Spiel an!«

Offensichtlich widerstrebend warf sich Carol auf den Stuhl. »Du weißt genau, dass ich Fußball hasse«, brummte sie.
»Wir sind die in Gelb«, erklärte er.
»Lass mich in Ruh. Das weiß ich«, sagte sie.
»Erzählst du mir von Paulas glänzenden neuen Erkenntnissen?«, fragte er, während die Spurs den Ball an sich brachten und Boden gutmachten.
»Hat sie dir nicht schon alles selbst berichtet?«
Er grinste. »Nein, wir kennen beide die Rangfolge zu gut.«
»Ihr habt euch gegen mich verschworen«, beschwerte sie sich. Aber er sah, dass der Sturm vorbei war.
»Sei dankbar, dass wir dich davor bewahren, auf die Schnauze zu fallen. So wie der da.« Er zeigte auf einen Spieler der Spurs, der anscheinend über einen Grashalm gestolpert war. Während sie zusahen, wurde der Kommentar von einem gewaltigen, dröhnenden Rumpeln übertönt. Rauch zog über den Bildschirm, dann begann ein Schutthagel auf die eine Seite des Spielfelds herunterzustürzen.
Carol und Tony starrten sprachlos auf den Monitor. Dann ertönte die hysterische Stimme des Reporters: »Oh mein Gott, mein Gott, da ist ja ein Loch … Ich kann nichts hören. Oh Gott, da sind Leichenteile … Ich glaube, eine Bombe ist hochgegangen. Eine Bombe hier im Victoria Park Stadion. Um Gottes willen …«
Jetzt hatte man sich in der Bildregie gefasst. Das Bild wechselte vom Spielfeld hinüber zu dem, was von der Vestey-Tribüne noch übrig war. In der Mitte des zentralen Abschnitts konnte man nichts als eine wogende graue Staubwolke erkennen. In den Sitzreihen unterhalb der VIP-Logen stürzten die Menschen durch die Bänke zu den Gängen. Die Kameraeinstellung wechselte zu einer Nahaufnahme von einem der Ausgänge, wo einige Fans aufeinander losgingen, um raus-

zukommen, während andere Kinder über ihre Köpfe weiterreichten, um sie zu retten. Dann sahen sie beim Blick auf die Tribüne, dass inzwischen Flammen an den Rändern der Staubwolke aufloderten, und schwarze Rauchspiralen waren zu erkennen, als die Staubwolke herabsank. Und jetzt fingen die Leute an zu schreien.

Carol war aufgesprungen und schon fast an der Tür. »Ich ruf dich an«, rief sie, riss die Tür auf und rannte los. Tony sah kaum, wie sie den Raum verließ. Er war wie versteinert von der Tragödie, die sich vor seinen Augen auf dem Bildschirm abspielte. Ohne den Blick abzuwenden, griff er nach der Fernbedienung und schaltete den Fernseher an. Was er da sah, war beinahe unfassbar.

Bradfield war jetzt Mitglied in jenem exklusiven Club der Twin Towers, von Kuta Beach, Madrid und London. Eine Liste, auf der keine Stadt sich wiederfinden wollte. Aber Bradfield gehörte nun dazu.

Und es würde viel Arbeit geben.

Tom Cross hatte den größten Teil seiner Polizeidienstjahre im Schatten des irisch-republikanischen Terrorismus verbracht. Zwölf Tote beim Bombenanschlag auf einen Bus auf der M62, zwei Kinder hatte es mitten in der Stadt in Warrington zerrissen, in Manchester über zweihundert Verletzte und ein Stadtzentrum verwüstet. Er und seine Kollegen hatten gelernt, wachsam zu sein, aber man hatte ihnen auch beigebracht, was von ihnen erwartet wurde.

Also war Cross' erster Impuls bei der Explosion der Bombe im Victoria-Park-Stadion, auf den Explosionsherd zuzulaufen. Die anderen 9346 Zuschauer auf der Vestey-Tribüne reagierten anders. Eine Menschenwoge brandete auf die Gänge und Ausgänge zu, und Cross, der sechzehn Reihen unterhalb

der VIP-Logen gesessen hatte, hielt sich geduckt an der Lehne seines Sitzes fest und ließ alle über sich hinwegstürmen.
Als der Druck der Körper um ihn herum nachließ, hangelte er sich, eine Hand über die andere setzend, bis zur Mitte der Reihe durch, wo keine Leute mehr waren. Er fing an, so schnell wie möglich nach oben zu klettern, und wünschte, er hätte nicht so viel von dem köstlichen Lammeintopf gegessen, den Jake Andrews zum Lunch serviert hatte. Sein Magen war aufgedunsen, gereizt und aufgebläht wie eine Trommel, deren Inhalt wie Regenwasser in einem weggeworfenen Autoreifen herumschwappte. *Scheiße*, dachte er, als er sich nach oben weiterkämpfte. Überall Leichen, und ihm machte sein Magen Kopfzerbrechen.
Als Cross näher kam, konnte er durch Staub und Rauch bis zu dem Loch in der Tribüne sehen. Zertrümmerter Beton und verbogene Metallteile ragten in die Luft, als hätte sich eine riesige Faust nach außen durchgebohrt. Körper in grotesken Positionen lagen zwischen den Trümmern, die meisten offensichtlich tot, vielen fehlten Gliedmaßen. Neben einem schrecklich bedrängenden Klingeln in seinen Ohren hörte er das Knistern der Flammen, das Stöhnen der Verletzten und die Lautsprecheransagen an die Menschen, das Stadion ruhig und geordnet zu verlassen. Das Heulen der Martinshörner kam aus der Ferne näher. Er roch Blut, Rauch und Exkremente, die er fast auf der Zunge schmecken konnte. Ein wahres Blutbad war es, was er da roch und schmeckte.
Die erste noch atmende Person, auf die er stieß, war eine Frau, deren Haar und Haut der Staub grau gefärbt hatte. Ihr linkes Bein war unterhalb des Knies zerschmettert, und Blut floss pulsierend aus der Wunde. Cross zog den Gürtel aus ihrer Hose und band ihn über ihrem Knie als Stauschlauch um das Bein. Das Blut begann langsamer zu strömen und

tröpfelte dann nur noch. Ihre Lider flatterten und schlossen sich wieder. Er kannte natürlich die Regel, Verletzte möglichst nicht wegzutragen, aber das sich schnell ausbreitende Feuer würde sie einholen. Er hatte keine andere Wahl. Cross schob seinen Arm unter die Frau und hob sie, vor Anstrengung stöhnend, hoch. Über Schutt steigend schob er sich langsam voran, bis er zu einem Gang kam. Vorsichtig legte er sie nieder und ging wieder zurück, um weitere Verwundete zu holen. Dabei wurde ihm unklar bewusst, dass sich andere zu ihm gesellten, manche in den signalgelben Jacken der Rettungsdienste.

Er nahm nicht wahr, wie viel Zeit verging, sondern bemerkte nur Schmutz, Blut, seine Übelkeit, den Schweiß, der ihm übers Gesicht strömte, den Schmerz in seinem Bauch und die Leichen, immer wieder Leichen. Er arbeitete allein oder mit anderen, räumte Schutt weg, machte Mund-zu-Mund-Beatmung, trug Tote fort und versuchte, die Verletzten mit den altvertrauten Lügen zu beruhigen. »Alles wird wieder gut. Sie werden sich erholen. Es kommt schon wieder in Ordnung.« Nichts würde wieder in Ordnung kommen, für keines der armen Schweine, die von dieser Katastrophe überrascht worden waren.

Und während der ganzen Zeit fühlte er sich immer schlechter. Er führte das auf den Schock und die Erschöpfung zurück. Seine Eingeweide verkrampften sich so, dass er die Rettungsaktion zweimal unterbrechen und eine Toilette aufsuchen musste. Beide Male entleerte sich ein Schwall dünner Flüssigkeit, und er fühlte sich danach schwach und fiebrig. Als er zum dritten Mal zum Ort der Explosion zurückkehren wollte, hielt ihn ein Sanitäter auf der Treppe an. »Das geht auf keinen Fall so weiter, Kollege«, sagte er. »Sie sehen schrecklich aus.«

Cross grinste. »Sie schauen auch nicht gerade großartig aus, mein Freund.« Er versuchte, sich an ihm vorbeizudrängen, schien aber nicht genug Kraft zu haben. Verwirrt lehnte er sich schweißüberströmt an die Wand. Als ihn ein neuer Schmerzanfall durchzuckte, griff er sich an den Magen.

»Hier, setzen Sie das auf.« Der Sanitäter gab ihm eine Sauerstoffmaske und einen tragbaren Glaszylinder. Cross gehorchte. Schock und Erschöpfung, das war es. Er bemerkte kaum, dass der andere Mann seinen Arm ergriff und ihm den Puls fühlte. Allerdings bemerkte er, dass der Sanitäter besorgt aussah. »Wir müssen Sie ins Krankenhaus bringen«, erklärte er.

Cross schob die Maske hoch. »Blödsinn. Da oben sind Leute mit schweren Verletzungen. Die müssen ins Krankenhaus.« Wieder versuchte er, sich vorbeizudrängen.

»Ich würde sagen, Sie stehen wenige Minuten vor einem Herzinfarkt. Bitte, geben Sie den Mistkerlen nicht die Genugtuung, noch einen mehr auf ihrer Liste zu haben. Kommen Sie, tun Sie mir den Gefallen. Lassen Sie uns zusammen zu den Krankenwagen runtergehen.«

Als Cross ihn anstarrte, schien alles zu verschwimmen, und ein brennender Schmerz schoss vom Bauch bis in die Fingerspitzen seiner linken Hand. »Herrgott noch mal«, schrie er, taumelte und umklammerte seine Schulter. Der Schmerz verging so schnell, wie er gekommen war, aber er war schweißnass, und ihm war übel. »Okay«, keuchte er. »Alles klar.«

Carol schaffte es so schnell zur Notaufnahme, dass sie einen der Krankenwagen erwischte, die zum Victoria-Park-Stadion geschickt wurden. Während sie mit heulender Sirene und blinkendem Blaulicht durch die Straßen rasten, telefonierte sie. Zuerst mit Stacey im Büro, um ihr zu sagen, sie solle den Rest des Teams ins Stadion schicken, wo sie Carol treffen sollten. Dann rief sie John Brandon an. Auch er war unterwegs, unterbrochen bei einem Einkauf mit seiner Frau, die nun plötzlich ohne den Vorteil von Blaulicht oder Martinshorn wie ein Polizeifahrer rasen sollte. »Ich werde dort sein, sobald ich kann«, versicherte er. »Ich weiß, der erste Impuls ist, dass man helfen will, Leben zu retten, aber ich will nicht, dass Ihr Team etwas mit der Rettung und Evakuierung zu tun hat. Wir dürfen nicht vergessen, dass dies auch ein Tatort ist. Die Teams der Kriminaltechnik und der Spurensicherung sind unterwegs, und es ist Ihre Aufgabe, mit ihnen zusammenzuarbeiten und dafür zu sorgen, dass sie so viel wie möglich sammeln und sichern können.«

»Gehört die Sache mir?«

»Nur bis das Kommando zur Terrorbekämpfung aus Manchester da ist«, erklärte Brandon. »Sie sind unterwegs und werden innerhalb einer Stunde hier eintreffen. Dann werden Sie beiseitetreten müssen. Aber bis sie kommen, ja, bis dahin haben Sie das Kommando.«

»Wird die Terrorbekämpfung die ganze Untersuchung übernehmen?«, fragte Carol und hielt sich an einem Notgriff fest, als sie auf zwei Rädern – zumindest kam es ihr so vor – um eine Ecke brausten.

»Eigentlich schon. Sie werden ihnen zuarbeiten. Es tut mir leid, Carol. So ist es eben. Sie sind die zuständigen Spezialisten.«

Sie war enttäuscht. Morgen würden sie und ihre Leute nicht mehr sein als Laufburschen für diese arroganten Kerle von der Terrorbekämpfung, die sich als die Retter der Menschheit betrachteten und daraus das Recht ableiteten, alle und alles, was ihnen in den Weg kam, einfach zu überrollen. Sie hatte früher schon mit der Terrorbekämpfung und der Spezialeinheit zu tun gehabt, bevor sie zum neuen, maßgerechten Counter Terrorism Command – CTC – zusammengelegt worden waren. Sie wusste, dass sie sich für die Herren der Schöpfung hielten und dachten, Menschen wie sie selbst und ihr Team lebten nur auf der Erde, um die Routinearbeit für sie zu erledigen. Schlimm genug, dass die Bombe wahrscheinlich Dutzende von Opfern gefordert hatte. Und traumatisch genug für ihr Team, ohne dass es sich mit einem Haufen Leute von außerhalb herumschlagen musste, die sich vor Ort nicht auskannten und keine Verantwortung für ihre Maßnahmen zu übernehmen brauchen. Denn sie würden nicht diejenigen sein, die sich mit den Folgen zerstörter Beziehungen zwischen den einzelnen Bevölkerungsgruppen befassen mussten, sie würden nicht damit konfrontiert sein, was zwischen diesen Gemeinschaften und denen lief, die sie dann im Zaum halten mussten.

»Gibt es schon Zahlen?«, fragte Carol, denn sie wusste, es war sinnlos, sich bei Brandon zu beklagen, der in der Sache genauso machtlos war wie ihr Team.

»Mindestens zwanzig. Aber es werden noch welche dazukommen.«

»Und der Rest der Leute? Wohin evakuieren wir die?«

»Der Katastrophenplan schreibt die Sportplätze der Schulen weiter unten an der Grayson Street vor. Aber ich vermute, die meisten werden sehen, dass sie möglichst weit vom Stadion wegkommen. Es wird ein Alptraum sein, in dieser Sache Zeugenaussagen zu sammeln.«

»Wir werden unser Bestes tun. Ich muss Schluss machen, wir sind fast da«, sagte Carol, denn sie erkannte die schwankende Umgebung vor der Windschutzscheibe. Menschen strömten an beiden Seiten vorbei, und der Krankenwagen musste im

Schritttempo fahren. Es war wie in einem dieser Kriegsfilme, in dem eine Armee von Flüchtlingen verzweifelt vor dem Feind zu fliehen versucht.
Endlich hatten sie es bis zum Parkbereich hinter der Vestey-Tribüne geschafft. Die Wagen, die dort standen, waren schon von Polizei- und Feuerwehrautos eingeschlossen, die darauf vorbereitet waren, schnellstmöglich zu starten. Gerade als Carol aus dem Wagen sprang, raste einer der Krankenwagen mit Blaulicht und Sirene an ihnen vorbei.
Von außen sah das Stadion praktisch unverändert aus. Auf der äußeren Wand der hochragenden Tribüne war ein kleines Loch, das aber harmlos wirkte. Der Schlüssel zu diesem Geschehen lag woanders. Schläuche von den Löschfahrzeugen und den Hydranten des Stadions wanden sich auf dem Boden entlang und durch die Drehkreuze ins Innere. Feuerwehrmänner, die in ihrer Schutzkleidung wie Astronauten aussahen, gingen zielbewusst auf die Tribüne zu. Sanitäter eilten mit verschiedenen Teilen ihrer Ausrüstung hin und her. Und immer wieder wurden die Verletzten, Sterbenden und Toten von Sanitätern und Polizisten herausgetragen oder auf Tragbahren transportiert.
Carol konnte es kaum fassen. Bradfield glich Beirut. Oder Bangladesch. Oder sonst einem weit entfernten Ort aus den Nachrichten. Es sah wie die Nachwirkungen einer Naturkatastrophe aus, die alle total unvorbereitet getroffen hatte. Niemand wusste, was wirklich getan werden musste, aber es war das Wichtigste, es zu tun. Die Leute liefen herum, manche mit Zweck und Ziel, andere eher ohne.
Und mitten im Geschehen die Verwundeten, die Sterbenden und die Toten.
Sie raffte sich auf. Sie musste herausfinden, wer hier die Leitung hatte, musste ihr Team sammeln und alles tun, was sie

konnte, um den Explosionsort zu sichern. Zuerst steckte sie ihren Dienstausweis außen an ihrer Jacke fest. Dann ging Carol auf den nächsten uniformierten Polizisten zu. Er hatte gerade einem älteren Mann, dem Blut über eine Gesichtshälfte lief, in einen Krankenwagen geholfen und wollte wieder zur Tribüne zurückeilen.

»Constable«, rief sie und rannte die kurze Entfernung zu ihm hinüber. Er hielt an und drehte sich um. Sein Gesicht hatte Schmutz- und Schweißflecken, seine Uniformhose war völlig verdreckt. »DCI Jordan«, stellte sie sich vor. »Vom Sondereinsatzkommando. Wer ist hier der Einsatzleiter?«

Er sah sie mit glasigen Augen an. »Superintendent Black.«

»Wo finde ich ihn?«

Er schüttelte den Kopf. »Ich hab keine Ahnung. Ich war da oben ...« Er wies mit dem Arm auf die Tribüne. »An Spieltagen ist er gewöhnlich auf dem oberen Deck. Er hat eine Kabine oben beim Medienzentrum. Soll ich es Ihnen zeigen?«

»Geben Sie mir nur die Richtung an«, schlug Carol vor. »Sie haben offensichtlich Wichtigeres zu tun.«

Er nickte. »Das könnte man sagen. Gehen Sie die Treppe am Ende ganz hoch. Es ist die erste hier links.«

An der Mündung des Treppenhauses traf sie auf einen jungen Constable, der vollkommen verstört aussah. »Sie können da nicht rauf«, faselte er. »Niemand darf da rauf. Es ist nicht sicher, die Hunde haben das noch nicht untersucht. Niemand da rauf. Befehl vom Einsatzleiter.«

»Den suche ich. Superintendent Black.«

Der junge Mann zeigte dorthin, wo zwei Feuerlöschfahrzeuge in L-Form nebeneinanderstanden. »Da drüben ist er. Beim Branddirektor.«

Carol bahnte sich einen Weg dorthin. Die Leute saßen auf dem Boden, manche bluteten. Sanitäter gingen zwischen

ihnen hin und her und führten eine erste Klassifizierung der Verwundeten je nach Schwere ihrer Verletzungen durch. Mit manchen befassten sie sich an Ort und Stelle, andere schickten sie zu den Krankenwagen und für wieder andere besorgten sie Tragen. Scharen von Feuerwehrleuten, deren Anwesenheit diffus beruhigend wirkte, kamen vorbei. Es war der 9/11-Effekt, dachte Carol. Damals hatten die Feuerwehrleute mit ihren scharfgeschnittenen, rauchgeschwärzten Gesichtern und ihrem durch die sperrige Schutzkleidung schwerfälligen Gang einen Kultstatus erhalten.
Zwischen den Verletzten wanderten völlig benommen Fans umher. Die Polizei nahm sie in Augenschein, vergewisserte sich, dass sie offensichtlich nicht verletzt waren, und forderte sie dann auf, die Umgebung des Stadions zu verlassen. Überall sah sie Gesichter unter Schock, leere Augen, zerbissene Lippen. Sie suchte sich einen Weg durch das Chaos und fragte sich, wie zum Teufel sie dies als einen Tatort behandeln sollte.
Zu ihrem Erstaunen erkannte sie einen der Verletzten. Die vertraute, massige Gestalt von Tom Cross, der vorwärtstaumelte. Sie hatte ihn nicht mehr gesehen, seit er vor sieben Jahren die Polizei verlassen hatte, aber er war unverwechselbar. Sein Gesicht war grau und verschmutzt, er stützte sich auf einen Sanitäter, der offensichtlich Mühe hatte, sich unter seinem Gewicht aufrecht zu halten.
Cross erkannte sie und schüttelte den Kopf. »Seht einfach zu, dass ihr die Mistkerle erwischt«, sagte er mit rauher, heiserer Stimme.
»Ist er in Ordnung?«, fragte sie den Sanitäter.
»Wenn wir ihn rechtzeitig ins Krankenhaus kriegen. Er war ein richtiger Held, hat sich aber ’n bisschen überanstrengt«, erwiderte der Mann.

»Lassen Sie mich helfen«, sagte Carol und bot Cross an, sich auf sie zu stützen.
»Schon gut«, knurrte er. »Gehen Sie, und tun Sie Ihre Arbeit. Sie können mir einen Drink spendieren, wenn das hier alles vorbei ist.«
»Alles Gute«, rief sie ihm nach.
Als sie endlich die improvisierte Kommandozentrale erreichte, drohte die vor ihr liegende Aufgabe sie bereits zu überwältigen. Sie fand Black und einen leitenden Brandmeister über einen Plan der Tribüne gebeugt. »Wir haben das Feuer unter Kontrolle«, hörte sie den Feuerwehrmann sagen. »Außer bei der Ausstattung der Logen gibt es nicht viel Feuergefährliches.«
»Dafür können wir dankbar sein.« Black sah sich um, als Carol sich räusperte. »Kann ich Ihnen helfen?«, fragte er irritiert.
»DCI Jordan, vom Sondereinsatzkommando.«
»Sie sind an den richtigen Ort gekommen«, meinte der Feuerwehrmann. »Viel mehr Sondereinsatz als hier wird's wohl nirgends geben.«
»Es ist meine Aufgabe, den Tatort zu sichern«, erklärte Carol.
»Ich dachte, die Terrorbekämpfung sei unterwegs«, erwiderte Black stirnrunzelnd. »Bestimmt ist das doch etwas für sie?«
»Bis sie hier sind, bin ich zuständig«, antwortete sie rasch. Dies war nicht die Zeit, sich über Zuständigkeiten zu streiten. »Wissen wir, was wir hier vor uns haben?«
Der Feuerwehrchef zeigte auf einen kleinen Raum auf dem Plan. »Wir glauben, dass es von hier kam. Meine Leute sagen mir, dass sich dort drin offenbar menschliche Überreste befinden. Wir nehmen also an: ein Selbstmordattentäter. Außerdem glauben wir, dass es wahrscheinlich TATP wie bei

den U-Bahn-Bombenanschlägen in London war. Es hinterlässt eine besonders deutliche Handschrift.«

»Das ist aber alles Spekulation, bis die Spurensicherung und die Bombenspezialisten drin waren«, fügte Black hinzu.

»Wo ist die Spurensicherung?«

»Wartet auf die Entwarnung, dass sie reingehen kann.«

»Ist das Bombenentschärfungskommando hier?«, fragte Carol.

»Unterwegs. Wir haben derzeit zwei Spürhunde, die die Tribünen absuchen«, berichtete Black.

»Gut. Lassen Sie bitte einen der Hunde die Stelle überprüfen, an der die Bombe explodiert ist.« Sie lächelte dem Feuerwehrmann zu. »Ich benötige Schutzkleidung für mich und meine Gruppe. Und wir werden jemanden brauchen, der uns hinbringt. Können Sie uns helfen?«

»Ich würde es nicht empfehlen. Es ist nicht gerade sicher«, warnte er.

»Umso mehr Grund für uns, zu sammeln, was wir kriegen können, solange es geht«, entgegnete sie. »Die Schutzkleidung?«

Er musterte sie von oben bis unten. »Sie wird Ihnen ein bisschen zu groß sein, aber Sie können gern nehmen, was wir haben. Wo ist der Rest Ihres Teams?«

»Geben Sie mir einen Moment Zeit.« Carol trat zur Seite. Sie spürte, dass Black verärgert war, weil sie einfach davon ausgegangen war, über den Tatort verfügen zu können. Sie nahm ihr Telefon heraus und rief Kevin an. »Bringen Sie mich auf den neuesten Stand«, bat sie.

»Ich bin in fünf Minuten dort. Ich habe Paula und Sam dabei. Chris ist allein unterwegs, Stacey ist im Büro. Sie hat schon so viel Material der Überwachungskameras aus der Umgebung des Stadions angefordert, wie sie kriegen kann.«

Sie sagte ihm, wo sie sie treffen sollten, bat ihn, Chris Bescheid zu sagen, und rief dann die Spurensicherung an. »Seien Sie in zehn Minuten bereit«, wies sie sie an. »Wir gehen rein.«

Je näher sie dem Explosionsherd kamen, desto wärmer wurde es. Carol spürte, wie der Schweiß ihr Haar unter dem übergroßen schweren Feuerwehrhelm an ihrem Kopf kleben ließ. Der Feuerwehrmann suchte sich einen Weg durch den mit Schutt übersäten Korridor. Hinter Carol kam eine reduzierte Gruppe der Spurensicherung, danach ihr eigenes Team.

Er blieb abrupt etwa vier Meter vor dem Rand eines zerklüfteten Kraters im Boden stehen. »Hier«, sagte er. »Das war einmal der Raum mit den Verteilerkästen für die VIP-Logen und das Medienzentrum.«

Es war nicht mehr viel übrig. Die Wände waren zu Staub zerfallen, die Kabel in Fetzen und die im Beton verlegten Rohre waren in Schrapnell verwandelt. Die Wucht der Bombe war nach außen und oben durchgedrungen. Die Wände darüber waren wie die Schnitze einer Orange auseinandergefallen, und Carol sah das Tageslicht durch die Lücke. Während sie die Verwüstung betrachtete, wurde ihr klar, dass es sich bei den roten Fetzen und Flecken, die wahllos in Resten des Raums verteilt waren, um menschliches Fleisch und Blut handelte. Es gab nicht viele Dinge, die ihr heutzutage noch den Magen umdrehen konnten, aber dieser Anblick ließ sie würgen. Sie schluckte heftig. »Können wir zur anderen Seite vordringen?«, fragte sie.

Der Feuerwehrmann nickte. »Vom anderen Ende her.«

»Okay.« Sie wandte sich an das Spurensicherungsteam. »Ich will, dass die Hälfte von Ihnen von der anderen Seite her anfängt. Wir wollen möglichst viele Beweise, aber ich möchte nicht, dass Sie Risiken eingehen. Wir tun so viel, wie wir können, dann werden wir uns von den Experten eine Art Plattform bauen lassen, damit wir zum Rest Zugang haben. Es sieht aus, als hätten wir die Überreste eines Selbstmordattentäters vor uns. Aber lassen Sie uns so viel Material wie möglich zusammenbekommen, damit wir sicher sein können, ob es einer oder mehrere waren.«

Die Techniker in ihrer weißen Schutzkleidung machten sich an die Arbeit. Kameras blitzten, Zangen griffen nach Beweisstücken, die in Tüten gesteckt und dann beschriftet wurden. Carol ging zu ihrer Gruppe zurück. »Verfolgt ihn durch die Tribüne zurück. Wir wissen nicht, wie er hereinkam, aber es muss Überwachungskameras des Sicherheitsdienstes geben. Paula, Sam – finden Sie heraus, wo die Kontrollpunkte sind, und fangen Sie an, das Material zu sichten. Kevin, Sie bleiben hier bei der Spurensicherung, schauen Sie sich alles an und sehen Sie, was Sie daraus schließen können. Chris, Sie kommen mit.«

Sie ging mit Chris an ihrer Seite den Weg zurück, den sie gekommen waren. »Zuschauer gelangen nicht in die Wartungsbereiche«, überlegte sie. »Jemand hat ihn also hereingelassen. Wir müssen die Leute vom Sicherheitsdienst suchen und herausfinden, wer am Eingang des VIP-Bereichs Dienst hatte. Er ist nicht einfach mit einer Bombe im Rucksack von der Straße reingekommen. Lassen Sie uns sehen, was wir herausfinden können, bevor die Terrorbekämpfung auftaucht.«

Es dauerte zwanzig Minuten, bis sie die Leute aufgespürt hatten, die sie suchten. Der Krisenplan für die Evakuierung sah einen sicheren Zufluchtsort für das Stadionpersonal in der Aula der Grundschule in der Grayson Street vor. Aber niemand hatte Schlüssel für die Schule. Zuerst hatte es ausgesehen, als werde sich die Belegschaft des Stadions einfach in den Nachmittag hinein zerstreuen, aber ein tatkräftiger Mann, verantwortlich für die Drehschleusen, hatte darauf bestanden, dass sie zusammenblieben, und alle eine Viertelmeile die Straße hinunter zu einem chinesischen Restaurant geführt, in dem er gern zu Mittag aß. Der Wirt hatte sie mit offenen Armen und einer Lawine von gratis servierten Dim-Sum-Häppchen empfangen. Das einzige Problem war, dass niemand wusste, wo sie waren. Schließlich gelang es Carol, eine Nummer von einem Empfangsmitarbeiter des VIP-Bereichs zu erfahren und sie aufzuspüren.

Es dauerte weitere zwanzig Minuten, um zumindest die Grundstruktur des Geschehens zu rekonstruieren. Carol ließ Chris die vertiefenden Aussagen aufnehmen, während sie ins Stadion zurückkehrte und auf dem Weg schnell zwei Anrufe erledigte. Selbst in der kurzen Zeit ihrer Abwesenheit hatten sich die Dinge schon weiterentwickelt. Die Straßen um das Stadion herum waren nicht mehr so verstopft, und dass es so blieb, dafür sorgte die berittene Abteilung. Zwei Tieflader entfernten Autos aus der unmittelbaren Nachbarschaft des Stadions, um für die Notfahrzeuge Platz zu schaffen. Und mitten auf dem Parkplatz der Vestey-Tribüne stand der größte Wohnwagen, den Carol je gesehen hatte. Der weiße Anhänger sah aus wie ein umgebauter Container und hatte an den Seiten zwei Reihen undurchsichtiger Fenster. Außer einem schwarz-weißen Karostreifen wie das Band einer Polizeimütze gab es keine Kennzeichnung. Zu beiden Seiten einer Tür am Ende des Anhängers standen zwei schwarzgekleidete Polizisten in Schutzausrüstung und Helmen mit halbautomatischen Pistolen. Die Kavallerie war also eingetroffen. Carol ging auf sie zu.

Als sie näher kam, bewegten sich die beiden und richteten ihre Waffen auf sie. *Jetzt geht's los. Schläger und Soziopathen mit Borderline-Syndrom, die sich als Retter verkleidet haben.* Sie deutete auf ihren Ausweis. »Detective Chief Inspector Carol Jordan. Leiterin des Bradfield-Metropolitan-Police-Sondereinsatzteams. Ich muss mit demjenigen sprechen, der hier das Kommando hat.«

Einer von ihnen wandte sich ab und murmelte etwas in sein Funkgerät. Der scharfe, düstere Blick des anderen hellte sich keinen Moment auf. Carol behauptete ihre Stellung und rief sich ins Gedächtnis, dass es hier nicht um sie, sondern um die Verwundeten, die Sterbenden und die Toten ging. *Werd bloß nicht wütend. Gib ihnen keinen Vorwand, dich noch weiter ins Abseits zu drängen. Das hier ist dein Territorium, du kannst etwas beitragen. Lass nicht zu, dass sie dich von deiner Arbeit fernhalten.*

Der mit dem Funkgerät drehte sich wieder um, kam näher und verglich ihr Gesicht mit ihrem Ausweis. »Ein paar graue Haare und ein paar Falten mehr«, sagte sie. In der Miene des knallharten Kerls regte sich nichts. Er fasste nach der Türklinke hinter sich, riss die Tür auf und winkte sie mit seiner Waffe hinein. Carol biss sich irritiert auf die Lippen, widerstand aber der Versuchung, verwundert den Kopf zu schütteln, und folgte seiner Anweisung.

Sie kam in einen Eingangsbereich mit niedriger Decke. Eine schmale Treppe führte nach oben. Ihr gegenüber lagen zwei Türen, und zwei weitere Polizisten in Schwarz waren hier postiert. Einer stand am Fuß der Treppe und der andere zwischen den Türen. Der an der Treppe trat zur Seite und sagte: »Nach oben, Ma'am.«

Carol erstieg mit dem Gefühl, in einem billigen Spionagefilm gelandet zu sein, die Treppe, wobei jeder Schritt ein hohles Geräusch machte. Noch ein Vorraum, wieder ein Wachmann, der sie mit einem Nicken eine weitere Tür passieren ließ. Sie trat in einen spartanisch eingerichteten Konferenzraum, der mit einem Tisch aus einer Metallplatte auf Holzböcken und acht Klappstühlen eingerichtet war. John Brandon saß auf einem davon, drei andere waren von Männern in schwarzen T-Shirts und schwarzen Lederjacken besetzt. Zwei hatten nur einen blassen Schatten von Haarstoppeln auf den Schädeln, der dritte einen kurzen Flaum dunkler Haare. Auf den ersten Blick ließen sie sich nur durch ihre unterschiedlich weit fortgeschrittene Glatze unterscheiden, die sich zwischen den Haarstoppeln abzeichnete.

Der in der Mitte sagte: »Danke, dass Sie dazukommen, DCI Jordan, nehmen Sie Platz.«

»Hallo, Sir«, begrüßte Carol Brandon, während sie sich neben ihn setzte. Sie wandte sich an den, der ihr gegenübersaß. »Und Sie sind …?«

Er lächelte, was aber seine sorgfältig gepflegte bedrohliche Ausstrahlung nicht minderte. »Wir benutzen keine Namen und Dienstgrade. Aus Sicherheitsgründen. Sie können mich … David nennen.«

»Sicherheit? Ich bin Detective Chief Inspector. Ich habe für den Inlandsgeheimdienst gearbeitet. An wen, denken Sie, werde ich etwas weitergeben?«

Er schüttelte den Kopf. »Nehmen Sie es nicht persönlich, Carol. Ich kenne Ihre Erfahrung und habe größten Respekt vor Ihnen. Aber wir operieren nach sehr strengen Richtlinien, die zu unserem Schutz da sind. Und bei der Arbeit, die wir tun, bedeutet unsere Sicherheit, dass auf diese Weise auch alle anderen besser geschützt sind.«

Wenn er auch von Manchester aus operierte, klang sein Akzent doch eher nach London und der Met. Er hatte genau den Zug Großtuerei an sich, den sie bei der Arbeit dort zu verachten gelernt hatte. Sie hätte wetten können, dass nicht viele Frauen bei der Terrorbekämpfung tätig waren. Es war keine frauenfreundliche Umgebung. All dieses Machogehabe sollte doch nur die Tatsache verdecken, dass sie nicht wirklich unabhängig waren. Sie mochten wohl so tun, als hätten sie das Sagen, aber in Wahrheit konnten sie nicht mal 'ne Pinkelpause einlegen ohne die Erlaubnis der Antiterrorbehörde, die dem Crown Prosecution Service, der obersten Regierungsorganisation, zugeordnet war. Die Männer in Schwarz zeigten ihre bedrohliche Fassade zwar nach außen, waren aber nur die Laufjungen für ihre Meister in Ludgate Hill. Und es war klar, dass Brandon keinen Drang verspürte, sich weder den Laufburschen noch ihren Chefs entgegenzustellen.

»Gut. Keine Namen. Und wenn es Ihnen nichts ausmacht, sparen Sie sich doch die aufmunternden Worte, dass wir alle am selben Strang ziehen und zusammenarbeiten werden, um die Mistkerle zu ergreifen, die das hier getan haben. Ich kenne die Regeln. Mein Team und ich stehen Ihnen zur Verfügung.«

Er schnaufte schwer durch die Nase. »Freut mich, das zu hören, Carol. Ich bin sicher, Ihre Kenntnisse vor Ort werden uns sehr helfen. Wir haben natürlich Informationen über hitzköpfige Fundamentalisten in Ihrer Gegend, über die Sie nicht verfügen. Wir werden uns alle genau vornehmen und sehen, wer auffällt. Wir werden …«

»Die üblichen Verdächtigen verhaften?«, fragte sie verbindlich. »Tatsächlich haben wir Ihnen da schon etwas Zeit gespart. Auf dem Parkplatz für das Personal und die Spieler an der Grayson Street steht ein Lieferwagen von A1 Electricals. Kurz vor drei fuhr ein junger, pakistanisch aussehender Mann hinein. Er hatte Unterlagen, die echt schienen und nach denen er befugt war, eine Notreparatur in der Vestey-Tribüne durchzuführen. Einer der Sicherheitsleute hatte ihn zum Raum mit den Verteilerkästen geführt und eingelassen. Weniger als zehn Minuten später ging die Bombe hoch. Ich glaube, es ist folgerichtig anzunehmen, dass unser Fahrer des Lieferwagens auch der Selbstmordattentäter war.« Sie nahm ihr Notizbuch heraus. »Im nationalen Polizeicomputer ist der Lieferwagen auf Imran Begg, Wilberforce Street siebenunddreißig, Bradfield, zugelassen.« Sie schloss das Notizbuch. »Und das ist etwa fünf Häuser von der Moschee in Kenton entfernt. Sie sollten vielleicht vorsichtig sein, wenn Sie dort anklopfen.«

»Danke, Carol. Jetzt übernehmen wir die Sache. Wenn es etwas gibt, wofür wir Ihre Leute brauchen, werden wir es Sie wissen lassen. Inzwischen haben Sie ja einen wichtigen Mordfall, mit dem Sie vorankommen möchten, davon wollen wir Sie nicht abhalten. Wir haben auch unser eigenes, uns zugeordnetes Spurensicherungsteam und werden also Ihre Leute an Sie zurückgeben, sobald wir ihr Beweismaterial übernommen haben.«

Carol versuchte zu verbergen, wie sehr sie innerlich vor Wut kochte. »Wo werden Sie sich einrichten?«, erkundigte sie sich. Sie wusste, dass diese Männer gewöhnlich eine Polizeidienststelle übernahmen und die sonst dort Arbeitenden vertrieben.

»Darüber sprachen wir gerade«, erwiderte David. »Normalerweise würden wir Verdächtige in die uns zugewiesenen Räume in Manchester mitnehmen.«

»Aber ich habe vorgeschlagen, dass David und sein Team das Revier Scargill Street für Verhöre und Haft nutzen könnten«, ergänzte Brandon.

»Gute Idee«, meinte Carol. Scargill Street hatte man vor sieben Jahren für die Verfolgung des Schwulenkillers aus seinem

Dornröschenschlaf geholt, und seit damals war es auf dem Abstellgleis geblieben und hatte in Erwartung einer Generalüberholung ein dauerhaftes Mauerblümchendasein geführt. Wenn man der Terrorbekämpfung dort freie Hand ließe, wären sie aus dem Weg, ohne dass eine Gruppe heimatloser Polizisten sich in den sowieso schon überfüllten Revieren anderer Dienststellen einen Platz suchen musste.

»Und das ist angesichts der Größenordnung dieser Untersuchung in Ordnung. In Manchester sind wir für spezifisch zielgerichtete Fahndungen ausgerüstet, nicht für die Art von Suche, die wir hier durchzuführen haben. Aber Scargill Street ist nicht mit der neuesten Ausstattung versehen. Wir werden also auch Ihre Räume des Sondereinsatzteams im Präsidium nutzen«, erklärte David.

Diesmal konnte Carol ihre Bestürzung nicht verbergen. »Aber wo soll mein Team dann arbeiten?«, fragte sie.

»Davids Leute können das HOLMES-2-Büro nehmen«, schlug Brandon vor. »Für den Fall Robbie Bishop nutzen Sie es ja im Moment sowieso nicht.«

Er hatte recht. Das *Home Office Large Major Enquiry System*, das Datenverarbeitungssystem des Innenministeriums für besonders umfangreiche Fälle, war eingerichtet worden, damit man die große Menge an Informationen filtern und einordnen konnte, die entweder bei einer Serie von Verbrechen oder einem einzelnen, weitverzweigten Vorfall anfielen. Jede Polizei hatte ein eigenes, ihr zugeordnetes Team von HOLMES-2-Beamten. Das waren sehr gut geschulte und hochqualifizierte Leute, und Carol zögerte nicht, sie einzusetzen, wenn es angebracht war. Aber wann immer möglich, verließ sie sich lieber auf Stacey und ihr außerordentliches Talent, die Ermittlungen des Sondereinsatzteams zu koordinieren.

Das Problem war nur, dass es jetzt so aussah, als könne es eine Verbindung zwischen Danny Wade und Robbie geben. Der nächste logische Schritt war, eine HOLMES-2-Analyse des Materials anzuordnen, das bei beiden Ermittlungen anfiel. Aber wenn die Terrorbekämpfung die Ressourcen nutzte, war ihnen dieser Weg versperrt. Sie wusste, dass dies der Moment war, in dem sie widersprechen sollte, aber das konnte sie nicht, ohne etwas zur Sprache zu bringen, von dem Brandon noch nichts wusste. Und schließlich wollte sie die Autorität ihres Chief Constable nicht untergraben.
»Es wird praktisch sein, wenn wir Ihre Hilfe brauchen«, stellte David vergnügt fest. Er schob seinen Stuhl zurück. »Schön, ich glaube, das war's erst einmal.« Er stand auf.
Carol blieb sitzen. »Haben wir schon Zahlen?«, wollte sie wissen.
David sah auf den Mann zu seiner Rechten hinunter, den mit einem halben Zentimeter langen Haar. »Johnny?«
»Bis jetzt wurden fünfunddreißig für tot erklärt. Ungefähr weitere zehn in kritischem Zustand im Krankenhaus. Etwa hundertsechzig verwundet, vom Verlust von Gliedmaßen bis zu Schnittwunden und Prellungen.«
Jetzt stand Carol auf und ging zwei Schritte auf die Tür zu. »Oh, das hätte ich wahrscheinlich erwähnen sollen: Ich habe zwei Leute zu Imran Beggs Adresse geschickt, die jetzt gerade unterwegs sind. Natürlich habe ich sie darauf angesetzt, bevor ich wusste, dass Sie schon da sind. Ich werde Ihnen also mitteilen, was sie herausfinden, wenn Sie mir eine Nummer geben, unter der ich Sie erreichen kann.«
Davids Gesicht war nichts anzusehen. »Danke, dass Sie mich informieren.« Er nahm eine Karte aus der Innentasche seiner Lederjacke und reichte sie ihr. Es stand lediglich DAVID und eine Mobiltelefonnummer drauf. »Ich freue mich darauf, von

Ihnen zu hören, Carol. Aber es ist Zeit, Ihre Meute zurückzupfeifen.«

Sie ging hinaus, und Brandon folgte ihr. Als sie draußen waren, fuhr sie ihn an. »Erwarten Sie im Ernst von mir, dies hier einfach links liegenzulassen? Das größte Verbrechen, das je in meinem Bereich verübt wurde, nicht zu untersuchen?«

Brandon wich ihrem Blick aus. »Wir haben es nicht mehr in der Hand, Carol. Es ist höhere Gewalt.«

Sie schüttelte den Kopf. »Eine verrückte Welt. Was ist mit der Identifizierung der Toten? Und den Gesprächen mit den Familien?«

»Die Schutzpolizei wird das übernehmen«, erklärte Brandon. »Tun Sie das, was Sie am besten können, Carol. Finden Sie Robbie Bishops Mörder. Glauben Sie mir, Sie sind besser dran, wenn Sie nicht in den ganzen Mist verwickelt werden.« Er machte eine ausladende Armbewegung, die das Stadion und den Wohnwagen der Terrorbekämpfung umfasste.

»Wir werden ja sehen«, murmelte Carol. John Brandon schien das wesentliche Element vergessen zu haben, das sie zu der Polizistin machte, die sie war. Wie Sam Evans war sie eine Einzelkämpferin. Aber was sie motivierte und schon immer motiviert hatte, war nicht ihr Eigeninteresse, sondern die Leidenschaft für Gerechtigkeit. Ein Thema, bei dem David und Johnny noch eine Menge dazuzulernen hatten. »Hier beginnt die Lektion«, stellte sie leise für sich fest.

Die Architekten der Moschee in Kenton hatten sich nicht darum bemüht, ihren Bau so zu gestalten, dass er sich in die Umgebung einpasste. Ein Netz von Straßen mit roten Backsteinreihenhäusern aus dem beginnenden zwanzigsten Jahrhundert umgab die leichtgetönten weißen Wände und Minarette mit vergoldeten Spitzen. »Es erstaunt mich immer wieder, dass sie die Baugenehmigung dafür bekamen«, sagte Kevin, als sie in die Wilberforce Street einbogen. »Was meinst du, wie haben sie das geschafft?«

Paula rollte mit den Augen. »Wie wohl, Kevin? Der Bauausschuss weiß ganz genau, dass man sich einen Mordszoff einhandelt, wenn man nein sagen würde.«

»Vorsicht, Paula. Du klingst jetzt 'n bisschen rassistisch«, frotzelte Kevin. Er hatte oft genug mit rassistischen Polizisten zusammengearbeitet und erkannte deshalb, wenn jemand das nicht war.

»Es hat nichts mit Rasse zu tun, sondern mit der Religion. Damit habe ich ein Problem. Es ist egal, ob es um nordirische Protestanten, Katholiken aus Liverpool oder Moslems aus Bradfield geht. Ich hasse großmäulige Religionsführer, die jedes Mal, wenn sie ein Nein hören, sich aufführen wie Eiferer. Sie schaffen ein Klima von Zensur und Angst, deshalb verachte ich sie. Ich sage dir, ich bin nie so stolz gewesen, lesbisch zu sein, wie damals, als das Parlament das Gesetz verabschiedete, das Diskriminierung aufgrund der sexuellen Orientierung verbietet. Wer hätte gedacht, dass es eine Frage gibt, die evangelikale Christen, Katholiken, Muslime und Juden zu einen vermag? Mein kleiner Beitrag zur Ökumene. Dort vorne rechts ist ein Platz frei«, fügte sie hinzu.

Kevin zwängte sich in einen Parkplatz, und sie gingen zurück an einem halben Dutzend Häuser vorbei. Sie waren sich bewusst, dass sie von allen, die sie bemerkten, mit Neugier, Abneigung oder Furcht betrachtet wurden. In diesem Teil Kentons, der nicht von einer Armee von Krankenhausangestellten und Studenten überrannt, saniert und aufgewertet worden war, galten sie als Exoten. Sie blieben vor der Nummer siebenunddreißig stehen, einem ordentlich gestrichenen Haus mit Stores an den Fenstern, das nichts Außergewöhnliches an sich hatte. Die Tür wurde von einer kleinen, dünnen Frau geöffnet, die einen Salwar Kamiz und auf dem Kopf eine Dupatta trug. Offenbar war sie erschrocken, die beiden Fremden zu sehen. »Was ist? Wer sind Sie?«, fragte sie, bevor jemand etwas sagen konnte.

»Ich bin Detective Sergeant Matthews, und dies hier ist Detective Constable McIntyre.«

Sie hob die Hände zum Gesicht. »Ich hab's ja gewusst. Ich wusste, etwas Schlimmes wird passieren, wenn er dorthin geht, ich wusste es.« Sie stöhnte, wandte sich ab und rief: »Parvez, komm her, schnell, es ist die Polizei, Imran ist etwas passiert.«

Kevin und Paula tauschten Blicke. Was war hier los?

Ein großer, gebeugt gehender Mann in traditioneller Kleidung erschien hinter der Frau. »Ich bin Parvez Khan. Imran ist mein Sohn. Wer sind Sie?«

Kevin erklärte noch einmal, wer sie waren. »Wir möchten mit Imran Begg sprechen«, erklärte er.

Der Mann runzelte die Stirn und sah auf die Frau hinunter. »Du hast gesagt, Imran ist etwas passiert? Was ist geschehen?« Er sah Kevin an. »Was ist unserem Sohn passiert?«

Kevin schüttelte den Kopf. »Ich glaube, das ist ein Missverständnis. Wir wollten nur mit Imran sprechen. Wegen seines Lieferwagens.«

»Wegen seines Lieferwagens? Was ist denn mit seinem Wagen? Er hat ihn ja nicht dabei. Sie sind doch nicht hier, weil er einen Unfall hatte?«, fragte der Mann offensichtlich verwirrt.

Kevin wollte nicht derjenige sein, der die Bombe erwähnte. Deshalb beharrte er darauf: »Wo ist Imran?«

»Er ist auf Ibiza«, antwortete die Frau. »Im Urlaub. Es war ein Geschenk von seinem Cousin Yousef. Yousef hat ihn am

Donnerstagmorgen zum Flughafen gebracht. Er hat uns angerufen, als er dort ankam, nur um uns zu sagen, dass alles in Ordnung sei. Er kommt erst morgen zurück. Wenn sein Wagen in einen Unfall verwickelt ist, dann ist es nicht Imrans Schuld.« Ihre Bestürzung war offensichtlich nicht gespielt.

»Wer hat seinen Lieferwagen?«, erkundigte sich Kevin, bestrebt, der Verwirrung ein Ende zu machen.

»Sein Cousin Yousef. Sie sind in Imrans Wagen zum Flughafen gefahren«, berichtete der Mann. »Yousef soll ihn morgen mit dem Wagen abholen.«

»Und wo können wir Yousef finden?«, fragte Kevin.

»Downton Vale. Vale Avenue eins vier sieben. Aber was ist denn passiert? Hat es einen Unfall gegeben?« Mr. Khan sah vom einen zum anderen. »Was ist passiert?«

Kevin schüttelte den Kopf. »Ich kann es Ihnen leider nicht sagen.« Er warf ihm schnell ein müdes Lächeln zu. »Seien Sie dankbar, dass Ihr Junge im Ausland ist. Danke für Ihre Hilfe.«

Als sie sich umdrehten, um wegzugehen, bog ein weißer Ford Transit mit quietschenden Reifen um die Ecke und kam die Straße hinunter auf sie zu gerast. Kevin blieb stehen und sah über die Schulter auf die erschrockenen Gesichter von Imran Beggs Eltern. »Es tut mir wirklich leid«, erklärte er. »Kommen Sie, Paula, es ist Zeit, hier zu verschwinden.«

Als die schwarzgekleideten Polizisten aus dem Van hinausdrängten, eilten sie zu ihrem Wagen zurück. Sie waren fast dort, als eine Stimme rief: »He, ihr zwei.«

Kevin packte die Wagentür, aber Paula hielt ihn zurück. »Sie sind bewaffnet, Kevin. Bewaffnet und aufgestachelt.«

Er brummte etwas Unverständliches und drehte sich um. Einer der austauschbaren Männer in Schwarz stand kaum zwei Meter von ihm entfernt, die Heckler und Koch im Anschlag.

Die anderen waren in Parvez Khans Haus verschwunden. »Wer sind Sie, verdammt noch mal?«, wollte er wissen.
»DS Matthews, DC McIntyre. Bradfield Police, Sondereinsatzteam. Und wer zum Teufel sind Sie?«
»Das spielt keine Rolle. Wir sind vom CTC. Wir übernehmen das hier jetzt.«
Kevin trat einen Schritt nach vorn. »Ich will einen Ausweis sehen«, sagte er. »Etwas, das beweist, dass Sie nicht nur eine private Gruppe sind.«
Der Mann in Schwarz lachte nur. »Lass es nicht drauf ankommen!« Er drehte sich auf dem Absatz um und schlenderte davon.
Kevin starrte hinter ihm her. »Ist das zu fassen? Kannst du das zum Teufel glauben?«
»Schon«, seufzte Paula. »Also, fahren wir los nach Downton Vale?«
»Ich denke, ja. Aber es ist besser, der Chefin gar nichts davon zu sagen. Nach diesen Kerlen hier zu urteilen, wird es in jeder Hinsicht einfacher sein, wenn wir sie erst mal nicht auf den neuesten Stand bringen.«

Es spielte keine Rolle, wie oft man es geübt hatte, auf den Ernstfall war man doch nie vorbereitet, dachte Dr. Elinor Blessing.
Die Notaufnahme war ein Chaos von Stimmen und Menschen, von eintreffenden Verwundeten, den Triageteams, nervösen Schwestern und gestressten Ärzten, die versuchten, sich auf das zu konzentrieren, was sie als Nächstes tun mussten. Elinor war mit den beiden einzigen Fällen von Brustverletzungen ziemlich schnell fertig gewesen. Beide waren nicht lebensbedrohlich, und sie ließ sie auf Dr. Denbys Station aufnehmen, sobald sie stabilisiert waren. Als sie sich in einer stil-

len Ecke an die Wand lehnte und ihre Unterlagen ausfüllte, kam ein aufgeregter Pfleger zu ihr herüber, der sie dort erblickt hatte.

»Ich habe einen Mann, der in einem der Krankenwagen vom Victoria-Park-Stadion kam, aber ich kann mit seinen Symptomen nichts anfangen«, sagte er.

Elinor, die ihre Ausbildung noch nicht allzu lange hinter sich hatte und relativ selbstbewusst war, wenn es um Notfälle außerhalb ihres Spezialgebiets ging, richtete sich auf und folgte ihm in eine Kabine. »Was ist mit ihm?«

»Die Sanitäter haben ihn gebracht. Er hatte bei der Bergung der Verletzten geholfen, war aber kurz vor dem Zusammenbruch. Sie rechneten damit, dass es zum Herzstillstand kommen könnte«, berichtete der Pfleger. »Sein Puls spielt völlig verrückt, zuerst um hundertvierzig, dann wieder runter auf fünfzig. Manchmal regelmäßig, dann wieder arrhythmisch. Er hat dreimal erbrochen und Blut gespuckt. Und seine Hände und Füße sind eiskalt.«

Elinor warf einen Blick auf die Karte mit seinem Namen und sah sich den großen Mann in dem Bett an. Er war bei Bewusstsein, fühlte sich aber offensichtlich elend. »Seit wann fühlen Sie sich schlecht, Mr. Cross?«, fragte sie.

Bevor er antworten konnte, wurde sein Körper von einem unbezwingbaren Zittern erfasst. Es war nach wenigen Sekunden vorüber, aber es reichte aus, um Elinor Blessing zu überzeugen, dass es sich hier nicht um ein normales Herzproblem handelte. »Als das Spiel anfing. Vor der Bombe. Mein Bauch tat weh«, brachte er mühsam heraus.

Sie berührte seine Hand. Trotz der Wärme im Krankenhaus waren seine Hände wie aus Eis. Seine blassen stachelbeergrünen Augen starrten sie an, Angst und flehentliches Bitten waren ihm ins Gesicht geschrieben. »Hatten Sie Durchfall?«

Er nickte schwach. »Wie Wasser«, antwortete er. »Zwei- oder dreimal.«
Elinor ging im Kopf die Prüfliste durch. Übelkeit. Durchfall. Unregelmäßige Herzfrequenz. Das zentrale Nervensystem stark angegriffen. Obwohl es ihr bizarr und unwahrscheinlich vorkam, sah dies nach einem zweiten Vergiftungsfall in einer Woche aus. Und beide standen in Verbindung mit Bradfield Victoria. Sie raffte sich auf. Manchmal war Zufall eben nur ein Zufall, nicht mehr und nicht weniger. Und manchmal hatte Vergiftung mehr mit der Vernachlässigung von Hygiene beim Essen zu tun als mit Kriminalität. Es war nicht verboten, etwas zu essen, dessen Verfallsdatum abgelaufen war.
»Was haben Sie zu Mittag gegessen?«, erkundigte sie sich.
»Lammkebab. Reis mit einer extravaganten Kräutersoße.« Er hatte Probleme beim Sprechen. Als funktioniere sein Mund nicht mehr richtig.
»In einem Restaurant?«
»Nein. Er hat es gekocht. Jake …« Cross runzelte die Stirn. Wie hieß er noch mal? Er konnte sich nicht mehr erinnern. Es kam ihm so weit weg vor, dass er es nicht fassen konnte.
»Können Sie sich erinnern, wie lange das her ist?«, fragte Elinor.
»Beim Mittagessen. Eins oder halb zwei.«
Vor drei Stunden. Längst waren die magischen sechzig Minuten verstrichen, in denen sich eine Magenspülung noch lohnte. »Okay, wir werden dafür sorgen, dass Sie sich etwas besser fühlen«, versprach sie.
Sie nahm den Pfleger beiseite. »Ich bin mir nicht sicher, aber ich glaube, er hat eine Art Herzglykosidvergiftung. Digoxin oder so etwas.«
Der Pfleger starrte sie mit panikgeweiteten Augen an. »Er ist vom Victoria-Park-Stadion gekommen. Wollen Sie damit

sagen, dass die Terroristen eine Art chemische Waffe eingesetzt haben?«
»Nein, das denke ich nicht«, erwiderte sie ungeduldig. »Derart ernste Symptome treten nicht so schnell auf. Er war schon vergiftet, bevor er zum Fußballspiel ging. Ich brauche fünf Minuten, um die Differenzialdiagnosen zu ermitteln, falls ich mich irre, oder für die Behandlung, falls ich recht habe. Inzwischen sollten Sie Sauerstoff geben, eine Kanüle legen und einen Pulsoximeter anbringen. Wir brauchen ein EKG und eine ständige Herz-Kreislauf-Überwachung. Können Sie das alles in die Wege leiten? Ich bin in fünf Minuten wieder da.«
Elinor ließ den benommenen Pfleger hinter sich und ging zum Schwesternzimmer zu einem vernetzten Computer. Es dauerte nicht lange, dann hatte sie die Ausschlussdiagnosen abgeschlossen. Auch die Therapie war einfach. Die Verabreichung von Fab-Fragmenten war das übliche Gegenmittel bei Herzglykosidvergiftung. Sie druckte den Behandlungsplan aus und ging in die Kabine zurück, wo sie Tom Cross zurückgelassen hatte.
Sein Zustand schien sich ständig zu verschlechtern. Sein Gesichtsausdruck war verwirrt, sein Puls noch schwächer. »Ich habe in der Apotheke angerufen. Dort sind dreißig Ampullen Fab-Fragmente vorrätig. Ich gehe selbst runter, hole sie und unterschreibe dafür. Es dauert zu lang, wenn wir jemanden vom Transportdienst schicken. Leiten Sie das EKG so schnell wie möglich ein, und wenn er Herzrasen bekommt, geben Sie Lidocain.«
Der Pfleger nickte. »Ich mach das schon.« Er schüttelte den Kopf. »Darf echt nicht wahr sein, oder? Da hat man eine Explosion, einen Typen, der sich wie ein Held benimmt, dann liegt er hier mit einer Vergiftung. So etwas könnte sich ja wohl kaum jemand ausdenken, oder?«

»Sehen wir zu, dass wir wenigstens bei ihm für einen guten Ausgang sorgen können«, seufzte Elinor, die schon im Weggehen war.
Aber irgendwie schien ihr dies keine Woche für Schlusskapitel mit Happy End zu sein.

Sobald sie die Wilberforce Street hinter sich gelassen hatten, schob Paula das magnetische Blaulicht aufs Dach. »Los, McQueen«, sagte sie.
»Wie viel Zeit haben wir, was meinst du?«, fragte Kevin.
»Kommt darauf an, wie sehr die grandiose Sturmtruppe Imrans Mutter und Vater traumatisiert hat. Ich sage dir, mir jagen sie einen gehörigen Schrecken ein. Aber du kannst deinen letzten Dollar darauf wetten, dass eine weitere Busladung nur darauf wartet, ein weiteres Haus zu stürmen. Lass uns also davon ausgehen, dass wir keine Zeit zu verschwenden haben. Solltest du nicht die Downton Road nehmen?«, schlug sie vor und klammerte sich an den Haltegriff auf der Beifahrerseite, als Kevin den Wagen um eine Ecke herumriss und in ein Gewirr aus kleinen Straßen manövrierte.
»Dort ist am Samstagabend bestimmt alles verstopft. Der ganze Verkehr um das Einkaufszentrum herum. Hier kommen wir schneller voran.«
Wenn es um den Straßenverkehr ging, wusste Paula, dass sie sich auf Kevin verlassen konnte. Früher war er Detective Inspector gewesen, aber er hatte seinen guten Ruf unwiederbringlich und so gründlich ruiniert, dass er fast aus der Polizei geflogen wäre. Sein Weg zur Wiedergutmachung hatte ein halbes Jahr bei der Verkehrspolizei mit sich gebracht; für die Arbeit war er so stark überqualifiziert, dass man dort froh war, ihn wieder los zu sein. Aber dadurch hatte er nützliche Grundkenntnisse über Verkehrsflüsse und Abkürzungen in

der Stadt, die sonst nur Taxifahrer kannten. Also schwieg sie und hielt sich fest.

Sie schafften es in Rekordzeit zur Vale Avenue. Kevin seufzte zufrieden, als sie vor dem Haus stoppten, in dem Cousin Yousef wohnte. »Hat mir Spaß gemacht«, meinte er. »Jetzt hab ich den Ärger über die Scheißkerle abreagiert.«

Paula löste ihre Finger vom Haltegriff. »Schön, dass es für dich erfreulich war. Wie gehen wir hier vor?«

Kevin zuckte mit den Schultern. »Wir sind ehrlich zu ihnen. Hat Yousef den Lieferwagen gefahren? Wo ist Yousef jetzt? Können wir uns Yousefs Zimmer ansehen? Helfen Sie uns, denn wir sind von der netten Truppe, und Sie werden vielleicht noch Freunde brauchen können. Der nächste Trupp wird gar nicht erst fragen.«

Paula schnaubte, als sie aus dem Wagen ausstieg. »Die Nächsten werden sich nicht mal die Schuhe abtreten.« Sie sah die steile Auffahrt zur Doppelhaushälfte am Hang hinauf. Das Haus schien nicht unbedingt sagen zu wollen: »Wir haben's geschafft«, war aber doch sicherlich ein paar Stufen weiter oben auf der sozialen Leiter als das der Beggs. Ein älterer Toyota Corolla und ein vier Jahre alter Nissan Patrol standen in der Einfahrt. »Es ist also jemand zu Hause«, stellte Paula fest.

Die Tür wurde von einem jungen Mann Mitte zwanzig in einer Sporthose und einem Baumwollpullover mit V-Ausschnitt geöffnet. Sein Haarschnitt war messerscharf, seine Goldketten schafften es um Haaresbreite an der Geschmacklosigkeit vorbei.

Er hatte die leicht unverschämte, zur Seite geneigte Kopfhaltung, die Paula schon bei zu vielen Männern seines Alters auch ohne einen Hinweis auf irgendeine ethnische Zugehörigkeit gesehen hatte. »Ja?«, sagte er.

Sie zeigten ihre Ausweise, und Kevin stellte sie vor. »Und Sie sind?«
»Sanjar Aziz. Worum geht es? Wollen Sie mit Raj über die Bombe reden oder über sonst was?« Er schien erstaunlich cool.
»Raj?«, fragte Paula.
»Ja, mein kleiner Bruder. Er war doch beim Spiel, oder? Hat einem von euch seinen Namen gegeben und ist dann nach Hause gekommen, weil er wusste, dass unsere Mum total ausflippen würde, sobald sie davon hört. Wollen Sie reinkommen?«
Sie traten in den Flur. Laminat, zwei Läufer, die Paula nicht ungern bei sich zu Hause gehabt hätte. Die Luft roch nach Lilien, der Duft kam von einer großen Vase mit Tigerlilien auf dem Fensterbrett. »Eigentlich sind wir nicht wegen Raj hier«, meinte Kevin.
Sanjar blieb abrupt stehen und drehte sich um. »Weswegen dann?« Jetzt war etwas Feindliches in seinem Blick. »Was soll das alles?«
»Wir sind wegen Yousef hier.«
Sanjar runzelte die Stirn. »Yousef? Wieso Yousef?« Er klang aufgeregt. »Da müssen Sie sich irren. Yousef ist doch Mr. Korrekt in Person. Er telefoniert nicht mal beim Autofahren. Wer auch immer behauptet, dass er etwas getan haben soll, der liegt völlig schief.«
Kevin holte tief Luft. Niemand glaubte jemals, dass einer aus seiner Familie etwas Falsches getan haben könnte. Zumindest nicht, solange er mit der Polizei sprach. »Können wir uns irgendwo setzen und reden?«, fragte er.
»Was meinen Sie damit, setzen und reden? Was ist hier los?«
Beim Klang von Sanjars erhobener Stimme ging eine Tür auf. Das verängstigte und hohläugige Gesicht eines Teenagers er-

schien. Sanjar bemerkte die Bewegung. »Mach die Tür zu, Raj. Leg dich hin, wie Mama dir gesagt hat. Sie wird bald vom Laden kommen, sie bringt dich um, wenn du hier herumläufst.« Er klatschte in die Hände und scheuchte den Jungen ins Zimmer zurück.

Als die Tür wieder zu war, führte er sie in die Küche. Ein kleiner Tisch und vier Stühle, für die kaum genug Platz war, standen an einer Wand, und an den übrigen Wänden hingen cremefarbene Einbauschränke. Der Raum roch leicht nach Gewürzen, warm und zugleich bitter. Sanjar zeigte auf den Tisch. »Setzen Sie sich doch.« Er warf sich widerwillig auf den am weitesten entfernten Stuhl. »Also. Was ist das mit Yousef?«, wollte er wissen.

»Wo sind Ihre Mutter und Ihr Vater?«, fragte Paula.

Sanjar zuckte ungeduldig mit den Schultern. »Meine Mum ist einkaufen gegangen und holt Sachen für den beruhigenden Tee, den sie für Raj machen will. Und am Samstagnachmittag, da ist mein Vater bestimmt unten in der Moschee, trinkt Tee und streitet sich über den Koran.« Sein Gesicht zeigte die ewig mitleidige Verachtung des Kindes für die Eltern. »Er ist der Fromme in diesem Haus.«

»Schön. Wann ist Yousef weggegangen?«, erkundigte sich Paula.

»Nach dem Essen. Mum wollte, dass einer von uns Raj beim Fußballstadion absetzt. Ich musste nach Wakefield rüber, und Yousef sagte, er würde jemanden in Brighouse wegen eines neuen Vertrags treffen.«

Er rutschte auf seinem Stuhl hin und her. Paula fragte sich, ob er etwas verheimlichte.

»Wegen eines neuen Vertrags?«, unterbrach Kevin.

»Das Familienunternehmen. First Fabrics. Wir sind im Textilgeschäft. Wir haben mit beiden Seiten zu tun – mit den

Textilimporteuren und den Zwischenhändlern, die fertige Ware für den Einzelhandel kaufen. Ich weiß nichts darüber, wen er in Brighouse trifft, es war mir neu. Ist da drüben irgendwas passiert? Hat er mit jemandem Krach bekommen?«

»Wissen Sie, was er fuhr?«, fragte Kevin.

»Den Lieferwagen unseres Cousins Imran: A1 Electricals. Wissen Sie, Yousefs Wagen musste repariert werden, und Imran ist ein paar Tage auf Ibiza, da war es doch praktisch, sich seinen fahrbaren Untersatz zu leihen. Um das Geld für einen Mietwagen zu sparen, oder? Hören Sie, zum letzten Mal, kann mir jemand sagen, worum es hier eigentlich geht?«

Kevin warf Paula einen Blick zu. Sie sah, dass er wirklich nicht wusste, wie er sich ausdrücken sollte. »Sanjar«, begann sie, »können Sie sich irgendeinen Grund vorstellen, warum Yousef heute Nachmittag im Victoria-Park-Stadion gewesen sein könnte?«

Er sah sie an, als sei sie verrückt. »Yousef? Nein, da irren Sie sich. Raj war beim Spiel.« Er stieß ein nervöses leises Lachen aus. »Ich weiß nicht, wie sie zustande gekommen ist, aber es ist eine Verwechslung. Raj hat seinen Namen bei einem Polizisten angegeben, ich weiß nicht, wieso er dann mit Yousef in Verbindung gebracht wurde. Yousef hat sich noch nie etwas aus Fußball gemacht.«

»Was trug Yousef, als er wegging?«, fragte Paula.

»Was er trug? Mist, ich weiß es nicht.« Sanjar schüttelte den Kopf und verzog nachdenklich das Gesicht. »Nein, warten Sie. Er hatte beim Essen eine schwarze Hose und ein Hemd an. Ein einfaches weißes Hemd. Und als er wegging, habe ich gesehen, dass er Imrans Overall übergezogen hatte. Er sagte, die Kupplung würde immer abrutschen, und wenn er aussteigen und etwas daran machen müsste, wollte er nicht, dass

sein Hemd ganz dreckig würde. Er macht gern einen guten Eindruck, mein Bruder.«
»Sehen Sie, es ist so«, sagte Paula behutsam. »Natürlich wissen Sie von Raj, was heute Nachmittag passiert ist.«
Sanjar nickte langsam, auf seinem Gesicht lag jetzt ein neuer, vorsichtiger Ausdruck. Er war nicht dumm. »Sie wollen mir sagen, dass Yousef tot ist«, vermutete er. »Sie wollen sagen, dass er beim Fußballspiel war? Und jetzt ist er tot.« Sein Gesichtsausdruck bat sie inständig, ihm zu widersprechen. Er wollte nicht glauben, was sie ihm vermutlich sagen wollten.
»Nicht ganz«, antwortete Paula.
Kevin, der daran dachte, wie die Zeit verstrich, übernahm: »Ein Mann, der einen A1-Electricals–Anzug trug und den A1-Electricals-Lieferwagen Ihres Cousins fuhr, war für das Legen und Zünden der Bombe im Victoria-Park-Stadion verantwortlich. Ja, wir glauben, dass Yousef tot ist, aber nicht weil er zufällig dort war. Wir vermuten, dass Ihr Bruder ein Selbstmordattentäter war.«
Sanjar fiel auf seinem Stuhl zurück und rutschte nur deshalb nicht herunter, weil er so nah an den Küchenschränken saß. »Nein«, schrie er. Und stand taumelnd auf. »Das kann unmöglich sein.«
»Es sieht so aus«, sagte Paula. »Es tut mir leid.«
»Leid?« Sanjar sah richtig gestört aus. »Leid? Leid, verdammt noch mal? Erzählen Sie mir doch so was nicht.« Er fuchtelte mit den Händen. »Sie irren sich total. Mein Bruder ist doch kein Scheiß-Terrorist. Er ist … er ist … so ist er einfach nicht.« Er schlug gegen die Wand. »Das ist so bescheuert. Total bescheuert. Er wird hier reinkommen und Sie auslachen, Mann. Auf keinen Fall. Es kann nicht sein.«
Paula legte ihm eine Hand auf den Arm, und er fuhr zurück, als könne er sich anstecken. »Sie müssen sich fassen«, bat sie.

»Wir sind die Netten. Sehr bald wird das Antiterrorkommando hier sein, und die werden das Haus und Ihr Leben auf den Kopf stellen. Ich weiß, dass das, was wir Ihnen gesagt haben, ein schrecklicher Schock ist, aber Sie müssen für Raj und Ihre Eltern stark sein. Jetzt werden wir uns wieder hinsetzen, Sie und ich, und eine Liste von allen Leuten machen, die Yousef kannte und mit denen er verkehrte. Und mein Kollege wird nach oben gehen und Yousefs Zimmer durchsuchen. Welches ist es?«

Sanjar blinzelte heftig, als wolle er versuchen, sich in einer Welt zu orientieren, in der das Oberste zuunterst gekehrt worden war. »Die Treppe hoch und geradeaus. Er teilt sich das Zimmer mit Raj. Yousefs Bett ist das linke.« Er tastete hinter sich nach dem Stuhl und ließ sich darauffallen, während Kevin den Raum verließ. »Ich kann es nicht glauben«, murmelte er. »Es muss ein Irrtum sein.« Er sah zu Paula hoch, seine dunklen Augen waren rotgerändert. »Es könnte doch ein Irrtum sein, oder?«

»Das ist immer möglich. Ich sag Ihnen was: Lassen Sie mich eine DNA-Probe von Ihnen nehmen, dann kommen wir schneller voran.« Sie holte ein Wangenabstrich-Kit aus ihrer Tasche und nahm den Deckel ab. »Machen Sie den Mund weit auf.« Bevor er es sich überlegen konnte, fuhr sie an der Innenseite seiner Wangen entlang und verschloss das Röhrchen wieder. Dann schlug sie ihr Notizbuch auf und legte ihre Hand auf die seine. »Kommen Sie, Sanjar. Helfen Sie uns. Alle Bekannten von Yousef, die Ihnen einfallen.«

Sanjar griff in seine Tasche und holte eine Schachtel Zigaretten heraus. Paula wusste intuitiv, dass seine Mutter das Rauchen im Haus bestimmt nicht erlaubte. Dass er auch nur daran dachte, zeigte, wie zerstreut er war. Aber wenn er rauchte, dann würde sie es auch tun. Ohne mit der Wimper

zu zucken. »Okay«, seufzte er. »Aber diese anderen Leute, die kommen werden ...?«
»Das Antiterrorkommando?«
»Ja. Werden sie mich also verhaften – und meine Familie auch?«
»Ich lüge Sie nicht an«, sagte Paula. »Es könnte sein. Die beste Möglichkeit, es zu vermeiden, ist, vollkommen ehrlich zu sein. Sie sollten lieber nichts zurückhalten, von dem Sie glauben, dass sie es nicht zu wissen brauchen. Sie werden es nämlich herausfinden, glauben Sie mir. Und wenn sie feststellen, dass Sie ihnen nicht die volle Wahrheit gesagt haben, dann wird es sehr schwierig für Sie. Also, jetzt schreiben wir die Namen auf.«

Carol saß in ihrem Büro und kochte. Während ihrer ganzen Karriere war dies die Ermittlung mit der größten Herausforderung, und sie war praktisch kaltgestellt. Überall im Sitz ihres Sonderkommandos liefen bereits CTC-Leute herum. Laut Brandon waren zweihundertfünfzig bereits da oder unterwegs. Sie hatten schon Standleitungen zwischen dem HOLMES-Büro und Ludgate Circus eingerichtet. Als sie hinübergegangen war, um nachzufragen, welche Aufgaben ihr Team übernehmen sollte, war ihr mitgeteilt worden, dass ihre Dienste nicht benötigt wurden. Allerdings hätte man nichts dagegen, Stacey Chen als Leihgabe für die Dauer der Aktion zu übernehmen.
Sie hatte die Reste ihrer Würde zusammengekratzt und sich zurückgezogen. Als sie wieder im Einsatzzentrum war, koordinierte Stacey dort schon die Übergabe von digitalisiertem Videomaterial der Überwachungskameras in der Umgebung des Stadions. »Sie werden nebenan verlangt«, sagte Carol.

Stacey rümpfte die Nase. »Geht es um eine Anfrage oder einen Befehl?«

»Zu diesem Zeitpunkt ist es eine Anfrage. Aber das könnte sich ändern.«

Stacey sah vom Monitor auf, an dem sie arbeitete. »Dann bleibe ich hier. Wir geben die Sache hier nicht einfach auf, nehme ich an?«

Carol schüttelte den Kopf. »Wir sehen zu, dass wir weiter die Finger im Spiel haben. Es ist unser Gebiet hier. Und wir müssen ja auch noch den Mord an Robbie Bishop aufklären. Wollen Sie einen Tee?«

»Earl Grey, bitte.« Stacey starrte schon wieder vertieft auf ihren Bildschirm.

Carol lehnte sich an die Wand und wartete, bis das Wasser kochte.

Chris Devine kam durch die Tür hereingeschossen und war gründlich verärgert. »Gottverdammte CTC-Kerle«, meinte sie zu Stacey, die mit dem Kopf auf Carol deutete. »Tut mir leid, Chefin«, murmelte sie und warf ihre Jacke über die nächste Stuhllehne.

»Schon gut. Wollen Sie 'ne Tasse?«

»Ich könnte 'n großen Whisky vertragen«, brummte Chris. »Wenn wir das nicht haben, ist auch 'n Becher Bauarbeitertee okay.«

»Was ist passiert?«

»Ich hatte gerade meine Befragungen mit dem Personal der VIP-Loge zu Ende gebracht, da kam ein Dutzend von ihnen hereingestürmt. Man hört sie ja schon vom nächsten Korridor aus.«

»Das ist wegen der Stiefel«, sagte Carol und goss Wasser auf die Teebeutel.

»Wegen der Stiefel und ihrer muskelbepackten Schenkel, die

aneinanderreiben. Sie kommen also rein, und sobald sie mich sehen, heißt es: ›Verschwinde hier, Schätzchen‹, als ob ich 'ne Journalistin oder so was wäre. Ich war schneller draußen, als man ›Faschisten in Springerstiefeln‹ sagen kann. Aber bevor sie mich hierher zurückkommen ließen, musste ich mich hinsetzen und meine Befragungen tippen. Als ob ich mich davonschleichen und es ihnen verwehren würde, einen Blick auf meine Hausaufgaben zu werfen.« Sie schüttelte den Kopf. »Als ich hier hoch nach Bradfield kam, hab ich gedacht, ich hätte diese Arschlöcher vom SO 12 hinter mir gelassen.«

Carol reichte ihnen den Tee. »Wir müssen kooperieren«, erklärte sie. »Das heißt aber nicht, dass wir nicht auch unsere eigenen Ideen weiterverfolgen können.«

»Apropos, wo ist denn der Rest des Teams?«

»Paula und Kevin sind unterwegs, gehen dem A1-Electricals-Wagen nach und versuchen, dem CTC-Kommando zuvorzukommen. Die Leute sind ja meist recht zugeknöpft, wenn die Männer in Schwarz die Türen eintreten«, berichtete Carol. »Ich weiß nicht genau, was Sam macht. Als ich ihn letztes Mal sah, kümmerte er sich um die Überwachungskameras in der Vestey-Tribüne.«

»Er wird wieder irgend'ne heiße Spur verfolgen, von der er uns Dummköpfen nichts sagen will«, meinte Chris trocken.

»Er schadet sich nur selbst«, sagte Stacey, ohne aufzusehen. »Und tut das alles aus den richtigen Gründen.«

Chris und Carol tauschten einen Blick. Niemand konnte sich erinnern, dass Stacey je zu einem ihrer Kollegen einen Kommentar abgegeben hatte. Ihre notorische Ablehnung gegenüber jedem Tratsch war bekannt. »Später« wisperte Chris leise und verschwörerisch zu Carol. Sie nahm einen Schluck Tee und atmete tief ein. »Ich sag euch, so etwas will ich nie wiedersehen. Ich kann es immer noch nicht fassen, was für ein Blutbad das war. Fünfunddreißig Tote, sagt man. Ich hätte nie gedacht, dass ich in Bradfield so etwas erleben würde.«

»Es ist ja erstaunlich, dass es nicht mehr sind«, überlegte Carol. »Wenn er die Bombe an der entsprechenden Stelle in der gegenüberliegenden Tribüne gelegt hätte, wo es nur Sitze gibt statt VIP-Logen, wären Hunderte gestorben.« Sie schloss einen Moment die Augen. »Es ist zu schrecklich, sich das vorzustellen.«

»Es wären auch mehr, wenn die Leute sich nicht so klug verhalten hätten. Ich hätte mehr Verletzungen durch das Gedränge erwartet. Ich weiß, dass es ein Klischee ist, aber ich sag euch, bei solchen Gelegenheiten kommt das Beste in den Menschen zum Vorschein. Habt ihr die Frau in der Grayson Street gesehen, die vor ihrem Haus einen Tisch aufgestellt hatte und den Leuten Tee ausschenkte? Der gleiche Geist wie damals bei den Luftangriffen und so.«

»Manchmal werden gerade die Leute zu Helden, von denen man es am wenigsten vermutet hätte«, sagte Carol. »Ich hab heute Nachmittag einen Mann gesehen, den einer der Sanitäter zu einem Krankenwagen brachte, der sich zu viel zugemutet hatte, als er die Leute aus den Trümmern holte. Und ich kannte ihn. Er war früher bei der Polizei, bis er aus dem Verein rausgeflogen ist, weil er bei Ermittlungen zu einem Mordfall jemandem Beweismaterial untergeschoben hatte. Er ist der letzte Mensch, dem ich es zugetraut hätte, dass er irgendjemandem außer sich selbst helfen würde. Ich nehme an, dass wir alle fähig sind, uns anständig zu verhalten.« Sie lächelte ironisch. »Außer vielleicht den Männern in Schwarz.«

Wie gerufen streckte einer von denen den Kopf durch die Tür. »Gibt es hier irgendwo eine DCI Jordan?«

»Das bin ich. Wie kann ich Ihnen helfen?«
»Sie werden in der Scargill Street verlangt. Ein kleines Problem mit einem Ihrer Jungs.« Er begann sich zurückzuziehen, aber Carol hielt ihn mit einem Blick fest, der selbst Wolfram zerfressen hätte.
»Wer verlangt mich?«
»Wer immer dort die Verantwortung hat. Hören Sie, ich überbringe nur die Nachricht, ja?« Er schnaufte und verdrehte die Augen. »Ich weiß auch nicht mehr als Sie.«
»Ich trink jetzt erst meinen verdammten Tee«, murmelte Carol. Aber ihr Trotz war nur oberflächlich. Innerhalb von fünf Minuten ging sie und überließ es Stacey und Chris zu überlegen, was Sam Evans wohl diesmal angestellt hatte.
Es blieb nicht viel Zeit für Vermutungen. Bald nachdem Carol weggegangen war, stürmten Paula und Kevin herein und schienen zufrieden mit sich zu sein. Kevin, der sich bewegte, als hätte er Rückenschmerzen, kam direkt auf Stacey zu, machte seine Jacke auf und nahm einen Laptop heraus. »Hier«, sagte er. »Der Laptop des Bombenlegers.«
Stacey hob die Augenbrauen. »Wo hast du den denn her?«
»Aus seinem Zimmer.«
»Der mutmaßliche Bombenleger«, unterbrach Paula. »Yousef Aziz. Er fuhr heute auf jeden Fall den Lieferwagen und trug den Arbeitsanzug.«
Chris kam herüber und stupste mit dem Finger den Laptop an. »Ich glaube nicht, dass wir den haben sollten.«
»Nein, und ich glaube, wir werden ihn auch nicht lange behalten. Deshalb muss ich so viel rausholen, wie ich kann«, erwiderte Stacey und griff danach.
»Wie habt ihr ihn den Männern in Schwarz weggeschnappt?«, fragte Chris.
»Tempo«, antwortete Paula. »Wir waren sofort da und wie-

der weg, bevor sie auftauchten.« Sie erklärte die Verbindung zwischen Imran Begg und Yousef Aziz. »Ich vermute, dass die CTC-Typen sie so vollständig verängstigt haben, dass es eine Weile gedauert hat, bis sie Aziz und seine Adresse preisgaben. Diese Kerle verbreiten so viel Angst, dass es kontraproduktiv ist, wenn sie es mit anständigen, gesetzestreuen Leuten zu tun haben. Die Menschen werden einfach völlig starr. Was sich zu unserem Vorteil ausgewirkt hat. Wir hatten gut zwanzig Minuten mit Sanjar, Aziz' Bruder, und das Antiterrorkommando bog gerade in die Straße rein, als wir gingen.«

»Gut gemacht«, meinte Chris. »Also, wie sieht es aus? Das Übliche? Junger Typ, dem die verrückten Mullahs den Kopf verdreht haben und den die Quartiermeister von Al Kaida mit dem Notwendigen ausgestattet haben?«

Paula setzte sich auf den Schreibtisch neben Chris. »Ich weiß nicht. Sein Bruder behauptete hartnäckig, dass Aziz nichts mit solchen Sachen zu tun hatte. Laut Sanjar war Yousef gegen jeglichen Fundamentalismus.«

»Wir können Yousef nicht danach beurteilen, was sein Bruder behauptet«, warf Kevin ein. »Schaut euch doch die Londoner Bombenleger an. Ihre Freunde und Familien taten so, als seien sie völlig verblüfft und überrascht. Na schön, ein Handbuch zum Bombenbasteln habe ich in seinem Zimmer nicht gefunden, aber ich hatte auch nicht viel Zeit, und manche der Zeitungen und Bücher waren in einer Schrift, die ich nicht lesen konnte. Wir werden einen besseren Durchblick haben, wenn das CTC das Haus bis auf die Grundmauern auseinandergenommen und jedes Blatt Papier untersucht hat.«

»*Sie* werden es wissen«, korrigierte ihn Chris zynisch. »Wer weiß, was sie uns davon sagen.«

»Ihr braucht sie nicht«, sagte Stacey zerstreut. »Ihr habt seinen Laptop und mich.«
»Also los, Stacey«, ermunterte sie Kevin und stieß die Faust in die Luft. »Wo ist übrigens die Chefin?«
»Unten in der Scargill Street.«
»Aus freiem Willen?«
»Fast. Ich glaube, Sam hat mal wieder einen Bock geschossen. Einer der Männer in Schwarz kam vorbei und sagte, es gäbe ein Problem mit einem ihrer Jungs. Und da du hier bist, bist du es aller Wahrscheinlichkeit nach nicht.«
Paula hob die Augenbrauen. »Oh, Mist. Der arme Sam. Was, meint ihr, ist schlimmer? Die grandiose Sturmtruppe verärgern oder auf dem Kriegspfad von der Chefin gerettet werden?«

So etwas hatte Carol noch nie gesehen. Das Revier in der Scargill Street hatte sich in eine belagerte Zitadelle verwandelt. Bewaffnete Polizisten bewachten jeden Ausgang, und ein Polizeihubschrauber schwebte darüber, dessen Scheinwerfer ihren Schatten auf den Boden warf, während sie näher kam. Es dauerte drei Minuten, bis der Wachhabende an der hinteren Tür die Erlaubnis bekam, ihr Zutritt zu gewähren, und als sie in den vertrauten Korridor trat, wartete schon ein weiterer bewaffneter Polizist, der sie begleitete. »Ich dachte, es sollte geheim bleiben, wo Sie Ihre Terrorismusverdächtigen festhalten?«, fragte sie beiläufig, während sie durch die leeren Flure marschierten.
»Es ist geheim. Wir teilen es den Medien nicht mit.«
»Sie bewachen eine Polizeidienststelle mitten in der Stadt besser als den Buckingham-Palast und meinen, die Leute werden es nicht bemerken?«
»Spielt keine Rolle, oder?«, erwiderte er und schlug den Weg

ein, den Carol als den zu den Zellen kannte. »Sie dürfen es ja nicht drucken.«

Mein Gott, ich fass es nicht! Carol schloss einen Moment die Augen. »Ich dachte, Sie seien besorgt wegen möglicher Anschläge.«

»Wir sind nicht besorgt«, gab er zurück in einem Ton, der bedeuten sollte, dass die Unterhaltung zu Ende sei. Er klopfte an die Tür, die zum Zellenbereich führte. Ein Moment verstrich, dann wurde ihnen mittels des Türöffners aufgemacht. Der Wachmann schob die Tür auf und ließ sie eintreten »Bitte«, sagte er. »Jemand wird Sie abholen.« Er schlug die Tür hinter ihr zu.

Der ihr vertraute Bereich war leer bis auf den diensthabenden Sergeant, der an einem Schreibtisch saß und Papierkram erledigte. Zu ihrer Überraschung kannte Carol ihn von ihrer ersten Ermittlung, an der sie für die Polizei Bradfield mitgearbeitet hatte. Sie ging hinüber und sagte: »Sie Sind Sergeant Wood, oder?«

»Stimmt, Ma'am. Es überrascht mich, dass Sie sich an mich erinnern. Es muss … sieben Jahre her sein?«

»So in etwa. Ich hatte nicht erwartet, einen der Unsrigen hier am Schreibtisch vorzufinden.«

»Es ist das einzige Zugeständnis, das sie an das Prinzip machten, dass jemand die Wachen bewachen muss«, erklärte Wood. »Ich soll dafür sorgen, dass niemandes Menschenrechte verletzt werden.« Er stieß ein hohles Lachen aus. »Als ob ich sie daran hindern könnte zu tun, was sie hinter geschlossenen Türen tun wollen.« Bevor Carol antworten konnte, erklang ein lautes Summen. Wood winkte sie nachdrücklich zur Seite. »An die Wand, bitte, Ma'am. In Ihrem eigenen Interesse. Jetzt werden Sie die Frontschweine in Aktion erleben.«

Drei Korridore gingen von dem Zellenbereich aus wie die Zacken eines Dreizacks. Zuerst hörte man das Getrappel der schweren Stiefel auf dem harten Boden, dann kamen vier von ihnen am anderen Ende des Korridors um die Ecke gelaufen. Sie hielten halbautomatische Gewehre schräg vor dem Körper. Alle trugen schwarze Schutzausrüstung, die Köpfe rasiert, und alle flößten Furcht ein. Sie blieben vor einer Zellentür stehen und begannen mehrmals zu rufen: »Aufstehen, aufstehen, los, aufstehen!« Der Lärm schien noch sehr lange nachzuklingen, obwohl alles nicht länger als eine halbe Minute gedauert haben konnte. Carol spürte, wie das Adrenalin ihr Blut durch die Adern pumpte und der fürchterliche Krach in ihrer Brust widerhallte, und dabei war sie jemand, der Macht hatte. Wie viel schlimmer musste es für Verhaftete sein?

Der Anführer warf die Tür so heftig auf, dass sie gegen die Wand schlug. Drei der Männer verschwanden drinnen, während der vierte die Türöffnung ausfüllte. Carol hörte weitere gebrüllte Befehle. »Auf die Füße! An die Wand! Mit dem Gesicht zur Wand! Arme auseinander! Beine auseinander! Stillstehen, du Mistkerl!« Immer weiter ging die endlose Flut der Befehle.

Zuletzt trat der an der Tür zur Seite, und zwei seiner Kollegen kamen rückwärts heraus. Als dritte Person folgte ein junger, pakistanisch aussehender Mann mit weit aufgerissenen Augen und trotzig angespanntem Kinn. Er versuchte zwischen seinen Wachen hindurchzusehen, aber sie verhinderten es, indem sie mit ihren Gesichtern immer wieder ganz nah an ihn herankamen.

Als sie im Korridor waren, drängten sie ihn dicht an die Wand. Ein Mann hinter ihm, einer neben ihm und einer vor ihm. Der vierte ging voran und rief jedes Mal, wenn sie an einem Türeingang vorbeikamen: »Gesichert!« Sie begleiteten den Gefangenen durch den Flur und gingen dabei so langsam, dass er winzig kleine Schritte machen musste.

Als der Anführer den Zellenbereich passierte, musste er zweimal hinsehen und stockte, als er Carol bemerkte. »Weisen Sie sich aus«, schnauzte er, machte kehrt und schrie den Korridor hinunter: »Stehen bleiben!«

Carol verdrehte die Augen. »Nun ja, offensichtlich bin ich von der Polizei.« Sie nahm ihren Ausweis heraus, nannte ihm ihren Namen und Dienstgrad und wies mit einer Kopfbewegung auf Wood. »Er weiß, wer ich bin.«

»Danke, Ma'am«, rief der Schwarzgewandete militärisch knapp. »Gesichert«, brüllte er. Carol sah zu, wie sie den Gefangenen in den Flur mit den Verhörräumen führten und ihn in eines der Zimmer stießen. Die Wachen nahmen vor der Tür Aufstellung.

»Meine Güte«, meinte Carol und schnaufte schwer.

»Tolle Sache, was? Verstehen Sie mich nicht falsch, ich hasse diese Scheiß-Bombenleger genauso wie wir alle, aber ich frage mich, welchen Preis wir zahlen, wenn wir sie auf diese Weise bekämpfen«, gestand Wood. »Vor diesem Nachmittag war ich so kampfeslustig wie wir alle. Aber was ich heute gesehen habe … Dieses Spezialtraining, das sie mitgemacht haben … ich glaube, da kennen sie am Ende nur noch drei Parolen: einschüchtern, einschüchtern, einschüchtern. Jeder, der da hineingerät und durch die Mangel gedreht wird, ohne etwas getan zu haben – na ja, der ist danach doch so gut wie ein Anwerber für die verrückten Mullahs, oder?«

»Ich weiß gar nicht mehr, wie oft ich heute schon tief durchatmen musste«, sagte Carol. »Wissen Sie übrigens, mit wem ich hier sprechen soll? Ich habe ein bisschen was zu tun. Fünfunddreißig Menschen sind heute Nachmittag umge-

kommen. Ich verstehe nicht, wie es ihren Familien helfen soll, dass ich hier herumstehe.«
»Hat man es Ihnen nicht gesagt?«, fragte Wood und sah resigniert aus.
»Nein, hat man nicht. Man hat mir nur mitgeteilt, dass einer meiner Jungs ein kleines Problem verursacht hätte.«
Wood schüttelte den Kopf. »Sagt mir nix. Warten Sie mal einen Moment.« Er nahm sein Telefon. »Ich habe DCI Jordan hier ... Na ja, ich glaube, Sie sollten sich die Zeit nehmen ... Mit Verlaub, wir haben heute Nachmittag alle eine Menge zu tun ...« Er sah angewidert auf den Hörer und legte auf. »Geben Sie ihnen eine Minute«, sagte er und imitierte den rauhen Ton der Sturmtruppe.
Zwei Minuten vergingen, dann kam der Mann, den Carol nur als Johnny kannte, durch die Tür, die zum Hauptteil des Gebäudes führte. »DCI Jordan. Wenn Sie bitte mitkommen würden.«
»Wohin? Und warum?«, fragte Carol, die sich kaum noch beherrschen konnte.
Johnny warf einen Blick auf Wood. »Ich werde alles gleich erklären, wenn Sie mitkommen.«
Carol deutete ein Winken in Woods Richtung an. »Wenn ich in einer halben Stunde nicht zurück bin, Sergeant, rufen Sie Mr. Brandon an.«
»Es ist nicht nötig, so unkollegial zu sein, wissen Sie«, meinte Johnny verdrossen, als sie die Treppe zum Hauptteil des Reviers hinaufgingen. »Wir stehen doch alle auf der gleichen Seite.«
»Das ist es ja gerade, was mir Sorgen macht«, entgegnete Carol. »Also, warum, verdammt noch mal, bin ich eigentlich hier?«
Johnny führte sie in ein kleines Büro und bot ihr einen Stuhl

an. Er nahm einen anderen, drehte ihn um, setzte sich rittlings darauf und verschränkte die muskulösen Arme auf der Lehne.

»Es wäre mir wirklich recht, wenn wir Brücken schlagen könnten. Es hilft weder Ihrem Team noch meinem, wenn wir uneins sind.«

Carol zuckte mit den Schultern. »Dann reden Sie doch mit mir. Tun Sie nicht, als wäre mein Team ein Teil des Problems. Behandeln Sie uns nicht so von oben herab. Zum Beispiel könnten Sie mich wie eine Polizistin mit einem Dienstgrad behandeln, indem Sie mir sagen, warum ich hier bin.«

»Verstehe. Ihr Junge, Sam …«

»Sehen Sie, was ich meine? ›Ihr Junge, Sam.‹ Er ist Detective Constable Evans. Ja?«

Johnny senkte den Kopf. »DC Evans war im Stadion. Was sollte er da machen?«

»Wollen Sie mich verhören?«, fragte Carol und versuchte nicht einmal, das ungläubige Staunen in ihrer Stimme zu unterdrücken.

Johnny fuhr sich mit der Hand über den geschorenen Kopf, sein Gesichtsausdruck war ratlos. »Hören Sie«, begann er genervt. »Wir hatten einen schlechten Start miteinander. Sie mögen es nicht, dass wir hier auf Ihrem Terrain unterwegs sind, und das kann ich auch vollkommen verstehen. Ich verhöre Sie nicht, ich versuche, etwas abzuklären, bevor es zu einem Problem für uns alle wird.«

»Den Anschein hat es aber nicht.«

»Nein. Das ist mir klar. Wir sind nicht besonders gut, wenn es um Manieren geht. Das wird auch nicht von uns erwartet. Die guten Umgangsformen werden uns beim Training für die Terrorbekämpfung ausgetrieben. Ich weiß, dass wir auf andere wie Arschlöcher wirken, aber so müssen wir sein bei der

Arbeit, die wir machen. Dumm sind wir allerdings nicht. Wir haben unseren Dienstrang nicht aufgrund unserer Körpergröße bekommen.« Er breitete die Hände aus, eine freimütige Geste. »Eines unserer Teams fand Ihren Detective Constable in einer stillen Ecke des Stadions mit einem jungen asiatischstämmigen Mann in einem Overall. Er war ganz offensichtlich dabei, ihn zu befragen. Als unsere Leute erschienen, verstummte der Zeuge, Verdächtige oder was auch immer. Deshalb brachten wir sie beide hierher. Seitdem hat weder der eine noch der andere auch nur ein verdammtes Wort gesagt. Außer ihren Namen. Oh, und der Pakistani will einen Anwalt. Also, überlegte ich, wie lässt sich das am besten lösen? Und da fielen Sie mir ein.«

»Wie dachten Sie an mich? Als an jemanden, den Sie schikanieren könnten? Jemanden, den Sie einschüchtern könnten?«

Johnny stieß einen harschen Seufzer aus. »Nein. Ich dachte an Sie als jemanden, der mich mit seiner Intelligenz beeindruckt hatte. Jemanden, der in der Met einen gewissen Ruf hatte …«

»Wie meinen Sie das, einen gewissen Ruf in der Met?«, fragte Carol defensiv.

Johnny sah aus, als könne er es nicht fassen. »Einen Ruf als eine verdammt gute Polizistin«, erwiderte er. »Was glauben Sie denn? Leute, die ich respektiere, finden, dass Sie absolut Spitze sind. Also dachte ich, Sie könnten DC Evans überreden, bei dieser Ermittlung zu kooperieren.«

»Wo ist er?«

Johnny überlegte relativ lange. »Kommen Sie, ich bringe Sie zu ihm.«

Sie folgte ihm wieder den Flur entlang zu einem anderen Verhörraum. Sam Evans saß auf einem nach hinten gegen die Wand gekippten Stuhl, die Hände ganz entspannt hinter dem

Kopf verschränkt. Als Carol hereinkam, schwang er hastig nach vorn und stand auf. »Tut mir leid, dass Sie da mit hineingezogen wurden«, entschuldigte er sich.

Carol wandte sich an Johnny. »Könnten Sie uns bitte allein lassen?«

Johnny senkte den Blick und zog sich zurück. Sam sah ihm nach und schüttelte mit kaum verhohlener Geringschätzung den Kopf. »Was haben sie gesagt, was soll ich angeblich getan haben?«

»Sie behaupten, man hätte Sie angetroffen, als Sie im Victoria-Park-Stadion einen jungen pakistanisch wirkenden Mann im Arbeitsanzug befragten. Dass Sie beide geschwiegen und sich geweigert hätten, irgendetwas zu sagen. Und dass Sie das Ergebnis Ihrer Befragung nicht ausgehändigt hätten.« Carol lehnte sich an die Wand, die Arme vor der Brust verschränkt.

Sam ließ ein kurzes ungläubiges Lachen hören. »So könnte man es darstellen. Versuchen Sie's etwas anders zu sehen. Zunächst mal trägt er den Arbeitsanzug, weil er Gebäudereiniger im Stadion ist. Nichts Verdächtiges daran, oder? Zweitens ist er offensichtlich kein Verdächtiger. Er heißt Vijay Gupta und ist Hindu, kein Moslem. Mir scheint also, dass die CTC-Kerle sich wegen jemandem aufregen, der in keiner Hinsicht ein potenzieller Verdächtiger ist. Ich habe kein Ergebnis, das ich ihnen aushändigen könnte, Ma'am. Wir hatten gerade angefangen zu reden.«

Carol war nicht sicher, ob sie ihm glauben sollte. Er war der perfekte Heuchler, das wusste sie. Aber zunächst war es wichtig, ihn hier rauszubringen. Danach konnte sie sich darum kümmern, ob er die Wahrheit sagte. »Geben Sie mir eine Minute Zeit«, meinte sie.

Sie ging nach draußen, wo Johnny wartete. »Es gibt nichts

mitzuteilen. Der Mann, den er gerade erst zu befragen angefangen hatte, ist nicht einmal Moslem. Also, wenn es Ihnen ernst ist mit dem Brückenschlagen, sollten Sie mich nicht zurückhalten und mich jetzt mit meinem Mitarbeiter gehen lassen. Und ich schlage auch vor, dass Sie Mr. Gupta nach Hause gehen lassen, denn das Einzige, was er getan hat, um Ihren Verdacht zu rechtfertigen, ist, dass er mit einem Polizisten gesprochen hat.« Sie drehte sich um, öffnete die Tür und sagte: »DC Evans? Es ist Zeit zu gehen.«

Hocherhobenen Hauptes schritt Carol durch die vertrauten Korridore zum Hintereingang des Scargill Street Reviers. Niemand versuchte, sie aufzuhalten. Als sie im Wagen saßen und den Parkplatz verlassen hatten, erklärte Sam: »Da ich davon ausging, dass unsere Unterhaltung mitgeschnitten wurde, war das, was ich da drin sagte, nicht ganz zutreffend, Ma'am.«

Carol warf einen raschen Blick auf sein reumütiges Gesicht und seufzte. »Das hatte ich befürchtet, Sam. Wissen Sie, was da so rumpelt? Das sind die Brücken, die Sie zum Einstürzen bringen.«

Carols Pläne, mehr über die Hintergründe von Sams Eröffnung zu erfahren, wurden durchkreuzt, weil John Brandon unerwartet im Einsatzzentrum auftauchte. In seiner Ausgehuniform und mit der Mütze unter dem Arm wirkte er recht einschüchternd. Ihr wurde bang ums Herz. War die Nachricht über ihren Zusammenstoß mit der Terrorbekämpfung schon bis hierher vorgedrungen? Er sah so ernst aus, wie sie ihn kaum jemals gesehen hatte. Carol war kaum eingetreten, als er schon zu sprechen begann. »DCI Jordan, ich habe Sie gesucht. Ich muss mit Ihnen sprechen.« Er wies auf ihr Büro, und sie ging voran.

»Carol, ich habe eine schwerwiegende Neuigkeit«, begann er, nahm auf einem der Besucherstühle Platz und warf seine Mütze achtlos auf einen anderen.
»Sir?«
»Sie erinnern sich an Tom Cross? Früher Detective …«
Sie nickte, verunsichert durch die Wendung, die das Gespräch nahm. »Ich habe ihn heute Nachmittag im Victoria-Park-Stadion gesehen. Ein Sanitäter half ihm in einen Krankenwagen. Er hatte anscheinend den Verletzten geholfen, sich aber zu viel zugemutet.«
Langsam dämmerte ihr, was geschehen sein musste.
»Er hat's nicht geschafft«, vermutete sie und war überrascht von dem Schmerz, den ihr dies verursachte.
»Nein, er hat's nicht geschafft. Sein Herz hat versagt.«
»Das ist tragisch«, meinte Carol. »Wer hätte gedacht, dass er sterben würde, weil er anderen Menschen einen Dienst erwies? Hatte er Herzprobleme?«
Brandon schüttelte den Kopf. »Nein, und es scheint, dass ihn nicht die Anstrengung aufgrund der Bergung der Verletzten umbrachte.« Er sah besorgt drein. Carol bemerkte plötzlich, wie sehr er in den letzten Jahren gealtert war, und ihr bot sich ein beunruhigender kurzer Blick auf ihre eigene Sterblichkeit.
»Was meinen Sie damit, Sir?«
»Eine der Ärztinnen des Notfallteams an der Bradfield-Cross-Klinik ist Dr. Elinor Blessing.«
Carol nickte. »Sie ist die Ärztin, die die Rizinvergiftung entdeckte.«
»Genau. Und sie sagt selbst, dass dieser Fall der einzige Grund war, der sie an Gift denken ließ. Aber zum Glück war sie deswegen sensibilisiert. Leider versagte sein Herz, bevor sie ihm genug von dem Gegenmittel geben konnte. Man ver-

suchte, seine Vitalfunktionen zu erhalten, bis sie die Behandlung beendet hatte, aber es funktionierte nicht.«

Schockiert klammerte sich Carol an einen letzten Strohhalm. »Sind Sie sicher, dass sie jetzt nicht wegen Robbie überall Gift als Ursache sieht?«

»Ich nehme an, das ist möglich. Aber sie sagt, dass es kein Rizin war. Sondern sie meint, es sei eine andere pflanzliche Substanz gewesen. Fingerhut oder so etwas. Ihr Fazit ist, dass sie dies nicht als Tod durch natürliche Ursache oder Unfall bezeichnen kann.«

»Also Mord?«, fragte Carol.

»Sieht so aus. Zumindest laut Dr. Blessing. Ich will, dass Ihr Team das untersucht. Er war einer von uns, egal was er am Ende seiner Karriere getan hat. Sie sollten sich auch mögliche Verbindungen zu Robbie Bishop ansehen. Vielleicht Tony fragen, was er meint, wenn er sich dazu in der Lage sieht.« Brandon wischte einen Fussel von seiner schwarzen Hose. »Ich weiß, es ist ein bisschen ironisch angesichts dessen, was Tom von Tony und seinesgleichen hielt. Aber wir versuchen alles in dieser Sache. Warten Sie mit dem Gespräch mit seiner Witwe bis morgen, aber jemand sollte heute Abend noch mit der Ärztin reden. Sie wird bestimmt bis spät abends in der Notaufnahme sein.« Er stand auf und nahm seine Mütze.

»Wir werden unser Bestes tun«, versicherte Carol. »Aber es hat heute noch fünfunddreißig weitere Morde in Bradfield gegeben. Wir versuchen, auch ihnen unsere Aufmerksamkeit zu widmen.«

Brandon drehte sich um, sein Gesicht war versteinert. »Überlassen Sie das dem CTC. Konzentrieren Sie sich auf Tom Cross.«

»Bei allem Respekt, Sir …«

»Das ist ein Befehl, Chief Inspector. Ich erwarte am Montag

einen vorläufigen Bericht.« Er marschierte aus dem Büro, aufrecht wie bei einer Parade.

»Das ist einfach falsch«, murmelte Carol halblaut. »So verdammt falsch.« Sie lehnte sich auf ihrem Stuhl zurück und saß fünf Minuten an die Decke starrend da.

Dann sprang sie auf und ging zur Tür. »Kommt mal alle her«, rief sie.

Das Team drängte herein, Kevin und Chris besetzten aufgrund ihres Dienstalters die Stühle. »Tut mir leid«, begann Carol. »Aber ich will nicht, dass uns jemand stört. Sam, behalten Sie die Tür draußen im Auge. Okay. Es ist so: Ich weiß, dass ihr nach dem Anschlag auf das Victoria-Park-Stadion heute Nachmittag alle wütend und fassungslos seid. Es war für alle Betroffenen eine entsetzliche Erfahrung. Aber es ist unsere Aufgabe, unsere emotionale Reaktion zu überwinden und das zu tun, was notwendig ist.« Sie fuhr sich durch ihr dichtes blondes Haar und schüttelte den Kopf. »Und ich glaube, ihr seid alle genauso entschlossen wie ich, das anzupacken.

Das einzige Problem ist nur, dass man uns befohlen hat, die fünfunddreißig Morde, die heute Nachmittag in unserem Zuständigkeitsbereich verübt wurden, nicht zu untersuchen. Oder zumindest nur, wenn wir aufgefordert werden, bestimmte Aufträge für das CTC durchzuführen. Ich weiß nicht, wie Sie das sehen, aber mir reicht das einfach nicht. Es ist meine Absicht, die Ermittlungsrichtungen zu verfolgen, die sich ergeben. Wir haben einen einzigartigen Durchblick, denn dies ist unser Gebiet, mit dem wir vertraut sind. Wir werden die Ergebnisse an das CTC weitergeben, aber zunächst einmal bleibt alles, was uns unterkommt, bei uns. Es wird wahrscheinlich keine besonders günstige Auswirkung auf unsere Karrieren haben, aber mir geht es nicht um den

Ruhm. Wenn es jemanden unter Ihnen gibt, dem das nicht passt, dann sagt der es am besten jetzt. Ich werde es Ihnen nicht nachtragen, und es gibt jede Menge anderer Arbeit, die gemacht werden muss.« Sie sah sich gespannt um. Niemand regte sich.

»Okay, dann sind wir alle dabei. Also …« Sie sah, dass Stacey einen Finger hob. »Stacey?«

»Wir haben ja schon den Laptop von Yousef Aziz«, berichtete sie. »Kevin und Paula haben ihn aus seiner Wohnung mitgebracht.«

Carol runzelte die Stirn. »Wer ist Yousef Aziz?«

»Der Bombenleger«, antwortete Kevin. Er brachte sie auf den neuesten Stand dessen, was er und Paula entdeckt hatten. »Wir wollten Sie nicht anrufen, während Sie beim CTC waren«, erklärte er entschuldigend.

»Kein Problem. Prima Arbeit habt ihr geleistet. Wie steht's damit, Stacey?«

»Er hat versucht, seine Spuren zu verwischen, aber alles ist auf seiner Festplatte. Anweisungen zur Herstellung von TATP, wie man eine Bombe bastelt, wie man eine Zündkapsel baut. Gelöschte E-Mails, in denen angefragt wird, ob gewisse Chemikalien vorrätig sind. Ich kopiere das alles sofort, bevor wir es dem CTC übergeben. Was interessant ist …« Sie verstummte, da sie unsicher war, wenn sie nicht über ihr Spezialgebiet sprach.

»Ja?«, ermunterte sie Carol. »Was interessant ist …?«

»Na ja, es ist ein bisschen wie bei dem Hund, der nicht bellte und gerade dadurch verriet, dass er den Mörder kannte. Das Interessante ist das, was fehlt«, fuhr Stacey fort. »Abgesehen von den gelöschten E-Mails wegen der Chemikalien sind überhaupt keine E-Mails auf dem Laptop. Nichts, das auf eine Verschwörung hinweisen würde. Er ist absolut sauber.

Entweder gibt es noch irgendwo einen zweiten Computer, oder sie haben direkt miteinander gesprochen und sich per SMS verständigt, oder er hat es allein gemacht.«

»Es muss einen Computer am Arbeitsplatz geben. Es ist ein Familienunternehmen, er hatte bestimmt darauf Zugriff«, überlegte Chris.

»Zu spät«, meinte Stacey. »Das CTC hat den schon.«

»Woher weißt du das?«, fragte Chris.

»Nachrichten auf Sky Digital. Sie haben gerade die Männer in Schwarz gezeigt, wie sie First Fabrics durchsuchen und Hardware heraustragen«, erzählte Stacey. »Das ist der Vorteil, wenn man zwei Monitore hat.«

»Danke, Stacey. Das gibt uns etwas, worüber wir nachdenken müssen«, sagte Carol. »Und wir haben noch etwas anderes, das, wie wir glauben, bis jetzt nur uns bekannt ist. Sam?«

Sam straffte die Schultern, bereit, sich ein wenig zu produzieren. »Ich hatte im Victoria-Park-Stadion tolles Glück. Als Chris uns per SMS wissen ließ, der Verdächtige sei ein junger, pakistanisch aussehender Mann in einem Overall und mit Baseballmütze, ging ich gerade hinten an der Tribüne entlang. Und was seh ich da? Einen pakistanisch aussehenden jungen Mann im Overall und mit Baseballmütze. Also mach ich mich schnell an ihn ran. Aber es stellt sich heraus, dass er nicht mal Moslem ist. Sein Name ist Vijay Gupta, und er arbeitet als Gebäudereiniger im Stadion. Ich gebe ihm die Beschreibung des Bombenlegers, und als ich zu dem Lieferwagen von A1 Electricals komme, sehe ich, dass er reagiert. Er will nicht darüber sprechen, aber als ich ihn dränge, erzählt er, er hätte am Donnerstagabend einen solchen Lieferwagen gesehen. Er und sein Bruder hätten einen Cousin besucht, der in einer Einzimmerwohnung in Colton wohnt. Und er hätte den Lieferwagen bemerkt, weil er hinter dem

Haus abgestellt war, abseits, wo sonst er und sein Cousin parken, damit sie die Hausbewohner nicht stören, und er hätte ihn vorher noch nie dort gesehen.« Sam konnte ein selbstzufriedenes Grinsen nicht unterdrücken.
»Du hast auch die Adresse erfahren, bevor sie dich geschnappt und zur Scargill Street gebracht haben?«, fragte Kevin steif.
»Oh ja, ich hab 'ne Adresse.« Sam nahm ein Blatt Papier und einen Filzstift von Carols Schreibtisch, schrieb etwas darauf und zeigte es, damit alle es sehen konnten. »Man könnte sagen, ich habe eine Adresse.«
»Nein, Sam, man hat Ihnen keine Adresse genannt. Wir bekamen einen anonymen Hinweis per Telefon«, erklärte Carol energisch. »Die Dinge mit dem CTC sind schon schwierig genug, ohne dass wir uns extra anstrengen müssen, um sie noch schlechter zu machen. Wir bekamen einen telefonischen Hinweis und beschlossen, ihm nachzugehen, bevor wir das CTC seine Zeit darauf verschwenden ließen. Das ist unser Motto. Also, bevor wir uns jetzt alle vertiefen, es gibt noch einiges andere. Paula, ich weiß, es kommt einem vor, als sei es vor einer Ewigkeit gewesen, aber sind Sie damit vorangekommen, Jack Anderson ausfindig zu machen?«
Paula sah Stacey an, die den Kopf schüttelte. »Nein, Chefin, kein Fortschritt in der Sache.«
»Und ich bin bei Robbies Eltern auch nicht weitergekommen. Sie hatten den Namen noch nie gehört. Wir haben also keine aktiven Anhaltspunkte, die wir in Robbies Fall weiterverfolgen können?« Sie tauschten alle sichtlich enttäuschte Blicke. »Es wäre mir lieber, wenn es nicht so wäre, aber das heißt, wir vernachlässigen nichts, wenn wir uns anderen Dingen zuwenden. Und es gibt eine andere, richtig große Sache, die uns gerade erst zugefallen ist. Vor sieben Jahren verließ ein Kriminalkommissar die Polizei Bradfield unter nicht be-

sonders schönen Umständen«, berichtete Carol, und ein Bild ihres ehemaligen Chefs, wie er früher gewesen war, drängte sich ihr ungewollt auf.
»Popeye Cross«, warf Kevin ein.
Carol neigte den Kopf in seine Richtung. »Stimmt. Nun ja, Tom Cross hat das heute Nachmittag wiedergutgemacht. Er war einer der Helden, die nach der Explosion die Verletzten heraustrugen. Schließlich wurde er selbst ins Krankenhaus gebracht und verstarb dort am frühen Abend. Aber nicht aufgrund dessen, was er nach dem Bombenanschlag tat. Die behandelnde Ärztin sagte, er sei vergiftet worden.«
»Vergiftet?«, unterbrach Paula. »Wie Robbie? Mit Rizin?«
»Nein, nicht mit Rizin. Allerdings ist die Ärztin, die Tom Cross versorgte, die gleiche, die das Rizin bei Robbie fand«, sagte Carol.
»Klingt, als sei sie entweder ein Schlaukopf oder Münchhausens Nachfolgerin«, schaltete sich Chris ein. Carol vermutete, dass sie das nur zum Teil scherzhaft meinte.
»Na ja, das müssen wir eben herausfinden. Paula, gehen Sie zur Notaufnahme vom Bradfield Cross Hospital und sprechen Sie mit Dr. Blessing.«
Paula stand ihr Gedanke ins Gesicht geschrieben. Die anderen waren hinter dem Hochwild her, und sie selbst wurde losgeschickt, um kleinen Fischen nachzustellen. »Aber Chefin …«
»Paula, Sie sind die beste Befragungsspezialistin, die wir haben. Außerdem kennen Sie sie schon. Ich brauche Sie dafür, weil alles wichtig ist, was wir von ihr erfahren können. Was für Gift es war. Wann es wahrscheinlich eingenommen wurde. Lassen Sie Proben in der Toxikologie untersuchen und sorgen Sie dafür, dass wir die in der Klinik schon vorliegenden Laborergebnisse bekommen. Stacey, entnehmen Sie

der Festplatte von Aziz alles, was Sie können, und übergeben Sie sie dann ganz höflich den Männern vom CTC in der HOLMES-Abteilung. Der Rest kommt mit mir. Es ist Zeit, die Arbeit zu machen, für die wir bezahlt werden.«

»Etwas beängstigend, diese Ermordung von Tom Cross«, sagte Kevin, als Chris den Wagen vorsichtig durch den dichten Verkehr zu Yousef Aziz' Adresse lenkte.

»Was? Weil du den alten Kerl gekannt hast?«

»Ja, das auch. Aber die Sache mit dem Gift. Wenn es eine Verbindung zwischen Danny Wade und Robbie Bishop gibt, dann sind das zwei Typen, die beide auf die Harriestown High School gingen und schließlich beide vergiftet wurden, stimmt's?«

»Klar. Aber ich glaube nicht, dass es so wichtig ist, wo sie zur Schule gingen.«

»Nein? Würde es dich überraschen, wenn ich dir sagte, dass Tom Cross ein weiterer ehemaliger Schüler von Harriestown High ist?« Kevin trommelte mit den Fingern auf seine Knie. »Noch einer, der mit nichts anfing und schließlich stinkreich wurde. Er hat im Lotto gewonnen, weißt du.«

»Das wusste ich nicht«, erwiderte Chris. »Du hast recht, es ist tatsächlich ein bisschen beängstigend. Aber ich glaube, das war's dann auch.«

Kevin schüttelte den Kopf. »Nein. Drei ist die magische Zahl. Es ist mehr als nur ein merkwürdiger Zufall.«

Chris fluchte, als sie von einem weißen Van geschnitten wurde. »Wie kann das sein? Du meinst, jemand bringt Leute von deiner alten Schule um, weil sie ein bisschen Kohle hatten? Ich sage dir, vor der Schlussfolgerung würde selbst Tony Hill zurückschrecken.«

»Gegen die Fakten kann man nichts sagen.«

»Wir kennen fast keine Fakten«, betonte Chris. »Aber wenn du meinst, du bist auf der richtigen Spur, dann solltest du dich in Acht nehmen«, fügte sie in scherzhaftem Ton hinzu.
»Was meinst du damit? Ich bin doch knapp bei Kasse«, erwiderte Kevin.
»Ja, aber du fährst ein Auto für reiche Leute«, sagte sie und nahm die letzte Kurve vor ihrem Ziel.
»Das ist kein Auto für Reiche. Du könntest es für sechzehntausend haben«, bot Kevin an. »Und ich bin ja nicht meinetwegen in Sorge. Es gibt andere reiche Kerle, die an der Harriestown High waren. Vielleicht sollten wir die warnen.«
Chris schüttelte belustigt den Kopf. »Sei so nett und lass mich dabei sein, wenn du das Jordan vorschlägst.« Sie hielt im Parkverbot vor der gesuchten Adresse. »Okay, wir sind da.« Sie stieg aus, aber Kevin rührte sich nicht. Chris beugte sich in den Wagen zurück. »Na komm, Kev. Du kannst in deiner Freizeit weitergrübeln. Wir müssen die Sturmtruppe Ihrer Majestät ärgern.«
Er kratzte sich am Kopf und öffnete die Tür. »Jetzt würde ich es tatsächlich mal begrüßen, wenn Tony Hill hier wäre«, gab er zu, als er die Einfahrt entlang hinter Chris herging. »Gift, die Harriestown-Penne und Geld. Dreimal. Er würde eine These aufstellen.«

Es dauerte nicht lang, bis sie festgestellt hatten, welche Wohnung Yousef Aziz gehört haben musste. Sie brauchten nur bei zwei Wohnungen anzuklopfen, und schon hatten sie die Antwort. Der Form halber schlug Carol gegen die Tür und rief: »Polizei, aufmachen«, bevor Sam und Kevin mit den Schultern die Tür einrannten. Nachdem sie sich vergewissert hatte, dass sie alle Handschuhe trugen, ging Carol voraus in den ungemütlichen Raum. Der bittere Chemikaliengeruch

hing in der Luft, so dass ihre Augen tränten und es in ihren Stirnhöhlen stach.
Es gab nicht viel, womit die vier sich beschäftigen konnten. Ein Kühlschrank, der nichts außer etikettierten Behältern mit Chemikalien enthielt. Ein Abtropfgestell mit gespülten Glasutensilien, ein aufgerissenes Päckchen mit Triebwerken für Modellraketen. Zwei steckten noch in der Plastikverpackung. Und eine kleine Sporttasche.
»Ob wir die Bombenspezialisten holen sollten, damit sie die Tasche überprüfen?«, fragte Kevin, und sein Gesicht war nervös und angespannt.
Ihr erster Impuls war zu sagen: *Ach nein, was soll's*. Aber als sie diese spontane Reaktion überdachte, konnte sie keine rechte Begründung dafür finden. Und ohne Begründung konnte sie ihrer aller Leben nicht einem solchen Risiko aussetzen. Einen Moment schwankte sie und hasste sich dafür. Sie wollte ihr Team inspirieren, nicht etwa Gründe zur Sorge liefern. »Gebt mir einen Augenblick«, bat sie, trat auf den Treppenabsatz hinaus, zog ihr Telefon heraus und rief Tony in seinem Krankenhauszimmer an. Er antwortete beim ersten Läuten. »Carol«, sagte er, bevor sie sich meldete. Es überraschte sie, weil die Krankenhaustelefone keine Anruferkennung hatten. Dann begriff sie, dass er keine Anrufe von anderen Leuten erwartete.
»Hi«, begrüßte sie ihn.
»Ist alles in Ordnung?«
»Mir geht's gut. Aber ich brauche deine Hilfe. Stell dir vor, wir sind in der Wohnung, in der der Bombenleger seinen Sprengkörper gebaut hat. Es gibt keine Hinweise darauf, dass jemand anders beteiligt war. Neben der Tür steht eine Tasche. Ist es wahrscheinlich, dass sie mit einer versteckten Sprengladung versehen ist?«

»Nein«, antwortete er bestimmt.
»Warum? Ich meine, das war auch meine spontane Reaktion, aber warum?«
»Es ist eine Geste der Verachtung. Seht mal, hier sind wir, mitten unter euch. So arbeiten wir, so sind wir. Wir wollen euch zeigen, wie einfach das ist. Mach nur weiter, Carol. Öffne die Tasche.«
Sie seufzte erleichtert. »Danke.«
»Und wenn ich unrecht habe und du wirst ins Jenseits befördert, dann hast du ’n Essen bei mir gut.«
Sie hörte an seiner Stimme, dass er lächelte. »Bis später.«
»Komm vorbei, wenn du fertig bist. Egal wie spät es ist, komm einfach her.«
»Mach ich.« Sie klappte das Handy zu und ging wieder hinein. Die anderen drei standen um das Abtropfgestell herum und lasen eine Liste mit Anweisungen, die dahinter an der Wand hing.
»So ein disziplinierter Bursche«, meinte Chris.
»Aber immer noch keine Anzeichen von Komplizen«, bemerkte Sam.
»Wir machen jetzt die Tasche auf«, erklärte Carol. »Das heißt, ich öffne sie. Raus auf den Treppenabsatz, ihr drei.«
»Seien Sie doch nicht albern«, sagte Chris. »Wenn es sicher genug für Sie ist, dann ist es sicher genug für uns alle, stimmt’s, Jungs?« Beide Männer fühlten sich nicht ganz wohl, machten aber keine Anstalten, zur Tür zu gehen. »Kommt, die Al-Kaida-Leute legen keine versteckten Sprengladungen in ihre Bombenfabriken, sie wollen, dass wir sehen, wie clever sie sind.« Während sie dies sagte, packte sie die Tasche, hob sie auf das schmale Bett und zog den Reißverschluss auf.
Es war ein Moment, in dem der tiefe Ernst plötzlich umschlug. Nichts hätte weiter von dem entfernt sein können,

was sie erwartet hatten. Ein Paar Jeans, ein Paar Chinos. Ein Paar blaue Converse-Schuhe. Fünf T-Shirts. Zwei gestreifte Ralph-Lauren-Hemden. Ein leichter Fleecepullover mit Kapuze. Vier Paar Boxershorts, vier Paar schwarze Sportsocken.
»Sieht aus, als hätte er geplant, hierher zurückzukommen«, stellte Carol verwirrt fest. »Welcher Selbstmordattentäter packt für seine Reise ins Paradies?«
Chris schob ihre Hand in die Tasche und zog an einem Reißverschluss. »Da ist noch mehr drin«, verkündete sie und griff hinein. Ein hochmodernes WAP-Handy, eine Digitalkamera, ein EU-Pass, ein Führerschein und ein zusammengefaltetes Blatt Papier. Chris gab Carol das Blatt, die es sich ansah.
»Ein Online-Ticket. Für einen Flug heute Abend nach Toronto«, sagte sie. »Gebucht bei hopefully.co.uk.«
Chris griff nach ihrem Mobiltelefon. »Ach Gott, ich hoffe, Stacey hat seinen Rechner noch.« Sie wählte und fragte: »Stace? Hier Chris. Hast du noch Aziz' Laptop? ... Super. Er hat ein Flugticket gebucht bei hopefully.co.uk. Du müsstest ... ja, genau. Ruf mich zurück.« Sie legte auf. »Sie sieht nach, ob er seine persönlichen Daten und sein Passwort im Computer gespeichert hat. Wenn ja, dann hat sie Zugriff auf seine früheren Buchungen und kann sehen, was sich noch findet.«
Kevin studierte Pass und Führerschein. »Das ist ja sehr seltsam«, meinte er. »Es sieht nicht nur aus, als hätte er geplant zurückzukommen, es scheint auch, dass er nicht erwartete, verdächtigt zu werden. Er nimmt seinen eigenen ungefälschten Pass und Führerschein mit, als glaubte er nicht, dass irgendjemand in Kanada nach ihm suchen wird. Das ergibt doch keinen Sinn.«
»Vielleicht war das sein Wunschtraum«, überlegte Sam. »An dem er sich festhielt.«

Carol nahm das Mobiltelefon und schob es in einen Beutel. »Das geben wir Stacey. Stecken Sie den Rest wieder rein, Chris, alles genauso wie es war. Es ist Zeit, den anderen reinen Wein einzuschenken.« Sie nahm ihr Telefon und die Karte heraus, die sie am Nachmittag bekommen hatte, und wählte die ungewohnte Nummer. Als abgehoben wurde, sagte sie: »David? Hier Carol Jordan. Ich glaube, wir haben die Bombenwerkstatt gefunden.«. Sie warf Sam das Telefon im Beutel zu und machte mit der freien Hand ein Zeichen, Stillschweigen zu bewahren. »Ein anonymer Hinweis. Wir wollten Sie nicht damit behelligen, bis wir sicher waren, dass es uns weiterbringt.« Sie zwinkerte Chris und Kevin zu. »Nein, wir haben nichts angerührt. Man weiß ja nie, wo eine Sprengladung ... Nein, ich werde meine Leute hier auf Sie warten lassen.« Sie gab ihm die Adresse und beendete das Gespräch. »Wenn das CTC hier ankommt, könnt ihr gehen.« Sie sah auf ihre Uhr. »Es war ein langer Tag. Wir werden morgen früh um acht wieder zusammenkommen.«

Als Carol über die rissige Teerdecke zu ihrem Wagen ging, spürte sie jede Minute dieses langen Tages. Ihre Muskeln schmerzten, und sie sehnte sich nach einem Drink. Zu Hause erwarteten sie viele volle Flaschen auf dem Regal. Aber vorher musste sie noch einen Besuch abstatten. Oder vielleicht konnte sie an einem Spirituosenladen anhalten, einen anständigen Rotwein auswählen, etwas wirklich Gutes, das man sich teilen konnte. Das würde ihm gefallen. Und es lieferte ihr den Vorwand, den sie brauchte, um sich dem tröstlichen Balsam des Alkohols hinzugeben. Alles war recht, was sie von den verkrümmten, zerrissenen Leichen ablenkte. Wenn sie die Augen schloss, wollte sie nicht wieder all die Verletzten, Sterbenden und Toten vor sich sehen.

Der Warteraum der Notaufnahme im Bradfield Cross Hospital empfahl sich durch nichts als ein Ort, an dem man gern einen Samstagabend verbringen würde.
Leute wanderten benommen und elend mit Tee in Plastiktassen, Wasserflaschen und Limonadendosen umher. Auf allen Stühlen saßen verwirrte und erschöpfte Verwandte der Verletzten, deren Kinder schliefen oder quengelten. Immer wieder schlichen sich Journalisten herein, gingen vom einen zum anderen und versuchten Äußerungen zu erhaschen, bevor sie erwischt und nach draußen verwiesen wurden. Die Abteilung war für gewöhnliche Notfälle geschlossen worden, was mitunter laute Auseinandersetzungen mit dem Sicherheitspersonal auslöste, Streitereien, die jeden Moment von Wortgefechten in Handgreiflichkeiten umschlagen konnten.
Als Paula dort eingetroffen war, machten gerade zwei Betrunkene mit blutenden Gesichtern den Sicherheitsleuten Vorhaltungen. Sie war direkt auf sie zugegangen und hatte sich dem lauteren der beiden Aug in Auge und Fußspitze an Fußspitze gegenübergestellt. »Verpissen Sie sich jetzt, oder Sie können die Nacht in einer Zelle verbringen«, knurrte sie. »Wissen Sie nicht, was heute hier geschehen ist? Gehen Sie mit Ihren Kratzern woandershin.«
Der Betrunkene dachte für den Bruchteil einer Sekunde nach, aber als er ihren unerbittlichen Gesichtsausdruck sah, wich er zurück. »Verdammte Bullenlesbe«, rief er, als er weit genug weg war.
Die Sicherheitsbediensteten wirkten beinah beeindruckt. »Wenn wir ihnen so viel Dampf machen könnten, hätten wir nachts keine Probleme«, meinte einer und hielt ihr die Tür auf.
»Ihr braucht offensichtlich mehr verdammte Bullenlesben,

die euch zeigen, wie's geht«, murmelte sie, während sie durch das Meer der bejammernswerten Menschen zum Empfangstresen vordrang.

Sie sah nach oben zur Uhr. Zehn nach zehn. Ihr Gespräch mit Jana Jankowicz schien eine halbe Ewigkeit her zu sein.

Eine junge Frau am Empfang mit einer Frisur aus vielen kleinen geflochtenen Zöpfchen und mit Fingernägeln, die man als Rennrodel für kleine Kinder hätte nutzen können, warf ihr müde einen kühlen Blick zu. »Ich suche Dr. Blessing«, sagte Paula und zeigte ihren Dienstausweis vor.

Die Frau an der Anmeldung schniefte. »Ich sehe zu, was ich tun kann. Nehmen Sie Platz«, fügte sie automatisch hinzu.

Paula hätte am liebsten zugleich gelacht und geweint. »Ich warte einfach hier, wenn das geht.« Sie lehnte sich gegen den Tresen, schloss die Augen und versuchte die störenden Hintergrundgeräusche auszublenden.

Eine Berührung am Arm ließ sie zusammenzucken und wieder zu klarem Bewusstsein kommen. Elinor Blessing sah sie mit einem schwachen Lächeln an. »Tut mir leid, ich wollte Sie nicht erschrecken. Ich dachte, nur Assistenzärzte schliefen tatsächlich im Stehen.«

Paula lächelte. »Willkommen in meiner Welt«, meinte sie. »Danke, dass Sie sich mit mir treffen. Ich weiß, Sie haben heute vor Arbeit kaum ein Bein auf den Boden bekommen.«

»Jetzt hat es nachgelassen«, sagte Elinor und führte Paula zurück in den Hauptflügel des Krankenhauses. »Wir haben so ziemlich alles getan, was wir hier unten tun können. Aber es gibt immer noch Patienten, die unbedingt aufgenommen werden müssen, und wir haben keine Betten mehr. Durch Sie blieb es mir erspart, überall anzurufen, um freie Betten zu finden, wo wir sie unterbringen können.«

Schließlich erreichten sie einen Pausenraum der Ärzte im

dritten Stock. Er erinnerte Paula an jeden ähnlichen Raum, in dem sie jemals gewesen war. Die gleichen angeschlagenen Stühle, die schon bessere Zeiten gesehen hatten, nicht zueinander passende Tassen und Hinweisschilder, dass man abwaschen, keine Kekse klauen und den Abfall in die Eimer werfen solle.

Elinor holte zwei Becher Kaffee vom Automaten und stellte sie vor Paula hin. »Das dürfte Sie bis zur gleichen Zeit nächste Woche wachhalten. Es ist die starke Variante für Assistenzärzte.«

»Danke.« Paula wusste nicht, warum diese Frau so nett zu ihr war, aber sie würde nichts dagegen unternehmen. Sie nahm einen Schluck Kaffee und fand keinen Grund, von Elinors Einschätzung des Gebräus abzuweichen. »Also Tom Cross. Sie glauben, dass er vergiftet wurde?« Paula nahm ihr Notizbuch heraus.

Elinor schüttelte den Kopf. »Als wir vorhin davon sprachen, dachte ich das. Jetzt, da ich die Laborergebnisse bekommen habe, glaube ich es nicht nur. Ich weiß es.«

»Schön. Und was sagen Ihnen Ihre Tests?«

Elinor schob ihre Tasse hin und her. »Die meisten Ärzte bekommen eine Vergiftung nur zu sehen, wenn die Leute absichtlich oder versehentlich eine Überdosis nehmen. Wir werden nicht ausgebildet, darauf zu achten. Eigentlich nicht. Deshalb finde ich es sehr merkwürdig, in einer Woche zwei Fälle vorsätzlicher Vergiftung zu entdecken. Zuerst dachte ich, es sei Einbildung. Aber es war nicht so. Tom Cross wurde vorsätzlich mit einem Herzglykosid vergiftet.«

»Können Sie das bitte buchstabieren?« Paula zuckte entschuldigend mit den Schultern. »Und können Sie mir dann sagen, was es ist?«

Elinor nahm ihr das Notizbuch ab und schrieb es auf. »Ein

Herzglykosid ist eine in der Natur vorkommende Substanz, die sich im Allgemeinen in Pflanzen findet. Sie wirkt sich vor allem auf das Herz aus, ob günstig oder nicht, das hängt von dem entsprechenden Glykosid und der Dosis ab. Ein Beispiel dafür ist Fingerhut, aus dem Digoxin gewonnen wird. Es wird als Herzmittel genutzt, aber die falsche Dosis bringt einen um.« Sie gab Paula mit einem Lächeln das Notizbuch zurück.

»War es also das, was Tom Cross getötet hat? Fingerhut?«

»Nein. Was ihn umbrachte, war Oleander.«

»Oleander?«

»Sie haben wahrscheinlich schon einmal bei einem Auslandsurlaub welchen gesehen. Eine buschige Staude mit schmalen Blättern, und die Blüten sind rosa oder weiß. Er ist ziemlich häufig und sehr giftig. Ich habe nachgeforscht. Es gibt eine Geschichte, dass Napoleons Soldaten Oleanderzweige als Spieße zum Fleischbraten nahmen, und am nächsten Morgen waren sie alle tot. Es gibt ein Gegenmittel, aber die Patienten sterben oft, bevor sie so viel davon aufnehmen können, dass es den entscheidenden Unterschied macht. Und um ehrlich zu sein, wenn man das Alter und Gewicht von Tom Cross bedenkt, war sein Herz wahrscheinlich sowieso in keinem sehr guten Zustand. Er hatte keine große Chance. Es tut mir leid. Ich weiß, dass er früher Polizist war.«

»Ich kannte ihn nicht, als er noch bei der Polizei arbeitete«, erwiderte Paula. »Aber meine Chefin schon. Also, Dr. Blessing ...«

»Elinor. Sagen Sie doch bitte Elinor.«

Flirtete sie? Paula war zu müde, um es herauszufinden. Oder ehrlich gesagt, auch zu müde, um sich etwas daraus zu machen. Heute Abend wollte sie nur die Tatsachen, damit sie nach Hause gehen und schlafen konnte. Der Kaffee wirkte

offenbar nicht. Sie unterdrückte ein Gähnen. »Also, Elinor, haben Sie irgendeine Ahnung, wann dieses Gift verabreicht worden sein könnte? Und wie?«
»Es wirkt recht schnell. Er sagte, er hätte während des Fußballspiels Magenkrämpfe und zweimal Durchfall gehabt. Während er noch klar im Kopf war, berichtete er, er hätte nach dem Mittagessen angefangen, sich schlecht zu fühlen. Er hatte Lammkebab mit Reis und einer Kräutersoße gegessen. Da gibt es gleich zwei mögliche Quellen von Oleandrin. Das Lamm hätte mit Oleanderblättern mariniert sein können oder mit Auszügen aus Oleander. Außerdem hätten die Zweige beim Grillen als Spieße dienen können. Wie in der Geschichte.« Sie schüttelte den Kopf. »Schrecklich. Eine so heimtückische Art und Weise, jemanden zu töten. So ein Vertrauensbruch.«
»Hat er gesagt, wo er zu Mittag gegessen hat?«
»Er erzählte, jemand hätte das Essen für ihn gekocht. Ich vermute also, dass er bei jemandem zu Hause war.« Elinor rieb sich den Nasenrücken, während sie angestrengt überlegte, was Tom Cross gesagt hatte. »War es Jack …? Nein, nicht Jack. Jake. Das war's: Jake.«
Plötzlich war Paula hellwach, in ihrem Gehirn ergaben sich blitzschnell neue Verbindungen. »Sie sind sicher, dass es Jake war und nicht Jack?«
Elinor schien unsicher und kaute auf ihrer Unterlippe. »Ich bin mir ziemlich sicher, dass es Jake war. Aber ich könnte mich irren.«
Harriestown High, dachte Paula. Jack Anderson. Robbie Bishop, Danny Wade und jetzt vielleicht Tom Cross. War das der Zusammenhang, der sie verband? Aus der Schulzeit konnten sie sich bei dem Altersunterschied nicht kennen. Aber vielleicht gab es eine Organisation ehemaliger Schüler,

der sie alle angehörten. Oder eine Gelegenheit, bei der sie alle etwas mitbekamen, was sie nicht hätten sehen sollen? »Sie haben mir sehr geholfen«, sagte sie leise.
»Wirklich?«
»Sie ahnen gar nicht, wie«, versicherte Paula. Jetzt war sie hellwach. Sie wusste, dass an Schlaf nicht zu denken war, bis sie herausgefunden hatte, wo Tom Cross zur Schule gegangen war. Sie war nicht sicher, wo sie um halb elf an einem Samstagabend diese Information suchen könnte, aber sie kannte eine Frau, die es wissen würde.

Tony kam langsam wieder zu Bewusstsein. Innerhalb von einer Woche hatte er sich so an das Kommen und Gehen des Krankenhauspersonals gewöhnt, dass die Anwesenheit einer anderen Person in seinem Zimmer nicht ausreichte, um ihn aufzuwecken. Dazu war mehr nötig. Etwas wie das Saugen, Herumrutschen und Ploppen eines Korkens, der aus der Flasche gezogen wurde, und darauf das leise Gluckern von Flüssigkeit in einem Plastikgefäß. »Carol«, ächzte er, als er die Puzzlestücke zusammengesetzt hatte. Im matten Licht der Stadt, das durch die dünnen Vorhänge hereindrang, konnte er ihren Umriss auf dem Stuhl neben dem Bett erkennen. Er tastete nach der Fernbedienung fürs Bett und richtete sich langsam auf.
»Soll ich Licht machen?«, fragte sie.
»Zieh den Vorhang zurück, lass ein bisschen mehr Licht von draußen herein.«
Sie stand auf und tat, was er vorgeschlagen hatte. Als sie sich wieder gesetzt hatte, goss sie ihm ein Glas ein. Er roch anerkennend daran. »Wunderbar, ein guter Shiraz«, freute er sich. »Komisch, ich glaube, ich hätte guten Wein nicht als eines der Dinge genannt, die ich auf einer einsamen Insel am meisten

vermissen würde. Das zeigt nur, wie ich mich irren kann.« Er nahm noch einen Schluck und spürte, wie er unweigerlich wieder in die Realität zurückkehrte. »Das muss ein schrecklicher Tag für dich gewesen sein«, sagte er.

»Du hast keine Ahnung«, erwiderte sie. »Ich habe heute Dinge gesehen, die ich, glaube ich, nie wieder vergessen kann. Entsetzliche Verletzungen! Menschliche Körperteile überall auf der Tribüne verstreut. Blut und Gehirnmasse an den Wänden.« Sie nahm einen großen Schluck Wein. »Man denkt, man hat alles schon einmal gesehen. Man meint, es kann nichts Schlimmeres geben als die Tatorte, an denen man schon gearbeitet hat. Und dann das. Fünfunddreißig Tote durch die Explosion, und dann noch einer.«

»Der eine ist der Bombenleger?«

»Nein, dieser eine ist Tom Cross.«

Er verschüttete vor Überraschung fast den Wein aus seinem Becher. »Popeye Cross? Das verstehe ich nicht. Er starb bei dem Anschlag?«

Der Name seines alten Intimfeindes war der letzte, den er in Verbindung mit dem Bombenanschlag von Bradfield zu hören erwartet hätte.

»Nein. Die Bombe hat anscheinend das versteckte Heldentum in ihm geweckt. Er war mittendrin. Man sagt, er hätte Leben gerettet. Nein, was ihn erledigt hat, war Gift. Bevor er zum Spiel ins Stadion kam, hat ihn jemand vergiftet.«

»Vergiftet? Wie? Womit?«

»Die Einzelheiten kenne ich noch nicht. Paula ist irgendwo im Krankenhaus, um die Informationen von der Ärztin zu bekommen, die es festgestellt hat. Eigentlich ein Glücksfall. Wegen des Bombenanschlags wurde sie der Notaufnahme zugeteilt und wegen Robbie Bishop war sie für die Symptome einer Vergiftung besonders aufgeschlossen.«

»Das sind schon drei«, konstatierte er. »Und alle aus der Gegend hier. Sieht aus, als hättest du einen Serienmörder in deinem Einzugsgebiet, der mit Gift arbeitet.«
Carol starrte ihn an. »Verschiedene giftige Substanzen, verschiedene Situationen. Verschiedene Arten der Verabreichung.«
»Gleiche Unterschrift«, hielt Tony dagegen. »Mord aus der Entfernung. Gezielte Verabreichung. Zeitabstand zwischen Einnahme und Tod. Es gibt eine Verbindung zwischen ihnen, Carol. Heutzutage findet man nicht viele solche vorsätzlichen Vergiftungen. Sie sind durch Handfeuerwaffen und Scheidung abgelöst worden. Vergiftungen sind eher viktorianisch. Scheußlich, heimtückisch und zerstörerisch für Gemeinschaften und Familien. Aber sie sind nicht typisch für das einundzwanzigste Jahrhundert. Gib's zu, Carol, du hast einen Serienmörder.«
»Ich warte die Beweise ab«, beharrte sie störrisch. »Einstweilen ist Tom Cross' Tod der einzige Mord, den ich tatsächlich untersuchen darf.«
Ihr Zorn flackerte immer wieder auf. Er konnte ihre Wut, die sich als dunkle Bitterkeit über die süße Fruchtigkeit des Weins legte, fast schmecken.
Tony versuchte, sich Carols Worte zu erklären. »Was meinst du damit, der einzige, den du untersuchen darfst?«
»Sie haben uns den Bombenanschlag weggenommen«, antwortete sie. »Dieses neue Antiterrorkommando. Die unglückliche Vereinigung der Spezialabteilung mit der Terrorbekämpfung. Ihre nördliche Sektion hat ihren Sitz in Manchester, und nun sind sie in Bradfield mit ihren Stulpenstiefeln und ihrer Regel ›keine Namen‹. Wortwörtlich. Sie geben weder ihre richtigen Namen an noch haben sie Kennziffern. Sie behaupten, der Grund dafür sei, dass man Vergeltungsschlä-

ge vermeiden wolle. Ich sage, es geht darum, Beschwerden zu umgehen. Paula nennt sie die grandiose Sturmtruppe, und da liegt sie kaum daneben. Sie sind unheimlich, Tony. Sehr unheimlich. Ich habe sie auf der Scargill-Street-Wache in Aktion gesehen, und ich sag dir, ich habe mich geschämt, Polizistin zu sein.«

»Und sie haben das operative Kommando übernommen?«, fragte er und stellte sich vor, wie das für jemanden sein musste, der so stolz auf sich und sein Team war wie Carol.

»Vollkommen. Wir sollen auf Abruf für sie bereitstehen, falls sie wünschen, dass wir etwas tun.« Carol stieß ein bitteres Lachen aus. »Es ist, als wäre man in einem Polizeistaat, und das Beängstigende ist, ich soll zu ihnen gehören.«

»Und du tust das, was du tun sollst?«, erkundigte sich Tony und versuchte, ganz sachlich und neutral zu klingen.

»Was glaubst du denn?« Sie wartete die Antwort nicht ab. »Lass sie doch ihr Ding machen, lass sie die üblichen Verdächtigen festnehmen, lass sie alle schikanieren, die zufällig jung, männlich und Moslems sind. Und wir werden das tun, was wir am besten können.«

Tony wusste, was sie wollte. Was sie *brauchte*, war, dass er mitfühlte, sich auf ihre Seite gegen jene stellte, die sie als die Bösen ansah. Dass er zu ihr stand, egal ob sie recht hatte oder sich irrte.

Das Problem war, dass er der Meinung war, sie irre sich. Und wenn ihre Beziehung irgendeinen Wert haben sollte, dann, so glaubte er, müsste sie ihre Wurzeln in der Aufrichtigkeit haben. Manche würden das mangelnde emotionale Verfügbarkeit nennen, und daran war wahrscheinlich auch etwas Wahres. Aber er konnte Carol nicht anlügen, nicht ohne dass er wirklich der Überzeugung war, das Richtige zu tun. Und sie konnte das ihm gegenüber auch nicht, vermutete er. Es gab Gelegenheiten, bei denen es schwierig war, die Wahrheit zu hören, und noch schwieriger, sie auszusprechen. Aber er war überzeugt, dass sie beide beim Rückblick auf diese Momente zugeben würden, auf lange Sicht ihre Verbindung dadurch gefestigt zu haben, dass sie diese Augenblicke überlebt hatten. Tony holte tief Luft und sprang vom Zehn-Meter-Brett. »Und das, was du am besten kannst, ist nicht terroristische Zellen zu untersuchen und zu knacken.«

Im Zimmer war es für einen Moment vollkommen still. »Willst du damit sagen, dass du das billigst, was hier vor sich geht?« Er brauchte Carol nicht anzusehen, um sich ihre Empörung vorzustellen.

»Ich denke, die Aufgaben der Polizei sind, wenn die Möglichkeit besteht, dass es sich tatsächlich um Terroristen handelt, von ganz besonderer Art«, erklärte er und versuchte, die Wahrheit, wie er sie sah, zu beschreiben, ohne ihren Zorn weiter anzufachen. »Und ich glaube, sie sollte von Spezialisten durchgeführt werden. Von Leuten, die ausgebildet wurden, die entsprechende Denkweise zu verstehen. Leute, die sich von ihrem Privatleben absetzen, verdeckt ermitteln und infiltrieren können und bereit sind, sich in die Köpfe von Terroristen hineinzudenken, um herauszufinden, wo sie als Nächstes in ihrem Kampf zuschlagen werden.« Er kratzte sich am Kopf. »Ich glaube nicht, dass dies der gleichen Kombination von Fertigkeiten entspricht, die ihr – du und dein Team – habt.«

»Du willst damit sagen, dass es richtig ist, uns diese empörende Gewalttat wegzunehmen? Dass wir nicht unsere Arbeit in unserer eigenen Stadt tun sollten?«, wollte Carol wissen. Er hörte die Überzeugung in ihrer Stimme, dass sie sich verraten vorkam. Sie leerte ihren Becher und goss sich nach.

»Ich sage nur, es sollte etwas wie das CTC geben, um mit euch zusammenzuarbeiten. Nur weil die Durchführung so schlecht ist, heißt das noch nicht, dass die ganze Idee schlecht ist«, sagte Tony sanft. »Hier geht es nicht um dich, Carol. Es ist keine Kritik an dir oder deinen Mitarbeitern. Es heißt nicht, dass du schlecht oder nicht kompetent bist oder irgend so etwas. Es geht nur um die Feststellung der Tatsache, dass der Terrorismus etwas anderes ist. Und dass ein anderer Ermittlungsansatz dafür nötig ist.«
»Ein Urteil, das nicht dich betrifft, nehme ich an. Ich wette, du meinst, du seist genauso gut gerüstet, Profile für Terroristen wie für Serienmörder zu erstellen?«, fragte Carol sarkastisch.
Tony merkte, dass er in dieser Situation nur verlieren konnte. Es gab zu diesem Zeitpunkt keine überzeugende Antwort, die Carol veranlassen würde nachzugeben. Er konnte also genauso gut fortfahren, die Wahrheit zu sagen. Das war oft die wirksamste Reaktion. »Ich glaube schon, dass ich nützliche Einsichten habe, ja.«
»Natürlich. Der große Wissenschaftler.«
Jetzt doch pikiert, sagte Tony: »Okay, überleg mal Folgendes: Dieser Bombenanschlag ergibt doch kein Profil, das zum Terrorismus passt.«
Das machte sie so perplex, dass sie schwieg – dachte er. Aber nicht lange. »Was soll denn das heißen?«, wollte Carol wissen, eher besonnen als feindselig, wie er eigentlich erwartet hatte.
»Denk mal nach. Was ist das Ziel des Terrorismus?«
Fast sofort antwortete Carol: »Es ist ein Versuch, soziale oder politische Veränderung durch Gewalt zu erzwingen.«
»Und wie zielt er darauf ab?«
»Ich weiß nicht ... Indem der Bevölkerung so viel Angst ein-

gejagt wird, dass sie Druck auf die Politiker ausübt? Ich glaube, darum ging es bei der IRA.« Carol beugte sich auf ihrem Stuhl vor, sie war jetzt eifrig bei der Sache.

»Genau. Er nimmt sich zum Ziel, ein Klima von Furcht und Misstrauen zu schaffen. Er zielt darauf ab, die Bereiche des Lebens anzugreifen, in denen die Menschen sich sicher fühlen müssen. Also im öffentlichen Verkehr. Einzelhandel. Die Leute müssen reisen, sie müssen einkaufen. Wir sehen gleich, dass ein Fußballstadion, egal wie viele Menschen da sind, nicht in diese Kategorie gehört. Niemand ist gezwungen, sich Fußball anzusehen, um zu überleben.« Er grinste. »Manche Fans mögen zwar so empfinden, aber im Grunde wissen sie doch, dass ihr Leben dadurch nicht so aus den Fugen geraten wird, als wenn sie nicht mehr zur Arbeit oder einkaufen gehen könnten.«

»Ich verstehe, was du meinst. Aber wenn sie sich für ein Ziel auf niedrigerer Ebene entschieden haben, weil es eine bessere Möglichkeit bietet als die wichtigeren Ziele, weil die zur Zeit für sie einfach zu schwer zu erreichen sind?«

»Das wäre ein stichhaltiges Argument, wenn es so wäre, aber es ist nicht so, und du weißt das. Man kann nicht jeden Zug, jede U-Bahn, jeden Bus, jedes Einkaufszentrum oder jeden Supermarkt kontrollieren. Es gibt jede Menge weicher Ziele. Der erste Punkt, der für mein Argument spricht, dass diese Sache kein terroristisches Profil hat, ist also das Makroziel.« Carol griff wieder nach der Weinflasche. »Hast du mehr als einen Punkt?«

»Du kennst mich doch, Carol. Ich bin gegen deinesgleichen gern gut gewappnet. Die Begründung Nummer zwei ist das Mikroziel. Damit der Terrorismus funktioniert, muss man das Leben der normalen Leute treffen. Die Art von Terroristen, die wir heute haben, konzentrieren sich nicht auf spektakuläre Mordanschläge. Das haben sie von der IRA gelernt. Die Ermordung wichtiger Personen wie Lord Mountbatten und Airey Neave erregt viel Aufsehen, sicher. Aber die Leute sind deswegen zornig oder empört, aber nicht in Furcht und Schrecken. Frag mal jemanden auf der Straße nach den wichtigsten Anschlägen des irischen Terrorismus; man wird dir Omagh, Warrington, Manchester, Birmingham, Guildford und das Baltic Exchange in London nennen. Sie erinnern sich an die Ereignisse, von denen sie sich persönlich bedroht fühlten.« Er hielt inne, um einen Schluck zu nehmen.

»Du willst damit also sagen, dass die VIP-Logen das falsche Ziel sind?«, überlegte Carol.

Sie war schon immer schnell gewesen. Das war eines der Dinge, die ihm an ihr am besten gefielen. »Genau«, bestätigte Tony. »Sich an die Bonzen ranmachen, das würden Globalisierungsgegner tun. Aber kein islamistischer Fundamentalist. Er will den lautesten Schlag für seine Investition. Bei einem Angriff nach dem Muster der Al Kaida wäre die Bombe weiter unten plaziert worden, unter den normalen Zuschauern. Oder in einer der anderen Tribünen.«

»Vielleicht war dies die einzige Stelle, zu der sie sicheren Zugang hatten? Aziz als Elektriker verkleidet, vielleicht war das der einzige Raum mit Verteilerkästen unter den Tribünen?«

Tony schüttelte den Kopf. »Das ist jetzt aber wirklich sehr weit hergeholt. Ich wette, dass die Anordnung der Stromleitungen unter allen vier Tribünen ziemlich gleich ist. Das Stadion ist nur ein paar Jahre alt, keine Anlage, in der alles zusammengeflickt ist, wie es beim alten war. Es muss andere ähnliche Stellen geben, wo mehr gemeines Volk betroffen gewesen wäre. Nein, es war bewusst ausgewählt, und das ist der zweite Grund, weshalb ich bezweifle, dass es sich um einen terroristischen Anschlag handelte.«

»Das ist etwas dürftig, Tony. Oder hast du noch etwas?« Er hörte einen Anflug von Skepsis in Carols Stimme.

»Angesichts der Tatsache, wie abgehängt ich vom Geschehen bin, meine ich, du solltest schon davon beeindruckt sein. Wenn du entschlossen bist, deine eigenen Ermittlungen zu verfolgen, statt einfach nur das zu tun, was das CTC verlangt, dann gibt es vielleicht etwas, an dem du dir die Zähne ausbeißen kannst.« Und zumindest würde es verhindern, dass sie in einen direkten Konflikt mit dem CTC geriet, dachte er. »Und wenn du mehr über Aziz und seine Komplizen weißt, dann bekommt es vielleicht sogar einen Sinn.« Tony lehnte sich zurück, seine Energie ging zu Ende.

»Eigentlich haben wir schon eine Sache gefunden, die etwas merkwürdig ist«, gab Carol zu. »Wenn du nicht zu müde bist?«

Trotz seiner Mattigkeit erwachte sein Interesse. »Schon gut. Was hast du?«

»Es ist ziemlich seltsam. Wir haben vor dem CTC die Bombenwerkstatt gefunden. Und diese Tasche, wegen der ich dich angerufen hatte, war vollgepackt mit sauberen Kleidern, seinem Pass, Führerschein und einem Online-Ticket für einen Flug heute Abend nach Toronto. Als ob er erwartete zurückzukommen. Nicht nur in die Wohnung, sondern dass er hinterher entkommen würde, ohne verdächtigt zu werden. Und das ist einfach etwas, was Selbstmordattentäter auf keinen Fall tun.«

Im Bereich menschlicher Verhaltensweisen gab es nicht vieles, das Tony aus der Bahn warf. Aber was Carol gesagt hatte, ließ ihn stammelnd nach einer Antwort suchen. »Nein, das tun sie nicht«, brachte er schließlich heraus.

»Sam vermutete, dass es irgendeine Art von Talisman gewesen sei«, erzählte Carol.

»Das funktioniert nicht«, murmelte Tony, der seine gesamte Erfahrung durchging, um dem, was er gehört hatte, einen Sinn abzugewinnen. »Ich kann mir einzig und allein denken, dass er kein Selbstmordattentäter war.« Er sah Carol an, deren Gesicht nur als undeutlicher Umriss im Halbdunkel sichtbar war.

»Und wenn er kein Selbstmordattentäter war, dann ist es sehr wohl möglich, dass es kein terroristischer Anschlag war.«

Sonntag

Carol erwachte beim leisen Murmeln der Fernsehnachrichten. Im Mund hatte sie noch den faden Geschmack nach Wein, und ein nadelscharfer Schmerz schoss ihren steifen Hals hinunter, als sie sich bewegen wollte. Einen Augenblick konnte sie sich nicht erinnern, wo sie war. Dann fiel es ihr ein, sie hustete und öffnete die Augen. Tony sah sich im Fernsehen die Filmaufnahmen des Bombenanschlags an. Der Nachrichtensprecher nannte die Toten, deren einzelne Fotos auf dem Monitor hinter ihm erschienen. Fröhlich lächelnde Gesichter, die nichts von ihrer Sterblichkeit ahnten. Menschen, deren Tod ein Loch in die Welt der Lebenden gerissen hatte.

»Konntest du einige Zeit schlafen?«, fragte Tony und warf ihr einen Blick zu.

»Anscheinend ja«, antwortete Carol. Sie hatten beim Rest der Flasche Wein im Kreis geredet, währenddessen hatte sie das meiste getrunken. Als sie gehen wollte, hatte Tony ihr klargemacht, dass sie zu viel Alkohol im Blut hatte, um auch nur an Autofahren zu denken. Beide wussten, dass die Wahrscheinlichkeit, an einem Sonntag in den frühen Morgenstunden mitten in Bradfield ein Taxi zu erwischen, fast gleich null war. Also hatte er ihr eine Decke gegeben, und sie hatte sich auf dem Sessel ausgestreckt. Sie hatte erwartet, dass sie unruhig vor sich hin dösen würde, aber zu ihrer Überraschung war sie ausgeruht und munter aufgewacht. Sie räusperte sich und sah auf ihre Uhr. Viertel vor sieben. Zeit genug, um nach Hause zu fahren, Nelson zu füttern, zu duschen, sich umzuziehen und rechtzeitig zur Morgenkonferenz zurück zu sein.

»Gut. Was hast du für heute geplant?« Er drehte die Lautstärke des Fernsehers herunter.

»Kurze Besprechung mit dem Team um acht, dann werde ich mit Tom Cross' Witwe sprechen.« Sie verzog das Gesicht. »Das wird toll, da er mir ja immer die Schuld an seinem beruflichen Absturz gab.« Sie stand auf, versuchte, die Knitterfalten ihrer Hose glattzustreichen, und wollte lieber nicht daran denken, wie ihr Make-up oder ihre Frisur aussehen mussten.

»Es wird schon gutgehen. Irgendwo muss es da eine Verbindung geben.«

Carol fuhr sich mit den Fingern durch die Haare, hielt aber plötzlich inne, als ihr ein Gedanke kam, den wohl ihr Unterbewusstsein während des Schlafs zutage gefördert hatte. »Was wäre, wenn du mit deiner verrückten Idee, dass es kein terroristischer Anschlag war, recht hättest und dies alles ein Rachefeldzug gegen Bradfield Victoria wäre?«

Tony lächelte. »Was? Alex Ferguson hat Angst davor, was passieren könnte, wenn Manchester United nächsten Monat ins Victoria-Park-Stadion kommt?«

»Sehr lustig. Es wäre besser, solche Witze nicht in Gegenwart des CTC zu machen. Es ist eine bekannte Tatsache, dass man sich seinen Sinn für Humor chirurgisch entfernen lassen muss, bevor man bei ihnen Mitglied wird.«

»Das weiß ich. Schließlich sehe ich regelmäßig *Spooks*.«

Carol war überrascht. »Tatsächlich? Ich nicht.«
»Solltest du aber. Sie schauen es sich an.«
»Das glaub ich nicht.« Es ihr fiel schwer, sich vorzustellen, dass sich David und Johnny mit etwas so Häuslichem wie Fernsehen beschäftigen könnten.
Tony nickte heftig. »Sie machen das wirklich. So finden sie heraus, wie weit sie gehen können.«
»Du willst mir erzählen, dass der MI5 und das CTC ihre operativen Entscheidungen auf der Grundlage einer Fernsehserie treffen?« Carol tippte sich mit dem Zeigefinger an die Schläfe. »Zu viele Medikamente, Tony.«
»Genau das sag ich dir«, meinte er ernst. »Weil sie Leute für sich arbeiten lassen, die die Psychologie der Billigung verstehen.«
»Die Psychologie der Billigung?« Carols Wiederholung des Begriffs ließ ihre Skepsis durchklingen.
»So funktioniert es aber. Selbst gebildete Zuschauer schieben, wenn sie eine Fernsehserie wie *Spooks* einschalten, ihre Zweifel vorübergehend so weit zur Seite, dass sie den Plot akzeptieren. Und wenn dies häufiger geschieht, wenn die Skepsis auch nur ein bisschen aufgehoben wird, dann wird der Zuschauer konditioniert, zu glauben, die wirkliche Welt sei ebenso. Damit wird diesen verrückten Kerlen vom MI5 die Erlaubnis gegeben, die Grenzen noch ein bisschen weiter zu verschieben.« Tony sprach schnell und gestikulierte mit den Händen.
Carol sah ungläubig drein. »Du willst damit sagen, dass die Zuschauer durch das, was sie im Fernsehen sehen, dazu gebracht werden, brutaleres Vorgehen von Gesetzeshütern zu akzeptieren?«
»Ja. Mehr oder weniger und natürlich abhängig von ihrer Gutgläubigkeit.« Er bemerkte Carols Zweifel. »Okay, hier

ist ein Beispiel. Ich glaube, es gibt bislang keinen beglaubigten Fall eines MI5-Agenten, der mit dem Gesicht in eine Friteuse geschubst wurde. Aber wenn man das einmal in einer Serie mit so viel Glaubwürdigkeit wie *Spooks* zeigt, selbst wenn es die Bösen tun, dann hat man eine Zuschauergruppe geschaffen, die im Fall, dass ein MI5-Agent tatsächlich jemanden mit dem Gesicht in eine Friteuse taucht, sagen wird: ›Na ja, er musste es tun, nicht wahr? Sonst hätten sie es mit ihm gemacht.‹ Die Psychologie der Billigung.«

»Wenn du recht hast, warum wird dann gegen Folter protestiert? Warum sagen wir nicht alle: ›Ach ja, wir haben ja gesehen, wie gut das in den Filmen funktioniert, lasst es uns doch einfach akzeptieren‹?«

Carol stützte sich bei diesen Worten mit den Fäusten auf den Rand des Bettes, und ihr zerzaustes blondes Haar fiel ihr in die Augen.

»Carol, vielleicht hast du's noch nicht bemerkt, aber es gibt eine maßgebliche Anzahl von Menschen da draußen, die genau das sagen. Schau dir die Widerstände in den USA an, als der Senat gerade voriges Jahr beschlossen hatte, die Folter abzuschaffen. Die Leute glauben genau deshalb an deren Wirksamkeit, weil sie das in den Filmen gesehen haben. Und manche der Fürsprecher haben Macht. Dass wir nicht alle darauf hereinfallen, liegt daran, dass wir nicht ebenso leichtgläubig sind. Manche von uns sind gegenüber dem, was sie sehen und lesen, viel kritischer als andere. Aber einem Teil der Leute kann man *tatsächlich* die ganze Zeit etwas vormachen. Und wenn Agenten und Polizisten massiv vorgehen, verlassen sie sich auf diese Akzeptanz.«

Sie runzelte die Stirn. »Du machst mir manchmal Angst, weißt du das?«

Sie sah sein schmerzlich verzogenes Gesicht, vermutete aber

nicht, dass das mit seinem Knie zusammenhing. »Ja, ich weiß. Aber ich glaube nicht, dass das unbedingt schlecht ist. Nach meiner Erfahrung motiviert dich gerade etwas, das dir Angst macht, umso mehr dazu, es zu besiegen.«
Carol wandte sich ab, wie gewöhnlich war ihr sein Lob peinlich. »Du glaubst also nicht, dass dies eine Art konzertierte Aktion gegen die Vics ist?«
»Nein. Weil Danny Wade nicht ins Bild passt.«
Carol seufzte genervt. »Der Scheiß-Danny-Wade. Du und Paula, ihr könntet einen mit eueren Argumenten dazu bringen, an der glatten Wand hochzugehen.«
Tony lächelte. »Ich habe diesen Ausdruck nie verstanden. Warum würde man eine Wand hochgehen wollen? Und warum sich an einer Wand abquälen, statt aus dem Fenster zu springen oder einen Baum hochzuklettern?« Er hielt schützend die Hände hoch, als Carol mit einer zusammengefalteten Zeitung, die sie sich geschnappt hatte, nach ihm schlug. »Okay, schon gut. Aber du weißt doch, wir haben recht damit, dass Danny mit der Sache in Verbindung steht.«
»Wie auch immer«, seufzte sie und warf die Zeitung auf den Tisch. »Aber auf jeden Fall weiß ich, dass ich mehr brauchen werde als deine psychologischen Theorien über die Ziele, um jemanden zu überzeugen, dass es nicht um Terrorismus geht.« Sie ging auf die Tür zu. »Ich werd versuchen, später wieder vorbeizukommen. Viel Glück mit der Krankengymnastin.«
»Danke. Oh, und, Carol, jemand sollte herausfinden, wo Tom Cross zur Schule ging.«

Gleich nachdem Carol weggegangen war, kam die Krankengymnastin und begrüßte Tony mit einem schlauen Zwinkern. »Sie haben also der Polizei bei ihren Ermittlungen geholfen,

was?«, stellte sie verschmitzt fest und reichte ihm seine Krücken. »Ich hoffe, sie hat Sie nicht zu sehr erschöpft.«
»DCI Jordan hatte gestern im Victoria-Park-Stadion die Leitung«, erklärte er in einem Ton, der jede Diskussion abschnitt. »Ich arbeite mit der Polizei zusammen. Sie kam vorbei, um mir von ein paar Dingen zu berichten. Und sie war so erschöpft, dass sie auf dem Sessel einschlief.« Tony wusste, dass er spitzfindig war, aber er konnte es nicht lassen. Wann immer Carol betroffen war, reagierte er auf persönliche Bemerkungen äußerst empfindlich. Es war egal, ob sie von seiner Mutter gemacht wurden oder von der Krankengymnastin, die er nach seiner Entlassung nie wiedersehen würde. Er fühlte sich immer gedrängt, Missverständnisse aufzuklären. Zumindest was die äußeren Umstände betraf. Der emotionale Zusammenhang unter der Oberfläche ging niemanden außer ihm etwas an.
Eine halbe Stunde später war er zurück in seinem Zimmer, müde, aber nicht ganz so erschöpft wie an den Tagen zuvor.
»Sie kommen unglaublich gut voran. Heute könnten Sie sich schon mal anziehen«, schlug die Krankengymnastin vor. »Probieren Sie, wie es ist, ein bisschen im Sessel zu sitzen und sich dann etwas zu bewegen. Gehen Sie jede Stunde oder so den Flur auf und ab.«
Er drehte die Lautstärke des Fernsehers wieder hoch und sah immer wieder hin, während er mit seinen Kleidern kämpfte. Alle Nachrichtenmeldungen hatten mit der Explosion im Victoria-Park-Stadion zu tun. Von Fußballexperten, die über die Auswirkung auf die Spiele sprachen, bis zu den Statikern, die über Kosten und Zeit spekulierten, die man brauchen würde, um die Vestey-Tribüne wieder aufzubauen. Martin Flanagan brachte seinen Zorn zum Ausdruck, dass Robbie Bishops Abschied so entweiht worden sei. Freunde und Ver-

wandte weinten über die Toten. Und Yousef Aziz' Bruder Sanjar bestritt, dass sein Bruder ein Fundamentalist gewesen sei. Während Sanjar sprach, sah man im Hintergrund, wie CTC-Beamte kartonweise Dinge aus seinem Elternhaus hinaustrugen.

Tony hörte auf, mit seiner Socke zu kämpfen, und wandte seine ganze Aufmerksamkeit dem Fernseher zu.

Er war kein Verfechter der Vorstellung, dass man das innere Geschehen auf dem Gesicht eines Menschen ablesen könne. Aber er hatte jahrelang beobachtet, wie Leute ihn und sich selbst belogen. Und dies hatte ihm eine kleine Enzyklopädie der Mimik und Gestik an die Hand gegeben, mit deren Hilfe er seine Urteile über die Wahrhaftigkeit einer Person fällen konnte. Bei Sanjar Aziz sah er die leidenschaftliche Überzeugung, dass sein Bruder auf keinen Fall aus religiösem Fundamentalismus ein Loch in das Victoria-Park-Stadion gesprengt hatte, was immer ihn auch motiviert haben mochte. Das Antiterrorkommando nahm sein Zuhause bis auf die Grundmauern auseinander, und er protestierte nicht dagegen. Aber was ihn offensichtlich auf die Palme trieb, war, immer noch einmal wiederholen zu müssen, was er doch als die Wahrheit kannte: Sein Bruder war kein militanter Moslem. Der Fernsehreporter war aber nicht sonderlich daran interessiert, alternative Erklärungen für den Bombenanschlag zu suchen. Er wollte lediglich, dass Sanjar auf die Knie fiel und sich entschuldigte. Dass dies nicht geschehen würde, war jedoch eindeutig.

Tonys Gedanken schweiften ab, als der Reporter ans Studio zurückgab zu einer weiteren unsensiblen Analyse des Bombenanschlags und seiner Folgen für Bradfield Victorias Spielzeit. Obwohl auch er ein Fan war, ärgerte es ihn, dass dieses Thema es überhaupt in die Nachrichten schaffte, wenn fünf-

unddreißig Menschen gestorben waren. Er wollte stattdessen wirklich wissen, was Sanjar Aziz außer seinen Zurückweisungen noch zu sagen hatte. Tony hatte seine Frustration gesehen und fragte sich, was dahinterstecken mochte.
Er mühte sich wieder mit seiner Socke ab, schaffte es aber nicht, sie anzuziehen. »Mist«, fluchte er und griff nach dem Klingelkopf für die Krankenschwestern. Zum Teufel mit der Unabhängigkeit. Er wollte hören, was Sanjar Aziz zu sagen hatte, und es war ihm egal, wenn er dafür seine Autonomie aufgeben musste. Es war Zeit, den Hintern hochzukriegen und etwas Nützliches zu tun.

Carols Blick wanderte über ihr Team. Sie sahen alle jetzt schon so aus, als hätten sie nicht genug geschlafen und zu viel Kaffee getrunken. Jede Ermittlung in einem Mordfall entwickelte eine solche Intensität, dass die körperlichen Bedürfnisse an den Rand gedrängt wurden. Wenn es sich zu lange hinzog, machten die Leute schlapp, und ihr Privatleben ging in die Brüche. Sie hatte das schon allzu oft gesehen. Aber es schien keinen einfachen Weg zu geben, dies zu vermeiden. Die Ermittler fühlten sich wegen der Einzigartigkeit des Verbrechens und dessen Bedeutung für sie als Menschen gezwungen, ja getrieben, so hart zu arbeiten. Es war nicht die emotionale Komponente, überlegte Carol, sondern es ging darum, sich seiner eigenen Sterblichkeit zu stellen. An einem Mordfall so intensiv zu arbeiten wie menschenmöglich war eine Art Opfer für die Götter, eine symbolische Art und Weise, sich selbst und seine Nächsten zu schützen.
Sie hörten alle aufmerksam zu, als Paula von ihrem Gespräch mit Elinor Blessing berichtete, die den mysteriösen Jake oder Jack ausdrücklich erwähnt hatte. Als sie das Ende ihrer Notizen erreicht hatte, sah Paula auf und sagte: »Mir ist aufge-

fallen, dass unsere drei vergifteten Opfer alle aus Bradfield kamen. Wir wissen, dass Robbie Bishop und Danny Wade in Harriestown aufwuchsen und dort die Schule besuchten. Ich habe mich gefragt, ob das eine Verbindung ist, die sich zu verfolgen lohnt. Nachdem ich das Krankenhaus verlassen hatte, kam ich deshalb hierher zurück und sah bei ›Best Days‹ nach. Tom Cross war kein Mitglied, aber es gibt zwei Dutzend Leute in seinem Alter, die Abonnenten sind. Und es gibt eine Rubrik, die sich ›Fotos und Erinnerungen‹ nennt, und dort habe ich dies gefunden.«

Sie nahm einen Ausdruck heraus und reichte ihn herum. »Jemand namens Sandy Hall hat das geschickt. ›Erinnert sich noch jemand daran, wie Tom Cross damals Weasel Russell in den Chemikalienschrank gesperrt und dann Lachgas durchs Schlüsselloch geleitet hat? Komisch, wenn man bedenkt, dass er Polizist wurde und in einen höheren Dienstgrad aufstieg.‹ Und Eddie Brant antwortete: ›Ich habe Tom Cross vor ein paar Monaten bei einem Dinner des Rugby Clubs gesehen. Ich hätte ihn überall erkannt. Er ist immer noch ein Mordskerl und hat jede Menge Geschichten parat. Er ist jetzt Pensionär. Er erzählte, er habe vor ein paar Jahren im Fußballtoto eine große Summe gewonnen und stehe nun sehr gut da.‹ Ich glaube also, dass wir mit Sicherheit davon ausgehen können, dass Tom Cross genau wie Danny Wade und Robbie früher Schüler auf der Harriestown High war.«

»Da hättest du einfach mich fragen können«, sagte Kevin. »Ich bin auch in die HH gegangen.«

Paula war überrascht. »Ich wünschte, ich hätte das gewusst«, meinte sie. »Es hätte mir Zeit gespart. Zumindest wissen wir jetzt, dass das eine Verbindung ist. Ich weiß nicht, was sie zu bedeuten hat oder ob sie überhaupt etwas zu sagen hat, aber es ist definitiv eine Sache, die sie alle gemeinsam hatten.«

»Es gibt noch etwas, das ihnen gemeinsam war«, schaltete sich Kevin ein. »Sie waren alle reich. Robbie durch den Fußball, Danny durch die Lotterie und Popeye durch das Fußballtoto. Manche Leute vermuten, er müsse bestechlich gewesen sein, dass er sich ein Haus am Dunelm Drive leisten konnte. Aber das war er nicht. Er hatte einfach Glück.«
»Interessante Einzelheit, Kevin. Und gute Arbeit, Paula«, lobte Carol.
»Meinen Sie, wir sollten ehemalige Schüler der Harriestown High, die später zu Vermögen gekommen sind, warnen?«, fragte Chris.
Carol sah erschrocken aus. »Ich glaube, wir haben noch lange nicht genug, um damit für Aufregung zu sorgen. Können Sie sich die Panik vorstellen, die sich ausbreiten würde, wenn wir das täten? Nein, wir müssen eine viel klarere Vorstellung von dem haben, was hier läuft. Ich werde heute Vormittag Mrs. Cross besuchen. Mal sehen, was sich daraus ergibt. Paula, können Sie mit Mr. und Mrs. Bishop reden, ob Robbie Tom Cross gekannt hat? Und, Sam: das Gleiche mit Dannys Familie. Kevin, die Liste der Telefongespräche von Aziz' Handy ist gerade hereingekommen. Ich möchte, dass Sie das verfolgen. Und da Sie über die notwendigen Beziehungen verfügen, rufen Sie doch den Rektor von Harriestown High School an und finden Sie heraus, ob die Schule eine Verbindung zwischen den dreien gefördert hat. Wie Sie schon sagten, sie waren alle reich. Vielleicht hat die Schule sie um Spenden gebeten? Vielleicht hat der Rektor sie zu Drinks zu sich eingeladen? Untersuchen Sie das. Und, Chris, ich möchte, dass Sie das Handy zum CTC hinüberbringen. Entschuldigen Sie sich ausgiebig dafür, dass wir was verwechselt haben und dachten, wir hätten ihnen längst von dem Handy erzählt. Lächeln Sie nett. Und versuchen Sie zu sehen, was

die schon haben. Und – Leute – ich will, dass ihr alle in Bezug auf den Bombenanschlag unvoreingenommen bleibt. Ich habe gestern Abend mit Tony gesprochen, und er hat eine oder zwei Ideen, die mir ziemlich irre vorkamen. Aber er hat schon unter sehr viel unwahrscheinlicheren Umständen recht gehabt. Wir wollen also aufpassen, dass wir keine vorschnellen Schlussfolgerungen ziehen, die auf vorgefassten Meinungen und Vorurteilen beruhen. Wir wollen das Beweismaterial für sich sprechen lassen. Und wenn wir schon von Beweisen reden: Wie kommen Sie voran, Stacey?«

»Ein paar interessante Einzelheiten … Chris hat mich gebeten, anhand der Buchung bei hopefully.co.uk nachzusehen, ob Aziz seine Login-Daten auf dem Laptop gespeichert hat. Wir haben Glück. Die Angaben waren da. Aber er hatte nichts anderes gebucht.« Stacey hielt inne. Sie mochte es wirklich, wenn sie alle auf die Folter spannen konnte, dachte Carol, als sie den Ausdruck auf den Gesichtern des Teams sah. Und die anderen hassten das. »Aber«, fuhr Stacey fort, »ich konnte eine Liste der Dinge ausgraben, die er sich auf der gleichen Website angesehen hatte. Den Bombenleger von Bradfield interessierten Sommerhäuschen zum Mieten in Nordontario. Ich habe eine Aufstellung.«

»Er hatte vor, nach Kanada in ein Sommerhaus zu fliehen?« Kevin brachte die Skepsis zum Ausdruck, die, wie Carol vermutete, wohl alle empfanden. »Kanada?«

»Er hat zumindest darüber nachgedacht«, meinte Stacey.

»Man würde ja nicht denken, dass Kanada als Ziel eines flüchtigen fundamentalistischen Islamisten die erste Wahl wäre, oder?«, überlegte Chris.

»Die Kanadier sind sehr tolerant«, gab Paula zu bedenken.

»So tolerant nun auch wieder nicht. Aber es gibt eine beträchtliche Bevölkerungsgruppe, die vom indischen Subkontinent stammt«, sagte Carol. »Okay, Kevin, Sie kümmern sich um die Ferienwohnungen. Sie werden wahrscheinlich vor morgen nicht viel tun können, aber fangen Sie an, wann immer Sie können. Chris, wenn Sie vom CTC zurückkommen, übernehmen Sie die Handynummern von Kevin.« Sie lächelte ihnen zu. »Ihr leistet alle wirklich gute Arbeit. Ich weiß, wir haben sowieso schon viel zu tun, aber wir zeigen ihnen, was wir können. Sorgt dafür, dass ich von allem erfahre, was ihr findet.« Sie stand auf und gab damit das Zeichen, dass die Besprechung beendet war. »Viel Glück. Weiß Gott, wir können es brauchen.«

Tony empfand unwillkürlich Mitleid mit den Bewohnern der Vale Avenue. Ihr normalerweise ruhiger vorstädtischer Boulevard mit dem Grünstreifen in der Mitte und den blühenden Kirschbäumen am Rand befand sich im Belagerungszustand. Jetzt waren die Augen der Welt auf eine Straße gerichtet, in der normalerweise das größte Ärgernis darin bestand, dass ein Hundebesitzer seinen Hund den Gehweg beschmutzen ließ. Übertragungswagen von Fernsehen und Radio und Pkws von Journalisten säumten beide Seiten der Vale Avenue. Polizeiwagen und die Fahrzeuge der Kriminaltechniker standen in einer dichten Traube um die Nummer hundertsiebenundvierzig. Im Fond des schwarzen Taxis, das er bestellt hatte, weil es genug Platz für sein Bein bot, saß Tony und wunderte sich wieder über die Fähigkeit der Öffentlichkeit, auch das letzte Detail der sogenannten Berichterstattung aufzunehmen.

Abgesehen von denen, die mehr oder weniger legitime Gründe hatten, hier vor Ort zu sein, waren auch Gaffer und Menschen mit einem Hang zum Makabren da. Manche von ihnen hatten wahrscheinlich zu Robbie Bishops Trauergaben beigetragen. Leute, deren Leben so beschränkt war, dass sie die Bestätigung brauchten, in irgendeiner Form zu einem öffentlichen Ereignis zu gehören. Es war leicht, auf sie herabzusehen, dachte Tony. Aber er fand, dass sie eine Funktion erfüllten, indem sie wie eine Art griechischer Chor auf ihre bedenkenlose Art die Ereignisse des Tages kommentierten. Jeremy Paxman mochte mit den Großen und Guten Interviews führen und sie ihre prägnanten Einsichten äußern lassen, aber auch die Leute auf dem Gehweg hatten etwas zu sagen.

»Fahren Sie direkt bis nach vorn zur Polizeiabsperrung«, wies Tony den Fahrer an, der das mit Hilfe der Hupe tat und sich einen Weg durch die Grüppchen bahnte. Als er so weit wie möglich gekommen war, richtete sich Tony mühsam auf und schob eine Zwanzigpfundnote durch den Schlitz im Fenster. »Warten Sie bitte auf mich.« Er öffnete die Tür und setzte seine Krücken draußen auf dem Boden auf. Ein unbeholfenes, schmerzhaftes Unterfangen, aber er schaffte es, sich auf die Straße hinauszuarbeiten. Bewaffnete Polizisten standen in regelmäßigen Abständen vor der Einfahrt und der Hecke der Nummer hundertsiebenundvierzig. Auf dem Gehweg gab Sanjar Aziz ein weiteres Interview. Er wurde langsam müde. Seine Schultern hingen herab, und seine Haltung war defensiver als zuvor. Aber die Leidenschaft auf seinem Gesicht war ungebrochen. Die Scheinwerfer gingen aus, der Reporter dankte ihm flüchtig und wandte sich ab. Niedergeschlagenheit breitete sich auf Sanjars Gesicht aus.

Tony humpelte auf seinen Krücken hinüber. Sanjar betrachtete ihn von oben bis unten, offensichtlich völlig unbeeindruckt. »Wollen Sie ein Interview?«

Tony schüttelte den Kopf. »Nein. Ich möchte mit Ihnen sprechen.«

Sanjar verzog verständnislos das Gesicht. »Also gut. Aber Reden und ein Interview geben ist doch das Gleiche, oder?« Er hielt ungeduldig über Tonys Schulter nach jemand anderem Ausschau, der sich anhören würde, was er zu sagen hatte, und kein verbales Duell mit ihm anstrebte.
Tony knirschte mit den Zähnen. Es war erstaunlich, welche Anstrengung erforderlich war, nur aufrecht stehen zu bleiben, geschweige denn aufrecht zu stehen und dabei auch noch zu sprechen. »Nein, es ist nicht das Gleiche. Die Reporter wollen, dass Sie das sagen, was sie hören wollen. Ich will das hören, was Sie zu sagen haben. Das, worüber sie Sie nicht reden lassen.«
Jetzt hatte er Sanjars Aufmerksamkeit.
»Wer sind Sie?«, fragte der junge Mann, und sein ansprechendes Gesicht bekam einen gekränkten und aggressiven Ausdruck.
»Mein Name ist Tony Hill. Dr. Tony Hill. Ich würde meinen Ausweis zeigen, wenn ich könnte«, erklärte er und sah frustriert auf seine Krücken hinunter. »Ich bin Psychologe und arbeite oft mit der Polizei Bradfield zusammen. Nicht mit denen da«, fügte er hinzu und wies mit einer leicht verächtlichen Kopfbewegung auf die teilnahmslosen Wachen in Kampfanzügen. »Ich glaube, Sie haben Dinge über Ihren Bruder zu sagen, die niemand hören will. Und ich kann mir denken, dass das für Sie unvorstellbar frustrierend ist.«
»Was hat das mit Ihnen zu tun?«, fragte Sanjar bissig. »Ich brauche keinen Seelenklempner, bei allem Respekt. Ich will nur, dass die hier …«, er zeigte mit einer ausholenden Geste auf Medien und Polizei, »… verstehen, warum sie sich in Bezug auf meinen Bruder so irren.«
»Sie werden es nicht verstehen«, entgegnete Tony. »Weil es nicht zu dem passt, was sie glauben müssen. Aber ich will es

wirklich verstehen. Ich glaube nicht, dass Ihr Bruder ein Terrorist war, Sanjar.«
Damit hatte er plötzlich einhundert Prozent von Sanjar Aziz' Interesse. »Sie wollen damit sagen, dass Yousef es nicht getan hat?«
»Nein, ich glaube, es ist ziemlich eindeutig, dass er es getan hat. Aber ich glaube nicht, dass er es aus den Gründen getan hat, von denen alle ausgehen. Ich vermute, Sie könnten mir helfen zu verstehen, warum dies geschehen ist.« Tony wies mit dem Kopf auf das wartende Taxi. »Wir können irgendwohin fahren und darüber sprechen.«
Sanjar sah zu seinem Elternhaus hinauf, aus dem gerade ein Techniker im weißen Anzug mit einem weiteren Plastiksack herauskam. Er drehte sich wieder zu Tony um, der das Gefühl hatte, abgeschätzt zu werden. »Okay«, stimmte Sanjar zu. »Ich werde mit Ihnen sprechen.«

Dorothy Cross goss Kaffee aus einer silbernen Kanne in die Porzellantassen mit Rosenmuster, dessen Rosaton in unterschiedlichen Varianten an den Wänden wiederkehrte. Zwei verschiedene Tapeten, eine oberhalb und eine unterhalb des Sockels, die Vorhänge, die Teppiche, das zweisitzige Sofa, die beiden größeren Sofas und die Zierkissen hatten alle ein anderes Muster, aber die Ton-in-Ton-Schattierungen von Rosa und Burgunderrot waren allen gemeinsam. Carol hatte das Gefühl, in einen dieser medizinischen Dokumentarfilme geraten zu sein, in denen eine Kamera durch die inneren Organe fährt. Es war kein angenehmes Gefühl.
Dorothy hörte auf einzuschenken und betrachtete die beiden Tassen kritisch. Dann goss sie noch einen Teelöffel Kaffee in die eine. Zufrieden reichte sie diese Carol und schob ihr das silberne Milchkännchen und die Zuckerdose hin. Dann sah

sie mit dem verzweifelten schwachen Lächeln eines Menschen auf, der kurz vor dem Zusammenbruch steht. »Es ist Sahne«, erklärte sie. »Nicht Milch. Tom mag nur Sahne im Kaffee. Mochte.« Sie runzelte die Stirn. »Mochte. Ich muss es mir immer wieder ins Gedächtnis rufen. Mochte, nicht mag.« Ihr Kinn zitterte.

»Es tut mir sehr leid«, versicherte Carol.

Der Blick, den Dorothy ihr zuwarf, war so scharfkantig wie eine Glasscherbe. »Tatsächlich? Tut es Ihnen wirklich leid? Ich dachte, Sie seien nicht so gut mit ihm ausgekommen.«

Verdammt. Was war aus der britischen Zurückhaltung geworden? »Es stimmt, wir waren manchmal nicht der gleichen Meinung. Aber man muss nicht mit jemandem befreundet sein, um seinen Wert schätzen zu können.« Carol spürte, dass sie auf der glänzenden Oberfläche der Heuchelei dahinglitt. »Er war sehr beliebt bei seinen jüngeren Mitarbeitern, sicher wissen Sie das. Und das, was er gestern geleistet hat … Mrs. Cross, er war sehr tapfer. Ich hoffe, man hat Ihnen das schon gesagt.«

»Das macht keinen Unterschied für mich, DCI Jordan. Für mich ist nur wichtig, dass ich ihn verloren habe.«

Sie brauchte beide Hände, um die Tasse an die Lippen zu führen. Es war seltsam, wie eine so große kräftige Frau nun so zerbrechlich wirken konnte. Aber Carol sah, dass sie kurz davorstand, zusammenzuklappen. Ihre ordentliche Frisur war merkwürdig asymmetrisch, ihr Lippenstift ein bisschen verschmiert.

»Seine Persönlichkeit hat dieses Haus und mein Leben ausgefüllt. Wir lernten uns kennen, als wir siebzehn waren, wissen Sie. Ich glaube, seit damals haben wir beide niemals jemand anderen auch nur angesehen. Ich fühle mich, als hätte ich eine Hälfte von mir selbst verloren. Es ist doch so: Wenn der eine irgendeine Einzelheit aus der Vergangenheit vergisst, fällt sie dem anderen wieder ein. Was mache ich nur ohne ihn?« Die Tränen ließen ihre Augen glänzen, und sie sprach mit erstickter Stimme.

»Ich kann es mir nicht vorstellen«, sagte Carol.

»Es ergibt keinen Sinn.« Sie berührte immer wieder ihren Ehering mit dem rechten Zeigefinger. Wieder warf sie Carol diesen scharfen Blick zu. »Ich bin ja nicht dumm. Ich weiß, dass es genug Leute gegeben haben muss, die ihm irgendwann einmal den Tod gewünscht haben. Leute, die er festnahm, die er verärgert hatte. Aber warum jetzt? Warum sieben Jahre nachdem er aus dem Polizeidienst ausgeschieden ist? Tut mir leid, aber ich glaube einfach nicht, dass jemand so lange an seinem Zorn festhält. Und die Leute, die er hinter Gitter gebracht hat – das waren keine Giftmischer. Wenn einer von denen hinter ihm her gewesen wäre, dann hätte der mit einer Flinte vor der Tür gestanden.«

»Da muss ich Ihnen zustimmen. Ich will ehrlich zu Ihnen sein, Mrs. Cross. Wir glauben, dass dies Teil einer größeren Ermittlung sein wird, aber ich kann Ihnen im Moment nicht sagen, worum es geht.« Carol nahm einen Schluck von dem hervorragenden Kaffee. »Ich weiß, Sie verstehen, wie das ist.«

Es schien, als schmerzte Dorothy der Gedanke, dass der Tod ihres Mannes kein einzigartiges Ereignis sein sollte. »Ich will den, der das getan hat, gefasst und bestraft sehen, DCI Jordan. Andere Ermittlungen, um die Sie sich sonst noch kümmern, sind mir egal.«

»Das kann ich verstehen. Und Toms Tod hat für uns absolute Priorität.«

Dorothy richtete sich auf dem Stuhl auf, wobei ihr beachtlicher Busen sich hob und senkte, und sah Carol abschätzig an. »Erwarten Sie, dass ich Ihnen das glaube? Mit fünfunddreißig Toten im Victoria-Park-Stadion?«

Carol setzte ihre Tasse ab und sah Dorothy direkt in die Augen. »Sie haben uns das weggenommen. Dafür ist jetzt das Antiterrorkommando zuständig. Wir konzentrieren uns auf Toms Tod, und ich kann Ihnen versichern, wenn es um Ermittlungen in Mordfällen geht, gibt es kein besseres Team als meines.«

Dorothy beruhigte sich etwas. Aber dass sie rund vierzig Jahre die Frau von Tom Cross gewesen war, hatte sie geprägt. »Meinem Tom den Bombenanschlag in Bradfield wegzunehmen, das hätten sie nie gewagt. Er hätte es John Brandon gezeigt«, versetzte sie und machte damit klar, was sie von Carol *und* Brandon hielt.

Carol sagte sich, sie habe es hier mit einer untröstlichen Witwe zu tun. Dies war nicht die rechte Zeit, Tom Cross' Ansichten über Polizeiarbeit zu diskutieren. »Ich hoffte, dass Sie mir helfen könnten nachzuvollziehen, wo Tom gestern war«, begann sie.

Dorothy stand auf. »Ich wusste, Sie würden das fragen, deshalb hab ich es für Sie herausgesucht. Ich bin gleich zurück.« Sie verließ geschäftig den Raum. Carol kam der Gedanke, dass, wenn es eine Filmbiographie über Tom Cross' Leben gäbe, man Patricia Routledge die Rolle seiner Frau geben müsste.

Dorothy kam mit einem Blatt Papier zurück und reichte es Carol. Während sie Kaffee nachgoss, las Carol einen Brief vom Rektor der Harriestown High School, in dem Tom gebeten wurde, als Sicherheitsberater bei einer Benefizveranstaltung tätig zu sein. Am unteren Rand hatte Cross neben einer Telefonnummer und dem Namen eines Restaurants den Namen Jake Andrews notiert. Darunter hatte er mit einem

anderen Stift, aber in der gleichen Handschrift das Datum vom Samstag, den Namen eines Lokals in Temple Fields und »dreizehn Uhr« vermerkt.
»Wissen Sie, wer Jake Andrews ist?«, fragte Carol.
»Er organisierte die Benefizveranstaltung. Tom sagte, sie sollte auf Pannal Castle stattfinden. Er und Jake waren vor zwei Wochen zusammen in einem feinen französischen Restaurant hinter The Maltings zum Lunch gewesen. Sie haben sich gestern im Campion Locks Pub getroffen und sind dann zum Lunch in Jakes Wohnung gegangen. Meinen Sie, dass es da passiert ist?«, wollte Dorothy wissen. »Ist Jake auch tot? Ermitteln Sie seinetwegen?«
»Ich höre seinen Namen zum ersten Mal. Kennen Sie seine Adresse?«
Dorothy schüttelte den Kopf. »Tom meinte, sie hätten den Treffpunkt im Campion Locks ausgemacht, weil Jakes Wohnung so schwer zu finden sei. Er sagte zu Tom, es wäre einfacher, wenn sie sich im Pub träfen und dann zu Fuß zu seiner Wohnung gingen.«
Carol versuchte, sich ihre Enttäuschung nicht anmerken zu lassen. Dieser Fall brachte eine Frustration nach der nächsten. Jedes Mal, wenn sie etwas hatte, das ein Anhaltspunkt zu sein schien, löste sich alles wieder in nichts auf. »Hat Tom noch etwas über Jake Andrews gesagt?«
Dorothy dachte einen Moment nach und fuhr sich übers Kinn, eine seltsame Geste, die Carol daran erinnerte, wie ein Mann sich über seinen Bart streicht. Schließlich schüttelte sie den Kopf. »Er sagte, dass er sich auszukennen schien. Das ist alles. Ist es da passiert?«
»Das wissen wir noch nicht. Bevor er zu Jake ging, wollte Tom da noch jemanden treffen?«
Dorothy schüttelte den Kopf. »Er hatte keine Zeit dazu. Sein

Taxi kam um halb eins. Gerade richtig, um es bis zur anderen Seite von Temple Fields zu schaffen.«
Dagegen konnte Carol nichts einwenden. »Hatte er Drohungen erhalten? Hat er je davon gesprochen, dass er Feinde hätte?«
»Nicht ausdrücklich.« Sie strich sich wieder über ihren nicht vorhandenen Bart. »Wie gesagt, die Leute, die ihn auf dem Kieker hatten, würden so etwas Ausgefallenes nicht machen. Er wusste, dass es Gegenden in Bradfield gab, in die er nicht gehen sollte. Orte, wo er zu viele der einschlägigen Kunden verknackt hat. Aber er hatte keine Angst um sein Leben, DCI Jordan.« Ihre Stimme klang belegt. »Er hat sein Leben genossen. Sein Boot, sein Golfspiel, seinen Garten …« Sie musste einen Moment innehalten, legte die Hand auf die Brust und schloss die Augen. Als sie sich wieder beruhigt hatte, beugte sie sich so nah heran, dass Carol jede Falte in ihrem Gesicht sehen konnte. »Fassen Sie ihn, wer immer es getan hat. Fassen Sie ihn und bringen Sie ihn hinter Gitter.«

Es war ein merkwürdiges Gefühl, wieder in seinem eigenen Haus zu sein. Kein Wunder, dass manche Leute sich unselbständig und bevormundet vorkamen. Nach nur einer Woche im Krankenhaus fühlte sich Tony, als seien ihm all seine Fähigkeiten abhandengekommen.
Er führte Sanjar ins Wohnzimmer und ließ sich mit plötzlich aufkommender Erleichterung auf seinen Sessel fallen. »Tut mir leid«, meinte er. »Wie Sie sehen, kann ich noch kein besonders guter Gastgeber sein. Dies ist das erste Mal seit einer Woche, dass ich zu Hause bin. Es ist keine Milch da, aber wenn Sie schwarzen Tee oder Kaffee möchten, bedienen Sie sich, bitte. Vielleicht ist sogar Sprudel im Kühlschrank.«
»Was ist mit Ihnen passiert?« Es war das erste Mal, dass San-

jar sprach, seit sie die Vale Avenue verlassen hatten. Im Taxi hatte er nichts gesagt, wofür Tony dankbar gewesen war. Er hatte nicht vorausgesehen, wie viel Energie ihm die körperliche Anstrengung abverlangen würde. Aber während der zwanzigminütigen Taxifahrt hatte er einige seiner Reserven wieder aufgefüllt.

»Ich glaube, der Fachbegriff ist ein durchgedrehter Verrückter mit Beil«, antwortete Tony. »Einer unserer Patienten im Bradfield Moor Hospital hatte einen psychotischen Schub. Er schaffte es, aus dem Zimmer auszubrechen und eine Feuerwehraxt in die Finger zu bekommen.«

Sanjar deutete auf ihn. »Sie sind der Typ, der die Pfleger gerettet hat. Sie waren in den Nachrichten.«

»Ja?«

»Nur in den Lokalnachrichten. Und es gab keine Bilder von Ihnen. Nur von dem Verrückten, der auf alle losgegangen war. Das haben Sie gut gemacht.«

Verlegen machte Tony sich an der Sessellehne zu schaffen. »Aber nicht gut genug. Jemand ist umgekommen.«

»Ja. Ich weiß, wie man sich dabei fühlt.«

»Sie hatten noch gar keine Gelegenheit zu trauern, oder?«

Sanjar starrte auf den Kamin und seufzte. »Meine Eltern haben jeden Boden unter den Füßen verloren«, sagte er. »Sie können es nicht begreifen. Ihr Sohn. Nicht nur, dass er tot ist, sondern dass er all diese Leute mit sich gerissen hat. Wie kann das sein? Ich meine, ich bin sein Bruder. Die gleichen Gene. Die gleiche Erziehung. Und ich kann's ja auch nicht fassen. Wie sollen sie es dann können? Ihr Leben ist zerstört, und sie haben einen Sohn verloren.« Er schluckte heftig.

»Es tut mir leid.«

Sanjar sah ihn misstrauisch an. »Was tut Ihnen leid? Mein Bruder war ein Mörder, oder nicht? Wir verdienen all den Mist, der auf uns zukommt. Wir verdienen es, die Nacht in einer Zelle zu verbringen. Wir verdienen es, dass unsere Wohnung auseinandergenommen wird.«

Sein Schmerz und Zorn waren offensichtlich. Tony hatte seine Karriere auf seiner Fähigkeit zur Empathie und seiner Vorstellungskraft aufgebaut. Er hätte nahezu alles getan, um die schreckliche Lage zu vermeiden, in der Sanjar sich befand.

»Nein, das tun Sie nicht. Es tut mir leid, dass es so schmerzhaft für Sie ist. Und es tut mir leid, dass Ihre Eltern dies durchmachen«, erklärte er.

Sanjar wandte den Blick ab. »Danke. Also, ich bin hier. Was wollen Sie über meinen Bruder wissen?«

»Was wollen Sie mir sagen?«

»Wie er wirklich war. Niemand will hören, wie mein Bruder Yousef wirklich war. Und zunächst müssen Sie wissen, dass ich ihn sehr gern hatte. Und ich könnte ehrlich keinen Terroristen gern haben. Ich hasse diese Leute, und Yousef tat das auch. Er war kein Fundamentalist. Er war nicht einmal ein richtiger Moslem. Mein Vater, der ist wirklich strenggläubig. Und ist so wütend auf mich und Yousef, weil wir das nicht sind. Wir beide finden immer eine Entschuldigung, nicht in die Moschee zu gehen. Als Kinder hörten wir auf, die Koranschule zu besuchen, sobald wir alt genug waren. Aber es ist doch so ...« Im Fortfahren warf er selbst die Frage auf, die Tony hatte stellen wollen: »Selbst wenn wir strenggläubig wären und jeden Tag in die Moschee gingen, hätten wir hier keine radikalen Parolen gehört. Der Imam der Moschee in Kenton ist überhaupt nicht für so was. Er ist einer, der predigt, dass wir alle Söhne Abrahams sind und lernen müssen, miteinander zu leben. Es gibt keine geheimen Treffen von Verschwörern hinter verschlossenen Türen, bei denen geplant wird, wie man Leute in die Luft sprengt.« Jetzt verließ ihn sein Schwung so plötzlich, wie er gekommen war.

»Ich glaube Ihnen«, sagte Tony und sah fast mit Vergnügen den Ausdruck verwirrter Überraschung auf Sanjars Gesicht.

»Wirklich?«

»Wie ich schon sagte, ich bin nicht überzeugt, dass Ihr Bruder ein Terrorist war. Was eine Frage aufwirft, die mich sehr interessiert: Warum sollte Yousef eine Bombe ins Victoria-Park-Stadion schmuggeln und ein Loch in die Vestey-Tribüne sprengen?« Tony erwähnte mit Absicht nicht die Toten. Beide würden sie die Opfer nicht so bald vergessen. Aber es war nicht nötig, sie in den Vordergrund zu rücken. Das Letzte, was Tony wollte, war, Sanjar noch stärker in die Defensive zu drängen.

Sanjars Mund zuckte und straffte sich dann zu einer geraden Linie. Einige Zeit verstrich, bevor er schließlich antwortete: »Ich weiß nicht. Es ergibt keinen Sinn.«

»Ich weiß, es wird sich verrückt anhören«, begann Tony. »Aber ist es möglich, dass er dafür bezahlt wurde?«

Sanjar sprang auf und trat einen Schritt auf Tony zu, die Hände zu Fäusten geballt. »Was soll das? Wollen Sie damit sagen, mein Bruder sei ein Auftragskiller gewesen oder was? Scheiße. Sie sind genauso verdreht im Kopf wie die Dreckskerle, die sagen, er sei ein Fanatiker gewesen.«

»Sanjar, Sie brauchen sich nicht so zu benehmen, als müssten Sie die Familienehre verteidigen. Nur Sie und ich sind hier. Ich muss Ihnen die Frage stellen, weil einiges darauf hinweist, dass Yousef dachte, er würde den gestrigen Nachmittag überleben. Dass er in der Lage sein würde, danach das Land zu verlassen. Und das ist ja nicht die Geistesverfassung eines Selbstmordattentäters. Ich muss deshalb versuchen, eine andere Erklärung zu finden. Okay? Nur das tue ich.«

Sanjar ging erregt auf und ab. »Sie haben den Falschen erwischt, Mann. Yousef war doch ein gutmütiger Typ. Er war der letzte Mann auf dem Planeten, der ein Killer hätte sein können.« Er schlug mit der Faust auf seine Handfläche. »Er ist nie in einem Ausbildungslager gewesen. Er war niemals in Pakistan oder Afghanistan. Verdammt, wir waren ja nicht mal im verflixten Lake District oder den Dales.« Er legte die Hände auf seine Brust. »Wir sind friedliche Menschen, ich und Yousef.«

»Er hat diese Leute umgebracht, Sanjar. Daran gibt es nichts zu deuteln.«

»Und es ergibt keinen Sinn«, murmelte Sanjar. »Ich weiß nicht, wie ich Sie dazu bringen soll, das zu verstehen.« Plötzlich hielt er inne und starrte auf den Tisch, auf dem jetzt Tonys alter Laptop stand. »Haben Sie kabellosen Internetzugang? Kann ich Ihren Computer einschalten? Ich will Ihnen etwas zeigen.«

»Nur zu.«

Sanjar wartete, bis der Rechner hochgefahren war, und klickte sich dann zu einem Blog namens DoorMAT, das Portal für Muslime gegen Terrorismus, durch. Inzwischen hatte es Tony geschafft, aufzustehen und herüberzukommen. Er lehnte sich ans Sofa und sah auf den Bildschirm. Auf der Startseite tippte Sanjar eine E-Mail-Adresse ein. »Sehen Sie«, sagte er. »Yousefs Adresse, nicht meine.« Als das Passwort verlangt wurde, gab er »Transit 350« ein. Er sah zu Tony hinüber. »Wir nehmen immer unsere Autos als Passwort. So vergessen wir es nicht.« Als er auf der Website angelangt war, klickte Sanjar einige Male mit der Maus, und eine Liste von Yousefs Beiträgen zum Blog erschien. Sanjar klickte aufs Geratewohl herum.

Okay, Salman31, ich lebe nicht in einer Stadt, in der die British National Party im Stadtrat sitzt. Aber ich weiß, wenn es so wäre, würde ich anders protestieren als der Pöbel auf den Straßen in Burnley und damit bessere Schlagzeilen machen. Die BNP-Schläger benehmen sich wie Wilde, das erwarten die Leute von Proleten mit rasierten Schädeln. Niemand regt sich über sie auf, aber wenn wir das Gleiche tun, haben wir plötzlich unseren guten Ruf verloren, sollten es besser wissen und so weiter und so fort. Wir müssen besser sein als sie, unbedingt müssen wir das.

»Wenn Sie seine Beiträge durchgehen, werden Sie sehen, dass alle so sind. Das hört sich nicht gerade nach einem Auftragskiller an, oder?«
»Nein«, pflichtete Tony bei und dachte, wie gern er einige Zeit mit Yousefs Beiträgen verbracht hätte, ohne dass sein Bruder ihm über die Schulter sah. »Sie haben das sehr gut dargelegt. Ist denn in letzter Zeit etwas anders gewesen? Hat Yousef sich verändert? War irgendetwas anders an ihm? Neue Freunde? Neue Gewohnheiten? Neue Freundin?«
Sanjar konzentrierte sich, und auf seiner Stirn erschienen Falten. »In den letzten sechs Monaten oder so ging's 'n bisschen auf und ab mit ihm«, berichtete er langsam. »Hat nicht viel gegessen, nicht geschlafen. War himmelhochjauchzend wie einer, der 'ne neue Freundin hat, dann wieder betrübt, als hätte sie ihn fallenlassen. Dann wieder glücklich. Ich habe ihn aber mit niemandem gesehen. Wir gingen manchmal zusammen aus, in Clubs oder einfach zum Essen mit Freunden, und er war mit keinem der Mädchen besonders viel zusammen. Ich hab ihn nie mit einem Mädchen gesehen, jedenfalls nicht in letzter Zeit. Er hat auch ziemlich hart gearbeitet,

einige neue Verträge abgeschlossen. Viele Besprechungen und so weiter. Er hatte also eigentlich keine Zeit für eine neue Freundin, oder?«

»Und er hat nie etwas gesagt?«

Sanjar schüttelte den Kopf. »Nein. Überhaupt nichts.« Er sah auf seine Uhr. »Hören Sie, ich muss gehen. Ich habe meinem Vater versprochen, bald zurück zu sein.« Er stand auf und streckte Tony die Hand hin. »Ich danke Ihnen, dass Sie mir zugehört haben. Aber ich glaube, das werden wir niemals begreifen.«

Tony suchte in seinen Taschen, bis er endlich eine Geschäftskarte fand. »Hier steht, wie Sie mich erreichen. Rufen Sie mich an, wenn Sie reden wollen.«

Sanjar steckte sie mit einem Ausdruck ein, der einem richtigen Lächeln bisher noch am nächsten kam. »Nichts für ungut, aber ich glaube, ich brauche keinen Psychiater.«

»Ich bin kein Psychiater. Nicht in der Art, wie Sie sich das vorstellen. Ich lasse keine Leute auf meiner Couch von ihrer unglücklichen Kindheit erzählen. Dabei langweile ich mich zu leicht. Ich suche nach praktischen Anwendungsmöglichkeiten der Psychologie in meiner Arbeit. Oft weiß ich nicht, welche das sein werden, bis es so weit ist. Ich kitte gern alles, was zu Bruch gegangen ist, Sanjar.«

Der jüngere Mann lächelte und griff nach dem Kuli und dem Notizblock neben dem Computer. Er kritzelte etwas darauf und legte ihn wieder auf den Tisch. »Meine Handynummer, ja? Rufen Sie mich an, wenn Sie reden wollen. Ich finde schon raus.«

Tony sah ihm nach und war zutiefst beunruhigt. Wie Sanjar gesagt hatte, die gleichen Gene, die gleiche Erziehung. Wenn Yousef Aziz seinem Bruder auch nur irgendwie ähnlich gewesen war, konnte sich Tony nicht vorstellen, wie es dazu hatte kommen können, dass er fünfunddreißig Menschen in die Luft gesprengt und ins Jenseits befördert hatte. Er wollte dringend seine Beiträge zu diesem Blog lesen. Aber vorher sollte er wohl besser ins Krankenhaus zurückkehren, bevor sie dort die Polizei anriefen. Carol wäre davon wirklich begeistert.

Kevin vermutete, dass Nigel Foster es während seiner eigenen Schulzeit niemals zum Rektor der Harriestown High School gebracht hätte. Der Mann, der damals die Verantwortung trug, hatte die Statur eines Rugbystürmers und eine Stimme wie ein Nebelhorn gehabt. Foster war groß und mit Anfang vierzig schon leicht vornübergebeugt. Sein Polohemd und seine Jeans schlotterten um seinen dünnen Körper. Sein Kopf und Nacken waren ausgezehrt wie bei einem erschöpften alten Mann. Aber sein Gesichtsausdruck war lebhaft, die Augen hell und wach. Er hatte vorgeschlagen, dass sie sich bei ihm zu Hause treffen sollten, aber Kevin hatte die HH ganz aus der Nähe und persönlich sehen wollen. Foster hatte eingewendet, dass es zu umständlich sei, die Sicherheitsanlage außer Betrieb zu setzen, also hatten sie einen Kompromiss geschlossen und sich auf die klapprige Holztribüne geeinigt, von der aus man den Fußballplatz überschauen konnte.

Kevin ergriff eine Welle der Sehnsucht nach den alten Zeiten. Er hatte sehr schöne Stunden auf diesem Rasen verbracht und konnte sich noch an manche der Spiele erinnern. »Ich habe sehr gern hier gespielt«, erzählte er. »Nicht viele Schulen hatten eine richtige Zuschauertribüne wie diese. Da konnte man fast glauben, es ginge um ein echtes Spiel.«

»Sie soll leider bald abgerissen werden«, sagte Foster mit angenehmer Tenorstimme und Spuren eines walisischen Akzents. »Das Amt für Arbeitsschutz und Unfallverhütung. Es sei zu teuer, die Brandschutzmaßnahmen durchzuführen, die notwendig wären.«

Kevin lächelte zynisch. »Wir verhätscheln sie heutzutage viel zu sehr.«

»Wir haben eine Kultur von Schuldzuweisungen und Prozessen entwickelt«, meinte Foster. »Aber ich sollte nicht Ihre Zeit verschwenden. Wie kann ich Ihnen bei Ihren Untersuchungen helfen, Sergeant?«

Kevin kam dies wie ein leiser Tadel vor, dass er die kostbare Zeit des Rektors an einem Sonntag in Anspruch nahm. »Drei Männer sind in letzter Zeit an verschiedenen giftigen Substanzen gestorben. Wir glauben, die Fälle könnten zusammenhängen, und eine der Verbindungen zwischen ihnen besteht darin, dass sie alle ehemalige Schüler dieser High School sind.«

Überraschung huschte über Fosters Gesicht. »Von Robbie Bishop wusste ich das natürlich. Aber gab es auch andere?«

»Sie haben die Sache bei all den Nachrichten über den Bombenanschlag vielleicht nicht mitbekommen. Aber gestern ist noch ein Mann gestorben, und zwar nicht an den Folgen der Explosion. Der frühere Kriminalkommissar Tom Cross.«

Foster runzelte die Stirn. »Er ist gestorben? Ich las, dass er einer der Helden des Tages war.«

»Die Nachricht von seinem Tod kam nicht mehr in die Morgenausgaben. Aber auch er starb an einer Vergiftung, ähnlich wie Robbie. Und ein dritter Mann, Danny Wade, noch ein ehemaliger Schüler. Ebenfalls vergiftet.«

»Das ist ja schockierend. Schrecklich.« Fosters Gesichtsausdruck zeigte die Erschütterung eines Priesters, der seinen Glauben verliert.

»Die Sache ist, sie waren alle reich. Und wir fragten uns, ob

Sie sie vielleicht zu einem Spendenprojekt zusammengebracht haben? Da sie alle ehemalige Schüler waren …« Kevin verstummte erwartungsvoll.

Foster schüttelte schnell den Kopf. »Nein. Nichts dergleichen.« Er stieß ein kurzes bitteres Lachen aus. »Es ist eine gute Idee, aber ich bin nie draufgekommen. Nein, ich habe sie niemals getroffen. Und soviel ich weiß, stand keiner von ihnen in Verbindung mit FHHS.«

»FHHS?«

»Freunde der Harriestown High School. Es ist ein Verband ehemaliger Schüler, der Schülertreffen organisiert und Spenden sammelt. Es überrascht mich, dass man Sie nicht wegen eines Beitritts angesprochen hat.«

Kevin starrte ihn ausdruckslos und direkt an. »Es wäre wohl richtig zu sagen, dass ich, vom Fußball mal abgesehen, hier nicht die beste Zeit meines Lebens hatte.« Ohne den Blick von Foster abzuwenden, zog er sein Notizbuch heraus. »Wir glauben, dass Tom Cross von jemandem, der sich als Sie ausgegeben hat, in den Tod gelockt wurde«, sagte er.

Foster fuhr förmlich zurück, als hätte Kevin ihn geohrfeigt. »Als mich?«, keuchte er.

Kevin sah kurz auf die Notizen hinunter, die er sich bei der Unterhaltung mit Carol Jordan erst ein paar Minuten vor dem Treffen mit Foster gemacht hatte. »Ein Brief auf Papier mit dem Briefkopf der Schule wurde anscheinend von Ihnen an Tom Cross geschickt. Sie baten ihn darin um Hilfe, die Sicherheitsmaßnahmen bei einer Benefizveranstaltung für die Schule zu übernehmen.« Kevin zeigte Foster die Telefonnummer. »Ist das die Nummer der Schule?«

Foster schüttelte den Kopf. »Nein. Auf keinen Fall. Ich kenne diese Nummer nicht.«

»Man erreicht einen Anrufbeantworter, der behauptet, man

sei mit der Harriestown High verbunden. Laut Superintendent Cross' Witwe hinterließ ihr Gatte eine Nachricht auf dem Band, und jemand, der sich als Sie ausgab, rief ihn zurück.«

Foster antwortete aufgeregt und nervös: »Nein. Das stimmt alles nicht. Nichts, was auch nur entfernt dem entspricht, ist jemals geschehen.«

»Ist schon gut, Sir. Wir betrachten Sie nicht als Verdächtigen. Wir glauben, dass jemand so getan hat, als sei er Sie. Aber ich muss diese Dinge mit Ihnen durchgehen.« Er hätte Foster am liebsten das Knie getätschelt, damit dieser mit seinem aufgeregten Gefasel aufhörte.

Foster nagte nervös an seiner Lippe und bemühte sich offensichtlich, die Fassung zu bewahren. »Gut. Tut mir leid, es ist einfach etwas verstörend, gesagt zu bekommen, dass man in die Ermittlungen zu einem Mordfall verwickelt ist.«

»Das kann ich nachvollziehen. Die Benefizveranstaltung sollte auf Pannal Castle abgehalten werden?«

»Nein, das ist ja verrückt. Ich kenne weder Lord Pannal noch irgendjemanden, der mit ihm zusammenhängt. Ich meine, es wäre wunderbar, dort so etwas zu veranstalten, aber nein. Es ist nie so etwas vorgeschlagen und schon gar nicht geplant worden.«

Kevin machte ohne Pause weiter. »Also, wieder laut Mrs. Cross hat die Person, die sich als Sie ausgab, ihrem Mann gesagt, er solle sich mit dem Organisator der Veranstaltung, einem gewissen Jake Andrews, treffen. Haben Sie jemals mit jemandem dieses Namens zusammengearbeitet? Jake Andrews?«

Foster antwortete schwer atmend: »Nein. Der Name sagt mir gar nichts.«

Kevin beobachtete ihn sorgfältig, sah aber kein Anzeichen,

dass der Mann log. »Ich muss in den Akten der Schule nachsehen«, sagte er.

Foster nickte, und sein Adamsapfel hüpfte auf und ab. »Wir erfassen seit einigen Jahren alles mit dem Computer, aber all die alten Sachen sind noch auf Papier da. Ich rufe die Schulsekretärin an. Sie weiß, wo alles zu finden ist. Wenn es einen Beleg für diesen Mann gibt, werden wir ihn finden.«

»Danke. Je eher, desto besser. Wir kommen vielleicht noch einmal, um mit einigen Ihrer langjährigen Mitarbeiter zu sprechen«, kündigte Kevin an und stand auf. »Noch eines, wo waren Sie gestern um die Mittagszeit? Etwa um ein Uhr?«

»Ich?« Foster schien sich nicht klar zu sein, ob er wütend oder aufgeregt sein sollte.

»Ja, Sie.«

»Ich war mit einer Gruppe von Freunden in Lancashire, um Vögel zu beobachten«, berichtete er und bewahrte seine Würde. »Wir kamen gegen Mittag an und blieben bis Sonnenuntergang. Ich kann Ihnen Namen nennen.«

Kevin zog eine Karte mit seiner E-Mail-Adresse heraus. »Schicken Sie sie mir. Ich freue mich, von Ihnen zu hören.« Nach einem letzten zögernden Blick auf den Fußballplatz ging er, und seine Mundwinkel zuckten und hoben sich zu einem Lächeln. Es kam nicht oft vor, dass das Leben ihm bei der Ausübung seiner Pflicht die Chance bot, einem Lehrer eins auszuwischen. Er wusste, dass es kleinlich war, genoss es aber trotzdem, sich im Namen seines sechzehnjährigen Ichs auf diese bescheidene Art und Weise zu rächen.

Das Campion Locks war in der Zeit, als auf den Kanälen Nordenglands Kohle und Wolle über die Pennines hin und her transportiert wurden, ein Wirtshaus für die Schiffer gewesen. Es stand etwas vom Kanal entfernt, nahe am Innenhafen, wo drei wichtige Wasserwege aufeinandertrafen. Als es gebaut wurde, war Temple Fields der wörtlich zu verstehende Name für diesen Ort. Jetzt taten sich statt der Tiere, die früher vor dem Pub gegrast hatten, Sonntagvormittagsgäste an Bruschetta und Bagels gütlich und besänftigten ihre strapazierten Mägen mit Eiern und geräuchertem Lachs.

Während sie näher kamen, sah sich Chris die bunte Menge der Gäste an. Sie stieß Paula in die Rippen und sagte: »Das ist jetzt aber voll in Ordnung. Jordan sollte uns öfter in solche Lokale schicken. Da passen wir genau hin, Schätzchen. Ich werde sonntags mal mit Sinead herkommen müssen, um sie daran zu erinnern, wie sich junge Liebe anfühlt.«

»Du hast Glück, dass du jemanden hast, den du daran erinnern kannst«, seufzte Paula. »Ich bin so weit, dass mir Sex wie die Erfahrung aus einem anderen Leben vorkommt.«

»Du musst mehr ausgehen. Musst dir 'n tolles Mädel suchen, das ein Lächeln auf dein Gesicht zaubert.« Chris bahnte sich einen Weg durch die Gäste, die auf der gepflasterten Fläche jenseits der Tische herumstanden und warteten, bis Plätze frei wurden.

»Das wird ja bei dieser Arbeit auch leicht passieren«, meinte Paula. »Jedes Mal, wenn ich einen Abend freihabe, will ich nur schlafen.«

Sie gingen hinein. Drinnen war es fast genauso voll, aber wegen der Schieferböden und der niedrigen Decke viel lauter.

»Apropos …«, hakte Chris nach. »Wie schläfst du denn zur Zeit?«

»Besser«, antwortete Paula knapp mit gesenktem Kopf, während sie in ihrer Tasche das Foto von Jack Anderson suchte.

»Da bin ich froh.« Chris wandte sich um und gab Paulas Ellbogen einen leichten Druck. »Wenn du mich fragst, ich finde, du hältst dich spitzenmäßig.«

Sie gingen auf die Bar zu, wo eine Thekenmannschaft aus drei Männern und einer Kellnerin versuchte, den Bestellungen von Getränken und Gerichten nachzukommen. Chris hielt einem der Männer ihren Ausweis hin, der aber laut lachte und sagte: »Das kann ja wohl nicht Ihr Ernst sein. Kommen Sie wieder, wenn der Ansturm vorbei ist.«
Normalerweise wäre sie so darauf erpicht gewesen, die Angelegenheit zu erledigen, dass sie dem Kellner Vorhaltungen gemacht hätte. Aber die Sonne schien, und sie hatten beide in den letzten vierundzwanzig Stunden zu viel Schreckliches gesehen. So viel Tod hatte Chris daran erinnert, dass es Zeiten gab, in denen es wichtig war, innezuhalten und den Duft der Blumen zu genießen. Also lächelte sie. »In diesem Fall nehmen wir zwei Radler.«
Sie fanden mit ihren Gläsern ein Stück Mauer am Kanal, auf dem sie gemütlich in der Sonne sitzen und unaufhörlich über die Vergiftungen und den Bombenanschlag sprechen konnten. Langsam lichtete sich die Menge, die Leute leerten ihre Gläser und gingen, um den Sonnenschein zu genießen. »Wenn wir beide in einer Fernsehserie mitspielten, käme jetzt der Zeitpunkt, an dem eine von uns einen messerscharfen Geistesblitz hätte, der den ganzen Fall lösen würde«, überlegte Chris und starrte gelassen auf den Kanal hinaus, wo ein bunt gestrichenes, schmales Boot die erste der drei Schleusen überwand, die in das Hafenbecken führten.
»Wenn wir im Fernsehen wären, hättest du niemals die Drinks bestellt«, betonte Paula. »Das wäre mein Job als zuverlässige, aber doofe Begleiterin gewesen.«
»Verdammt, ich wusste doch, dass ich was falsch gemacht habe.« Zögernd richtete sich Chris auf. »Wir sollten wohl an die Arbeit gehen, oder?«
An der Bar warteten keine drängelnden Menschenmassen

mehr darauf, bedient zu werden. Der Barmann sah, dass sie sich näherten, und kam hinter dem Tresen hervor, um sie zu begrüßen. Er sah aus wie ein Student, der sein Stipendium aufbesserte, und sein langes dunkles Stirnhaar und sein schmächtiges Kinnbärtchen sollten ihn wohl als künstlerisch und sensibel kennzeichnen. Da brauchte er bei seiner stämmigen Gestalt und dem Bierbauch alle Hilfe, die er bekommen konnte. »Was kann ich für Sie tun, Ladys?«, fragte er, und sein walisischer Akzent war jetzt klar erkennbar. »Tut mir leid wegen vorhin, aber sonntags zur Lunchzeit ist es so voll, da können wir es uns nicht leisten, eine Pause zu machen. Wir haben ja unser Angebot: Wenn Sie Ihr Essen nicht innerhalb von zwanzig Minuten nach der Bestellung bekommen, dann zahlen Sie nichts dafür.« Er machte ein verdrossenes Gesicht. »Und uns wird es vom Lohn abgezogen.« Er führte sie an einen kürzlich frei gewordenen Tisch in der hinteren Ecke und setzte sich. »Ich bin Will Stevens«, stellte er sich vor. »Ich arbeite an den Wochenenden hier.«

Sie nannten ihrerseits ihre Namen, und Chris fragte: »Hatten Sie gestern zur Mittagszeit Dienst?«

Steve nickte und wickelte eine Stirnfranse um den Finger. »Ja. Samstags ist es nicht ganz so verrückt. Worum geht es denn?«

Paula breitete mehrere Fotos auf dem Tisch aus. »Erkennen Sie irgendeinen dieser Männer als jemanden, der gestern hier war?«

Er zeigte direkt auf das Bild von Jack Anderson. »Der da.« Man sah ihm an, dass ihm etwas dämmerte. »Er war mit dem Mann hier, der gestern nach dem Bombenanschlag starb. Wie hieß er noch … es fällt mir gleich ein, heute früh kam es im Fernsehen, als wir bei den Vorbereitungen waren, und ich sagte: ›Der war gestern hier, ich hab ihn bedient.‹ Cross, das

war's. Hört sich so an, als wäre er gestern ein regelrechter Held gewesen.« Er schwieg. »Wurde da nicht gesagt, dass er Polizist war, bevor er in den Ruhestand gegangen ist?«
»Stimmt. Er hat also diesen Mann hier getroffen?« Sie zeigte auf das Foto von Anderson. »Zur Mittagszeit?«
»Genau. Cross war zuerst da. Er trank ein Glas, ich weiß nicht mehr was. Dann kam dieser jüngere Typ. Sie benahmen sich, als würden sie sich kennen. Er trank ein Glas von unserem Roten. Ich habe ihn nicht besonders beachtet, wir hatten zu viel zu tun. Als ich wieder hinsah, waren sie weg.« Er tippte auf das Foto von Jack. »Ich hab ihn schon öfter bei uns gesehen. Er trifft Leute hier, sie trinken einen, dann gehen sie alle zusammen weg. Immer der gleiche Ablauf. Er isst nie etwas hier. Ich glaube, es ist einfach ein praktisches Lokal, um sich mit Leuten zu treffen. Wahrscheinlich wohnt er in der Nähe.«
»Ich vermute, Sie kennen seinen Namen nicht?«
Stevens nickte und lächelte so selbstgefällig wie ein Kind, das bei einer Geburtstagsparty zufällig den besten Preis gewonnen hat.
»Doch. Er heißt Jake.«
»Sie sind sicher, dass es Jake war? Nicht Jack?«, fragte Paula.
»Jake. So hat ihn Ihr Mr. Cross genannt. Auf jeden Fall Jake.«
»Und sie haben nicht hier gegessen?«
Er schüttelte den Kopf. »Nein. Nur der eine Drink, dann sind sie verschwunden.«
Chris stand auf. »Danke, Mr. Stevens. Das hat uns sehr geholfen.«
Er sah auf und strahlte. »Gibt es eine Belohnung dafür?«

Unter Computerspezialisten gab es ein Gefühl der Verbundenheit, das alle anderen Unterschiede überwand. Carol mochte Chris Devine formell damit beauftragt haben, den Kontakt zum CTC herzustellen und zu halten, aber Stacey hatte schon ihre eigenen Beziehungen aufgebaut. Eines der vielen Dinge, die Computerfreaks begeistern, sind Hintertüren in die Systeme anderer Leute, und Stacey hatte eine bewundernswerte Sammlung davon. Wenn es um Tauschaktionen ging, hatte sie immer etwas zu bieten. Es konnte auch nicht schaden, dass sie aus der Sicht von Computerkollegen absolute Spitze war.
Wegen Aziz' Laptop hatte sie sich mit dem wichtigsten Computerspezialisten des CTC zusammengetan, einem rundlichen Typ in den Zwanzigern mit einem ungepflegten Pferdeschwanz und einem unzureichenden Begriff von Hygiene. Was Gerry an persönlichem Charme abging, machte er mit seiner Kenntnis der Systeme und seiner Bereitschaft zu tauschen wieder wett. Im Austausch für eine Hintertür in eine vertrauliche Datenbank der Sozialversicherung hatte er ihr den Zugang zum Amt für Zoll- und Steuerwesen Ihrer Majestät verraten, wahrscheinlich die einzige wichtige Regierungsstelle, auf die sie noch keinen Zugriff hatte. Sie waren sich beide bewusst, dass das, was sie taten, nicht legal war. Aber sie vertrauten auf ihre Fähigkeiten, das Gefängnis zu umgehen. Schließlich waren sie die einzigen Leute in ihren Institutionen, die über die Qualifikation verfügten, sich selbst zu erwischen.
Stacey hatte nicht erwartet, dass sie die neue Möglichkeit zur Akteneinsicht so bald brauchen würde. Aber als Carol ihr sagte, sie solle nach einem Jake Andrews suchen, der in Bradfield wohnte, und Chris sie anrief, um zu bestätigen, dass Jake Andrews und Jack Anderson ein und derselbe seien, war

sie erfreut über die Chance, sich mit ihrem neuen Spielzeug zu beschäftigen.
Allerdings war sie nicht erfreut darüber, dass Jake Andrews ein genauso unsichtbares Phantom war wie Jack Anderson. Von Anderson hatte es bis vor drei Jahren zumindest eine Spur gegeben. Aber Jake Andrews, wohnhaft in Bradfield, tauchte kein einziges Mal in den offiziellen Unterlagen auf. Stacey war selbst überrascht, wie heftig sie darauf reagierte. Sie war sich so sicher gewesen, dass sie mit ihrem einzigartigen Zugriff auf die Systeme die entscheidenden Informationen liefern könnte. Aber der Cyberspace hatte sie im Stich gelassen. Ein Schmalspurmörder war ihrem elektronischen Spinnennetz entkommen.
Wütender denn je marschierte Stacey in Carols Büro. Ihre Chefin sah von einem Stapel Zeugenaussagen auf, die das CTC ihrem Team zur Durchsicht geschickt hatte. »Hat's geklappt?«, fragte Carol.
»In den Unterlagen, auf die ich Zugriff habe, ist er nicht zu finden. Kein Telefon. Kein Handy. Keine Gemeindesteuer. Keine Sozialversicherungs- oder Steuernummer. Kein Fernseher angemeldet. Kein Kraftfahrzeug auf seinen Namen zugelassen. Kein Pass oder Führerschein. Keine Kredite aufgenommen. Er ist Mr. Nobody.« Sie wusste, dass sie klang wie ein kleines Kind, aber das war ihr egal.
Carol lehnte sich auf ihrem Stuhl zurück, streckte sich und verschränkte die Hände hinter dem Kopf. »Ich hatte nicht erwartet, dass Sie wirklich etwas finden«, gestand sie. »Aber wir mussten trotzdem suchen. Da er sich so viel Mühe gegeben hat, Jack Anderson zu beseitigen, glaube ich nicht, dass er so offensichtlich in eine andere, offiziell belegte Identität schlüpfen würde. Was meinen Sie?«
»Ich glaube, es gibt noch eine dritte Identität«, überlegte

Stacey. »Bestimmt sind all seine offiziellen Unterlagen unter *dem* Namen zu finden. Er benutzt Jack Anderson, wenn er die Leute anlockt, die ihn aus der Schule kennen könnten, und Jake Andrews für alles andere. Und die Identität Nummer drei ist diejenige, die Spuren hinterlässt.«
»Und das ist die, über die wir nichts wissen«, seufzte Carol, stand auf und ging um ihren Schreibtisch herum.
»Ich glaube, wir können davon ausgehen, dass er wieder die gleichen Initialen gewählt hat«, meinte Stacey. »Es ist das klassische Vorgehen von Betrügern. Seltsam, aber wahr.«
»Allerdings bringt das nicht viel, oder? Damit werden wir nicht vorankommen. Es ist ungefähr so nützlich wie Chris' und Paulas Barmann, der eine Belohnung dafür wollte, dass er zufällig einen Vornamen mitbekommen hatte.«
Stacey schüttelte den Kopf. »Eigentlich ist es doch nicht ganz ohne Wert. Ich habe ziemlich ausgefeilte Suchmöglichkeiten. Ich habe das Programm selbst entwickelt. Das könnte uns vielleicht doch etwas bringen.«
Carol sah etwas besorgt aus. Aber das war ein Ausdruck, den Stacey bei ihrer Chefin schon kannte. »Ich denke manchmal, Sie sollten mir gar nicht sagen, was Sie alles machen können, Stacey. Okay, legen Sie los. Tun Sie, was Sie können. Wir müssen diesen Kerl finden.« Sie trat hinter Stacey ins Einsatzzentrum hinaus. »Paula«, rief sie. »Ich habe einen Job für Sie.«

Die Schwester kam eilig mit Tonys Krankenblatt und seinen Tabletten herein und strahlte noch immer höchstes Missfallen aus. »Oh, gut, Sie sind noch hier«, konstatierte sie.
Er sah von seinem Laptop-Bildschirm auf. »Und ich hatte mir eingebildet, ich sei in einem Krankenhaus, nicht in einem Gefängnis.«

»Sie sind nicht ohne Grund hier«, entgegnete die Schwester. »Sehen Sie sich mal die Schwellung an Ihrem Bein an. Sie sollen nicht in der Gegend herumscharwenzeln, wann immer Sie Lust haben.«

»Die Physiotherapeutin hat gesagt, ich sollte mich heute anziehen und bewegen«, rechtfertigte er sich, nahm gehorsam die Pillen und schluckte sie mit einem Glas Wasser.

»Sie hat nicht gesagt, dass Sie das Gebäude verlassen sollen«, antwortete die Schwester streng, steckte ihm ein Thermometer in den Mund und fühlte ihm den Puls. »Bitte, verschwinden Sie nicht wieder, Tony. Wir haben uns Sorgen gemacht. Wir haben befürchtet, Sie wären irgendwo hingefallen und könnten niemanden rufen.« Sie zog das Thermometer heraus. »Sie können von Glück sagen, dass Sie nicht in einem schlimmeren Zustand sind.«

»Kann ich die Station verlassen, wenn ich Bescheid gebe, wohin ich gehe?«, fragte er gehorsam. Nicht dass er im Moment Pläne hatte, irgendwohin zu gehen, seine Energiereserven waren zu erschöpft für ein weiteres Abenteuer wie das von heute Vormittag.

»Solange Sie innerhalb des Gebäudes bleiben«, erklärte die Schwester streng. »Sie haben großes Glück, dass es heutzutage keine Oberschwestern alter Schule mehr gibt. Meine Tante war eine, wissen Sie. So eine hätte Sie an den Eiern aufgehängt.« Sie war schon halb aus der Tür, als sie stehen blieb. »Ach, ich hab's fast vergessen. Ihre Mutter ist heute vorbeigekommen. Sie war auch nicht sehr erfreut.«

Tony spürte, wie sich eine Last auf ihn herabsenkte. »Hat sie gesagt, wann sie wiederkommt?«

»Sie meinte, sie würde es später am Nachmittag noch einmal versuchen. Sehen Sie also zu, dass Sie da sind.«

Endlich allein, ballte Tony die Faust und schlug auf die Ma-

tratze ein. Er wollte durch den Besuch seiner Mutter wirklich nicht abgelenkt werden. Er funktionierte sowieso nicht auf normalem Niveau und brauchte seinen ganzen Scharfsinn, um sich auf den Bombenanschlag und die Vergiftungen zu konzentrieren. Trotz des Versprechens, das er der Schwester gegeben hatte, überlegte er, ob er am Nachmittag einen weiteren Ausflug in die Freiheit unternehmen sollte.
Aber jetzt musste er zunächst seine Energie wieder sammeln, indem er sich hinlegte und nichts Anstrengenderes tat als lesen. Er rief das Weblog auf, das Sanjar ihm gezeigt hatte. Die Beiträge von Yousef Aziz zu lesen war faszinierend. Hier war ein junger Mensch, intelligent, aber im Ausdruck nicht gewandt genug, um deutlich erklären zu können, was er sagen wollte. Viele seiner Beiträge waren Antworten auf die Reaktion von Leuten, die ein früheres Argument missverstanden hatten, weil er es nicht geschafft hatte, sich klar auszudrücken.
Das Gesamtbild, das Tony sich von ihm machte, war das eines jungen Mannes, den die Unfähigkeit der Menschen, friedlich zusammenleben zu können, frustrierte. Aziz respektierte die Ansichten anderer; warum konnten nicht alle verstehen, dass dies die einzig vernünftige Art zu leben war? Warum schienen einige Leute ein so großes Interesse am Konflikt zu haben?
Beim ersten Durchsehen der Zuschriften war Tony nichts aufgefallen. Aber als er die früheren noch einmal las und die späteren dabei noch im Kopf hatte, kam ihm eine Ahnung. Er sprang ein paarmal fast nach Belieben hin und her. Er hatte recht. Da hatte sich etwas getan. Etwas im Sinne von dem, was Sanjar ihm erzählt hatte. Jetzt musste er sich definitiv noch einmal auf den Weg machen.

Um die Fußballsaison der Premier League zu beenden, bedurfte es mehr als eines großen Bombenattentats. Paula entdeckte dies, als sie Steve Mottishead zu Hause aufsuchte, um über die alten Schulkameraden zu reden, deren Foto er der Polizei geschickt hatte. »Ich sehe mir gerade das Spiel an«, sagte er gereizt. »Chelsea gegen Arsenal. Ich habe Ihnen alles über Jack Anderson gesagt, als ich mit Ihnen gesprochen habe.«

»Wir können ja reden, während Sie zusehen, oder?« Paula lächelte lieb.

»Ja, na gut«, gab er nach, hielt ihr widerwillig die Tür auf und ließ sie hereinkommen. Steve Mottisheads Haus gehörte zu einer früheren Siedlung des sozialen Wohnungsbaus am Rand von Downton. Die Zimmer waren eher klein, aber das Haus lag direkt am Golfplatz, der die natürliche Grenze zwischen Moortop und Downton bildete. Deshalb war die Aussicht vom Wohnzimmer, in das er sie führte, imponierend.

Aber Paula war die Einzige, die sich für den Ausblick interessierte. Auf dem Sofa vor einem großen Fernseher lümmelten zwei weitere Männer herum, die auf jeden Fall der Gesinnung nach Brüder waren. Alle drei trugen England-Trikots, Trainingshosen und große, klobige Laufschuhe. Jeder hielt eine Dose Stella Artois in der Hand, und die Luft war dick vor lauter Zigarettenrauch. *So ein sportliches Leben*, dachte Paula und suchte sich einen Weg über ausgestreckte Beine zum anderen Ende des Raums, wo ein wackliger Esstisch mit vier zerbrechlichen Stühlen stand.

»Ich werde 'n Fernglas brauchen, wenn ich das Spiel von hier aus sehen soll«, beklagte sich Mottishead und kratzte sich am Bauch, während er sich auf einem Stuhl niederließ, der – so vermutete Paula – sein Gewicht nicht tragen würde. Mottishead knallte seine Dose auf den Tisch und nahm seine Zigaretten aus der Tasche. »Ich nehme an, Sie dürfen im Dienst kein Bier trinken?« Er zündete sich eine Zigarette an, was bei Paula den Wunsch auslöste, auch zu rauchen. Aber sie bemühte sich, es bei Befragungen zu unterlassen, selbst wenn der Gesprächspartner rauchte, denn sie befürchtete, dadurch schwach und abhängig zu wirken.

»Danke, nein. Ich bin überrascht, dass gespielt wird nach dem, was gestern war«, sagte Paula.

»So ist Fußball eben, Schätzchen«, antwortete einer der anderen. »Eine Haltung wie im Krieg während der Bombenangriffe. Das hat dieses Land groß gemacht. Zwei Minuten Schweigen, dann muss die Show weitergehen. Kein verdammter Paki-Bomber wird unser Nationalspiel aufhalten können.«

»Er meint es nicht so«, versicherte Mottishead. »Wir sind nur alle fassungslos über das, was gestern passiert ist. Wir waren nämlich dort.«

»Ja, waren wir«, bestätigte sein Kamerad mit der großen Klappe. »Warum sind Sie nicht da draußen und suchen die Kumpels von dem Scheiß-Bombenleger, statt Stevie zu stören?«

»Weil ich zu viel damit zu tun habe, den zu finden, der Robbie Bishop umgebracht hat«, erwiderte Paula. »Ich dachte eigentlich, das würde Ihnen recht sein.« Ihr Gegner räusperte sich und vertiefte sich demonstrativ in das Spiel. Paula wandte sich erneut an Mottishead. »Ich bin dankbar für das, was Sie uns schon mitgeteilt haben. Und es hat uns sehr geholfen. Aber ich möchte, dass Sie mir beschreiben, wie Jack Anderson war. Nicht die Fakten seines Lebens, sondern seine Persönlichkeit. Was für ein Mensch er war.«

Mottishead kratzte sich an seinem stoppeligen Kopf und grinste. »Er war immer für allerhand gut, der Jack. Nachdem

sein Dad gestorben ist, war es, als wäre er ein bisschen durchgeknallt. Als wollte er alles noch schnell in sein Leben reinquetschen, bevor er sterben würde. Mit den Mädels war er schockierend. Wenn sie nicht mit ihm schliefen, ließ er sie fallen wie eine heiße Kartoffel. Und wenn sie sich mit ihm einließen, dann wurde es ihm nach ein paar Wochen langweilig, und er machte wieder Schluss. Ich hab gehört, dass er sich für alles Mögliche interessierte – flotte Dreier, Fesselspiele –, was auch immer, er probierte es aus. Und wenn er es mochte, dann machte er es öfter. Trinken, Rauchen, Drogen – er musste immer der Erste sein, etwas zu versuchen, das gerade die Runde machte. Es war, als hätten die Bremsen versagt, nachdem sein Vater gestorben war, und auch später funktionierten sie dann nie wieder.«
Das klang nach einem Egomanen, dachte Paula. Der Kerl hatte Glück gehabt, dass sich ihre Pfade nie gekreuzt hatten. »Hat niemand versucht, ihm einen Dämpfer zu verpassen? Seine Mum? Oder Lehrer?«
Mottishead schob die Lippen vor und schüttelte den Kopf. »Seine Mum war die meiste Zeit mit sich selbst beschäftigt. Jetzt im Rückblick glaube ich, dass sie Valium wie Smarties eingeworfen hat. Und die Lehrer hatten kein Interesse an etwas, was außerhalb des Klassenzimmers vor sich ging. Jack war zu clever, um seine Leistungen in der Schule vor die Hunde gehen zu lassen. Er wusste, der sicherste Weg, Bradfield hinter sich zu lassen, war, sich Qualifikationen anzueignen. Und er wollte weg.«
»Hat er jemals erzählt, wie er es schaffen wollte, hier rauszukommen? Dachte er an eine Karriere?«
»Er sprach nie davon, womit er seinen Unterhalt verdienen wollte. Er sagte immer, er würde raketenmäßig abheben. Er würde uns alle hinter sich lassen und es nach ganz oben schaf-

fen.« Mottisheads Stirn schlug Falten, so sehr strengte er sich an, um sich zu erinnern. »Einmal, meine ich, sprachen wir in Sozialkunde über Ehrgeiz. Und der Lehrer redete lang und breit über diesen Tory, wie hieß er noch mal? Manche nannten ihn Tarzan …«

»Michael Heseltine?«

»Genau der. Also anscheinend hat der sich als Junge eine Liste von dem gemacht, was er in der Zukunft erreichen wollte. Ganz oben stand ›Premierminister werden‹. Na ja, das hat er nicht geschafft, ist aber verdammt nah dran gewesen, und alle anderen Sachen auf der Liste hat er geschafft. Der Lehrer erzählt also davon und dass man sich Ziele setzen sollte. Und wir denken alle: ›Eine Arbeit finden, eine Freundin haben, eine Jahreskarte fürs Victoria-Park-Stadion besitzen.‹ Aber nicht Jack. Er schreibt Zeug auf wie: ›Einen Ferrari haben. Ein Haus am Dunelm Drive besitzen. Millionär werden, bevor ich dreißig bin.‹ Wir lachten ihn alle aus, aber er meinte es ernst.«

»Hört sich ziemlich ehrgeizig an«, sagte Paula.

»So war Jack.« Mottishead wurde jetzt ernst. »Wenn Sie meinen, er hätte Robbie Bishop umgebracht, werde ich nicht derjenige sein, der im Fernsehen sagt: ›Ich kann's nicht glauben.‹ Bei dem Weg, den Jack schon vor so vielen Jahren eingeschlagen hat, da wäre Mord einfach ein weiteres Tabu, das er gebrochen hätte. Und er würde verdammt gute Arbeit leisten. Sie hätten alle Hände voll zu tun, ihn zu erwischen, ganz zu schweigen davon, ihn zu überführen.«

Paula überlief ein Schauder. »Diese Gruppe, mit der er beim Pubquiz mitmachte – ›The Funhouse‹, waren das Kollegen?«

»Nein, sie taten sich zusammen, weil sie alle diese Online-Spiele spielten. Zauberer und Zwerge, die ihre Kräfte messen, wissen Sie? Jedenfalls, sie fanden heraus, dass sie alle in der Nähe wohnten, und beschlossen, sich für das Pubquiz zusammenzutun. Nette Kerle, aber außer Jack richtige Besserwisser. Er passte eigentlich nicht so recht zu ihnen. Allerdings hätte er nie irgendwo reingepasst. Bei all dem Unfug, den er trieb, hatte er doch nie wirkliche Freunde. Nur Leute, die den Blödsinn mitmachten.«

»Und Sie haben keine Ahnung, wo er jetzt ist?«

»Keinen Schimmer. Tut mir leid. Ich hab rumgefragt, nachdem ich neulich mit Ihnen geredet hatte. Aber seit Jahren hat niemand eine Spur von ihm gesehen.«

»Das verstehe ich nicht«, sagte Paula. »Wir glauben, dass er eine Wohnung in Temple Fields hat. Wir meinen, dass er an dem Abend, als Robbie vergiftet wurde, im Amatis war. Er muss doch ausgehen. Ich kann nicht glauben, dass ihn niemand irgendwo gesehen hat.«

Mottishead nahm einen Schluck aus seiner Dose. »Vielleicht ist das so, weil er dort nicht wohnt. Viele von den extravaganten Wohnungen im Zentrum sind nur Zweitsitze für reiche Säcke, die woanders wohnen. Vielleicht hat's Jack ja doch geschafft. Vielleicht kommt er nur in die Stadt, wenn er jemanden umbringen will.«

Mit schmerzenden Händen und Schultern setzte Tony seinen Weg durch den Korridor im dritten Stock fort. Er konnte sich nicht erinnern, dass es vom Aufzug zum Einsatzzentrum so weit gewesen wäre. Aber auch die Korridore im Krankenhaus schienen seit jenem Morgen länger geworden zu sein.

Er hatte die Schwester angelogen, hatte behauptet, er ginge hinunter ins Café im Erdgeschoss, um zu lesen und eine gute Tasse Kaffee zu trinken, und man solle ihn für eine Weile nicht zurück erwarten. Die Wahrheit war, dass er am besten arbeiten konnte, wenn er dem Team gegenübersaß und direkt mit ihnen reden und ihnen zuhören konnte. Er wollte Carol Yousef Aziz' Blog-Botschaften zeigen, weil er befürchtete, sie kaum überzeugen zu können, ohne dass er ihr erklärte, was er meinte.

Und genauso wichtig war ihm, einem weiteren vernichtenden Zusammentreffen mit seiner Mutter aus dem Weg zu gehen.

Als er eintrat, war er enttäuscht, nur Stacey vorzufinden. Er hatte nichts gegen sie; es war unmöglich, keinen Respekt vor ihren Fähigkeiten zu haben. Und er wusste aus Erfahrung, wie wichtig ihr Geschick für den Erfolg des Teams gewesen war. In Bradfield liefen Leute herum, die es gar nicht mehr geben würde ohne Staceys tiefes Verständnis für Computer und den virtuellen Raum. Leider hatte sie die Kommunikation mit tatsächlichen Menschen nie richtig beherrschen gelernt. Er war in ihrer Gegenwart immer verlegen, vielleicht weil er verstehen konnte, wie sehr seine eigenen kommunikativen Fähigkeiten eingeschränkt wären, wenn er nicht so hart daran gearbeitet hätte, als normaler Mensch durchzugehen.

Tony humpelte durch den Raum und lächelte, als Stacey aufsah. Ihre Augen weiteten sich, und sie sprang auf und stellte einen zweiten Stuhl an ihren Schreibtisch. Er setzte sich dankbar hin und nahm seinen Laptop ab, den er sich umgehängt hatte. »Wir wussten nicht, dass Sie kommen würden.« Ihm war klar, dass es nicht als Vorwurf gemeint war, aber es hörte sich so an.

»Ich bin dort fast durchgedreht«, sagte er. »Und außerdem gehöre ich in einer solchen Zeit hierher.«

»Es ist schön, Sie wieder hierzuhaben«, erwiderte sie so me-

chanisch wie eine sprechende Puppe. »Wie geht es Ihrem Knie?«
»Es ist wahnsinnig unangenehm. Manchmal tut es sehr weh. Aber zumindest kann ich mit dieser Schiene und den Krücken gehen. Aber ich sollte nicht ständig an das Bein denken, und deshalb bin ich hier. Wissen Sie, wann DCI Jordan zurück sein wird?«
»Sie ist in einer Besprechung mit dem Chief Constable«, erklärte Stacey, schon wieder auf den Bildschirm starrend, denn an dem Geschehen dort war sie viel interessierter als an ihm. »Sie ist vor etwa zwanzig Minuten weggegangen und hat nicht gesagt, wann sie zurück sein würde.«
»Gut, dann warte ich. Ich muss wegen Yousef Aziz mit ihr sprechen.«
Stacey blickte kurz zu ihm hinüber. »Sie arbeiten an dem Bombenanschlag?«
»Und den anderen Sachen. Woran arbeiten Sie?«
Stacey lächelte zufrieden wie die Zeichentrickkatze, die einem Hund gerade etwas Schreckliches angetan hat. »Ich würde jetzt lieber nicht erzählen, wie ich's gemacht habe, aber ich habe alle Daten aus dem Computer von First Fabrics.«
»First Fabrics?«
»Das Textilunternehmen von Yousef Aziz' Familie. Ich habe die ganze Korrespondenz ausgedruckt und dann Sam aufgetragen, er solle sie in einer stillen Ecke lesen. Er kann die zwischenmenschlichen Dinge besser herauslesen als ich«, meinte sie.
»War das jetzt gerade ein Witz über Sie selbst?«, fragte Tony.
Sie warf ihm mit funkelnden Augen einen schnellen Blick zu. »Ich mag ja ein Cyborg sein, aber trotzdem habe ich Humor.«

Tony quittierte ihre Antwort, indem er scherzhaft salutierte. »Was sehen Sie sich gerade an?«

»Die Finanzen.«

»Und?«

»Es ist vor allem unheimlich langweilig. Sie kaufen Textilien von einem halben Dutzend Zulieferern und verkaufen fertige Kleidungsstücke an zwei Zwischenhändler weiter.«

»Zwischenhändler? Das verstehe ich nicht.«

Stacey nahm die Hand von der Maus. »Textilhandel mit vielen Partnern. Am Ende der Kette steht der Einzelhändler. Sie haben Lieferfirmen, die eigentlich Großhändler sind. Der Einzelhändler sagt dem Großhändler, was er kaufen will und welchen Preis zu zahlen er bereit ist. Der Großhändler geht zum Zwischenhändler und gibt die Bestellung auf. Der Zwischenhändler verteilt die Bestellung an die Hersteller. Die nicht unbedingt hier im Land sein müssen. Oder die vielleicht in illegalen Ausbeuterbetrieben fertigen. Manche legalen Produzenten wie First Fabrics stellen auch ihre eigenen Muster her, für die sie Bestellungen zu bekommen versuchen.«

»Es kommt einem ... sehr kompliziert vor?«

»Das sollte man meinen, oder? Aber anscheinend funktioniert es so. Und bei jedem Schritt können Profite gemacht werden. Wenn Sie ein Hemd in einem Geschäft für fünfundzwanzig Pfund kaufen, dann ist es gut möglich, dass der Hersteller nicht mehr als fünfzig Pence bekommen hat. Also müssen die Leute an den Maschinen viele Hemden herstellen, damit ihre Chefs ihren Betrieb weiterführen können.«

»Sind Sie nicht froh, dass Sie etwas gelernt haben, mit dem man mehr verdienen kann als mit Hemdennähen?«, meinte Tony seufzend.

»Und ob! Jedenfalls, wie gesagt, das ist das Tätigkeitsfeld von

First Fabrics. Stoffe kaufen, Kleidung herstellen. Kleidung an einen von zwei Zwischenhändlern verkaufen. Zumindest haben sie das bis vor etwa sechs Monaten getan.«

Tony wurde aufmerksamer. Alles, was mit Yousef Aziz vor sechs Monaten zu tun hatte, interessierte ihn sehr. »Was geschah da?«

»Eine bestimmte Firma taucht in den Büchern auf. Sie heißt B & R. Sie zahlt pro Stück mehr als die Zwischenhändler. Nach dem, was ich herausfinden konnte, liegt der Preis, den B & R an First Fabrics zahlt, etwa in der Mitte zwischen dem, was ein Zwischenhändler, und dem, was ein Großhändler dem Zwischenhändler zahlen würde.«

»Und das fing vor sechs Monaten an?«

Stacey klickte mit der Maus, und etwas Neues erschien auf dem Bildschirm. Sie drehte den Monitor in Tonys Richtung. »Hier.« Sie zeigte auf einen Eintrag in der Buchhaltung. »Da taucht die Firma zum ersten Mal auf.«

»Wer ist das also – B & R?«, fragte er.

Stacey schnalzte mit der Zunge. »Ich habe keinen Zugriff auf die Datenbank des Handelsregisters, und am Sonntag bekommt man keine detaillierten Informationen über Geschäftsführer und Prokuristen. Ich habe nur eine eingetragene Adresse, das Büro eines Steuerberaters in Nordmanchester und die Art des Betriebs.«

»Und die lautet?«

»Großhändler für Textilien.«

»Also hat First Fabrics aus irgendeinem Grund vor sechs Monaten die schöne Möglichkeit entdeckt, die Zwischenhändler auszubooten?«

»So ungefähr, ja.«

Er spürte, wie ungeduldig sie darauf aus war, mit ihrer Arbeit fortzufahren. »Das ist wirklich interessant. Jetzt muss ich mal telefonieren.« Er stieß sich mit dem gesunden Bein ab, rollte mit den Bürostuhl ein Stück beiseite und schwang sich herum, so dass er mit dem Rücken zu Stacey saß. Dann wählte er die Nummer, die Sanjar Aziz ihm gegeben hatte. Beim dritten Klingeln wurde abgenommen. Aber nicht von Sanjar.

»Hallo«, meldete sich eine Stimme. Sie war tief, vorsichtig und klang nach Manchester.

»Ist das die Nummer von Sanjar Aziz?«, fragte Tony genau so vorsichtig.

»Wer ist dran?«

»Hier spricht Dr. Tony Hill. Mit wem spreche ich?«

»Mr. Aziz ist im Moment nicht zu erreichen. Kann ich ihm etwas ausrichten?«

»Nein, danke«, erwiderte Tony und legte auf. Er wollte gerade Stacey fragen, wie er herausfinden könnte, ob Sanjar Aziz verhaftet wurde, als Kevin mit einem Bündel Papiere hereinkam.

»Hi, Tony«, grüßte er und sah aufrichtig erfreut aus, ihn zu sehen. Er lehnte sich an den Schreibtisch ihm gegenüber und stellte ihm die üblichen Fragen über den Verrückten mit der Axt und das Knie. »Sind Sie hier, um uns zu helfen?«

»Ich hoffe doch«, sagte Tony. »Ich muss mit Carol sprechen. Und Sie? Woran arbeiten Sie?«

»Dieses und jenes. Ich habe den Rektor der Harriestown High School besucht. Alle drei vergifteten Mordopfer waren dort Schüler, aber der Rektor meint, er hätte keinen von ihnen gekannt und auch die Falle nicht gestellt, mit der Popeye angelockt wurde. Soweit ich es beurteilen kann, sagte er die Wahrheit.«

»Warten Sie mal, was für eine Falle?«

Kevin fasste rasch zusammen, was Cross' Witwe Carol er-

zählt hatte. »Er überlässt nicht viel dem Zufall, oder?«, schloss er.
Tony sah nachdenklich aus. »Nein«, pflichtete er bei. Aber seine Gedanken fingen an, sich zu überschlagen. *Raffiniert, ausgefeilt. Du hast also deine Zielobjekte lange im Voraus ausgewählt. Du gehst Risiken ein, aber sie sind sorgfältig abgewogen, und du tust alles, um sie einzugrenzen. Du suchst die Verbindung zu deinen Opfern, aber du musst sie nicht sterben zu sehen. Ich glaube, du hast diese ganze Kampagne vom Anfang bis zum Ende durchgeplant. Und jetzt arbeitest du den Plan systematisch ab. Aber ich verstehe nicht, was du davon hast. Worin besteht der Nutzen für dich?* Er seufzte. »Und das bringt uns alles nicht sehr viel weiter. Also, was haben Sie jetzt vor?«
»Das Mobiltelefon von Aziz. Wir haben heute früh die Telefonabrechnungen bekommen, und ich hab mich eingeschlossen und alle Nummern überprüft.«
»Irgendwas Interessantes?«
Kevin schüttelte den Kopf. »Hauptsächlich Geschäftliches und Familie. Ein paar Freunde, aber deren Namen hatten wir schon. Nur eine Sache ist ein bisschen fragwürdig.« Er zeigte Tony eine Nummer. »Es ist ein Handy mit Prepaid-Karte, das unter falschem Namen und falscher Adresse gekauft wurde. Diese beschissenen Telefonläden würden ja sogar Osama bin Laden ein Handy verkaufen, wenn er das Geld auf den Tisch legte. Sie sind gehalten, sich einen Ausweis zeigen zu lassen, aber sie scheren sich einen Dreck darum. Jedenfalls, wie Sie sehen, gab es eine Menge Anrufe und SMS-Austausch zwischen den beiden Mobiltelefonen. Leider hat Aziz alle Nachrichten gelöscht. Ich habe versucht, dort anzurufen, aber niemand nimmt ab.«
»Wann haben diese Anrufe angefangen?«, fragte Tony.

»Weiß nicht. Aziz hat dieses Handy erst vor sechs Monaten gekauft. Die Anrufe sind mehr oder weniger von Anfang an da.«
Wieder die magischen sechs Monate. Bevor Tony noch etwas sagen konnte, flog die Tür auf, und Carol kam herein, über die Schulter mit jemandem im Korridor sprechend. Als sie sich umdrehte und ihn sah, schüttelte sie voll Verzweiflung den Kopf.
»Was treibst du denn hier?«, fragte sie. »Haben sie dich schon entlassen?«
»Eigentlich nicht«, antwortete er. »Ich wollte mit dir reden und auch meiner Mutter aus dem Weg gehen. Verstehst du?«
»Entschuldigen Sie uns bitte, Kevin? Es sei denn, Sie hätten etwas, das nicht warten kann.« Kevin zog sich zurück und ging an seinen eigenen Schreibtisch. Carol schob Tonys Stuhl weiter von Stacey weg und zog einen zweiten für sich heran.
»Bist du verrückt?«, schimpfte sie. »Sie behalten dich doch nicht ohne Grund im Krankenhaus.«
»Du klingst genau wie die Schwestern.«
»Na ja, vielleicht haben sie recht, hast du darüber mal nachgedacht?«
Er rieb sich das Kinn. »Ich muss arbeiten, Carol. Sonst kann ich nichts. Ich bin nicht geschaffen, die Ruhe zu genießen und an Blumen zu riechen.« Er sah einen Funken Verständnis in ihren Augen. Sie hatte einmal drei Monate lang versucht, ohne ihre Arbeit auszukommen. Es hatte sie nicht geheilt, sondern fast umgebracht. Niemand wusste das besser als er. Er zeigte auf seine Tasche mit dem Laptop auf Staceys Tisch. »Ich hab etwas mitgebracht und hätte gern, dass du's dir anschaust. Ich glaube, ich habe etwas entdeckt, aber ich bin mir nicht sicher, ob ich mir nicht etwas vormache, weil ich es sehen will.«

Carol holte den Laptop und wartete dann, während Tony die Datei öffnete, in der er Yousef Aziz' Blog-Texte gespeichert hatte. »Wo hast du das her?«, fragte Carol.
»Sanjar Aziz hat es mir gezeigt«, antwortete er, zerstreut auf den Bildschirm schauend.
»Wann hast du mit Sanjar Aziz gesprochen?«
»Heute Vormittag. Hier, sieh dir das mal an.«
Carol legte ihm eine Hand auf den Arm. »Du weißt, dass das CTC ihn zum Verhör geholt hat?«
Er starrte mit gesenktem Kopf auf die Tastatur hinunter. »Das hatte ich befürchtet.« Er rieb sich mit Daumen und Zeigefinger den Nasenrücken. »Er ist genauso wenig ein Terrorist, wie sein Bruder einer war.«
»Na ja, viele Leute hier würden diese Einschätzung nicht teilen«, entgegnete Carol. »Sein Bruder hat ein Fußballstadion in die Luft gesprengt, Tony. Es ist nicht unvernünftig von ihnen, ihn festzunehmen.«
»Warum haben sie es nicht gestern getan?«
»Sie wollten die muslimische Gemeinde nicht in Aufruhr versetzen. Sein Bruder kam um, seine Eltern und sein jüngerer Bruder trauerten, er würde nirgends hingehen.«
»Aber warum jetzt? Sie müssen eine Beerdigung vorbereiten. Wann wird die sein? Morgen? Werden sie Sanjar früh genug gehen lassen, damit er seinen Bruder beerdigen kann?« Seine Stimme wurde lauter, und Carol legte ihm wieder die Hand auf den Arm.
»Hat Aziz dir etwas Brauchbares erzählt?«
Tony berichtete ihr, was sie besprochen hatten und was er in Aziz' Blog-Zuschriften gesehen zu haben meinte. »Ich glaube, ich kann einen Gesinnungswandel bei ihm erkennen. Zuerst redet er davon, dass wir alle lernen sollten, in Respekt zusammen zu leben. Sein Ton ist eher verzweifelt als zornig.

Er sagt: ›Ich kann dies verstehen, warum können unsere Anführer, warum können alle anderen das nicht begreifen?‹ Aber nach und nach tritt ein Wandel ein. Am Ende klingt er viel zorniger. Als nehme er es persönlich, dass es diese kulturellen und religiösen Konflikte gibt, die das Leben der Leute belasten. Sieh mal, ich zeige dir, was ich meine.« Er fing an, zwischen den Beiträgen hin und her zu klicken, und zeigte ihr Beispiele. Nachdem sie ein Dutzend oder mehr durchgegangen waren, schaute er Carol erwartungsvoll an. Sein Selbstvertrauen, wurde ihm da bewusst, war fast so angeschlagen wie sein Bein. »Was denkst du?«

»Ich weiß nicht. Ich sehe, was du meinst, aber ich bin mir nicht sicher, ob es aussagekräftig ist. Ich bin mir nicht einmal sicher, in welche Richtung wir uns damit bewegen. Wenn Yousef Aziz nämlich kein Terrorist wäre, gäbe es keine terroristische Zelle, und wir verschwendeten alle unsere Zeit.«

»Das CTC tut das, aber du auf keinen Fall«, sagte Tony. »Es könnte etwas anderes sein. Vielleicht wurde er beauftragt, die Bombe auszuliefern, aber etwas ging dabei schief. Vielleicht wurde er erpresst, seine Familie bedroht. Es war vielleicht kein terroristischer Anschlag, aber das heißt nicht, dass nicht andere Leute da draußen in die Sache verwickelt sind. Wir sollten uns die Opfer anschauen, Carol. So fangen wir doch immer an. Wer ist gestorben? Wer waren diese Leute? Wem nützte ihr Tod? Ich brauche Informationen über die Opfer, Carol. Das ist es, was ich jetzt brauche.« Er war so aufgeregt, dass er die neu angekommenen Personen gar nicht bemerkte.

»Und wer ist das, Carol?«, fragte der Mann in der schwarzen Lederjacke mit dem kahlrasierten Schädel.

Tony runzelte die Stirn und legte den Kopf in den Nacken, um den Neuankömmling in seiner vollen Größe und Breite wahrnehmen zu können. »Ich bin Tony Hill«, stellte er sich vor. »Dr. Tony Hill. Und wer sind Sie?«

»Das geht Sie nichts an«, erwiderte er und wendete sich an Carol: »Was macht der hier? Es gibt bei diesem Fall nichts für Ihren zahmen Profiler zu tun.«

Carol drehte sich zu Tony um. »Das ist David. Er ist vom CTC, wie du zweifellos schon erraten hast. Ich hörte, man hat's dort nicht so mit Manieren.« Sie stand auf und trat David gegenüber. »Er arbeitet nicht an diesem Fall, sondern an einer anderen Sache. Sie haben es vielleicht nicht bemerkt, aber wir haben einen Giftmörder in unserem Zuständigkeitsbereich. Dabei hilft uns Dr. Hill.«

»Hoffen wir, dass man dafür nicht schnell irgendwohin kommen muss«, meinte David. »Allerdings – nach dem, was ich über Ihre Heldentaten gehört habe, ist es wahrscheinlich ganz gut, dass Sie nicht so mobil sind. Carol, verabschieden Sie sich. Wir brauchen Sie nebenan.« Er machte auf dem Absatz kehrt und ging hinaus.

»Herrgott noch mal«, explodierte Carol. »Was ist mit diesen Leuten los?«

»Er hat höchstwahrscheinlich einen kleinen Penis«, vermutete Tony. »Und er hat bestimmt das Gutachten gelesen, das ich für das Innenministerium erstellt habe und in dem es darum ging, wie das CTC aufgebaut sein sollte.« Er lächelte deprimiert. »Wenn sie auf mich gehört hätten, würde es nicht von Leuten wie ihm geführt werden.« Er zwinkerte ihr zu und war erleichtert, sie vor Lachen prusten zu hören.

»Komm, ich gehe mit dir zum Aufzug«, bot sie an.

»Du schickst mich weg?«, fragte er.

»Ja, aber nicht wegen diesem Trottel. Sondern weil du im Bett sein solltest. Du siehst elend aus. Ich versuche, später bei dir vorbeizukommen.«

Sie half ihm hoch und ging voran, damit sie die Tür öffnen konnte. Sie bewegten sich langsam den Flur entlang, und Tony merkte, wie schnell seine Energie dahinschwand. »Übrigens«, sagte sie, »du hast mich gefragt, in welche Schule Tom Cross ging. Paula hatte es schon festgestellt. Harriestown High School. Da ist also deine Verbindung, nehme ich an.«

»Ja, Kevin hat es mir gesagt. Das ist *eine* Verbindung«, meinte er und lehnte sich an die Wand neben den Aufzügen.

»Gibt es noch andere?«

»Glück, Carol. Sie hatten alle Glück.«

Carol war perplex. »Glück? Sie wurden alle vergiftet. Sie starben einen schrecklichen Tod. Wieso hatten sie Glück?«

Der Aufzug kam, und Tony stolperte hinein. »Das Glück hatten sie vorher. Und vielleicht war es das, was zu ihrer Ermordung führte.«

Es war spät, und als Carol endlich ins Krankenhaus fahren konnte, hatte sie die CTC-Posse gründlich satt. Die Nachtschwester versuchte, ihr etwas mitzuteilen, als sie an ihr vorbeischoss, aber sie war nicht in der Laune, sich zu unterhalten. Sie klopfte leise an Tonys Tür und drückte sie sachte auf in der Hoffnung, ihn nicht zu stören, falls er eingenickt war. Sollte er bereits fest schlafen, würde sie einfach das Bündel Ausdrucke über die Opfer des Bombenanschlags hinlegen und gehen.

Auf den Tisch neben seinem Bett fiel ein Lichtkegel, und Carol sah Tonys Hand, die einen Kugelschreiber hielt und auf einigen Unterlagen ruhte. Er war ganz benommen von den Medikamenten und dem Schlaf, sein Kopf war auf die Schulter gesunken. Aber seine Hände waren nicht die einzigen auf dem Tisch. Eine perfekt manikürte Klaue mit roten Krallen hielt die Blätter und führte seine Hand zu der richtigen Stelle.

»Guten Abend, Mrs. Hill«, begrüßte Carol sie laut.

Vanessa Hill versuchte, die Unterlagen wegzuziehen, aber Carol war zu schnell. »Was machen Sie da, verdammt noch mal?«, wollte Vanessa wissen. »Das geht Sie gar nichts an.«

Carol schaltete die Deckenlampe an.

Tony blinzelte heftig, als er zu sich kam. »Carol?«, fragte er. Aber sie war zu beschäftigt damit, die Papiere genau zu begutachten, die Vanessa von ihm hatte unterschreiben lassen wollen. Vanessa stürzte sich auf Carol, schoss um das Bett herum und versuchte verzweifelt, die Papiere in die Hände zu bekommen.

»Ich sollte Sie wohl daran erinnern, Mrs. Hill, dass ich Polizistin bin«, sagte Carol in einem Ton, den sie normalerweise nur den verachtenswertesten Verbrechern vorbehielt, mit denen sie zu tun hatte. »Tony? Was meinst du, worum geht es bei diesen Unterlagen, die deine Mutter unterschrieben haben will?«

Er rieb sich die Augen und setzte sich mühsam auf. »Es hat etwas mit dem Haus meiner Großmutter zu tun. Ich bin Mitbesitzer. Ich muss die Papiere unterschreiben, damit wir es verkaufen können.«

»Das Haus deiner Großmutter?« Carol wollte es genau wissen, bevor sie das sagte, womit sie vermutlich eine Bombe zum Platzen bringen würde.

»Ja.«

»Er weiß nicht, wovon er redet«, wandte Vanessa ein.

»Doch, ich weiß es«, versetzte er bockig wie ein übermüdetes Kleinkind. »Du bist schon dahinter her, dass ich sie unterschreiben soll, seit du mich hier gefunden hast.«

»Und hieß deine Großmutter Edmund Arthur Blythe?«,

fragte Carol und tat extra unschuldig, um Vanessa in Rage zu bringen.
»Wie können Sie es wagen«, zischte sie Carol an.
»Was?«, meinte Tony. »Wer ist Edmund Arthur Blythe?«
Vanessa stürzte sich wieder auf Carol, die sie bedenkenlos mit einem Faustschlag abwehrte. Vanessa taumelte zurück und stieß gegen die Wand.
Einen Moment stand sie mit bestürztem Gesicht da, die Hände vor den Mund geschlagen. Dann sackte sie wie ein Betrunkener an der Wand herunter und kauerte auf dem Boden.
»Nein«, jammerte sie. »Nein.«
Carol trat ans Bett und sagte: »Jemand, der glaubte, dein Vater zu sein.«

Montag

Tony hatte nicht über Edmund Arthur Blythe nachdenken wollen. Er hatte die Schwester um ein stärkeres Mittel als sonst gebeten, damit er garantiert schlafen konnte, weil er nicht wach liegen und über Edmund Arthur Blythe nachgrübeln wollte. Tony Blythe. Das wäre sein Name gewesen, wenn Vanessa den Mann geheiratet hätte. Er fragte sich, ob er je erfahren würde, warum das nicht geschehen war. Bei einer andersgearteten Frau hätte er entweder Vermutungen aufstellen oder sie einfach fragen können. Aber seine Mutter konnte er nicht fragen. Und zu raten war sinnlos, es gab so viele Möglichkeiten. Vielleicht war er mit einer anderen Frau verheiratet gewesen. Vielleicht hatte er vor einer Ehe mit Vanessa Angst bekommen. Vielleicht hatte sie ihm nie gesagt, dass sie schwanger war. Oder vielleicht hatte sie ihm gesagt, er solle sich davonmachen, sie sei allein besser dran. Dreiundvierzig Jahre hatte Vanessa seinen Namen und die Umstände ihrer Beziehung geheim gehalten. Tony glaubte nicht, dass sie es plötzlich für nötig befinden würde, dies zu ändern.

Vanessa hatte gestern Abend, bevor Carol sie hinauswarf, behauptet, ihr einziges Motiv sei gewesen, Tony vor dem Trauma zu bewahren, wenn er erfahren würde, dass sein Vater tot

sei. »Ihn vor mehreren hunderttausend Pfund schützen«, hatte Carol ganz ungerührt hervorgehoben.
Wegen der Wirkung der Medikamente hatte er eine Weile gebraucht, bis er begriffen hatte, was Vanessa ihm da zur Unterschrift hatte unterschieben wollen. Die Papiere hatten nichts mit dem Haus seiner Großmutter zu tun. Er hätte mit seiner Unterschrift formell seinen Anspruch auf den Besitz seines Vaters an seine Mutter abgetreten. Ein Besitz, der laut Carol ein Haus in Worcester, etwa fünfzigtausend Pfund an Ersparnissen und ein Boot umfasste.
»Sie ist eine Kriminelle, Tony«, hatte Carol gesagt. »Das war versuchter Betrug.«
»Ich weiß«, hatte er geantwortet. »Aber das ist in Ordnung.«
»Wie kannst du so verständnisvoll sein?«, hatte Carol frustriert gefragt.
»Weil ich es verstehe«, hatte Tony erwidert. »Was meinst du, was soll ich tun? Gegen meine Mutter Klage einreichen? Ich glaube nicht. Kannst du dir vorstellen, wie viel Schaden sie uns mit der Hilfe eines Anwalts vor Gericht zufügen könnte?«
Carol hatte nur zwei Sekunden gebraucht, um die Auswirkung dieser Aussage zu begreifen.
»Dann vergessen wir das«, hatte sie nachgegeben. »Aber wenn sie es noch einmal wagt, sich hier zu zeigen, dann unterschreib bloß nichts.« Und sie war gegangen und hatte die Unterlagen zur Sicherheit mitgenommen und stattdessen einen Stapel Informationen über die Bombenopfer dagelassen. Er war froh darüber. Es lenkte ihn von Edmund Arthur Blythe ab.
Und deshalb hatte er um Punkt sieben Uhr am Montagmorgen per E-Mail das Companies House, die Behörde, die das Handelsregister führte, um Informationen über die Firma B & R gebeten. Während er wartete, dass man ihm die Ergeb-

nisse der Suche schickte, begann er, sich durch die Liste von Yousef Aziz' Opfern durchzuarbeiten.
Es war eine niederschmetternde Aufstellung. Acht Kollegen von einer Versicherung, die die Geburt eines Kindes feierten; der Rektor einer Grundschule und seine Frau; die Führungskräfte der Firma, die die Computer für die Grundschule gestiftet hatte, und ihre Gäste; drei Musiker einer hiesigen Band, die gerade ihre erste CD herausgebracht hatten; ein Motivationsguru mit seinen zwei jugendlichen Söhnen zusammen mit dem Geschäftsführer des Mountainbike-Herstellers, der sie eingeladen hatte; drei Männer, Freunde seit ihrer Kindheit und einer Gruppe erfolgreicher Geschäftsleute zugehörig, die eine Jahreskarte für diese Loge hatte. Die traurige Liste ging noch weiter – das jüngste Opfer war der siebenjährige Sohn eines Parlamentsabgeordneten, das älteste ein vierundsiebzigjähriger Autohändler im Ruhestand.
Auf den ersten Blick gab es keinen offensichtlichen Kandidaten für eine Ermordung. Aber andererseits hatte niemand eine gründliche Hintergrundrecherche über die Opfer durchgeführt, weil niemand im Ernst eine andere Erklärung als Terrorismus in Betracht gezogen hatte. Tony konnte nicht begreifen, wieso Carol nicht mehr Begeisterung zeigte. Sie hatten so lange so eng zusammengearbeitet, dass ihr erster Impuls sein müsste, ihm zu vertrauen. Aber es war, als nehme sie seinen Unfall als Vorwand, um seine professionelle Beurteilung der Lage abzulehnen. Wenn sie es nicht mit dem CTC aufnehmen wollte, na schön, das konnte er verstehen. Aber er begriff nicht, warum sie das ihm gegenüber nicht offen thematisierte, um die zögerliche Reaktion auf seine Ideen zu erklären. Sie hatten all diese Jahre zusammengearbeitet, hatten eine große Vertrautheit entwickelt, indem sie ihre Ideen gemeinsam besprachen, und hatten sich immer beigestanden.

Sicher, Carol hatte seine Mutter weggescheucht. Aber was war mit ihrer beruflichen Beziehung passiert?
Sein Laptop zeigte mit einem diskreten Klicken an, dass eine neue E-Mail angekommen war. Erwartungsvoll öffnete er sie. Da hatte er in allen Details die geschäftlichen Informationen über B & R vor sich. Der Schriftführer war der Steuerberater, dessen Adresse Stacey schon hatte. Die beiden Geschäftsführer waren Rachel und Benjamin Diamond. Mit einer Adresse in Bradfield. Tony zog scharf die Luft ein und nahm sich die Angaben zu den Opfern vor.
Hastig ging er die Blätter durch. Schließlich zog er eine Seite heraus. Sein Puls raste, und er spürte, wie das Adrenalin ihn anspornte. Er hatte es richtig in Erinnerung gehabt. Egal was Carol dachte, sein Gehirn funktionierte einwandfrei. Er wusste genau, wo er diesen Namen heute früh schon einmal gesehen hatte. Er legte das Blatt auf seinen Laptop und verschlang den Text. Das konnte kein Zufall sein. Jetzt würde Carol auf ihn hören müssen.

Carol erkannte die HOLMES-Abteilung kaum wieder, so gründlich hatte das CTC den Raum in Beschlag genommen. Sie hatten den ganzen Bereich mit ihren Tafeln für gesammelte Informationen aufgeteilt, ihre Computer und Peripheriegeräte bedeckten jeden Schreibtisch. Die Luft roch stechend nach Männerschweiß und Zigarettenrauch. Offensichtlich galt das Rauchverbot nicht für diese auserwählten, gottgleichen Wesen.
Als Carol eintrat, spürte sie, dass sich die Atmosphäre veränderte. Es passierte jedes Mal, wenn sie diesen Teil des Gebäudes betrat, der zuvor zu ihrem eigenen Territorium gehört hatte. Ein Moment der Reglosigkeit – wie bei Hunden, die einen Fremden riechen, die Stille, bevor sich die Nacken-

haare aufrichten. Die Männer mochten es nicht, wenn sie hier war, sie wollten, dass sie sich vor ihnen und ihrer Männlichkeit fürchtete. Carol überlegte – und das nicht zum ersten Mal –, wie viele von ihnen wohl ihre Geschichte kannten, von der Vergewaltigung wussten und davon, dass John Brandon sie vom Rande des Abgrunds wieder zurückgeholt hatte. Sie würde jede Wette eingehen, dass diese Männer, selbst wenn sie von dem gewaltsamen Übergriff gehört hatten, doch nichts von dem Verrat wussten, der damit im Zusammenhang stand. Denn der Verrat warf auf Männer wie sie kein gutes Licht.

»Ich bin hier zur Besprechung«, sagte sie zu dem Kerl, der in der Nähe der Tür saß.

Mit versteinertem Gesicht loggte er sich aus dem Computer aus und ging mit ihr ans andere Ende des Raums, wo David und Johnny hinter Trennwänden ihr Lager aufgeschlagen hatten. Bevor sie sich gesetzt hatte, beugte sich David schon vor, die Ellbogen auf die Knie gestützt, und erklärte: »Es läuft nicht sehr gut für uns hier, Carol. Alle, über die wir Informationen hatten, hier in Ihrer schönen Stadt, haben wir verhaftet. Aber es scheint, dass niemand unseren Freund Yousef kannte. Mit seinem Bruder verschwenden wir nur unsere Zeit. Er hat ungefähr so viel politisches Bewusstsein wie ein Toilettensitz. Und die sogenannten Freunde unseres Bombenlegers ebenso.« Er sprang auf, fing an, hin und her zu gehen, und zog dabei eine Schachtel Zigaretten aus seiner Jacke.

»In diesem Gebäude herrscht Rauchverbot«, sagte Carol.

»Was werden Sie tun? Mich verhaften?«, fragte David mit höhnischem Grinsen.

»Ich dachte, ich könnte Ihnen das Wasser hier über den Kopf gießen.« Carol zeigte auf den Krug auf dem Tisch. Ihr Lächeln

war so messerscharf, dass sie damit einen Sack von oben bis unten hätte aufschlitzen können.
David warf die Zigarette frustriert auf den Tisch. »Ich habe keine Lust, mich mit Ihnen zu streiten«, meinte er. Kein schlechter Versuch, das Gesicht zu wahren, aber Carol wusste, dass sie einen kleinen Sieg errungen hatte. Zweifellos würde sie irgendwann dafür zahlen müssen, aber im Moment schien es das wert zu sein.
»Wir haben uns gefragt, ob Sie irgendwelche Informationen haben, die uns nicht weitergeleitet wurden«, schaltete sich Johnny ein. »Nicht unbedingt über Yousef, aber über islamische Militante allgemein.«
Carol schüttelte den Kopf. »Wir überlassen das Ihnen. Alles, was wir bekommen, erreicht uns zufällig im Zusammenhang mit anderen Dingen, und wir geben es üblicherweise weiter. Wir halten keine Informationen über Terroristen zurück.«
»Was halten Sie denn dann zurück?«, stürzte sich Johnny auf ihre vorsichtige Ausdrucksweise. »Na, kommen Sie, Carol. Wir sind ja nicht blöd. Zeilen sind dazu da, dass man zwischen ihnen liest.«
Sie wurde durch die Ankunft eines dritten Mitglieds ihrer Verschwörerrunde gerettet, das sich nicht einmal dazu herabließ, einen Decknamen zu nennen. Er warf einen fragenden Blick auf Carol.
»Ist schon in Ordnung«, meinte David.
»Von der Kriminaltechnik«, verkündete der dritte Mann und warf einen Hefter auf den Tisch. »Zur Bombe. Sie hatten Glück. Aufgrund der Beschaffenheit des Raums blieb der Zündmechanismus relativ gut erhalten. Genau das, was man erwarten würde. Abgesehen von einem Detail. Sie sagen, es gab zwei Auslöser. Einen, den man per Hand, und den anderen, den man per Fernbedienung betätigen konnte.«

»Was bedeutet das?«, wollte Carol wissen.
David nahm den Hefter und überflog das Blatt Papier darin. »Sie wissen es nicht. Wir haben so was noch nie gehabt. Wir werden es unseren Cousins zeigen müssen, vielleicht haben sie Erfahrung damit.«
»Sie meinen die Amerikaner?«, fragte Carol. David nickte. »Warum sagen Sie das nicht einfach?« Sie verdrehte die Augen. *Kleine Jungs und ihre Spielchen.* »Also, Sie haben doch selbst viel Erfahrung, was würden Sie denn vermuten, was es zu bedeuten hat?«
Der dritte Mann ließ sich auf einen Stuhl fallen, als wolle er ihn für eine Beleidigung bestrafen. »Nein«, widersprach er. »Bei uns gibt es keine Vermutungen. Wir bevorzugen Rückschlüsse und Folgerungen. Ich persönlich glaube, dass er den Auslöser manuell betätigen und sich dann davonmachen wollte. Wenn das Ding dann nicht zündete, hätte er sein Handy als Fernzünder benutzen können.«
David warf ihm einen Blick zu, wie ihn Priester sich normalerweise für Ketzer aufheben. »Willst du damit sagen, dass es sich nicht um ein Selbstmordattentat handelt?«
»Ich sehe mir die Sachlage an und versuche, ihren Sinn zu erschließen«, erwiderte er. »Das heißt nicht, dass er kein Terrorist ist. Die Scheiß-IRA hat es auch geschafft, absolutes Chaos anzurichten, ohne dass sie sich in die Luft sprengte. Macht Sinn. Wenn man sich schon die Mühe macht, jemanden auszubilden, um diesen Mist auszuführen, dann kann man ihn ja auch bei mehr als einer Mission einsetzen.«
Es hatte tatsächlich eine gewisse Logik, dachte Carol. »Seltsamerweise haben wir über etwas Ähnliches nachgedacht«, sagte sie.
Alle drei Köpfe drehten sich in ihre Richtung. »Sie haben was?« David klang entrüstet.

»Wir haben uns sogar gefragt, ob es sich überhaupt um Terrorismus handelte«, fuhr sie fort. »Dr. Hill hat die Frage aufgeworfen, ob Yousef sozusagen ein angeworbener Killer sei.«
Der dritte Mann explodierte vor Lachen. »Sie machen mir ja Spaß«, japste er. »Ich bin begeistert. Ich meine, man braucht einen Auftragskiller. Wen ruft man an? Den Geschäftsführer einer Textilfirma. Leuchtet doch ein.« Er schlug sich auf den Schenkel. »Außerdem, wer wird fünfunddreißig Leute auf einen Schlag umbringen? So operieren Gangster nicht, Süße.« Er lachte wieder. »Unschlagbar.«
»Das reicht jetzt«, wies Johnny ihn leise und mit gefährlich schmalen Augen zurecht.
Er wandte sich an Carol. »Und die Schlussfolgerung? Yousef Aziz war ein Moslem. Ein bedeutender Anteil der Muslime hasst uns. Sie wollen uns ins Jenseits befördern und diejenigen der Scharia unterwerfen, die übrigbleiben. Sie wollen kein friedliches Zusammenleben, sie wollen uns zerstören. Das reicht doch bestimmt, oder? Das ist das, was sich hier abspielt, Carol.«
»Auftragsmord«, wiederholte der dritte Mann. »Ich find's klasse.«
Carol stand auf. »Es hat keinen Sinn, mit Ihnen zu reden, oder? Ihr lebt in eurer eigenen kleinen Luftblase. Wenn ihr 'ne Pause bei eurem Spektakel braucht, wisst ihr ja, wo wir zu finden sind.«
Sie marschierte hocherhobenen Hauptes aus dem Raum. Als Tony sie vor der Besprechung angerufen hatte, hatte sie sich gefragt, ob er noch ganz bei Verstand war. Er sah Gespenster in den natürlichen Zufällen des Lebens. Jetzt wünschte sie sich nichts sehnlicher, als dass er recht haben möge. Nichts käme ihr gelegener, als diesen Kerlen eine andere, korrekte

Schlussfolgerung an die arroganten Köpfe werfen zu können.

Das Problem war nur, dass sie in der wirklichen Welt lebte. In der Wünsche meistens nicht in Erfüllung gehen.

Tony rief Sanjar Aziz erneut an, weil er hoffte, man habe beim CTC festgestellt, dass er harmlos sei. Andernfalls musste er den Rest der Familie aufspüren, um herauszufinden, ob sie das Dunkel um B&R erhellen konnte. Er wollte Rachel Diamond nicht ohne Vorbereitung gegenübertreten. Diesmal nahm Sanjar selbst ab. »Ja?«, sagte er und klang genervt. Tony fiel ein Stein vom Herzen.

»Hier ist Tony Hill, Sanjar. Es tut mir leid, ich habe gehört, dass man Sie abgeholt hatte.«

»War ja früher oder später zu erwarten gewesen, oder? Zumindest ließen sie mich früh genug gehen, so dass ich es zu Yousefs Begräbnis geschafft habe.« Er klang erstaunlich ruhig für jemanden, der gerade eine Nacht in Haft verbracht hatte, statt für seine trauernde Familie da sein zu können.

»Das ist heute, oder?«

»Heute Nachmittag«, bestätigte Sanjar. »Es wird ziemlich seltsam werden. Offenbar ist nichts übrig, das man beerdigen könnte.« Tony hörte ihn schwer atmen. Sanjar lachte schwach. »Ich weiß nicht, wie wir es anstellen werden, ihn in Richtung Mekka zu legen.«

»Es tut mir leid. Wie geht es Ihnen?«

»Was meinen Sie? Meine Mutter ist am Boden zerstört, mein Vater sagt kein einziges Wort, und mein kleiner Bruder ist todunglücklich und hat schreckliche Angst bei dem Gedanken, wieder in die Schule gehen zu müssen.« Er seufzte. »Tut mir leid, sie haben das nicht verdient. Was wollen Sie denn? Warum rufen Sie mich an?«

»Ich muss Ihnen ein paar Fragen stellen. Hat mit der Arbeit zu tun.«

»Arbeit? Sie meinen mit First Fabrics?«

»Ja. Was können Sie mir über eine Firma sagen, die sich B & R nennt?«

»B & R? Das war Yousefs große Idee, wie wir unsere Geschäfte anders abwickeln könnten.«

»Was meinen Sie damit?«

»Die Gewinnspannen sind inzwischen verdammt niedrig, Mann. Deshalb mussten wir den Zwischenhändler einsparen, um unseren Gewinn zu steigern. B & R ist ein Großhändler, sie verkaufen direkt an die Einzelhändler. Sie haben einige ganz gute Kunden. Sie passen prima zu uns.«

»Das war also Yousefs Idee?«, fragte Tony.

»Na ja, wir hatten früher schon mal darüber gesprochen, aber er hat es tatsächlich auf den Weg gebracht. Sehen Sie, das Problem beim Übergehen des Zwischenhändlers ist, dass er derjenige ist, der die Arbeit bei einem in Auftrag gibt. Er legt fest, was tatsächlich hergestellt werden soll. Selbst wenn es unser eigenes Design ist, das einem Laden unter unserem Namen angeboten wird, ist er der Mann dafür. Wenn man den Zwischenhändler verstimmt, bleiben plötzlich weitere Bestellungen aus.«

»Wie hat Yousef das gelöst?«

»Wir haben unsere Produktion gesteigert. B & R verkauft nur Modelle von uns, die exklusiv für sie gefertigt sind. So sieht der Zwischenhändler keine Veränderung in unserem Engagement. Wir machen ihm keinen Ärger, er versucht nicht, uns an die Wand zu drücken, und wir haben ein neues Profitcenter.«

Sanjar klang erschöpft, als wäre es ihm völlig egal, ob First Fabrics einen Gewinn machte.

»Yousef ist also einfach hingegangen und hat das mit B & R geregelt?«, erkundigte sich Tony.

»Er hat gern behauptet, dass er das getan hat, aber es war eher ein Zufall. Yousef hatte einen unserer Zwischenhändler, Demis Youkalis, besucht. Nur damit Sie es wissen, Kerle wie Demis behandeln Typen wie uns, als wären wir blöde Trottel, die nur auf dem Planeten sind, um ihnen den Tag zu verderben. Nur weil die Zyprioten fünf Minuten vor uns aus dem Flugzeug gestiegen sind. Jedenfalls war Demis nicht da. Er kam so viel zu spät, dass er schon seinen vorigen Termin verpasst hatte, den mit dem Vertreter von B & R.«

»War das Benjamin Diamond?«

»Keine Ahnung. Yousef sagte nur ›der Typ von B & R‹. Sie kamen ins Gespräch, und der B & R-Typ erzählte, wie gut ihm unsere Sachen gefielen und wie schade es sei, dass Demis Geld an uns beiden verdiente, wo er doch im Grunde kaum etwas dafür tat. So redeten sie noch ein bisschen, dann gingen sie in ein Café und versuchten, eine andere Art des Geschäftemachens auszuknobeln. Und so kamen wir dahin, wo wir jetzt sind, nämlich, dass wir direkt mit B & R handeln.«

»Mit wem hatte Yousef bei B & R zu tun?«

»Keine Ahnung. Er traf sich regelmäßig mit ihnen, ging neue Modelle und Produktpaletten durch, aber das war ja seine Arbeit. Ich weiß nicht, wer sein Gegenüber war. Es ist ja nicht so, als würden wir mit ihnen als Bekannte verkehren, Sie wissen, was ich meine?«

»Nein«, antwortete Tony. Es war eine Lüge, aber er wollte hören, ob Sanjar wusste, wer B & R war. »Was meinen Sie?«

»Es sind Juden, Mann. Es ist kein Problem, wenn es ums Geschäft geht, ihr Geld ist so gut wie das von jedem anderen. Aber wir werden nicht ihre Freunde, Sie verstehen mich jetzt?«

»Ich verstehe«, sagte Tony. Er sah auf seine Uhr. In zehn Minuten erwartete ihn Paula unten. »Sie wissen, dass Benjamin Diamond von B&R bei dem Bombenanschlag am Samstag umgekommen ist?«

Ein langes Schweigen. »Das kann nicht sein«, erwiderte Sanjar schließlich.

»Ich fürchte doch. Sind Sie sicher, dass Yousef nie seinen Namen erwähnt hat?«

»Nein, er sagte immer nur ›der B & R-Typ‹. Ich bin mir ziemlich sicher, dass er nie einen Namen erwähnt hat. Vielleicht war das nicht der Diamond-Kerl, mit dem er zu tun hatte?«

»Möglich. Es schien mir einfach ein merkwürdiger Zufall zu sein«, erklärte Tony sanftmütig.

»Solche Sachen passieren. Man erlebt immer wieder Zufälle, oder?«

»Bei meiner Arbeit glauben wir eigentlich nicht an den Zufall. Ich muss gehen, Sanjar. Ich hoffe, Sie können Ihren Bruder in Würde beerdigen.«

»Wir versuchen, den Ort geheim zu halten«, erzählte er bedrückt. »Das Letzte, was wir wollen, ist, einen Tumult loszutreten.«

»Alles Gute.« Tony legte auf und stemmte sich langsam vom Bett auf seine Krücken. Am Morgen hatte er einen sehr unangenehmen Zusammenstoß mit Dr. Chakrabarti gehabt. Die Schwestern hatten ihr über seinen Ausflug und die Auseinandersetzung zwischen Carol und seiner Mutter berichtet. Die Chirurgin war nicht gerade erfreut gewesen.

»Sie gehen in einem Krankenhaus Ihrer Arbeit nach, Dr. Hill«, hatte sie sehr ernst gesagt. »Sie sollten verstehen, dass Patienten die größte Chance zur Genesung haben, wenn sie tatsächlich die Anordnungen derer befolgen, die sich um sie kümmern. Ich dachte, wir könnten Sie heute oder morgen

entlassen. Aber offen gestanden, so wie Sie sich benehmen, befürchte ich, dass Sie einen Rückfall erleiden könnten.« Dann hatte sie ihm lächelnd zugezwinkert. »Ich möchte nicht, dass Sie vor Ende der Woche Fußball spielen.«
Sie hatte ihm gesagt, er solle nicht nach draußen gehen. Aber er hatte keine Wahl. Jemand musste seine Ermittlungsrichtung verfolgen, und als er Carol angerufen hatte, hatte sie ihm klargemacht, dass seine Vermutungen nicht sehr hoch auf ihrer Prioritätenliste ständen.
»Dann gehe ich allein«, hatte er erwidert.
»Ich glaube nicht, dass das eine von deinen besseren Ideen ist«, hatte Carol versetzt.
»Was? Du glaubst, ich werde etwas sagen, das ich nicht sagen sollte?«
»Nein, ich glaube, du wirst über deine Krücken stolpern, und diese arme, leidtragende Frau wird dich aufsammeln müssen. Ich schicke Paula, sie kann dich bemuttern.«
»Wetten, dass sie sich riesig freut?«
Und so waren sie übereingekommen, dass Paula ihn vor der Ambulanz abholen würde. Er wollte nicht am Schwesternzimmer vorbeigehen, deshalb beschloss er, die Nottreppe in der Nähe seines Zimmers zu nehmen.
Schon ein Stockwerk brachte ihn fast um. Er war schweißgebadet, sein gesundes Bein schmerzte, und sein zerschmettertes Knie fühlte sich an, als stände es in Flammen. Er stolperte zum Aufzug und schaffte es bis zum Treffpunkt, ohne entdeckt zu werden. Paula lehnte an ihrem Auto, das in dem für Krankenwagen reservierten Bereich stand.
»Du siehst aus, als hättest du ein Halbmarathon hinter dir«, meinte sie und rümpfte angewidert die Nase.
»Das kommt von der Jogginghose. Etwas anderes kriege ich nicht über meine Schiene.« Paula schüttelte amüsiert den

Kopf, öffnete die Tür, er ließ sich auf den Rücksitz plumpsen und zog dann seine Beine hinein. »Gut, dass Carol nicht Kevin mit seinem Ferrari geschickt hat«, keuchte er, während er sich zurechtzusetzen versuchte.

»Wir würden einen Kran brauchen, um dich ein- und auszuladen«, gluckste Paula und stieg auf der Fahrerseite ein.

»Genau. Also, was hast du so getrieben?«

Sie brachte ihn über die Ermittlungen zu Jack Anderson und seine anderen Decknamen auf den neuesten Stand. »Er klingt ja schon wie ein komischer Kauz«, fügte sie hinzu. »Offenbar hatte er als Schüler eine Liste von Lebenszielen wie Michael Heseltines Liste mit dem Vorsatz: ›Ich werde Premierminister.‹«

Bis jetzt hatte Paula nichts gesagt, was Tonys Neugier geweckt hätte. Aber das war etwas anderes. »Wissen wir, was auf seiner Liste stand?«

»Laut Steve Mottishead waren es Dinge wie einen Ferrari haben, ein Haus am Dunelm Drive besitzen, Millionär sein, bevor er dreißig wäre. Nicht die Art von Zielen, die die meisten Leute anstreben.«

Ihre Worte lösten in Tonys Gehirn eine Kettenreaktion aus. Er starrte Paula erschrocken und verwundert an. »Paula, Tom Cross wohnte am Dunelm Drive. Danny Wade hat in der Lotterie gewonnen, er wurde Millionär, bevor er dreißig war. Der Kerl bringt Leute um, die auf seine Schule gingen und seine Ziele erreicht haben.«

Paula nahm vor Überraschung den Fuß vom Gas. Der Ruck, mit dem die Gangschaltung dagegen protestierte, ließ Tony aufschreien. »Das ist ja verrückt«, sagte sie. »Selbst für dich ist das ziemlich kühn. Du meinst, er tötet aus Neid? Weil andere das bekommen haben, was er wollte?«

Tonys Hände machten zusammenhangslose Bewegungen in

der Luft. »Es steckt mehr dahinter … Es hat etwas damit zu tun, dass ihm seine Träume weggenommen wurden, dafür nimmt er ihnen das Leben. Aber ja, im Wesentlichen schon. Seine Liste mit Lebenszielen ist auch seine Mordliste. Ich wette, dass ›für Bradfield Victoria spielen‹ oder zumindest ›in der Premier League spielen‹ auch auf der Liste stand.«

»Du meinst wirklich, das ist es?« Paula klang skeptisch.

»Es ergibt Sinn.«

»Ist das dein Verständnis von Sinn?«

»Paula, in der Welt, in der ich arbeite, macht das nicht nur Sinn, es ist himmlische Logik.« Er verstummte, hielt aber, als sie etwas sagen wollte, einen Finger hoch, damit sie schwieg. Er rieb sich mit Zeigefinger und Daumen die Augenlider und wandte ihr dann das Gesicht zu. »Kevin ging auf die HH«, sagte er langsam.

»Kevin? Du meinst doch nicht …«

»Er fährt einen Ferrari. Er ist aus Bradfield gebürtig und dort aufgewachsen.«

Tony bemühte sich bereits, sein Handy aus der Tasche seiner Wachsjacke zu ziehen.

»Was machst du?«, fragte Paula.

»Ich warne ihn.« Das Handy war jetzt draußen, und Tonys Zeigefinger setzte zum Wählen an.

»Du kannst doch nicht einfach so loslegen. Du hast keine Beweise«, wandte Paula ein.

»Ich habe so viel, wie ich sonst auch habe, wenn ich ein Profil erstelle«, entgegnete Tony. »Ihr seid sonst immer ganz froh, euch danach richten zu können.«

Paula biss sich ratlos auf die Lippe. »Sollten wir nicht zuerst mit der Chefin reden? Und sehen, ob sie meint, da sei was dran?«

»Paula, ich verlange von Kevin nicht, irgendwie operativ tätig zu werden. Wie würdest du dich fühlen, wenn ich nichts sagen würde, und …« Er verstummte. Und wusste genau, wie sie sich fühlen würde. Er hatte ihr oft genug zugehört, um die Antwort zu wissen.

»Ruf ihn an«, stieß sie hervor. »Du hast recht, verdammt. Du bist der Einzige, der bis jetzt irgendeinen Anhaltspunkt in diesem verflixten Fall hat. Tu's.«

Tony wählte eine Nummer und wartete. Kein Klingeln, es wurde gleich zur Voicemail durchgestellt. »Mist, sein Telefon ist abgeschaltet … Kevin, hier Tony. Das wird jetzt verrückt klingen, ich erkläre es später. Bitte vermeiden Sie, etwas zu essen oder zu trinken, in das etwas hineingemischt sein könnte. Dosen, Flaschen und vakuumverpackte Sachen sind in Ordnung, wenn der Verschluss intakt ist. Auch wenn Sie mit frischen Zutaten kochen, ist das wahrscheinlich okay. Ich halte es nämlich für möglich, dass Sie der Nächste auf der Liste des Giftmörders sind. Ich kann es im Moment nicht näher erklären, Paula und ich werden gleich jemanden wegen Samstag befragen. Aber …« Er hörte ein Piepsen im Ohr, das ihm sagte, die Zeit sei um. »Voicemail«, sagte er erklärend. »Ich hoffe, er hört es ab.«

Paula bog in eine Einfahrt ein. Er wusste, dass das Haus nach Lage, Grundstück und Größe nahezu zwei Millionen gekostet haben musste. Es war ein viktorianisches Herrenhaus mit sehr schönen Proportionen in gelbem Backstein. Lange Staudenrabatten säumten die Einfahrt. Ein Stück weiter weg glitzerten Wasserspiele. Alles verriet Überfluss und guten Geschmack.

Paula stieß einen Pfiff aus. »Es bringt einen doch ins Grübeln, wie alle die beschissenen Klamotten in die Geschäfte kommen. Benjamin Diamond muss all seinen Geschmack für dieses Haus aufgebraucht haben.«

»Es ist sehr erlesen«, stellte Tony fest. »Aber ich nehme an, das ist für seine Witwe im Moment ohne Bedeutung.«
Paula sah betreten aus. Sie hielt bei einer Reihe von Garagen, die früher offensichtlich als Ställe gedient hatten. »Brauchst du Hilfe?«, fragte sie.
»Ich glaube, es ist besser, ich versuche es einfach mal«, sagte Tony und tat das.
Heute hatte er überall Schmerzen. Dr. Chakrabarti hatte recht. Er lag nicht ohne Grund im Krankenhaus. Leider bedachten Mörder solche Dinge nie.
Rachel Diamond öffnete ihnen und stellte sich vor, bevor Paula die Gelegenheit hatte, etwas zu sagen. Sie trug eine anthrazitfarbene Seidenbluse zu einem schwarzen Rock, der schwang und wippte, wenn sie ging. Tony verstand nicht viel von Kleidern, war aber ziemlich sicher, dass Rachels Trauerkleidung nicht dem Sortiment von B & R entstammte.
Sie führte sie in ein großes Wohnzimmer, das an der einen Seite einen tiefen, fünfeckigen Erker hatte. Er gab die Aussicht auf Büsche und Bäume frei. Durch eine Lücke zwischen dem Laub leuchtete der türkisfarbene Streifen eines Swimmingpools. Der Raum selbst war unaufdringlich der modernen Zeit angepasst und im Stil viktorianischer Wohnkultur möbliert und ausgestaltet. Er hatte den leicht abgenutzten Touch eines bewohnten und nicht nur zur Schau gestellten Raums. Für lebhafte Farbe sorgte ein halbes Dutzend Gemälde von Wüstenlandschaften in hellen, warmen Farbtönen.
Rachel umsorgte Tony, brachte ihm zwei Schemel und diverse Kissen, damit er die angenehmste Position für sein Bein finden konnte. Sie kniete vor ihm nieder und schob und rückte alles zurecht, bis er es bequem hatte. Ihr dunkles Haar war glänzend und dicht, aber er sah winzige silbrige Punkte

an den Haaransätzen. Dann blickte sie auf, und er hatte zum ersten Mal Gelegenheit, sie ohne die Ablenkung durch Bein und Krücken richtig wahrzunehmen.
Sie hatte schöne Haut, weich und mit einem leicht olivenfarbenen Teint. Er wusste, dass sie vierunddreißig war, hätte sie aber auf Ende zwanzig geschätzt. Ihre schön geschwungenen Brauen verliefen perfekt parallel zu den hohen Bögen ihrer Augenhöhlen und zogen die Aufmerksamkeit auf ihre mandelförmigen, nussbraunen Augen. Die Lider waren gerötet, und an den Augenwinkeln war ein Fächer kleiner Fältchen. Füllige Wangen, eine Nase wie der umgekehrte Bug eines Schiffes, ein Mund mit schmalen Lippen, dessen seitliche Falten den Eindruck erweckten, dass sie oft lächelte. Sie war eher eindrucksvoll als schön, sah aber auch aufgeweckt und intelligent aus und wirkte, als sei sie ein angenehmer Mensch.
»Ist es gut so?«, wollte sie wissen.
»Bequemer als die ganze Woche«, antwortete Tony. »Vielen Dank.«
Rachel richtete sich auf, setzte sich auf einen weichen Chintzsessel und zog die Beine an. Paula saß etwas abseits und störte sich nicht daran, dass es aussah, als gehöre sie zum Mobiliar, bis sie es nötig finden würde, einzugreifen.
Als es nichts Praktisches mehr zu tun gab, sah Rachel traurig und verloren aus. Sie hatte die Arme vor der Brust verschränkt und die Hände auf die Arme gelegt. Es war warm im Raum, aber sie zitterte leicht. »Ich weiß nicht genau, warum Sie mit mir sprechen wollten«, sagte sie. »Das liegt wahrscheinlich an mir. Nichts ergibt im Moment wirklich Sinn.«
»Das kann man auch nicht erwarten«, erwiderte Tony sanft. »Und es tut mir leid, hier hereinzuplatzen zu einer Zeit, da Sie wirklich keine fremden Leute in Ihrem Wohnzimmer haben möchten.«

Rachel entspannte sich etwas, ließ die Schultern sinken und lockerte die Haltung ihrer Arme. »Es füllt einen Teil der Zeit aus«, meinte sie. »Davon spricht niemand, oder? Alle reden vom Kummer, den Tränen und der Verzweiflung, aber sie sprechen nicht über die leeren Stunden und wie sich die Zeit in die Länge zieht.« Sie stieß ein kurzes bitteres Lachen aus. »Ich habe sogar schon daran gedacht, ins Büro zu fahren, nur damit ich etwas zu tun habe. Aber Lew geht zur Zeit nicht in die Schule, und seinetwegen muss ich hierbleiben.« Sie seufzte. »Lew ist mein kleiner Junge. Er ist erst sechs. Er versteht das Wort tot nicht. Er begreift nicht, dass es für immer gilt. Er meint, Daddy ist wie Aslan, der Löwe aus den *Chroniken von Narnia*, und wird wieder lebendig werden, und alles ist wie vorher.«

Ihr Kummer war fast greifbar. Er schien in Wellen von ihr auszugehen, den Raum zu füllen und sich um sie herum auszubreiten. »Ich muss Ihnen zu einigen Dingen Fragen stellen«, erklärte Tony.

Rachel presste die Hände aneinander wie zum Gebet, die Ellbogen auf der Sessellehne, die Wange an einen Handrücken gelegt. »Fragen Sie, was Sie möchten. Aber ich verstehe nicht, wie ich Ihnen bei Ihrer Arbeit helfen kann, worin sie auch bestehen mag.«

Es gab keine Möglichkeit, sich dieser Frage auf taktvolle Weise zu nähern. »Mrs. Diamond, kannten Sie Yousef Aziz?«

Sie blickte so aufgeschreckt drein, als sei dies ein Name, den sie niemals in diesem Haus zu hören erwartet hätte. »Der Bombenleger?« Sie würgte, als würde ihr übel.

»Ja«, bestätigte Tony.

»Wieso sollte ich einen fundamentalistischen islamischen Selbstmordattentäter kennen?« Jedes Wort kam nur mit großer Mühe heraus. »Wir sind Juden. Wir gehen in die Synagoge, nicht in die Moschee.« Sie setzte sich zitternd auf und fuchtelte wie in einem Krampf unkontrolliert mit den Händen.

»Die Textilfirma seiner Familie handelte mit B&R«, warf Paula ein, und ihre Stimme war genauso sanft wie die von Tony. »Sie sind Geschäftsführerin von B&R, Mrs. Diamond.«

Sie wirkte gejagt wie ein aufgeschrecktes Tier. »Ich arbeite im Büro. Benjamin, er hat alle ... Er hat immer die ... Ich hatte seinen Namen noch nie gehört, bevor er meinen Mann in die Luft gesprengt hat.«

»Gibt es sonst jemanden in der Firma, dem gegenüber er Aziz erwähnt haben könnte?«, erkundigte sich Paula.

»Nur wir beide. Unser Teil ist kein arbeitsintensives Geschäft. Wir haben es zusammen erledigt. Keine Sekretärinnen, kein Verkaufsteam.« Sie lächelte mit einem traurigen, wehmütigen Ausdruck.

»Sind Sie sicher? Es stand in allen Zeitungen, Rachel«, sagte Tony. »Sein Name. Die Firma der Familie, First Fabrics. Sie haben ihn nicht erkannt?«

Rachel wiegte sich auf ihrem Sessel, ihr Blick zuckte zwischen ihnen hin und her. »Ich kenne den Namen. Ich habe ihn unter den Kundenkonten von B&R gesehen. Aber ich habe keine Zeitungen gelesen. Warum sollte ich etwas über diese Sache lesen wollen? Warum sollte ich lesen wollen, wie mein Mann umgekommen ist? Meinen Sie, ich habe mich in die Zeitungen vertieft?«

»Natürlich nicht«, versicherte Tony und versuchte ihre Aufregung zu dämpfen. »Ich dachte nur, Sie hätten es vielleicht bemerkt. Aber Tatsache ist nun einmal, B&R hat mit First Fabrics direkt Geschäfte gemacht. Den Zwischenhändler ausgespart. Deshalb vermute ich, dass Benjamin Yousef Aziz gekannt haben muss. Sie müssen miteinander telefoniert haben. Sie müssen sich getroffen haben. Verstehen Sie, es ist sehr ungewöhnlich, dass es zwischen einem Bombenleger und seinen Opfern eine Beziehung gibt.«

»Eine Beziehung?« Rachel klang, als hätte sie das Wort noch nie gehört. »Was soll das heißen ›eine Beziehung‹? Was deuten Sie da über meinen Mann an?«

»Nichts, was über die Tatsache hinausgeht, dass sie einander kannten«, erklärte Tony hastig. Die Sache lief nicht gut. »Sehen Sie, im Allgemeinen ist eines der Dinge, die es einem Bombenleger möglich machen, seine Mission auszuführen, dass er die Persönlichkeit seiner Opfer ausblenden kann. Sie sind keine wirklichen Menschen, sie sind der Feind, sie sind korrupt, was immer. Wenn er eine persönliche Verbindung zu den möglichen Opfern hat, ist es umso schwerer, das zu Ende zu bringen, wofür er sich entschieden hat. Deshalb bin ich neugierig zu erfahren, wie gut Benjamin seinen Mörder kannte.« Er breitete um Verständnis bittend die Hände aus. »Das ist alles, Rachel.«

»Woher wissen Sie, dass dieses Stück ... dieser Bombenleger auch nur ahnte, dass Benjamin dort sein würde? Warum sollte er in Erfahrung bringen, welche Personen er töten würde? Er wollte doch nur seiner dreckigen, elenden Idee Ausdruck verleihen.« Sie stieß einen tiefen, zitternden Seufzer aus. »Es ist einfach nur ein schrecklicher Zufall.«

Vielleicht hatte sie recht, dachte Tony. Manchmal ist eine Zigarre einfach nur eine Zigarre. Oder wäre es, wenn die Zielperson das richtige Profil hätte. Er klammerte sich an seine Theorie und war nicht bereit, einen Irrtum beim Verstehen von Mustern menschlicher Verhaltensweisen zuzugeben. »Es ist möglich«, meinte er.

Sie zitterte wieder, bedeckte das Gesicht mit den Händen

und sah kläglich zu ihm auf. »Wir haben ihnen Geld bezahlt. Wir haben ihre ... In unserem Lager haben wir Sachen, die ihre Hände berührt haben. Es widert mich an. Was für Leute sind das, die uns so etwas antun?«
»Es tut mir leid«, sagte Tony. »Sehr leid. Aber ich muss mir sicher sein. Ihr Mann hat also nie davon gesprochen, mit wem er bei First Fabrics zu tun hatte? Er hat nie mit Ihnen über die Besprechungen dort geredet?«
»Sie können gerne in seinem Terminkalender nachsehen. Er ist in seinem Büro. Aber das ist alles, was ich weiß. Benjamin sollte sich mit einem griechischen Zyprioten treffen, von dem wir kaufen, aber der Mann verspätete sich. Während Benjamin wartete, lernte er jemanden von einer Firma kennen, von der wir durch den Zwischenhändler schon Waren erworben hatten. Ihre Ware gefiel uns, gute Qualität, zuverlässig. Und das ist mehr, als man über viele von ihnen sagen kann.« Eine bissige kleine Zwischenbemerkung. »Benjamin erzählte mir, dass sie sich unterhalten und schließlich ein Geschäft abgeschlossen hätten über einige exklusive Modelle, die First Fabrics selbst hergestellt hatte. Es war eine Vereinbarung, die für beide von Vorteil war. Und sie funktionierte.«
»Es war nicht im Gespräch, sich aus der Abmachung zurückzuziehen? Kein Ärger aus irgendeinem Grund?«, stieß Paula mit ihrer Frage als Ermittlerin dazu.
Rachel strich sich das Haar aus dem Gesicht und sah plötzlich müde aus. »Nein, überhaupt nicht. Im Gegenteil, wir machten gerne Geschäfte mit ihnen. Denn so wie wir es angelegt hatten, war die Gewinnspanne für uns günstiger. Hören Sie, es gab keinen geschäftlichen Grund für diesen Menschen, Benjamin anzugreifen. Wie ich schon sagte, es kann nur ein schrecklicher Zufall gewesen sein.«
Bevor sie noch weiterreden konnte, ging die Tür auf, und ein

kleiner Junge kam herein. Er war schmal und dunkelhaarig und sah aus, als müssten sich seine Züge erst noch deutlicher ausprägen. Er trat von einem Fuß auf den anderen und spielte mit den Fransen an einem Überwurf. »Mum, kannst du mitkommen und mir mit den Legos helfen?«, fragte er, ohne die Fremden in seinem Haus zu beachten.

»Gleich, mein Schatz.« Sie wandte sich wieder an Tony. »Das ist unser Sohn Lew.« Sie stand auf. »Ich glaube, wir sind hier fertig. Es gibt wirklich nichts mehr, was ich Ihnen sagen kann. Bitte, ich begleite Sie hinaus.«

Sie folgten ihr zur Tür, Tony musste sich anstrengen, dass er mitkam.

Lew ging mit ihnen. »Kennen Sie meinen Dad?«, fragte er Tony plötzlich.

»Nein«, antwortete er. »Siehst du ihm ähnlich?«

Lew sah ihn neugierig an. »Eines Tages werde ich so aussehen«, erklärte er. »Aber ich bin noch zu klein. Jetzt seh ich einfach aus wie ich selbst.«

»Und du siehst ja auch sehr gut aus«, meinte Tony.

»Was ist mit Ihrem Bein passiert? Hat Sie auch jemand in die Luft gesprengt? Jemand hat meinen Dad in die Luft gesprengt.«

»Nein, niemand hat mich in die Luft gesprengt«, erwiderte Tony. »Ein Mann hat mich mit einer Axt angegriffen.«

»Wow«, machte Lew. »Das ist ja cool. Hat es wehgetan?«

»Es tut immer noch weh.« Er hatte Paula und Rachel fast eingeholt. »Aber es wird langsam besser.«

Lew streckte die Hand hoch und ergriff seine. »Werden Sie den Mann töten, der Sie mit der Axt angegriffen hat?«

Tony schüttelte den Kopf. »Nein. Ich werde ihm helfen, es nicht wieder zu tun. Ich bin so eine Art Arzt, Lew. Ich versuche, den Leuten zu helfen, dass sie sich im Inneren besser fühlen. Wenn man sich innen drin schlecht fühlt, da gibt es Leute wie mich, mit denen man reden kann. Hab keine Angst zu fragen. Deine Mum wird dich unterstützen, den richtigen zu finden, nicht wahr, Rachel?«

Rachel schluckte heftig, ihre Augen wurden feucht. »Natürlich tu ich das. Sag jetzt auf Wiedersehen, Lew.«

Irgendwie schafften sie es nach draußen, ohne dass einem von ihnen die Nerven durchgingen. »Mensch«, stöhnte Paula, während sie zum Wagen zurückgingen. »Das hat keinen Spaß gemacht. Und hat auch sonst nichts gebracht. Sie hat irgendwie recht, weißt du. Warum hätte Aziz wissen sollen, dass Diamond genau in dem Teil der Tribüne war? Und wenn er es gewusst hätte, gibt es nach dem, was Mrs. Diamond sagte, nicht das geringste Motiv.«

»So scheint es«, meinte Tony. »Und ich könnte mich total irren.« Er schleppte sich noch ein paar Schritte näher an den Wagen heran. »Andererseits könnte ich aber auch recht haben. Und ich hatte gedacht, dass ihr es bei dieser Sache alle kaum abwarten könnt, euch auf meine Seite zu schlagen.«

»Warum?« Paula blieb stehen und wartete auf ihn.

»Weil das CTC sich mit eingezogenem Schwanz trollen müsste, wenn ich recht hätte.«

Paula grinste, und ihre Augen funkelten. »Wenn das so ist … Sehen wir doch mal, ob wir Beweise dafür finden können, Dr. Hill.«

Kevin lächelte ins Telefon. »Stimmt. Aziz. Yousef Aziz. Es wäre wahrscheinlich von dieser Woche an gemietet … Ja, ich warte.« Er drehte seinen Kugelschreiber zwischen den Fingern und versuchte, ihn von einer Seite der Hand zur anderen wandern zu lassen, ohne dass er herunterfiel. Die Stimme am anderen Ende antwortete ihm. »Gut, in Ordnung, danke, dass Sie nachgesehen haben.« Er strich wieder einen Namen von der Liste und machte sich bereit, eine weitere Agentur für Ferienhäuser in Nordontario anzurufen. Von den siebzehn Websites, die Yousef Aziz aufgerufen hatte, hatte er jetzt mit acht Kontakt aufgenommen. Niemand hatte Yousef Aziz ein Haus vermietet. Keiner erinnerte sich, mit ihm gesprochen oder eine E-Mail von ihm bekommen zu haben.

Gerade als er die nächste Nummer wählen wollte, blieb Carol an seinem Tisch stehen. Sie hielt ihm eine Schachtel mit Kuchen hin. »Hier, Kevin, nehmen Sie. Ich dachte, wir können alle ein bisschen Zucker brauchen, damit wir den Nachmittag überstehen.«

Er betrachtete die Kuchenstücke und überlegte. »Darf ich fragen, wo Sie die herhaben?«, fragt er.

»Vom Bäcker in der Fußgängerzone«, antwortete Carol. »Der, von dem wir gewöhnlich unsere Stückchen holen. Warum?«

Kevin sah verlegen aus. »Es ist nur so ... Na ja, Tony hat mir eine Nachricht auf die Voicemail gesprochen und mich davor gewarnt, Sachen zu essen, in die etwas reingemischt sein könnte.«

»Was hat er?« Carols Ärger war neben dem Erstaunen unverkennbar. »Hat er gesagt, wie er darauf kommt?«

Kevin schüttelte den Kopf. »Er meinte, er würde später mit mir sprechen. Aber seitdem habe ich nichts von ihm gehört.«

»Ich habe Paula mit ihm losgeschickt. Haben Sie sie gesehen?«

»Sie sagte, sie würde sich heute Nachmittag in Temple Fields mit unseren Bildern von Jack Anderson umsehen, sie wollte versuchen, Anhaltspunkte zu finden. Ich habe nicht mit ihr geredet, seit sie heute Vormittag wegging.«

Carol holte tief Luft. Er sah, dass sie kochte. »Und was machen Sie?«
»Ich kümmere mich um die Agenturen für Ferienhäuser, deren Websites Aziz auf seinem Computer aufgerufen hat.«
»Gut, bleiben Sie dabei.« Carol ging in ihr eigenes Büro zurück und schloss die Tür hinter sich.
Sie rief Paula auf ihrem Handy an. Als sie verbunden war, sagte sie: »Paula, waren Sie bei Tony, als er heute Vormittag Kevin anrief?«
»Ja, war ich.« Paula klang vorsichtig.
»Können Sie mir sagen, warum er ohne Rücksprache mit mir einen meiner Mitarbeiter warnt, er könne vergiftet werden?«
Nach einer kurzen Pause antwortete Paula: »Er wusste, dass Sie in einer Besprechung waren, und er hielt es für dringend.«
»Und warum glaubt er, dass jemand Kevin vergiften will?«
»Die kurze Antwort darauf ist, weil Kevin die Harriestown High School besucht hat und einen Ferrari fährt.«
Carol rieb sich die Augenlider und wünschte, der neue Schmerz in ihrem Kopf würde so schnell verschwinden, wie er gekommen war. »Und ergibt die lange Antwort mehr Sinn als die kurze?«, erkundigte sie sich.
»Als ich gestern Steve Mottishead befragte, erzählte er, Anderson hätte als Schüler eine Wunschliste aufgestellt. Wie Michael Heseltine, der Premierminister werden wollte.«
»Machen Sie weiter.«
»Er erinnerte sich an einiges auf der Liste. Ein Haus am Dunelm Drive besitzen. Vor dem dreißigsten Geburtstag Millionär sein. Einen Ferrari fahren. Als ich Tony von der Liste erzählte, meinte er, neben der Tatsache, dass sie ehemalige Schüler von Harriestown High sind, sei es dies, was die Opfer

verbinde. Und dann erinnerte er sich an Kevins Wagen. Also hat er den Anruf gemacht.«

»Und Sie fanden das nicht ein bisschen plötzlich? Eine etwas übereilte Reaktion?«

Ein langes Schweigen folgte. »Wir dachten beide, Vorsicht ist besser als Nachsicht, Chefin.«

Don Merricks Name schwang in der Stille mit. »Danke, Paula. Ich werde mit Tony sprechen. Wissen Sie zufällig, wo er ist?«

»Ich habe ihn am Krankenhaus abgesetzt. Er war ziemlich fertig.«

»Haben Sie irgendwas von Mrs. Diamond erfahren?«, wollte Carol wissen.

»Nichts, das uns weiterbringt. Sie hat eingewendet, dass Aziz nicht habe wissen können, dass ihr Mann bei dem Spiel war, es müsste also Zufall gewesen sein.«

»Nicht unbedingt. Soweit ich weiß, hatte die gleiche Gruppe seit Jahren eine Jahreskarte für die Loge. Es ist möglich, dass Benjamin Diamond das beiläufig bei einer ihrer Besprechungen erwähnt hat. Nach meiner Erfahrung mit Männern und Fußball lassen sie genau so etwas gern nebenbei fallen. Ich glaube, wir müssen mit Diamonds Sekretärin reden.«

»Er hat keine. Laut Rachel führten die beiden das ganze Unternehmen allein. Sie erledigte hauptsächlich die Büroarbeit, er kümmerte sich um Kundenkontakte.«

»Na gut. Viel Erfolg bei Ihrer Fotojagd. Bis später.« Carol legte auf und drückte die Fäuste an ihre Schläfen. Was hatte er vor? Sie war daran gewöhnt, dass Tony plötzlich in eine andere Richtung steuerte, aber im Allgemeinen berichtete er ihr vorher davon. Nach seinem kürzlichen Zusammenstoß mit einem Mörder hatte sie gehofft, er hätte endlich gelernt zu denken, bevor er handelte. Aber offensichtlich hatte sie

sich getäuscht. Sie nahm das Telefon und machte sich auf eine schwierige Auseinandersetzung gefasst. Warum konnte ihr Leben nicht einmal einfach sein?
Sie hatte das Pech, dass ihr Wunsch in Erfüllung ging. Kein zänkisches Streitgespräch mit Tony. Sein Handy war abgeschaltet, und sein Telefon im Krankenhauszimmer nahm er nicht ab. Der verdammte Kerl. Dieser verdammte, störrische Kerl.

Der besagte verdammte Kerl wurde von dem Telefon neben seinem Bett aus tiefem Schlaf geweckt. Tony war es egal, wer anrief, er war noch nicht so weit, dass er sprechen konnte. Das war eine der wenigen Annehmlichkeiten, wenn man mit einem kaputten Knie im Krankenhaus festsaß. Wenn alles normal lief, musste er abheben. Er hatte Patienten, die ihn vielleicht dringend brauchten. Er hatte Verträge mit verschiedenen Polizeidienststellen in Europa, die eventuell wichtige Fragen hatten. Aber im Moment war er offiziell außer Gefecht gesetzt und konnte das Telefon klingeln lassen. Sollte doch jemand anders die Verantwortung übernehmen.
Außer dass er natürlich Carol und ihrem Team verpflichtet war. Verpflichtet auf eine Art und Weise, die weit über eine vertragliche Bindung hinausging. Er hätte wahrscheinlich abnehmen sollen. Aber das Gespräch mit Rachel Diamond hatte ihn völlig ausgelaugt. Er war zurückgekommen, hatte seine Medizin genommen, zu Mittag gegessen und war dann sofort in einen tiefen, schweren Schlaf gesunken, nach dem er sich jetzt dumm und unkonzentriert vorkam. Nicht die beste Zeit, um mit Polizeibeamten zu reden, die man davon überzeugen wollte, dass man recht hatte.
Er hoffte, dass Kevin ihn ernst genommen hatte. Was Paula ihm über Steve Mottisheads Erinnerungen berichtet hatte,

war auf jeden Fall das Unheimlichste gewesen, was er bislang über Stalky, den Giftmischer, gehört hatte. Die Verbindung über die Harriestown High School bestand in seinem Kopf sowieso schon. Aber Jack Andersons Liste, die so exakt auf zwei vermeintlich nicht miteinander verbundene Opfer zutraf, hatten Tony aufhorchen lassen. Nur ein Mensch mit rücksichtsloser Mentalität stellte in ernsthafter Absicht eine solche Liste zusammen. Man konnte voraussehen, dass eine solche Person ihre Ziele unerbittlich verfolgen würde. Aber da ihm Einfühlungsvermögen fehlte und er soziopathische oder psychopathische Tendenzen hatte, war es völlig unvorhersehbar, wie er darauf reagieren würde, wenn er diese Ziele verfehlte.

Tony erinnerte sich an eine Patientin, die ihm stolz erzählt hatte, dass sie absichtlich die Ehe ihres Geschäftspartners zerstört hatte. Nicht aus sexuellen oder emotionalen Gründen, sondern weil die Frau ihres Partners nicht überzeugt genug hinter der Firma gestanden hatte. »Ich musste es tun«, hatte seine Patientin mit größter Sachlichkeit erklärt. »Solange er mit Maria verheiratet wäre, hätte er sich nie voll für die Firma eingesetzt. Und ich brauchte dieses Engagement von ihm. Also musste sie gehen.« Für welche einleuchtende Reaktion würde sich wohl Jack Anderson Rechtfertigungen ausdenken, wenn er seiner Träume beraubt war?

Es schien, als hätte er sich für Mord entschieden. Seine Opfer waren Männer, die aus ähnlichen Verhältnissen stammten wie er. Sie hatten die gleiche Schule besucht und theoretisch die gleichen Möglichkeiten wie er gehabt. Und sie hatten gezeigt, dass seine Träume gar nicht so verrückt waren, denn jeder von ihnen hatte eines seiner Ziele in die Wirklichkeit umgesetzt. Aber Anderson hatte aus irgendeinem Grund feststellen müssen, dass er die ehrgeizigen Ziele, die er sich gesetzt hatte, nicht erreichen konnte. Manche Menschen hätten sich damit abgefunden und sich eingestanden, dass ihre jugendlichen Träume nur Luftschlösser waren. Andere hätte die Verbitterung ergriffen, sie hätten angefangen zu trinken und ihre Frustration auf eine hauptsächlich selbstzerstörerische Art und Weise ausgelebt. Jack Anderson aber hatte beschlossen, diejenigen, die ihre Ziele erreicht hatten, zu töten. So konnten sie ihm nicht länger sein Versagen vorwerfen.

Deshalb spielte kein sexuelles Element bei den Morden eine Rolle, deshalb wurden sie aus der Distanz ausgeführt. Es ging dabei zwar um Wünsche, aber nicht um sexuelle Wünsche.

Und warum Gift? Gut, es war perfekt, wenn es einem nicht auf die lustvolle Beobachtung des sterbenden Opfers ankam und man sich keinem Verdacht aussetzen wollte, weil man weit genug weg war, wenn es geschah. Denn das hieß, man konnte nicht den Weg der meisten Mörder einschlagen, die sich für eigentlich anspruchslose Methoden entschieden: Handfeuerwaffen, Messer, stumpfe Gegenstände. Aber dennoch – warum wählte er etwas so Obskures, das einem vorkam, als stamme es aus einem Krimi von Agatha Christie?

Tony musste dieser Frage auf den Grund gehen. Es musste eine Ursache dafür geben. Mörder nahmen zum Töten im Allgemeinen etwas, das greifbar war oder womit sie Erfahrung hatten. Was wäre, wenn die Gifte gewählt wurden, nicht obwohl sie weit hergeholt, sondern gerade weil sie greifbar waren? Carol hatte schon Rhys Butler, einen Mann mit Zugriff auf pharmakologische Substanzen, befragt. Das hatte noch irgendwie einen Sinn gehabt.

Aber Anderson benutzte keine per Rezept verschriebenen Substanzen. Sie wurden aus Pflanzen gewonnen. Rizin aus der Rizinuspflanze, Atropin aus der Tollkirsche, Oleandrin

aus Oleander. Keine alltäglichen Gartenpflanzen, aber auch nichts besonders Exotisches.
Wer würde einen Garten mit solchen Pflanzen besitzen? Er müsste eine Art Spezialist sein. Tony hatte irgendetwas im Hinterkopf über Gärten und Gift. Er setzte sich auf und fuhr den Laptop hoch. Als er online war, googelte er »Giftpflanzen Garten«. Der erste Treffer war der Giftpflanzengarten auf Alnwick Castle in Northumberland, ein Füllhorn todbringender Gewächse, der unter strenger Aufsicht für die Öffentlichkeit zugänglich war.
Aber wie Tony entdeckte, als er weiter nachforschte, war dies keineswegs ein neuer Einfall. Die Idee ging direkt auf die Medici-Familie zurück, die in der Nähe von Padua einen solchen Garten angelegt hatte, der ihnen bessere Möglichkeiten bot, ihre Feinde zu vergiften. Und auf die Mönche des Soutra Hospital bei Edinburgh, die einschläfernde Schwämme mit der richtigen Dosis Opium, Bilsenkraut und Schierling benutzt hatten, um Menschen für eine Zeitspanne von zwei bis drei Tagen zu anästhesieren. Genauso lang dauerte es, bis der Körper aus dem Schockstadium in den natürlichen Heilungsprozess überging, nachdem man ein Glied amputiert hatte. Es hatte im Laufe der Zeit andere private Gärten mit Giftpflanzen gegeben, und Tony fand diverse spekulative Erwähnungen in Newsgroups und Blogs.
Und wenn Jack Anderson Zugriff auf einen gehabt hätte? Wenn Gift für ihn die Waffe der günstigsten Gelegenheit war? Tony sah zum Telefon. Jetzt wäre ein guter Moment zu klingeln.
Stattdessen kam sofort nach einem flüchtigen Anklopfen Dr. Chakrabarti herein. »Ich höre, Sie sind wieder umhergewandert«, sagte sie ohne weitere Einleitung.
»Ich bin zurückgekommen«, entgegnete Tony. »Sie haben

mir doch alle gesagt, ich solle aufstehen und mich bewegen.«

»Ich glaube, es ist Zeit, dass Sie nach Hause gehen«, meinte sie. »Ehrlich gesagt, können wir Ihr Bett sinnvoller einsetzen, und Sie sind so verdammt entschlossen, dass Sie sich auch ohne uns sehr gut erholen werden. Sie werden noch oft zur Physiotherapie herkommen müssen. Wenn Sie meinen, dass es bis jetzt hart war, dann warten Sie nur, bis Sie das Gelenk wieder bewegen müssen.« Sie lächelte vergnügt. »Sie werden weinend nach Ihrer Mutter rufen.«

»Das glaube ich kaum«, erwiderte er sarkastisch.

Dr. Chakrabarti lachte. »Ich verstehe. Vielleicht nicht. Aber Sie werden sicher weinen. Also, morgen früh können Sie nach Hause gehen, vorausgesetzt, dass mein Assistenzarzt es für sicher hält, Sie zu entlassen. Haben Sie jemanden, der Ihnen beim Einkaufen, Kochen und so weiter helfen kann?«

»Ich glaube schon.«

»Sie glauben? Was heißt das, Dr. Hill?«

»Es gibt jemanden, aber ich fürchte, sie ist im Moment etwas verärgert über mich. Ich werde einfach auf Mitleid hoffen müssen. Wenn das nicht klappt, bleibt der Pizzalieferservice.«

»Versuchen Sie sich für den Rest des Tages gut zu benehmen, Dr. Hill. Es war interessant, Sie als Patienten zu haben.«

Tony lächelte. »Ich werde das als Kompliment auffassen.«

Wieder klopfte es, und erneut war es eine energische Frau. Carol fegte ins Zimmer und hatte schon den Mund für ihre Tirade geöffnet, stoppte aber beim Anblick von Dr. Chakrabarti. »Oh, tut mir leid«, sagte sie hastig.

»Ich wollte sowieso gerade gehen«, meinte die Chirurgin und wandte sich an Tony. »Ist das die bewusste Person?«

»Ja«, antwortete er und lächelte starr geradeaus.

»Da sollten Sie noch einige Energie reinstecken, damit Sie sie auf Ihrer Seite haben.« Sie nickte Carol zu und ging.
»Ich habe den Verdacht, dafür wird mehr Energie nötig sein, als ich im Moment habe«, seufzte Tony, der Carols Stimmung richtig einschätzte.
Sie packte das Bettgestell am Fußende. Er sah, dass ihre Knöchel weiß wurden. »Was treibst du eigentlich, Tony? Du lässt eine meiner besten Ermittlerinnen in der Pampa rumfahren und Befragungen machen, die zu nichts führen und genau genommen nicht einmal zu unserem Fall gehören. Du jagst einem weiteren Mitarbeiter Todesangst ein, eine Cremeschnitte zu essen, für den vagen Fall, dass der Giftmischer von Bradfield seinen Geschmack in Bezug auf Kuchen kennt und eine Stelle bei der Bäckerei in der Fußgängerzone angenommen hat. Und du kannst mich nicht mal auf dem Laufenden halten. Ich erfahre von der Sache mit dem Gift von Kevin. Ich höre von Paula, dass du mit Rachel Diamond nicht weitergekommen bist. Du weißt, ich bin wer weiß wie oft für dich in die Bresche gesprungen ...«
»Und das erwies sich für dich als gar nicht so ungünstig«, unterbrach er sie, denn er war zu müde, und seine Schmerzen waren zu stark, als dass er die volle Wucht von Carols Ärger über das System aushalten konnte, das sie im Moment frustrierte. »Die Liste von Fällen, in denen ich recht hatte, kann sich sehen lassen. Und das weißt du. Wenn du auf meinen Zug aufgesprungen bist, hat es dir nicht gerade den Ruf einer Versagerin eingebracht.«
Sie starrte ihn an und war offensichtlich nicht nur zornig, sondern auch schockiert. »Du meinst also, ich hätte meinen Erfolg dir zu verdanken?«
»Das habe ich nicht gesagt, Carol. Schau, ich weiß, du würdest gern gegen das CTC angehen, aber dir sind die Hände

gebunden. Also kommst du hierher und lässt es an mir aus. Aber es tut mir leid. Im Moment habe ich nicht genug Kraft, als Sandsack für deine Schläge zu dienen. Ich versuche dir zu helfen, aber wenn es dir lieber wäre, dass ich dich in Ruhe lasse, in Ordnung. Dann arbeite ich stattdessen mit John Brandon.«

Sie wich zurück, als hätte er sie geohrfeigt. »Ich kann's nicht fassen, was du da gesagt hast.« Sie sah aus, als würden gleich Gegenstände fliegen.

Tony verzog das Gesicht und schüttelte den Kopf. »Ich auch nicht. Vielleicht sollten wir im Moment nicht miteinander reden. Du bist aufgeregt, und ich bin fix und fertig.«

Seine Worte schienen keine besonders versöhnliche Wirkung zu haben. »Das ist so typisch für dich«, rief sie. »Mit dir kann man nicht mal 'n richtigen Krach haben.«

»Ich mag Streit nicht«, sagte er. »Es tut mir weh. Als wäre ich wieder ein Kind. Im Schrank, im Dunkeln. Wenn die Erwachsenen streiten, muss es meine Schuld sein. Deshalb streite ich nicht.« Er blinzelte heftig, um die Tränen zurückzuhalten. Sie war der einzige Mensch auf der Welt, der es schaffte, dass er sich so ausgeliefert vorkam. Und das war nicht immer ein gutes Gefühl. »Carol, ich werde morgen entlassen. Ohne dich komme ich zu Hause nicht zurecht. In jeder Hinsicht. Können wir jetzt damit aufhören? Ich kann nicht mehr.«

Seine Worte ließen sie unvermittelt innehalten. »Entlassen? Morgen?«

Er nickte. »Du musst nicht viel machen. Ich kann mir vom Supermarkt einen Stoß Fertiggerichte liefern lassen …«

Carol schob den Kopf in den Nacken, schloss die Augen und seufzte. »Du bist unmöglich«, meinte sie, und aller Ärger war verflogen.

»Tut mir leid, ich habe dich nicht brüskieren wollen. Ich wollte nur helfen, ohne dir im Weg zu sein.« Die schroffen Töne ihrer Auseinandersetzung hingen noch in der Luft, aber die Stimmung zwischen ihnen hatte sich wieder normalisiert.

Sie setzte sich. »Also, lass mich wissen, was du denkst, jetzt da ich hier bin. Was können wir in Sachen Aziz machen, nachdem uns Rachel Diamond diesen Weg abgeschnitten hat?«

»Ich weiß nicht, ob er wirklich abgeschnitten ist«, wandte er ein. »Ich muss mir nur eine andere Vorgehensweise überlegen.«

»Gib mir Bescheid, wenn du so weit bist. Diesmal will ich dabei sein«, verkündete sie bestimmt. »Oh, ich wollte dir etwas sagen, hatte aber noch keine Gelegenheit dazu.« Sie erklärte, dass das Technikerteam die beiden Timer entdeckt hatte. »Beim CTC meint man, dass dies eine neue Richtung, einen Terrorismus eher im Stil der IRA andeutet, bei dem die Bombenleger am Leben bleiben, um später weiterzukämpfen. Ich persönlich glaube, dass es uns deiner Idee eines Auftragskillers näher bringt. Er wollte auf Nummer sicher gehen. ›Wenn mein Zünder nicht losgeht, kann ich die Explosion mit meinem Handy als Fernbedienung auslösen.‹ In der Art etwa.«

Tony hatte etwas im Hinterkopf, das langsam Form annehmen wollte. »In der Art«, meinte er leise. »Ja.« Er warf ihr ein kurzes, klares Lächeln zu. »Wir entfernen uns immer weiter davon, glaubwürdig behaupten zu können, dass es sich um einen terroristischen Akt gehandelt hat«, stellte er fest.

»Aber wir brauchen einfach unanfechtbare Beweise. Ich sitze zwischen zwei Fällen fest, deren Beweismaterial nicht fassbar ist.«

Tony machte eine ungeduldige Handbewegung. »Wenn du Jack Anderson findest, hast du auch deine Beweise. Ich glaube, er hat Verbindung zu einem Giftgarten.«
»Was ist ein Giftgarten?«
»Es gibt zum Beispiel einen auf Alnwick Castle«, berichtete er. »Der ist öffentlich zugänglich, jeder kann hingehen und viele todbringende Pflanzen betrachten. Aber es gibt auch Geschichten und Gerüchte über private. Leute spezialisieren sich darauf, giftige Pflanzenarten zu ziehen und Menschen ins Jenseits zu befördern – schon solange es Menschen gibt. Schierling, der Sokrates tötete. Strychnin, mit dem Frauen im Mittelalter ihre Männer umbrachten. Rizin, an dem Georgi Markow in den siebziger Jahren starb. Man kann diese Pflanzen im Garten hinterm Haus hochpäppeln, wenn man sich auskennt. Wo immer der risikoscheue Jack Anderson sich versteckt hält und seine sorgfältigen Pläne ausheckt, wirst du, glaube ich, auch einen Garten mit Giftpflanzen finden.«
Carol verdrehte die Augen. »Jedes Mal, wenn wir zusammenarbeiten, kommt ein Punkt, an dem du eine verdammt geniale Einsicht auftischst, zu der ich sagen muss: ›Und wie, um Himmels willen, soll ich das verwenden?‹«
»Und wirklich auf die Palme bringt dich, dass sie sich als irritierend nützlich erweist, wenn du herausgefunden hast, wie du sie einsetzen kannst«, sagte er. »Dafür werde ich bezahlt.«
»Was? Um zu irritieren?«
»Um nützlich auf eine Weise zu sein, die man von niemandem sonst erwarten würde. Geh nach Hause und schlaf mal drüber. Es ist gut möglich, dass du es bis morgen früh herausgefunden hast.«
»Meinst du?«
»Ich weiß es. Das Unterbewusstsein arbeitet die ganze Zeit. Wenn wir schlafen, kreiert es die beste Leistung. Auf jeden

Fall wirst du alle Ruhe brauchen, die du bekommen kannst, damit du mir nach einem harten Tag der Verbrecherjagd noch Kaffee servieren kannst.«

Carol prustete. »Kauf dir doch ’ne Thermoskanne.« Sie stand auf. »Wir sehen uns morgen.« Sie küsste ihn auf den Scheitel. »Und misch dich nicht in die Angelegenheiten meiner Mitarbeiter ein, ohne vorher mit mir gesprochen zu haben. Okay?«

Er lächelte, denn er war froh, dass sie den Ärger hinter sich hatten. »Ich verspreche es.«

Und als er das sagte, meinte er es auch ehrlich.

Dienstag

Er hat sich getäuscht, dachte Carol, als sie mit einer Tasse Kaffee in der Hand zur Dusche ging, während der Kater sich schnurrend an ihre Knöchel schmiegte. Sie hatte die Antwort nicht gewusst, als sie aufgewacht war. Wohl weil Tony eine Flasche Pinot Grigio nicht in seine Rechnung mit einbezogen hatte. Sie war nach dem Krankenhausbesuch ins Büro zurückgegangen, obwohl es nichts gebracht hatte. Nichts, was dort geschehen war, hatte ihre Stimmung heben können. Kevin hatte nichts von den Kanadiern erfahren. Sam nichts Verdächtiges in Yousef Aziz' E-Mails gefunden. Paula hatte niemanden in Temple Fields getroffen, der Jack Anderson erkannte, außer einer Frau, die mit ihm zur Schule gegangen war und ihn seit der Zeit, als sie mit sechzehn Jahren drei Wochen miteinander ausgegangen waren, nie wiedergesehen hatte. Chris war mit Tom Cross' Liste von Telefonnummern nicht weitergekommen. Und Stacey hatte nichts von Interesse auf den Festplatten entdecken können, mit denen sie sich beschäftigt hatte. Alles in allem hatte ihr Team den ganzen Tag damit verbracht, sich in Sackgassen zu verrennen. Als sie endlich nach Hause gekommen war, fühlte sie sich reif für die Sackgasse einer weiteren Flasche Wein.
Jetzt drehte sie die Dusche auf und trank ihren Kaffee aus,

während sie wartete, dass heißes Wasser kam. Sie hängte ihren Morgenmantel an die Tür und trat in die extra große Duschkabine, die die Handwerker beim Umbau in eine vergessene Kellerecke eingebaut hatten. Sie mochte diese Wohnung sehr, trotz oder wegen der Tatsache, dass sie in Tonys Kellergeschoss lag. Aber die Zeit nahte, da sie akzeptieren musste, dass sie wirklich endgültig zurück in Bradfield war. Um sich zu überzeugen, dass ihre Rückkehr aus London nicht nur vorübergehend war, würde sie sich wahrscheinlich eine richtige eigene Wohnung nehmen müssen.

Nicht dass sie die Nähe zu Tony aufgeben wollte. Die hatte sie doch gewollt, oder? Etwas, das sie einander näher bringen würde. Nur hatte das Wohnen im gleichen Haus sie einander weder auf emotionaler Ebene noch körperlich wirklich enger verbunden. Vielleicht war es an der Zeit, wieder etwas auf Distanz zu gehen, um zu sehen, ob das sie zwingen würde, sich dem zu stellen, was zwischen ihnen lag.

Oder vielleicht war es einfach zu spät.

Das Wasser strömte auf sie herab, und das Rieseln schien den inneren Gedankenfluss anzuregen. Für einen Giftgarten brauchte man Platz. Platz und Abgeschiedenheit. Man wollte nicht, dass die Kinder aus der Nachbarschaft an den Blumen rochen, die Blätter zerkauten oder Beeren pflückten, wenn man giftige Pflanzen anbaute.

Auch Geld war erforderlich. Denn sie konnte sich nicht vorstellen, dass man die Pflanzen einfach im Gartenzentrum um die Ecke bekam. Sie mussten wohl von spezialisierten Züchtern bezogen werden, vielleicht sogar importiert, und in diesem Fall müsste es Unterlagen geben. Irgendwo würde Jack Andersons anderes Pseudonym zu finden sein.

Und bei diesem Gedanken kam ihr wie ein Blitz die Erinnerung. Pannal Castle. Wo Tom Cross angeblich die Sicherheitsmaßnahmen für eine Benefizveranstaltung organisieren sollte. In der Schule wusste man laut Kevin nichts davon, also musste die Idee vom Mörder stammen. Es war ein Risiko, den Namen eines Veranstaltungsorts zu verwenden, wenn man nicht genug über ihn wusste. Und Tony hatte ihn risikoscheu genannt, jemand, der sorgfältig Pläne schmiedete.

Carol nahm sich kaum genug Zeit, um das Shampoo aus den Haaren zu spülen, sie eilte aus der Dusche, wickelte sich in ein Handtuch und lief zum Telefon im Wohnzimmer. In der Einsatzzentrale gab man ihr die Nummer der Polizeistation, in deren Zuständigkeitsbereich Pannal Castle fiel. Carol rief die Kirkby-Pannal-Polizeiwache an und wartete ungeduldig, während es viermal klingelte. Sobald abgenommen wurde, sprach sie. »Hier ist Detective Chief Inspector Carol Jordan von der Polizei Bradfield. Wer ist am Apparat ...? Guten Morgen, Constable Brearley. Ich brauche die private Telefonnummer von Pannal Castle ... Ja, ich weiß, dass sie nicht im Telefonbuch steht. Deshalb rufe ich Sie an ... Nein, ich rufe Sie von zu Hause an ... Ja, ich warte.« Carol trommelte mit den Fingern auf die Sessellehne. Der Junge am anderen Ende schien nicht zu begreifen, dass er bei einer Nachfrage bei der Bradfield Metropolitan Police, ob es wirklich eine DCI Jordan gab, nicht klären konnte, ob er tatsächlich gerade mit dieser DCI Jordan sprach. Trotzdem wollte sie keine Zeit damit verschwenden, ihn eines Besseren zu belehren.

Zwei Minuten später meldete er sich wieder und gab ihr pflichtbewusst die Nummer. »Danke«, sagte sie, legte auf und rief sofort Pannal Castle an.

»Hallo?« Die Stimme am anderen Ende klang vornehm und ungehalten. Carol stellte sich vor und entschuldigte sich, dass sie so früh anrief. »Schon gut«, meinte die Stimme. »Ich helfe der Polizei jederzeit gerne. Hier spricht Lord Pannal.«

Carol holte tief Luft. »Die Frage mag Ihnen seltsam vorkommen, Lord Pannal. Aber haben Sie zufällig einen Garten mit Giftpflanzen?«

Um halb zehn war Tony ein freier Mann. Die Schwester, die sich meistens um ihn gekümmert hatte, begleitete ihn zu seinem Taxi. »Tun Sie nicht zu viel«, warnte sie ihn. »Im Ernst. Es wird sich später rächen, wenn Sie sich nicht schonen.«
Er hatte seine Wohnung noch nie so sehr als sein Zuhause empfunden wie heute. Nichts war so praktisch wie im Krankenhaus. Aber dies war seine eigene kleine Welt. Seine Bücher. Seine Möbel. Sein Bett, seine Steppdecke, seine Kissen.
Er saß kaum fünf Minuten in seinem Lieblingssessel, als er einen Geistesblitz hatte. Wenn Rachel Diamond weder ferngesehen noch Zeitungen gelesen hatte, war es doch möglich, dass ihr bislang kein Foto von Yousef Aziz untergekommen war. Vielleicht hatte sie ihn zusammen mit ihrem Mann gesehen, ohne es zu wissen. Er musste sich vergewissern. Er musste ihre Reaktion auf ein Foto vom Mörder ihres Mannes sehen.
Er angelte sein Handy aus der Tasche und rief Carols Nummer an. Sie antwortete, klang aber ganz atemlos. »Jetzt nicht, Tony«, sagte sie. »Ich bin gerade mitten in einer Sache drin. Ich rufe dich in einer Stunde oder zwei an.« Und weg war sie.
Eine Stunde oder zwei? In zwei Stunden würde er keine Energie mehr haben. Er würde im Obergeschoss unter der Decke ausgestreckt in seinem eigenen gemütlich warmen Bett schlafen wollen.
Na ja, sie konnte nicht behaupten, er hätte es nicht versucht. Es wäre ihm lieber gewesen, wenn jemand mitgekommen wäre, wenn auch nur, um die Fahrt angenehmer zu machen. Aber Carol hatte ihm klargemacht, sie wolle nicht, dass er

ihre Leute verleitete. Er würde also einfach im Alleingang handeln müssen.
Während er auf das Taxi wartete, rief er Stacey an und ließ sie die beste Porträtaufnahme von Aziz schicken, die sie hatten. Dann fiel ihm ein, dass seine Drucker oben waren. Also ließ er das Taxi warten, während er sich nach oben schleppte, das Foto ausdruckte und sich vor Schmerz krümmend wieder hinunterquälte. »Sie sehen ganz schön geschafft aus«, bemerkte der Taxifahrer und bestand darauf, ihm beim Einsteigen zu helfen.
»So fühle ich mich auch«, gestand Tony. Er lehnte den Kopf an den Sitz und war bereits eingeschlafen, als sie das Ende der Straße erreicht hatten.
Als der Taxifahrer ihn zwanzig Minuten später an der Schulter schüttelte, fuhr er hoch.
»Wir sind da«, verkündete der Mann.
»Können Sie warten?«, fragte Tony. »Ich dürfte nicht lange brauchen.«
Er brachte das Drama hinter sich, aus dem Taxi auszusteigen, strich sich das Haar glatt, denn der Taxifahrer hatte ihn darauf hingewiesen, dass es zerzaust war, und humpelte zur Haustür. Auf das Klingeln hin öffnete eine Frau in den Sechzigern. Sie sah aus wie eine jüdische Version von Germaine Greer, und aus ihrem widerspenstigen stahlgrauen Haar ragte tatsächlich ein Bleistift heraus. Sie sah ihn über ihre kleinen ovalen Brillengläser an. »Ja?«, fragte sie verwundert.
»Ich suche eigentlich Rachel«, sagte Tony.
»Rachel? Tut mir leid, dass Sie umsonst gekommen sind. Sie ist ins Büro gegangen. Ich bin ihre Mutter, Esther Weissman. Und Sie sind …?«
Bevor Tony sich vorstellen konnte, erschien Lew neben seiner Großmutter. »Ich kenne Sie. Sie sind gestern mit der

Polizistin hier gewesen.« Er sah zu seiner Großmutter auf. »Ein Mann hat ihn mit einer Axt verletzt.«

»Wie bedauernswert«, meinte Mrs. Weissman. Lew schlüpfte an ihr vorbei und reckte den Hals zur Seite, damit er das Foto sehen konnte, das Tony an seine Krücke gedrückt hielt.

»Warum haben Sie ein Bild von Mummys Freund?«, wollte er wissen.

Bestürzt stützte sich Tony auf die Armschalen und hielt das Bild richtig herum hoch. »Das ist Mummys Freund?«

»Wir haben ihn einmal im Park getroffen. Er hat mir ein Eis gekauft.«

Mrs. Weissman versuchte, einen Blick auf das Foto zu werfen. Als Tony klarwurde, dass das, was er da hielt, einem Rucksack voll TATP gleichkam, trat er etwas zur Seite, so dass sie nichts erkennen konnte. »Was haben Sie da?«, fragte sie.

»Nur jemand von der Sache am Samstag«, antwortete er und versuchte so zu tun, als sollte man darüber nicht in der Gegenwart eines Kindes reden. »Es geht um eine Identifizierung. Ich hatte gehofft, dass Rachel helfen könnte. Ich arbeite für die Polizei. Das geht schon in Ordnung. Ich werde sie im Büro aufsuchen.« Er versuchte, zurückzuweichen und zugleich das Foto zu verstecken, ohne über Lew zu stolpern. Es war schon ein Bravourstück, dass er es schaffte, einfach nur aufrecht zu stehen.

Einen schrecklichen Moment befürchtete er, Mrs. Weissman werde ihm das Foto entreißen. Aber die guten Manieren einer zivilisierten Gesellschaft siegten, und sie hielt sich zurück. »Ich gehe dann«, sagte er, drehte sich um und bewegte sich so schnell wie möglich auf das Taxi zu.

»Ich habe Ihren Namen nicht mitbekommen«, rief ihm Mrs. Weissman nach.

Am liebsten hätte er *Nemesis* gerufen, wie kindisch das auch sein mochte. Stattdessen begnügte er sich mit »Hill, Dr. Tony Hill«. Rachel würde sich zweifellos recht bald alles zusammenreimen.

Als das Taxi anfuhr, rief er die Sondereinsatzzentrale an. Paula nahm ab. »Ich brauche deine Hilfe«, erklärte er.

»Ich kann nicht«, entgegnete sie. »Die Chefin hat mir die Leviten gelesen, dass ich nicht für dich arbeiten soll.«

»Paula, es ist sehr wichtig. Ich habe versucht, Carol anzurufen, aber sie hatte keine Zeit, mit mir zu sprechen. Hör zu, ich bin zu Rachel Diamonds Haus hinausgefahren, um zu sehen, ob sie vielleicht Aziz auf einem Foto erkennen würde. Da sie Presse und Fernsehen nicht verfolgt hat, dachte ich, es sei möglich, dass sie ihn gesehen hat, ohne es zu wissen. Aber sie war nicht da.«

»Und?« Paula klang genervt.

»Und Lew sah das Bild und sagte: ›Warum haben Sie ein Bild von Mummys Freund?‹«

Paula schwieg eine Weile. Dann flüsterte sie: »Oh, mein Gott.«

»Ja. Sie haben sich im Park getroffen, und Aziz kaufte dem Kind ein Eis, wahrscheinlich erinnert er sich deshalb so deutlich daran.«

»Oh, mein Gott. Du musst mit der Chefin reden.«

»Ich sage dir ja, was immer sie gerade tut, sie hat keine Zeit, meinen Anruf entgegenzunehmen.«

»Sie ist mit Chris zu Pannal Castle gefahren«, berichtete Paula zerstreut. »Was soll ich machen?«

»Rachel ist angeblich in ihrem Büro. Ruf vorher an, um dich zu vergewissern, dass sie da ist, dann lass das Haus überwachen, bis ich mit Carol sprechen kann. Ich bin mir sicher, dass ihre Mutter sie schon angerufen und ihr von dem frem-

den Mann erzählt hat, der mit einem Foto aufgekreuzt ist. Wir wollen nicht, dass sie sich aus dem Staub macht.«
»Aber wir haben keine Beweise«, wandte Paula ein. »Es ist ausgeschlossen, dass du das Kind dazu bringen wirst, gegen sie auszusagen.«
»Stimmt. Aber ich habe ein oder zwei Ideen. Bitte, Paula. Ich nehme den Beschuss auf mich. Sollte es einen geben. Aber wir dürfen sie nicht aus den Augen lassen.«
»Sie kennt mich.«
»Wie wär's mit Kevin?«
»Er ist nicht hier. Macht was Privates, sagte er. Bin mir nicht sicher, wann er zurück sein wird.«
»Wir werden einfach …«
»Ich nehme Sam mit«, unterbrach ihn Paula. »Bis später.«
Tony lehnte sich auf die Kissen zurück. Und ein zweites Mal an diesem Vormittag entschwand alles.

Kevin stand am Fenster und bewunderte die Aussicht auf die Dächer von Temple Fields. Er war nicht an diese Perspektive einer Gegend gewöhnt, die er so gut kannte. Alles sah aus dieser Höhe bemerkenswert harmlos aus, dachte er. Es war unmöglich zu erraten, auf welche Gesetzesübertretungen die streichholzgroßen Figuren da unten aus waren. Er hatte gewusst, dass es im zehnten Stock des Hart Tower Wohnungen gab, hatte aber zum ersten Mal die Gelegenheit, das Panorama zu erleben. Er wandte sich zurück an seinen Gastgeber. »Sie haben Glück, in einer Wohnung mit einer solchen Aussicht zu leben«, meinte er.
Justin Adams schob seine Brille mit dem dunklen Gestell auf der Nase nach oben und strich sein langes dunkles Haar aus der Stirn. »Eigentlich gehört sie nicht mir«, gestand er, »sondern einem Fotografen, mit dem ich oft zusammenarbeite. Er

überlässt sie mir, wenn ich hier oben etwas zu tun habe. Mein Wohnsitz ist in London.« Er grinste, ein Lächeln, das seine weißen Zähne von seinem Zweitagebart abhob. »Nicht so großartig wie das hier.« Er ging durch den Raum auf den Küchenbereich zu. »Ich kann Ihnen aber etwas zu trinken anbieten. Wir haben Bier, Wodka, Gin, Wein ...« Er hob fragend die Augenbrauen.

»Danke, aber ich habe später Dienst. Ich will nicht mit einer Fahne bei der Arbeit erscheinen.« Kevin nahm auf einem weichen Tweedsessel in der braunen Farbe des Winterfarns Platz.

»Ja, das passt wohl nicht so richtig zu Ihrer Art von Arbeit. Wie wär's mit einem alkoholfreien Drink? Ich trinke Orangensaft.« Er nahm eine Packung aus dem Kühlschrank und riss den Plastikverschluss auf. »Möchten Sie ein Glas?«

Noch geschlossen, und er trinkt auch davon, dachte Kevin und warf sich dann insgeheim vor, ein paranoider Schlappschwanz zu sein. Zu diesem Gespräch waren sie, schon lange bevor der Giftmörder ein Opfer geholt hatte, verabredet. Justin Adams' Namen kannte er schon seit Jahren aus den Automobilzeitschriften.

»Ja, danke«, sagte er und sah, wie Adams zwei große Gläser füllte und zwei Eiswürfel aus einer Schale im Eisfach nahm. Beide Gläser hatte Kevin die ganze Zeit, vom Eingießen bis Adams ihm eins davon reichte, im Blick. Er wartete, bis der Journalist einen kräftigen Schluck genommen hatte, und trank dann auch zwei. Der Saft war köstlich, süß, ein bisschen scharf und hellorange.

Adams stellte ein kleines Aufnahmegerät auf den Couchtisch, der zwischen ihnen stand. »Es macht Ihnen doch nichts aus, wenn ich das aufnehme, oder?«

Kevin zeigte mit einer großzügigen Geste auf das Gerät.

»Aber gerne«, erwiderte er. »Es wird spaßig sein, eine Aufnahme zu machen, die nicht mit Datum, Uhrzeit und einer Liste der im Raum anwesenden Personen beginnt.«
Adams verzog kaum den Mund zum Lächeln. »Bei einer solchen Aufnahme werde ich ja wohl nie mitwirken«, meinte er.
Kevin lachte. »Kommt darauf an, wie schnell Sie mit diesen Autos fahren, über die Sie schreiben.«
Adams beugte sich vor und drückte auf einen silbernen Knopf. »Erzählen Sie mir: Können Sie sich erinnern, wann Sie zum ersten Mal einen Ferrari gesehen haben?«

Liste 3

Danny Wade
Robbie Bishop
Tom Cross
Kevin Matthews
Niall und Declan McCullogh
Deepak

Pannal Castle hatte seit den Rosenkriegen an seinem jetzigen Platz gestanden. Ab der Mitte des neunzehnten Jahrhunderts verkam es zur Ruine, wurde aber von dem vierzehnten Baron wiederaufgebaut. Obwohl es von außen wie ein umfangreicher mittelalterlicher Gebäudekomplex aussah, gab es innen Zentralheizung und moderne Sanitäranlagen, und auch der Zuschnitt der Räume entsprach eher modernen als altertümlichen Bedürfnissen.

Wahrscheinlich war das Beste daran eine ganze Reihe grandioser Aussichten, ein Genuss, der nur wenigen Menschen zugute kam, da Pannal Castle der Öffentlichkeit rigoros verschlossen blieb. Wolle, Kohleabbau und in jüngster Zeit das *Red Rose Fine Arts and Craft Village* hatten es den jeweiligen Herren von Pannal ermöglicht, an ihrem Schloss festzuhalten, ohne sich auf Tagesgäste verlegen zu müssen.

Lord Pannal hatte tatsächlich für seinen Lebensunterhalt gearbeitet. Ein Dutzend Jahre war er ein relativ unbekannter Dokumentarfilmer gewesen, was ihm jetzt erlaubte, in allen möglichen Gremien und Komitees mitzumischen. Soweit Carol wusste, war er ein recht annehmbarer Bursche, obwohl er einmal Tony Blair auf Schloss Pannal eingeladen hatte, damit der die neue Galerie im Kunst- und Handwerksdorf eröffnete.

Während sie die sanft ansteigende Privatstraße zum Schloss hinauffuhren, blickte Chris sich um. »Vor langer Zeit muss die Lage als Verteidigungsstellung hier goldrichtig gewesen sein«, meinte sie. »Man konnte es nur schlecht von unten überfallen.«

»Ich nehme an, deshalb ist das Schloss noch da«, erwiderte Carol.

»Das wäre der eine Grund, und ein zweiter ist der Giftgarten, oder? Erwischte man sie nicht mit der Kanonenkugel, dann brachte man sie mit der Suppe um.«

»Kein Wunder, dass die englische Küche einen so schlechten Ruf hat.«

»Wie hat es sich denn tatsächlich zugetragen?«

»Lord Pannal machte vor zwölf Jahren einen Dokumentarfilm über die Medicis. Dabei erwachte sein Interesse an Gärten mit Giftpflanzen. Und er beschloss, selbst einen anlegen zu lassen.«

»Und da behaupten manche noch, dass Fernsehen nicht bildet. Was hat er hier alles?«

»Ich kenne die vollständige Liste nicht, aber auf alle Fälle hat er die Pflanzen, die uns interessieren. Rizinus, Belladonna, Oleander. Er sagt, sein Giftgarten sei von einem über zweieinhalb Meter hohen Zaun umgeben, der oben mit Stacheldraht versehen ist, was Gelegenheitseinbrüche unwahrscheinlich macht. Aber er hat auch einen stellvertretenden Gutsverwalter mit Namen John Anson.«

»J. A. Das gefällt mir. Sehr sogar.«

Ein kleiner Mann mit Tweedmütze und Barbourjacke erwartete sie, als sie über die wuchtige hölzerne Zugbrücke in den Schlosshof hineinfuhren. Drei friedliche schwarze Labradorhunde umringten sie, als sie ausstiegen. »Benson, Hedges, Silkie, kommt her«, rief der Mann und ließ Carol und Chris auf sich zukommen, während die Hunde sich zu seinen Füßen hinlegten.

»Lord Pannal«, stellte er sich vor und streckte ihnen eine Hand entgegen, als sie näher kamen. Sein rosa Gesicht, die blauen Augen und der borstige Schnurrbart gaben ihm eine bizarre, aber liebenswerte Ähnlichkeit mit einem Ferkel. »Ich bin frühmorgens etwas schwer von Begriff. Nach Ihrem Anruf erinnerte ich mich dann. Der Fußballspieler und der Bursche, der all diese Leute nach dem Bombenanschlag gerettet hat, wurden ja vergiftet.« Er biss sich verlegen auf die Lippen. »Schreckliche Sache. Entsetzlich, wenn das Gift von Pannal stammen sollte. Wollten Sie sich den Garten ansehen?«

»Ich glaube, wir lassen den Garten erst mal beiseite.« Carol nickte Chris zu, die ein Dutzend Bilder aus einer Mappe herausnahm und auf der Motorhaube ihres Wagens ausbreitete. »Lord Pannal, würde es Ihnen etwas ausmachen, sich diese hier anzuschauen und mir zu sagen, ob Sie jemanden erkennen?«

Er streckte den Kopf vor wie eine große rosa Schildkröte, die sich aus ihrem Panzer wagt. Sorgfältig studierte er die Bilder und deutete mit einem dicken Finger dann auf eines. »Das ist John Anson. Arbeitet für mich. Als stellvertretender Gutsverwalter.« Er sah weg und blinzelte verärgert. »Es fällt mir schwer, ihm so etwas zuzutrauen. Ein fleißiger Mann. Ist seit zwei Jahren bei uns, sehr gefällig.«

»Fällt der Garten mit den Giftpflanzen in seine Verantwortung?«, fragte Carol.

»Der gehört auch zu seinem Aufgabenbereich. Nicht, was die eigentliche Arbeit betrifft, die machen die Gärtner. Aber er gehört zu seinen Aufgaben, ja.« Er sprach in kurzen, abgehackten Sätzen, offensichtlich besorgt, obwohl er gekränkt

gewesen wäre, wenn jemand ihm Mitgefühl oder Hilfe angeboten hätte. Ein Scotch hätte ihm vielleicht gutgetan, aber Carol war nicht einmal sicher, ob ihm damit geholfen wäre.
»Wissen Sie, wo wir ihn jetzt finden können?«, erkundigte sich Chris und sammelte die Fotos wieder ein.
»In Bradfield.« Er nagte an der Unterlippe. »Er spricht mit künftigen Mietern über einen freien Laden im Handwerksdorf.«
»Wo genau in Bradfield?«, fragte Carol behutsam.
»Ich habe dort eine Unterkunft. Wir nutzen sie geschäftlich und auch als Zweitwohnung in der Stadt. Im Hart Tower.«
Chris und Carol tauschten einen vielsagenden Blick. »Am Rand von Temple Fields«, stellte Carol fest. »Wir brauchen die Adresse.«

Tony legte allen Charme in sein Lächeln. »Die Sache ist die: Ich darf Sie nicht bitten, etwas zu tun. Carol sagt, und das ist vollkommen vernünftig, dass Sie nicht für mich arbeiten, sondern für sie. Ich meine allerdings, wir arbeiten alle für die Sache der Gerechtigkeit, werde mich aber nicht mit ihr streiten.«
»Nicht bei der Laune, die sie in der vergangenen Woche hatte«, stimmte Stacey zu und sah nicht einmal von ihrem Bildschirm auf. »Interessant, dass der Junge den Mann auf dem Foto erkannt hat. Sie haben keine Zweifel?«
Tony zuckte mit den Schultern. »Der Kleine hatte keine Zweifel. Das ist es, was hier zählt. Er war absolut sicher. Mummys Freund, der ihm ein Eis gekauft hat.«
»Das gibt allem einen Sinn, was uns fraglich erschien. Was Sie darüber sagten, dass die Sache nicht recht wie ein terroristischer Anschlag wirkte, ja, da ist das doch nur logisch, wenn keine Terroristen dahinterstecken. Die zwei Timer – Aziz

dachte, er könne entkommen, aber Rachel Diamond hatte einen anderen Plan. Sie wollte, dass er starb.«

»Aber sie wollte nicht, dass er das wusste.«, fügte Tony gedankenverloren hinzu. »Wenn ich Sie wäre, würde ich die Fluggesellschaften anrufen, um zu sehen, ob Rachel Diamond und ihr Sohn Lew in nächster Zeit eine Buchung für einen Flug nach Kanada haben. Und ich würde in Erfahrung bringen, ob eins von den Sommerhäuschen, die Kevin überprüft, auf ihren Namen gebucht ist.«

Stacey runzelte die Stirn. »Sie meinen, sie plante, ihn zu treffen?«

Tony schüttelte den Kopf. »Ich meine, sie wollte ihn glauben machen, dass sie plane, ihn zu treffen.«

Stacey warf ihm einen anerkennenden Blick zu. »Oh, das ist sehr schlau«, sagte sie. »Sehr böse, aber sehr schlau.« Ihre Finger huschten schon über die Tastatur. »Ich glaube, ich werde vielleicht auch ein paar Anrufe nach Kanada tätigen.«

»Lassen Sie sich nicht stören, ich lese einfach die Zeitung«, meinte Tony, lehnte sich zurück und entspannte sich.

Die Fahrt von Schloss Pannal zurück nach Bradfield nahm bedeutend weniger Zeit in Anspruch als die Anfahrt, aber sie kam ihnen dennoch unendlich lang vor. »Beeilt euch«, trieb Chris jedes Mal die Autos vor sich an, wenn sie langsamer fahren musste.

»Ich kann nicht glauben, dass niemand im Büro eine Liste der potenziellen Mieter hatte«, wiederholte Carol zum dritten oder vierten Mal. »Man würde doch denken, dass es von so etwas mehr als eine Kopie gibt.«

»Ja, wir hätten Stacey darauf ansetzen können. Vielleicht herausfinden können, wer sein nächstes Mordopfer ist. Los, du Trottel«, rief Chris dem trödelnden Minivan vor ihr zu.

»Außer wenn …« Carol verstummte, als sie eine andere Möglichkeit zu ahnen begann.

»Außer wenn was?« Chris klang ungeduldig, als sie den Trödler überholte.

»Außer wenn es überhaupt keine Liste gibt. Vielleicht war das nur eine Ausrede gegenüber Lord Pannal, mit der er sich absicherte. Vielleicht hat sein nächstes Opfer gar nichts mit dem Kunstgewerbedorf zu tun.«

Chris trat auf die Bremse und drückte auf die Hupe. Der erschrockene Fahrer eines SUV wich ihr aus, als sie vorbeischoss. »Das ist jetzt eigentlich egal, oder? Es zählt nur, dass wir die Wohnung erreichen, bevor Jack, Jake, John oder wer immer dem Nächsten ein Gift verabreicht, gegen das es kein Gegenmittel gibt.«

Als sie sich dem Stadtrand näherten, versuchte Chris den kürzesten Weg zum Hart Tower zu finden. »Ich wünschte, Kevin wäre dabei«, sagte sie. »Niemand kennt die Schleichwege so gut wie er.«

»Sie machen es doch ganz gut«, beruhigte Carol sie. Aber sie war nicht sicher, ob sie damit die Wahrheit sagte.

»Ein schöner Traum, der Wirklichkeit wird. Schöner Träumer.« Kevins Stirn kräuselte sich. Hatte er sich gerade wiederholt? Jedes Mal, wenn er dachte, er hätte alles über seinen wunderbaren Wagen gesagt, was es zu sagen gab, fiel ihm noch etwas anderes ein, das er äußern wollte. Aber wenn er es dann erklärte, kam es ihm vor, als hätte er es schon gesagt. Mehr als einmal.

Er rutschte auf dem Sessel hin und her, der gefährlich glatt geworden zu sein schien. Seine Gliedmaßen taten nicht genau das, was er wollte. Mehr als einmal hatte er sich an der Lehne des Sessels mit dem interessanten Muster festhalten

müssen, um nicht auf den Boden zu rutschen. Und da lag ein wirklich schöner Teppich in den Farben von Edelsteinen, die er gerne berührt hätte.
Ein merkwürdiges Klümpchen kreuzte immer wieder sein Blickfeld. Rosa mit Borsten und oben mit dickem braunem Fell wie ein Bär. Aber das Fell war irgendwie anders. Vorher war es wie die fließende Mähne eines Pferdes gewesen, aber plötzlich war die Mähne explodiert, eine Spirale seidiger Strähnen. Er hatte sie in Zeitlupe durch die Luft wirbeln und dann auf dem Holzboden landen sehen.
Kevin drehte seinen schweren Kopf, seinen schweren vernebelten, dumpfen Kopf, um sie noch einmal zu betrachten. Wie ein Puschel, den jemand platt gewalzt hatte. Schön. Alles, wirklich alles war schön.
Plötzlich war der Puschel vor ihm und machte ein Geräusch. Es kam ihm alles sehr plötzlich vor, als sei er eingeschlafen und an einem anderen Ort wieder aufgewacht. Aber nein, er war noch auf dem gleichen Sessel. Zumindest meinte er, schon einmal auf diesem Sessel gesessen zu haben. Vor langer, langer Zeit.
Und plötzlich war er nicht mehr dort. Er stand. Hände hatten seine Hände gefasst und führten ihn. Zu fest. Zu merkwürdig und fest.
Kevin ging in die Knie und fiel nach vorn. Ach, wie weich der schöne Teppich war. Er küsste den Teppich und spürte, wie ein Kichern in ihm aufstieg. Als er lachte, begann er zu rollen und wurde sich der Hände auf seinem Körper bewusst. Hundert Hände, abertausend, Millionen von Händen, die ihn herumrollten.
Er glaubte, er könne ewig über den Planeten kullern. Für immer und ewig.

Der Zutritt zu dem Gebäude war kein Problem. Lord Pannal war sehr bemüht gewesen zu helfen, als sei er dadurch, dass er ein schwarzes Schaf eingestellt hatte, für das mitverantwortlich, was geschehen war. Deshalb hatte er ihnen die Reserveschlüsselkarte gegeben, mit der sie in die Tiefgarage, den Aufzug und die Wohnung selbst kamen, vorausgesetzt, sie hatten die richtige PIN, die er ihnen auch genannt hatte.
Alles funktionierte perfekt, bis sie zur Wohnungstür kamen, wo das Display anzeigte, die PIN sei nicht korrekt. Carol versuchte es zweimal, bevor sie den Misserfolg akzeptierte.
»Ich wette, er ändert die PIN, wenn er ankommt, und stellt sie wieder um, wenn er weggeht«, überlegte sie. »Dreckskerl.«
»Was machen wir jetzt?«
»Hat Stacey nicht eins von diesen Dingern, die man reinsteckt und die dann die PIN-Codes auslesen?«
Chris schnaubte. »Ich glaube, das war in einem Film, Chefin. Aber selbst wenn sie eins hätte, haben wir nicht die Zeit für diese Art Unfug. Was ist mit dem Sicherheitsdienst? Meinen Sie, die haben eine Art Hauptkarte wie einen Generalschlüssel?«
»Gehen Sie und fragen Sie nach«, sagte Carol. »Ich warte hier.«
Erst nach acht langen Minuten kehrte Chris mit einem älteren Mann in der Uniform der Security-Firma zurück. Er schaute unter seiner Schildmütze hochnäsig auf Carol herab.
»Ich muss vorher Ihren Ausweis mit Foto sehen«, erklärte er.
»Sergeant Malory leitet den Sicherheitsdienst«, stellte Chris ihn vor und bemühte sich so gut sie konnte, liebenswürdig zu sein.
Schweigend holte Carol ihren Dienstausweis und die Zu-

gangskarte für das Polizeipräsidium in Bradfield heraus. Malory hielt ihn gegen das Licht und betrachtete ihn genau, um zu sehen, ob das Hologramm echt war. »Sollten Sie nicht einen Durchsuchungsbefehl haben?« Er warf ihr einen strengen Blick zu.
Carol biss sich auf die Zunge. »Abschnitt achtzehn des Polizeigesetzes zur Erlangung von Beweismaterial«, stieß sie zwischen zusammengepressten Zähnen hervor. »Ich brauche keinen Durchsuchungsbefehl, wenn ich Grund zur Annahme habe, dass ich eine schwerwiegende Straftat verhindern kann. Was ich habe, worüber ich Ihnen aber nichts Näheres mitteilen werde, Mr. Malory.«
Chris verdrehte hinter seinem Rücken die Augen und zeigte mit dem Zeigefinger auf ihre Schläfe, als wolle sie sich erschießen. Aber anders als sie erwartet hatte, gab Malory nach. »Geht in Ordnung, Ma'am«, meinte er, führte die Karte ein und tippte schwungvoll die Zahl auf dem Tastenfeld ein.
Nach einem gedämpften Summen ging die Tür auf, als er mit den Fingerspitzen dagegendrückte. Carol gab Chris ein Zeichen, sie solle leise folgen, und schlich den kurzen Flur entlang. Durch die offene Tür am anderen Ende konnte sie nichts sehen, hörte aber von drinnen angestrengtes Ächzen und Stöhnen. Sie hatte nur einen Moment Zeit, um zu entscheiden: sich anschleichen oder vorpreschen?
Mit einer schnellen Handbewegung winkte Carol Chris heran und stürmte durch die Tür.
Das Bild brannte sich ihr wie ein Schnappschuss ein. Kevin lag mit dem Rücken auf dem Boden, die Beine angewinkelt, die Hose offen, die Arme hoch über dem Kopf, sein rotes Haar zerzaust und ein dümmliches Lächeln auf dem Gesicht. Hinter ihm auf dem Boden lag wie ein vergessenes Plüschtier eine Perücke, die wie eine Fontäne von Haaren aussah. Über

ihn gebeugt versuchte ein Mann, ihn umzudrehen – der Mann auf dem Foto, derjenige, der sich seit der Zeit, als er noch Jack Anderson gewesen war, entschieden weiterentwickelt hatte. Sein kurzes Haar klebte schweißnass am Kopf, und er hatte sich zwei Tage nicht mehr rasiert, aber es bestand kein Zweifel, dass er es war.

Chris stürzte an Carol vorbei auf Anderson zu. Aber er war schneller, als sie erwartet hatten, sprang hoch und nutzte Chris' Schwung aus, um sie mit einer ins Gesicht gezielten Geraden abzuwehren und dann nach links abzudrängen, so dass sie auf Kevin treten oder über ihn hinwegstolpern musste. Blut lief ihr übers Gesicht, während sie sich mit den Armen fuchtelnd aufrecht zu halten versuchte.

Anderson stürmte weiter und rammte mit der Schulter Carol. Sie versuchte verzweifelt, ihn zu fassen, und konnte ihn am Hemd packen, als er vorbeirannte. Knöpfe flogen durch die Gegend, er machte sich von ihr los, warf das Hemd ab wie eine Schlange ihre Haut und ließ sie zurücktaumelnd hinter sich.

Dann war er fort, beide hinter sich lassend, hatte er die Tür erreicht.

»Scheiße«, schrie Carol frustriert, als er verschwand.

Sie hatte jedoch Sergeant Malory vergessen.

Tony war immer noch mit dem Feuilleton beschäftigt, als Carol und Chris ins Einsatzzentrum gehumpelt kamen. »Erfolgsmeldung«, verkündete Carol. »Wir haben Anderson, Andrews oder Anson, wie immer man ihn nennen will.« Dann sah sie Tony. »Du hattest recht«, meinte sie. »Das Unterbewusstsein. Es ist ein großartiges Werkzeug. Wir sind gerade noch rechtzeitig gekommen, um das nächste Opfer zu retten. Anderson hatte es zwar geschafft, ihn benommen zu machen, aber wir sind ziemlich sicher, dass er ihm das Gift noch nicht verabreicht hatte.«

»Erzähl.« Tony wurde leicht übel.

»Du lagst richtig, dass du Kevin gewarnt hast. Du wusstest nur nicht, vor wem du ihn warnen solltest«, sagte Carol.

»Geht's ihm gut?«, fragte Tony.

»Die Sanitäter meinen, dass er sich wohl erholen wird. Er ist immer noch total high, aber er hat nur Symptome von Rohypnol, GHB oder so etwas.«

»Haben wir denn eine Ahnung, was genau passiert ist?«

»Anderson hat schon vor Wochen das Treffen arrangiert, lange bevor er Danny Wade umbrachte.«

»Woher weißt du das? Ich meine, wenn Kevin noch ganz benommen ist?«

»Weil ich diejenige bin, bei der man sich wegen einer Beurlaubung melden muss, und Kevin hat sich schon vor mindestens einem Monat diesen Vormittag freigenommen. Anderson gab sich als freier Journalist einer Automobilzeitschrift aus, der über Kevin und seinen Wagen schreiben wollte.«

»Ich wusste, dass er vorausplant. Aber das ist ja verblüffend. Redet er?«, wollte Tony wissen.

»Nein«, antwortete Chris hinter einem Tuch mit roten Flecken, das sie sich an die Nase hielt. »Kein Wort.«

»Er will keinen Anwalt und weigert sich, etwas zu sagen. Er gibt nicht einmal zu, Anderson zu sein.« Carol ließ sich auf einen Stuhl fallen und wendete sich Tony zu. »Wir haben ein Zäpfchen und antiretrovirale Medikamente in seiner Jacke gefunden. Wir haben Zeugen, die ihn mit den Opfern in Verbindung bringen, und wir können seinen Zugang zu dem Garten mit Giftpflanzen nachweisen. Aber ich hätte gern ein Geständnis. Hast du vielleicht eine schlaue Idee?«

»Lass mich mit ihm sprechen.«

»Du weißt, dass es so nicht geht«, erwiderte Carol.
»Wir haben das doch schon mal so gemacht.«
»Aber nicht, wenn die Öffentlichkeit uns so beobachtet, wie das bei Robbie Bishops Mörder der Fall sein wird.«
»Er sagt nichts, Carol. Was hast du zu verlieren?«
Sie wandte den Blick ab, denn sie kämpfte mit sich, weil sie dies einerseits korrekt zu Ende führen musste, andererseits aber auch ein Ergebnis brauchte. Sie wusste, dass ihr Team sie beobachtete und sich wünschte, sie möge das Nötige tun, um die Sache abzuschließen. Sie brauchten ein einwandfreies Ergebnis, kein Teilresultat. »Gut«, seufzte sie. »Aber nur, wenn wir es mit Rechtsbelehrung machen und er sich bereit erklärt, dass wir es auf Band aufnehmen können.«
»Einverstanden«, sagte Tony.
Er stemmte sich auf seinen Krücken hoch und begann, auf die Tür zuzuhumpeln. »Wo ist Paula?«, wollte Carol wissen. »Und Sam? Ich könnte sie draußen in Kirkby Pannal bei den Technikern brauchen, die Andersons Häuschen durchsuchen.«
Stacey und Tony tauschten einen Blick. Sie wussten beide, dass die Antwort auf Carols Frage sehr wohl Tonys Chance, mit Jack Anderson zu sprechen, zerstören konnte. »Sie sind unterwegs wegen eines Hinweises zu Aziz«, sagte Stacey.
Tony verbarg sein Erstaunen. Stacey verteidigte sonst nie jemanden. Dann fiel ihm ein, mit wem Paula unterwegs war, und es fing an, ihm einzuleuchten. Er nickte ihr kurz zu, als Carol gerade nicht hinschaute, und machte sich dann zu dem Teil des Gebäudes mit den Zellen auf.

Die Neuigkeit, dass eine wichtige Verhaftung vorgenommen wurde, spricht sich auf einem Polizeirevier immer schnell herum. Als Tony und Carol aus dem Einsatzzentrum kamen,

standen die Kollegen an den Türen und gratulierten und applaudierten ihnen, als sie vorbeigingen. Selbst am Eingang zum CTC-Stützpunkt hatten sich Männer in Schwarz versammelt und äußerten wortkarg ihre Zustimmung. Als sie im Flur warteten, spuckte der Aufzug David und Johnny aus.
»Gute Leistung«, sagte David, als er an Tony und Carol vorbeikam, die zum Aufzug gingen.
»Aber ich höre, dass er sich weigert auszusagen«, fügte Johnny hinzu. »Hoffen wir, dass die Jungs in Weiß etwas Stichhaltiges für Sie aufspüren.«
Die Türen schlossen sich, bevor Carol antworten konnte.
Tony meinte: »Du kannst dich freuen, die bald los zu sein.«
Carol lachte prustend. »Das wird wohl nicht so schnell der Fall sein.«
»Na ja, die Sache ist ...«
Der Aufzug hielt, und zwei Verwaltungsangestellte stiegen ein. Es war also nicht die rechte Zeit, ihr von Rachel Diamond zu erzählen.
Auch auf dem Weg vom Aufzug zu den Zellen gab es keine Gelegenheit, da er sich sehr konzentrieren musste. Und außerdem wollte er einen klaren Kopf haben, wenn er endlich Stalky gegenübertrat. Für einen Tag war das wirklich genug, dachte er. Am Tisch vor dem Zellenbereich setzte ihm ein Techniker den winzigen Ohrstöpsel ein, über den Carol mit ihm kommunizieren konnte; dann gingen sie weiter den Flur entlang.
Carol blieb vor einem der Verhörzimmer stehen. »Sobald ich etwas von der Spurensicherung höre, irgendwelche Ergebnisse der Hausdurchsuchung, gebe ich dir Bescheid. Viel Erfolg.« Sie hielt ihm die Tür auf.
In der Zeit, die er brauchte, um den Raum zu durchqueren, hatte Tony Gelegenheit, Jack Anderson in Augenschein zu

nehmen. Im Sitzen war es schwer, seine Größe zu schätzen, aber nach seiner Statur zu urteilen war er wahrscheinlich etwas unter einsfünfundachtzig. Er war sechsundzwanzig, genauso alt wie Robbie Bishop, und schien gut in Form zu sein. Er hatte modische Bartstoppeln, einen gepflegten Haarschnitt, keine sichtbaren Tätowierungen und einen einzelnen Diamantstecker im Ohr. Das Jackett seines Anzugs trug er auf dem nackten Oberkörper, was an ihm wie ein bewusstes modisches Statement wirkte. Und er sah gut aus, selbst mit der geschwollenen dicken Beule am Kiefer, die davon herrührte, dass Malory ihn zu Boden geschlagen hatte. Auf seinem Foto sah er sehr gut aus, aber in Wirklichkeit war er noch attraktiver. Man konnte leicht verstehen, dass er kein Problem gehabt hatte, Mädchen für sich zu gewinnen. Der junge Robert Redford, nur dunkelhaarig und mit schönerer Haut, dachte Tony. Und so cool wie Paul Newman in jedem beliebigen Alter.

Andersons Gesicht zeigte nicht die geringste Reaktion, als Tony sich durch den Raum zu einem Stuhl schleppte. »Ich bin Tony Hill«, stellte er sich vor, sobald er sich gesetzt hatte. »Ich arbeite mit der Polizei zusammen und erstelle Profile.«

Ein Mundwinkel hob sich zu einem schiefen Lächeln. »Wie *Fitz*, nur dünner.«

Tony unterdrückte ein Lächeln. War das Schweigen erst einmal gebrochen, war es viel schwerer, sich wieder dahinter zurückzuziehen. »Ich habe auch keine Probleme mit Alkohol oder Spielsucht«, erklärte Tony vergnügt. »Hat man Ihnen Ihre Rechte vorgelesen?« Anderson nickte. »Sie möchten keinen Anwalt?« Er schüttelte den Kopf. »Und Sie wissen, dass diese Befragung aufgezeichnet wird?«

»Es macht keinen Unterschied, ich habe sowieso nicht vor, etwas Wichtiges zu sagen.« Anderson lehnte sich auf seinem

Stuhl zurück und verschränkte die Arme vor der Brust. »Um mal peinlicherweise Billy Joel zu zitieren: ›I am an innocent man.‹«

Tony nickte. »Ich denke, in gewisser Hinsicht glauben Sie das wirklich. Aber ich denke auch, Sie wissen, dass es schwer sein wird, das in der Praxis aufrechtzuerhalten. Die Polizei hat schon einige Beweise, und es werden noch viele dazukommen. Sie mögen überzeugt sein, dass es für Ihre Taten eine Rechtfertigung gibt. Aber die schonungslose Wahrheit ist, dass man Ihnen in ein oder zwei Tagen drei Morde zur Last legen wird. Und zwar deshalb, weil Sie drei Männer umgebracht haben.«

Anderson sagte nichts. Sein Gesicht wurde wieder starr.

»Ich werde Sie Jack nennen«, fuhr Tony fort. »Ich weiß, dass das Geschehen vor drei Jahren, was immer da passiert ist, Ihnen das Gefühl gibt, dass Jack tot sei. Aber er ist derjenige, über den ich am meisten weiß, und es tut mir sehr leid für ihn. Viele Kinder wachsen ohne ihren Vater auf. Ich gehöre auch dazu, deshalb weiß ich, was das heißt. Mein Vater kam nicht um, für mich bestand immer die Möglichkeit, dass er in mein Leben zurückkommen könnte, egal wie winzig die Chance dafür war. Aber Sie hatten diese Chance nicht. Ihr Vater war für immer fort. Keine Hoffnung, an der Sie festhalten konnten. Und noch schlimmer ist, dass er als Held starb. Er starb den Tod eines Soldaten für Königin und Vaterland. Das geht definitiv über die Erwartungen hinaus, denen ein Teenager gerecht werden könnte.

Und dann sind da all die Dinge, die ihm dadurch entgingen, dass er damals starb. All die Dinge, die er niemals sah, niemals tun konnte. Das Internet, iPods, Digitalkameras, Billigflüge, Google. Sie aufwachsen zu sehen. Ich nehme an, dass Sie deshalb so begierig auf Erlebnisse waren. Frauen, Alkohol, Drogen, Männer, sniffen, fixen, bumsen, sich besaufen. All das war da, Sie brauchten es sich nur zu nehmen …«

»Was soll das heißen, Männer? Ich bin nicht schwul.« Er nahm die Arme herunter, und seine Hände umklammerten seitlich den Stuhl.

Treffer. Die antiretroviralen Medikamente waren der Hinweis gewesen, aber Tony hatte trotzdem nicht so schnell einen Riss im Panzer erwartet. »Ich habe nie behauptet, dass Sie das sind.« Tonys Ton blieb ruhig und entspannt. Fast wie bei einem Hypnotiseur. »Ich sprach über den Hunger, etwas zu erleben. Ich dachte, Sie wollten alles einmal ausprobieren. Wollten es selbst fühlen. Furchtlos und offen für alles, für jede Empfindung. Alles nehmen, was die Welt bot, es annehmen und nichts auslassen. Täusche ich mich da?«

»Das sind Ihre Worte, Herr Doktor, nicht meine.« Anderson tat sein Bestes, den harten Burschen rauszukehren, aber Tony spürte die Wut und das Leid hinter der Fassade. All diesen Schmerz, von dem er nicht wusste, wohin damit.

»Aber ich habe recht. Wir beide wissen das«, sagte er. »Ich bin auch nicht schwul, wenn das hilft. Das heißt aber nicht, dass ich nicht darüber nachgedacht habe, wie es wäre. Ich meine, wenn man alle anderen Erfahrungen gemacht hat, dann fragt man sich, ob es den bisherigen Erlebnissen gleichen oder ganz anders sein wird.« Zeit, das Tempo zu ändern. »Dann starb Ihre Mutter – das war eine Erfahrung, die Sie nicht machen wollten. Sie wollten nicht, dass sie sich umbrachte, wollten nichts von dieser Art von Verzweiflung wissen. Wollten nicht, dass sie starb, nicht wahr? Wie schwer es für sie gewesen sein muss, abzuwarten, bis sie dachte, Sie seien gefestigt, und es dann erst auszuführen. Diese eine Erfahrung, die man mit niemandem teilen kann. Sie tat, was sie konnte, und dann machte sie Schluss. Hat Sie sich selbst überlassen. Ich würde vermuten, wenn es vorher etwas gab, das Sie ausgelassen hatten, dann haben Sie sich daraufgestürzt, als sie nicht mehr da war.«

Anderson rutschte auf seinem Stuhl herum. »Muss ich mir den ganzen Tag diese Amateurpsychologie anhören?«, platzte er heraus.

»Es ist nicht amateurhaft, Jack. Ich werde dafür bezahlt. Also, was stand noch auf der Liste? ›In der Premier League Fußball spielen. Ein Haus am Dunelm Drive haben. Millionär sein, bevor ich dreißig bin. Einen Ferrari fahren‹.«

Tony sah, dass es funktionierte. Auf jeden Satz reagierte sein Gegenüber mit einem winzigen Zucken. Es war an der Zeit, den Druck zu erhöhen.

»Na, Jack, wie mach ich das? Wie viele stehen noch auf Ihrer Liste? Wie viele wollten Sie noch vergiften? Ihr Leben vergiften, so wie er Ihres vergiftet hat?«

Er zog scharf die Luft ein. »Was Sie faseln, ist Unsinn. Was soll das heißen – Leben vergiften? Sie meinen, dass wer immer diese Typen umgebracht hat, den Mord als Metapher verstand? Wie können Sie den Tod so trivialisieren? Sie sind morbider als die Mörder, die Sie zur Strecke bringen sollen.«

Tony zuckte mit den Schultern. »Sie sind nicht der Erste, der das sagt. Aber letzten Endes bin ich eben kein Mörder. Sie schon. Und der einzige Grund, weshalb Sie jetzt für mich oder sonst jemanden von Interesse sind, ist, weil wir wissen wollen, warum das so ist. Ich glaube, ich weiß, warum, aber es wäre schön zu hören, dass ich recht habe.«

»Sie reden verdammten Stuss«, entgegnete Anderson. »Leute wie Sie, die meinen, sie wüssten, was Menschen antreibt – ihr habt keinen Schimmer.«

»Jack, Sie versuchen es mit einer Nebelkerze. Das mag manche Leute aus der Fassung bringen, aber mich nicht. Ich interessiere mich nicht für Ihre Ablenkungsmanöver. Kehren wir doch zu dem zurück, worum es wirklich geht. Ihre Versuche, dafür Rache zu nehmen, dass Ihnen Ihre Träume von dem Mann gestohlen wurden, der Ihr Leben vergiftet hat.«

»Ich bin nicht schwul«, sagte Anderson diesmal lauter.

»Wer hat etwas von schwul gesagt?«, erwiderte Tony unschuldig mit ausgebreiteten Armen. »Ich habe Sie nach Ihrer Liste gefragt. Wer da noch draufstand. Drei hatten wir schon. Wie viele außerdem? Ich weiß, es gibt mindestens noch einen. Kevin, der Typ mit dem Ferrari. Hatten Sie wirklich gedacht, die würden einfach die Hände in den Schoß legen und Sie einen weiteren der ihrigen umbringen lassen? Sie haben Tom Cross erwischt, weil wir nicht am rechten Ort gesucht haben.« Tony beugte sich vor und kam nah an sein Gesicht heran, immer noch ruhig, aber unausweichlich. »Aber Kevin Matthews sollten Sie auf keinen Fall zu fassen bekommen.«

Zum ersten Mal schien Anderson bestürzt, sein Gesicht sah erschrocken und wachsam aus. »Ich arbeite hier und da als freier Journalist. Ich habe ein Interview mit ihm gemacht.«

»Wie lange haben Sie gebraucht, bis Sie einen Journalisten mit den richtigen Anfangsbuchstaben fanden? Oder hatten Sie die Idee, wie Sie sich an Kevin heranmachen könnten, als Sie die echte Verfasserangabe von Justin Adams sahen?« Tony neigte den Kopf zur Seite und taxierte Anderson. »Ich bin neugierig, wissen Sie. Sind Sie erleichtert, dass wir Sie aufgehalten haben? Oder ärgern Sie sich, weil Sie das nicht zu Ende führen können, was Sie angefangen haben? Nur aus Neugier, wie sollte Ihr Spiel denn enden? Wollten Sie die Liste abarbeiten und dann aufhören? Und die Zeit, die Ihnen noch bleiben würde, bis zum Ende durchleben? Oder wollten Sie klein beigeben wie Ihre Mutter?«

Ein Muskel an Andersons Kiefer spannte sich. »Ich habe Ihnen bereits gesagt, es war ein Interview. Ich arbeite als freier Journalist, okay? Dann fing er an durchzudrehen. Ich habe keine Ahnung, warum. Sie sollten herausfinden, wo er war, bevor er in meine Wohnung gekommen ist. Was immer er genommen hat, er muss es dort eingenommen haben. Ich weiß nicht, wovon Sie sprechen. Gift, schwuler Sex? Das ist nicht meine Welt.«

Tony wollte gerade weitersprechen, aber Carols Stimme in seinem Ohr ließ ihn innehalten. »Tony, ich habe gerade von der Spurensicherung gehört. Sie haben seine Liste gefunden, sie war unter die Tastatur seines Computers geklebt. Die zwei Ziele, die du noch nicht hast, sind: ›Eine CD aufnehmen, die in die Charts kommt‹ und ›Mit einem Topmodel ausgehen‹. Hast du verstanden?«

Er nickte. »Oh doch, Jack. Kevin und sein Ferrari. Auch auf Ihrer Liste. Wer sollte also der Nächste sein? Welchen der bekannten jungen Musiker von Bradfield wollten Sie niederstrecken? Oder wollten Sie sich an den Typen mit der Modelfreundin heranmachen? Lassen Sie mich überlegen, wer hat eine Supertussi, die über den Laufsteg stolziert? Das müsste Deepak sein, oder? Unser einheimischer Modeschöpfer. Stand er auch auf der Liste?«

Anderson hatte die Augenbrauen zusammengezogen, und eine flache Falte war dazwischen entstanden. Ihm Angst einzujagen, das war jetzt Tonys Ziel. Ihn zu beunruhigen. Ihn beklommen zu machen. Ihm den Boden unter den Füßen wegzureißen. Und ihm dann Trost anzubieten.

»Man macht sich hier große Sorgen um Kevin, wissen Sie. Er ist beliebt. Was sollte es diesmal sein? Eisenhut? Fingerhut? Strychnin? Ich muss sagen, Sie hatten da eine elegante Idee. Gift. Ihr Leben vergiften, so wie er Ihres vergiftet hat.« Und plötzlich wusste er es. Die Wiederholung, die Anderson aus dem Gleichgewicht bringen sollte, hatte Tony eine Tür geöffnet. Es war ein Sprung, das wusste er. Aber es war ein Sprung, der wirklich sinnvoll war.

Er faltete die Hände auf dem Tisch und ließ das Mitleid, das er fühlte, zum Ausdruck kommen. »Nur einmal. Mehr war nicht nötig. Sie wollten alles erfahren, alles wissen. Aber es war nicht wie sonst, wenn Sie die Grenzen überschritten und Spaß hatten, oder? Sie mochten es nicht. Denn Sie haben recht. Sie sind nicht schwul. Sie dachten, es würde in Ordnung gehen, aber Sie hassten es. Hassten es so sehr, dass Sie sich selbst zu hassen begannen. Da haben Sie aufgehört, Jack zu sein, oder? Jack war erledigt, war total im Arsch. Also ließen Sie Jack hinter sich. Sie wussten, tot zu sein bedeutete, dass Sie sich von der Vergangenheit verabschieden mussten, also taten Sie das. Jack wurde zu John und manchmal Jake. Sie hatten aber immer noch Ihre Träume. Hatten immer noch die Liste. Glaubten immer noch, Sie könnten aufsteigen.«

Anderson packte seinen Stuhl noch fester, seine Schultermuskeln spannten sich an und strafften sich. Er schüttelte heftig den Kopf, als wolle er versuchen, etwas Klebriges, Ekelhaftes abzuschütteln.

Tony sprach jetzt leise. »Und dann erfuhren Sie es. Nur einmal, mehr war nicht nötig gewesen. Dieses Virus im Blut, das Sie vergiftete, Sie umbrachte. Es bringt nichts, dass man heutzutage Medikamente nehmen und länger leben kann. Wer will ohne seine Träume länger leben? Was ist der Sinn einer solchen Existenz? Die Welt lag Ihnen zu Füßen, Sie wollten jemand sein. Und *eine* schreckliche Nacht nahm Ihnen all das weg.«

Das Schweigen zwischen ihnen wurde länger, angespannt und dramatisch. Anderson sah aus, als würde etwas in seinem

Inneren zerbrechen. Tony wollte versuchen, dies zu provozieren.

Sein Ton war sanft und freundlich. »Sie haben beschlossen, dass – wenn sich Ihre Träume nicht erfüllen konnten – auch die Männer, die den gleichen Weg gegangen waren wie Sie, diese Träume nicht leben durften. Sie hätten an ihrer Stelle sein können, aber das waren Sie nicht, deshalb sollte es auch ihnen nicht erlaubt sein, die zu sein, die sie waren.« Dann veränderte sich plötzlich sein Tonfall. Schroff und laut sagte Tony: »Na, Jack, hier ist eine Neuigkeit für Sie. Sie werden anderen keine Träume mehr wegnehmen. Sie kommen in den Knast, wo man gut auf Sie aufpassen und dafür sorgen wird, dass jeder Tag, den Sie noch zu leben haben, elend sein wird. Sie werden hinter Gittern noch lange und glücklich leben. Dort, wo alle anderen sämtliche saftigen Einzelheiten aus Ihrem Prozess kennen werden.«

Anderson sprang auf und stürzte sich auf Tony, der eine seiner Krücken energisch durch die Luft schwang, sie Anderson in die Rippen stieß und ihn aus dem Gleichgewicht brachte, so dass er zu Boden fiel.

»Sehen Sie? Man kommt nicht angerannt, um mir zu helfen«, sagte Tony. »Weil man nämlich weiß, dass Sie mich nicht niederschlagen werden, denn dazu sind Sie nicht in der Lage. Sie mögen keine Gewalt. Chris Devine hatte einfach Pech in der Hitze des Gefechts. Wenn Sie Zeit zum Überlegen gehabt hätten, hätten Sie sie nie geschlagen. Das ist ein weiterer Grund, weshalb Sie Gift gewählt haben. Damit Sie aus der Entfernung töten konnten.« Er schüttelte den Kopf. »Ich fing an, Mitgefühl mit Ihnen zu haben, Jack. Jetzt habe ich nur noch Mitleid.«

Anderson rappelte sich auf und schlich zu seinem Stuhl zurück. »Ich will Ihr Mitleid nicht.«

»Dann verdienen Sie sich meinen Respekt. Sagen Sie mir, wie es war. Wenn ich unrecht habe, sagen Sie es mir jetzt. Ich werde es zurücknehmen.«
Anderson ließ sich resigniert auf den Stuhl fallen. »Ich werde nicht darüber sprechen. Was immer an Beweisen gefunden wird, ich werde nicht darüber reden. Ich werde mich für schuldig erklären. Aber ich werde nicht über die Dinge reden, von denen Sie gesprochen haben. Es wird keinen Prozess geben, der mich besudelt. Es wird immer ein Geheimnis bleiben, warum ich es getan habe.« Seine Augen blitzten vor Wut. »Ich habe sie getötet. Das soll ich doch sagen, stimmt's? Ich habe getan, was ich tun musste. Ich habe sie getötet.«

Nachdem Anderson hinausgeführt worden war, hätte Tony sich am liebsten überhaupt nicht mehr bewegt. Er war ausgelaugt, hatte Schmerzen und wollte nichts tun, was beides noch verschlimmern konnte. Also saß er einfach da. Der Vollzugsbeamte brachte ihm eine Tasse Kaffee, die aus seinem persönlichen Vorrat stammen musste, denn er schmeckte nach Kaffee. Ansonsten ließ man ihn in Ruhe. Er trank fast die ganze Tasse aus und ließ den Rest abkühlen, um damit etwas Kodein zu schlucken. Was war das für eine Arbeit, deren Erfolge einen so elend machten?
Er war nicht sicher, wie viel Zeit vergangen war, als Carol zurückkam. Sie setzte sich ihm gegenüber, streckte die Hand über den Tisch und legte sie auf die seine. »Kevin geht es gut. Er wird sich erholen. Und wir haben gegen Anderson Anklage erhoben«, berichtete sie. »Wenn die Spurensicherung uns nicht enttäuscht, werden wir alles in trockenen Tüchern haben. Wir können ihn auf jeden Fall mit Tom Cross in Verbindung bringen, und es gibt Indizienbeweise für Danny Wade. Dazu der Angriff auf Kevin. Und wenn er bei seinem

Schuldbekenntnis bleibt, werden wir auch Robbie einbeziehen können.«
»Er wird sich anders besinnen, sobald ihn ein Anwalt bearbeitet«, meinte Tony. So ging es eben zu auf der Welt. Wer immer Anderson schließlich vertrat, würde neben der Notwendigkeit, sich für die Gerechtigkeit einzusetzen, auch die Möglichkeit für Schlagzeilen sehen. »Lass uns beten, dass es nicht Bronwen Scott sein wird.«
»Gibt es noch etwas, über das du mit mir sprechen möchtest?«, fragte Carol und zog ihre Hand zurück.
Seine Lider flatterten vor Müdigkeit. »Oh«, sagte er langsam. »Jetzt, da du fragst ...«
»Tony«, dröhnte John Brandons Stimme von der Tür her. »Gratuliere! Gerade aus dem Krankenhaus entlassen, und schon erledigen Sie unsere Arbeit. Gut gemacht.« Er schüttelte Tony die Hand und zog einen Stuhl heran. »Also, Carol sagt mir, dass wir eine etwas heikle Situation haben. Es könnte vielleicht helfen, Ihre Ansicht zu hören. Carol?«
»Es scheint, dass wir ein alternatives Szenario für die Explosion am Samstag haben«, begann sie. »Tony und DC McIntyre haben gestern Rachel Diamond besucht, die Witwe von Benjamin Diamond, eines der Bombenopfer vom Stadion. Es hat sich herausgestellt, dass Mr. Diamonds Firma Verbindungen zu Yousef Aziz' Familienbetrieb unterhielt. Tony hatte mir gegenüber schon Zweifel geäußert, ob dies nicht etwas anderes als eine rein terroristische Gewalttat sein könne. Als er mich dann fragte, ob er sich mit Mrs. Diamond über eine mögliche Beziehung zwischen ihrem Mann und Yousef Aziz unterhalten könne, dachte ich, es könnte sich lohnen, dies weiterzuverfolgen. Tony?«
»Rachel Diamond behauptete, sie habe die Berichterstattung in den Medien nicht verfolgt, und mir fiel später ein, dass sie

vielleicht gar kein Foto von Aziz kannte und deshalb etwas, das sie gesehen hatte, als nebensächlich abgetan haben könnte, obwohl es in Wirklichkeit alles andere als nebensächlich war. Also ging ich heute noch einmal mit einem Foto von Aziz zu ihr nach Hause. Sie war nicht da, dafür aber ihr Sohn Lew. Er sah das Foto von Aziz und sagte: ›Warum haben Sie ein Bild von Mummys Freund?‹ Ich habe ihn in keiner Weise gedrängt, ich kenne die Vorschriften in Bezug auf minderjährige Zeugen. Er erzählte, sie hätten Aziz im Park getroffen und er hätte ihm ein Eis gekauft. Ich begriff allmählich, dass es, abgesehen von den beiden Erklärungen, die wir in Betracht gezogen hatten, noch eine dritte gab.«

Brandon sah besorgt aus. »Dem CTC wird das nicht besonders gefallen«, überlegte er.

»Pech«, meinte Carol nur. Sie hatte Brandon noch immer nicht verziehen, was sie als Mangel an Rückgrat gegenüber dem Feind empfunden hatte. »Tony?«

»Yousef Aziz war kein Terrorist. Er war auch kein Auftragskiller. Er war ein Liebhaber. Er hatte sich verfangen in … entschuldigen Sie, wenn es sich wie eine schlechte Schlagzeile der Boulevardpresse anhört, aber es lässt sich nicht anders beschreiben als ›verbotene Liebe‹. Der Sohn eines frommen Moslems verliebt sich in eine verheiratete Jüdin. Das wird zu Hause nicht gut ankommen, oder? Sie werden beide aus ihren Familien und den Firmen ausgestoßen werden, für deren Aufbau sie so hart gearbeitet haben. – Ich glaube, es war Rachels Idee.« Tony schüttelte den Kopf. »Nachdem ich Rachel kennengelernt habe, drängt sich mir tatsächlich der unheimliche Verdacht auf, dass sie es nur auf Aziz abgesehen hatte, weil sie das in die Wege leiten wollte, was letztendlich passierte – um sozusagen zwei Fliegen mit einer Klappe zu schlagen. Aber ich greife jetzt zu weit vor.«

Brandon sah aus, als wäre er überall sonst auf der Welt lieber als gerade hier. Unverdrossen machte Tony weiter.
»Sie haben also eine Affäre. Aziz ist bis über beide Ohren verliebt, er würde alles für sie tun. Und Rachel kommt auf eine großartige Idee. Sie könnten einen terroristischen Anschlag vortäuschen. Damit werden sie Benjamin los, ohne dass jemand das wahre Motiv erkennt. So kann Aziz auch einen Schlag gegen das System führen, das seine Leute unterdrückt, denn die Personen, die sie in die Luft sprengen werden, sind die reichen Dreckskerle, die ihn und Leute wie ihn und seine Familie verachten.
Aziz glaubt, dass Folgendes geschehen wird: Er wird den Timer manuell einstellen, dann vor der Explosion den Raum unter der Tribüne verlassen, an den Flughafen fahren und verschwunden sein, bevor irgendjemand nach ihm zu suchen beginnt. Er wird nach Kanada fliegen, was eine kluge Wahl ist, denn dort gibt es viele Einwanderer aus asiatischen Ländern. Rachel soll ihn dort treffen …«
»Ich unterbreche nur ungern«, sagte Carol. »Aber dazu habe ich inzwischen Informationen. Stacey hat einen Flug nach Toronto aufgespürt, der für nächsten Freitag für Rachel Diamond und ihren Sohn Lew gebucht ist. Und wir haben eine Agentur für Ferienwohnungen gefunden, die ab Samstag für einen Monat ein Häuschen an Rachel Diamond vermietet hat. Yousef Aziz hatte sich das Haus vorher auf seinem Computer angeschaut. Sowohl der Flug als auch die Miete für das Haus wurden mit Rachels privater Kreditkarte bezahlt. Tony hat also recht. Ob sie nun plante, Aziz zu treffen oder nicht, sie hatte jedenfalls die Buchungen vorgenommen, die ihre Absicht zeigen.«
»Das ist doch sehr wenig«, meinte Brandon.
»Es wird sich mehr finden lassen«, erwiderte Carol. »Wir

werden den Anruf zum Fernzünder zurückverfolgen können. Wenn sie vom Festnetz aus anrief, wird das auf ihrer Telefonrechnung erscheinen. Wenn sie ein Handy nutzte, werden wir herausfinden können, über welchen Mobilfunkmast der Anruf ging. Ich wette, Stacey wird auf einem der verschiedenen Computer der Diamonds Beweise finden können. Wir werden mit allen Freunden der Diamonds sprechen. Es muss jemanden geben, der wusste, dass die Ehe kriselte. Es gibt immer jemanden. Und jetzt, da wir wissen, was wir suchen, werden wir Zeugen finden, die sie miteinander gesehen haben. Und Tony wird bezeugen, was Lew gesagt hat.«

»Das ist nur Hörensagen«, wandte Brandon ein.

»Ich denke, das fällt unter eine der Ausnahmen von der Hörensagenregel, Sir«, widersprach Carol höflich.

Brandon schüttelte den Kopf. »Es gefällt mir nicht, Carol. Meinen Sie, die Geschworenen werden glauben, dass eine jüdische Frau ihren muslimischen Geliebten dazu anstiftet, sich selbst und fünfunddreißig andere Menschen zu töten, nur um ihren Mann loszuwerden? Warum hat sie sich nicht einfach scheiden lassen wie andere Leute auch?«

»Weil sie habgierig ist«, erklärte Tony. *Und mit habgierigen Frauen kenne ich mich aus.*

»Ich möchte sie festnehmen lassen, Sir«, sagte Carol. »Wegen sechsunddreißigfachen Mordes. Tun wir es nämlich nicht, wird sie, sobald ihre Mutter ihr erzählt, was Lew zu Tony gesagt hat, mit dem nächsten Flug die Stadt verlassen. Und wenn Sie meinen, dass das, was wir als Grund für die Verhaftung haben, zu dürftig ist, dann werden wir mit einem Auslieferungsantrag erst recht nicht weit kommen.«

Brandon stöhnte. »Die Sache gefällt mir nicht, Carol. Es kommt mir wie eine Ermittlung ins Blaue hinein vor.« Nach einem Klopfen an der Tür rief Brandon: »Herein.«

Stacey trat ein und schien sehr zufrieden mit sich. »Ich dachte, Sie möchten das bestimmt sehen«, sagte sie und legte die Mappe, die sie mitgebracht hatte, auf den Tisch.
»Was ist das?«, fragte Brandon.
»Die Spurensicherung, die Aziz' Wohnung durchsucht hat, fand eine Quittung für eine Cola und Kuchen vom Café der City Art Gallery am Freitagvormittag. Wir haben deshalb die Initiative ergriffen und die Aufzeichnungen aus den Überwachungskameras des Cafés und der Kunsthalle mitgenommen. Wir haben alles oben, aber ich dachte, Sie würden vielleicht die Highlights gern jetzt gleich in einer Zusammenstellung sehen.«
Brandon schlug die Mappe auf, und sie starrten alle auf den Inhalt. Das erste Foto zeigte Yousef Aziz, der Zeitung lesend an einem Tisch saß, Cola und Kuchen standen vor ihm. Auf dem nächsten Bild kam Rachel Diamond von hinten heran und hatte eine Zeitung dabei. Das Bild danach zeigte, wie sie die Zeitung auf den Tisch vor Yousef legte. Auf dem letzten Schnappschuss war sie an ihm vorbeigegangen und hatte die Zeitung nicht mehr in der Hand. »Drei Kontaktpunkte zwischen ihnen«, stellte Carol fest. »Ich sage, es ist definitiv an der Zeit zu handeln.« Brandon schien immer noch skeptisch, aber er nickte zustimmend.
»Sehen Sie doch mal die positive Seite, John«, meinte Tony. »Auf diese Art und Weise können Sie dem CTC sagen, sie sollen verschwinden.«

Drei Monate später

Ein ausgesprochen schöner Sonntagnachmittag in einer klassischen nordenglischen Landschaft der Hochmoore und langgestreckten Täler. Ein rotes Ferrari-Cabrio mit offenem Verdeck fuhr langsam eine einspurige Straße entlang, die sich auf ein Hochplateau hinaufwand. »Wohin fahren wir?«, wollte Tony von Carol wissen. »Und warum fahren wir in Kevins Auto dorthin?«

»Egal wie oft du fragst, ich werde es dir nicht sagen, bis wir dort sind.«

»Ich hasse Überraschungen«, nörgelte er.

»Es wird dir gefallen«, erwiderte Carol. »Hör auf zu jammern.«

Nach zwei weiteren Meilen wurde die Straße weniger steil. Auf dem Moor ragten Hochsitze aus Farn und Wollgras wie die Geschütztürme auf einem Schiff hervor. Ein Fußweg führte nach rechts, und Carol hielt an. Sie griff auf dem Rücksitz nach einem Rucksack. »Komm«, sagte sie. »Hier ist es.«

Tony sah sich in der freien Landschaft um. »Hier ist was?«

»Folge mir.« Sie ging den Pfad hinunter, drehte sich dann um und wartete auf ihn. Das Humpeln war immer noch sichtbar. Sie fragte sich, ob es je ganz verschwinden würde. Sie wusste, dass ein neues Gelenk zur Debatte stand. Aber er war nicht gerade begeistert von dem Gedanken an eine weitere Operation. Nicht einmal, wenn die Respekt einflößende Frau Dr. Chakrabarti sie durchführte.

»Ich kann immer noch nicht weit gehen, weißt du«, sagte er, als er sie einholte.

»Wir gehen auch nicht weit.« Nach ungefähr einer halben Meile fiel der Hügel plötzlich ab und gab eine grandiose Aussicht frei, ein schönes Schloss in der Talsohle inbegriffen.

»Hier ist es gut«, meinte Carol. Sie öffnete den Rucksack und nahm eine leichte Decke heraus. Sie setzten sich nebeneinander, und sie holte zwei Ferngläser, eine kleine Flasche Sekt und zwei Gläser heraus. Dann sah sie auf die Uhr. »Genau der richtige Zeitpunkt.«

»Sagst du mir jetzt, was los ist?«

»Sieh doch mal hin.« Sie gab ihm ein Fernglas. »Schau das Tal hoch in Richtung Schloss.« Während sie sprach, stieg ein Rauchwölkchen zum Himmel auf. Dann loderten plötzlich Flammen empor, und grüne Büsche erglühten in roten, gelben und schwarzen Schwaden von Feuer und Rauch.

»Ist es tatsächlich das, wofür ich es halte?«, fragte Tony und sah sich das Schauspiel durch das Fernglas an.

»Lord Pannals Garten mit den Giftpflanzen«, antwortete Carol. »Er wollte das schon seit dem Tag tun, an dem Jack Anderson verhaftet wurde. Aber wir mussten sichergehen, dass Staatsanwaltschaft und Verteidigung vorher alle nötigen Untersuchungen durchführen konnten. Sie haben beide am Freitag alles abgeschlossen, und Seine Lordschaft hat endlich seinen Willen bekommen.«

»Ich verstehe jetzt, wieso du dir den Ferrari geliehen hast.« Tony senkte sein Fernglas. »Bekennt sich Anderson immer noch schuldig?«

Carol nickte und schob den Sektkorken mit den Daumen an.

Leise ploppend flog er heraus, und sie goss ein. »Sein Anwalt hat alles versucht, um ihn dazu zu bringen, dass er es sich anders überlegt. Aber er ist klug genug zu verstehen, dass vor Gericht fast nichts über den Grund seiner Straftaten herauskommen wird, wenn er sich weiter an sein Schuldbekenntnis hält. Und da die Toxikologen festgestellt haben, dass das Zäpfchen in seiner Tasche mit Strychnin präpariert war, wäre die Argumentation, er sei nur zufällig vor Ort gewesen, schwierig.«

»Allerdings. Hast du jemals herausgefunden, wie er die Rochies verabreicht hat?«

»In den Eiswürfeln. Die eine Seite der Schale war mit Rohypnol versetzt. Die andere Seite war in Ordnung.« Sie lachte kurz auf. »Auf die Seite mit der Droge hatte er mit Filzstift ein großes ›R‹ geschrieben, damit er sie auseinanderhalten konnte.«

Tony nippte an seinem Glas. »Ich habe mich damals gefragt, ob er uns nicht noch hinters Licht führen würde.«

»Hinters Licht führen? Wie?«

»Die Zyanidkapsel im Knopf an seinem Hemd. Oder was auch immer. Ich wäre nicht überrascht gewesen.« Er sah über das Tal hinaus. »Irgendetwas Neues über Rachel Diamond?«

»Sie behauptet immer noch, unschuldig zu sein. Aber wir haben Zeugen dafür, dass es um die Ehe der Diamonds nicht gut stand. Und die Dinge, die Stacey auf ihrem Bürocomputer gefunden hat, zusammen mit der Übergabe im Café der Kunsthalle – das wird sie festnageln. Es war eine glanzvolle Leistung, wie du das rausgefunden hast.«

Er schüttelte den Kopf. »Es war für mich eine sehr seltsame Zeit. Die Schmerzen, die Medikamente, die merkwürdigen Fälle. Und meine Mutter.« *Und die Tatsache, dass wir fast die ganze Zeit miteinander stritten.*

»Hat sie sich gemeldet?«
»Nein. Wird sie wahrscheinlich auch nicht tun, bis sie wieder etwas von mir will.«
Carol lehnte sich an ihn. »Willst du immer noch versuchen, mehr über deinen Vater herauszufinden?«
Er seufzte. Manchmal wünschte er, sie würde nicht immer wieder an seine alten Wunden rühren. Er wusste, dass sie es aus Sorge und Zuneigung tat, aber das hieß nicht, dass es nicht wehtat. Als sein Vater noch unbekannt war, hatte er wie Jack Anderson in seinen Träumen leben können. Jetzt, da es einer wirklichen Gestalt aus Fleisch und Blut nachzuspüren galt, war er nicht sicher, ob er diesen Teil seines Erbes wollte.
»Ich habe dir nie richtig dafür gedankt, dass du dir Vanessa vorgeknöpft hast«, sagte er.
»Ist schon gut. Ich weiß, dass es schwierig für dich ist.«
Er sah auf sie hinunter, ihr in der Sonne glänzendes Haar, die lang ausgestreckten Beine. Jeder Beobachter hätte wohl angenommen, dass sie seit langem ein Paar waren, einen Spaziergang am Sonntagnachmittag machten und sich miteinander wohl fühlten. Aber die Wahrheit war – wie die meisten Dinge in seinem Leben – viel komplexer und weniger schön. Er warf ihr ein bitteres Lächeln zu und gestand: »Aber manchmal wünschte ich, du hättest mich nicht davon abgehalten zu unterschreiben.«
Sie wich zurück und sah ihn schockiert und gekränkt an. »Du wünschtest, ich hätte einfach zugesehen und deine Mutter dich betrügen lassen?«
»Nein, darum geht es nicht«, widersprach er und suchte nach den richtigen Worten. »Wir beide – du und ich – verbringen so viel Zeit damit, Rätsel zu lösen. Wir haben uns so daran gewöhnt, dass wir nichts einfach so hinnehmen können. Wir müssen immer alles auseinandernehmen, um zu sehen, wie es

funktioniert. Und ich wünsche mir immer öfter ein bisschen Unergründlichkeit und Unklarheit. Einfach da sein und handeln, statt immer zu denken und zu analysieren.«

»Du redest jetzt nicht über deinen Vater.«

»Nein«, sagte er, legte sich zurück und sah in den Himmel hinauf. »Das nicht.«

Danksagung

Die Musik hält mich bei der Stange, wenn ich ein Buch schreibe. Sie schenkt mir Labsal, Inspiration, Rhythmus und Vergnügen, für die man sich meistens nicht bedankt. Ich arbeite allein, damit ich sie so laut und leise hören kann, wie ich möchte, und den gleichen Titel so oft abspielen kann, wie ich will, ohne dass jemand mir vorwirft, ich wolle ihn auf die Palme bringen.

Jedes Buch wird von alten Freunden und Neuentdeckungen begleitet. Bei diesem hier gilt es also, Richard Thompson, Sigur Rós, Deacon Blue, Roddy Woomble, Mary Gauthier, Ketil Bjørnstad, Elvis Costello, Rob Dougan, Michael Marra, Rab Noakes, Karine Polwart, Wolfgang Amadeus Mozart und The Blue Nile zu danken. Dank auch an Iain Anderson von Radio Scotland, der mich ein kleines Vermögen für CDs und Downloads gekostet hat. Und ein besonderes Lob für Sue Turnbull, die aus dem fernen Australien kam, um mich mit Sigur Rós und Peter Temple bekannt zu machen.

Zwischen diesem und dem letzten Buch hatte ich zwei große Operationen und bin Dr. David Weir und dem Pflegeteam am Newcastle Nuffield Hospital sehr verbunden für meine wunderbaren neuen Knie und damit zugleich für die Idee zu einem der Elemente dieses Romans.

Manche, die bei diesem Buch halfen, haben mich gebeten, ungenannt zu bleiben. Ich hoffe, sie meinen nicht, dass ihr Entgegenkommen der falschen Sache galt. Harry und Louise halfen mir im Hinblick auf medizinische Fragen. Und die hilfsbereiten Angestellten des Alnwick Garden gaben mir unwissentlich Denkanstöße.
Schließlich bedanke ich mich bei meinem treuen Team bei Gregory & Co., bei HarperCollins und bei Coastal Productions, vor allem bei Jane, Julia, Anne, Sandra und Ken.
Aber der größte Dank geht an Kelly, durch die alles verschönt wird.

Und jetzt …?
Viele weitere Informationen rund um Val McDermid, ihre Geschichten und ihre Leidenschaft für Rockmusik finden Sie im Internet unter
www.val-mcdermid.de
Kostenlose Leseproben · Web-TV
Steckbrief · Autorentelefon · Interviews
Forum · Veranstaltungen · Bücher …